금당벽화

금당벽화

일오 정한숙 선생
탄생 백주년 기념사업회 엮음

정한숙 —— 소설 선집

KU PRESS
고려대학교
출판문화원

머리말

2022년은 일오(一悟) 정한숙(鄭漢淑, 1922-1997) 선생이 태어난 지 백 주년 되는 해이다. 선생은 전후 한국 문단을 대표하는 작가로서 지식인과 예술가, 현대인과 역사적 인물 등 하나로 갈피 지을 수 없을 만큼 다양한 인간상을 소설에 선보였다. 그러나 이 중 이 땅의 현실과 관련되지 않은 이는 한 명도 없었다. 선생은 자유분방한 상상력을 발휘하면서 그 안에 시대 정신을 투영하며 당대 독자에게 피폐한 현실을 견디는 동시에 극복하는 힘을 제공했다. 선생에게 일관된 것이 더 있다면, 조금 더 좋은 글을 쓰고자 했던 갱신의 노력이었으며, 하루도 빠짐 없이 원고지 30매를 채우는 성실함이었다. 160여 편의 단편소설과 17편의 장편소설을 생전에 발표한 선생은 개인의 실천과 시대의 발전 사이의 인과성을 높이는 데 힘을 보탰다.

고려대학교 국어국문학과 1회 졸업생이기도 한 정한숙 선생은 모교 교수로 30여 년간 재직하며 《현대한국소설론》(1973)·《소설기술론》(1975)·《현대한국작가론》(1976)·《해방문단사》(1980)·《현대한국문학사》(1982) 등의 연구서를 발간하였다. 언론과 교직 등 다양한 직종에 진출한 졸업생들이 졸업 후에도 선생과의 인연을 이어갔으며 많은 시인, 소설가, 비평가 그리고 학자가 선생의 문하에서 배출되었다. 또한 선생은 문예진흥원장, 대한민국 예술원 회장을 역임하며 행정가로서 나라의 문화적 품격을 높이는 데 기여했으며 고려대학교에서는 초대 사범대학장 등의 보직을 맡아 주어진 소임을 충실히 수행하였다.

2021년 정한숙 선생의 탁월한 업적과 정신을 기리기 위해 여러 제자들이 '일오 정한숙 선생 탄생 백주년 기념사업회'(약칭 정한숙 기념사업회)를 결성하였다. 정한숙 기념사업회에서는 학술대회 개최, 장편소설 웹 플랫폼 연재, 기념 도서 세 권 발간 등을 탄생 백 주년인 2022년의 주요 사업 내용으로 정하고 준비해 왔다. 2022년 7월 2일에는 고려대학교 백주년 기념관 국제 원격회의실에서 '일오 정한숙 탄생 백주년 기념 학술대회'가 열렸다. 삶과 예술, 등단 시기의 행적, 후기 소설의 특성, 예술과 사랑이라는 주제, 말년에 발표한 시와 수필의 의미 등 선생의 삶과 문학에 대한 연구 영역을 확장하는 발표가 이어졌다. 탄생 백주년인 2022년 안에 정한숙 기념사업회는 선생의 장편소설 《바다의 왕자》를 웹플랫폼에 연재할 예정이며, 백주년 탄생일인 11월 3일에는 고려대학교 출판문화원에서 발행한 기념 도서 세 권에 대한 출간 기념식을 열 예정이다. 기념 도서의 대략적인 개요는 다음과 같다.

제1권은《금당벽화—정한숙 소설 선집》이다. 1997년 고려대 출판부에서 펴낸 선집에 6편을 추가하여 총 16편의 소설을 실었으며, 기존의 작가 연보 및 작품 목록에 최근 연구 성과를 더해 선생이 남긴 방대한 업적에 조금이라도 더 접근하고자 했다.

제2권은 《큰 가슴 작은 손—정한숙 수필 선집 및 헌정 산문》이다. 1부에는 선생의 영결식 때 낭독된 조시와 조사, 2부에는 고향과 일상, 소설과 교육 등에 대해 선생이 남긴 수필, 3부에는 선생을 기리는 27명의 제자와 유족의 회고 산문이 담겨 있다. 문학 작품에서는 흐릿했던 선생의 인간적인 면모가 이 책에서 선명히 드러나기를 기대한다.

제3권은 《정한숙의 삶과 문학—연구 논문집》이다. 선생의 삶과 문학에 대한 연구 성과를 모은 책으로, 선생의 생존 시에 나왔던 대표적인 성과물, 그리고 2022년 기념 학술대회의 발표문을 수록하여 정한숙 연구의 현황을 정리하는 동시에 후대 연구를 촉발하고자 했다.

본 기념사업회의 기획 취지에 공감하여 물심양면으로 도움을 준 고려대학교 정진택 총장, 고려대학교 민족문화연구원, 고려대학교 문과대학, 그리고 고려대학교 국어국문학과에 진심으로 감사드린다. 선생과의 각별한 기억으로 선뜻 선생과의 회고담과 후원금을 보내준 선생의 여러 제자들, 선생의 여러 글을 싣는 것에 동의해 주었을 뿐 아니라 선생이 말년에 남긴 여러 그림을 제공하여 기념 도서를 더욱 의미 있게 한 유족 측, 선생의 원고를 입력하고 교정하는 데 애쓴 고려대학교 국어국문학과에서 현대문학을 전공하는 대학원생들, 촉박한 기한 내에 번다한 원고를 성심성의껏 편집하고 출판해 준 고려대학교 출판문화원에 감사의 말씀을 드린다.

선생을 기리는 여러 힘들이 모여 기념 사업을 무탈하게 치를 수 있었다. 본 사업회는 자유분방하면서도 치밀했던 인간적 풍모와 문학적 실천으로 20세기 후반 한국 현대문학의 초석을 놓은 선생의 업적이, 문자 텍스트에서 영상 텍스트로 매체 영향력이 이동하는 21세기에 문학을 포함한 인문학의 방향성을 제시하며 거듭날 수 있기를 기대한다.

2022년 가을 일오 정한숙 선생 탄생 백주년 즈음하여
일오 정한숙 선생 탄생 백주년 기념사업회

차례

일러두기

1. 이 책은《금당벽화》(고려대학교 출판부, 1998)와《정한숙 작품집》(지만지, 2010)을 저본으로 삼았다. 판본마다 표기가 다른 경우 작가의 의도가 가장 잘 반영된 것으로 보이는 표기를 선택했다.
2. 원문의 한자는 가능하면 한글로 바꾸었으며, 작품의 이해를 위해 필요한 경우에는 괄호 안에 한자를 병기했다.
3. 이 책의 맞춤법은 현대 표기법에 따랐으며, 명백한 오·탈자는 바로잡았다. 대화에서의 자연스러운 구어적 표현, 작품 분위기에 어울리는 방언, 의성어·의태어 등은 되도록 원문 그대로 살리고자 했다. 원문 표기의 소릿값을 존중하되 소리의 차이가 없는 경우 표준어로 바꾸었다.
4. 띄어쓰기는 특별한 경우가 아니면 현대 표기법에 따랐다. 단, 작가가 자주 사용하는 '모양'이라는 단어의 경우 조사로 기능한다고 판단하여 체언과 붙여 썼다.
5. 이중피동과 종결 어미는 원문의 표기를 그대로 살렸다.
6. 사투리, 북한말, 옛말은 주석 풀이를 자제했으나 엮은이의 부가적인 설명이나 해설이 필요한 경우에는 간략하게 뜻풀이를 했다.
7. 외래어 표기는 현대식 표기법에 따랐으나, 작품 고유의 분위기를 살리는 것이 필요하다고 판단되는 경우에는 원문의 표기를 그대로 살렸다.

금당벽화

전황당인보기
田黃堂印譜記

1

석운 이경수(石雲 李慶秀)가 선비로서 야인(野人) 시절이랄 것 같으면 문방사우(文房四友) 중 무엇이든 들고 가서, 매화옥(梅花屋) 뜰 한가운데 국화주(菊花酒) 부일배로 한담 소일하면 옛 정리 그에 더할 것 없으련만, 석운 벼슬을 했으니 지(紙)에 필(筆) 묵(墨) 연(硯)을 즐길 여가가 있을 것 같질 않았다.

정표(情表)라기보다도, 수하인 강명진(水河人 姜明振)은 벼슬한 친구에게 기념이 될 만한 것을 꼭 선사하고 싶었다.

애당초 시속적인 물건은 고를 생각도 없었고, 그것은 석운의 구미에도 맞을 것 같질 않았다.

석운에겐 물론, 자기 자신의 성미에까지 들어맞는 것을 골라내자니 매우 힘들었다.

연(硯)이라면 집에 있는 단계연(端溪硯)이 알맞겠지만, 그것만은 수하인으로서도 내놓을 수 없는 유일무이한 물건이다.

일전 골동품상에서 구한 속칭 운근(雲根)이라고 하는 분석(盆石) 생각도 해보았다.

아아한 봉우리라든지…… 감쳐 흐르는 계곡이라든지, 보면 볼수록 그윽한 대자연 속에 묻혀 있는 듯싶은 감이 절로 흐르는 분석 역시 선비의 취미지, 관(官)에 나선 석운에겐 어울리지 않았다.

아취(雅趣)도 있고 반면 실용성이 있는 것이라면 인장(印章) 한 방[壹方]이 고작인 듯했다. 화유석(花乳石) 중 그래도 골라잡으려면 등광석(燈光石)이 엄지손가락에 오르겠지만, 그것은 문헌에나 있는 돌이요, 수산(壽山)의 동석(凍石), 동석 중에서도 어뢰동(漁腦凍) 같은 것을 구하여 한인(漢印)의 풍모를 따서 한 방 새겨주었으면 더할 나위 없겠지만, 그런 석재(石材)란 쉬운 일이 아니다.

흔한 것이 해남(海南)의 화반석(花斑石)과 오석(烏石) 같은 것이지만, 그런 것은 안중에 없었고, 계혈석(鷄血石) 같은 것은 구할 순 있어도 수하인은 길사(吉事)에 그 붉은 것을 꺼리었다.

어느 날 오후다.

동대문 시장 뒷골목에서 서울 운동장 쪽으로 빠져나오려면, 사주관상(四柱觀相)쟁이들이 늘어앉아 있는 틈에 끼어 진종일 먼지만 날리는 잡상인들이 있다.

잡상인들이 벌여 놓은 쇠붙이 속에 우연히도 수하인은 한 방의 석재를 발견했다.

벌써 십오륙 년 전의 일이다.

서화를 즐기던 거부(巨富) 이모(李某)가 원정 민영익(園丁 閔泳翊)의 인장 한 방을 구했다 하여 보여주던 기억이 새로웠다.

세 개의 돌을 움켜쥔 수하인은 말할 수 없는 흥분이 손끝에 떠오름을 참을 수 없었다.

딴 것은 몰라도 인수(印首)의 특징이 아직도 그 기억을 잃지 않게 했다.

아편을 빨던 이모, 그 후 가산을 탕진했고, 지금은 그 행방조차 묘연하니 인장에 관한 것을 알 바가 더욱 없었지만, 그 후 누구의 손을 거쳐 나왔는지 인면(印面)이 말짱스레 갈려있었다.

돌의 가치를 알아서 부르는 값은 물론 아니겠지만, 한 개에 이백 환꼴로 육백 환만 내라는 것을 달라는 대로 치러준 수하인은, 도야지 품에서 진주를 구한 것같이 기뻤다.

전황(田黃), 전청(田靑), 전백(田白), 물론 그것이 다 동석(凍石)에 소속하는 돌 종류이지만, 밀화(蜜花) 같은 전황석은 화중지화(花中之花)다.

아늑한 빛깔과 부드러운 감촉에 손끝이 따스해지는 것 같았다.

전황석의 값을 옳게 따지면 금값의 열 배가 보통이지만, 수하인은 그것을 헐값으로 샀다는 것보다, 내력으로 보아 석운에게 줄 만한 물건을 구한 기쁨이 더 컸다.

포자(布字)에 한나절이 걸린 셈이다. 포자가 되었으니 칼로 오리면 그만이다.

"그 청승맞은 일을 또 하시는구려……."

수하인은 그냥 빙긋이 웃었다.

오십 평생의 절반을 산홍(山紅)이와 같이 늙었다면, 나머지 절반은 돌을 주무르며 지낸 폭이다.

부모가 맺어준 누님 같은 마누라에게 정을 두지 못한 수하인은, 여자에게 눈이 트면서부터 기생집 출입이 잦았다.

말하자면 산홍의 첫머리를 수하인이 얹어주었다.

그 후 삼십여 년간 수하인은 명문이란 가문의 존엄성이 두려워 산홍이를 집에 들이지 못한 채 떨어져 정을 나누었다.

부산 피난살이에 누님같이 어렵고 때로는 종같이 천하기만 하던 마누라가 세상을 떠났으니, 수하인은 아들 며느리와 같이 있을 재미도 없었다.

그가 누구보다도 먼저 환도한 것은 이런 사정도 있었지만, 산홍의 자취를 수탐해 보려는 은근한 생각이 더 앞섰던 까닭이다.

서울로 오자 수하인은 광 속부터 열어보았다.

쓸 만한 가재는 다 들어냈어도, 한평생 같이 살아온 천여 개의 석재(石材) 인장이 그대로 보존된 것이 고마웠다.

그것이 있음으로, 한편 반가우면서도 개개의 인면에 서려 있는 듯 귓속에 암암해지는 산홍의 입김이 옆에 들리지 않는 것이 사무치게 서운했다.

그해 겨울 수하인은 학(鶴)같이 말라 들었고 꺼칠하게 늙었다.

곰팡이가 슬은 함들을 다시 뜯어 바르며, 그 하나하나를 닦고 문지르는 것이 그해 겨울의 일과였다.

주인 없는 서울 거리의 가로수에 새 움이 트기 시작하던 어느 날이다.

청계천 변에서 우연히도 산홍이를 만났다.

소녀같이 부끄러워하며 눈물이 핑 고인 산홍의 얼굴을 바라보는 순간 수하인도 언짢았다.

그날부터 수하인은 경운동 산홍이 집으로 옮겨 살았다.

산홍은 가끔 수하인의 그런 취미를 청승맞다고 했다.

그렇다고 산홍이도 서화의 즐거움을 까맣게 모르고 살진 않았다.

시속에 어울리지 않는, 더욱 돈과는 인연 없는 일이라고 생활에 졸릴 때마다 하는 말이다.

칼을 든 수하인은 눈을 가늘게 뜨며 인면을 내려다보았다.

전기 사정이 나빠 등불을 켜고 심지를 돋운 탓인지 기름 냄새가 몹시 사나웠다.

석운 이경수지인(石雲 李慶秀之印)…… 다음은 인수를 새길 차례다.

산홍이가 옆에서 달여놓은 차를 한 잔 마시고 난 수하인은 눈을 지긋이 내리감았다.

인수에다 무엇을 새길까를 생각하는 중이다.

산홍이와 자기의 정성을 합쳐 석운에게 주려는 선사품이다.

산수(山水)…….

눈을 가늘게 뜬 수하인은 기쁨이 만면에 돌았다.

포자를 일부러 쓸 필요도 없었다.

인수는 멋이요 흥이면 그만이다.

칼을 쥔 수하인은 멋과 흥에 무도법(舞刀法)으로 인수를 팠다. 황소송(黃小松)의 무도법이랄까, 수하인은 절로 입가에 웃음이 돌았다.

삼십 년 전 산홍의 젊은 입김이 귓가에 아물거리는 것 같았고, 칼을 쥔 자기 손끝에도 옛 시절의 피가 다시금 흐르는 것 같았다.

石雲 李慶秀之印 山水

흰 백지에다 나란히 내려찍어 놓고 보는 수하인의 콧등엔 땀방울까지 솟아올랐다.

산홍이가 풀칠한 양단 헝겊으로 갑을 만들어, 인장 한 방을 간직해 놓은 수하인의 가슴속엔, 새로운 싹이 돋아오르는 것 같았다.

등불 밑에 허연 산홍의 입김이 오늘 밤따라 더 다정했다.

2

매화옥을 찾아가니 석운은 그곳에서 이사를 해버린 뒤다.

이사한 것까지 모르고 있었으니 다정턴 친구 사이가 퍽 소원해진 것 같아 서운했다.

남산동 새로 이사 간 집을 찾아갔을 땐 날이 퍽 어두운 때였다.

꼭 석운을 만날 생각으로 일요일을 선택했었지만, 파수 보는 경관의 말에 의하면 석운은 언제 돌아올지 모른다는 것이다.

사모님이라도 만나 뵙겠다고 사정을 해서, 현관을 통하여 응접실로 들어갔을 땐 전등까지 들어온 후다.

석운의 끝놈이 동소문 아저씨가 왔다고 한참 떠들어대도 안에선 아무런 소식이 없었다.

벌써 반년가량은 석운을 찾지 못했는데도 여섯 살짜리 끝놈이 용케 알아보는 덴 수하인도 은근히 기뻤다.

"아버지 매일 바쁘시냐?"

"응, 나 잘 때야 들어와."

어린 소견에도 수하인을 응접실에 오래 기다리게 하는 것이 민망스러웠던지, 안으로 뛰어 들어가 동소문 아저씨가 왔다고 고함을 질렸다.

끝놈의 손에 끌려 석운의 마누라가 나왔다.

"안녕하셨지요?"

"어쩐 일이십니까?"

"글쎄, 한번 온다온다 하면서도 어디 그렇게 됩니까……."

"그렇지 않아도 늘 말씀하시던걸요…… 이러다간 친구들까지도 잃어버리게 될 것 같으시다구……."

"만나야 친구겠습니까……"

"친구들의 부탁을 듣고도 해드리지 못해서 하는 말씀이시죠……."

"부탁하는 친구가 그르지, 해주지 못하는 사람이 나쁘겠소."

석운의 아내는 남편이 들어 골치 아픈 부탁이라도 하러 온 것이 아닌가 하여 넘겨짚고 하는 말이지만, 수하인의 표정엔 그런 눈치가 뵈질 않았다.

"언제 올지도 모르시겠지요?"

"보나마나 자정이 돼서야 돌아오실걸요."

그 대답엔 석운의 아내도 불만스러운 표정이다.

오래간만에 만나 회포를 주고받을 생각도 간절했지만 기다려야 소용도 없을 것 같았다.

"벌써 온다면서도 이렇게 늦어지고 보니 석운 뵈올 면목이 없소이다."

"천만의 말씀을 하십니다. 어디 그런 짬이 있으실라구요……."

"내 석운에 대한 정표니, 웃고 받으시라구 전해 주시우."

"서로 이럴 새가 아니실 텐데, 무슨 말씀이 없으실까요?"

"무슨 말씀이 있겠어요. 친구가 선사하는 것인데…… 별 게 아닙니다."

별것이 아니라면서도 얌전하게 싼 것이 석운의 아내 마음을 끌었다.

무엇이냐고 덤벼드는 큰 것과 작은 것들을 물리치고 잠자리에 누워 풀어본 석운의 아내는 기대했던 바와는 딴판인 물건에 크게 놀랐다.

쓸모없는 돌조각이 들어 있었고, 또 가지런히 찍어놓은 도장은 부적(符籍)인 듯싶어 불길한 생각이 돌았다.

아무리 흉허물없는 친구 새라 해도 이런 물건을 선사한다는 것이 석운의 아내에게 불쾌하기 짝이 없었다.

남편이 벼슬한 후로는 외박이 잦아, 뜬눈으로 밤을 새우는 날이 많았지만, 더욱 그런 생각과 겹쳐 잠을 들 수가 없었다.

남편의 외박이 잦아도 생활이 풀린 것과, 또 듬썩듬썩 들어오는 금붙이와 그 비슷한 것을 받아 축적하는 재미에, 나이에 어울리지 않는 그런 생각을 누르고 살 수 있는 석운의 아내였다.

요즈음 벼슬이라야 언제 어떻게 또 물러서게 될지 모르는 판이고 보니, 남편이 나다니는 동안에 넉넉히 벌어두어야 하겠다는 그것만이 부덕이요 남편에 대한 아내로서의 자랑이었다.

선비 자랑하고 궁하게 살던 석운의 아내였기에, 그런 일에 대해선 더욱 심한 편이기도 했다.

"어제 동소문 강 선생이 왔다 가셨지요."

"응, 그 친구 오래간만인걸……."

"그이도 사변통에 정신이 좀 돌았는가 봅디다."

"처음부터 격이 좀 다른 사람이지……."

"격이 틀려도 이만저만해야지요."

"왜! 무슨 일이 있었어?"

"별사람 다 보았지요."

"무슨?"

석운의 말끝엔 자기도 의식 못 하는 노여움이 서려 있었다.

"이게 뭐겠수? 돌조각에다 도장을 파 갖고 벼슬한 기념으로 선살한다니……."

아내의 표정을 석운은 모르는 바 아니지만, 석운 눈에도 물건이 들진 않았다. 그러면서도 석운은 수하인다운 점이라고 생각했다. 그대로 인장 한 방을 받아들고 나왔다.

오전 중은 인사도 바빴고, 오후는 방문객으로 분주하며, 밤은 밤대로 사교와 술대접으로 전용차를 달려야 했다.

그것이 벼슬한 석운의 생활 전부였다.

오준(吳俊)은 별로 하는 일이 없었다. 하루 한 번 석운을 찾는 것이 일과였다.

그는 석운의 방을 무상출입하는 특이한 존재다. 물론 석운과의 교분도 두터웠지만, 석운은 요즈음 오준이 가장 미더운 친구였다.

여러 가지 일을 꾸며 갖고 오는 그 솜씨도 솜씨였지만, 석운 자신 그리 힘들여 하는 일도 아니지만, 그럴 때마다 석운의 안팎살림을 돌봐주는 그 의리가 오준을 미덥게 했다.

"어떻게 오늘은 늦었수?"

"별일 없이 늦었구먼요. 어제 그 일로 찾던 친구가 새벽부터 달려들어 성사시키도록 하라고 졸라대는 통에 진땀이 났습니다. 가망성이 있을까요?"

"오형 짐작대로 생각하면 되지 않수…… 참, 이걸 좀 봐요."

석운은 아침 마누라로부터 받아 들고나온 인장 한 방을 오준에게 내주었다.

"이게 무슨 돌이지요?"

"글쎄 무슨 돌이든 간에 돌이야 돌이겠지, 금이 될 수 있겠소. 값이라면 새긴 정성이겠지요……."

"돌이나 좋은 것이면 몰라도 도장이야 어디 쓸모가 있어요?"

"왜요?"

"이거라구야 석운 선생 퇴관 후에나 쓸모가 있을지, 지금 당장에야 어디다 이걸 씁니까?"

"그것도 옳은 말씀이시구만, 어제 수하인 강명진 형이 한 벌 해온 것이랍니다."

오준도 수하인과 교분은 그리 두텁진 않아도 잘 알고 있는 편이었다.

"천지가 변했어도 수하인은 변한 것이 없구만요……."

"그런 것 같습니다."

석운과 오준은 도장을 가운데 놓고 서로 빙긋이 마주 웃었다.

결재를 받으러 비서가 두세 번 드나든 다음 방안은 또 조용했다.

기름 난로의 불길이 과한지 등에 땀이 흐를 정도다.

"지금 보니 석운 결재 도장이 틀렸구만요. 이왕이면 생각났을 때 하나 새겨 두도록 합시다."

"그런 생각도 없진 않지만……."

"결재 도장이야 좀 위엄이 있어야지, 도장부터 눌려서야 됩니까?"

그런 생각도 간절했지만 석운은 눈치가 뵈일까 잠자코 있었다.

"이것은 갈아 제 것이나 파구, 석운은 좀 잘생긴 것을 골라 만듭시다. 만 환 정도나 주면 제법 쓸 만한 것이 될 것입니다."

오준은 가타부타 석운의 결정도 없이 전황석 도장 한 방을 자기가 간직해 버렸다.

석운은 좀 섭섭했지만 요즈음 의리로선 오준이 집어넣은 것을 도로 내놓으라곤 할 순 없었다.

"수하인, 격은 멋든 사람이지만 궁리가 벗질 못한 사람이거든……."

"암, 더 말하면 입이나 아프지요."

오준이가 맞장구를 쳐주는 통에 석운은 수하인에 대한 미안스럽던 생각도 풀리는 것 같았다.

석운의 귀에다 입을 대고 무슨 말인지 한참 속닥거리고 난 오준은 손가락 세 개를 펼쳐 보이며 싱긋 웃었다.

"글쎄 별로 염려할 건 없을걸요, 그 문젠……."

오준의 벌린 세 손가락에 절로 힘이 나는 듯 석운은 자신 있게 장담을 했다.

오준이 나간 다음에, 석운은 푹신한 의자에 깊숙이 기대며 눈을 감았다.

매화옥에서 나온 지 불과 반년이건만 아련한 옛일 같았다. 수하인은 아무리 생각해도 잊을 수 없는 인물이긴 했다.

서화에 눈을 뜬 것도 말하자면 서당 개 삼 년에 음풍월(吟風月) 한다는 격으로 수하인의 영향이 컸다.

매화옥 이십 년의 생활을 돌이켜 생각하면 절로 눈살이 찌푸려지는 고생살이였다.

수하인과 벗하게 된 것도 말하자면 일제 때엔 환경이 주는 불만에서 접근했고, 해방 후 벼슬에 오르기 전까지는 혼란과 울분 속에서 자주 일어나는 불평을 수하인의 격 다른 품속에서 삶으로써 참아낼 수 있었기에 가깝게 지낸 사이다.

길이 달라진 오늘, 스스로 수하인을 생각하면 할수록 그는 당금에 어울리지 않는 과거의 인물 같기만 했다.

지금 석운으로선 도저히 돌아갈 수도 없고, 돌아가면 안 될 그런 세계에서 살고 있는 수하인에 대하여 야릇한 동정이나마 금할 순 없었다.

3

"글쎄올시다."

도장방 주인은 인면을 들여다보며 오준의 묻는 말에 이렇게 대답할 뿐이다.

"값이 나가는 것이오?"

"누가 새긴 것입니까?"

"수하인이란 사람이 새겼다나 봅디다……."

주인도 그것이 수하인의 솜씨임을 모르고 물은 말은 아니다. 무슨 까닭에 이 도장이 한길에 나오게 되었는질 알고 싶어 묻는 말이다.

"수하인 같은 분이 새겼다면 값을 말하기가 힘들지요."

"건 무슨 말씀이오?"

"우리 영업하는 사람이야 석재와 치수에 따라 값을 정하지만, 수하인 같은 분이야 원래 장사가 아니시니까 헐값에 그냥도 줄 수 있는 반면, 부르는 것이 값이 되는 경우도 있지요."

"글쎄, 선살 하려면 좋은 석재를 써서 하지 영 어울려야죠…… 그 좋은 재료를 좀 구경합시다."

주인도 그 재료가 무슨 재료인지는 감별할 능력이 없었다. 밀화같이 말끔한 돌이라는 것으로, 혹시나 수하인이 늘 말하던 전황석이 아닌가 하는 생각이 들었지만, 그렇다고 아무것도 모르는 손님에게 설명할 필욘 없었다.

주인이 먼지를 훅 불어 내놓는 갑 속엔 각종 석재가 그득히 들어 있었다.

"골라 보시우."

이렇게 뒤섞어져 있는 데선 어느 것을 골라야 할지 망설이게 되었다.

"이게 어떻습니까?"

"그야 손님 의향이시죠."

"대리석이죠?"

"대리석에다 대겠습니까? 계혈석이란 특수한 돌입니다."

"결재 도장이니까 무늬도 좀 이렇게 울깃불깃한 것이 위엄이 있어 뵈지 않습니까?"

"그야, 쓰시는 분 마음이지만…… 그렇게 말씀하시니 그런 것 같기두 합니다."

장사치란 손님의 비위에 오르내리는 존재들이지만 오준은 적이 만족했다.

자체(字體)를 고르고 값을 흥정했다. 어차피 새겨 갈 도장이란 것을 눈치챈 주인은 값을 듬뿍이 불렀다.

"한 자에 삼천 환씩 치고, 재료값까지 합쳐 만오천 환이면 비싼 값이 아닙니다. 그러구 이런 어른의 도장을 새기면 널리 선전도 되고 해서 처음부터 싼값으로 부른 것입니다."

석운 앞에서 오준이 만 환 정도면 될 것이라고 장담한 것은 값을 알고 한 말이 아니라, 엄청나게 불러본 것이지만, 실지 그 이상이고 보니 입이 딱 벌어질 지경이다.

"비싼 값이 아닙니다. 서울 장안 다 돌아다니셔도 더 싼값을 부르는 사람은 없습니다. 이 결을 보십시오, 품이 곱이나 더 듭니다. 수정과 상아 말씀을 하시지만, 그런 것이라면 제가 이 재료를 사는 셈 치고 그냥 새겨드리지요."

오준은 그 말엔 귀가 솔깃했다. 이 하치않은 돌 대신 수정이나 상아 도장을 그냥 새겨준다니 흥정은 된 흥정인 것 같았다.

"그러실 것 없이, 이 재료를 맡으시고 상아 도장 하나 더 끼워 만 환으로 합시다."

주인은 못 이기는 척하고 받아들였다.

좀 싼값이긴 해도 그 도장을 수하인에게 돌려주고 싶었던 까닭이다.

서법(書法)과 도법(刀法)은 물론, 돌을 다루는 것까지 이 주인은 수하인에게 배우다시피 한 사람이다.

주인은 수하인을 찾을 생각으로 일찌감치 가게 문을 닫았다.

동소문 집에 비하면 말할 수 없이 좁은 방이지만, 알뜰스레 꾸며놓은 건넌방에 수하인은 등불 밑에 단좌하고 있었다.

"오래간만입니다."

"오, 웬일인고? 가게를 일찍 닫았구만……."

"네…… 오늘 좀 이상스러운 물건이 들어왔기에 일찍 문을 닫고 선생님을 뵈러 왔습니다."

젊은 친구가 내놓는 도장갑을 보고 수하인은 깜짝 놀랐다.

"어떻게 된 연고인고?"

젊은 친구는, 오준이라는 작자가 그 도장을 갖고 와서 결재 도장으로선 어울리지 않는다고 하던 말에서부터 낱낱이 일러바쳤다.

"자네 복일세…… 술을 좀 하련가?"

조용히 묻고 난 수하인은 술상을 청했다.

술을 들면서도 아무런 말이 없는 것이 마음의 동요를 누르려고 애쓰는 것같이 보여, 젊은 주인은 오히려 미안스러웠다.

"그것이 전황석일세, 자네 처음이지?"

"네?"

젊은 주인은 전황석이라는 말에 주기가 훅 위로 오르는 것 같았다.

"원정 민영익 씨가 쓰던 인장이지…… 그것이 어쩌다 거부 이모가 갖구 있던 것을 우연스레 구했기에, 석운이 벼슬을 했어도 선사할 것이 있어야지. 그래 보냈더니 마음에 들지 않았던 모양이구만. 자네 손에 갔으니 이제야 제값을 불러줄 사람을 찾은 셈일세."

수하인이 갖고 가라곤 하지만 젊은 주인은 들고나올 수가 없었다.

자기 솜씨라면 빽빽 갈아버릴 수도 있었지만, 아무리 그 재료가 귀중한 것이라 해도 마음대로 갈아버릴 수 없는 물건인즉, 들고 나올 필요가 없었다.

"전황석을 알고 쓸 사람이 몇 사람 있겠습니까? 그럴 바에야 선생님이 보존하시는 것이 좋을 것 같습니다."

수하인은 몇 번 사양했지만 젊은 친구의 고집도 어지간했다.

계혈석 도장을 새겨주기로 하고 수하인은 그것을 받아두었다.

버릴 수 없는 친구에게 버림을 받은 듯싶어 한없이 섭섭했다.

"산홍이, 술을 한 잔 따라 주우."

산홍은 수하인 하라는 대로 술을 따라 권했다.

밖엔 또 눈이 내리기 시작했다.

이번엔 잔을 산홍에게 권했다.

산홍은 옛날과 다름없이 두 손으로 받은 잔을 소반 위에 놓았다.

산전수전 다 겪은 산홍이었지만, 오십을 바라보는 얼굴이면서도 잔주름이 없었다.

수하인은 가라앉는 마음의 흥을 돋우려고 대금(大笒)을 들었다.

귀에 익은 가락이다.

한잔 술에 얼굴이 붉어진 산홍은 살포시 눈을 감았다.

지내온 한평생이 대금의 가락모양 산홍에겐 쓸쓸하고 외로웠다.

가락을 짚는 수하인의 손끝은 허무한 인정에 떨었고, 지그시 감은 긴 속눈썹이 축축이 젖어 들었다.

4

이튿날도 함박눈이 연달아 퍼부었다.

수하인은 약속대로 계혈석을 다듬어 포자를 써보았다.

마음에 들질 않았다.

획(劃)은 어찌 되었든 간에 글자와 글자 사이에 생겨나는 공백을 메울 수가 없었다.

위로 획을 올리면 밑으로 구멍이 생기고, 밑으로 내리면 위로 여백이 남았다.

벌써 몇 차례 다시 고쳐 썼지만, 처음이나 나중이나 같은 판이다.

전황석을 새기던 때의 솜씨가 아니다. 그는 스스로 자기 손이 하룻밤 사이에 떨어졌음을 의식할 수 있었다.

밖으로 나선 수하인은 운현궁 앞을 지나 탑골공원 뒤로 해서 종로로 나섰다.

도장포 젊은 주인을 찾아가는 길이다.

눈은 한길 위에 겹겹이 쌓이지만 가슴속은 구멍이 뚫린 것같이 허전스러워지기만 했다.

무슨 생각에 잠겼던지 도장포를 지났다가 다시 되돌아와서야 가게 문을 열고 들어섰다.

"이 숫눈길에 선생님두……."

"응, 그 일로 나왔지…… 글씨가 돼야지."

가게가 좁은 탓인지 구공탄 난로가 제법 뜨스하다.

"어젠 너무 과음한 탓인지 손이 떨려 포자가 안 되어……."

"그냥 두어두세요. 제가 그런대로 새길 테니……."

술을 과음했다고 손이 떨려 포자를 쓰지 못할 수하인이 아니다.

젊은 주인은 그냥 버려두라고 몇 번이나 권했지만, 이왕 약속한 것이니 포자만 쓰라기에 끝끝내 거역질 못했다.

"이만하면 그 친구 마음에도 들 걸세."

젊은 친구는 인면을 들여다보았다. 지도법(遲刀法)을 썼지만 수하인의 솜씨라곤 도저히 생각할 수가 없었다.

젊은 주인은 이러니저러니 해서 그를 더 괴롭히고 싶질 않았다.

"인젠, 칼 재미도 점점 식어가……."

혼자 중얼거리는 수하인은 함박눈이 꼬리치는 창밖만 내다보고 앉아 있다.

술이라도 권할 생각으로 몇 번 붙잡았지만 그는 듣지 않고 그대로 밖으로 나섰다.

눈은 퍼부어도 날씨가 누긋한 편이다.

숫눈길을 걷는 수하인은 칼을 버릴 결심을 비로소 내렸다.

그러려면 지내 온 자기 발자국을 한데 묶어놓고 싶었다.

참지* 한 권을 사들고 온 수하인은 우선 아랫목으로 앉아 몸부터 녹였다. 따스한 기운이 등골에 올라, 전신은 노근해지지만, 두껍게 접혀진 마음의 주름살은 펴지질 않았다.

전황석 인장 한 방을 꺼내어 다시 본다.

돌에 묻어 있는 손때의 아운(雅韻)과 그 고졸(古拙)한 품에, 수하인의 손끝엔 새로운 흥분이 흘렀다.

참지를 접어 한 권의 책을 맨 수하인은 간격을 잡아가며 천을 헤아리는 인장을 기억에 떠오르는 대로 비교적 연대순을 따져 찍었다.

물론 전황석 한 방도 맨 나중에다 찍어놓았다.

밤도 적이 깊었다.

눈 쌓이는 소리가 들리는 듯 방안은 조용하다.

어떤 것은 지나치게 청아(淸雅)한 선이 경한 것 같았고, 때로는 둔한 획이 마음에 들지 않는 것도 있었지만, 끝으로 전황석 한 방만은 수하인으로서도 나무랄 점이 없었다. 아(雅)하고 담(淡)한 것이 산홍의 숨

---

* 참지: 한지(韓紙)의 일종.

길이라면 뭉친 획은 수하인의 절정에 이른 품(品)이요 지(志)였다.

산홍이를 옆에 앉히고 그와 더불어 살아온 일생을 그린 인보(印譜)를 바라보는 순간, 그는 처음 자기가 살아온 보람을 느꼈다.

산홍이가 연적의 물을 따라 먹을 갈고, 수하인이 황모필 가는 붓으로 전황당인보(田黃堂印譜)라 표지에 썼다.

금당벽화
金堂壁畵

목탁(木鐸) 소리가 비늘진 금빛 낙조(落照) 속에 여운(餘韻)을 끌며 울창한 수림을 헤치고 기복(起伏)진 구릉(丘陵) 밑으로 흐르고 있다.

무성한 숲과 숲 사이에 스며드는 습기에 오늘도 돌바위의 이끼는 어제련 듯 푸르고, 암과 수가 짝지어 어르는 사슴의 울음은, 남국적인 정서로 이국의 향수를 돕는 듯하다.

담징(曇徵)*은 바위에 앉은 채 움직이려 하질 않는다.

서녘 하늘은 젖빛 구름 속에 붉은빛을 금긋는가 하면, 자주빛 구름이 솟구쳐 흐르고, 그것이 퍼져 다시 푸른 바탕으로 변하면 하늘은 자기 재주에 겨워 회색빛으로 아련히 어두워간다.

돌바위에 기대앉은 담징은, 한숨도 쉬지 않고 서녘 하늘을 쳐다보

---

* 담징: 고구려의 승려·화가(579-631). 영양왕 21년(610) 백제를 거쳐 일본에 건너가 불법을 강론하고 유교(儒教)와 채색(彩色), 종이 및 먹의 제조법 등을 전해주고, 나라[奈良]의 호류사[法隆寺] 금당(金堂)에 벽화 〈사불정토도(四佛淨土圖)〉를 그렸다.

고 있다.

그의 동광(瞳光)* 은 하늘빛을 닮은 듯 담북 부풀어 올랐던 희열의 빛이 잦아들며, 몽롱한 꿈속에 잠기는 듯 흐려졌다.

기지개를 펴며 자리를 옮겨 앉은 담징은 묵묵히 고개를 수그리고 있다.

고국의 향수에 못 이겨 나그네의 신세를 슬퍼하는 것은 아니다.

애(磑)를 만들어 이 땅의 사람을 경탄케 한 것도 벌써 이삼 삭(朔) 전 일이었다.

그러나 담징의 사명은 그것에 있지 않았다.

생각하면 고국을 등진 지 삼 년, 보시(布施)의 길을 떠나, 백제 땅을 거쳐 신라에 머물다 도왜(渡倭)한 지도 지금엔 어언 이 년이란 세월이 흘렀다.

이름이 종교적인 보시였지, 기실 담징에겐 수학(修學)의 길이나 다름없었다.

준엄한 산악(山岳)…… 그리고 북방 오랑캐들의 침범에 의한 끊임없는 전란…… 담징은 고국의 땅 고구려에선 편안히 화필을 부여잡고만 있을 수가 없었다.

말하자면, 자기의 예술적 포부를 마음대로 발휘할 수가 없었던 까닭에, 종교적인 보시라는 명목 밑에, 수학의 길을 떠났던 것이다.

고국을 떠나 백제에 놀고 백제를 거쳐 신라에 배운 담징은 때마침 왜국(倭國)의 초빙에 응하였던 것이다.

왜국의 청에 응하면서도 담징은 망설이지 않을 수 없었다.

---

* 동광: 눈동자.

수문제(隋文帝)의 원정(遠征) 이후 북방의 풍운은 날로 거칠어갔으니 어느 때건, 다시 한번 우뢰는 번개로 터지리라고 생각은 했었지만, 오늘에 양제(煬帝) 이백만 대군을 수륙 양군으로 거느리고 고구려를 침범하려 한다는 소식이 남단 신라에까지 번져왔을 때, 바로 담징이 왜국의 초빙을 받고 신라 땅을 떠나려던 무렵이었다.

조국의 운명이 풍전등화(風前燈火)의 위험에 휩쓸려 들려는 이때, 조국을 영원히 등진다는 것은 하나의 도피에 틀림없었다.

보시의 생활을 하면서도 고구려인의 긍지를 잃지 않았던 떳떳한 조국이었다.

지금 그 조국의 북방이, 오랑캐들의 발굽 아래 휩쓸려 들려는 순간, 조국으로 돌아가지 못하고, 오히려 조국을 등지려 하는 담징으로선 견딜 수 없는 고민이 없을 수 없었다.

담징은, 단연 도왜를 단념하고, 발길을 북방으로 달리려 했었지만, 부득한 사세는 그것조차 허락지 않았다.

불전(佛前)에 서면, 승(僧)이요, 화필을 잡으면 속(俗)으로 돌아가 화공(畵工)이었지만, 조국의 품에 안길 땐, 조국의 방패여야 할 몸이었다.

말하자면, 담징은 승속(僧俗)의 세계를 오고 가는 종교 예술가이며, 조국의 아들이다.

어이 조국을 등질 수 있을 것인가.

그것은 모든 것을 초탈한 순수한 고구려 청년으로서의 기백과 번민이기도 했다.

그러나, 주위와 환경은 담징의 이런 기백과 열정으로서만 처리할 순 없었다.

조국에 대한 국민적인 의무도 중했지만, 조국의 국제적인 신의도 생각지 않을 수 없었다. 비록 떠나진 않았다 해도, 이미 언약한 후였던 까닭이다.

오늘날까지 화필을 잡지 못한 것도, 조국의 안위를 염려하는 그것도 그것이었지만, 기실은 자책의 뉘우침에 하염없는 세월을 보내온 것이다.

메아리 같은 사슴의 어르는 울음소리도 이젠 들리지 않는다.

뿌연 안개뿐이 담징이 앉아 있는 돌부리 밑으로부터 번져 오를 따름이다.

어둠을 스치고 지나가는 은하(銀河)의 잔별들은 총총히 빛나건만, 담징의 가슴속에 흐르는 회상과 전망의 꿈은, 경경각각(頃頃刻刻)으로 흩어져 오르내리기만 했다.

금당벽화를 그리기로 언약한 지도 벌써 칠팔 삭이 지났지만, 담징은 성큼 손에 붓이 쥐어지질 않았다.

무위도식하다시피 하는 담징의 태도에 왜승(倭僧)들의 쑥덕거림도 모르는 바는 아니다.

승적(僧籍)에도 없는 자라는 둥 화공을 가장한 부랑배라는 둥, 갖은 욕이 떠돌고 있음도 귀 익혀 들은 말이었다.

그러나 담징은 일언반구도 이에 응하질 않았다.

벌써 채색의 정제(精製)를 해놓은 지도 오래였다. 그러나 붓을 들고 벽면을 향하면, 구슬같이 아롱진 열반(涅槃)의 환상은 고사하고, 피비린내 풍기는 조국의 현실뿐이 떠오를 따름이었다.

거센 산맥의 좁은 등허리에 매여 달려, 땅을 일으키고 산을 파내며 악착같이 살아가려는 동족 앞에 몰려든 어지러운 국난…….

담징은 들었던 붓도 던진 채, 그대로 벽면을 물러서지 않을 수 없었다.

그것은 숨 가쁜 순간이었다.

그럴 때마다 담징의 이마엔 땀이 배잦아 오르곤 했다.

"휘유……." 한숨을 내뿜어야 하는 담징은 걷잡을 수 없는 마음을 가라앉히기 위해서라도 절 뒤 펑퍼진 들판을 방황해야만 했다.

그는 몇 번 고국으로 돌아갈 것을 이 절 주지에게 간청하다시피 했었지만 소용없는 일이었다. 주지는 허락은커녕 펄쩍 뛰는 눈치였고, 그런대로 붓을 들 수 있는 시기까지 기다려달라는 말뿐이었다.

담징으로선 그것마저도 이젠 미안스러웠고 송구스럽기만 했다.

오늘도 담징은 일찌감치 금당으로 들어가 붓을 가다듬어보려고 했었지만, 코끝에 서려 드는 살생(殺生)의 피비린내에 얼굴을 들지 못했다.

담징은 그냥 금당 마룻바닥에 주저앉아 버리고 말았다. 동포들의 신음 소리가 가슴을 두들겨놓았고, 오랑캐들의 말발굽이 등허리를 밟는 것 같았던 까닭이다.

합장한 손끝엔 눈물이 젖어 들었다.

아 — 조국의 현실…….

조국의 진통…….

조국에의 고민…….

담징은 도저히 자기로선 금당벽화를 착공(着工)할 도리가 없을 것만 같았다.

붓을 던지다시피 하고 뜰로 나온 담징은 진종일 바위에 앉은 채 하루해를 보낸 것도 결국 이 모든 괴로움을 잊어버리려는 생각에서였지만, 잊혀지기는 고사하고 또렷또렷한 별 그림자 속엔 조국을 지키고 있는 사람들의 고달픈 얼굴들뿐이 떠올랐다.

저기 북녘 끝 외로이 떨어져 있는 북극성모양 지금 이 바위에 앉아 있는 자기 모습이 더욱 외로웠고, 조국에 대한 뉘우침뿐이 컸다.

눅눅한 밤이슬이 옷깃에까지 번져 들었다.

담징은 바위에서 일어났으나 발길이 옮겨지질 않았다. 얽힌 나뭇가지 사이로 스치는 바람에 잎들이 우수수 흔들린다.

담징이 발걸음을 옮기지 못함은 다름이 아니었다.

백이십오만의 대군을 몰고 조국의 변두리를 침범해 왔다는 오랑캐들의 말굽 소리 같은 착각이 들었던 까닭이다.

담징의 전신엔 피가 역류하듯 불끈 힘줄이 뻗쳤고, 그 눈에선 살생의 불길이 솟아오르는 듯 뜨거웠다.

오늘날까지 닦아온 자비의 불심(佛心)은 이 순간에 물거품같이 사라졌다.

불끈 쥐여진 의분(義憤)의 주먹은 펴지질 않는다.

비록 불도에 어긋난다 해도 담징은 조국을 버릴 수 없었고, 살생의 죄로 불심(佛心)에서 버림을 받는다 해도 조국의 멸망을 보고 있을 순 없었다.

하늘녘을 응시하고 있는 담징의 눈앞엔, 오랑캐를 쫓아 허허벌판을 달렸다.

지금 막 꼬리를 길게 끌며 사라지는 유성(流星)의 그림자에 담징의 눈살은 절로 찌푸려졌다.

불길한 징조인 듯싶었던 까닭이다.

명장(名將) 을지문덕(乙支文德)이 있다 해도, 중과부적(衆寡不敵)일

때는 어이할 것인가?

을지문덕 장군을 믿지 못함이 아니라 조국의 위기를 도피하고 있는 자기 자신에 대한 가책이 앞섰던 까닭이다.

육모 방망이를 든 왜승(倭僧)들에게 쫓기어, 담징은 어둠 속을 달음질치고 있었다.

죽여버리라는 함성들이 어둠 속에 요란하였다.

어둠 속이라 다행히 그들은 담징을 쉬 찾아내지들 못하는 것 같았다.

횃불 치켜든 그들은 샅샅이 훑으며 그를 찾으려고 했다.

언덕 밑으로 쫓기던 담징은 이젠 기진하여 발목을 가눌 기력조차 없었다.

왜승들의 고함 소리가 횃불모양 또다시 어둠 속에 피어올랐다.

대자대비(大慈大悲)의 부처님을 생각할 시간적 여유조차 갖지 못한 담징은 죽음을 각오하며 나설 수밖에 없었다.

이런 변을 당한다는 것은 참을 수 없는 치욕이기도 했지만 솟구치는 분길을 참을 순 없었다.

주먹을 움켜쥔 담징은 이를 가로물었다.

맞아 쓰러지는 한이 있다 해도 그냥 쓰러질 수 없는 일이다.

어떤 경우에라도 정신을 잃어서는 안 된다.

왜승들의 방망이에 맞아 쓰러질지언정, 정신을 잃지 않으려는 악바지에, 다시금 마음을 가다듬었다.

그러나 굶주린 쥐가 괭이에게 덤벼들 만한 용기는 나질 않았다.

생각하면 조국을 배반한 죄과인 것 같기만 했다.

당연히 받아야 할 형벌이라 생각하는 순간, 담징의 어깻죽지는 푹 늘어지도록 힘이 빠지는 듯하였다.

눈앞에 번뜩이는 것은 왜승들의 불빛에 드러난 육모 방망이뿐이다.

개중엔 낯익은 놈들도 있으련만, 그들의 얼굴은 어둠에 가리어 분간할 수가 없었다.

어느 놈의 어느 몽둥인지 의식 못 해도 정통으로 얻어맞은 담징은 번갯불 같은 불꽃을 쏟으며 그냥 쓰러지고 말았다.

왜승들의 고함소리도 들리질 않았다.

피가 흐르는지, 이마와 목덜미가 축축히 젖어들었다.

가슴이 답답했다.

담징은 아직도 자기가 살았다는 의식은 잃지 않았다.

심한 갈증이 나지만, 소릴 지를 수가 없었다.

한눈을 찡긋이 떠보았다.

횃불 그림자도 보이질 않았다. 총총한 별 그림자뿐이 어렴풋이 흘렀다.

머리의 상처를 더듬으려는 순간, 담징은 벌떡 잠을 깨쳤다.

이마에 흐르는 것은 피가 아니라, 구슬 같은 땀방울이다.

때를 짐작할 수 없었지만, 어둠뿐이 사창을 가로막고 있었다.

숨길을 길게 돌리고 난 담징은 머리맡을 쓰다듬어 백팔염주(百八念珠)를 들고 밖으로 나왔다.

어둠만이 일층 더 짙어가는 것으로 보아 동이 트려는 무렵이 확실했다.

누긋한 바람이 땀에 젖어든 앞가슴 속으로 스며든다.

담징은 절로 얼굴이 달아오르는 것 같았다.

비록 꿈일망정 신세를 끼치고 있는 주지에게 미안하였고, 부더(不德)한 자기 수도(修道)가 뉘우치는 부끄러움이 가슴팍을 찌르는 것이었다.

생각하면, 요즈음 지나치게 속된 생활 속에 불공(佛供)을 게을리한 가책도 없지 않았다.

삼라만상(森羅萬象)은 어둠 속에 잠들어 각기의 꿈에 잠기는 즈음, 금당으로 간 담징은 불당 앞에 불을 밝히고 주위를 정히 가다듬었다.

합장(合掌)하고 단좌한 담징의 손끝이 너울거리는 불빛 밑에 선인장(仙人掌)같이 뻗어 올랐다.

몸을 도사리고 있는 배암모양 장심(掌心) 밖으로 감겨져 있는 염주의 알알이 불빛에 빛난다.

불상의 자비하신 얼굴을 담징은 감히 우러러 쳐다볼 수가 없었다.

흉중(胸中)에 오르내리는 잡념(雜念)을 가시게 하려고 그는 열심히 불경을 외우고 있다.

생각하면 꿈일망정 자신을 비방하는 왜승들을 미워한 것만은 사실이다.

지금 담징으로선, 도저히 그럴 처지가 못 되었다. 허다한 세월을, 두고두고 그들의 신세를 지고 있을 뿐만 아니라, 그것은 무엇보다 불도에 어그러지는 일이었다.

어둠을 몰아가는 바람이 추녀 끝에 부딪치고, 다시 불당 안으로 꼬리쳐, 켜놓았던 불을 불어 꺼버린다.

합장한 채 눈을 감고 앉아 있는 담징으로서 그런 것에 개의할 바가 아니었다.

호심(湖心)같이 잔잔하던 그의 얼굴에 주름이 잡히어 찡그려졌다.

그는 급작스레 숨길이 가빠져 휘우 모두 숨을 내뿜었다.

염불을 할수록 꼬리를 치며 일어나는 잡념을 누를 길이 없었다.

부처의 자비도 열반의 즐거움도, 추녀 끝에 부딪칠 바람이 어둠을 몰아가듯, 담징의 가슴속으로부터 완전히 사라지고 말았다.

어금니에 힘을 주는 순간 담징의 합장한 손끝이 풍에 걸린 듯 부르르 떨어 올랐다.

살생의 피비린내가 코끝에 스며들고 멀리 조국의 땅을 침범한 오랑캐들의 말발굽 같은 소리뿐이 귓가에 웅성거리는 것이었다.

담징은 더 참고 견딜 수가 없었다. 그의 장심을 감고 있던 염주가 불당 앞에 떨어졌다. 주먹을 움켜쥔 담징은 벌떡 일어서 버리고 말았다.

동이 훤하게 틔었다.

메아리 같은 사슴의 울음소리가 들려오고 목탁 소리가 울리건만, 담징의 귀엔 아무것도 들리질 않았다.

그의 눈자욱엔 살기가 떠돌아 충혈하여 벌겋게 핏빛이 갔다.

금당 밖으로 나오던 담징은 소스라치게 놀랬다.

어느 틈엔지 법륭사(法隆寺) 주지가 서 있었던 까닭이다.

생불(生佛)이라 우염을 받는 그였다.

담징은 자기도 의식 못한 채 합장을 했다.

그도 맞받아 합장을 하며, 꿇어앉았다 일어선다.

"기뻐하소서…… 양제의 이백만 대군이 을지문덕 장군의 한칼 밑에 가랑잎같이 부서지고 말았나이다. 대사가 금당벽화를 착공할 때가 왔나보이다."

담징은 다시 한번 크게 놀라며 눈을 뜨고 일어섰다.

주지는 말없이 보살(菩薩) 같은 미소를 띄우며 다시 합장 배례(拜禮)하고는 총총한 걸음으로 금당 앞 돌층계를 내려갔다.

이심전심(以心傳心)의 비법(秘法)이랄까…….

이 절 주지만은 오늘날까지 자기가 화필을 잡지 못하고 있었던 이유를 알고 있었음이 분명했다.

담징은 그지없이 고마웠다.

주지의 뒷그림자를 멀리 바라다보며 그는 꿇어앉아 합장한 채 일어서질 않는다.

붉게 물든 동녘 하늘의 아침 기운이 울창한 수목들을 물들여 비치고 있다.

목탁 소리도 그쳤다.

불당 앞으로 돌아온 담징은 떨어트렸던 염주를 주워들고 다시 합장 배례한다.

아침 이슬이 풀잎에 굴러 스며들 듯 염주 한알 한알이 그의 엄지손가락을 타고 장심 속으로 굴러내리고 있다.

푸른빛은 아침 빛을 받아 더욱 빛나고 있다.

황홀 찬란한 이 모든 빛에 눈부셔, 담징은 눈을 뜰 수가 없었다.

가슴에 북받쳐 오르는 희열…….

조국에 대한 끝없는 감사의 염(念)…….

북녘 하늘을 향하여 몇 번이나 합장 재배해도 북받쳐 오는 환희는 가라앉을 줄 몰랐다.

그제야 비로소 담징은 합장한 손끝에서 불심의 자비도 느낄 수 있었다.

담징은 다시 금당 벽면을 향하여 섰다.

벽면엔 아침 햇빛이 훤히 들이비치고 있다.

정제해 두었던 채색 통을 날라놓게 하고, 다음은 우거진 숲 사이에 흐르는 샘터로 가서 속세의 때를 벗기려는 듯 깨끗이 닦고 닦았다.

어쩔 수 없이 터져 오르는 환희를, 경건(敬虔)한 불심으로 바꾸어 벽화를 착공하려는 마음에서였다.

붓을 든 담징의 손길이 무학(舞鶴)같이 벽 앞에 나는가 하면, 진한 빛이 용(龍)의 초리같이 벽면을 스쳤다.

격곡한 골법(骨法)이여!

그 오고 가는 선(線)엔 북방 고구려 남아(男兒)의 의연한 기상이 맺혔고…….

부드러운 색조여…….

땀에 젖었던 백제의 다사로운 꿈이 깃든 속에 남국적인 정열의 풍윤(豊潤)함이 어렸도다.

동방에 제패(制覇)한 조국 고구려의 환희는 관음상(觀音像)의 미소를 자아내게 하고 담징의 싱싱한 예술적 포부는 여기 무르익어 관음상의 불룩한 유방 위에 구슬같이 맺혔다.

이른 봄같이 다사로운 감촉이 숨은 보살의 손끝엔 지금 악에 멸망당한 수많은 오랑캐들의 죽음을 조상하는 불심의 자비가 흘렀다.

목에 걸린 구슬이여…….

소식조차 아득한 조국 땅에 남아있을 잊혀지지 않는 사람들의 얼굴이련가…….

알알이 빛나고 줄이어 맺었으니, 국난을 막기 위한 단결된 그들의 정성이 여기 있도다.

담징은 비로소 붓을 놓고 이마에 흐르는 땀을 씻었다.

붓을 놓고 한 걸음 물러선 그는 눈을 가늘게 뜨고, 화면을 바라본다.

온갖 정성을 다 기울였건만 어딘지 모르게 허전한 것 같았다.

그는 눈을 감은 채 서 있다.

굶주린 금욕의 세계여…….

일찍이 조국 땅에 두고 온 이름 모를 여인의 모습이 떠올랐다.

담징은 다시 눈을 크게 뜨고, 화면을 들여다보았다. 마음속의 영상이 더 뚜렷해질 뿐이다.

담징은 몹시 괴로웠다.

그것은 열반의 세계를 구현(具現)한 것이 아니라, 사바를 모방한 것 같은 생각이 들었던 까닭이다.

다시 붓을 든 담징은 한 걸음 물러섰다 앞으로 나간다.

그대로 화면을 지워버리고 싶은 충동을 일으켰던 것이다.

담징은 다시 주춤 서버린다.

초생달 같은 아미(蛾眉).

열반의 세계가 그 속에 있어야 하겠고, 속세의 거칠음도, 그 가운데 있는 듯싶었던 까닭이다.

넓은 듯 좁은 그 미간(眉間)은 그리운 여인의 마음인 듯하였다. 여자의 마음이 너그러움은 헤픈 것을 말하는 것 같아 담징에겐 싫었다.

담징은 속세에 대한 마지막 미련인 듯 그 미간에다 일점(一點)을 찍어 자기의 정성을 다했다.

헤프지 말라는 뜻에서가 아니라 다시는 자기의 의식의 세계에서 그런 생각을 버리려는 생각에서였다.

붓을 놓고 그는 빙그레 웃으며, 다시 화면을 쳐다보았다.

범할 수 없는 관음상이여…….

그리운 사람의 환상마저 잊으려는 담징의 각고의 노력에 의하여, 열반의 상징, 보살이 이루어졌도다.

벽면엔 저녁노을이 물들기 시작한다.

담징의 등 뒤에 서 있던 주지가 구현(具現)된 지상열반의 세계에 도취하여, 그만 합장한 채 꿇어 엎드렸다.

담징을 비방하던 모든 왜승들도 주지의 옆과 뒤에 꿇어 엎드린 채 합장을 하고 있다.

조국의 국난이 없었던들…….

조국의 승전의 쾌보를 받지 못했던들…….

금당 벽화는 한낱 승 담징의 관념의 표백에 그쳤을는지도 모른다.

윤(潤)에 흐르는 생기(生氣)여!

그것은 조국에 대한 담징의 충혼이 깃들어 있었다.

화면을 쳐다보고 서 있던 담징도 그냥 버티고 서 있을 수가 없었다.

붓 대신 염주를 든 그도 뭇 승들과 같이 합장하며 꿇어앉아 버렸다.

누가 피워놓은 향불이 피어오르고 있다.

오고 가는 숨길에 떠오르던 진세의 타취(唾臭)도 향불 속에 가라앉는 것만 같다.

가사(袈裟)를 둘러멘 주지가 어느새 맨 앞에 앉아 목탁을 두들면 뒤에서 누구인지가 법고(法鼓)를 울린다.

뭇 승들은 그때마다 일제히 일어섰다 앉으며 배례를 한다.

자기 손에 이루어진 관음상이건만 지금 담징에겐 그것이 자기의식의 세계는 아닌 것만 같았다.

벽면엔 관음상의 염화시중(拈華示衆)의 미소가 빛나고 타오르는 향불 속에 목탁과 법고 울리며 뭇 승들의 합장배례가 그칠 줄을 모른다.

묘안묘심
猫眼猫心

술엔 고래라는 소문을 듣던 황옥찬(黃玉賛)이었다.

그의 체질로 보아 고래같이 술을 들이킬 만한 그런 체질이기도 했다.

괴로워 한 잔!

외로워 한 잔!

외로움과 괴로움을 잊었으니 또 한 잔…… 날이 흐리면 일거리가 없어서 한 잔, 맑으면 일거리가 있어서 한 잔…….

이렇게 술을 마시니, 사시장춘(四時長春) 취할 수밖에 없었다.

만날 때마다 취하니 칭 왈(稱 曰) 황태백(黃太白)이요, 앉은 자리에서 폭음을 해대니 고래일 수밖에 없었다.

애주(愛酒)라기보다 취하기 위한 술이었다.

이렇게 물 마시듯 하던 술도 이번 결혼 후로는 거의 끊다시피까지 했다.

처음 아내는 행실이 나쁘다 하여 자기가 이혼을 했지만 두세 번째는 그것들의 행동이 미덥지 않아 의심을 품는 사이에 슬그머니 도망들을 쳐버리고 말았던 것이다.

황옥찬은 그 원인을 술이라 생각했다. 그러게 이번엔 금주를 단행하려 굳은 결심을 했던 것이다.

기실은 별안간 술을 끊었던 까닭에 술병으로 몸살 비슷이 자리에 눕기까지 했다.

아는 병이라 벌꺽벌꺽 마시면 풀릴 것이지만 억지로 견디어보려고 그대로 앓고 누웠던 것이다.

결혼하자 자리에 눕게 되고 보니, 아닌 게 아니라 신부에게도 미안스러운 일이었지만, 남 보기에도 창피한 일이었다. 그러니 밖으로 별의별 소문이 떠돈 것도 무리는 아니었다.

지금도 황옥찬은 될 수 있으면 취하지 않으려고 요량을 부려보지만, 서로 아는 처지라, 보통 속임수가 통할 까닭이 없었다.

"여보게 그러지 말고 좀 들게!"

"어지간히 취했는걸……."

이번 중신을 해준 김중식(金仲植)의 권에 이기지 못하여 다시 잔을 들며 어벙대는 황옥찬의 대답이었다.

김중식은 오늘 기어코 황옥찬을 한 번 골아떨어지게 할 생각인지 곤배닌배 술을 권하는 것이었다.

이렇게 되고 보니 술을 끊었다니 하는 말을 공연히 지껄인 것 같았다.

그래도 자기의 실패를 술에 있다고 생각했기에 중신해 준 김중식의 걱정을 덜게 해주기 위해서 한 말이었다.

김중식이니 옆에 앉은 오세득(吳世得)은 비록 장판에서 품 팔아 먹고사는 처지들이라 해도 서로 꼬추 자지 맞잡고 자란 새였다.

황옥찬이가 처음 이혼을 하게 된 것도 오세득의 말 한마디 때문이었다.

"이놈아! 그래 처녀가 사태가 날 세상에 그 바람잽일 데리구 산단 말인가!"

그 후 오세득이가 술좌석의 농담이라군 했어도 황옥찬은 그것이 믿어지지 않았고 그것으로 이혼까지 해버리고 말았던 것이다.

"어떤가 그래 요샌!"

"말 말게 이 사람!"

오세득으로부터 잔을 받으며, 김중식이가 가로채는 대답이었다.

"큰일 났네! 내 공연한 중신을 했다가……."

보리밭에 가서 누워도 취한다는 김중식이라 벌써 얼굴은 홍당무같이 되어 있었다.

"아무래도 당해내질 못하는 모양이야. 며칠 안 돼서 자리에 누웠다니, 내 그 원망을 어떻게 듣겠는가!"

"그렇게도 밑도리 힘이 벌써부터 없어졌나! 남은 인생 칠십에 득남(得男)을 한다는데!"

오세득이가 뒤따라 이렇게 말하자 황옥찬은 그냥 잔을 쭉 들이키며 씩 웃을 뿐이었다.

"내 말에 대답이 없는 걸 보니 네 이젠 완전히 폐마(廢馬)가 된 모양이지!"

그들은 다시 잔을 주고받으며 천정이 갈라 터져 나가게 크게 웃어 댔다.

좌석이 이쯤 되고 보면 황옥찬에겐 금주도 절주도 있을 까닭이 없었다.

여름밤은 짧았다.

물거품 잦아들 듯 밤은 깊어만 갔다.

해가 떨어지는 것 같더니만 벌써 아홉 시가 지났다.

"난 가봐야겠네!"

"이 사람아 가긴 벌써……."

황옥찬은 김중식이가 꼭 가야 할 것을 알면서도 일부러 붙잡아 댔다.

"이 사람 내일 또 하세!"

"글쎄 임자보고 술값 내라 하진 않을 테니 어서 앉게……."

"이 사람이 술을 끊었다더니 두 번만 끊었드면, 큰일 날 뻔했는걸……."

김중식의 말이 핀잔 같아 좀 거북스럽긴 했어도 잔을 들고 보니 그렇게 어중간하게 마실 순 없었다.

아내의 해산이 오늘이니 내일이니 하는 때라 김중식은 좀 일찌감치 들어가야만 했다.

더욱 오늘 아침은 밑배가 어떻다는 소리까지 듣고 나온 터이라 어떤 수단을 쓰던지 일찌감치 들어가야만 할 김중식이었다.

"자네 글쎄 그렇게 술만 마시지 말고 정신을 좀 차려요! 신혼 초부터 당해내지 못하고 자리에 눕는 사람이 무슨 기력으로 술을 마신다고 이 야단인가."

"주흥(酒興) 뒤에 흥낙 흥낙(興樂 興樂)을 자네는 모르고 하는 소리지."

"아따 돌려치긴! 자네 마누라가 자네보담은 십 년 하나가 더 젊었다는 걸 알아야 해!"

이 말엔 황옥찬이도 속이 뜨끔했다. 곧 받아넘길 만한 말이 쉬 떠오르질 않았다.

황옥찬의 이런 꼴을 보자 김중식은 한술 더 뜨는 눈치다.

"내일 아침은 고사하고, 오늘 밤중으로 중신쟁이한테 뛰쳐오지 않게 하게……."

황옥찬의 눈은 금시에 샐쭉해졌다. 한참 물오른 삼십 과부를 당할 수 있겠느냐고 중신말이 오고 갈 때부터 있던 말이다.

원래 자신이 있었기에 황옥찬은 그 말엔 별로 대꾸하지도 않았지만 요지음은 웬일인지 그런 소리도 듣기가 싫었다.

"가게! 가! 시끄럽네!"

황옥찬은 제법 화가 뒤집힌 듯 김중식을 밀어내었다.

"글쎄 조심하라니까!"

김중식은 나가면서도 황옥찬의 가슴속에 여운을 남겨주려는 듯 중얼거리는 것 같았다.

김중식이가 먼저 돌아가고 보니 고래와 고래가 맞붙은 셈이다.

권커니 받거니, 이젠 그들도 멋들어지게 취해버렸다.

"그래 이번 친 괭일 무서워하지 않나?"

오세득의 취김에 묻는 말이었다.

황옥찬은 취했을망정 오세득의 묻는 말엔 기분이 덜 좋았다.

그것은 이번 마누란 행동이 제법 단정하느냐고 묻는 말과 같았던 까닭이다. 처음 결혼에 실패한 후로는 둘째 셋째 모두가 다 믿음직스럽질 못했다.

술과 친구를 만나면 호인인 황옥찬이었지만, 술을 마시고 마누라만

대하면 의처증이랄까 그런 것이 더 심해지곤 했다.

그러게 술만 취해 들어가는 날이면, 황옥찬은 밤새 괭이 울음소리를 내며 밖을 돌았던 것이다. 혹시 어떤 놈팽이가 들어와 있지 않은가 해서…….

그때마다 아내가 혼자 집에 있으면 다행이지 눈에 거슬리는 일이 있거나 아내가 집에 붙어 있지 않는달 것 같으면 큰 벼락이 떨어지군 했다.

둘째 아내가 도망친 것도 셋째 아내가 도망친 것도 결국 이 괭이 울음소리가 겨워서였던 것이다.

오세득과 갈라진 땐 밤이 퍽 들었을 때였다.

집으로 빨리 돌아가야겠다는 생각에 마음으론 빨리 걷는 것 같았지만 이리 비틀 저리 비틀하는 걸음은 붓질 않았다.

이리 비틀 저리 비틀하면서도 집으로 빨리 돌아가야겠다는 생각만은 기류가 흐르듯 끊이질 않았다.

"제길 망할 놈의……."

누구를 향한 투정인지 몰라도 그는 어둠 속을 향하여 혀 꼬부라진 소리를 혼자 중얼거리며 그래도 쓰러지진 않고 허둥거리기만 했다.

어둠 속에 길게 꼬리를 끄는 고동 소리로 통행금지 시간이 지났다는 것도 어렴풋이 깨달을 수 있었다.

하늘엔 별들이 총총히 빛나고 있었다. 총총히 빛나는 별들을 무슨 까닭에 이렇게 서서 쳐다보고 있는지 자기 자신 알 수 없는 일이었다.

다만 오늘따라 영문도 없이 멍청 서서 별들을 쳐다보게 되었을 뿐이었다.

머리를 스치는 별의 흐름 속엔 가로 한 줄의 금을 긋듯 지나간 별 줄도 있었다. 지금 그 가로 금 그어진 별 줄과도 같이 자기도 지레 걸음을 하고 있다고 생각했다.

오세득과 어데서 어떻게 헤어졌는진 몰라도 언뜻 생각해 보면 자기 자신 그리 술이 취한 것 같진 않았다.

얼굴을 쓰다듬어 보면 훈훈히 달아오를 뿐 딴 변통은 없었다.

지금 저쪽에서 걸어오는 인적기도 확실히 분간해 들을 수 있었다.

언덕길을 내려오던 그림자는 황옥찬이 자기를 보자 곧 옆으로 빠지는 골목길로 피하는 듯싶었다.

황옥찬은 정신이 번쩍 드는 것 같았다.

내가 술이 취했나 보지…….

이렇게 중얼거리며 또다시 얼굴을 쓰다듬어 봤지만, 아무리 생각해도 술 취한 것 같진 않았다.

그림자는 마치 어둠 속을 향하여 사라지는 유성과 같았다.

그것이 별이라는 것을 알아낼 수 있듯이 비록 옆 골목으로 빠져나갔다 해도 그 그림자의 주인공이 누구인가를 언뜻 알아보았다.

김중식이다!

이런 생각과 함께 그림자가 빠져나간 골목을 향하여 뛰쳐갔다.

골목 안은 조용했다.

꽤나 긴 골목이었지만, 아무런 인적기도 없었다.

몇 걸음 더 걸어 나가다 문뜩 서버린다.

쥐를 노리는 괭이 모양 어둠 속을 노리고 서 있는 것이다.

지금까지 뵈지 않던 그림자가 확실히 걸어가고 있었다.

“중식이!”

골목을 향하여 불러보았다.

확실히 그림자는 황옥찬의 음성을 알아들었던 모양이다.

한 번 힐끔 쳐다보는 것 같더니 그대로 쏜살같이 사라지고 말았다.

어둠 속을 노리고 서 있는 황옥찬의 발걸음은 좀처럼 떨어지질 않았다.

취기가 확 얼굴로 떠오르는 것 같더니 금시 발산해 버리는지 전신이 싸늘해지는 것 같았다.

취기가 깨는 순간이었던 모양이다.

황옥찬은 그제야 주석에서 들은, 김중식의 말이 또렷또렷 떠올랐다.

뭇 별들이 자리를 옮겨 앉는 것 같았다. 별과 별들의 거리가 흥클어지고 짚고 서 있던 땅이 꺼지는 것만 같았다.

이젠 그림자를 따라갈 용기도 나지 않았다.

한시바삐 집으로 뛰쳐가 봐야만 했다.

황옥찬은 무슨 기운으로 여기까지 단숨에 뛰쳐 왔는지 알 수 없었다.

헐레벌떡 뛰노는 가슴의 고동을 죽여야겠다는 생각밖엔 아무것도 없었다. 길게 숨을 내뿜은 황옥찬의 전신은 더 떨리기만 했다.

그제야 알았지만 현관문이 반쯤 열려 있는 것이 더욱 이상스러웠다.

현관문이 열려 있을 까닭이 없었다. 황옥찬은 괭이 걸음으로 살짝 현관 앞으로 들어섰다.

집은 온통 다 비어 있는 것 같았다. 순간 황옥찬의 가슴속도 텅 비는 것 같기만 했다.

그 아무것도 없는 듯싶은 가슴속에 가라앉았던 슬픔이 일시에 솟아올랐다. 그것은 슬픔이 아니라 시기와 질투와 원망과 저주와 배반들이 두루 뭉쳐진 일종의 증오 같은 해명할 수 없는 감정의 파생물이었다.

황옥찬은 다시 한번 전신이 부루루 떨렸다.

귀를 기울여 보니 방 안엔 아무런 기척도 없는 것 같았다.

그러나 재차 정신을 차려보면 확실히 안에서 아내의 숨소리 같은 것이 들리는 것 같기도 했다.

헛된 의심인 것 같아 자신이 뉘우쳐지기도 했다.

크게 헛기침이라도 하며 들어서려 했다.

그러나 골목을 끼고 줄달음질 쳐버린 그림잘 생각하면 뉘우침에 앞서, 일층 더 의심의 안개가 짙어지기만 한다. 인적기를 더듬다 만일 방에 아내가 그대로 앉아 있다면 오히려 부끄러운 일이었다.

황옥찬은 복도로 올라서며 가만히 괭이 소릴 내보았다.

“양 – 오 양 – 오.”

영락없는 도둑괭이의 울음소리다.

꿇어 엎디려 걸어가면서 연신 도둑괭이의 울음소리를 냈다.

처음 단간방인 창구멍부터 엿들여다 보았다.

요와 이불이 가즈런히 깔려 있건만 아내의 그림잔 뵈질 않았다.

황옥찬의 가슴속은 터져버릴 것만 같았다.

이 분통을 이겨내려고 그는 성난 괭이 모양 활같이 허리를 구부리고 두세 번 울어댔다.

그래도 분은 가라앉질 않았다.

깔아놓은 자리 위에선 무슨 씨름판이 버그러졌던 모양인지 아내가 누워 있어야 할 이불이 뒤집힌 채 그냥 버려져 있었다.

그리고도 또 무엇이 부족하여 연놈이……

황옥찬의 눈에선 뜨거운 불길이 확 내솟는 것 같았다.

지금 뚫어진 창구멍으로 노리고 있는 황옥찬의 눈알은 분명 사람의 눈이 아니었다.

아내를 찾으려고 노리는 그것이 쥐를 덮치려는 도둑괭이의 마음 그것이라면 창구멍을 들여다보는 두 눈알도 또한 그것과 같아 뵈었다.

방에서 흥을 잃은 큰 도둑괭이는 슬픈 울음소리를 크게 지르며 부엌으로 갔다. 결국 부엌도 마찬가지였다.

여기서도 두세 번 크게 울어댔지만 아무런 소득이 있을 리 없었다.

황옥찬은 그 골목길을 줄달음쳐 뒤쫓아 가지 못한 것이 후회스러웠다. 연놈이 그 골목길을 빠져나간 것이 분명했다. 설사 김중식의 그림자밖엔 눈에 띄지 않았다 해도 아내도 앞서거니 뒤서거니 해서 쫓아간 것만은 틀림없는 사실이었다.

부엌에서 뒤돌아선 황옥찬은 별로 가볼 곳이 없었다.

현관 옆 변소 문 앞에 허리를 구부린 채 그냥 마구 슬피 울 수밖에 도리가 없었다.

황옥찬은 지금 자기가 무슨 까닭에 아직도 허리를 구부리고 도둑괭이의 울음소리를 내야 하는지 알 수 없었다.

아내의 실종이 슬픈 까닭에 이를 사로 물고 다시 한번 “양오—” 했을 뿐이다.

셋째 번 아내는 이 괭이 울음소리를 수십 차나 듣고 도망쳤건만, 이번 아내는 괭이 울음소리도 듣지 않고 도망쳐 버렸으니, 생각하면 그래도 지금까진 자기의 처사를 병적이 아닌가 하여 뉘우쳐 보는 마음도 있었지만 지금 생각하여 보면 세상의 모든 죄악은 여자가 음란한 탓이지 남자에게는 아무런 죄도 있을 것 같질 않았다.

황옥찬은 지금까지 자기가 네 번이나 결혼한 것도 결국 여자들의 음란한 행동의 결과라고 단안을 내릴 수밖엔 없었다.

이상스럽게 변소 문이 덜컹거리는 것 같았다. 황옥찬은 가만이 숨을 죽이며 노려보았다. 바람도 없건만 또다시 변소 문이 덜렁덜렁 울렸다. 허리를 전에 없이 구부린 황옥찬은 연거푸 두세 번 울어댔다.

다시 문은 흔들리질 않았다.

바람에 흔들렸다면 다시 한번쯤 문소리가 남즉도 했었지만 아무런 소리도 나지 않는 것이 더욱 수상스러운 것 같았다. 그 속에 무엇이 꼭 들어 있는 것만 같기도 했다. 그것이 아내였으면……. 행여를 바라는 황옥찬은 이렇게도 생각해 보았다.

그러나 아내가 입때 변소에 들어가 있을 린 없었다. 홧김에 변소 문을 탁치며 다시 한번 큰 울음소리를 내며 방으로 왔다. 아내가 없는 방안은 이상스레 넓어만 뵈었다. 깔아놓은 자리는 더한 것 같았다. 그대로 이불 위에 활개를 펴고 쓰러져 버렸다. 전신에 땀이 진득거린다. 무엇에 가슴이 짓눌리는 것같이 답답하여 견딜 수가 없었다. 숨이 넘어가는 듯싶은 괭이 울음소리를 내보았다. 그래도 가슴은 가라앉질 않았다.

황옥찬은 사지를 구불떡 들었다 놓으며 악을 써보았다.

그제야 가슴이 좀 후련이 가라앉는 것 같았다.

풋잠머리를 깨치고 변소를 간 아내는 남편의 늦음이 걱정스러웠다.

졸리는 눈을 부비며 일어서려던 아내는 흠칠하고 그냥 주저앉아 버리고 말았다. 난데없이 괭이 울음소리가 들렸던 까닭이다.

아내는 어렸을 때 괭이한테 몹시 놀란 일이 있은 후로는 괭이를 극도로 미워했다. 미워한다느니보다는 싫어했고 싫어한다느니보다는 무서워한다는 것이 옳은 판단일 것이다.

고놈의 눈알부터가 마음에 들지 않았다. 한순간도 제대로 있지 못하고 각각으로 변하는 그것부터가 보기 싫었다. 그것만이 아니라 건방진 수염이라던지 등골에 물을 끼얹어 주는 듯싶은 그 울음소리라던지 하나에서 열까지가 모두 싫었다.

성냥 준비도 없이 잠결에 변소로 와 앉았던 아내는 뜻하지 않은 괭이 울음소리에 놀라지 않을 수가 없었다. 처음엔 도둑괭이란 놈이 제멋대로 돌아다니다, 먹을 것이 없으면 나가버리겠지 하고 그냥 그대로 앉은 채 기다려보았다.

확실히 괭이는 현관문으로 들어온 것일 거라……

그 울음소리가 점점 멀어지기에 곧장 나가려고도 생각했다.

그러던 것이 가만이 귀를 기우려 보니 괭이란 놈이 틀림없이 자기가 들어가야 할 방문 앞에서 울고 있는 것이 아닌가……

방문 앞에 도사리고 있는 괭이를 밀어버리고 방으로 들어갈 용긴 도저히 없었다.

기왕이면 기다리던 차니 다시 밖으로 빠져나간 다음 현관문 단속이라도 하고 방으로 갈 생각을 했었지만 괭이는 좀처럼 침실 문밖에서 떨어져 나가는 것 같질 않았다.

아내는 지루스러울 지경으로 안타까웠다.

그러던 괭이가 부엌 쪽으로 가는 것 같기에 안심했다. 부엌문이 잠졌으니까 그놈이 빠질 구멍이 없으면 다시 되돌아 현관으로 나가겠지 하는 생각이 들었던 까닭이다.

괭이는 생각하던 대로 부엌에서 다시 뒤돌아 오는 것이 분명했다.

아내는 일어선 채 괭이가 지나가기만 하면 곧 나와 현관문을 잠그려고 변소 문고리를 가만히 잡고 있었다.

덜렁 소리가 난 것은 아내가 문을 잡아당긴 탓이었다.

아내로선 그것이 큰 실수인 것 같았다. 좀처럼 괭이란 놈이 문밖에서 옮겨가지 않는 것 같았던 까닭이다.

심히 울어대며 아르랑거리는 것이 굶주린 놈이라 문소리에 전 신경을 기울였을 뿐만 아니라 냄새를 맡아낸 것 같기도 했다.

혹시 그놈이 앞발로 문이라도 잡아채지 않을까 하여 아내는 더욱 힘껏 문을 잡아당긴 채 걸어버리고 말았다.

그때 한 번 더 괭이는 으르렁댔다. 아내는 문소리를 낸 것이 퍽 후회스러웠다.

안으로 걸어놓은 문이라 겁날 것은 없었지만, 그래도 여기서 떠나지 않고 장시간 으르렁댄다면 그것도 퍽 지루스러운 일이었지만, 남편이 들어오다 이 광경을 본달 것 같으면 신혼부부 사이에 창피스러운 일이었다.

그런 생각에 골몰하고 있을 때였다.

괭이란 놈이 문짝을 치는 통에 아내는 깜짝 놀라 그대로 까무라칠 번했다. 이놈의 괭이가 약이 오를 대로 오른 것이 분명했다.

눈앞에 성이 잔뜩 난 괭이 모습이 수없이 떠오름을 어찌할 수 없었다.

소름이 끼치고 치가 떨리는 일이었다. 이젠 그놈이 그만이나 울어

주었으면 좋겠는데 그대로 약에 받혀 있는지 양옹거리는 소리란 더 듣고 있을 수가 없을 지경이었다.

아무리 생각해도 괭이란 놈은 독한 짐승이요 괴(怪)한 물건인 것 같았다.

그렇듯 울어대던 울음소리나마, 잠시 뜸해지고 보니, 그런대로 살 것만 같았다. 등허리는 말할 것도 없었지만 이마니 콧잔등에까지 땀방울이 내솟아 있었다. 그놈이 울음만 그쳤지 다시 방 쪽으로 가는 모양이니 죽을 지경이었다.

어찌나 겁을 집어먹었던지 오줌 길까지 순하질 않은 것 같았다.

그놈이 방 밖으로 돌더니만, 이번엔 무슨 힘으로 열었는지 방 안으로 들어간 것이 분명했다.

분김에 뒤치락거리던 황옥찬은 그대로 쓰러진 채 잠이 들어버렸다.

활개를 쭉 벋었지만, 입술을 베문 것을 보면 자면서까지 분통을 참아내지 못하는 모양인가……

확실히 방으로 들어갔을 줄 믿었던 괭이는 그 속에서 전에 없이 큰 소리로 울어대더니 온데간데없이 아무런 소리도 들리질 않았다.

울음소리가 들리지 않았으면 했더니 이렇게 아무런 소리도 들리지 않고 보면 그것은 울음소리가 들리던 때보다도 더 무서워지는 것이었다. 남편이 원망스러웠다.

시간이 얼마나 흘렀는지 알 수 없어도 그대로 더 뻗치고 서 있을 수가 없었다.

밑도리가 떨리는가 하면, 머리골까지도 휑휑 도는 것 같았다.

아내는 조심조심 변소 문을 열고 나왔다. 신경이 쏠리는 대로 침실 쪽으로 귀를 기울이면 틀림없이 코 고는 소리뿐이 들렸다. 이상스러운 일이다. 발밑을 주의하며 방문을 연다.

천만뜻밖의 일이었다.

남편이 네 활개를 펴고 잠들어 있지 않는가…… 물론 괭이 그림자는 얼씬 뵈지도 않았지만…….

아내는 핑 눈물이 고임을 어찌할 수 없었다. 무어라 형용할 수 없는 비희(悲喜)의 쌍주곡(双奏曲) 같은 감정의 발로였다.

그대로 전등불을 끄고 남편 옆으로 다가 누웠다. 무엇인지 모르게 허전한 것 같기만 했다. 사람이 홀린다는 말이 있더니만, 꼭 자기가 무엇에 홀렸던 것 같았다. 그러면서도 한편 가슴이 가라앉는 것 같았다.

남편이 옆에 누워있다는 것이 믿음직스러웠다. 아내는 허리를 졸라 매었던 속옷의 끈을 누추며 남편 옆으로 일층 더 가까이 다가 누웠다. 그렇게 함으로써만, 마음이 진정되는 것 같았고 안심이 되었던 까닭이다.

옆을 더듬던 순간 부드러운 살결에 부두친 황옥찬은 소스라치게 놀라 잠을 깨쳤다. 천만뜻밖의 일이었다. 옆에 아내가 누워있을 까닭이 없는데 누워있었던 까닭이다.

벌써 방 안이 환할 지경으로 밝은 때였다. 아내는 어데를 쏘다녔는지 세상모르고 잠이 들어 있었다. 황옥찬은 전신이 떨리도록 분이 치받쳐 올랐다.

아내의 얼굴을 물끄러미 내려다보고 있는 황옥찬의 눈앞엔 맨 처음 아내를 비롯하여 둘째 셋째 번 아내의 얼굴까지 또렷이 떠올랐다. 모두 다 자기를 속이고 정조를 판 계집들이었다.

"얌치없는 년! 흥! 그럼 누가 모를 줄 알고!"

이렇게 중얼거리는 황옥찬의 입가엔 싸늘한 비웃음이 스쳤다.

너도 결국은 같은 계집이었구나…….

이런 생각이 떠오르는 순간 도망친 아내들한테까지의 울화가 몰아 터지고야 말았다.

너 같은 계집들을 그냥 둘 수 있어! 그는 단단한 결심을 하면서도 다시 한번 따져보려 들었다.

헤벌리고 잠든 아내의 모습은 꼭 그런 여자와 같아만 뵈었다.

그런대로 황옥찬은 치밀했다. 치마를 들추고 속옷 고름을 보았다. 제멋대로 풀어져 있지 않은가……

그는 거기서 더 자기를 참고 견딜 수가 없었다.

남편을 팔아 향락하는 계집!

목구멍에서 불덩어리가 치솟아 오르는 것만 같았다. 벌떡 이러선 황옥찬의 주먹은 절로 부르르 떨었다. 그냥 그저 불름한 젖가슴을 지레밟아 놓고 싶었다.

그러나 그것만으로도 분은 가라앉을 것 같질 않았다.

괭이가 쥐를 잡아 물어뜯듯 이런 년의 심장이 어떻게 생겼는지 그 심장을 포개어 질근질근 씹어봐야만 시원할 것 같았다.

그는 광 속의 도끼 생각이 언뜻 떠올랐다. 그놈의 예리한 도끼날로 마음껏 심장을 패내고만 싶었다.

광으로 나가려다 무엇이 꺼리끼는지 다시 주춤 서버린다. 자기가 광으로 간 틈에 무슨 변동이 일어날지 안심이 안 되었던 까닭이다. 머리맡에 놓여 있던 다듬잇돌을 들어 아내의 가슴 위에다 올려놓은 채 광으로 뛰쳐 갔다.

광에서 도끼를 찾는 사이에 아내의 신음소리가 들여오는 것 같았다. 황옥찬의 손은 떨렸다. 도끼가 얼핏 눈에 띄질 않았다. 다시 한번 아내의 고함소리가 들렸다. 이대로 도끼만 찾다간 일이 실패에 돌아갈 것만 같았다.

부엌에 있을 식도 생각이 그제야 떠올랐다.

허둥지둥 광을 나왔다.

그때였다. 아내가 미처 밑도리를 가누지도 못한 채 현관으로 뛰쳐나가며 도둑이야 소리를 질렀다.

"이년!"

고함에 아내는 힐끔 쳐다보며 주첨했다.

"이년! 누가 도둑이야! 이 망할 년……."

황옥찬의 양 눈은 빨갛게 충혈되어 있었다. 그것은 아내가 무서워하는 괭이 눈알 같았다.

아내는 영문도 모르고 지나치게 흉악해진 남편의 손길을 피하려 생각 없이 밖으로 뛰쳐나갔다.

"이년! 이 죽일 년!"

양 주먹을 부루쥔 황옥찬은 아내를 대번에 덮쳐버리려는 듯 그 뒤를 쫓아갔다.

고가
古家

1

솟구쳐 흐르는 물줄기모양 뻗어 내린 소백산(小白山) 준령(峻嶺)이 어쩌다 여기서 맥(脈)이 끊기며 마치 범이 꼬리를 사리듯 돌려 맺혔다.

그 맺어진 데서 다시 잔잔한 구릉(丘陵)이 좌우로 퍼진 한복판에 큰 마을이 있으니 세칭 이 골을 김씨 마을이라 한다.

필재(弼載)의 집은 이 마을의 종가(宗家)요, 그는 종손(宗孫)이다.

필재의 집 앞마당에 있는 느티나무 아래 나서면 이 마을이 한눈에 내려다보인다.

지금 느티나무 밑에서 내려다보이는 그 넓은 시내가 오대조가 여기 자리 잡을 때만 해도 큰 배로 건너야 할 강이었다고 했다. 필재의 오대조가 여기 자리 잡았다는 것을 보면, 당당하던 장동 김씨(壯東 金氏)의 세도도 부리지 못하고 낙향한 패임이 분명했다.

그 물줄기가 벌을 가로질러 흐르는 까닭에 김씨 마을은 번성했고 또한 부유하게 살았다고 했다.

물론 필재는 일찍 아버지를 잃은 까닭에 이 모든 이야기는 할아버지로부터 직접 들은 말들이다.

할아버지가 항상 사랑방에 도사리고 앉아 장죽(長竹)을 물곤 이것을 자랑했고 또 어찌된 셈인지 근 사십 년래 이 물줄기가 줄어들고 지형이 점차 바꾸어진다고 걱정을 했다.

해마다 모래가 밀리고 강물이 얕아짐은, 김씨 종가의 지운이 점점 약해지는 증거라고 수군거렸다.

필재의 어렸을 때의 기억이지마는, 사랑채와 안채를 중심하여 사면에 누각(樓閣)과 같은 큰 문들이 있었고, 뜰 안채엔 네 개의 정자(亭子)와 그 정자를 둘러싼 큰 연못이 있었다.

정자마다 우거진 대숲으로 가로막혔고, 대낮에도 곧잘 숲속에서 뻐꾸기가 울어대었다.

그러나 이 넓은 성곽(城郭)과 같은 울타리 속에 사는 사람들의 얼굴에서 필재는 자기가 철들면서부터는 한 번도 호젓한 웃음이 떠도는 얼굴을 보지 못했다.

필재의 어머니는 임진(壬辰), 동학(東學) 양란을 거칠 때마다 이 집이 불 속에 묻혔어도 오백 년 묵은 싸리 기둥만이 남아 있었다는 안채에 들어앉아 밤이면 아주까리 등잔 앞에서《사씨남정기(謝氏南征記)》나《임경업전(林慶業傳)》같은 것을 읽던 기억이 필재의 머리 속엔 언제나 사라지지 않았다.

어머니는 6·25 당시 필재로 인한 심려가 더쳐 그대로 세상을 떠났건만 아직도 그 싸리 기둥만은, 낮고 음습한 안방 채에 그들의 웃음

없는 얼굴모양 남아 있었다. 필재가 아홉 살 나던 해에 같은 마을 애들은 보통학교(普通學校)엘 다 다녀도 할아버지는 필재의 땋아 늘어뜨린 머리를 깎아 주려 하지도 않았고 앞마당에 새로운 정자를 세우고 필재로 하여금 작년이나 다름없이 거기서 하루 세 번 할아버지 앞에 강(講)을 외어 바치게 했다.

할아버지는 군자(君子)는 문방사우(文房四友)를 즐겨야 한다고 하며 이 어린 증손을 위하여 정자의 이름을 사우정(四友亭)이라 했다.

동쪽에 있던 정자가 황암정(皇岩亭)이요 숙부님이 계시던 채의 뒤쪽에 있던 것이 쌍죽정(雙竹亭)이다. 쌍죽정은 숙모님이 거기서 목을 매었던 까닭에 조부님 생존 시에 정자를 헐고 묻어 버렸지만 황암정은 그 후 어떻게 되었는지 없어져 버리고 지금까지 남아 있는 것은 이 사우정뿐이다.

창창(蒼蒼)한 수림(樹林)이 지나치게, 말하자면 낮과 밤을 구분하지 못할 정도로 어두운 그늘 밑에, 잠자리 날개 같은 모시 두루마기를 입은 숙부(叔父)의 모습은 어린 필재의 눈에도 퍽 이채적(異彩的)인 존재였다.

그는 하루 두 번 할아버지한테 문안을 드리려 사랑방에 잠깐 들렀다 나갈 뿐 별로 말이 없이 항상 조용했다.

밤 깊어 필재가 잠들랄 것 같으면 읽고 있던 고대 소설책을 문갑(文匣) 위에 올려놓곤 무심코 '뜻이 맞지를 않아 큰 걱정이야……' 이렇게 중얼거리던 어머니의 목소리를 잠결에 들으며 그대로 잠들어 버리곤 했다.

2

조부가 마을로 마실을 나간 날 낮이었다. 아니 서원(書院) 이 모(李某)가 왔다고 해서 진종일 술을 마시고 있을 때다.

무슨 까닭인지 숙부가 손짓하기에 필재는 숙부를 따라 동쪽에 있는 정자로 따라갔다.

이 정자 주위엔 대나무가 빼곡히 들어서 있어서 밖에서 잘 들여다 뵈지도 않았다.

"필재야 이리 온!"

난간에 기대앉으며 숙부가 손짓하기에 필재는 무심코 그쪽으로 갔다.

항상 말이 없던 숙부였다. 필재는 그때 그 의젓한 숙부의 음성을 난생 처음 듣는 것 같았고, 이십 년 전에 들은 숙부의 음성이었건만 아직도 필재의 귓속엔 그대로 남아 있었다.

"더운데 그놈의 머린 길러 뭘 하니……"

필재는 그때 귀가 번쩍 트이는 것 같았다. 그것은 더운데 머리를 깎아버리자는 소리였다.

필재는 그때까지 얼마나 머리를 깎아버렸으면 하는 생각을 했는지 모른다. 그러나 어쩐지 할아버지 앞에선 감히 그런 소리란 입 밖에 내지 못하던 필재였다.

그렇게 필재는 숙부의 그 말이 한없이 반가우면서도 겁을 집어먹지 않을 수 없었다.

"할아버지……"

필재가 숙부 앞에서 이런 소릴 중얼거린 것은 숙부의 행동을 막으려는 것도 아니요, 또 자기 자신 깎기가 싫다는 소리도 아니었다. 다만 얼결에 그렇게 중얼거렸을 뿐이다.

그러나 숙부는 할아버지의 승낙이 없이는 깎을 수 없다는 소리로만 들은 것 같았다.

"에이 못난 놈아! 그래 그 꼬리를 그대로 달구 다닐 테야……"

숙부는 그대로 와락 필재를 잡아당겨 놓고는 처녀의 머리꼬리같이 기름기가 있는 필재의 꼬리를 잘라주고야 말았다. 숙부는 언제 그런 것을 마련해 두었던 것인지 나중에 알았지만, 머리 기계로 필재의 머리를 곱게 다스려주었다.

필재는 숙부가 갖고 있는 그 머리 기계가 어쩌면 그렇게 신기한 것인지 알 수 없었다.

"어떠냐……"

"시원해요."

필재는 숙부의 물음에 이렇게 대답하며 신기한 듯 자기 머리를 몇 번이나 쓸어보았다.

숙부는 필재의 머리털을 아무렇게나 쓸어 모아 정자 밑 못 속에다 던져 버렸다.

검은 머리털이 뭉쳐진 채 그대로 물 위에 떠서 빙빙 돌 뿐이다.

"고 머리에 쇠똥 봐라…… 응 저기 내려가 씻자."

필재는 하필 쇠똥이 자기 머리 위에 있을까 싶어 몇 번이나 머리를 다시 쓰다듬으며 숙부의 뒤를 따라 정자 밑으로 내려갔다.

정자 밑 못 속의 물은 거울같이 맑았다. 흰 구름이 뭉게뭉게 떠 흐르는 밑에 중의 머리가 된 필재의 얼굴이 크게 들여다보인다.

필재는 자기 얼굴 같으면서도 자기 얼굴 같지 않은 모습을 한참이나 들여다보다 지그시 웃는다.

물방개라는 놈이 어디서부터 헤엄쳐 왔는지 필재의 얼굴을 마구 흔들어버리고 사라진다.

"자, 어서 시원히 그 머리의 때를 닦아라."

필재는 자기 머리에 무슨 때가 그렇게 쇠똥같이 끼였나 싶었다. 그러나 숙부가 하라는 대로 할 수밖에 없었다.

물을 한 웅큼 머리에 끼얹으니 목은 자라목같이 기어들기만 했다. 물이 여간 차질 않다. 필재는 대충 닦는 척하고 일어서자 숙부가 이번엔 용서칠 않는다.

솥뚜껑 같은 숙부의 손이 쉴 새 없이 물을 끼얹어 주며 닦는 품이 꼭 머리 껍질을 한 껍질 벗겨내는 것만 같았다.

인젠 머리가 별로 시원한 줄도 모르고 온통 얼얼하기만 했다.

그 통에 필재는 찔끔찔끔 나오는 눈물을 몇 번이나 삼켰는지도 모른다.

필재의 머리를 닦아 주고 난 숙부는 이번엔 자기의 머리에 물을 끼얹으며 머리를 씻지 않는가…… 필재는 그제서야 숙부도 머리를 깎아 버린 것을 발견했다.

숙부는 머리를 닦고 나서도 무엇을 생각하는지 한참이나 그대로 선 채 대숲 속을 물끄러미 쳐다보고 있었다.

대낮부터 개구리란 놈들이 여기저기서 꾸루륵대는 소리가 뜰의 정적(靜寂)을 더해주는 것 같았다.

고추잠자리가 곱게 수면을 타고 흐르듯 날아오더니만 필재가 서 있는 바로 옆에 있는 마름 잎에 사뿐히 앉아버린다.

필재는 그것을 잡으려고 가만히 손을 내젓는다. 놀란 잠자리는 다시 몇 걸음 가지 않아 또 풀잎에 앉는다. 필재는 고추잠자리를 잡으려고 또 따르다 그대로 정자 위로 올라오고 말았다.

숙부는 필재가 들어가는 줄만 알았던 모양이다.

"얘 필재야, 사랑방엘랑 가지 말아라."

그때야 다시금 필재는 깎아 버린 머리가 시원하면서도 또 걱정스러웠다.

"네……."

숙부의 말에 이렇게 대답한 그는 빨리 어머니한테로 가야만 할 것 같아 그대로 대숲을 헤치고 안방으로 뛰쳐 갔다.

어머니는 숙모님과 무슨 얘기를 주고받고 있다 별안간 필재가 뛰쳐 드는 통에 흠칫하는 눈치였다.

필재는 어머니가 걱정하기 전에 자기가 당한 변을 먼저 어머니에게 알려야만 할 것 같았다.

"어머니…… 이거…… 숙부님이……."

필시 어머니가 큰 야단이 있을 것만 같아 필재는 모든 책임을 숙부 앞에 전가시키듯 울먹거렸다.

그러나 어머니는 숙모님과 서로 얼굴을 마주 쳐다보고 긴 한숨을 내쉴 뿐이었다.

필재의 눈에도 어머니와 숙모님의 태도가 이상한 것 같으면서도 어린 소견에 그것을 알아차릴 까닭이 없었다.

"사랑방엘랑 나가지 마라……."

어머니도 숙부님과 꼭 같은 소리를 할 뿐 별로 걱정하는 기색을 보이지 않았다.

필재는 그날로부터 열사흘 동안을 안방에 틀어박힌 채 꼼짝을 못했다.

서원 손님이 간 날 아침에 할아버지는 필재가 어떻게 되었기에 이렇게 늦장을 피우느냐고 사람을 들여보냈다.

어머니는 시치미를 떼고 숙부님을 따라 읍으로 나갔다고 대답을 할 뿐이다.

필재는 어머니가 무슨 까닭에 그러는지 알 수 없었지만 자기 머리로 인하여 그러는 것만 같았다.

그러나 늘 숨어서 할아버지를 만나지 않을 바엔 몰라도 필재 생각엔 그것이 걱정스러웠다.

다음 날도 그랬고 그다음 날도 그랬다. 필재는 할아버지가 직접 안방으로 오시지나 않을까 하는 걱정도 없지 않았다.

그러나 다음 날은 다행히 이른 새벽 숙부가 필재를 불러내었다.

필재는 숙부가 이런 의복을 입은 것을 처음 보았다.

전에 쓰던 갓이니 모시 두루마기는 어디다 동댕이쳐 버리고 이런 옷과 모자를 구했는지 알 수 없는 노릇이다.

필재의 눈에도 그것이 퍽 숙부님에겐 어울리는 것 같았다.

그러나 숙부님이 하는 인사에 어머니는 무슨 까닭에 낙루(落淚)를 하는지 필재 생각에도 민망스럽기만 했다.

아무리 후에 할아버지한테 야단을 맞는 일이 있다 해도 숙부님과 함께 자기가 그렇게 다니고 싶어 하던 학교엘 입학하러 가는데 무슨 까닭에 울고 나서는지 도저히 이해할 수 없는 일이었다.

필재는 숙부님을 따라 동구 밖으로 나와서야 비로소 숙모님도 발견하였다.

숙부님과 숙모님은 별로 말이 없었지만 숙부님이, '그저 한 삼 년만 꾹 참어요…… 삼 년만……' 이런 소리를 할 때마다 숙모님의 얼굴은 더욱 침울해지는 것 같았다.

그날 필재는 숙부님을 따라 처음으로 보통학교에 입학을 했었고 또 숙부님이 교장 선생 같은 양복을 입었던 것과 숙부님이 일본말을 잘하던 것이 그렇게 신기스럽게 여겨지던 기억이 아직도 가시질 않았다.

필재가 입학한 학교는 집에서 한 삼십 리 떨어진 곳이었고 숙부님은 다시 읍으로 들어간다 하여 숙부님과 필재는 거기서 다시 떨어져야만 했다.

국수당이 있는 고개 앞에서 숙부님과 숙모님은 무슨 사연이 그렇게 많은지 서로 주고받는 사이에 필재는 무더기로 쌓인 돌 위에 올라가 돌 하나하나를 들추며 숙부님과 숙모님의 말이 끝날 것을 기다렸다.

빨간 헝겊과 노랑 헝겊 등 각가지 헝겊이 달려 있는 국수당 나무 그늘 속엔 아직도 그날의 숙부와 숙모의 얼굴이 아로새겨 있는 것만 같았다.

3

숙모님은 그 국수당 고개 위에서 개구리 뱃가죽모양 눈꺼풀이 부어 늘어지도록 울었다.

숙모님의 얼굴을 쳐다보면 자꾸만 코허리가 시큰거리는 것을 참아가며 필재는 그날 일찌감치 집으로 돌아왔다.

집으로 돌아오는 길로 필재는 어머니와 숙모님이 시키는 대로 숙부님의 편지를 들고 할아버지가 계신 사랑방으로 나갔다.

고불(古佛)모양 도사리고 앉아 장죽만 빨고 있던 할아버지는 필재의 그림자가 얼씬하자 퍽이나 반가운 눈치다.

별안간 작은할머니가 세 살짜리 태식(太植)을 안고 있다 필재의 모습을 보자 크게 놀라며 소리치는 것이었다.

"원 집안 꼴 다됐군……."

작은할머니의 그런 소리에 할아버지는 영문도 모르고 눈을 크게 뜨고 필재를 노릴 뿐이었다.

필재는 제김에 기가 죽어 간이 콩알같이 졸아드는 것 같았다.

"그래 저 꼴을 못 보는 거요…… 종손 종손 하더니 꼴좋구려……."

할아버지는 그제서야 눈이 번쩍 띄었던 모양이다.

조금 전까지 입에 물고 있던 장죽으로 마구 재떨이를 뚜드리며 불호령을 내리고야 말았다.

필재는 간혹 그날 배운 강을 외워 바치다가 채 못 외는 때가 있어도 이렇게까지 화를 내고 야단치는 모습은 보질 못했다.

엉성한 고목(古木)에 마구 바람이 불어치는 듯 할아버지의 허연 수염이 절로 흐르르 떨린다.

숙부님을 불러오라는 호령이다. 필재는 그제서야 등골의 땀이 좀 잦는 것 같았다. 모든 잘못이 숙부님한테로 넘어가면 자기는 살 것 같았던 것이다.

그러한 숙부님은 돌아오지 않고 보니 딱한 노릇이다.

숙부님 대신 어머니가 나오셨다. 필재의 생각엔 왜 숙부님을 부르시는데 무엇하러 어머니가 나오는지 알 수 없는 일이었다. 차라리 숙모님이 나와도 모를 일인데……

어머니는 이밥 눈을 곱게 내리감은 채 필재의 등 뒤로 앉는다.

어머니가 옆에 있는 것만으로도 필재는 좀 마음이 든든한 것 같았다.

할아버지가 숙부님은 어떻게 되었느냐고 다시 어머니에게 묻는다.

필재 편에 편지만 들여보냈을 뿐 아직 숙부님은 돌아오지 않았다고 어머니는 말할 뿐이다.

어머니는 항상 그러했지만, 오늘은 유달리 할아버지 앞에 찬바람이 들 지경으로 새침을 떼는 것 같았다.

어머니의 태도가 지나치게 싸늘해서 그런지 할아버지의 화도 좀 사그라진 것 같기도 했다.

할아버지는 그제야 숨길을 돌리며 숙부님의 편지라고 필재가 바친 서찰(書札)을 뜯어 읽기 시작했다. 할아버지의 수염은 편지를 읽고 있는 사이에 더 거슬러 올라가는 것 같기만 했다.

할아버지는 읽고 난 편지를 아무렇게나 동댕이쳐 버리곤 집안 꼴 다되었다고 호령호령하며 그대로 울기 시작한다.

작은할머니는 태식을 안고 슬그머니 밖으로 나가 버렸고, 대성통곡(大聲痛哭)하는 할아버지 앞엔 어머니와 필재뿐이 앉아 있었다.

필재는 그제서야 어머니가 잠자리에 들 때마다 뜻이 맞지 않아 걱정이라던 말귀를 알아차릴 수 있었다.

할아버지는 한참 울고 나더니만 필재 아버지의 이름을 부르며 그만 살아 있었던들 가문(家門)이 이 지경에까지 이르지 않았을 것이라 했다.

아무 대꾸도 않고 있던 필재의 어머니도 그때만은 얼굴을 더 수그리며 어깨를 들먹거리는 것이 소리를 내지 못하고 우는 모양 같았다.

그러나 할아버지의 불같은 화는 종손인 필재에게로 기울어지고야 말았다.

"그래 이 녀석, 머리를 깎자구 한다구 머리를 들이민단 말이야."

필재는 숙부의 말을 들은 것이 후회스러웠고 이젠 전신이 부르르 떨리기만 했다.

상투 끝까지 치밀었던 할아버지 성도 좀 사그라지는 것 같았다. 필재는 그제서야 숨길을 누그릴 수 있었다.

할아버지의 음성은 꼭 사우정에서 필재에게 글을 강하시던 때와 같은 음성이었다.

"옛날 성인이 말씀하시기를 신체발부(身體髮膚)는 수지부모(受之父母)요 이를 훼상(毁傷)치 않음을 효(孝)의 시초(始初)라 하지 않았느냐!"

필재는 그때까지 할아버지로부터 많은 한문을 배워서 대개 무슨 소리인지는 알아들을 수 있었다.

필재는 머리를 수그린 채 이젠 할아버지의 너그러운 처분을 기다릴 수밖에 없었다.

필재는 가끔 할아버지로부터 종아리를 얻어맞았다. 오늘도 종아리는 틀림없을 것 같았지만 그래도 옆에 어머니가 계시니 한결 미더웠다.

"자! 네가 네 잘못을 알았다니 다시는 그런 일을 저지르지 않기 위하여 종아리를 맞아야지……."

필재는 할아버지의 명을 거역할 수가 없었다. 그것은 누구나 크게 잘못한 일이 있으면 할아버지한테 종아리를 맞아야 한다는 것을 잘 알고 있었던 까닭이다.

필재가 바짓가랑이를 걷고 할아버지 앞으로 나서자 어머니는 그대로 앉아 있지 않고 밖으로 나가버리고 말았다.

할아버지는 사정없이 옆에 있는 매를 들어 필재의 고사리같이 휘고 가는 다리에 매질을 한다.

필재는 그대로 이를 사려 물고 두 번 세 번은 참았지만 그 이상은 견뎌낼 수가 없었다.

드디어는 울음보를 터뜨리고 말았지만 할아버지는 끝끝내 처음대로 열 대를 다 맞기 전에는 매를 놓지 않았다.

필재는 빨갛게 부풀어 오른 다리를 쓰다듬을 때마다 숙부가 원망스러웠고 자기가 공연한 짓을 했다고 몇 번이나 후회했다.

4

필재는 처음으로 삼십 리 길을 왕복한 데다 할아버지한테 호되게 얻어맞은 까닭에 그날은 저녁밥 구경도 하지 못하고 그냥 자버리고 말았다.

그 이튿날 아침에 안 일이지만 집안은 뒤집힌 것같이 웅성거렸다. 그렇지 않아도 웃는 일이라곤 일 년을 가도 전연 없는 이 집에서 집식구들은 물론 종들까지도 모두가 다 죽은 얼굴들만 같았다.

필재도 어머니로부터 어젯밤 일을 자세히 알아 들었던 것이다.

모든 일이 숙부님보다도 자기 잘못으로 저지른 일 같아 공연히 마음이 불안하기만 했다.

필재는 일찌감치 사랑방으로 문안을 나가야만 했다. 매일같이 반복하다시피 하는 일이지만 그날 아침은 무슨 까닭인지 망설이지 않을 수 없었다.

사랑방으로 나가던 길에 필재는 태식이 어머니인 작은할머니를 만났다.

할머니래야 필재의 어머니 정도로밖엔 더 나이가 들어 뵈질 않았지만 무슨 까닭에 그렇게 매서운 눈초리를 하는지 알 수 없었다.

바깥 뜰로 나오자 약 달이는 냄새가 쿡 코를 찌르는 것 같았다.

대개는 이 사랑방 쪽엔 얼씬도 하지 않는 큰할머니까지도 오늘 아침에 나와 있었다.

"필재 나오냐?"

언제든지 큰할머니는 이렇게 부드러웠다.

필재는 마당에서 큰할머니한테 먼저 인사를 하고 사랑으로 들어갔다.

누워 계신 할아버지의 눈시울이 마치 뚫어진 창구멍모양 휑해 보이는 것 같았다.

집맥(執脈)을 보고 있던 강 의술(姜醫術)은 필재가 드리는 문안을 눈짓으로만 받을 뿐이다.

커지기만 하고 힘없이 뵈는 눈으로 할아버지는 언제까지나 필재를 바라보기만 했다.

강 의술이 집맥하고 있는 동안은 정말 필재는 숨이 막혀 버릴 것만 같았다.

강 의술은 다시 할아버지의 가는 팔을 요 위에 밀어놓고 혀와 눈꺼풀을 비집어 보고 나선 혀를 차 가며 별로 대수롭게 여기는 것 같질 않았다.

그래도 필재가 보기엔 할아버지의 병상이 그냥 불안스럽기만 했다.

"차도가 어떻습니까……."

집맥을 하고도 이렇다 저렇다 아무런 소리도 하지 않는 강 의술이 하도 답답하여 필재는 이렇게 어른같이 물어보지 않을 수가 없었다.

"응, 염려할 것 없다……."

강 의술은 무표정한 말투로 이렇게 한마디 말했을 뿐 더 아무런 말이 없었다.

다시 무거운 침묵이 흐르고 뜰에서 달이는 구수한 한약 냄새만이 아직도 공복인 필재의 구미를 돋우어 줄 뿐이다.

"그 혈담이……"

할아버지는 어젯밤 한 요강 쏟아 놓다시피 했다는 그 혈담이 아무래도 걱정스러웠던지 강 의술을 향하여 이렇게 묻는다.

강 의술을 쳐다보는 할아버지의 맥없는 시선이 무슨 까닭인지 필재에겐 슬퍼만 보였다.

"혈담이야 그거 한 첩이면 멎지만 우선 화를 눌러야 합니다…… 화가 전신에 퍼지며 그것이 원인이 되어 생긴 것이니까……."

필재는 고개를 들 수가 없었다. 어린 소견에도 할아버지의 병은 꼭 자기로 인하여 생긴 것만 같았던 까닭이다.

"필재야…… 어서 머릴 길러라…… 양반의 종손이 그거 어데 쓰겠느냐……."

돌중모양 깎아 버린 필재의 머리가 아무래도 못마땅하게 보였던 것 같았다.

"네……."

필재는 겨우 이렇게 대답을 하고 할아버지가 나가 보라는 말이 있은 다음에야 겨우 사랑방을 물러 나왔다.

맑은 아침 햇볕이 들이비치는 푸른 가지엔 아침 새들이 지저귄다.

한 놈이 오르면 딴 놈이 뒤따라 오르고 다시 올랐던 놈이 내리면 또 그 뒤를 이어 내리면서 그들은 마음껏 즐기건만 필재의 마음은 조금도 즐겁질 않았다.

필재는 마당을 걸으면서도 어서 숙부님이 빨리 돌아오셔야 할 것 같았다.

아무리 봐도 할아버지의 병은 숙부님이 집에 돌아와 계셔야만 속히 쾌유할 뿐 아니라 만일에 잘못되는 일이 있다 해도 숙부님이 없이는 무슨 일이든 처리될 것 같지가 않았다.

그런 생각을 한 까닭인지 필재는 어느새 자기도 모르게 숙부님이 계시던 채의 앞뜰을 서성거리고 있었다.

필재는 그제서야 일전 숙부님이 잘라 버린 자기 머리칼 생각이 났다.

쌍죽정 못 속에 둥둥 떠돌던 그 머리카락이 아직도 떠 있는지 궁금했다.

숙모님은 벌써 일어났으련만 아무런 기척도 들리질 않는다.

필재는 그대로 쌍죽정이 서 있는 못가로 갔다. 대숲에 앉은 아침 이슬이 유난히들 반짝거린다. 못 속의 물은 언제나 다름없이 푸르고 맑기만 했다.

필재는 숙부님이 자기 머리칼을 내던지던 장소를 살펴봤지만 삼단 같이 기름이 진 머리칼은 보이질 않았다. 그것이 그대로 못 속에 가라앉은 모양이다.

아직도 개구리라는 놈들이 마름풀 그늘 밑에서 꾸르럭거릴 뿐이다.

맑은 못 속엔 아무리 찾아도 필재의 머리털이란 한 오리도 보이지 않고 퍼런 개구리밥만이 여기저기 떠 흐를 뿐이다.

필재는 크게 무슨 소중한 것이나 잃어버린 것 같은 섭섭한 생각이 별안간 치밀어 좀처럼 못가를 떠날 수가 없었다.

파란 물 위엔 요전과 다름없이 필재의 그림자가 보이건만 필재의 머리칼은 보이질 않는다.

조금 전까지 반듯이 비쳐 보이던 필재의 얼굴이 무슨 까닭인지 물 속에서 술래를 돌 듯 빙글빙글 돌아가고 있다.

필재는 그것을 본 순간 놀랐다.

그늘이 있고 개구리밥이 흐르고 그리고 언제나 흐릴 줄을 모르는 이 푸른 물까지도 자기의 불찰을 꾸짖어 주는 것만 같았다.

그러나 필재의 얼굴이 물속에서 빙글빙글 돌고 있는 것은 다른 이유가 아니었다. 소금쟁이란 놈이 무엇을 잡아먹느라고 정신없이 돌고 있던 탓이었다.

5

할아버지는 필재가 머리를 잘랐다 하여 그동안 일어났던 혼담도 이럭저럭 거절해 버리고 말았다. 어머니는 어머니대로 그것을 기뻐했다.

아무리 집안 꼴이 이 지경이 됐다 해도 안동 아전(安東衙前)이었던 그런 가문의 딸은 며느리로 데려올 수 없다고 주장하던 참이었던 까닭이다.

돈이 권세라는 세상이라 해도 가문을 보지 않겠느냐는 것이 어머니의 주장이다. 결국 할아버지가 어머니의 의견에 굽어든 것이었다.

그 일이 있은 후로는 사랑방에 약 탕관이 떠나는 날이 없었고 할아버지는 시름시름 자리에 눕기가 일쑤였다. 그런 까닭에 결국 할아버지는 필재의 머리를 탓하여 혼삿말을 물렸던 것이다.

그해 겨울은 유난히도 눈이 많이 내렸다. 삼십 년래 처음이니 또는 오십 년래 처음이니 하는 소리가 떠돌았다.

첫겨울 접어들면서부터이지만 사랑방에선 할아버지와 할머니가 유난히도 말다툼이 심했다.

필재의 생각엔 할아버지가 너무 오래 병석에 누워있게 되고 보니 작은할머니는 작은할머니대로 잔시중 들기가 성가셔서 그러려니 했다.

그러나 할아버지와 작은할머니의 말다툼은 그런 것이 아니었다.

작은할머니에 대한 추문(醜聞)이 먼저 머슴방에서 쑥덕거리기 시작했고 어머니와 숙모님 사이에도 필재의 눈치를 살피며 무엇인지 쑥덕거리는 것 같았다.

밤새 내리던 눈이 멎은 이른 새벽이었다. 이른 새벽부터 어머니와 숙모님이 들락거리는 통에 필재도 잠이 깨버리고 말았다.

할머니는 오래간만에 사랑방의 할아버지한테 나가 길 위에 난 발자국을 보라고 소리쳤고 그것도 믿지 못하겠거든 길녀(吉女) 아버지를 불러다 물어보라는 둥 야단법석이었다.

젊은 도둑놈이 이른 새벽에 담을 넘어 달아나는 것을 길녀 아버지가 붙잡으려다 오히려 도둑에게 얻어맞아 쓰러졌다는 것이다.

길녀의 아버지는 필재의 집 머슴으로 늙은 사람이다. 길녀 어머니가 재작년에 이름 모를 부종병으로 죽었건만 아직 장가도 들지 않고 넓은 이 집 앞뒤를 가꾸는 것으로 낙을 삼는 듯싶었다. 그 길녀의 아버지가 지금 가슴을 얻어맞고 누워있다는 것이었다.

필재는 길녀 아버지가 누워있는 방에도 가 보았고 또 사랑방으로부터 담 위에까지 나 있는 도둑의 발자국도 똑똑히 구경하였다.

글쎄 할머니는 도둑이 든 것을 어쩌라구 그렇게 할아버지를 향해 들볶는지 알 수 없는 노릇이었다.

"시앗질을 해도 체면을 생각하지 종놈의 계집을……."

할머니가 이런 소리를 하자, 할아버지는 누워있은 채 불호령질한다.

할머니는 알아들으리만큼 말했다는 듯 그대로 사랑에서 나오고 할아버지는 할아버지대로 또 사람을 불러들이고 야단법석들이 났었다.

아침결에 멎었던 눈이 다시 내리기 시작한다.

필재는 그날도 대문 앞 느티나무 옆에 서서 낙동강 지류인 영주강(榮州江) 개천을 내려다보고 있다.

가슴이 시원하도록 탁 트인 벌판이 한눈에 모여든다. 가물가물 떨어지는 눈송이를 바라보고 서 있자니 별안간 숙부님의 얼굴이 떠오른다.

필재의 생각엔 국수당 고개에서 서럽게 울던 숙모님을 버리고 간 숙부님은 지금 가물가물 눈송이가 떨어지는 그곳보다도 더 머나먼 곳에 가 있는 것 같기만 했다.

훨훨 퍼붓는 눈발도 숙부님의 생각이 떠오르는 지금에 있어선 필재의 가슴속을 무겁게 휘덮고 눌러 주기만 하는 순간이다.

바로 그때다. 앙칼진 욕설을 퍼부으며 작은할머니가 자기 짐을 짊어지고 앞대문으로 나오는 것이 보인다. 필재는 아름드리 느티나무 뒤로 물러서 버렸다.

할아버지를 향해서인지 자세치는 않았지만 작은할머니는 갖은 악담을 퍼부으며 눈 내리는 길을 걸어 나가고 있었다.

꼭 무슨 곡절이 있는 것만 같았다. 필재는 그시로 뛰쳐 들어갔다.

사랑방엔 태식의 모진 울음소리가 들릴 뿐이다. 할아버지가 달래는 모양이다. 그러나 태식은 좀처럼 울음을 그치질 않았다.

"글쎄 달고 간다면 주어버리지 그것이 또 화근이 아닌가 보시우."

그러나 할아버진 아무런 대꾸도 하질 않는다.

필재의 생각엔 그것이 이상했다. 누구에게도 지지 않는 할아버지가 할머니 앞엔 꼼짝 못 하니 이상할 수밖에 없었다.

함박눈은 여전히 퍼부을 따름이다. 그대로 좀 더 서 있다면 필재는 눈 속에 묻혀 버리고 말 것만 같았다.

다시 할머니의 말소리가 새어 나오지만 뜰 안은 더 조용해진 것 같았다.

"소중한 며느리에게 그런 종자를 어떻게 맡긴단 말이오?"

그래도 할아버지는 아무런 말도 하질 않는다.

필재의 생각엔 할아버지가 이상스레도 불쌍한 것 같았다.

그렇게 성급한 할아버지가 아무런 대답도 하지 못하는 것을 보니 말이다.

그해 겨울 할아버지는 태식을 데리고 사랑방에서 혼자 지냈다.

태식이 일로 그렇게 성가시게 굴던 한문 공부도 집어치우다시피 했다. 살아난 것은 필재뿐이다.

그렇게 많이 쌓이고 쌓였던 눈도 햇빛이 길어지기 시작하면서부터 어느덧 다 사그라지고 말았다.

맑은 날씨면 거뭇거뭇한 마당에서 무엇이 어른거리며 떠오르는 것 같았다.

필재는 방안에만 틀어박혀 있기가 싫었다. 그렇게 힘들게 입학한 학교도 눈길을 핑계 삼아 필재는 겨우내 신통스레 나가질 못했다.

그날도 필재는 쌍죽정에 앉아서 멀리 가 있는 숙부님을 생각하다 돌아오던 때다. 한때는 숙부님을 원망도 했었지만 아무리 생각해도 숙부님은 자기 같은 것은 따를 수 없는 훌륭한 사람인 것만 같았다.

필재 자기도 자라면, 숙부님모양 그렇게 용기가 있는 사람이 되고 싶었다.

멀리 앞뜰 끝으론 벌써 놀이 깔리기 시작하면, 뒷마당은 쓸쓸히 어둡기 시작하였다.

어머니와 숙모님은 이 집에선 제일 다정한 사이였다.

무슨 일인지 숙모님은 눈이 퉁퉁 붓도록 울었고 어머니의 얼굴에도 확실히 얼룩이 가 있었다.

"그래 뭐라고 해요?"

"고집 노인이 들어주실 까닭이 있어요……."

분명히 할아버지를 두고 하는 말이다.

필재는 한 모퉁이에 앉아서 어머니와 숙모님을 쳐다보고 있을 수밖에 없었다.

"타관에 난 사람이 병중에 오죽 외로우면 오라고 했을라구……."

어머니는 이런 말끝에 크게 한숨을 지을 뿐이고, 숙모님은 숙모님대로 가늘게 흐느낄 뿐이었다. 집안은 작년 할아버지가 앓아누울 때모양 들끓기 시작했다.

할머니가 사랑엘 자주 나가고 어머니도 가끔 할아버지한테 나가는 눈치였지만 할아버지의 고집은 여전히 풀리지 않은 모양이었다.

필재는 어느 날 할머니의 뒤를 밟아 사랑에 나가 엿들은 소리였지만 할아버지는 화 끝에 이렇게 호령하는 것이었다.

"그놈이 내 자식인가…… 내 자식이 아니거든 내 자부랄 수 있나, 오거나 가거나 제집에 가서 마음대로 하라고 하지……."

태식이 엄마인 작은할머니 일로 할머니가 사랑방에 드나들 때와는 공기가 딴판이었다.

그러고 지내던 어떤 날이다. 면사무소가 있는 마을에서 가끔 오는 배달부가 그날따라 빨간 자전거를 타고 필재의 집을 찾아온 날이었다.

배달부가 먼 길을 전보 한 장을 갖고 왔던 것이다.

필재의 집은 온통 뒤집혔다. 그러나 숙부님이 돌아가셨다고는 하지만 시체가 없고 보니 식구들은 그냥 불안한 얼굴로 쳐다볼 뿐이고 숙모님만이 자기 방에서 머리를 풀고 혼자 곡소리를 내고 울 뿐이었다. 어머니도 밤새 숙모님의 방으로만 가는 것 같았다.

필재는 혼자 누워있자니 이 집이 까닭 없이 무섭기만 했다.

오백 년이 묵었다는 싸리 기둥이 배를 내민 구렁이 등어리 같은 착각에 필재는 도무지 편안히 잠들 수가 없었었다.

꿈자리도 수상했었지만, 또 밖이 이상스레 설레는 것 같았다. 필재는 도무지 밖으로 나가고 싶질 않았다.

필재는 일어나 앉아서도 한참 방안을 두리번거렸다. 어머니는 숙부님의 방으로 간 모양 같았다.

필재는 처음 자기 귀를 의심해 보았다. 그러나 그것은 어머니의 곡성임에 틀림없었다.

이상한 노릇이다. 숙모님의 울음소리라면 몰라도 어머니의 곡성이

들린다는 것은 아무리 생각해도 이상할 수밖에 없었다.

필재는 그대로 문을 박차고 나섰다. 어머니의 곡성은 쌍죽정으로부터 들려오는 것이었다. 그는 단숨에 쌍죽정으로 달음질쳐 갔다.

숙모님은 쌍죽정 마루 위에 누워있고 어머니는 숙모님을 쓸어안은 채 대성통곡을 하고 있다.

소복을 입고 머리를 풀어헤친 숙모님의 몸은 싸늘하게 식어 있었다.

필재도 숙모님의 부드러운 손을 잡아 흔들며 마구 울어댔다.

할아버지가 반대하는 것을 숙모님은 선산(先山)으로 모시었다.

숙부님의 유골을 모실 예정을 하고, 산소를 아담하게 꾸몄다.

슬하가 없는 숙모님이라 물론 필재가 상주 노릇을 할밖에 없었다.

양지 곁엔 파릇파릇 새순이 돋아오르기 시작했지만 땅은 그대로 얼어 있었다.

필재는 언 땅에 숙모님을 모시는 것이 서러워 그날은 목이 쉬도록 울었지만 그대로 가슴은 후련히 풀어지질 않았다.

6

숙모님을 선산에 모시고 돌아온 지 열흘이 못 되어 쌍죽정은 할아버지의 명에 의하여 헐리고 말았다. 필재를 낳기 전에 아버지와 배를 달리한 숙부 한 분이 돈을 쓰지 못하게 한다 하여 황암정에서 목을 매었다는 소리도 쌍죽정을 허는 날 필재는 처음 들었다.

숙모님이 세상을 떠나신 지 두 달이 지나지 못하여 고집덩어리던 할아버지도 기어코 세상을 저버리고 말았다.

"필재야, 네가 이 집 종손이다. 그것을 알아야 한다."

할아버지는 필재의 손을 잡고 이렇게 한마디 타이르곤 물끄러미 필재의 얼굴만 쳐다보더니 또다시 할머니를 부르는 것이었다.

"여보 그게 어떻든 김씨의 종자가 아니오……."

할아버지는 태식을 가리키며 이렇게 말하곤 그대로 턱을 떨어뜨리고야 말았던 것이다.

그해 가을 필재는 외숙(外叔)을 따라 서울로 왔다. 여러 가지 반대가 많았지만 인젠 이 집에서 어머니의 주장을 꺾을 사람이 없었다.

학령(學令)이 지난 필재는 속성과를 찾아다녀야 했고 그럴 때마다 뒤떨어진 자기 자신이 부끄럽기만 했다.

그러나 항상 용기를 북돋우어 주는 것은 할아버지의 마지막 유언이었다.

필재는 그 생각을 하면 한시라도 그대로 있을 수가 없었다.

필재의 유일한 목적은 공부를 열심히 하여 숙부 같은 훌륭한 인물이 되어 가문을 바로잡는다는 그 일에 있었다.

필재의 재미는 일 년에 두 번 고향을 다녀오는 일이었다.

고향집은 어머니의 얼굴모양 해마다 변하는 것 같았다. 그런 것을 느낄 때마다 필재의 마음은 항상 어떤 촉박감에 사로잡혀야만 했다.

태식이도 제법 자라 보통학교엘 다녔고 길녀의 아버지는 도둑의 발에 걷어채여 몇 년을 두고 시름시름 앓던 끝에 세상을 떠났지만, 필재의 어머니가 알뜰히 거둬 주어 길녀는 제법 곱실곱실해진 것 같았다.

어느 해 여름방학 때 태식이가 그렇게 학생복을 입고 싶어 하는 눈치인 것 같아, 그 다음 겨울방학 때 사갖고 왔더니만 할머니의 등살에 필재는 여간 민망하질 않았다.

"종년의 아들…… 종년의 아들……."

종년의 아들에게 꼴사납게 양복은 무슨 양복이냐는 것이었다.

태식은 벌써 눈치만 살피고 사람을 꺼리는 것이 확실했다.

필재는 조부의 유언을 생각해서라도 태식과 더불어 가문을 바로잡아야겠다는 생각을 할 때마다 그에 대한 측은한 마음과 동정을 갖지 않을 수 없었다. 필재의 이러한 동정이 결국은 할머니와 어머니의 비위에 항상 마땅칠 않았다.

필재가 S전문학교 이학년이 되었을 땐 일제 말기였다.

발악하는 그들의 등살에 이겨내지 못하여 필재는 서울서 시골로 내려와 있었고 태식은 중학교 재학 중에 근로 동원이니 뭐니 하여 항상 집에 붙어 있질 못했다.

아무리 일제의 독수와 눈알이 밝다 해도 필재는 자기 마을에만 들어서면 무엇이든지 피해 낼 수 있었고 또 안심할 수 있었다.

필재는 매일같이 넓은 뜰을 혼자 거닐며 깊은 명상에 잠길 수 있는 것이 제일 즐거웠다.

그러나 이렇게 고향에 한가히 내려와 있고 보니 필재의 가슴속엔 새로운 번민이 움트기 시작했다.

여기저기서 혼담이 있어도 다 거절해야만 할 필재의 입장이었다.

이삼 년 전만 해도 길녀는 필재 앞에서 부끄럼 없이 한글도 배웠고 필재도 가르쳐줄 수도 있었지만, 필재 자신도 그런 것처럼 길녀도 전에 없이 내외하고 부끄러워하는 것 같았다.

길녀는 가끔 자기를 불러야 할 일이 있어도 겨우 모기 소리만하게 도련님 하고 찾는 것이었다. 그것보다도 괴로운 것은 어머니의 시선이었다.

그렇게 오래 서울에 살았어도 필재는 아직 길녀와 같은 미인을 발견하질 못했다.

그런 생각에 잠겨 있을 즈음 별안간 동네가 떠나갈 듯한 함성에 필재는 그만 정신을 차렸던 것이다.

너무나 떠들썩하기에 필재는 앞마을로 나가지 않을 수 없었다.

읍으로부터 들어온 소식이라는데 일본이 망하고 우리나라가 독립됐다는 소문이었다. 결국 이 동네엔 하루 늦어서야 안 셈이다.

근로 동원에 나가 있던 태식이도 돌아왔다. 태식은 돌아오긴 했어도 결국 나가 살다시피 했다.

필재는 다시 서울로 올라가서 공부를 하리라 벼르고 있었으나 조모상을 당하게 되어 그대로 고향에 머물러 있어야만 했다.

필재는 조모가 돌아가신 것을 계기로 태식의 마음을 좀 돌려 잡아보려고 했지만 태식의 성격은 이미 굳어버리다시피 되어 어쩔 수 없었다.

그는 조모상을 당하였을 때도 상복도 입지 않고 그냥 노름판에 섞여 술만 퍼마시는 것이었다.

사당제(祠堂祭)에도 참석 못 하는 것이 언제 예(禮)를 배웠겠느냐는 것이었다.

다음 해 이른 봄 필재는 어떤 일이 있어도 서울로 올라가야만 했다.

그래서 태식이더러 같이 서울 가기를 권했지만 그는 해방이 되었는데 공부는 해서 무엇하느냐는 것이었다.

일본 놈 앞에선 벌어먹기가 힘들어 공부를 하느니 했지만 독립이 되었는데 무엇하러 고생스럽게 공부를 하느냐는 것이었다.

태식은 태식이대로 주관이 있어 그러는 것 같아 필재는 더 권하질 못했다. 그 대신 태식은 앞으로 장사를 한다기에 필재는 어머니가 알면 크게 걱정할 정도로 재산을 나누어 주었다.

바로 서울 떠나기 전날 밤이었다. 필재는 짐을 꾸리기에 바빴다.

"도련님……."

틀림없이 길녀의 목소리다.

필재는 곧 미닫이를 열어젖혔다. 길녀가 서 있다.

"잠깐 들어오시랍니다."

"잔다고 그래……."

길녀는 잠깐 머뭇거리는 것 같았다. 필재는 길녀가 돌아서기 전에 자기가 무엇인지 다급하게 해야만 할 소리가 있는 것 같았다.

"길녀…… 저……."

길녀는 고개를 떨어뜨린 채 서 있을 뿐이다.

"저 안방에 갔다가 다시 나와. 내가 길녀에게 할 말이 있으니……."

길녀는 그대로 선 채 아무런 대꾸도 하지 않는다.

"길녀 나오지……."

필재는 한 걸음 문밖으로 나서며 다시 다짐을 받는다. 길녀는 그제서야 고개로 대답하곤 달음질치듯이 안방으로 사라져버리고 말았다.

짐을 동여매면서도 까닭 없이 자꾸만 가슴이 뻐긋해지는 것 같기만 했다.

길녀가 다시 사랑으로 나왔을 땐 퍽이나 오랜 후였다. 길녀는 왜 그렇게 늦었느냐고 묻는 필재의 말에 어머님이 주무시지 않아 늦었다는 것이었다.

필재는 길녀를 다리고 사우당으로 올라갔다.

초생달이 벌서 산머리에 기울어진 지 오랜 때였다.

"도련님, 내일 떠나신다지요?"

"도련님이 뭐야, 오빠지."

그러면서 필재는 무의식중에 길녀의 손목을 덥석 쥐었다. 그녀의 손길은 이상스레 덜덜 떨기만 했다. 순간 필재는 오래 두고두고 별러 오던 욕심이 전신에 뻗어 흐르는 것 같았다.

그 순간 필재의 눈앞엔 태식이 어머니가 크게 떠올랐다. 그 퍼붓는 함박 눈발을 맞으며 저 대문을 걸어 나가던……

무서운 일이다. 필재는 자기 대에는 그런 일이 있어선 안 될 것만 같았다. 그러할 것 같으면 필재는 오늘 밤 이 급한 고비를 자기 스스로 참고 견디어야만 할 것 같았다.

"길녀…… 오빠지……."

길녀의 얼굴도 후끈거리는 것 같았다. 길녀는 그저 열에 들뜬 채 그냥 고개만 흔들 뿐이다.

"길녀, 내가 서울 갔다 올 때까지 기다려야지……"

필재는 될 수 있는 한 어려운 말을 피하지만 길녀는 필재가 무슨 까닭에 기다리라는지 자세히 모르는 까닭에 대답하진 못하는 것 같았다.

"내가 왜 기다리라는지 알어, 길녀?"

"그래도 저는 종의 딸인걸요……."

길녀의 입에서 이런 소리가 나올 줄은 꿈에도 생각지 못했던 필재였다.

귀전에 찡 울리는 것 같았고, 등골이 시서늘해지는 것 같았다. 그런 일은 필재보다도 길녀가 더 잘 알고 있는 것 같아 필재 자신 무어라고 말하기가 오히려 불안스러웠다. 그러나 무슨 말이든 필재는 길녀의 말에 대답을 해야만 했다.

"종? 종이라니…… 모두가 다 옛날 세상 말이지, 길녀……."

필재는 길녀를 안심시키기 위해서라도 어떤 행동을 취해야만 할 것 같았다. 필재의 굵은 팔에 몸을 감겨진 채 길녀는 꼼짝도 하질 못한다.

필재의 체내에 흐르던 뜨거운 열기는 모두가 입술로 빠져나온 것 같이 시원스러웠다. 길녀의 얼굴도 처음모양 그렇게 달아오르는 것 같진 않았다.

"얼마나 기다리게 되나요……."

길녀의 목소리도 아까모양 그렇게 불안스러운 음성은 아니었다.

"글쎄……."

필재는 정자를 성큼성큼 내려오며 그 앞에 있는 댓가지를 꺾어다 보인다.

"이만큼만……."

"그것이 몇 해지요?"

"삼 년은 남아 기다려야지……."

그녀는 길다 짧다는 말없이 필재를 향하여 알았다는 듯 고개를 주억거릴 뿐이었다.

필재는 서울로 올라와 대학에 적을 두게 되었다.

법과에서 정치과로 옮긴 것은 특별히 정치를 하고자 하는 목적에서 한 것이 아니라 정치에 대하여 모두가 초보자인 우리나라 실정에 비추어 필재도 자기 자신 어떻다는 것을 알아야만 할 것 같은 생각에 그리로 과를 옮겼던 것이다.

필재는 서울로 올라온 후로는 별로 시골로 내려가질 못했다.

가끔 간댔자 하루 이틀 묵어 올 뿐 잠시라도 서울을 떠나 있으면 급속도로 전진하는 대열에서 자기만이 뒤떨어질 것 같은 생각이 들었던 까닭이다.

필재는 시골 다녀올 때마다 태식이를 권하고 달래 봤지만 태식은 점점 더 필재의 말에 귀 기울이려 하지도 않는 것만 같았다.

그럴수록 필재는 태식에게 동정이 흘렀다.

태식이가 시골서 좌익으로 검거되었다는 소릴 고향 사람한테 듣고 나서는 사실 필재도 놀랐지만, 그대로 고향으로 달려가지 않을 수가 없었다.

필재가 오래 머물다시피 한 보람이 있어 태식은 곧 풀려 나왔지만 필재 보기에도 태식은 완전히 딴사람이 되어 버린 것 같았다.

글쎄 왜 그런 일을 하고 다니냐는 필재의 말에 종년의 자식이 세상에 났다 공산당을 하지 않으면 무엇 하며 살겠느냐는 대답엔 필재도 눈물이 쏟아질 정도로 섭섭했던 것이다.

필재는 오월달에 졸업을 받고도 곧 고향으로 내려가질 못했다. 서울에 안정한 자리라도 마련해 놓고 내려가려던 것이 이럭저럭 해서 유월달에 들어서고야 말았다.

그동안 어머니로부터 두 차례나 편지를 받고 오늘내일하던 통에 편지 회답도 내지 못하고 어름거리는 사이에 이십여 일을 서울서 허송세월을 해 버리고 말았다.

어머니의 편지 내용은 뜨란의 나무들을 태식이가 잘라 팔아먹으니 속히 내려오라는 것이었지만 나무를 잘라 팔아 치우면 몇 개나 잘라 팔아 치우며, 또 여간하면 그것이라도 팔아 용돈을 쓰려고 하겠는가 하여 그 일에 크게 관심을 갖질 않았던 것이다.

서울서 유월 이십 이일 떠나서 고향에 들어온 것은 이십 삼일 저녁 때였다.

앞대문을 들어서는 순간 필재는 비릿한 생나무 냄새에 잠시 숨이 막히는 것 같았다.

여름철만 되면 유난히 요란스레 울어대던 매미의 소리와 해 기우는 줄도 모르게 들을 수 있는 뻐꾸기의 울음소리 대신 대목(大木)이 넘어지는 소리가 지축을 울릴 뿐이다.

필재의 가슴은 금시 뭉클해지는 것 같았다.

안뜰에 들어서니 대목이란 대목은 그냥 그대로 너부러져 있는 것이 눈에 띌 뿐이다.

생각 없이 한참 뒤뜰을 바라보고 서 있던 필재는 그대로 안방으로 들어갔다.

어머니는 벌서 며칠 전부터 심화가 나서 자리에 누운 채 제대로 기동도 못 하는 형편이다.

빨리 내려왔댔자 별 소용도 없는 일이었지만 필재는 누워있는 어머니 앞에 미안하기 짝이 없었다.

넓은 뜰은 전에 없이 고요할 뿐이다. 필재는 팔짱을 끼고 걷는 뒤를 길녀가 따라 나오고 있다.

대대로 이어 내려오던 모든 것이 자기 대에 이르러 영락해 버리는 듯싶은 슬픔도 없지 않았다.

필재는 토막이 친 나무 위에 아무렇게나 걸터앉는다.

이 모든 현실을 필재 자신보다 수목들이 더 슬퍼하는 듯 잘리는 자신에서 슬픈 여인의 눈물 같은 수액이 뚝뚝 흘러 떨어질 뿐이다.

필재는 저물어가는 저녁놀을 받으며 굵게 주름이 간 연륜(年輪)을 어린애모양 세어보고 또 세어보고 있었다.

6·25 동란이 터진 것은 필재가 집으로 내려온 지 이틀 후였다.

이틀이나 늦게 그 소식을 들은 필재는 좀 더 시국을 봐서 서울로 올라가든지 이렇게 하든지 하려고 망설이던 중 두 주일도 채 되지 못한 사이에 필재네 마을도 괴뢰군에게 넘어가고 말았던 것이다.

사실 필재는 정신을 차릴 수가 없었다.

공산군 치하가 되자 이 김씨 마을 사람들은 말이 아니었다.

재 넘어 이씨 마을 사람들한테 고갯짓도 못 하게끔 눌려버리고 말았던 것이다.

이씨 마을 청년들이 작당하여 두세 차례 와서 서울서 필재가 내려오지 않았는가고 묻고 돌아갔을 뿐 집에 들어박힌 필재는 도무지 세상이 어떻게 되는질 알 수가 없었다.

어머니가 앓아눕지만 않았더라도 필재는 좀 나가보겠지만 통 그럴 수가 없었다.

그동안 길녀는 부락 여성 동맹이니 뭐니 하는 데로 불려 다녔고 기껏 소식을 듣는 대야 길녀를 통하여 듣는 종잡을 수 없는 소식들뿐이었다.

태식이가 골서 벼슬을 하고 우쭐거린다는 소식도 길녀가 알려준 소식이었지만, 마을 청년들이 필재의 집을 좀 뒤져보고 싶어도 태식의 낯을 봐서 뒤지지 못한다는 소식도 길녀가 듣고 온 소식이었다.

길녀는 확실히 요즈음 언변도 늘었지만 가만히 보면 나다니는 일도 싫어하는 눈치가 아니었다.

내일은 또 골에 일이 있어서 간다고 그날 밤은 공연히 싱글거리는 것도 우스워만 보였다.

그러나 필재는 길녀더러 만일 태식을 만나도 자기가 내려와 있다는 소리는 하지 말라고 몇 번이나 당부를 해 두었다.

이틀 있다 온다던 길녀가 열흘이 넘어도 돌아오지 않았고 열흘의 갑절이 되어도 오질 않았다.

필재는 그냥 기다리던 끝에 지쳐버리고 말았다.

양력 구월달이 되자 날씨도 완연히 가을 날씨로 변해지고 말았다.

낮에만 등어리가 따가울 정도로 내려쬐곤 해만 기울면 여간 선선해지질 않았다.

그날따라 어머니도 정신을 좀 차리고 기동을 하는 것 같았다.

점점 해가 저물어갈 무렵이었다. 밖에서 형수님 형수님 하고 부르는 소리가 틀림없이 태식의 목소리였다.

필재는 가슴이 철렁 내려앉는 것 같았다. 곧 이 방으로 뛰쳐 들어올 것만 같았다.

필재는 자기도 모르는 사이에 벽장 속으로 뛰쳐 들어가 버리고 말았다.

"형수님, 미안합니다. 필재가 서울서 내려오지 않았다지요. 이제 내려오면 저를 욕할 것입니다…… 글쎄 나도 이렇게 되고 싶어 됐나요. 다 이 집 덕분이지요, 이 집 말씀이외다……."

태식은 얼근히 취한 것이 분명했다.

"형수님 편치 않으시다더니 안색이 퍽 안되셨구만요…… 내 이놈의 집을 송두리째 불살라 버리고 싶지만 어디 인정이 그럴 수야 있겠소. 그러나 형수님 그래도 저 밑의 채만은 그냥 안 둘 참입니다."

밑의 채라면, 큰할머니가 거처하던 방이 분명했다.

"형수님 저는 산으로 갑니다…… 아…… 저…… 그리고 길녀는 저희들과 같이 갑니다."

벽장 속에서 이 말을 듣고 있던 필재는 치가 떨리는 것 같았다.

집을 불살라 버린다는 그 말이 무서워서가 아니라 어쩌면 길녀가 그럴 수 있느냐는 분한 마음에서였다.

모든 것을 다 태식에게 준다 해도 그것만은 그럴 수가 없었다. 그러나 필재는 지금 당장 그런 용기가 나질 않았다.

태식은 대문 밖으로 나가면서 기어코 할머니가 거처하던 채에다 불을 질러놓고 가고야 말았다.

마를 대로 마른 재목들이라 불도 벌름벌름 잘도 타올랐다.

불을 끄러 오는 사람도 없었지만 필재 자신도 끌 용기가 나질 않았다.

점점 어두워지자 불길은 더욱 출렁거리는 것 같았다.

필재는 뒤토장에 앉은 채 물끄러미 불더미 속만 들여다보고 있었다.

불길은 오지 않지만, 얼굴이 더워지는 것 같았다.

필재는 다시 한번 태식의 말을 되풀어 보며 타오르는 불길 속에 태식과 길녀의 모습을 몇 번이나 그려보았다.

그들이 밀려나자 필재네 마을은 완전히 진공상태가 되고 말았다. 필재는 하는 수 없이 국군이 다시 들어올 때까지 치안대를 조직해 놓을 수밖에 없었다.

그러나 필재는 첫날 나가서 치안대를 조직해 놓고는 어머니가 병석이라 사실 별로 나가 보질 못했다.

필재는 무슨 까닭에 자기가 태식을 피하여야 하는지 알 수 없었다. 이러니저러니 해도 숙질간이 아닌가. 어떻든 자기가 뛰쳐나가 태식을 붙잡았다면 그는 거기서 머무를 수도 있지 않았을까. 필재는 비굴한 자기가 증오스럽기만 했다.

아군이 벌써 인천으로 상륙한 까닭에 미처 도망을 가지 못한 괴뢰군들이 산속으로 몰려들어 밤이면 아직도 국군이 진격해 들어오지 못한 부락들이 피해를 당한다는 소문이 여기저기서 떠돌았다.

소백산 줄거리를 타고 있는 필재네 마을도 밤이면 으레 그런 공포 속에 잠겨야만 했다.

잠을 깨고 일어나야만 그대로 무사했다는 안도의 숨길을 돌릴 수 있었던 불안한 날이 계속되던 어떤 아침이었다.

아침 일어나면 필재는 앞대문 밖 느티나무 그늘 밑으로 가서 마을을 굽어 내려다보곤 했다.

사우정 앞에 이르렀을 때 필재는 발걸음을 멈춘 채 크게 놀랐다.

괴뢰군이 사우정 한복판에 서 있지 않은가…….

필재는 어떻게 해야 좋을지 도무지 궁리가 돌질 않는다.

필재는 다시 한번 사우정을 쳐다보았다. 괴뢰군이 틀림없었지만, 그는 좀처럼 움직이질 않는다.

무엇하러 그가 저기 서 있는지 알 수 없는 일이다. 의아심에 쌓인 필재는 다시 한번 사우정을 자세히 살펴보았다.

서 있는 것이 아니라 사우정 대들보에 목을 매고 늘어져 있지 않은가…….

치가 떨리지만 필재는 그대로 서 있을 수가 없었다. 소리를 쳤댔자 누가 있는 것도 아니었지만, 필재는 소리를 지르고 싶어도 소리가 나오지 않을 것만 같았다.

어찌 그것이 길녀일 줄을 생각했으랴…….

길녀의 몸은 싸늘하게 식어 있었다. 필재는 도무지 울음이 터져 나오질 않았다.

"길녀…… 길녀…… 한 번 만나 보고 이 짓을 하지…… 길녀……"

한참 이렇게 푸념을 하고 나니까, 그제사 필재의 눈에선 뜨거운 눈물이 흘러내렸다.

조부가…… 숙모님이…… 그 어느 누구가 죽었을 때보다도 진정 서러워 필재는 길녀를 부둥켜안고 흐느껴 울기만 했다.

길녀는 서투른 글씨로나마 다음과 같은 편지까지 써놓은 것이 사우정 마룻바닥에 떨어져 있는 것이 발견되었다.

오빠…….

저희들은 오도 가도 못 하고 산속에 있었습니다.

기실 오빠가 보고 싶어 도망쳐 내려왔습니다. 그러나 오빠를 만날 수가 없었습니다.

오빠를 만나기가 죽음보다 더 두려웠습니다. 괴로운 마음, 그대로 방아쇠로 겨누어 터뜨리고 싶었습니다만 때아닌 총성에 오빠가 놀랄까 두려워 이 길을 택했습니다.

오빠의 손으로 묻어 주십시오.

길녀 올림

필재는 어머니도 모르게 길녀를 후원에다 묻어 주었다. 길녀의 무덤을 아는 사람은 오직 필재뿐이었다.

필재는 자신이 자기를 보기에도 꼭 얼빠진 사람인 것만 같았다.

할아버지의 유언도 오늘날에 이르러선 아무런 소용 가치도 없어지고 말았다.

반드시 고향으로 돌아와 영락한 가문을 중흥시키고 자기 한 몸을 고향을 위한 농촌 사업과 문화 사업에 바치려던 꿈이 여지없이 사라지고야 말았다.

필재는 자기 자신을 응시하듯이 낡아빠진 집을 둘러보곤 했다.

밤이면 황암정에서 원귀(怨鬼)가 운다던 이 낡아빠진 집…….

필재는 어렸을 때 들은 소리였지만 원기들이 밤마다 울어야 할 이유를 충분히 알 수 있을 것만 같았다.

마을이 수복되자 김씨 마을 사람들은 다시 고갯짓하고 이씨 마을 사람들은 기를 펴지 못해야만 했다.

필재에겐 그것이 싫었다. 서로 할퀴고 깎으려 드는 그런 싸움에 완전히 흥미를 잃고 말았다.

필재는 무슨 영문인지 골로 붙잡혀 갔다. 가서 보니 별일이 아니어서 필재는 쉬 풀려 나왔다.

태식으로 인하여 어떤 협의를 받고 불려 갔을 뿐이었다.

그래도 필재는 거기서 근 일주일이나 묵어서야 집으로 돌아왔다.

집으로 돌아와 보니 청천벽력 같은 일이 또 벌어져 있었다.

그것은 어머니가 세상을 떠나신 것이었다. 그의 눈에선 인젠 눈물이 고갈된 듯싶었다.

어머니의 한평생도 결국은 이 낡아빠진 집을 위하여 희생물이 된 것 같은 생각이 들자 필재는 가슴이 또다시 무너지는 것같이 뭉클거렸고 새로운 눈물이 쏟아져 흘렀다.

필재는 더 이 마을에 머물러 있기가 싫었다. 아무리 바빠도 며칠은 더 근신하다 가야 한다는 종친(宗親)들의 권하는 소리도 물리치고 마을을 떠나 버리고 말았다.

7

필재가 이번에 고향으로 내려온 것은 다름이 아니었다. 타다 남은 백여 칸의 집과 거기에 소속된 대지 등을 말짱스레 정리해 버릴 결심으로 내려온 것이다.

마을로 내려온 이상 필재는 가까운 종친들을 찾아보지 않을 수 없었다.

그들은 옛날에 다름없이 극진히 종손 대접을 해주며 야단법석들이다.

그러나 필재로서는 이 늙은이들이 무슨 까닭에 자기를 향하여 굽실거리며 또 자기는 무슨 까닭에 오기를 띠어야만 하는지 모두가 다 우스운 일이다.

필재가 내려온 지 이삼일 후 이번엔 필재가 집을 정리하러 내려왔다는 말이 전해지자 가까운 종친들은 물 끓듯 수군거렸다.

드디어는 필재의 집 사랑방에서 저녁부터 갓을 단정히 쓴 노인들과 필재는 회의를 열어야만 했다.

오륙십 명 모여든 그들은 자기들이 돈 백만 환이나 마련하여 놓을 테니까 어서 집을 수리하고 시골로 내려와 자리를 잡으라는 의견들이었다.

영락한 종가와 종손을 도우려는 그들의 성의인진 몰라도 필재에겐 모두가 달갑지 않았다.

그래도 필재는 자기 뜻을 굽히려 하질 않았다.

그 늙은이들은 종가 없는 마을에 무슨 체면으로 살아가겠느냐고까지 호소하는 것이었다.

임진·동학 양란에 이 집이 온통 불구덩이에 들어갔던 것을 선조들이 다시 재개축했다는 것도 오늘 보면 이런 식으로 집을 늘리고 담을 늘렸으리라고 필재는 짐작할 수 있었다.

선조들이 그렇게 해서 개축한 까닭에 원통한 무리죽음이 많이 생겼거늘 필재는 또다시 그런 일을 저지르고 싶진 않았다.

그들이 떠들어대는 틈바구니에 앉아서도 필재는 종가와 종손이 그들에게 무슨 이익을 주기에 저렇게 목을 매다시피 애원하는질 이해할 수가 없었다.

"여보게, 두말 말고 자네가 내려오게…… 그래서 내후년엔 여기서 출마를 하게. 장동 김씨도 한 번 불호령하고 살아 봐야 하지 않겠나…… 자네가 내려와 출마를 하면 돈 쓰지 않고도 염려 없어…… 그동안 우리 표를 그들에게 모아 주었으니까 우리가 말한다면 들어 주지 않겠나?"

성미가 괄괄한 그 친구는 필재에게 이런 소리를 몇 번이나 되풀이하며 두말 말고 내려와 꼭 입후보를 하라는 것이었다.

그러나 필재에겐 모두가 귓등으로만 들리는 소리였다. 밤새껏 앉아서 그들의 소리를 들어 봤댔자 하나하나가 모두 다 필재에겐 무섭고 두려운 소리뿐이었다. 언제부터 정치에 눈이 밝아졌는지 그들은 서울 사람 뺨쳐 먹을 정도인 것만 같았다.

종파(宗派)를 나누고 문중(門中)을 따지고, 모든 이 나라의 비극은 종가를 중심해서 벌어진 것 같았다. 그것을 뼈저리게 느낀 것이 필재 자기요, 그 희생자가 태식이와 길녀인 것만 같았다.

필재는 어떤 일이 있어도 그런 일을 다시는 반복시킬 순 없었다. 필재는 끝끝내 견디다 이렇게 한마디 던지곤 밖으로 나와 버렸다.

"종가를 팔아 치운다는 것은 도의상 안됐지만, 그것은 내 개인 소유의 재산이 아니겠소……."

여러 잡음이 듣기 싫었던 까닭에 필재는 기어코 쏘아붙였던 것이었다.

오십여 명이 둘러앉은 자리가 별안간 소란스러워지는 것 같았다.

밖은 그대로 어둡기만 했다. 이 어둠이 가시면 새 아침이 오듯이 종가도 종손도 허물어짐으로 하여 진정 길녀나 태식이나 자기 같은 사람들이 행복하게 살 수 있는 날이 올 것만 같았다.

수목이란 수목이 모조리 잘려나간 넓은 뜰엔 아직도 뻗치고 고집만을 부리던 조부의 얼굴 같은 고가의 그림자가 별빛 아래 어렴풋이 보인다.

예성강곡
禮成江曲

1

정(貞)이가 항상 오식(五植)을 향하여 케케묵은 국문학(國文學)이라 하면, 오식은 정더러 영문학도 못 되는 영어를 가지고 무엇 그러느냐고 빈정댔다.

그러나 그들은 언제나 같은 결론을 내림으로써 서로의 입장을 손상시키지 않았다. 그것은 오식의 곰팡이를 정이의 새로운 면으로 닦아주고, 정의 경박성을 오식의 전통적인 끈기로 조화시키면서 이어가자는 것이었다.

그러던 차 정이가 미국 유학을 생각게 된 것은, 오식이가 내년에 교환교수의 스칼라쉽을 얻게 되면, 정은 미리 가 있다가 나올 때 같이 나올 생각으로 서둘게 된 것이다.

그러게 오식이도 이번 정의 일엔 반대는커녕 은근히 찬성하는 편이었다.

정은 미국엘 가려면 아무래도 회화를 좀 더 연습해야 하겠다고 '케일' 대위한테 다니기로 했다.

케일 대위는 부산 피난 시 정이가 잠깐 그의 '오피스'에서 일한 것이 인연이 되었던 것이다.

오식은 자기가 영어 회화가 좀 더 능숙했더라면 '케일'한테 가지 말고 자기한테 배우라고 했겠지만 자기도 더듬는 판에 그것까지 말릴 순 없었다.

정이 케일한테 다니기 시작하면서부터 두어 달 동안은 오식이도 입학시험이니 뭐니 해서 이렁저렁 자주 만날 틈이 없었지만, 정도 회화 공부 핑계가 바빠 당분간 알지 못하는 사이에 좀 왕래가 뜸해지고 말았다.

그럴 즈음 어떤 날 아침이었다. 조간신문을 읽던 오식은 자기 눈을 의심하지 않을 수 없었다. 크게 놀랐다는 것보다 어떻게 돌아가는 신판인지 통 정신을 차릴 수가 없었다.

그것은, 국경을 넘은 사랑을 이룩하기 위하여 만기로 귀국하는 케일 대위를 따라 정이가 미국으로 간다는 기사와 사진이 실려 있었던 까닭이다.

오식은 몇 번이나 아니기를 바라고 부정해 봤지만 엄연한 사실 앞엔 백 번 부정해 보았댔자 어리석은 자위(自慰)에 불과한 일이었다.

그날부터 오식은 두서너 차례 직접 정을 찾아갔었지만 부정할 수 없는 사실 앞에 모두가 허사였다.

그럴 때마다 오식은 여요(麗謠)인 〈가시리〉를 생각했었고 정이가 진정 〈가시리〉의 내용과 같이 가시는 듯 돌아와 주었으면 하는 기대만이 컸다.

말하자면 이것이 오식이가 〈가시리〉의 노래에 대하여 더 관심을 갖게 된 이유인 동시에 학문으로서의 이설(異說)을 주장하게 된 동기가 되었다.

즉 이녕(李寧)의 예성강도(禮成江圖)가 우리나라 특유한 선(線)의 예술이랄 것 같으면 예성강곡(禮成江曲)은 여조(麗朝)시대의 가락인 음(音)의 예술이다. 그러나 전곡(前曲)과 후곡(後曲)으로 되어 있을 예성강곡이 오늘날에 전해지지 않는다는 것이 지금까지의 견해였지만, 오식의 주장은 후곡은 전해지지 않지만 여요(麗謠)인 〈가시리〉가 바로 그 전곡일 것 같다는 주장이었다.

오식이가 이 예성강곡에 대하여 국어국문학회(國語國文學會) 주최인 학술연구 발표회를 M대학 소강당에서 갖게 된 날이 공교롭게도 정이가 여의도 공항을 떠나던 날이었다.

오식은 이런 교착하는 감정을 누르며 운명의 사람같이 단 위로 올라갔다.

학계의 선배 중진은 물론 후배들로 가득 찬 소강당은 말 그대로 입추의 여지가 없을 정도였다.

선배들의 총애와 후배들로부터 존경을 받고 있는 오식이었건만 오늘은 자기도 모르게 흥분이 앞서는 것 같기만 했다.

2

예성강은 이름 그대로 고려의 사절(使節)들이 여기서 배를 타고 송(宋)나라로 향하였으니 국제적 예의를 이룬다는 뜻에서 생겨난 이름이다.

은성(殷盛)을 극한 고려 황도(高麗皇都)인 개성(開城)은 이 강안을 끼고 문물(文物)을 받아들였고 또한 강안 일대에 즐비한 외국 거상은 이 나라 경제생활에 적지 않은 영향을 주었다.

하두강(賀頭綱)은 오늘도 응접실 뒷창문을 열고 그 뚱뚱한 몸을 주체하지 못하여 삐듯이 의자에 기댄 채 건너 쪽 뒷창을 바라보고 있다.

하두강은 송(宋)나라의 거상이다.

황도 개성에 와서 그가 머문 지도 벌써 십여 년이 넘었다.

십여 년이라는 긴긴 세월을 여기 자리 잡고 본국과 무역하는 동안 그는 근검으로 개성 굴지의 치부(致富)가 되었을 뿐만 아니라 고려의 언어와 풍속 등에까지 잘 통하는 사람이 되었다.

하두강이가 툭하면 이 응접실 뒷창문을 열어제치는 습관이 생긴 것은 월여 전부터의 일이다.

어떤 날 우연히 응접실 뒷창 밖을 내다보며 송삼(松蔘)을 흥정하던 때다. 그는 순간 눈길이 얼어붙은 것같이 잠시 입을 벌린 채 말도 하지 못하고 그쪽만 노려보았던 것이다.

그는 처음 자기의 눈을 의심하였고 다음 순간은 콧구멍이 뜨거울 정도로 속 기운이 치밀며 자기도 모르는 사이에 신음 소리까지 내고 말았다.

그것은 담 너머로 보이는 이웃집 대청마루에 어떤 미인이 서 있었던 까닭이다. 그러나 그 미인은 곧 늘어진 발 뒤로 사라진 후 다시는 나타나질 않았다.

하두강은 그 미인이 바로 거상들 앞으로 다니며 거간을 하는 고려인 왕호(王湖)의 아내임을 알 수 있었다.

아직도 하두강의 눈길은 왕호의 집 뒷창 구멍만 노려보고 있다.

이때 사환 아이가 들어와 크게 절하며 손님이 오셨다고 전갈한다.

"어떤 손님이드냐……."

"늘 오시는 할머니입니다……."

사환 아이는 다시 읍하며 크게 머리를 수그린다.

"그래 빨리 이리로 오시라고 해라. 그리고 손님이 들어오시거던 매탕(梅湯)을 내오도록 해라……."

"네! 알아채려 하겠나이다."

사환 아이가 나간 다음 하두강은 행여나 그 할머니가 기쁜 소식이라도 갖고 오지나 않았는가 하여 안절부절 자리를 잡지 못하고 그 뚱뚱한 몸이 의자에 앉은 채 비비 틀고만 있었다.

"하대인(賀大人) 안녕하셨어요……. 제가 너무 일찍 찾아온 것 같습니다."

"원 천만에 말씀! 항상 이렇게 수고해 주시니……."

하두강은 노파 앞에 합장이라도 할 듯 몸에 비하면 지나치게 작은 손을 부비며 허리를 굽힌다.

이 노파는 왕호의 먼 일가였다. 하두강은 이 노파를 매수하여 왕호의 아내를 달래보려고 별의별 수단을 다 쓰던 차다.

사환 아이가 매탕을 들고 들어와 손님과 주인 앞에 놓고 나간다.

"어쩌면 이렇게 새곰하게 알맞게 끓였어요."

"매탕을 좋아하십니까……."

"아직 이 늙은 것도 매탕의 신맛이 좋구만요."

"허허…… 어데 성사가 될 것 같습니까……. 일만 된다면야 제가 매탕쯤이야 얼마던지 대접 못 하겠습니까."

사실 하두강의 이런 말에 노파는 오늘도 들어볼 만한 소식을 갖고 오질 못했다.

"차라리 하대인 매탕이나 마시는 것이 수월하지……. 안 되겠어 안 돼……. 도무지 말을 들어줘야지……."

노파는 사실 이번 일만 성사시키면 한밑천 얻을 줄 뻔히 알면서도 그년이 말을 영 들어주지 않고 보니 섭섭한 대로 하두강으로 하여금 이번 일을 단념시키고 딴 곳에 한 번 걸어주어 볼 생각으로 일찌감치 나섰던 것이다.

"어제저녁에 불러내어 하대인으로부터 받은 옥지환[指環]을 주지 않았겠어요, 하대인이 이웃에 사는 정으로 동네 아낙네들에게 한 켤레씩 다 선사하는 것이니 딴생각 말고 받아두라고 했었지요. 그랬더니 어찌 남편 아닌 딴 사람으로부터 가락지의 정표를 받을 수 있겠느냐고 하며 돌려주질 않겠어요……."

그러면서도 노파는 성큼 옥지환을 하두강이 앞에 내어놓질 않았다.

"이젠 마지막 수단은 이것밖에 없어 하대인……."

노파는 마시다 남은 매탕을 쭉 들이키곤 뚱뚱한 하두강의 귀에다 대고 무어라 쑥덕거린다.

하두강은 부리부리한 눈알을 조심스레 굽석거리며 노파의 말을 듣고 있더니만 크게 고개를 끄덕거린다.

"나야 할머니만 믿지요……."

"글쎄 그 수단밖에 없다니까 하대인."

오목한 볼에 웃음을 띠우며 노파는 이런 말을 남긴 채 하두강의 집 응접실을 나가버렸다. 하두강은 노파가 다녀간 다음에도 연신 응접실 뒷창문을 내다보며 서성거린다.

3

하두강이 사랑방에선 오늘도 내기 바둑이 버그러졌다.

물론 왕호는 처음 내기 바둑이란 생각지도 못하였지만 옆에서 보기에 하두강의 솜씨가 그 정도라면 어데서 땅변*을 얻어서라도 한번 걸어볼 만하다고 생각했기에 집사람을 시켜 여기저기서 빚을 얻어다 대고 걸었던 것이다.

오늘은 다행히 먼 친척이라는 할머니의 아들 왕기만(王基萬)이도 아직 나타나질 않았다.

어제 은전 열 냥을 삽시간에 따가지고 돌아갔으니까 나타나지 않는 것도 무리는 아니었지만 왕호에게도 기만이가 오지 않은 것이 도리어 마음 편한 것도 같았다.

왕호는 하두강이가 자기를 극진히 대해주는 것이 무엇보다도 고마웠다.

자기같이 거상들의 앞재비 노릇이나 하는 거간꾼과는 견줄 수도 없는 하두강의 존재였다.

"왕 형의 솜씨는 놀랍습니다……."

"천만에 말씀을……. 어찌 다 하대인이 실수를 하셨겠지요."

"아니 아니 내가 왕 형의 솜씨를 따르려면 아직 몇 수를 더 배워야겠는걸요……."

첫판 열 냥 내기에 진 하두강은 서슴치 않고 전낭(錢囊)을 풀어 은전 열 닢을 주며 옆에 갖다 놓은 차종을 들어 마신다.

---

* 땅변: 땅을 담보로 빌리는 돈.

왕호는 혀끝이 자릿해지는 차 맛보다도 하두강으로부터 받은 은전 열 닢을 만지작거리는 손끝이 더 저릴 지경이었다.

하두강은 은전 열 닢쯤 잃었다고 해서 별로 안색을 달리하는 것 같지도 않았다. 그러나 왕호는 자기가 지나치게 솜씨를 부린 까닭에 그만 하두강이가 다시는 내기 바둑을 하려 들지 않지나 않을까 하는 염려도 없지 않았다.

그렇다면 자기가 기만이 정도의 솜씨를 보여서도 될 것을 공연히 처음부터 너무 긴장하고 덤빈 것이 오히려 후회스러울 정도였다.

"자 아직 밤도 멀었으니 우리 한 번 더 놓으면 어떨까요……."

왕호로선 바라던 일이다. 그렇다고 자기의 수가 좀 높다 하여 곧 응수할 수도 없었지만 은전 열 냥을 땄으니 그만두자고도 할 수 없었다. 다만 하두강의 처분에 맡긴다는 뜻의 대답밖에 할 수가 없었다.

"하대인 처분대로 하십시다……."

"그럼 한 판 더 놓아보지요……. 그런데 이번엔 우리 한 판에 스무 냥을 걸어보는 것이 어떨까요……."

"글쎄 처분대로 하시지요…."

왕호의 대답은 자신만만하다. 그러면서도 그는 곰보다 더 미련한 놈이 되놈이라 생각했다.

이번엔 하두강도 처음부터 좀 뻗치는 것 같았다.

바둑돌을 들 때마다 왕호도 신경이 그리로만 쏠렸다. 물론 자기보다 하두강의 수가 높지 못하다고 생각은 하면서도 눈시울이 꽃꽂해질 지경으로 긴장되는 것은 어찌할 수 없었다.

그러나 하두강의 수는 처음 몇 번 단단한 발디딤을 하는 것 같았지만 판국은 이번에도 왕호의 승리가 결정적이었다.

하두강은 그대로 바둑판을 밀어놓고 다시 전낭에서 약속대로 은전 스무 닢을 꺼내어 왕호에게 주었다.

그러나 하두강은 조금도 잃어버린 은전에 대하여선 마음을 쓰는 것 같질 않았다.

"왕 형! 우리가 이웃에 살면서 지금까지 무슨 까닭에 지기(知己)가 되지 못했을까요……. 앞으로 서로 사귀어봅시다……."

"하대인 감사합니다. 저야 무어 아는 것이 있습니까. 앞으로 잘 부탁합니다."

그날 밤 왕호는 내기 바둑으로 딴 은전은 물론 앞으론 지기가 되자는 정표로 하두강이 주는 남주(藍紬) 한 필과 백견(白絹) 한 필까지 받아갖고 돌아왔다.

하두강과 왕호의 정은 날로 깊어갔다. 때로는 형이야 아우야 하며 청루각(青樓閣) 홍등(紅燈) 밑에 밤을 새운 적도 한두 번이 아니었다.

처음 하두강이가 내면 왕호가 반례(反禮)를 하였고 왕호가 꾀이면 하두강이가 이에 응하였다.

낮에는 내기 바둑, 밤이면 술집으로 떠돌아다니는 사이에 왕호는 기생첩까지 얻게 되었다.

인젠 하두강의 전낭 속에 들어 있는 돈이라면 왕호는 자기 것이나 다름없는 것같이 생각되었다.

그날도 하대인과 왕호는 하대인 집 사랑방에서 내기 바둑을 놓고 있었다.

오늘따라 방 안에 피워놓은 향내가 그윽하다.

"왕 형. 오늘은 우리 좀 푸근한 내기를 단판싸움으로 해보고 다음일랑 이런 내긴 그만두기로 합시다."

이런 경우엔 왕호는 늘 수동적이다.

“그래봅시다 그려…….”

하두강은 요지음 왕호가 아내보다도 기생첩에 미쳐 있는 줄을 잘 알고 있는 판이다.

“왕 형이 그새 충충히 나한테서 아마 한 천 냥쯤 땄지요…….”

이렇게 하두강이 깔끔히 셈을 따지고 나오면 왕호는 좀 계면쩍은 생각에 무어라 대답할 수 없었다.

“아마 한 천 냥가량은 착실할 거요.”

“그렇겐 되겠지요.”

이런 대답을 하면서도 아닌 게 아니라 왕호는 얼굴이 좀 화끈거리기도 했다.

“그런데 참 왕 형은 염복가(艶福家)야……. 정실부인께서도 미인이시라는데 이번 춘심(春心)이도 좀 미인이라구……. 자 그렇게 사랑을 독차지해서야 불공평하지 않소? 그러니 이번 내기는 내가 지면은 이천 냥을 걸고 왕 형이 지면 춘심을 내게 돌리도록 합시다.”

“여보 하대인 춘심이야 내가 새로 사귄 정이니 설사 져서 내놓는다 해도 좀 섭섭하지 않소!”

“그럼?”

“그러니 춘심이 대신 이렇게 합시다.”

하두강은 불쑥 상반신을 왕호 앞으로 바싹 내민다.

“그러니 우리 집사람을 춘심이 대신 걸기로 합시다…….”

물론 왕호는 자신이 있어서 내건 소리다.

하두강은 눈이 뒤집혀질 지경으로 크게 놀랐다.

어쩌면 왕호가 자기가 걸어놓은 올개미에 이렇게 흠빡 빠져들었던 까닭이다.

“좋소 좋아…… 호호…… 이번엔 참 재미있는 내기요…….”

하두강은 곰배님배 벙신거리면서 왕호의 구미를 돋구기 위하여 장속에 얹어두었던 은전 상자를 꺼내다 놓는다.

“자 왕 형, 이번엔 지면 이것은 왕 형 것이요……. 그러니 왕 형은 나한테 지면 왕 형 부인을 돌려준다는 서찰을 쓰고 인장을 찍으시오…….”

왕호는 서슴치 않고 하두강이가 하라는 대로 서찰을 쓰고 인장을 눌러주었다. 그러면서도 왕호는 하두강을 비웃었다.

‘되놈이란 욕심도 많거니와 의심도 이만저만이 아니로군. 그래 아무러면 네놈이 날 이겨내겠기에 그런 수작을 거는 것이냐……. 에이 미욱한 멧돼지 녀석아…….’

왕호는 속으로 마구 이렇게 욕을 퍼부면서도 연신 은전이 들어 있는 상자에서 눈이 떠나질 않았다.

천년 묵은 노송이 있고, 현학(玄鶴)이 나르는 밑에 백발 신선들이 앉아 즐기는 그림이 붙어 있는 여섯 자 절병풍(折屛風) 앞에 하두강과 왕호는 마주 앉았다.

오래 두고 벼르던 소원을 이루게 하는 일국(一局)이라 하두강도 딴 날 내기보다는 아무래도 미간에 긴장이 펼쳐있고 그가 내미는 손끝도 전에 없이 가늘게 떨었다.

왕호도 이 한 판으로 벼락부자가 되는 판이고 보니 한 일 자로 그어진 입술에 절로 힘이 가군 했다.

그러나 하두강의 솜씨는 전날의 솜씨가 아니었다.

밀면 뻗치고 박으면 마주 서는 솜씨가 만만칠 않다. 그제야 왕호도 자기 이마빡에 진듯이 땀방울이 흐름을 알 수 있었다.

이번엔 왕호도 숨길을 돌리며 슬쩍 늦추는 듯하면서도 공격수를 썼지만, 하두강은 용케 풀고 나올 뿐만 아니라 그럴 때마다 하두강의 차지는 은전 닢같이 늘어가기만 했다.

이렇게 되고 보면 왕호도 어쩔 줄을 몰랐다. 그러나 하두강은 판국이 기울 정도로 이긴다는 것이 아니라 간신히 이긴 듯싶은 싸움을 하자니 자연 더딜 수밖에 없었다.

따져볼 필요도 없이 왕호의 패배는 결정적인 판국에까지 이르렀다.

인젠 더 바둑돌을 가져다 메꿀 자리도 없건만 왕호는 언제까지나 바둑돌을 들고 판국을 노려보고 있을 뿐이다.

넌지시 왕호의 모습을 건너다보던 하두강은 자기의 멋진 속임수에 넘어간 채 멍멍히 앉아 있는 꼴이 하두 우스워 바둑돌을 던지며 방 안이 떠나갈 정도로 소리쳐 웃는다.

"자…… 왕 형……. 약속을 냉큼 시행하시오…… 자!"

오늘까지 대해주던 지기로서의 표정이 아니다.

하두강의 늘어진 양 볼이 소리 없이 씰룩거린다.

왕호는 눈앞이 아찔할 뿐 아무런 생각이 떠오르질 않았다.

4

남편의 잘못으로 하두강의 손으로 넘어오긴 했어도 왕호의 아내는 전날을 잊지 못하여 시름시름 앓기 시작했다. 왕호인들 그것이 하두강의 속임수였고 노파의 장난이었음을 왜 몰랐으랴……. 그러나 무능한 고려인 왕호로선 송나라 거상 하두강을 당할 도리가 없었다. 서

슬이 번들거리는 왕조의 관리들까지도 굽실거리는 하두강의 세력을 막을 길 없이 왕호는 죄 없는 아내를 약속대로 돌려주는 수밖엔 도리가 없었다.

하두강은 장중보옥(掌中寶玉) 같은 그녀를 그대로 둘 수가 없었다. 그렇게 그는 이번 기회에 고려 땅을 떠나 고국으로 돌아가 그를 다리고 한 일 년 동안 휴양을 하고 오려고 했다. 그러므로서 그녀로 하여금 왕호를 잊어버리게 하자는 심산이었다.

이런 결정을 내고 바다길을 고르는 동안 하두강은 며칠을 기다려야 했다.

오늘 비로소 뱃길도 결정되어 하두강은 일찌감치 그녀를 다리고 배에 올랐다.

오늘따라 송악(松嶽)의 웅장한 봉우리가 강기슭에 어려 아름답다.

우거진 녹음과 강물은 예나 지금이나 변함없이 흐르건만, 왕호의 아내는 새삼 자기의 기박한 신세를 탄하지 않을 수 없었다.

송나라의 거상으로 황도에 머물기를 십 년이나 하다 돌아가는 사람이라 전송 나온 손님도 여간 많질 않다.

맑은 물 위엔 화방채정(畵舫彩艇)이 꽃같이 떠돌고 배에서 기녀가 사죽(絲竹)에 맞추어 노래 부르면 큰 배의 무희(舞姬)들이 춤을 춘다.

빈객(賓客)은 도는 잔에 술 취하고 가는 사람 보내는 사람 서로 엉키어 한나절을 보낸다.

왕호의 아내는 차라리 예성강 맑은 물 위에 몸을 던지려 했었지만 감시의 눈길에 얽매여 하염없는 설움의 눈물만 흘릴 뿐이다.

바로 배가 강기슭에서 닻을 올리던 때였다.

은전 이천 냥에 아내와 자기를 잃고 미친 듯이 허둥거리던 왕호가 사람들의 틈새를 비비고 나왔다.

그는 미칠 듯이 배를 향하여 소리친다.

염라대왕 같은 하두강의 옆에 서 있던 왕호의 아내는 차마 고개를 들지 못한 채 흐느껴 울 뿐이다.

왕호는 그대로 서서 마구 가슴을 두들기며 통곡을 한다.

닻을 걷어 올린 배가 물굽이를 따라 둥둥 떠 흐르기 시작한다.

왕호는 배를 따라 강기슭을 더듬으며 내려간다.

배 위의 아내가 손을 들어 흔든다.

왕호는 아내의 손짓에 그대로 서버린 채 호곡하며 소리친다. 배는 멀리 가고 왕호의 노랫소리가 물굽이를 타고 빗겨 흐른다.

가시리 가시리잇고
나난 바리고 가시리잇고
날러는 엇디 살라 하고
바리고 가시리잇고
잡사와 두어리마라는
선하면 아니 올세라.
서른님 보내압노니
나난 가시난닷 도셔오셔셔……

왕호의 호곡하는 노래소리는 그치질 않았다.

술 취한 기녀들의 질탕한 음률이 왕호의 노래소리에 맞추며 〈나난 위 증즐가 태평성대(太平聖代)〉를 부르며 물굽이를 따라 돈다.

예성강곡인 전곡이 이루어진 곡절을 여기까지 설명하고 난 오식은 천정을 쳐다본 채 잠시 아무런 말이 없다.

그것은 왕호를 말한 것이 아니라 자기 자신을 설명한 듯싶은 서글픔에 코허리가 시큰거리며 눈물이 핑 고였던 까닭이다.

오식은 좀 더 확실한 고증(考證)과 전고(典故)를 설명해야 되겠지만 혀가 굳어버린 채 말이 나오질 않았다.

"그래서 저는 〈가시리〉가 예성강곡의 전곡이라 생각합니다."

밑도 끝도 없는 소리다. 예성강곡의 전곡이면 어떻고 아니면 어떻단 말이냐. 그야말로 데데한 소리였다. 오식은 자기가 무슨 까닭에 이런 소리를 여기서 했는지 그 이유조차 알 수 없는 노릇이다.

금시 무능한 자기를 비웃는 웃음소리가 강당이 떨어져 나가게 울릴 것만 같았다. 오식은 흥분과 겁에 눌리며 그대로 단을 내려오고야 말았다.

우뢰와 같은 박수 소리가 일어난다. 물론 자기를 비웃는 웃음소리인 것만 같았다.

선배들이 손을 잡아 흔들어주고 어깨를 두들겨 주지만 그 모든 것이 자기를 저주해 주는 것 같기만 했다.

오식은 뒤로 돌아보지 않고 강당을 빠져나왔다.

난데없는 비행기의 폭음 소리 같은 것이 들린다. 오식은 발걸음을 멈추고 하늘을 우러러본다. 파란 하늘엔 잠자리뿐이 날아갈 따름이다.

그러면서도 오식은 정이가 진정 가시는 듯 돌아와 주었으면 하는 터무니없는 생각만이 앞섰고 자기가 왕호와 같은 잘못을 저질렀다면 그놈의 부질없는 교환교수의 스칼라쉽이 원망스러울 뿐이었다.

오늘따라 내려쪼이는 볕이 양어깨에 무거운 것 같았다.

IYEU島*

표류(漂流)

나의 추억이란 불과 삼사십 호밖에 되지 않는 조그만 마을 뒤에 있는 보리밭과 그 보리밭을 지나 올라간 오솔길에서 이루어진 것들이다.

그러나 그 모든 추억은 오솔길과 보리밭에 있는 것이 아니라, 언덕에서 내려다보이는 바다가 간직하고 있었다. 바다가 모든 것을 간직하고 있듯이 내 가슴속에 넘쳐흐르는 것도 바다뿐이다. 내 추억이 바다 속에 살아 넘실거리듯 넘치는 바다의 정열과 희망은 내 맥박 속에 되살아, 바다는 이름 그대로 나에게 있어선 영원하다.

나는 일찍 이런 것들을 생각해 본 적은 없었지만 만 육 년간 군대에

---

* 이여(IYEU)도(島)란 판도상(版圖上)에 없는 섬으로 제주도(濟州道) 어부(漁夫)들이 마음에 그리고 있는 이상도(理想島)다.

복무하고 있는 동안, 한가한 시간이 마련될 때마다 생각지도 않았던 이런 일들이 번개모양 스쳐가는 때가 있었다. 그 번개 속엔 마을과 언덕과 보리밭과, 그리고 항상 우리들에게 꿈을 가져다주던 오솔길 같은 것은 한 번도 보이지 않고 항시 부풀어 오르는 바다뿐이었다.

엄격한 규율과 권태의 연쇄인 군대 생활 중에서 가장 즐거웠던 일은 끓어오르는 파도와 부서져 나가는 그 포말(泡沫) 속에 어리는 지나간 일들을 되풀이해 보는 것이다.

어떻게 하다 잘못 뻗어 나간 등성이가 방파제 구실을 하는 통에 그것이 인연 되어 언제부터인진 몰라도 삼사십 호 안짝의 마을을 이루고 있었다. 순복(淳福)이와 상운(祥雲)이와 나는 이 마을에 같은 해 같은 날에 태어난 세 동갑이다.

동갑이란 것이 인연이 되어 우리들은 시기와 싸움으로 가장 친해진 단짝들이다. 제대하고 돌아와서 안 일이지만 상운은 내가 막사(幕舍)에서 그런 추억을 되풀이하고 있는 어느 날, 동부 전선에서 전사했다는 것이다. 상운의 전사란 우리 세 단짝에게 있어선 가장 슬픈 일이었지만 아직도 나 자신 감당하기 어려운 슬픔을 뼈저리게 느끼지 못한 것은, 전사했다는 사실보다 행복했던 추억이 지나치게 생생한 까닭인지도 모른다.

우리가 학교라는 것을 알기 전까지는 우리들의 놀이터는 언제나 바다와 배다. 처음엔 개구리모양 바닷물에 점벙 빠져드는 것이 고작이었지만 우리들은 그것으로 만족질 못했다. 잠수부들같이 솟구막질을 쳐서 깊숙이 들어가 돌이나 조개를 들고나오는 것으로 앞을 다투기도 했지만 고사리 같은 팔다리가 갈대모양 제법 탄력이 생기면서부터는 이쪽에서 저쪽 언덕배기까지 누가 먼저 헤엄쳐 가는지가 소중한 일과의 하나이기도 했다. 있는 힘을 다하여 다투는 것이지만 우리들의 기록은 일승일패의 되풀이에 불과했다. 이러한 우리들이 기어코 새로운 모험을 저질렀던 것이다.

제법 싸늘한 바람이 뱃전을 때리던 오후다. 점심밥을 먹고 나온 우리 셋 중 누가 먼저 올랐으며 누가 먼저 말했는진 기억하지 못하고 있는 일이다. 그런 시간에 무슨 이유로 배가 대어져 있었는지도 자세치 않다. 지금도 내가 확실히 기억할 수 있는 것은 우리 세 동갑이 그 배를 밀어내어 바다로 나갔던 일이다.

돛을 걷어 실을 때부터 말할 수 없는 불안이 우리를 휩쓸었지만 그런 불안 뒤엔 누구도 막을 수 없는 벅찬 힘이 우리들로 하여금 그런 일을 저지르게 했을 것이다.

노를 젓는 일과 돛을 올리는 방법을 우리는 그때까지 누구에게도 배운 적은 없었다. 그러나 우리는 그런 일을 능히 할 수 있는 능력과 힘이 우리들에게 있다는 자신을 갖고 있었다.

돛이 바람을 맞기 시작하자 배는 생각 밖에 빨랐다. 돛을 들어 올리던 때의 불안 같은 것은 말짱스레 가시고 만 때다. 분명 우리는 그때 고함 소리를 들었다. 상운이와 순복이가 그러하듯 나도 처음엔 못 들은 척했지만 다음 번째의 고함 소리엔 고개를 돌리지 않을 수 없었다.

"영근아……."

나를 부르는 소리다. 나는 용총을 잡은 채 고개를 돌렸다.

"모른 척해 둬……."

상운이와 순복이가 동시에 제지한다. 나는 돌렸던 고개를 얼결에 숙이고야 말았다. 고개는 숙였지만 그때 눈에 띄었던 영상은 좀처럼 사라지질 않는다. 온 마을이 다 쏟아져 나온 것 같았지만 배를 돌리라고 손질하던 어머니의 모습이 아직도 선하다.

“가고 싶으면 너만 혼자 헤엄쳐 가…….”

상운이 말이다. 나는 그대로 참을 수가 없었다.

“누가 가고 싶다고 했어?”

이렇게 반발해 보았지만 가슴속은 좀처럼 후련해지질 않았다.

몇 번이고 언뜻언뜻 떠오르던 어머니의 얼굴도, 그리고 아우성치던 소리도 물굽이 속에 잠겨진 채 보이지도, 들리지도 않는다. 그러나 내 목덜미를 스치고 지나가는 싸늘한 바람모양 가슴속엔 새로운 불안이 엷은 안갯발같이 쌓이고 있었다.

갈매기가 동그라미를 그리며 우리 머리 위에서 끼륵거린다. 우리 셋은 고개를 들고 소리를 쳤다. 바다에서 자란 우리들이지만 불안을 잊은 채 이렇듯 상쾌한 기분을 느껴 본 적은 없었다.

돛대 위에 내려앉기라도 할 것같이 빙빙 돌던 갈매기가 무슨 생각을 하였는지 수평선 쪽으로 날아가고 있었다. 바다 위에서 사귄 우리들에게 마치 길잡이 노릇을 자원하고 나서는 것 같기도 했다.

바람은 차건만 물결은 그리 높지 않았다. 나는 이때 용총을 잡은 채 멍멍히 주위를 살펴보기만 했다. 벌써 우리가 떠나온 자질구레한 해안선 같은 것은 까마득히 멀어진 채 가물거린다.

순복이와 상운이는 훽훽 날아갈 것같이 펄럭이는 돛을 붙잡은 채 있는 힘을 다하고 있었다.

멀고 먼 수평선엔 헤아릴 수 없는 꿈과 신비가 어려 엉기엉기 뭉기는 떼구름이 햇빛을 받아 유난히 아름다워 보였다. 나는 오늘날까지도 그날의 풍경을 하나도 잊어버리지 않은 채 낱낱이 기억할 수 있다.

여기서부터 밀려드는 파도와 밀려 나가는 물빛이 완연히 달라지고 있었다. 나는 이날 처음으로 아버지가 배를 타고 나가면 날이 꼬박 저물어서야 돌아오는 이유를 알 수 있었다.

물빛이 하늘빛을 반사하는지 하늘빛이 물빛에 비치는지 구별할 수 없을 뿐 아니라, 내가 배를 타고 바다에 있는 것이 아니라 구름 위에 떠 있지 않는가 하는 착각에 사로잡혔다간 옆에서 깔깔대는 순복이와 상운의 웃음소리에 제정신을 차리곤 했다.

"아버지들이 배를 타고 나오는 것은 '짜리'를 잡으러 나오는 것이 아니야."

상운의 말이다. 이때 아버지를 잃고 있던 순복은 아무런 소리도 하지 않고 있었다. 나도 상운의 생각과 같았다. 짜리나 잡으려면 배를 여기까지 끌고 나올 필요가 없을 것 같아서다.

"우리도 찾아보자."

상운의 말에 이상한 매력이 있었다. 순간 나의 가슴은 이상하게 두근거렸다.

"저 구름이 뭉기고 있는 곳까지 가면 있을 거야."

상운은 내 말을 알아들었는지 고개를 크게 흔들며 싱긋 웃는다.

우리가 찾으려던 것이 무엇이었을까.

우리는 그냥 서로 그런 말을 주고받았을 뿐, 우리들이 찾던 것이 무엇이라는 것은 한 말도 주고받질 않았다. 그것은 오늘날까지도 우리들이 서로 밝히지도 않았을 뿐 아니라, 그것을 밝히기 전에 상운이가 이미 전사한 오늘날에 있어선 그것은 언제까지나 신비로운 비밀일 수밖에 없다. 이런 신비로운 꿈이 결국 나와 순복으로 하여금 배와 인연을 맺게 했을지도 모른다.

나는 군대에 복무하고 있는 동안 어떤 괴로움에 부딪쳐도 이런 꿈이 되살아 오르는 순간만은 언제나 행복할 수 있었다. 뻐언히 그런 꿈이란 찾을 길 없는 것인 줄 알면서도 나는 군대 생활을 하는 동안 그런 꿈을 되씹고 있었다 해도 과언이 아니다.

바닷물이 파랗다는 것은 바다에서 자란 우리들의 몰상식한 관념이다. 어느 인색한 지주(地主)가 자기 땅을 표시하기 위하여 넓은 벌판에 울타리를 만들었듯이 그 넓은 바다에도 그런 울타리 같은 것이 있었다.

흰 물줄기로 금긋고 있는 '노리'가 그것이다. 물굽이와 물굽이가 부딪치며 이루고 있는 바다의 작은 성벽이다. '노리'가 서 있는 이쪽과 저쪽의 물빛이 완연히 다르다. 안개비가 개인 뒤 영롱한 무지개가 마을 언덕 뒤쪽에 서듯이 '노리'가 선 저쪽은 오색의 비단을 장식한 것 같았다.

용총을 붙잡은 상운과 순복과 그리고 나는 황홀한 풍경에 언제까지나 넋을 잃고 있었다.

이슬비에 젖은 숲속을 우리들은 잠방이 뒷자락이 함빡 젖도록 무지개를 잡으러 보리밭 너머 언덕길을 얼마나 쏘다녔는지 모른다. 그럴 때마다 우리들의 손은 가시에 찔려 피가 흘렀고 다리는 배틀배틀 시들어 솜 같은 피곤을 느껴야만 했다. 우리들의 꿈은 한 번도 실현되지 못하였지만 몇 번이고 이런 일을 되풀이했던 것이다.

우리들의 꿈이 무지개에 있었듯이 어른들의 희망은 '노리'가 선 오색 비단이 깔린 바다에 있다는 것을 나는 비로소 그날 깨달았다.

모든 불안을 잊어버린 채 크나큰 환희를 느낀 것도 새로운 발견의 뒷받침에서였을 것이다.

바다는 하늘을 따라 변하여 가고 있었고 영롱한 무지개가 뿌연 구름 속에 갈피를 사려 자취를 감추듯이 '노리'가 선 바다의 찬란한 빛은 점점 식어드는 바다 품속에 빛을 잃고 있었다.

바람에 전신이 젖어들었다. 환희 대신에 우리들에겐 새로운 불안이 휩쓸었다.

무지개를 따라 나섰던 우리들은 막혀 버린 오솔길에서 길을 잃은 채 얼마나 방황했는지 모른다. 그러나 우리는 조금도 당황하거나 불안을 느껴 본 적은 없었다. 그럴 때마다 높은 언덕으로 뛰어 올라가 바다를 내려다보면 잃었던 길을 쉬 찾을 수 있었던 것이다.

바다는 벌써 점점 어둡기 시작했다. 우리는 돌아가야 할 길을 잃었다. 떠나올 때 돌아가야 할 목표를 정해놓지 못하고 온 것을 후회했지만 소용없었다.

셋은 돛대 밑으로 나란히 모여 앉았다. 불안과 추위에 전신이 와들와들 떨렸다. 생각지 않았던 어른들의 비밀을 발견했듯이 돌아갈 수 있는 그런 기적을 바랐지만 그것은 막연한 기대에 불과했다.

"야! 별이 떴다!"

순복의 고함소리다. 돛대에 등을 기댄 채 나도 고개를 들었다. 순복의 고함소리는 나로 하여금 완전히 배고픔을 잊게 해주었다. 우리들이 언덕과 숲속에서 바라보던 별은 멀고 먼 거리에 있었지만 지금 우리가 바라보는 별의 위치는 너무나 가까운 거리였다. 그것은 바다라는 그릇을 덮고 있는 뚜껑에 장식된 보석 같기도 했다.

머리 위를 스치고 지나가는 은하의 흐름은 그대로 줄줄이 당겨 그냥 호주머니 속에 간직할 수 있을 것 같기도 했다. 우리들이 잃어버렸던 희망과 쌓였던 불안은 순복의 고함 소리로 말짱하게 가시고 말았다.

"저것이 북극성……."

"그렇지. 저것은 북두칠성이다."

용총을 당겨 돛을 돌렸지만, 바람도 어둠 속에 잠들었는지 별로 배가 움직이질 않는다. 우리는 번갈아 노를 저었다. 은하의 흐름이 머리 위로 끝없이 흘러갈 뿐이다. 우리 배가 바다에 떠 있는 것이 아니라 그 수많은 별이 떠 있는 은하를 저어 건너가는 기분이다.

노를 당기는 팔꿈치의 힘이 풀려도 우리 앞에 별빛이 흐르는 한, 조금도 불안하질 않았다. 눈앞에 보이는 별의 위치는 가까우면서도 멀었다. 우리가 아무리 돌려가며 노를 저어도 우리들이 찾는 곳은 보이질 않는다.

별빛도 희미해지기 시작했다. 솜같이 엉킨 안갯발이 뺨을 스치고 지나간다. 이제는 등어리를 펼 수 없을 지경으로 피곤해지고 말았다. 나는 털썩 주저앉아 버렸다. 던진 돌이 풍덩 가라앉듯이 깊숙한 바다 밑바닥으로 그냥 들어가는 것 같기만 했다. 전신을 꼼짝할 수 없었다. 내 몸이 큰 바위 틈에 꽉 끼여 있는 것 같았다. 그러고 보면 나는 바다 깊숙이 가라앉은 것일까?

무엇인지 차가운 것이 내 얼굴을 덮고 있었다. 넓은 해초(海草)일 것이라고 나는 생각했다. 해초랄 것 같으면 먹을 수 있지 않을까…… 희미하나마 이런 생각이 떠오르자 나의 공복감은 참을 수가 없었다. 이렇게 피곤에 지쳐 있으면서까지 나의 식욕이 왕성한 것을 나는 이때토록 원망해 본 적은 없었다. 나는 움직일 수 없는 몸을 간신히 움직여 보았다. 겨우 몸이 뒤틀려진다. 무엇보다도 나는 내 손을 뽑아야만 했다. 그러나 손은 좀처럼 움직일 수가 없었다. 이런 때일수록 단념이란 쉬운 일이다. 나는 그냥 얼굴에 덮여 있는 것을 혀로 핥았다.

내 몸에 배다시피 한 해초 냄새와 맛을 내가 모를 까닭이 없었다. 찝찔한 물이 그냥 목구멍으로 흘러 들어갈수록 내 식욕은 더 허기찰 뿐이다. 등어리에 가 붙어 있다시피한 위장이 제법 움직이고 있다는 것을 나는 알아차릴 수 있었다. 그러나 아무리 씹어도 그것은 끊어져 떨어지지가 않았다.

"자, 날이 밝았다."

멀리서 들려 오는 메아리 같은 이상스러운 목소리다.

우리들이 무지개를 따라 나섰다가 길을 잃고 방황하던 때 우리들끼리만이 통할 수 있는 신호를 서로 주고받으며 부르던 그런 소리다.

이때 내 얼굴을 덮고 있던 것이 걷어지는 통에 하마터면 나는 앞니 하나가 분질러질 뻔했다. 내 얼굴을 덮고 있던 것이 걷어지는 순간 나는 전신의 허전함을 느껴야 했다.

나는 바다 깊이 빠져 있던 것도 아니요, 해초를 씹고 있던 것도 아니다. 쓰러져 눕자 누가 돛을 걷어 씌워 주었던 것을 나는 빨고, 씹고 있었을 뿐이다.

바다는 어제와는 달리 은빛으로 출렁인다. 상운이와 순복이가 닻을 걷어 올리는 동안 나는 돛을 올렸다. 우리들은 서로 얼굴을 쳐다본다. 상운이와 순복의 얼굴은 꺼칠했을 뿐 아니라 그들의 입술은 조개가 일어 터실터실한 채다. 무의식적이었지만 나는 내 입술을 혀끝으로 빨아 보았다. 웬 까닭인지 내 입술만이 뻔질뻔질하다. 순간 내 얼굴은 까닭 없이 달아올랐다.

나는 내가 돛을 해초인 줄 알고 그것을 핥고 씹었다는 말을 그들에게 할 수 없었다. 그런 말을 한다는 것은 내가 그들보다 스스로 약하다는 것을 폭로시키는 일에 불과했던 까닭이다. 물론 우리 세 동갑은 누구도 비할 수 없는 다정한 친구다. 그러나 우리들 사이엔 항상 겨루고 다투는 것이 있었다. 그런 경쟁심이 내 자존심을 굽히지 않게 했을 것이다.

이렇게 되고 보니 우리들이 찾아가는 방향은 바람 가는 곳으로 쫓아갈 수밖에 없었다.

불안이란 역시 어둠 속에서 더해지는 것이다. 피곤과 굶주림은 언제나 다름없었지만 얼굴을 마주 쳐다볼 수 있다는 것만으로도 우리들의 불안은 덜했다.

바다는 새 아침을 맞이하여 온통 뒤바꿔지고 말았다. 어떻게 보면 우리들의 배가 어제와는 영 딴 방향으로 흘러온 것 같기도 했다. 우리들을 이끌던 신비한 꿈도 수평선을 뒤덮던 구름도 그리고 서로 소유권을 밝히는 듯한 '노리'도 보이질 않는다. 아침 햇빛을 받은 바다는 이름 그대로의 은빛 세계다.

나는 사실 수병이었지만 군대 생활에 복무하는 동안 바다에서 산 기간보다 육지에 더 오래 있었다. 물론 내가 병원에 입원하고 있었던 관계도 있었지만 휴전이 성립된 후로는 배를 탈 수 있는 기회를 좀처럼 갖질 못했다. 그러니까 그것이 서해안 작전에 참가했을 때다.

내가 타고 있던 것은 상륙용 작은 배다. 그러나 우리 배는 상륙 작전에 참가하고 있었던 것은 아니다. 물론 일개 수병이었던 관계로 무슨 사명을 갖고 있었는진 몰라도 내 짐작엔 무슨 연락 관계의 책임을 갖고 있었던 것같이 기억하고 있다. 그날따라 파도가 거세었을 뿐 아니라 때마침 밀물이 몰려들고 있었다. 그러나 시급한 군작전에 파도와 밀물을 탓할 순 없었다.

나는 아직도 그 원인을 알지 못하고 있다. 그것이 어뢰에 맞아 터졌는지 또는 그냥 밀물과 파도에 휩쓸려 배가 뒤집혔는지를…… 그때 나와 함께 타고 있던 동료들의 얼굴은 내가 군대 생활을 청산하고 돌아오는 날까지 한 번도 만나질 못했다. 누구도 만나지 못했고 보면 그날의 사건은 나 혼자만이 알고 있는 유일한 생존자라고 스스로 생각할 뿐이다.

물속에 빠져 들어간 순간 나는 한참 동안 정신을 차리지 못했다. 우리는 배를 탈 때마다 언제든지 구명대를 입고 있었던 관계로 물 밖으로 솟아오를 수 있었다. 또한 나는 어떤 파도 속에라도 휩쓸려 들어가지 않을 수 있는 자신이 있었다.

나는 내가 타고 있던 배를 파도 때문에 끝까지 보지 못한 채 휩쓸려 흘러야만 했던 것이다. 나의 주변에 아무것도 보이지 않았지만 나는 조금도 불안하질 않았다. 이런 소용돌이 속에 파묻혀 있으면서도 나의 머릿속에 떠오르는 것은 우리 세 동갑이 몰래 배를 훔쳐 갖고 나갔던 일이 되살아 올랐을 뿐이었다.

그날의 첫 모험은 우리들 가슴속에 깊이 남아 있는 하나의 신비한 꿈이었다. 사실상 우리들이 수병으로 입대한 것도 그 신비로운 꿈을 실현시켜 보려는 하나의 방법이었을는지도 모른다.

파도는 높고 하늘은 흐렸지만 그 속에 솟구막치며 흐르는 나의 머릿속을 스치고 지나가는 영상은 푸르고 맑은 희망이었다.

나는 어떻게 누구의 손에 의해서 구원됐는지도 모른다. 병원에서 내가 의식이 회복되었을 땐 다만 한쪽 다리에 관통상을 입었다는 것을 알았을 뿐이다.

대개 병원에 입원했던 부상병이 퇴원할 즈음이 되면 곧잘 모여앉은 자리에 자기가 산 것을 기적같이 말하곤 했다. 그러나 나는 이런 말을 듣고 있으면서도 한 번도 나 자신이 살아난 것을 기적이라고 생각해 본 적은 없었다. 물론 그날의 일은 모두가 과거요 추억이지만, 그날 내가 본 신기한 꿈은 과거의 것이 아니라 그때까지는 미래에 속하여 있었다. 내가 자신의 생활을 기적이라고 생각지 않은 원인도 이런 데 있었는지도 모른다. 어떤 절망 속에 빠졌어도 꿈을 갖는다는 것은 소중한 일이다.

파도에 떠 흐르는 동안 내가 의식을 잃기 전까지는 이런 소중한 꿈을 갖고 있었던 까닭에 나는 기적적으로 살아난 것 같지가 않았다.

나의 부상은 경상이다. 그러나 나는 그때부터 불구자가 되었다. 관절의 자유를 잃은 나는 한쪽 다리를 마음대로 쓸 수가 없었다. 그렇다고 내가 배를 타는 데 무슨 부자유가 있었던 것은 아니다. 나는 배에 오르면 성한 사람 못지않게 일할 수 있는 능력이 있었지만 군복을 벗을 때까지 두 번 다시 배를 타지 못했다.

수병의 자랑은 배에 올라 일하는 때라고 나는 생각한다. 그러한 자신이 육지에 있어야 했고, 저는 다리로 걸어야 한다는 것은 나에게 더할 수 없는 모욕이기도 했다.

바다의 아침이란 우리가 일찍 느껴보지 못한 장엄한 풍경이다. 그러나 제아무리 장엄한 풍경이라 해도 우리를 매혹시키지는 못했다.

주림과 피곤에 지친 우리들은 이런 풍경을 바라다볼 기력도 없이 주저앉아 있기 마련이었다. 우리 세 동갑 중 가장 치밀하고 슬기 있는 것이 상운이다. 치밀이라고 할까 또는 슬기라고 할까 어떻든 그날 아침 불안과 절망에 묻혀 있는 우리들에게 새로운 희망을 가져다 준 것은 상운이다.

"됐어 됐어! 자 이것 봐 이것만 있으면 문제는 해결될 수 있지 않아."

그가 중얼거리며 선창에서 끌어당길 때 나는 그것이 무엇인지를 모르고 있었다.

"야! 살았다 살았어."

순복이가 다시 이런 소리를 칠 때야 나는 그것이 무엇인지를 알 수 있었다.

그물이다.

그물…… 내 마음속에도 그들모양 생기가 꿈틀거렸다.

매듭과 매듭으로 그물이 짜져 있듯이 새로운 불안이 우리들의 가슴을 얽어매었다. 우리는 지금까지 그물을 친다는 것은 겨우 투망질을 하는 것을 보았을 뿐이다. 그런데 이 큰 그물을 어떻게 다루어야 할 것인지 통 엄두가 나질 않았다.

"어떻게 하지?"

나의 물음에 상운이도 대답을 잃은 채 그물만 들고 뒤적거리고 있었다. 나는 새로운 기적을 바라듯 멍청히 하늘을 쳐다보았다. 하늘도 제 빛을 차지하여 파란 바탕으로 우리들의 머리 위를 뒤덮고 있었다. 그때 나는 확실히 어떤 꿈을 꾸고 있었다. 꿈이 아니라 어제 일을 머릿속에 그리고 있었다. 머리 위에 빙빙 돌며 우리들의 길 안내를 해주던 갈매기는 어디로 갔을까? 나는 가장 중요한 일이 갈매기의 방향을 찾는 것이라고 생각했다. 결국 우리들이 길을 잃은 것은 갈매기의 그림자를 잃은 때부터였던 까닭이다.

그러나 갈매기의 울음소리는 비어 있는 하늘 아래 아무 데서나 들려오질 않았다. 나는 모든 희망을 포기할 수밖에 없었다. 그 이상의 기적을 바라는 자신이 어리석은 것 같아 털썩 주저앉아 버리고 말았다. 나는 놀라지 않을 수 없었다. 그것은 상운이와 순복이가 큰 그물을 칼로 자르고 있는 것을 보았던 까닭이다.

"어떻게 하지?"

놀란 자신의 목소리는 떨고 있었다.

"무엇을?"

나는 대답에 궁했다. 상운과 순복은 번갈아 나의 표정을 쳐다보며 일손을 멈추지 않는다. 그들의 표정엔 가벼운 노기가 있음을 나는 느낄 수 있었다. 아버지의 배는 아니지만 아버지가 선주에게 빌린 배다. 그물도 역시 그러했다. 그물이 중요하다는 것은 상운과 순복이도 알고 있었을 것이다. 그러나 나는 이때처럼 우리 식구들의 생명이 그물코에 달려 있다는 것을 절실히 느껴 본 적은 없었다.

무거운 침묵이 가슴을 누르고 있었다. 햇살이 퍼진 탓인지 누긋한 바람이 목덜미를 씻고 지나갔다. 눈앞에 두 번 세 번 떠오르는 아버지의 얼굴을 잊으려고 나는 눈을 감고 있었다.

"그물이 중하지."

뱃머리를 두드리는 파도 소리보다도 그 목소리는 고요 속에 어떤 무게를 가지고 있었다.

"그물도 중하지만 우리가 살아야 한다는 것은 더 절박한 일이야."

나는 이 말에 이상한 감동을 느꼈다.

"우리가 살면 그물은 생겨도 우리가 죽으면 그물도 없어져."

그러나 이 말은 나에게 이상한 고통을 주었다. 그것은 나와 동갑인 순복의 말이 아니라 어느 어른이 딴 배에서 말하는 것같이 들렸다. 내가 느끼는 고통이란 속일 수 없는 부끄러움이다. 눈을 감고 있는 내 얼굴은 달아올랐다. 부끄러운 자신을 변명하고 싶었지만 나는 변명할 말이 생각나질 않았다. 그들과 더불어 무슨 내기를 해도 지지 않는다는 자부를 갖고 있었지만 절박한 일을 당했을 때, 나 자신이 얼마나 쑥스러운 존재라는 것을 알았다.

그물을 잘라 투망을 만들기까지는 한참이나 걸렸다. 배 밑으로 잔고기 떼가 수없이 지나가는 것이 보인다. 나는 그것이 '짜리'임을 알 수 있었다. 마을 사람들이 매일같이 고기를 잡으러 나오는 것이 지금 우리가 있는 장소인 듯싶었다. 우리가 이곳에 머물러 있기만 하면 마을 사람들을 만날 수 있다는 새로운 희망을 나는 혼자 생각하여 본다.

"저것이 짜리지?"

나는 이런 나의 생각에 좀더 확실한 자신을 갖기 위하여 이렇게 물었다.

"응……."

이때 순복이가 바다에 그물을 던진다. 확 퍼졌던 그물이 물굽이 속으로 스며 들어갔다. 나는 순복의 솜씨를 감탄했다. 지금까지 우리들은 그런 일을 한 번도 해본 적이 없었다.

던졌던 그물을 당기기 시작한다. 파도에 밀리는 그물이 꽤나 무거워 보인다. 무게로 보아 한 그물 걸려든 것 같았다.

걸려들었던 잔고기들이 그물코를 벗어나는 것이 햇볕에 눈부실 정도다. 그물을 당겼지만 걸려든 것은 별로 없었다. 겹 씌워진 그물 틈에서 팔딱거리는 것은 우리가 보통 밀물에 씻기워 나와 모래 위에 팔딱거려도 거들떠보지도 않던 조그만 고기가 한두 마리 걸렸을 뿐이다.

단 한 번 던진 투망만으로도 우리들은 지쳤다. 그렇다고 단념할 순 없었다. 그러는 동안 나는 멀리 수평선 쪽만 바라다 보았다. 혹시 고깃배의 그림자라도 보이지 않을까 해서다. 그러나 눈에 걸려드는 것은 아무것도 없었다. 나는 그제서야 동트기 전에 떠났다 어두워질 무렵에야 겨우 돌아오는 이유를 알았다.

배 밑으로 짜리 떼가 이렇게 설레는 것으로 아버지의 어장은 여기가 틀림없었지만 아직 배 그림자가 하나도 보이지 않는 것을 보면 마을과 이곳 거리는 상당한 것 같기도 했다.

우리가 투망질을 해서 잡은 짜리는 겨우 한 되박에 되질 않았다. 그물을 던진 때보다 그물을 당기고 나서의 실망이란 말할 수 없을 지경이다.

사람이란 이상하다. 내가 군대 생활을 청산하고 돌아온 지금 마을 일이나 현재 당하고 있는 생활에 관해서 생각하는 것보다는 군대에 있던 일을 더 생각하는 것처럼, 나는 군대에 복무하고 있는 동안은 조그만 어촌인 나의 고향과 그때 당한 일들을 되풀이하는 것으로 하루의 일과를 삼았다.

우리 마을에 흉어(凶漁)란 말이 가장 큰 위협과 불길을 말해 주고 있었다.

나는 배를 타고 있는 동안 그것이 우리 마을에나 있을 수 있는 말임을 알았다. 눈앞에 얼마든지 오고 가는 고기 떼가 있는데도 불구하고 우리가 그물을 당길 때마다 허탕을 쳤듯이 그것은 인간들의 부족한 재주를 말하는 데 불과한 것이다.

우리들이 옛날 투망질을 할 때도 그랬듯이 아버지를 비롯한 마을 사람들이 배에 그물을 싣고 나갈 때마다 고기를 잡으러 나간다는 그

말 자체가 위협과 불길을 가져다 주는 흉어라는 말을 만들게 된 것 같았다. 그러기에 나는 배를 타고 있는 동안 적어도 어부는 고기를 잡으러 나가는 것이 아니라, 고기를 퍼담으러 나가야만 한다고 생각했다.

그것은 나의 꿈이다. 그러나 그 꿈은 실현성 있는 꿈이라고 나는 생각한다.

내가 처음 타고 있던 배는 엘·에스·티다. 그 속에 고기를 퍼담아 보는 꿈…….

나는 그 많은 고기를 조그만 마을에 가져와 어떻게 해야 할지 그런 걱정은 할 필요조차 없이 부푸는 가슴을 안고 멀리 수평선을 바라보곤 했다.

지쳐버린 우리들은 한 되박에 되지 않는 짜리를 가운데 놓고 둘러앉았다. 아직도 그것들은 팔딱팔딱 뛰고 있었다. 비늘을 치고 배를 갈라 그것을 바닷물에 헹구어 회로 먹는다. 해변에 자란 우리는 전복, 해삼, 문어, 낙지 등속의 회를 많이 먹어 보았지만 짜리회는 처음이다. 가는 가시를 혀끝으로 골라내며 씹는 맛이란 많은 회를 먹어 보면서도 느끼지 못했던 별미다.

첫마리에 맛을 들인 우리들은 왕성해지는 식욕에 따라 비늘 칠 새도 없이 그냥 씹었다. 길이가 큰 놈보다는 작은 것을 그냥 입에 넣는 것이 손쉬운 일이다. 한 됫박의 짜리가 바닥이 날 즈음이다. 지금 막 씹으려는 순간 입안 전체가 왜 그렇게 쓴지 나는 씹던 것을 뱉어 버렸다. 뱉어 버리고 나도 속은 메슥거렸고 명치 끝마저 뭉클 치밀어 눈앞이 보이지 않는다. 나에겐 아무 소리도 들리지 않는 채 등어리와 콧잔등에 진땀만 솟았다. 지금까지 나는 이런 일을 한 번도 당해본 일이 없었다.

내 옆에 앉아 있을 상운과 순복이가 나의 이런 꼴을 보고 있을 것이 몹시 부끄러웠다. 나의 부끄러움이란 그들에게 나 자신 터무니없이 약해 보이는 괴로움이요, 또한 슬픔이기도 했다. 그러나 지금 내 귀에 들린 것은 나의 꼴을 비웃는 상운과 순복의 소리가 아니라 겨우 가라앉았던 내 비위를 상케하는 소리였다. 그들도 끝내는 나모양 구역질을 하고야 말았다.

씹었던 짜리뿐이 아니라 창자까지도 온통 뒤집혀 나오는 것 같기만 했다. 나는 자신을 지탱하거나 견디어 낼 도리가 없어 쓰러지고야 말았다. 역시 들리는 것은 상운과 순복이가 번갈아가며 지르는 헛구역질 소리뿐이다. 속이 뒤틀어질 지경으로 볶였지만 손끝 하나 마음대로 가눌 수 없는 형편이다.

얼마 동안 이렇게 쓰러져 있었는지 알 수 없지만 나는 심한 갈증을 느끼며 눈을 떴다. 내가 눈을 뜬 것은 갈증에 앞서 무슨 소리를 듣고서다.

눈을 떴지만 시야는 전체가 보라빛과 누런빛이 엉켜 빙빙 돌 따름이다. 조금 전에 내가 들은 것은 분명 뱃고동 소리다. 지금도 한차례 울려오고 있었다.

"사람 살리우……."

"사람……."

고동소리에 뒤이어 들리는 것은 구원을 부르는 상운과 순복의 악을 쓰는 고함 소리다. 지쳐 쓰러진 몸에서 어디서 이런 생기가 나는지 알 수 없었지만, 나는 휘딱 일어나 앉는다. 물론 밑도리뿐만 아니라 중심을 잡을 수 없을 지경으로 눈앞이 돌았지만 나도 그들에게 못지않게 소리를 쳐 보았다. 있는 힘을 다하여 치는 소리였지만 그 소리는 내 귓속에만 잉잉거린다.

"배가 오냐?"

흐리멍덩한 앞이 보이지 않아 나는 우선 그들에게 이렇게 물었다.

"오긴커녕 갔다 갔어……."

가까스로 일어났던 나는 그대로 쓰러질 것 같아 주저앉은 채 한참 동안 고개를 들지 못하고 있었다.

아무리 귀를 기울여도 고동소리는커녕 그림자조차 보이질 않았다.

그 후 나는 군대 생활을 비롯하여 내가 살아가는 데 있어서 그때처럼 헤어날 수 없는 절망 속에 빠진 채 자신을 버리다시피 한 적은 없었다. 그러나 그러한 절망 속에서도 한 가닥의 희망을 가진 것은 마을로부터 반드시 어선들이 나오리라는 가냘픈 생각을 잃지 않았던 일이다.

구원받는다는 그것보다도 우리들에겐 더 다급한 것이 있었다. 갈증이다. 출렁이는 물소리를 옆에 들으면서도 마시지 못하는 괴로움이란 난파를 당해 본 선원이 아니고서는 알 수 없는 일이다. 그것은 우리가 처음 당하던 굶주림의 고통보다 더했다. 아무리 혀끝으로 입술을 추겨도 소용없다. 아침 한때는 푸근하게 느껴지던 햇볕마저도 이젠 싫었다.

상운이와 순복이도 종종 신음할 뿐이다. 지금까지 모든 일에 패배해 온 것같이 느껴진 나 자신은 무슨 일이 있어도 앓는 소리는 내고 싶질 않았다. 그러나 점점 터져 오르는 속떨림 같은 그 소리를 내지 않으렬 것 같으면 나는 입술을 꽉 베어 물고 있을 수밖에 없었다.

웬일일까…….

불 속에 손끝이 닿듯 열기를 뿜어내던 목구멍이 점점 풀리며 시원해지고 있었다. 혼미한 정신 상태이면서도 그 쾌감은 잊을 수가 없었다. 나는 한참 후에 깨달았지만 찝찔하고 들치근한 액체가 목구멍으로 흘러 들어가고 있었다. 동시에 입술이 까닭 없이 아프고 쓰린 것도 의식했다. 그러나 그러한 아픔과 쓰라림은 갈증에 비하면 아무것도 아니다.

별안간 배가 크게 흔들린다. 나는 무의식중 배기슭을 붙잡고 눈을 떴다. 파도가 아니라 고래가 물속에서 등어리를 내밀 듯 엄청나게 물결이 불쑥 솟아오른다. 순간 나도 모르게 일어서 함성을 질렀다.

고동도 울리지 않고 지나가던 배가 내 함성에 속력을 죽이는 것 같았다. 나는 손짓을 하며 또한 소리를 쳤다.

"사람 살리우!"

조금 전까지 쓰러져 신음만 하고 있던 상운과 순복이도 일어서서 나와 함께 소리를 치고 있었다. 아무리 소리를 쳐도 그냥 달리던 배는 한참 후에야 뱃머리를 돌렸다.

커다란 슬픔이 기쁨으로 바뀌지는 순간…….

아직도 내 기억 속에 남아 있는 감명 깊은 추억이다.

내가 정신을 차리고 일어난 것은 어두웠을 때다. 피곤과 굶주림도 한잠 자고 일어남으로써 말짱하게 잊을 수 있었다. 입술이 퉁퉁 부어올라 제대로 입을 놀릴 수가 없었다.

"밖으로 나가 봐…… 네 친구들이 거기 앉았을 테니……."

나를 쳐다보지도 않고 말하는 선장의 무거운 말소리다. 그는 핸들을 잡은 채 밖을 내다보고 있었다.

아무리 선장의 얼굴을 보려 해도 그 넓죽한 코끝만 조금 보일 뿐 나는 그의 윤곽을 기억할 수가 없었다.

밖으로 나왔다. 어둠이 깔린 바다 위엔 어제나 마찬가지로 별빛만이 흐르고 있다. 나는 거기 앉아 있는 순복이와 상운이를 보았다. 내가 옆으로 가도 그들은 아무런 말이 없었다. 상운이와 순복이가 앉아 있는 옆으로 낯선 어른 한 사람이 쭈그리고 앉았고 또 한 사람은 그냥 서 있었다. 물론 그들은 배의 선원임에 틀림없었다.

"실컷 잤냐?"

일어서 있던 사람이 내게 건넨 말이다. 나는 잠시 머뭇거렸다. 나를 위로해 주는 말인 줄은 알고 있지만 이런 때일수록 무슨 대답을 해야 할지 망설였다. 나는 이런 거북스러운 분위기를 돌리기 위하여 딴청을 피웠다.

"지금 이 배가 어디쯤 달리고 있지요?"

"참, 아저씨 여기가 어디지요?"

나뿐이 아니라 순복이도 그것이 궁금했던 모양이다. 상냥해 보이던 그 사람은 우리들의 물음에 아무런 대답도 않는다.

"여기가 어디며 지금 이 배가 어딜 가는질 알아서 너희들이 뭘 할 테냐?"

정말 뜻밖이다. 나는 그가 묻길래 나도 물었는데, 그 물음에 그렇게까지 화를 내야 하는 걸 이해할 수가 없었다. 우리들에게 이유 없이 화를 낸 친구는 잠시 후 일어서더니만 휘파람을 불며 내가 나온 선장실을 향해 걸어가고 있었다.

언젠가 서울서 내려와 선주네 집에 있던 청년이 저녁마다 해변가를 혼자 걸으며 불던 그 휘파람 소리와 비슷했다. 나는 공연한 것을 물었다는 뉘우침에 앞서 무엇인지 모르게 불안하기만 했다. 순복이도 무엇을 생각하고 있는지 묵묵히 고개를 숙이고 있었다. 상운은 상운이대로 별의 위치를 살피기에 골몰했다. 무거운 침묵을 실은 배는 어둠과 파도를 가르며 더 빠른 속력을 내었다.

"무척 궁금하지?"

역시 그의 목소리는 선장실로 들어간 친구에 비하면 지나칠 정도로 상냥했다.

"여기는 지금 남해 바다다. 오늘밤 우리들의 일이 무사히 끝나면 내일 오정 때쯤 너희들을 데려다줄 수 있어."

그는 말을 끊고 우리들의 얼굴을 살피고 나서 바다 위를 쳐다보고 있더니만 다시 조용히 말을 이었다.

"그러나 앞으로 무슨 일이 있어도 너희들은 떠들어대면 안 돼."

낮은 음성이었지만 말투는 꽤나 위압적이다. 그들이 무사히 끝내야 한다는 일이 무엇일까…… 아무리 머리를 기웃거려 봐도 그럴 만한 일을 생각해 낼 수가 없었다. 다만 나는 그들의 일이 무사히 끝나기를 마음속으로 바라며 내일 집으로 돌아갈 수 있기를 빌었다.

"아저씨 이 배는 무엇을 하는 배지요?"

상운의 물음이다. 한참 동안 그는 아무런 대답도 하질 않는다. 그는 우리들에게 그런 말을 하는 것을 꺼리는 눈치다.

"이렇게 빠른 배로 고기를 잡지 왜 짐을 실어요?"

나는 순복의 의견과 동감이다. 그러나 그는 우리들의 의견엔 빙긋이 웃기만 했다.

바람이 점점 차가워지는 것으로 보아 밤도 어지간히 깊은 모양이다. 별들의 그림자가 일층 더 또렷해진다. 그러나 바다의 일이란 예측하기가 힘들었다.

"아저씨! 그런데 넓은 바다에 나오면 어떻게 방향을 알지요?"

우리들이 벌써부터 궁금히 여기던 것을 상운이가 물었다.

"배는 해도(海圖)를 보고 방향을 잡지만 대개의 경우는 바다에 오래 산 짐작으로 알 수 있단다."

그러나 우리들에겐 그 말이 좀처럼 이해되질 않았다.

조금 전까지도 말짱하던 주위가 점점 안개 속에 흐려지기 시작한다.

"안개가 낀다. 아마 용신(龍神)이 잠을 깨는 모양이지, 떠들면 용신이 물속으로 잡아 끌어들인다!"

나는 등어리가 오싹해진 채 잠자코 있었다. 상운과 순복이도 숨소리마저 죽이는 듯싶었다. 용신은 우리들에게 이상한 마력(魔力)을 가지고 있는 무서운 존재다. 그것은 봄가을 두 번에 갈라 지내는 용신제나 용왕제를 보고 자랐던 탓이다.

배가 갑작스레 속력을 죽이자 배 밑이 이상스레 쿵쿵거렸다. 무슨 고장이 생긴 것이 아닌가 하는 불안이 앞질렀지만 우리는 감히 입을 열 수가 없었다.

선장실에 켜있던 불도 꺼지고 말았다. 우리와 같이 서 있던 선원이 선장실 쪽을 보고 있다. 엔진소리도 완전히 멎어버린 채 몰려드는 안개는 우리뿐이 아니라 배 전체를 불안 속으로 휩쓸어 가고 있었다.

안갯발을 헤치고 들려 오는 소리는 틀림없이 우리들이 타고 있는 배의 엔진소리와 같았다. 우리들 옆에 서 있던 선원의 그림자가 흔들린다. 그는 선장실로 뛰어가고 있었다. 어딘지 모르게 그의 뒷모습은 나에게 불안한 인상을 주었다. 선장실 문을 여닫는 소리뿐이 어둠 속에 크게 들렸을 뿐 다시 주위는 조용해진다. 나는 상운과 순복을 쳐다보았지만 그들의 얼굴마저도 안개 속에 휘감겨져 보이질 않는다. 머리 뒤를 스치고 지나가던 별빛도 이제는 확실하질 않았다.

"고장인가?"

나는 혼잣말같이 중얼거렸다.

"아니야, 고장은 아니야."

순복의 대답이다. 고장이 아니면 도대체 어떻게 된 영문이라는 것일까…… 나는 혼자 이런 의문을 품으며 순복에게 무슨 말을 물으려 하였지만 아무런 생각도 떠오르질 않았다.

"응, 고장은 아니야. 엔진을 꺼 버렸어."

상운이도 무슨 걱정이 있는 것 같은 소리다.

그때 선장실 문을 열고 누가 이리로 오고 있었다.

"자 꼬마들 조용히 해……."

먼저 우리들에게 공연히 화를 내고 들어갔던 젊은 친구다.

"너희들은 이리로 와……."

우리는 그가 하라는 대로 했다. 우리가 들어간 곳은 취사실(炊事室)이다. 물론 취사실이래야 선창 밑 한쪽 구석이다. 우리 셋이 그 속으로 들어가자 이 젊은 친구는 위에서 뚜껑을 닫아 버리고 말았다.

영문을 알 수 없는 우리들은 이 상자 속 같은 취사실에 갇혀 버린 채 불안에 떨어야만 했다. 위에 있을 때는 몰랐지만 이 취사실로 내려오고 보니 동요가 유난히 심했다. 엔진을 꺼버린 까닭에 배가 파도에 그냥 휩쓸려 내려가는 모양이다.

분주히 오고 가는 발자국 소리가 들렸다. 무슨 일로 그들은 우리들을 이 속에 가두어 버린 채 뛰어다니는지 상상조차 할 수 없었다.

이제 그 울리던 발자국 소리도 뜸해졌다. 나는 이런 비밀의 궁금증을 풀기 위하여 머리로 떠받아 그가 씌워놓은 뚜껑을 조금 열어 보았다. 눈에는 보이지 않지만 축축한 안갯발이 스며 내려왔다. 이때 배의 진동이 심하여 나는 그냥 주저앉아 버리고 말았다. 잠시 후에야 우리는 그 동요가 무엇임을 알 수 있었다. 여기서 그들은 닻을 풀어 내렸던 것이다.

급작스레 안개가 서려 앞으로 더 나갈 수 없는 까닭에 여기서 닻을 내린 것일까…… 그렇다면 무슨 까닭에 그는 우리들을 이곳에 몰아넣어야 했으며, 이 배가 엔진을 끄자 멀리서 아련히 들려 오던 또 하나의 엔진소리는 무엇을 뜻하는 것이었을까…… 그러나 나의 이러한 의문에 누구도 확실한 답을 줄 사람은 없었다.

보지 못하고 느낀다는 것은 크고 작든 간에 모든 불안의 원인이 되기가 쉬웠다. 묵직한 것이 우리 배에 부딪치고 있었다.

"무엇일까!"

"우리 배에 무엇이 부딪치고 있지 않어……?"

나는 상운의 물음에 재빨리 대답하며 솔깃이 밖으로 귀를 기울였다.

"경비선이었지……?"

"응, 하마터면 들킬 뻔했어……."

우리들을 이곳에 몰아넣어 버린 자가 묻자, 누군지 낯선 목소리가 대답하고 있었다.

경비선이란 말이 나에게 이상한 호기심을 느끼게 했다.

"염려 없을까?"

"응……."

짧은 대화였지만 나는 전신이 오싹했다. 그들은 무슨 까닭에 경비선의 눈을 피해야 하는 것일까……. 이런 의문이 떠오르는 순간 나의 모든 희망은 수포로 돌아간 채 슬프기만 했다. 우리가 구원을 얻었다는 것은 결국 범의 아가리에 들어가는 위험한 결과를 가져온 것만 같았던 까닭이다. 우리들에게 내일이면 집에 돌아갈 수 있다고 상냥하게 말하던 그 선원의 말도 그 순간만은 거짓말인 것만 같이 여겨졌다.

그는 우리들에게 안심을 주기 위하여 일부러 상냥을 가장했던 것만 같기도 했다. 그들이 치밀하게 경비선을 피하는 것을 보면 이 배가 보통 배가 아니라는 것은 어떤 상식이라도 판단할 수 있는 일이다.

이 배의 정체가 나로 하여금 더 불안을 느끼게 했다. 지금 내 머릿속을 스치는 것은 내가 읽은 탐정소설에 나오던 온갖 해적선들이다.

"그럼 빨리 짐을 풀도록 해……."

"준비는 다 되어 있겠지……?"

"그것일랑 염려할 것 없지 않아……."

그들은 빛이 멀리 흩어져 나가지 않는 등불들을 들고 있는 것 같았다. 내가 머리로 떠받아 삐끔히 열어놓은 뚜껑 틈으로 가끔 그 불빛이 새어 들어오곤 한다. 그럴 때마다 상운이와 순복의 얼굴이 꿈속에서 보는 것같이 희미하게 떠올랐다.

"저 배는 어떤 배지?"

"도중에 걸려든 거야."

"쓸 만할까?"

"글쎄……."

나는 눈앞이 캄캄해짐을 숨길 수가 없었다. 구원은커녕 배마저 잃어버릴 것이 뻔했다. 이 불안한 마음을 숨길 수가 없어 옆에 있는 순복에게 속닥거려 보았다.

"어떻게 하면 좋지……?"

"지금 그 배가 문제냐?"

순복이도 그들이 주고받는 말을 똑똑히 듣고 있었던 모양이다.

"선불리 서둘단 낭패야. 우리들은 그물 안에 든 생결…… 좀 더 두고 봐야지……."

우리가 이런 말을 주고받고 있을 때 그들은 짐을 풀기 시작했다. 별로 짐을 실은 것 같지도 않았지만 어디서 풀려나가는지 꽤나 많은 짐을 나르고 있었다. 우리 셋 중 배에서 풀린 짐이 무엇이며 또 짐을 받아 실은 배가 어떤 배며 어디로 갔는진 누구도 알지 못하고 있었다.

지금도 똑똑히 생각키우는 것은 처음 짐을 풀 때나 짐을 풀고 나서 안개가 덜 개인 어둠 속을 달리고 있던 그 생각뿐이다. 누구도 그것을 보지 못했다는 것은 짐을 풀어 내리는 시간이 꽤나 오래 걸렸다는 것과 우리가 그동안 잠들어 버렸다는 이유에서일 것이다.

우리가 갑판 위에 올라온 것은 그들이 깨워준 덕이다. 바다의 아침과 밤은 들고 새는 자국도 없이 밝았다. 사실 그것보다도 나의 가장 큰 관심사는 우리가 타고 나왔던 범선이다. 나는 갑판으로 뛰어나오는 순간 누구에게도 들키지 않게 그것부터 먼저 보았던 것이다. 잃어버린 줄 알았던 배는 뜻밖에도 거기 달려 있었다. 온통 물에 씻겨져 있었지만 어떻든 있다는 그것만으로도 나에겐 기적이다.

훤히 안개가 개이는 것 같더니만 다시 밀려들었다. 어제와는 딴판으로 연방 고동을 울리고 있었다. 힘차게 달리는 배가 크게 커브를 돌며 속력을 늦춘다. 선장이 우리 쪽을 내다보며 무어라고 하지만 우리들은 그 말을 알아들을 수가 없었다.

"너희들이 디딤바위가 있는 곳이라고 했지?"

"네……."

"저기가 너희 마을이다."

그러나 그 선원이 가리키는 곳은 안개가 끼어 아무것도 보이질 않았다.

배가 완전히 멎어 버렸다. 우리는 그들이 하라는 대로 우리들의 배에 내려야만 했다. 아무리 곧바로가 우리 마을이라고 하지만 우리들은 믿어지지가 않았다.

선장이 앞창문을 열어 젖히더니만 우리들에게 말하는 것이다. 우리들을 그곳까지 데려다주고 싶지만 물이 얕아서 들어갈 수 없다고 한다. 이렇게 말하는 그들에게 우리는 애원할 순 없었다. 내가 먼저 노를 잡았다. 나는 그때 선장과 또 다른 두 명의 선원의 얼굴을 똑똑히 볼 수 있었다.

그 배가 속력을 내기 시작하자 우리 배까지도 크게 흔들렸다. 우리들은 그들의 얼굴이 보이지 않을 때까지 손을 흔들었다.

그때 우리들에게 많은 불안과 의문을 준 그 해적선 같은 배에 대한 수수께끼는 수년 후에야 풀 수 있었다.

내가 수병으로 입대하여 처음 배를 탔을 때다. 나이에 어울리지 않는 위관(尉官)이 있었다. 그 연령도 연령이지만 균형이 잡히지 않은 몸매는 어느 모로 보나 군인 같질 않았다. 그는 내가 타고 있던 배의 기관장이다. 수병은 물론 사관과 장교들까지도 그를 아저씨라는 칭호로 부르고 있었다.

나는 한참 후에서야 내 기억 속에서 그를 찾아볼 수 있었던 것이다. 그러나 그는 틀림없이 그날 밤 우리들에게 까닭 없이 화를 내던 선원이다.

흘러간 세월이 그렇게 신경질적이던 그를 이렇게 어진 사람으로 만들었다는 것은 나로 하여금 착각이 아닌가 하는 의아심을 갖게까지 했다. 그러나 내가 배를 옮겨 타며 똑똑히 보아두었던 인상을 좀처럼 잊어버릴 순 없었다.

나는 사병식당에서 되도록 빨리 식사를 끝내고 밖으로 나와 그를 기다렸다. 내 생각대로 그는 장교식당에서 식사를 끝내고 내가 기다리고 있던 장소로 나오고 있었다. 역시 군모와 군복은 그의 몸매에 어울리지 않았다.

"아저씨!"

이름 모를 수병이 버릇없이 부르자 그는 노한 표정은 아니었지만 약간 당황하는 것 같았다.

"아저씨 남해 바다의 사건을 기억하세요?"

"남해 바다라니?"

그는 나직이 나에게 반문하며 얼굴을 붉혔다. 나는 붉어진 얼굴에서 이 사람이 틀림없다는 확신을 얻을 수 있었다.

"지금 모두가 잊혀버린 옛날 이야깁니다만……."

그는 이미 잊혀버린 옛날 이야기를 생각해 내려는 듯이 눈을 가늘게 하고 내 얼굴을 쳐다보고 있었다. 나는 나 자신이 그에게 설명하는 것보다 될 수 있으면 그로 하여금 아득한 기억 속에서 잊어버렸던 사실을 찾아내게 하기 위하여 고개를 쳐들었다. 그러나 멋진 수병이 다 된 내 얼굴에서 언뜻 스치고 지나간 표류하던 소년의 모습을 더듬어내진 못했다.

"표류하던 세 소년을 구해주신 일 말입니다?"

그제서야 그는 희미하게나마 어떤 윤곽을 잡아낸 모양 같았다. 내 얼굴을 한참 쳐다보고 있더니만 비로소 '야!' 하고 소리를 쳤다.

"기억하구 말구! 기억하구 말구!"

그는 약간 흥분하고 있었다.

"그래 그날은 곧바로 마을로 돌아갈 수 있었지……?"

나는 가벼이 고개를 끄덕거리며 난간 너머로 바다를 쳐다보았다. 감벽의 물굽이에 내려앉았던 물새가 날아오르더니만 우리가 앉아 있는 머리 위를 돈다.

"그날도 저런 물새의 유혹을 받았지요."

내 가슴속에는 그날 아침과 같은 알 수 없는 불안과 희망이 다시 한 번 솟구쳐 흘렀다. 물새는 다시 어디로인지 자취를 감춰 버렸지만 우리들은 그 자리에 그대로 앉아 있었다.

"아저씨는 언제부터 배를 타게 되셨지요?"

"사변이 나자 곧……."

그의 얼굴에 침통한 빛이 흐르고 있었다.

"이상한 인연이구만 자네가 그때 그 배에 있던 소년이라니……."

그는 자기대로의 기억을 혼자 되씹는 모양이었다.

"그때 같이 타고 계시던 아저씨들은 어떻게 되셨지요?"

그는 팔꿈치를 세우고 양손으로 턱을 받친 채 무엇을 골똘히 생각하는지 말이 없었다.

"인제는 모두가 꿈과 같은 이야기야."

확실히 지나간 일들은 꿈같았다. 그러나 나에겐 그 미진한 꿈에 대한 매력이 언제나 가시질 않았다.

그러게 나는 군대에서 돌아와 다시 배를 탄 것은 이 미진한 꿈을 찾기 위하여서였다.

신비한 꿈…….

언제나 잊히지 않은 영원한 모습…….

그것은 버릴 수 없는 나의 생리이기도 했다.

"자네는 그때 우리 배가 무엇을 하는 배라는 것을 알았겠지?"

"확실히는 몰라도 짐작은 하고 있었지요."

"언제나 그 확실치 않은 것이 좋은 거야."

그는 나를 향하여 싱긋 웃으려다 무슨 생각이 떠올랐는지 다시 무서운 얼굴 표정으로 변했다.

그때 우리들이 타고 있던 배는 작전명령을 따라 운행하던 도중이다. 그러나 추억 속에 잠긴 우리들은 그런 복잡한 것을 모두 다 잊어버린 채 앉아 있었다.

"그 후도 우리들은 그런 일을 두세 번 더 했지……. 우리들이 바라던 것, 그것은 돈이었지…… 역시 인생을 꾸며 나가는 것은 돈이었으니까 우리들에겐 돈이 필요했단 말이야."

그는 한 손으로 쓰고 있던 모자를 비스듬히 올려 제꼈다. 나는 그때 그의 이마에서 전에 보지 못했던 커다란 상처를 발견했다.

"자넨 전에 내 얼굴에서 이 상처를 본 기억이 있는가?"

나는 고개를 흔들었다. 사실 나는 그날 아침 처음 그의 얼굴을 똑똑히 쳐다보았지만 그런 기억은 하나도 남아 있질 않았다.

"나에게 지금 남은 것이 있다면 그것은 이 상처 하나뿐이야……."

그때 기관실에 근무하는 수병이 우리들 옆으로 와서 거수경례를 했다. 그는 수병의 보고를 받고 그냥 고개를 끄덕거릴 뿐이다. 그는 한참 후에야 서서히 자리에서 일어서기에 나도 따라 일어섰다.

"훗날 내 다시 얘기하지…… 어떻든 나에게 남은 것이 있다면 이 상처뿐이야…… 바라던 돈도, 믿었던 친구도, 상처를 기념으로 남긴 채

다 잃어버렸을 뿐이야…….”

그의 말꼬리는 슬픔에 잠긴 채 가볍게 떨었다.

“옛친구를 만났으니 다행이구만…… 우리들은 같은 배에 있으니까 언제든지 만날 수 있을 거야…… 그때 좀 더 자세한 얘기를 하지…… 반가워. 오늘은 바쁘니까…….”

나는 돌아서는 그를 향하여 거수경례를 했다. 그리고 그의 뒷모습이 사라질 때까지 바라보고 있었다.

그 후 우리들은 한 배를 타고 있으면서도 그날처럼 다정히 앉아 그가 말하겠다던 얘기를 들을 기회를 한 번도 가지질 못했다. 그러나 작전명령이 갈려 나는 그 배에서 딴 배로 옮겨 타야만 했다.

내가 군대생활을 청산하고 나올 때까지 그를 두 번 다시 만나질 못했다. 그가 얻은 상처의 원인과 그리고 그가 바라던 돈과 또 믿고 있던 친구를 잃게 된 동기는 새로운 의문으로서 남게 되었다.

그러나 나는 이 부질없는 의문을 풀려고 혼자 골몰하곤 했다. 밀수를 해서 돈을 벌었다. 그러나 그 분배에 차가 있었을 것이다. 그런 것이 있자 생겨나는 배신…… 그리고 상처…… 탐정소설과 같은 그 사건을 아무리 분석해 보아도 나는 석연한 추리를 세우지 못한 채 가끔 그 일을 되풀이해 볼 뿐이다.

디딤바위가 있는 우리 마을이 곧바로 거기 있다는 그들의 말을 반신반의하면서도 그들의 그림자가 보이지 않게 되자 그 방향으로 노를 저어 갔었다. 자욱히 끼어 있던 안갯발이 빨리 움직인다. 우리는 그 안개 속에서 무엇을 찾아내려는 듯이 노려보았다. 그러나 아무것도 보이지를 않는다. 다시 귀를 기울여 보았다. 분명 무슨 소리가 들리는 것 같았지만 바람이 스쳐갈 뿐 아무런 소리도 들리지 않는다. 하마터면 나는 노를 떨어뜨릴 뻔했다. 연기모양 훨훨 걷혀 나가는 틈새로 언덕이 보였다. 그것은 디딤바위가 서 있는 우리 마을의 방파제 구실을 하고 있는 언덕이다. 서로 쳐다보는 우리 세 동갑의 얼굴엔 안도의 빛보다도 더 짙은 불안이 깃들였다.

나는 노를 순복에게 주었다. 무슨 까닭인지 맥이 풀려 노를 저을 수가 없었다. 순복이도 역시 노 젓는 품이 시원치 않았다. 마을에 돌아왔다는 기쁨에 앞서 불안이 컸던 탓인지 모른다.

이런 때에 마을 전체가 이렇게 조용하다는 것은 이상한 노릇이다. 차라리 안개라도 끼어 있었으면 하는 우리들의 심정과는 딴판으로 순식간에 걷어져 버리고 말았다. 이제는 엎드리면 코가 닿을 정도의 거리다. 그러나 언덕과 선창으로 내려오는 행길에 누구의 그림자도 보이질 않았다.

그동안 마을 전체가 온통 뒤바뀌어진 것 같기만 했다. 이틀 전 돛을 올리고 서둘러 떠나던 때의 우리들의 희망과 의기는 지금 모래 위에 스며 들어가고 있는 물거품이나 다름없었다.

배를 모래 위에 밀어 올려놓은 우리들은 시름에 싸여 얼굴을 숙인 채 한참 동안은 그대로 서 있어야만 했다. 이렇게 서 있는 우리들은 파도에 씻겨 나온 조개껍질과 같은 존재일 따름이었다.

지금 우리가 느끼는 불안은 배를 타고 표류하던 때의 그런 불안도 아니고 집에서 꾸중을 듣고 나오는 때의 그런 슬픔도 아니다.

말없이 언덕길을 걸어 올라온 우리들은 갈림길에서 각기 자기 집으로 방향을 옮겼다. 나는 그때까지 누구의 그림자도 보지 못했지만 만나지도 못했다. 집 근처까지 와서 내가 망설이고 서 있을 때다. 나는 맨발로 뛰쳐나오는 어머니와 그 옆을 뛰쳐 따라오고 있는 쫀을 보았다. 어머니와 쫀이 이렇게 뛰쳐나오는 것을 보면 내가 돌아왔다는 것을 누가 먼저 알렸던 모양이다.

어머니보다도 쫀이 먼저 뛰쳐와서 덤볐다. 내가 어디 나갔다 돌아올 때마다 쫀은 언제나 이렇게 나에게 덤벼들었다. 나도 또한 쫀을 그가 귀찮아할 정도로 사랑하고 있었다. 그러나 그날만은 그렇게 덤비는 쫀이 정말 싫었다. 한두 번 밀어대던 나는 끝내 울음보를 터뜨리고야 말았다. 무슨 까닭에 이렇게 슬픈지 그 이유를 알 수 없었지만 정말 슬퍼 견딜 수가 없어 흐느껴 울었다.

내가 한참 울기 시작했을 때야 어머니는 뛰쳐와 내 주위를 빙빙 돌고 있는 쫀을 쫓으며 내 손을 붙잡아 주었다.

“애 이 녀석아…… 어딜 갔었느냐, 꼭 물귀신 된 줄 알았구나…… 살아 왔으니 다행이다 다행이여…….”

나는 이때처럼 상냥한 어머니의 목소리를 들어 본 적이 없었다. 내 손을 잡아주던 어머니도 그때 나모양 소리 내어 울진 않았지만 눈물을 닦았다.

우리들이 돌아왔다는 소문이 삽시간에 온 마을에 퍼지자 동네 전체가 벅적거렸다. 나는 이렇게 떠들썩해질수록 무언지 모르게 부끄러워 밖으로 나갈 수가 없었다.

나중에 안 일이지만 우리가 나간 다음날은 배라는 배는 한 척도 짜리잡이를 하지 못한 채 우리들을 찾아 나갔고 우리들이 돌아오던 날도 역시 이른 새벽부터 청산도 앞바다를 향해 나갔다는 것이다. 물론 아버지도 그 배를 타고 나가서 내가 돌아왔을 땐 집에 있질 않았다. 우리들이 돌아온 날 밤까지도 청산도 앞바다로 나간 배들은 돌아오질 않았다. 그러나 웬일인지 어머니와 마을 사람들은 그 일에 대해선 하나도 걱정하질 않았다.

온 마을이 떠들썩했던 그 일도 시일이 지날수록 잠잠해지고 말았다. 그러나 우리 또래 사이에 있어선 그것이 언제까지나 큰 화제거리였다. 그것은 우리 마을에서뿐 아니라 우리 마을에서 십 리나 떨어져 있는 학교에서까지 화제거리가 되었다.

우리들이 처음 불안을 느끼면서도 항상 마음속에 그리던 꿈과 희망 같은 것에 이끌려 처음 모험을 했듯이 소년들도 자기들의 꿈을 충족시키기 위하여 우리들에게 묻는 것이었다. 그러나 사실상 우리들은 그들의 물음에 신통한 대답을 줄 수 있는 아무것도 갖고 있진 못했다. 그렇다고 그들에게 만족을 주기 위하여 우리들은 거짓말을 할 순 없었다.

비록 우리들은 이렇듯 그들에게 들려줄 만한 무엇을 갖고 있진 못했지만 우리들끼리만이 느낄 수 있는 하나의 비밀을 갖고 있었다. 그것은 짜리를 잡는 어장과, 그보다도 더 멀리 수평선 끝에 있는 신비한 꿈을 지니고 있는 곳과, 그리고 우리를 실어다 준 그 발동선(發動船)에 관한 일들이다.

상운이와 순복이와 어쩌다 셋이 하학 후에 같이 청소 당번이 되는 날이면 우리는 우리가 알고 있는 사회생활의 지식을 총동원하여 교실 앞 벽면에 걸려 있는 커다란 흑판에 선생님이 쓰다 떨어뜨린 분필로 지도를 그려 놓고 우리들이 표류하던 장소가 어디쯤 되는지를 확인하기 위하여 토론하곤 했다. 그러나 우리들은 한 번도 그 장소를 확인해 본 적은 없었다.

우리들이 기를 쓰고 그 장소를 알아내려고 토론한 것은 잃어버린 그 장소를 찾아내기 위해서뿐이 아니다.

세 동갑이 서로 그런 말을 주고받은 적은 없었지만 우리가 실패한 그런 모험이 아니라 앞으로 꼭 성공해야 할 새로운 모험에 대한 일찍부터의 모의(謀議)였을는지도 모른다.

뱃노래

추억도 희망도 송두리째 나한테서 앗아간 것은 바다다. 바다는 나를 저버렸지만 나는 아직 바다를 버리지 못하였다. 버림을 받는다는 것은 비참한 일이다. 그러나 버림을 받고도 물러서지 못한다는 것은 버림받은 그 자체보다 더 비참한 일이다.

지금 내 경우가 바로 그렇다. 바다는 나를 버렸지만 나는 바다를 버리지 못하고 바닷속에 살아가고 있다.

쭉 뻗어 있는 언덕 위에 서 있던 디딤바위도 이번 사변통에 폭격으로 송두리째 날아가 버렸지만 마을만은 예나 다름없이 디딤골이니 바위마을이라고 불리어지고 있다.

이제는 그런대로 많은 상처가 가셨지만 내가 돌아올 때만 해도 전쟁의 자국은 너무나 생생했다. 날아가 버린 바위가 그러했고 쓰러진 집들과 모여 사는 사람들이 그러했다.

그러나 이 모든 슬픈 자국은 나날이 가셔가고 있었다. 어린애들의 얼굴에 솟아올랐던 홍역(紅疫)의 열꽃이 제풀에 풀어 사라지듯 자취를 감추고 있었다.

모든 것이 옛 모습대로 돌아가도 날아간 디딤바위와 내 마음만은 옛날을 가질 수 없었다.

마을 사람들이 제각기 자기 배를 타자고 하지만 나는 오늘날까지 그것을 거절한 채 외고집을 부렸다. 별난 이유가 있는 것도 아니지만 아직도 나에겐 그런 의욕이 생기지 않을 뿐 아니라 그러고 싶지가 않았다. 사실 나는 이렇게 호젓이 배를 저어 나오는 즐거움마저 갖질 못한다면 바다에 살맛을 잃었을 것이다. 비록 바다로부터 버림을 받았다 해도 내가 바다를 떠나지 못하는 것은 그것보다도 깊은 원인이 있을지도 모른다.

배를 저어 나올 때는 나는 언제나 그날의 기쁨이 되살아 오르곤 한다.

불안!

흥분!

그럴 때마다 나는 수평선을 바라보며 들떠 오른 감정을 가라앉혀야만 했다. 그러나 그런 불안과 흥분은 옛날의 모험을 되풀이해 보려는 그런 것은 아니다. 옛날과 같은 모험은 아니라 해도 내가 찾는 것은 잃어버린 해역(海域)이다. 지금 다시 그 장소를 찾았다 해서 이미 사라진 추억과 못 박혀진 슬픔이 환희로 바뀌지지 못할 것은 뻔한 일이다.

그런데도 불구하고 나는 무슨 까닭에 그곳을 찾으려는 것일까……. 언제나 잊어버리지 않은 채 찾으려던 그 장소는 한 번도 찾지 못했다.

지주들의 울타리모양 하얀 노리가 섰고 신비한 구름이 꿈을 잉태한 채 파란 물줄기가 우리들을 부르던 곳…….

우리들의 꿈과 희망은 그곳에 있었다. 그러나 지금엔 모든 것이 부서지는 파도의 포말과 같은 결과밖에 남질 않았다. 그렇다고 나는 그 결과를 슬퍼하는 것도 아니다. 이루지 못한 우리들의 꿈이 서글플 뿐이다.

절기에 맞지 않게 따스한 날씨다. 오후의 햇볕이 겨웁도록 졸리웠다. 동절에 이런 날씨란 바다에선 일 년에 한두 번 당할까 말까 하다.

나는 이곳에 이르렀을 때 공연히 가슴이 벅차지는 것 같았다. 가슴뿐이 아니다. 얼굴은 상기하고 팔다리마저도 떨렸다.

금긋고 지나간 흰 '노리'…… 그리고 파란 물줄기와 그 뭉게구름…… 언젠가 우리 세 동갑이 배를 타고 나왔던 그 장소인 것만 같았다. 나는 성급히 닻을 내리고 사면을 살펴보았다. 우리들이 그때 뚜렷한 어떤 표지를 만들어 놓았던 것은 아니다. 유일한 목표는 나의 직감이 있을 따름이다.

그러나 닻을 내리고 사면을 살펴보았을 땐 분명 그 장소는 아니다. 나는 오래 그물을 치는 것까지 잊어버린 채 묵묵히 앉아 있었다.

그러면 나의 추억 속에 남아 있는 그 신비한 해역은 어디였을까……. 그것은 내 기억 속에만 남아 있을 뿐 실지론 찾을 수가 없었다. 나는 그때 나의 실수를 크게 뉘우쳐 보았다.

잃어버린 그 장소를 찾을 수 있던 기회는 단 한 번 있었다. 그것은 내가 수병이 되어 그 늙은 기관장을 만났을 때였다. 나는 그때 그에게 그 장소를 물어봐 두지 않은 것을 후회했다. 지금은 그 기관장의 생사조차 모르니…….

배가 파도에 씻겨 내려가는 것 같았다. 나는 그제서야 내가 그물을 친 채 그냥 있었던 것을 깨달았다. 언제나 그랬지만, 혼자서 그물을 잡아당기는 일은 여간 벅차질 않았다. 이미 불구가 되어버리긴 했지만, 완치가 되었다는 내 다리다. 그러나 이렇게 힘에 겨운 일을 할 때는 반드시 쑤시기가 일쑤다. 나는 그물을 잡아당기며 진득이 눈을 감아야만 했다. 아픔을 견디는 방법은 이 한 길밖에 없었다.

짜리가 걸려들지 않았다는 것은 그물을 잡은 손만으로도 알 수 있었다. 그렇다고 잡아당기던 그물을 그냥 풀어 놓을 순 없었다. 역시 그물에 걸려든 것은 보잘것이 없었다. 나는 그물을 다시 한번 칠 생각도 없이 그냥 앉아 있었다.

혼자서 배를 타고 고기를 잡는다는 것은 여간 힘든 일이 아니다. 그렇다고 남들과 같이 얼려 배를 타고 싶지는 않았다.

다리가 쑤시고 멋듯이 한쪽 팔이 제풀에 떠는 것 같았다. 순복이에 대한 일을 생각지 않으려고 하지만 이런 때일수록 그의 얼굴이 떠올랐다. 고기야 잡히건 말건 그와 함께 있다면 이렇게 호젓하지는 않았을 것이다. 그것마저도 지금은 바랄 수 없는 지난날의 꿈이다.

두 번 다시 그물을 던질 생각도 없었다. 그렇다고 뱃머리를 돌리고 싶지도 않았다. 이런 때일수록 나는 배가 뒤집혀졌으면 하는 생각뿐이다. 이렇게 잔잔한 물결 위에선 배도 뒤집혀질 것 같지가 않았다. 그렇다고 나는 스스로 물속에 빠져들어갈 용기도 나질 않았다. 아니 언젠가도 나는 혼자 생각했듯이 우리 세 동갑 중 나는 유일한 생존자로서 우리들의 모험에서 시작했던 슬픈 이야기를 해야 할 것만 같았다.

그러니까 내가 군대 생활을 청산하고 돌아와 얼마 있지 않아서다. 마을과 지형이 바뀌어졌듯이 우리 집 형편도 말이 아니었다. 어머니는 이미 세상을 떠났고 내 손아래 여동생은 이곳에 와 있던 미군을 따라 어디로인지 자취를 감춘 때였다. 다만 집을 지키고 있던 것은 나의 아버지뿐이다. 솔직히 말해서 이러한 불행을 미리 알았던들 나는 고향으로 찾아오지 않았을 것이다.

고향과 나 자신이 이렇게 인연이 멀게 살았다는 것은 내가 병원을 하고 있었다는 원인도 있지만 그것은 남해 끝에 떨어진 섬이란 원인도 없지 않았다. 사실 나는 처음엔 이런 고향이 싫었다. 그러나 일단 발을 들여놓고 보면 아직도 남아 있는 늙은 아버지를 위해서가 아니라 선 길로 돌아설 순 없었다.

우리 세 동갑 중 순복과 나는 그때부터 같은 배를 타고 바다로 나가곤 했다.

마을의 불행은 우리 집뿐이 아니다. 자랑이 아닌 바에야 이집 저집 들추어낼 필요도 없는 일이다. 다만 우리 세 동갑의 경우를 보아도 알 수 있는 일이다.

상운이나 나는 이미 말한 바였지만 순복이도 그러했다. 내가 돌아왔을 땐 순복은 배 위에 자고 깨며 통 육지로는 발을 옮기려 하질 않았다. 그러한 이유거나 그의 심정은 그에게 묻지 않아도 알 수 있는 일이다.

이미 고향 땅을 디디지 않고 사는 순복이였지만 무슨 미련이 있어 나는 그가 이곳을 뜨지 못하는지 이상할 정도였다.

내가 노를 저으면 순복은 용총을 당기며 돛을 조종했다. 물론 우리들이 바다로 나가는 것은 짜리를 잡으러 나갔다. 그러나 순복의 눈빛은 배 위에서 마을을 바라다보는 것과 바다에 나와 수평선을 보는 그것이 다르곤 했다.

꿈과 추억의 동산인 언덕길과 보리밭과 그리고 위로 산줄기를 타고 올라간 오솔길을 쳐다보는 그 눈동자는 그 옛날 무지개를 따르던 소년의 눈빛이 아니라 슬픔과 원한이 흐르고 있는가 하면, 바다와 수평선을 쳐다보는 그의 눈빛엔 항상 신비를 꿈꾸는 동경으로 빛나고 있었다.

물결이 이는 바다 밖으로 나오면 순복은 언제나 용총을 나에게 맡기고 노를 잡곤 했다. 노를 잡은 그의 눈은 더욱 빛났고 그의 입술은 절로 바르르 떨었다. 노를 젓는 순복의 입에선 절로 뱃노래가 흘렀다. 누구한테 배운 것이 아니라 바닷바람이 몸에 스며들 듯이 익혀진 것이지만 순복의 뱃노래는 독특한 가락이었다.

용총을 잡고 눈을 감고 있으면 가슴속에 흐르는 신명은 마치 우리가 그때 찾았던 꿈과 희망이 넘치는 신비한 해역으로 끌고 가는 것 같은 느낌이었다.

순복의 모습은 다만 짜리를 잡으러 이 먼 곳까지 나오는 것만 같지가 않았다.

때로 지나칠 정도로 긴장해 보이는 순복의 모습을 보면 나는 도리어 불안해지곤 했다. 그의 빛나는 눈동자에 비치는 것이 무엇이었을까……. 그가 지금 신명나게 찾는 것이란…….

그러나 내가 아는 한엔 그가 찾는 것은 바다에 있는 것이 아니었다. 그가 지금 마음속에 그리고 있는 것은 일찍이 우리들이 잃어버린 그 해역은 아닌 것 같았다. 그것보다도 중한 그것은 바다에 있는 것이 아니라 육지에 있었다.

물론 내가 돌아와서 안 일이지만 순복의 홀어머니는 역시 사변 때 파편에 맞아 세상을 떠났다. 그는 우리 세 동갑 중 편모슬하라는 이유로 제일 먼저 장가를 들었다. 그가 집을 비워 두고 배에서 살면서도 이곳을 아주 떠나 버리지 못하는 원인이 여기에 있었는지도 모른다.

순복의 아내는 순복이가 군대로 뽑혀 간 지 일 년이 못 되어 마을을 떴다는 것이다. 물론 내가 군대 생활을 청산하고 돌아와 들은 말이지만 각인각설(各人各說)로 소문이 구구했다. 이사를 간 친정을 따라 인천에 산다는 둥, 또는 서울 종로 어느 색주가에서 누가 봤다는 둥…….

그러나 그 어느 말이건 믿을 만한 근거는 없이 그냥 마을에 떠도는 풍문이요 소문이었다.

앞서 말한 바와 같이 바다는 나의 모든 것을 앗아간 중 그 끝내는 내 마음의 기둥인 순복이까지 삼켜 버렸던 것이다.

순복의 죽음을 먼저 말한다는 것은 나에게 벅찬 일이다. 내가 우리들에 관한 얘기를 하고서 그것을 설명해야 격한 기분이 가라앉아 담담히 말할 수 있을 것이다.

어떻든 순복은 이미 유명을 달리한 사람이다. 이제 그에게 물어본다는 것은 어리석은 일에 불과할 뿐이다.

순복이가 바다에서 찾던 것이 무엇이었을까…… 지금은 그것만이 유일한 수수께끼로 나의 가슴속에 남아 있을 뿐이다.

내가 군대에서 돌아와 순복이와 같이 생활한 것은 만 팔 개월이다. 나는 그동안 무슨 까닭에 순복이와 함께 이곳을 떠나지 못하였을까……. 순복이와 나는 잠자리만 서로 떨어져 있었지 그 밖의 시간은 모든 행동을 같이 했던 것이다.

지금 내가 타고 있는 이 배는 우리들에게 있어선 조그맣지만 다시 없는 안식처이기도 했다. 만일 우리가 단 한 번이라도 배를 타지 않고 그 옛날 우리들이 잠방이가 젖어들도록 무지개를 잡으러 뛰어다니던 산으로 올라갔달 것 같으면 우리들은 기어코 이 마을을 버리고 떠난 채 영영 돌아오지 않았을 것이다.

만일 그런 일이 있었달 것 같으면 나는 오늘 이 불행과 비극을 혼자 당하지 않았을는지도 모른다.

이런 헛된 공상은 나의 욕심일 뿐이다. 모든 것이 사라지고 끝난 지금에 그런 생각을 한다는 것은 자신을 괴롭히는 새로운 불행일 따름이다.

나는 또 한 번 그물을 쳐야 했다. 흩어진 그물을 골라 사리고 있을 때다. 나는 일손을 멈추고 쫑긋 귀를 기울였다. 그물을 든 손이 떨리고 가슴이 왜 이다지도 활랑거리는지 알 수 없었다. 나는 그물을 놓고 일어섰다. 바람이 잔 탓인지 물결마저 잔잔했다.

이여도사 이여도사
뭉게구름 도는 바다 배는 간다
이여도사

사면을 둘러봐도 배 그림자는 보이지 않지만 내 귀에 들려오는 것은 틀림없이 뱃노래였다. 그러나 뱃노래는 그것으로 이미 끝난 때였다.

넘치는 바다엔 지나친 고요가 흐를 따름이다. 나는 지그시 눈을 감았다. 순복이가 노를 잡으면 곧잘 부르던 뱃노래의 첫 절이다.

잊고 있던 그 노래가 머릿속에 되살아 오른다.

이여도사 이여도사
나의 사랑 그대는 이여도에 갔는가 이여도사

이여도사 이여도사

돛을 단 저 배는 이여도로 가는 밴가 이여도사

그 눈…….

뱃노래를 부르던 때의 순복의 눈은 유난히 빛났다. 지금 내 눈앞에 보이는 것은 빛나는 눈동자의 환상뿐이 아니었다. 묵직하고 구슬프게 들리던 그 음성과 억센 숨소리마저도 들리는 것 같았다.

나는 다시 그물을 칠 용기도 자신도 힘도 없었다. 펄썩 주저앉은 채 쭈그린 무릎 위에 얼굴을 묻고야 말았다. 검은 구름이 잔뜩 모여들고도 빗방울이 떨어지지 않듯이 지금 내 가슴속엔 말할 수 없는 슬픔이 넘쳐흐르면서도 울음이 터져 나오질 않았다.

이여도……. 그것은 누구도 가보지 못한, 어디 있는지조차도 모르는 섬이다. 그러나 배를 타는 뱃놈은 예로부터 그리던 섬이 분명했다. 이여도의 뱃노래가 언제부터 시작되었는진 몰라도 그리고 보면 우리들의 선조들도 우리들과 같은 모험과 꿈속에 슬픔과 불행을 씹으며 살아간 것만 같았다.

희망과 꿈을 간직하고 있는 신비의 나라인 이여도……. 그러나 그 희망과 꿈은 누구도 실현해 보지 못한 비극의 섬이기도 했다.

순복은 무슨 까닭에 종적을 감춘 아내마저도 이여도에서 찾으려고 했을까…….

희망이란 끝이 없는 것이요, 비극이란 그 희망이 이루어지지 못할 때의 결과일 뿐이다.

무거운 생각에 잠겨 있던 나는 다시 고개를 들었다.

이여도사 이여도사

뭉게구름 도는 바다 배는 간다
이여도사

잠잠했던 노랫소리가 다시금 들려왔다. 그대로 앉아 듣고만 있을 순 없었다. 노를 저었다. 그리고 보이지는 않지만 노랫소리가 들려오는 쪽으로 뱃머리를 돌렸다.

노랫소리가 들리는 방향으로 나는 얼마나 배를 저어 쫓아다녔는지 알 수 없다. 물빛이 변하기 시작하면 으레 하늘은 황혼을 재촉하곤 했다. 나는 그때까지도 노래의 주인공은 찾질 못했다. 망망한 대해다. 설레는 파도뿐 노랫소리가 들려올 만한 배는 보이질 않았다.

누가 부른 것이었을까……?

아무리 찾아보아도 그림자가 보이지 않는 것을 보면 결국 무슨 착각이 원인 같기도 했다. 그러나 아무리 생각해 봐도 나는 그것을 착각으로 생각할 순 없었다. 이렇게 평지돌출(平地突出)격인 착각이 일만한 원인이 나에겐 없었다.

노랫소리의 주인공을 찾지 못한 채 뱃머리를 돌려야 할 때 나는 불안한 슬픔이 짙은 안갯발같이 소리 없이 쌓이고 있었다.

노를 저을 의욕도 없었다. 나는 파도에 반사되는 황혼의 빛을 함빡 받으며 그냥 멍청 서 있었다. 그때 내 머릿속엔 오래 잊어버렸던 일이 되살아 오르는 것같이 희미하게 떠오르는 것이 있었다. 그러나 그것은 오래된 일이 아니라 지금부터 당장 서둘러야 할 다급한 일이기도 했다.

나는 힘차게 노를 잡았다. 그리고 그때까지 파도에 씻겨 흘러 내려가던 뱃머리를 성급히 돌렸다.

나는 오늘 밤 마을 국민학교에서 열리는 예술제에 꼭 참석해야만 했다. 물론 늙은 교장선생으로부터 정중한 초대장을 받았다든지 상이용사회(傷痍勇士會)의 직함을 가진 공직자로서 참석한다는 것은 아니다.

순복이 아들 길남(吉男)이로부터 오늘 아침 꼭 와야 한다는 당부를 받았던 까닭이다.

길남이는 오늘 하루를 위하여 며칠 전부터 손꼽아 기다렸다는 것을 나는 잘 알고 있었다. 동네 꼬마들한테 크게 자랑할 구실을 갖고 있지 못한 길남이로선 그것이 가장 큰 자랑거리였다는 것도 나는 눈치채고 있었다.

사실 나는 오늘 아침 길남이로부터 그런 당부를 받지 않았던들 별로 갈 생각도 하질 않고 있었다.

날은 벌써 어둡기 시작한다. 마을만이 바쁘다. 뱃전에 출렁이는 파도 소리마저도 나에겐 시골 조그만 국민학교 교실에서 열리는 예술제를 구경하러 모여든 마을 사람들의 흥분에 들뜬 아우성 같이만 들렸다.

나는 노를 젓고 있는 것이 아니다. 그 구경꾼들 틈새에 끼여 앉아 내가 다니던 국민학교 시절로 돌아간 기분에 사로잡혀 있었다.

예술제(藝術祭)

"왜 그리 늦었니?"

딴생각에 골몰하고 있던 나는 아버지의 이런 물음에 대답지 못한 채 그냥 우물거리기만 했다.

"고기가 걸리지 않는 날은 일손이 더디는 법이야…… 허."

평생 바다에서 늙은 그라, 이런 말을 혼자 주고받으며 장죽(長竹)을 빼금빼금 빨고 있었다. 담배 연기의 구수한 향기가 이상하게도 내 공복감을 자극했다.

나는 배에서 끌고 들어온 그물을 줄에 걸어놓은 채 방 안으로 들어갔다. 우선 옷이라도 갈아입을 생각에서다.

갈아입을 옷이라야 내가 군대서 입고 돌아온 군복이다. 그것이 별로 마음에 달갑지 않았지만 그것밖에 없으니 별수 없는 일이기도 했다. 내가 어둠 속에서 손짐작으로 옷을 갈아입고 있을 때다.

"그 길남이놈이 초저녁부터 들락거리며 너를 찾던가 보더라."

"학교에서 무슨 행사가 있대나요."

"그런가 보더라. 온 마을이 털고 나서는 모양이던데……. 그런 줄 알았으면 일찌감치 일손을 떼고 돌아올 것이지."

나는 그냥 밖으로 나와 버렸다. 날씨가 흐려지는 탓인지 오늘따라 유난히 어둡다.

"뭘 좀 뜨질 않고 가니?"

아버지는 내 일거일동에 온 신경을 집중시키고 있는 것 같았다. 조금 전까지 느껴지던 시장기가 아무렇지도 않았다. 지금 부랴부랴 달려간다 해도 늦은 판인데 나에겐 그럴 마음의 여유가 없었다.

"갔다 와서 하지요."

희미한 불빛이 흐르는 창문 쪽에서 해소 기운이 있는 아버지의 가벼운 기침 소리가 들릴 뿐이다.

그의 말대로 마을 전체가 털고 나선 모양인지 마을은 어둠 속에 고요한 침묵을 지키고 있었다.

언덕길을 올라선 나는 무심결에 뒤돌아보았다. 출렁이는 파도소리뿐이 마을의 고요를 깨뜨린다. 지금 밀려왔다 밀려가는 물굽이 속에 깜박이는 불빛이 보인다. 마음이 바쁘면서도 나는 한참 동안 그 빛을 바라다보았다.

"누굴까……?"

내 머리 속엔 등불을 켜들고 밤 그물을 치고 있는 그의 그림자가 언뜻 떠오르질 않는다. 그러면서도 내 귀엔 그들이 그물을 골라가며 도란도란 주고받고 있는 말소리가 낱낱이 들리는 것 같았다.

습기찬 바람이 무엇을 재촉하듯 내 뺨을 갈기고 지나간다.

파도 속에 묻혀 버렸던 불빛이 다시 한번 깜박거린다. 지금 그 배에 앉아 있는 사람은 내가 생각해 보는 누구도 아니었다. 내 귀에 들린 목소리는 언뜻 내가 생각해 내지 못하고 있는 그들의 음성이 아니라 나와 순복이와 상운의 그림자요 우리들의 속삭임이었다.

우리들은 항상 우리들만이 있을 수 있는 비밀한 장소를 갖고 싶어했다. 그러나 연소한 우리들에겐 그것마저도 부자유를 느껴야만 했다. 그러게 우리들은 미리 약속해 두었던 빈 배로 곧잘 나오곤 했다. 그러나 언젠가 우리들이 배를 갖고 망망한 바다로 나갔듯이 어둠을 타서 배를 갖고 바다로 나가는 모험은 한 번도 하질 않았다.

우리들이 어둠을 타서 바다로 나가지 않은 것은 어둠이 가져다주는 불안에 우리들의 모험성이나 용기가 위축되어서가 아니었다. 항상 우리들 앞에 마련되어 있는 따스한 적은 등잔불이 파도모양 설레는 정열을 가라앉혀 주었던 까닭이다.

해안을 씻고 가는 파도소리가 또 한 차례 요란하게 들린다. 나는 파도소리에 바쁜 마음을 잊은 채 옛날을 되풀이하며 서 있었다.

지금 나는 다리 병신이 되어 언덕에 서 있는 것이 아니라 등잔불 앞에 앉아 있는 소년으로 돌아갔다.

우리들은 창백해진 불안에 다정한 별들의 속삭임마저도 잊고 있었다. 그러나 누구도 우리들의 그날 밤의 불안을 풀어줄 만한 지혜로운 사람은 나타나질 않았다.

그날 밤 우리들은 순복의 어머니를 모시고 나서 모든 죄를 뉘우치고 용서를 구하도록 하기로 합의 보았던 것이다.

극도로 불안케 한 우리들의 저지른 죄란 무엇이었을까…….

사실 순복의 어머니를 학교로 모시고 가기로 합의를 보았지만 우리들의 저지른 잘못이 무엇이며 선생님이 벌주고자 하는 이유가 무엇인지를 명확히 알지 못하고 있었다.

파도는 깜박거리는 불빛을 어디로인지 씻어가고 말았다. 그러나 어둠 속을 따르는 상념(想念)은 그칠 줄 몰랐다.

여름 한철 마을은 멸치의 계절이다. 학교가 파하고 집으로 일찍 돌아가면 우리들은 어둡기까지 배에서 멸치를 나르는 일을 도와야만 했다.

순복이와 상운과 나는 언제나 그것이 싫어 학교가 늦게 파한다는 핑계로 꾀를 부렸다.

그러게 항상 학교가 파한 후에도 교정에 남아 번둥거렸다. 엿가락같이 늘어나는 긴긴 여름 해를 우리는 운동장 뜰에 있는 버드나무 그늘 밑에서 고누를 두는 일이 고작이었다. 마을에서 가장 큰 건물이요 넓은 운동장이었지만 육 학급이 세 교실로 충당되고, 거기에 직원실 하나를 보태서 네 교실밖에 없는 단층 목조건물이다.

남녀공학에다 한 교실에 두 학년씩 수용되어 있었다.

이마가 훌렁 벗어진 교장 선생님이 언제나 오학년과 육학년을 담임했고 김유철이란 젊은 남자 선생님이 사학년과 삼학년을…… 그리고 새로 부임해온 젊은 여자 선생이 일학년과 이학년을 맡아 보았다.

교장 선생님은 학교 울타리 안에서 살았다. 운동장 끝에 있는 아담한 양철 지붕을 이은 집이다. 운동장 한끝을 잘라 밭을 만들고 학교가 파하기만 하면 선생님은 온종일 그것을 가꾸기에 열중했다.

비록 그것은 우리 마을 언덕 위에 있는 보리밭모양 넓지는 않으나 경사져 있지 않을 뿐 아니라 이른 봄부터 늦가을까진 언제나 아기자기했던 기억이 나에겐 새롭다.

밀짚모자를 비우듬히 쓰고 학교에 나올 때만 입는 양복을 훌렁 벗어버린 채 거름통을 끌고 다니는 모습은 어느 모로 보나 교장 선생님 같지가 않아 우리들은 버드나무 밑에서 고누를 두다가도 서로 얼굴을 마주 쳐다보고 웃었다.

이 조그만 농장에서 선생님이 직접 가꾼 농작물은 우리들의 자연 과목의 교재로 사용되곤 했다.

교장 선생댁 고추가 빨갛게 물이 오르는 무렵이면 매미의 울음소리로 메워지는 계절이다. 이런 때면 대개 교실 문은 닫혀져 있었고 운동장엔 우리들을 제외하곤 별로 애들의 그림자란 보이질 않았다.

그때까지도 직원실 유리창 열려 있는 것이 보이곤 했다. 이때쯤이면 고누에도 지친 우리들은 책보를 베고 그늘 아래 누워 버린다. 이럴 무렵 풍금 소리가 들려오곤 했다.

운동 시설이라곤 아무것도 없는 교정에서 책보를 베고 풍금 소리를 듣는 것이 새로 발견된 유일한 위안이기도 했다.

새로 여선생님이 부임해 온 후로부터는 가끔 풍금 소리가 들렸다.

그가 타는 곡조란 일찍 우리들이 한 번도 들어보지 못했던 노래들이다.

무슨 곡인지 몰라도 그 곡조만 들으면 지쳐 누웠던 우리들도 절로 신명이 났다. 이럴 즈음 우리들의 귀를 스치는 것은 풍금 소리뿐이 아니었다. 그것은 풍금 소리에 맞추어 부르는 김유철 선생의 노랫소리다.

우리가 알고 있는 지식으로선 김유철 선생이 부를 수 있는 노래란 기껏 일 년에 몇 번 가르쳐 주던 애국가뿐인 줄만 알고 있던 우리들에겐 크게 놀라운 일이었다.

우리들은 곧잘 열려 있는 유리 창문 앞으로 다가가곤 했다. 괭이걸음새로 살금히 유리창에 달라붙어 직원실 안을 들여다보는 일이다.

벽을 향하여 여선생님은 앉아서 풍금을 타고 김 선생님은 노래를 부르고 있었던 까닭에 우리들에겐 다행했다.

새로 부임해 온 여선생님은 언제나 황홀한 존재였지만 그런 때의 김 선생님의 모습은 유난히 말쑥해 보였다.

그러나 이런 일도 처음 한두 번이었을 뿐 날마다 계속될 즈음은 별로 큰 관심거리도 못 되었다. 어쨌든 이런 사실을 알고 있던 것은 늦게까지 학교에 남아 있던 우리 셋 뿐에 불과했다.

저물어갈 무렵이면 언제나 되씹어야 하는 지루한 권태를 잊을 수 있는 새로운 발견이 있었다.

우리들은 그것을 언제나 교사 뒤에 있는 변소 옆 숲속에다 감춰두곤 했다. 대개 애들이 그쪽엔 덜 가서 노는 것을 알고 있었던 까닭이다.

우리들이 새로 발견했다는 것은 다른 것이 아니다. 용왕제를 지내려고 마을에서 돼지를 잡았을 때다. 상운이가 어떻게 얻었는지는 모르지만 돼지 오줌통을 갖고 왔다. 세 단짝은 그것을 번갈아 입김을 불어 넣었다. 그것은 우리들에게 있어선 유일한 오락물이요 운동기구이기도 했다.

청소 당번까지 다 돌아가고 나면 우리들은 셋이서 이것을 갖고 차고 던지며 즐겼던 것이다.

그날 청소 당번은 우리들이 무엇을 하며 즐기는지를 눈치채려고 해서인지 좀처럼 돌아가질 않고 있었다.

우리 셋은 뙤약볕이 내려쪼이는 운동장에 앉아 고누를 두며 훈수질을 하고 있었다.

고누란 아무리 적수끼리 둔다 해도 대개 한두 판 두고 나면 지치는 법이다. 하물며 구경만 하고 있던 그들이 싫증을 느끼지 않을 까닭이 없었다.

우리들이 일부러 신이 나서 또 한 번 차려 놓으려고 하자 그들은 하는 수 없이 돌아가 버리고 말았다.

그들이 교문을 나가는 것을 본 우리들은 곧장 교사 뒤로 뛰쳐갔다.

제일 먼저 앞장서서 뛰쳐가던 나는 그냥 멈칫 서버리고 말았다.

내가 뒤돌아보자 순복이와 상운이도 숲속의 공은 찾을 생각도 않고 나를 쳐다보았다.

틀림없이 갓 부임해 왔던 여선생님이다. 순간 나의 머릿속에 이상한 의문이 떠올랐다.

선생님도 변소엘…… 더욱이 여자 선생님이…….

사실 나는 그때까지 교장 선생님이나 선생님은 절대로 우리들모양 변소에 가서 소변을 보거나 뒤를 보는 일이 있으리라곤 생각질 않았다. 그런 일이란 우리 부모들에게 있으면 있었지 선생님들에겐 절대로 있을 수 없는 일이라고 생각했다. 그것은 교장선생님이나 선생님들이 나에게 있어선 그때까지 절대적인 존재로 생각되었던 까닭인지도 모른다.

어떻든 나의 놀람과 호기심이 컸던 것만은 틀림없었다. 부딪친 세 눈길은 그 호기심을 풀자는 무언의 대화였는지도 모른다.

우리는 변소 뒤로 다가갔다. 뒷창문이 열려 있었지만 우리 키로선 그 속을 엿볼 수는 없었다. 상운이가 엎드리고 순복이가 또 그 뒤에 겹쳤다. 나는 등을 밟고 올라섰다.

선생님은 앉아 있었고, 나는 분명 무슨 소리를 들었다.

순복이와 상운이 중 누가 움직였는지, 그렇지 않으면 내 지나친 긴장으로 발이 미끄러졌는진 몰라도 나는 다급한 소리를 내며 뒤로 떨어져야 했다.

그때 나는 매서운 여선생님의 눈초리와 부딪쳤다. 핼쓱해진 얼굴과 매서운 눈길은 비수같이 날카로웠던 기억만이 있을 따름이다.

뒤로 떨어져 넘어졌던 나는 허겁지겁 일어났다.

구부리고 있던 순복이와 상운이는 아무것도 모른 채 다만 호기심이 가득한 눈초리로 나에게 나직이 물어보는 것이었다.

"봤어?"

"봤어?"

겁에 질린 나는 말도 못 하고 덜덜 떨기만 했다.

"자 도망쳐, 도망쳐야 한다."

이렇게 속삭거리며 도망을 치려던 순간 나는 모든 것을 포기하지 않을 수 없었다. 김유철 선생님의 성난 얼굴이 우리 앞을 가로막고 있었던 까닭이다.

김 선생의 억센 주먹이 먼저 내 머리를 갈긴다. 겁에 취한 내 눈에 선 확 불똥이 터져 흘렀다.

나는 그때 순복이와 상운이는 어디 어떤 모습을 하고 서 있는지조차 생각할 마음의 여유가 없었다.

김유철 선생은 다시 내 목덜미를 억센 손으로 붙잡더니만 직원실 쪽으로 밀어대며 성난 소리로 호령하는 것이었다.

"이리들 와!"

우리 셋은 나란히 직원실로 들어갔다. 우리가 들어가도 여자 선생님은 아랑곳도 하지 않고 자기 자리에 앉은 채 창밖을 내다보고만 있었다.

셋은 김유철 선생이 자리 잡고 앉은 앞으로 가까이 갔다. 머리를 숙이고 있는 우리를 향하여 그는 다시 호령하는 것이었다.

"고갤 들어 이 개망나니 같은 녀석들아."

그 소리는 조례 시간 때의 호령보다도 딱딱할 뿐 아니라 집에서도 일찍 들어보지 못한 욕지거리였다.

"선생님, 이놈들이 틀림없습지요?"

우리들을 향하여 소리치던 때와는 딴판으로 그의 음성은 부드럽고 상냥했다.

그러나 그 부드러운 음성도 여선생님의 화는 가라앉히질 못했다. 그녀는 한참 동안 아무런 대꾸도 하지 않고 앉아 있었다. 한여름의 오후였건만 우리들의 등어리에 싸늘한 찬 바람이 돌 정도로 무거운 침묵만이 깔리고 있었다.

"그러지 않아도 질식할 것만 같던 이곳에 이젠 더 머물러 있을 수가 없어요."

여선생님의 말끝엔 슬픔이 담뿍 서려 있었다.

나는 이때 무슨 이유로인지 울음보를 터뜨리고야 말았다. 그러나 그것은 내 잘못을 뉘우치는 눈물은 아니었다.

"저런 애들은 제힘으론 어쩔 수가 없는걸요."

"그러나 참으셔야죠. 저 애들은 뱃놈의 아들들이라 조숙한 편입니다."

고개를 숙인 채 우리들은 불안에 휩싸여 있으면서도 두 분 선생님이 주고받는 말들을 하나도 빼지 않고 들었다.

처음엔 우리들은 그곳에 꿇어 앉힌 채 발뒤꿈치의 신경이 마비되도록 앉아 있어야만 했다. 다시 일어서라는 명령에 따라 일어섰을 땐 누구도 제대로 자기 몸을 가눌 수가 없었던 것이다.

그러나 그 정도의 벌로선 김 선생의 성은 가라앉질 않았다. 우리들은 각 교실에 가서 청소 때 사용하는 물통을 가져다 물을 길어 갖고 와야만 했다.

우물은 운동장 끝 교장 선생님 댁 조그만 농장 옆에 있다. 교장 선생님은 그때 계사 안에서 무슨 일을 하다가 요란하게 울리는 두레박 소리에 이쪽을 쳐다보는 것이었다.

"아직 청소가 끝나지 않았느냐? 어서들 끝내고 가야지 너무 늦으면 집에서 걱정하실라……."

인자한 교장 선생님의 이런 소리를 들은 순간 코끝이 매워져 나는 물통을 들고 먼저 돌아서 버리고 말았다.

각기 물통에 물을 길은 우리들은 다시 직원실로 들어갔다. 그때 두 분 선생은 마주 앉아 무슨 말을 다정하게 주고받고 있었다. 여선생님이 고개를 숙이고 있는 것으로 보아 김 선생님이 위로하며 설득하고 있었던 것 같았다.

우리들이 들어서는 인적기가 들리자 김 선생님은 다시 무거운 표정으로 노려보며 그 물통을 높이 쳐들고 서 있으라는 것이다.

처음 얼마 동안은 선생님이 하라는 대로 물통을 든 채 서 있을 수 있었지만 우리들의 체력은 그것을 오래 지탱해 낼 수가 없었다. 물통이 점점 밑으로 내려오기 시작하면 유리창이 흔들릴 정도의 호령이 떨어지는 것이다. 그러나 위로 올라갔던 물통은 다시 밑으로 내려오기가 일쑤였다.

나의 즐거웠던 국민학교 시절의 가장 뼈아픈 추억은, 물통을 들고 서 있어야 했던 그날의 일들이 지금도 지울 수 없는 흔적모양 남아 있다.

세상에 나와 내가 저지른 죄가(罪價)에 대한 벌이란 이것이 처음이다. 그러나 이런 일은 군대 생활에 있어선 얼마든지 있었다.

앞서 나는 내가 저지른 죄에 대한 대가로서의 벌이라고 했지만 사실 나는 오늘날까지 그 일에 대해선 한 번도 죄의식을 느껴본 적은 없었다.

그럼 내가 저지른 일이란 무엇이었을까…….

나는 내가 저지른 일을 무엇이라 변명해야 할 것이며 또 우리들이 변소 뒷창문을 들여다봐야 할 그때의 충격은 어떤 동기였다는 것을 어떻게 설명해야 할 것인가…….

선생님에 대한 신비에 가까울 정도의 나의 존경심은 그날로서 잃어버리게 되었던 것이다.

그때까지 바다의 아들이란 나의 자랑은 뱃놈의 아들이란 부끄러움으로 위축되고 말았다.

나만이 느낄 수 있었던 신비……. 우리들만이 가질 수 있었던 자랑……. 그런 것이 하나둘 박탈될 때, 순진하던 우리들은 급작스레 조숙해지고 말았다.

선생님을 보는 눈…….

친구들을 대하는 태도……

우리들의 모든 것은 그날로부터 완전히 바뀌지고 말았다. 우리들의 행동엔 우리들의 것이 아닌 것을 받아들이기에 바빴다. 그것은 학교를 졸업하고 번둥번둥 놀고 있는 청년들이거나 또는 가끔 보이는 젊은 면서기들이 하는 그런 태도를 닮아가던 일이다.

우리들의 달라진 이런 태도는 때로는 건방져 보이기도 하였지만 같은 반 꼬마들한텐 다시 없는 선망(羨望)의 대상이 되기도 했다.

그것은 비단 우리들과 같은 소년들뿐이 아니라 얌전하던 시골 소녀들 사이에도 화제거리로 되어 있었던 것을 우리들은 알고 있었다. 뱃놈의 아들이라는 우리들의 강한 의식은 이때부터 반 분위기를 완전히 두 패로 갈라놓고 말았던 것이다.

그때까지 우리들을 담임하고 있던 교장 선생님은 아직도 그런 것을 깨닫지 못하고 있었지만 우리들은 다른 애들과 눈에 보이지 않는 것을 서로 다투고 있었다.

슬픈 기억이지만 이제는 아름다운 추억의 한 토막이다.

내가 수병 훈련을 받을 때와 또 수병으로 복무하고 있을 때 나는 내가 국민학교 시절에 받던 벌을 기합이란 이름으로 당한 때가 여러 차례 있었다. 그럴 때마다 물통을 들고 있게 한 교훈이 나에게 무엇을 가르쳤느냐를 생각했듯이 기합이란 것이 우리에게 가져올 것이 무엇인가를 혼자 생각해 보곤 했다.

일찍이 김유철 선생님이 여선생님을 위로하여 주기 위하여 우리들의 힘에 부치는 벌을 주기에 앞서 우리들이 그런 일을 저지르게 된 동기를 물어줬더라면…… 개망나니란 이름과 뱃놈의 아들이라고 꾸짖기 전에 신비의 꿈을 지니고 있는 바다에 대한 모험을 생각하는 우리들의 기분을 이해해 주었달 것 같으면…….

수병생활을 하며 고된 기합을 받을 때마다 나는 이런 생각을 되풀이하며 우리들에게 기합을 주는 상관의 표정을 살펴보곤 했다.

오랜 시간 기합이 끝난 다음 나의 머릿속에 남은 것은 이러한 일들뿐이었다.

나의 거수경례는…… 표시되어있는 계급장에 대한 수속 절차다. 계급장은 인간과 인격의 표시가 아니라 그것은 이정표(里程標)에 불과했다. 따라서 나의 눈은 인격과 인간을 보는 데 앞서 계급을 봐야 했고 내 거수경례는 예절이 들어 있기 전에 계급에 대한 수속의 절차로서의 형식이 언제나 앞섰다.

우리들은 그날 우리들이 엎지른 물을 훔치고 나서, 다음날 아버지든 엄마를 데리고 오겠다는 굳은 서약을 하고 두 젊은 선생님이 남아 있는 직원실을 나와야만 했던 것이다.

날은 저물었고 몸은 지쳐 우리들은 잘 보이지 않는 길에 넘어지기가 일쑤였다.

깜박거리던 불빛은 물결에 씻겨 갔는지 영영 보이질 않았다. 눈앞에 보이던 환상도 귀에 들리던 환각도 어둠 속에 묻혀 버리고 말았다.

그제서야 나는 자신을 찾을 수 있었다. 가혹한 벌을 서고 돌아오던 그 길을 나는 지금 서둘러 가야만 했다. 그것은 길남이가 출연하는 예술제를 보려 해서가 아니라 나 자신의 어린 시절을 구경하러 가는 것 같은 생각도 없지 않았다.

내가 학교에 도착했을 땐 이미 일부가 끝난 때인 모양이다. 교문을 들어서자 웅성거리는 그림자가 보일 뿐 아니라 꽤나 많은 사람들이 들락거리고 있었다. 나는 한참 동안 운동장 한가운데 서 있어야만 했다. 급히 서둘러 걸어온 탓인지 상처 입은 다리가 약간 쑤시는 것 같았다.

일부가 끝난 다음에 으레 있는 휴게 시간인 모양이다. 구경에 골몰하고 있던 꼬마들이 밖으로 나오자 들뜬 기분으로 무대에서 있었던 듯싶은 일을 흉내 내고 있었다.

아직도 시작되기엔 시간이 좀 일렀다. 나는 휴게 시간을 이용하여 교장 선생을 비롯한 이곳 유지들에게 들어가 인사를 치르어 볼까도 생각했지만 복잡한 절차가 싫어 그대로 서 있기로 했다.

웅성거리는 것같이 보이던 장내의 동요가 잠시 가라앉는 것 같았다. 밖으로 나왔던 꼬마들도 땅거미 떼가 쏠리듯 줄지어 들어가기가 바빴다.

나는 천천히 걸어 출입문 앞에 가 보았다. 이미 장내는 정돈되어 있었다. 마지막 꼬마가 들어간 뒤를 따라 나도 들어섰다.

탁한 공기와 함께 장내의 시선이 나한테로 쏠렸다. 나는 그러한 시선들을 피하기 위하여 출입문 옆 비어 있는 자리에 아무렇게나 주저앉았다.

이부가 시작될 때까지는 퍽으나 시간이 있어 장내는 다시 웅성거렸다. 탁한 공기와 익숙지 않은 불빛으로 잠시 동안 그냥 흐리멍덩해 보이기만 했지만 점점 정돈되어 가는 분위기에 따라 시야도 확실해지는 것 같았다.

맨 첫자리엔 교장 선생님, 다음 면장과 그리고 지서 주임의 순서로 앉아 있었다. 나는 내빈석 쪽으로 앉아 있는 그들을 한번 쭉 훑어보았다.

이번 보궐선거에 면의원으로 선출된 네거리 방앗간 주인도 보였다. 홀렁 까진 대머리인 이 영감님은 면의원이 되기 전까지는 지극히 온순한 사람이란 소문이었지만 면의원이 된 후로는 손바닥을 뒤집은 듯이 사람이 달라졌다는 것이다.

나는 사람이 바뀌졌다는 이 방앗간 주인을 한참 동안 쳐다보았다. 어디인지 모르게 그 표정엔 심술궂은 데가 있는 것 같았다. 전에 우리가 그에게서 느끼던 지나칠 정도의 호인다운 점은 결국 그가 영리한 사회생활을 도모하기 위하여 자기의 자존심까지 굽힌 비굴이 삼자(三者)로 하여금 호인이라는 인상을 느끼게 했는지도 모른다.

요즈음 여러 사람의 입에 그가 오르내릴 뿐 아니라 그에 대한 평이 좋지 못하다는 것은 결국 굽혔던 자존심을 의식적으로 내세우는 데 있어서의 반응 같기도 했다.

교단이 있던 자리를 높여 무대를 꾸며 놓았다. 옛날 우리가 학예회를 베풀었을 때도 지금의 저 장소가 바로 무대였던 것이다. 지금 내 눈앞에 어른거리는 군상(群像)들은 모두가 그때의 관람객 같은 기분이다.

아직 무대 준비가 덜 되어 있는 모양 같았다. 지금 나는 출입문 앞에 앉아 있는 것이 아니라 막이 올라가지 않는 무대 뒤에 앉아 초조히 막이 올라갈 것을 기다리는 소년으로 돌아가고 있었다.

순간 나는 일부에 있었을 길남의 출연을 보지 못한 것을 크게 후회했다.

딱딱이가 울린다. 곧 막이 올라간다는 신호다. 웅성거리던 장내가 그제서야 가라앉는다.

나는 무심코 건너쪽을 쳐다보았다. 성장(盛裝)을 한 우리 회원들이 나를 오라고 권했으나, 나는 그것을 사양하며 시선을 돌리는 순간 그 쪽에서 길남이 어머니의 시선과 부딪쳤다.

그녀의 눈길엔 안도의 빛이 흐르고 있었다. 그녀도 나를 부르러 왔던 길남이모양 지금까지 나를 찾고 있었던 것 같았다. 나도 무엇인지 모르게 다행함을 느꼈다.

그녀와 시선이 부딪치는 순간 주위의 사람들도 나를 쳐다보았다. 삼거리에서 잡화상을 하는 주인과 그리고 비계살이 찐 그의 마누라와 여러 가지 풍문을 돌리고 있는 그 집 딸도 거기 있었다.

이렇게 장내를 훑어보고 앉아 있으면 하나도 변한 것이 없는 것 같으면서도 우리는 너무나 많이 변했고 또 변해 가고 있는 것을 발견할 수 있었다.

첫째 맨 앞자리에 앉아 있는 교장 선생님부터 그러했다. 일찍부터 대머리였지만 오늘 밤은 유난히도 그 머리가 번들거렸다. 청춘을 이곳에 바치고 살아온 그의 얼굴엔 소라껍질 같은 주름만이 푹 파져 있었다.

박자가 맞지 않는 박수소리가 들린다. 나는 무대를 쳐다보았다. 아직 막은 올라가지 않은 채 길남의 담임 선생님이 나와 서 있었다. 나는 길남의 담임 선생의 얼굴에서 옛날 김유철 선생의 모습을 그리며 쓴웃음을 지었다.

지금은 모두가 옛날로 돌아가 버린 추억이다.

예술제가 끝난 다음 얼마 있지 않아 젊은 여선생과 행방을 감추어 버렸던 일과 어린애를 등에 업고 그들의 행방을 알기 위하여 교장 선생을 찾아왔던 사모님의 모습이 아직도 나의 기억엔 선하다.

듣기에 거북했던 추문은 좀처럼 가시지 않았을 뿐 아니라 우리는 그 일로 인하여 학교를 어름어름 쉬다시피 했던 것이다.

길남의 담임 선생의 말은 딴 것이 아니다. 앞으로 상연될 극에 대한 설명이다. 연극의 제목은 〈디딤바위가 서 있는 마을 사람들〉이라는 것…….

직접 교장 선생님이 각본을 썼을 뿐 아니라 구성과 연출까지 했다는 것이다. 나는 막이 올라갈 때까지 다시 옛날로 돌아갔다.

우리들이 상연한 극도 역시 교장 선생님이 직접 쓰신 역사극이었다.

낙랑공주(樂浪公主)와 호동왕자(好童王子).

출연한 우리들도 열중했지만 관객들도 그날 밤은 이상한 흥분에 사로잡혔던 것이다.

장면이 바뀔수록 관객은 슬픔과 불안을 되씹으며 다음 장면을 기다리고 있었다.

나는 몇 번이나 이 어린 친구들이 암송하는 대사에 코허리가 시큰거리는 것을 참아야만 했다. 그것은 세거리 사람들보단 디딤바위골 사람들의 심경이 너무나 똑똑히 드러나 있었던 까닭이다.

우리 마을로 갓 시집온 선주집 며느리도 드디어 울음보를 터뜨리는 것을 나는 보았다.

나의 마음을 슬프게 하고 불안케 한 것은 비참한 우리들의 현실, 그것만이 아니다. 어쩌면 지금 무대에 서 있는 주인공의 모습이 우리 세 단짝 중 누구를 닮은 것만 같았다.

직원실에 불려 물통을 들고 벌을 선 일이 계기가 되어 우리들이 조숙해졌듯이 지금 주인공의 조숙은 무엇에 원인하였을까…….

대사를 유창하게 암송할 수 있는 그 기억력도 대단한 것이었지만 그것보다도 나를 더욱 놀라게 한 것은 감정을 살린 그 표정이었다.

나는 잠시 눈을 감고 있었다. 교장 선생님은 무슨 이유로 이런 각본을 써야만 했던 것일까…….

그는 디딤바위가 서 있는 마을의 진정한 증인이 되고 싶어서였을까……?

나는 숨 막히는 괴로움 속에 잠시 어찌할 바를 몰랐다.

무대의 배경은 디딤바위가 서 있는 등성이가 뻗어 있는 옆으로 푸른 바다가 내다보인다. 때는 어슴푸레한 밤, 효과를 내기 위한 파도 소리가 깊어 가는 밤바다의 고요를 더한다.

세 그림자가 움직이고 있다. 그들은 모래사장에 끌어 올려 있는 배 위에 앉아 있었다. 세 명 중 가운데 앉았던 친구가 일어서며 낮고 묵직한 소리로 말한다.

"일 년 열두 달 그물을 펴고 짜리를 잡아 봤댔자 겨우 입에 풀칠하기도 바쁜 세상이니."

하늘을 쳐다보며 팔장을 낀 그의 몸은 부르르 떨고 있었다.

"파도에 생명을 거는 것은 매일반이 아닌가……. 한 번만 하면은 우리도 팔자를 고칠 수 있지 않어……. 이 기회에 고치지 못하면 우리들의 살과 뼈는 바닷물에 썩어 버려……. 우리들의 할아버지가 그랬고 아버지가 그랬지 않았나?"

영수는 무슨 깊은 생각에 잠긴 듯 그 말을 듣고만 있었다. 여전히 효과를 내는 파도 소리가 들려온다.

"영수 자네는 말로만 한탄하지 말고 어떻게 하겠다는 행동을 명확히 해야 할 것이 아닌가."

말없이 앉아 있던 친구가 일어서 있는 영수를 향하여 하는 소리다.

"행동?"

반문하는 그는 의아한 눈초리로 두 사람을 번갈아 쳐다보고 있었다.

"그래 행동을 결정하란 말이야, 그렇지 않어."

"자네들은 나를 의심하는가?"

그의 말과 표정은 침통하다. 그는 어떤 고통을 참듯이 한참 서성거리더니만 다시 말을 잇는다.

"이미 결정한 태도를 다시 어떻게 하란 말인가, 자네들이 나에게 요구하는 것이 도대체 무엇인가?"

"반가우이, 영수! 우리가 바라는 것은 자네의 그런 결심이었어……. 자네가 그런 결심만 하면 우리는 사는 판이야……."

앉아 있던 친구의 뒤를 이어 또 한 친구가 따라 일어서며 격한 어조였지만 나직한 목소리로 속삭였다.

"그럼 우리는 들어가 있다 밤 열한 시에 여기서 다시 만나기로 하세, 우리가 배로 짐을 받아 갖고 오면 차가 와서 기다릴 거야…… 받아 두게, 이건 착수금 조로 받은 거야……."

영수는 주저하며 돈뭉치를 받아들었다.

무대가 어두워지며 장면이 바뀌지는 순간 관극에 열중하고 있던 관중들이 조금씩 동요하기 시작한다. 나는 길남이 엄마 쪽으로 시선을 돌렸다. 그녀는 무엇을 생각하고 있는지 고개를 숙이고 있었다. 나는 괴로운 숨길을 가다듬어야만 했다. 지금 무대에서 영수가 받은 돈뭉치는 나로 하여금 그날 밤 일을 낱낱이 되살아 오르게 하는 것이다.

순복의 죽음…….

그날 밤의 사건…….

그것은 내 가슴속에 숨겨둔 나만이 가지고 있는 비밀이다.

각본을 쓴 교장 선생님은 어디서 이 비밀을 탐지해 낸 것일까…….

나는 아직도 그녀에게 순복의 죽음의 원인을 밝히지 못하고 있었다. 비록 내가 밝히지 않았다 해도 어디서 그녀는 순복의 죽음에 대하여 무슨 소리를 듣고 있었는지도 모른다…….

고개를 숙인 채 앉아 있는 그녀는 무엇인지 모르고 골똘히 생각에 잠긴 채 깊은 상처의 고통을 참고 있었는 것 같았다.

나는 그대로 참고 앉아 있을 수가 없었다. 그러나 회한(悔恨)이란 지금에 와선 아무 소용도 없는 일이다.

바뀌진 무대가 점점 밝아지기 시작하자 관중의 동요도 가라앉았다. 그러나 나는 무대를 쳐다보기가 무서웠다. 그렇게 불안에 떨면서도 내 온 신경과 시선은 관객들과 더불어 무대에 집중하고 있었다.

영수로 분장한 소년과 그의 아내가 디딤바위골에서 흔히 볼 수 있는 오막살이 집을 배경으로 아내는 앉아 있고 남편은 떨어져 서 있었다.

우리 마을에 풍기는 비릿한 생선 냄새가 그냥 무대에서 풍겨 오는 것 같았다.

바닷가이면서도 모기가 심한 이곳엔 뜰 한가운데 모깃불이 피워져 있었다. 영수의 태도에 어딘지 모르게 초조와 불안이 깃들여 있었다. 그 불안한 표정과 초조가 무겁게 관중을 누른다.

내가 수병이 되어 처음 배를 탔을 때 만난 우리들이 아저씨라고 부르던 기관장의 말이 그 순간 생각키웠다…….

돈도 친구도 다 잃어버리고 남은 것은 이마에 박힌 상처뿐이라던 그 말.

그에게 남은 것이 상처라면…… 지금 내게 남아 있는 것은 무엇일까…….

짙은 회한…….

잊을 수 없는 슬픔…….

이것들로써 뒤엉켜진 고민과 고통을 나는 앞으로 어떻게 할 것인가…….

밀수짐을 날라 주고 얻은 돈으로 순복이가 그렇게 찾지 못한 아내를 인천이나 서울의 종삼 거리를 헤매서라도 찾아보자던 생각…….

아름다웠던 우정이요, 실현을 보지 못한 꿈이었지만 오늘에 와선 모두가 눈물 짙은 회한으로 남아졌을 뿐이다.

물론 그때 순복의 아내가 돌아와 있었던들 우리는 그런 모험을 꿈꾸지 않았을 것이다.

무대 뒤에선 영수의 아내가 영수더러 돈이 아니라 금이 생기는 일이라 해도 죄짓고 사는 일을 해선 안 된다고 만류하고 있다. 끝끝내 자기 고집을 우기던 영수는 점점 수그러들기 시작했다.

"남자들의 맹서란 신의가 있어야 한다. 내가 약속을 어긴다는 것은 배신이야……."

영수의 목소리엔 슬픔이 어려 있었다. 이 말엔 그 아내도 잠잠하고 있다.

그렇다! 우정엔 신의가 있어야 하고 인간에겐 배신이란 슬픔이 있어선 안 된다.

그때 영수 아내의 목소리가 앙칼지게 울렸다.

"신의가 중하지만 조그만 것을 위하여 큰 것을 배신해야 할 경우를 왜 당신은 생각 못 하우……."

영수는 아내의 말에 자기를 잃어버린 듯 멍청 하늘을 쳐다보고 있었다.

"더 큰 것! 더 큰 것! 아……."

몇 번이고 그는 이런 소리를 중얼거리며 무대 위를 오고 간다. 아내는 이러한 남편을 진정시키기 위하여 그를 끌어다 앉히고 침착한 목소리로 속닥거린다.

"여보, 당신은 결혼 전에 디딤바위가 서 있는 언덕에 앉아 무어라고 하셨지요…… 나는 아직도 그날 밤의 황홀한 꿈을 잊지 않고 있어요…… 나는 그 꿈을 잃지 않았기에 어떤 고통이라도 이기고 살 수 있어요."

영수는 아내의 말에 심한 고통을 느끼는 듯 팔꿈치로 무릎을 짚고 양손으로 머리를 쥐어뜯었다.

아내의 목소리는 더욱 부드럽다.

"바다엔 고깃배의 등불이 깜박이고 있었지요."

그녀의 눈동자는 신비한 꿈을 꾸는 것같이 빛났다.

"당신은 행복한 손길로 나를 껴안고 그날 밤 처음 나의 입술에 뜨거운 입맞춤을 주셨지요…… 그리고 그 뜨거운 입술을 내 귀에다 갖다 대고 이런 소리를 속삭이지 않았어요…… 이여도의 뱃노래를 알지…… 내가 고개를 끄덕이자 당신은 제 이름을 부르며 이런 말을 하지 않았어요. 이여도란 딴 곳에 있는 것이 아니라 우리들이 앉아 있는 지금 이 디딤바위골이 조상들이 대대로 찾아 헤매던 이여도야…… 어찌하여 우리들의 조상은 판도에도 없는 이상국을 바다에서 찾았을까…… 우리가 앉아 있는 이 디딤바위골이 바로 우리들의 낙원이라는 것을 일찍 깨닫지 못했을까…… 그날 밤부터 디딤바위가 서 있는 마을은 당신 말씀대로 제 마음의 낙원이요, 이상향이 되었던 거랍니다."

영수는 여전히 머리털만 쥐어뜯고 말이 없었다.

"당신이 군에 입대하여 있는 동안 디딤바위가 있는 이 마을이 이여도가 아니었더라면, 저는 하루도 지키고 있지 못했을 것입니다. 우리들의 이상향, 마을의 낙원이 아니었던들 나는 당신을 기다리고 있지 못했을 것입니다. 당신이 군에 입대하여 죽음의 고비를 넘고 돌아온 것도 결국은 우리들의 이여도를 지키기 위하여서가 아니었습니까…… 당신이 지키고 당신 자신이 만든 디딤바위가 서 있는 마을, 이여도를 무슨 이유로 죄악의 수라장으로 만들려고 하십니까? 영예롭던 군복 대신 죄의 대가인 푸른 옷을 당신이 입는다면…… 아니 어떻게 하여 그것을 입지 않는다 해도 한번 잃어버린 이여도를 다시 우리는 찾지 못할 것입니다."

앉아 있던 영수는 참고 참던 괴로움을 견디지 못하여 이상한 소리를 지르며 일어섰다. 나도 따라 일어서고야 말았다. 나는 밖으로 나와 버리고 말았다. 무대 위에서 지르는 소리가 이상하게도 내 목덜미를 잡아당기는 것 같았다.

나는 운동장 끝 그 옛날 우리들이 고누놀음을 하며 즐겨 놀던 버드나무 밑으로 걸어왔다. 모진 바람이 나뭇가지를 흔들며 지나가는 소리가 울린다.

울타리 밖은 행길이다. 우리들은 여기서 놀다 지치면 울타리를 넘어 행길로 나가 집으로 가버리곤 했다.

불이 켜 있지 않은 교장 선생 댁이 묵화모양 어슴푸레하게 보인다. 그 어둠 속에서 나를 향하여 짖는 개소리가 요란하게 울려오고 있다.

불안에 휩싸인 내 머리는 점점 무거워지기만 했다.

머리가 까진 대머리 교장 선생은 어디서 이런 소재를 구하여 각본을 쓰게 되었을까…….

불안과 의문이 바로 그것이다. 우리들의 비밀이 어디서 새어 흘러나갔을까…….

아직도 극이 계속되고 있는지 불빛이 훤한 교사 쪽에선 아무런 동요의 빛도 보이질 않는다.

그러나 웬일이었을까. 지금 어둠 속에 서 있는 내 눈앞에 새로운 환각이 떠오르고 있었다.

디딤바위가 서 있는 언덕 앞에 나란히 서 있는 한 쌍의 젊은 남녀 그것은 내가 지금 보고 나온 영수 부부가 아니라 순복이와 그의 아내의 모습으로 바뀌져 보이는 것이었다.

그들이 주고받던 대사가 다시금 메아리모양 내 귓속에 되살아 오르고 있었다. 그러나 그것도 영수네 부부가 주고받는 대사가 아니다.

순복이와 그녀는 결혼 전까지 근 일 년 동안 사람의 눈을 피하며 다녔다는 것을 나는 잘 알고 있다.

순복은 이여도의 전설을 그녀에게 속삭였으리라…… 그녀는 황홀하고 신비로운 눈을 깜박거리며 그 말을 들었으리라…… 그리고 그들은 이여도를 판도에 없는 바다에서 찾을 것이 아니라 디딤바위가 서 있는 마을로 결정하고 사랑의 낙원이요, 보금자리로 만들 것을 서로 맹세하였을 것이다.

내 전신의 피가 머리 위로 솟구쳐 오르는 듯 의식이 몽롱해짐을 나는 어쩔 수가 없었다.

나는 그날 밤 비로소 순복이가 죽는 날까지 한 번도 배에서 육지에까지 오르지 않은 이유를 깨달을 수 있었다.

군대에서 돌아와 이렇게 괴벽한 생활을 계속하고 있는 순복을 향하여 누구나 돌았다고들 했다. 말끝마다 마을 사람들은 두 가지 원인을 들었다. 싸움터에서 어떤 심한 충격을 받았다는 것과, 다른 하나는 역시 아내가 도망쳐 버린 까닭이라는 것이다. 그러나 나는 그 모든 이유보다도 그에게 있어서 가장 소중했던 이여도를 상실한 데 원인한다고 생각한다.

그가 노를 저을 때 부르던 이여도의 뱃노래…… 그리고 뱃노래를 부르는 순간에 있어서의 그 무어라 형용할 수 없던 눈동자…….

그는 이미 잃어버린 이여도를 다시 찾고자 애썼음이 분명했다. 우리들의 조상들이 항시 마음속에 그리며 바다에 나오기만 하면 언제나 꿈꾸던 그 이여도를…….

먹구름이 끼어 있던 어두운 밤이었다. 차분히 구름이 깔린 바다에 바람도 없었다.

노를 저었다.

노를 저으며 부르던 순복이의 뱃노래는 스스로 죽음을 예언한 단 한 통의 유서였을까.

나는 일찍 이렇게 슬픈 곡조의 노래를 들어본 적이 없었다.

내가 처음 밀수선에서 푸는 짐을 운반하자고 제안했을 때 사실 순복은 아무런 말이 없었다. 그러나 나는 그에게 두 번 세 번 권했다. 역시 그는 무관심했다.

그러게 나는 그에게 한몫 돈을 얻어 인천이나 서울로 그녀를 찾아가 보자고 했던 것이다.

그때만은 그도 빙긋이 웃고 있었다. 그 웃음이 무엇이었을까…… 나는 그것을 해명하지 못했던 것이다. 쑥스러운 변명 같지만, 그렇게까지 돈이 필요했던 것은 아니다. 다만 기회를 놓치지 않고 단 한 번 한몫의 돈을 얻을 수 있게 되면 그 옛날 우리가 셋이서 바다로 모험을 나갔듯이 이번엔 육지로 갈 수 있는 곳이란 샅샅이 뒤져가 보자는 것이었다.

아! 이런 새로운 모험과 희망도 파도가 앗아간 채 지금 나의 가슴속에 남은 것은 그날 밤 차분히 바다를 뒤덮고 있던 먹구름보다도 더 짙은 슬픔뿐이 빗발치듯 흐르고 있을 따름이다.

바다 한가운데 이르렀을 때다. 순복의 뱃노래는 그쳤다. 그는 젓던 노를 잡은 채 어둠 속을 노려보고 있었다.

나는 그 어둠 속을 노려보는 눈동자를 보진 못했지만 불빛이 흐르는 그 눈은 언제까지나 기억할 수 있다.

그는 그 어둠 속에서 무엇을 발견했던 것이었을까…….

그가 들고 있던 노를 떨어뜨리는 순간 배가 약간 흔들렸지만 나는 그때까지 영영 생각지도 못했던 일이었다.

노를 던진 그는 물속으로 뛰어들었던 것이다. 황홀한 꿈을 찾으려 아니 아름다운 꿈을 잃지 않으려고 해서였을까 그것은 누구도 풀 수 없는 투신자살이었다.

나는 불안한 밤을 뜬눈으로 배 위에서 새워야만 했다. 내가 배 위에서 시체로 화한 순복이를 찾아 싣고 마을로 돌아왔을 때 누구도 나의 설명을 이상하게 생각하는 사람은 없었다.

그가 저지를 수 있는 일이란 듯 긍정적인 말투와 표정으로 오히려 시체를 찾아 갖고 온 나의 수고를 위로하였다.

친구를 잃어버린 슬픔과 나의 저지른 모든 과오를 나는 그들의 위안 속에 잊을 수 있었던 것만이 지금 생각해도 다행한 일이다. 그러나 그것이 오늘에 가중한 슬픔과 고통을 느껴야 할 줄을 누가 생각했으랴.

나는 누구 앞에 이 고통과 슬픔을 설명할 수 있을 것인가…….

나뭇가지를 울리는 찬 바람이 연거푸 때리고 지나가도 나는 돌이 된 듯 그 자리에 움직이지 않고 서 있었다.

아! 정말 만일! 순복의 아내가 그때 와있었더라도…… 지금 내가 본 연극의 주인공 영수의 아내가 영수를 만류하는 절반이라도 나에게 호소했던들…… 아니 그것보다도 순복이가 나에게 한마디라도 무슨 말을 했던들…….

아무리 후회한들 잃어버린 행복은 다시 찾을 순 없었다.

아직도 나의 기억에 선명히 기억되는 것은 그날 아침 파도에 떠오른 순복의 얼굴이다. 멀리 표류하였으리라고 짐작한 나는 그의 시체를 그곳에서 찾으리라곤 생각조차도 못했던 것이다.

대개 물에서 건진 시체란 부어서 보기에 흉한 것이 예사였지만 순복의 시체만은 물에 젖어 있었다 뿐이지 보통 잠들어 있는 것이나 다름없었다. 변하지 않았다는 것보다 입 가장자리엔 무엇을 말하려는 미소가 깃들여 있어 보였다.

주검의 얼굴에 보이던 뜻 모를 미소와 그가 빠져야만 했던 그 원인을 나는 그날 밤 다시 골똘히 생각해 보았다.

순복의 죽음은 누가 뭐라든 간에 행복한 죽음이었던 것만은 틀림없었다. 마음속에 행복이 깃들이지 않고서는 잠자듯 눈이 감겨졌을 리가 없을 것이다. 그럼 순복은 물에 빠지는 순간 무엇을 생각하고 있었으며 또 어둠 속을 노려보던 그의 눈에 무엇이 보였길래 그토록 죽음을 결심할 수 있었을까…….

아내의 환각이었을까?

그의 눈앞에 나타난 환각이 그에게 누명을 입히지 않으려고 그를 불렀을 것일까. 아니 그것보다도 그가 마음속에 그리던 이여도의 환상을 거기서 발견했던 것일까.

이것저것 주워 모아 생각던 나는 그런 생각을 버려야만 했다. 내가 이런 생각에 잠긴다는 것은 어디까지나 자기 과오를 자신에게까지 합리화시켜 보려는 생각인 것 같아 나는 내 자신의 간악한 인간성에 스스로 어떤 전율을 느껴야 했다.

순복의 죽음은 내가 지금까지 생각던 그런 낭만적인 것은 아닌 것 같았다.

디딤바위 앞에서 속삭인 그들을 다시 생각해 본다.

맹세는 부질없는 옛말로 돌아가고 잃어버린 사랑을 그리며 홀로 남아야 했던 순복이…….

모두가 허무한 꿈으로 돌아갔다 해도 그것은 순복이 자신이 저버린 것이 아니고 보면 그는 항상 마음속에 혼자 두고 찾는 것이 있었을 것이다.

그 찾는 것이란 결국 맹세를 헛된 말로 돌려보내지 않으려는 결심이라고 할까…….

그러나 순복은 본의 아니었을망정 그 맹세를 포기하지 않을 수 없었을 것이다.

그것이란 밀수선의 짐을 풀자는 나의 제안이다. 그는 나의 호의를 거절할 용기를 잃었음이 분명했다.

혼자 모든 사건의 종결을 짓기 전에 단 한 번이라도 괴로웠던 심정을 왜 나한테 말해주지 않았던 것인가.

노를 젓고 따라나서긴 했지만 옛 맹세를 포기할 수도 없고 그렇다고 친구의 제안을 거절할 수 없었던 그의 심정…….

그때 벌써 연극이 파했는지 운동장으로 밀려 나오는 그림자들의 떠들썩한 소리가 울려 왔다. 밀려 나온 그림자들이 한패 두 패 짝을 지어 교문 밖으로 밀려 나가고 있었다. 걸어가는 패들 중엔 조금 전 무대에서 외던 대사를 소리 높여 외워 보는 친구도 있었다.

내가 서 있는 쪽으로 걸어오는 두 그림자가 보인다. 조용조용 걸어오는 품이 틀림없이 교장 선생님 댁 식구들인 것 같았다.

나는 그 자리를 피해야만 했다. 지금 당장 교장 선생님을 만나도 인사말조차 드릴 마음의 여유를 갖고 있지 못했다.

교문 쪽으로 어슬렁어슬렁 걸어갔다.

교실에 켜져 있던 불도 하나둘 꺼지기 시작했다. 뒤치다꺼리를 하는 상급 학생들의 그림자뿐이 오고 가는 것이 보일 따름이다. 대개 교문을 나온 손님들은 한길 아래위로 갈라졌다. 아랫길을 택하는 사람들은 디딤바위 마을로 가는 사람들이다. 네거리는 여기서 엎드리면 코 닿을 거리였지만 디딤바윗골은 십 리 길이다.

먼 길이라 앞을 다투고 걸어가는 사람들이 주고받는 말소리만 어둠 속에 들려올 뿐 그림자들은 좀처럼 보이질 않는다.

피날레는 어떻게 되었을까…… 물론 영수는 아내 권에 따랐을 것이 분명하지만 친구들과의 어긴 약속으로 인하여 어떤 고통을 느꼈으며, 아내는 그 고통을 무엇을 갖고 무마시켰을 것인가…….

이런 엉뚱한 일들을 혼자 머릿속에 정리하며 걸어가던 때다.

"늦으셨구먼요…… 난 먼저 가신 줄 알고……."

어둠 속에서 불쑥 나서는 음성은 그녀였다.

"네, 좀……."

내가 생각하기에도 싱거워빠진 대답을 우물쭈물해버린 채 나는 그녀와 나란히 행길을 걸어갔다.

그녀는 앞서 걸어가다 내 그림자가 보이질 않자 혼자 뒤떨어져 내가 오기를 기다리고 있었던 것 같았다.

그런 호의마저도 그 순간은 나에게 있어서 가중해지는 고통에 불과했다.

내가 아무리 느릿느릿 걸어도 그녀는 곧잘 떨어졌다. 나는 그때서야 그녀가 길남이를 업고 있는 것을 발견했다.

"자는가요, 길남인?"

"네. 연극이 끝날 무렵 아저씨가 보이지 않는다고 하더니만 그냥 자버렸구만요."

나는 그녀의 등에서 길남이를 받아 업었다.

싸늘한 바람이 느닷없이 뺨을 갈기고 가도 나의 마음은 까닭 없이 훈훈해지는 것 같았다. 우리들은 서로 자신을 잊어버리다시피 하고 걷기만 했다.

파도가 밀려왔다 밀려 나가는 소리에 우리는 어느덧 마을에 이르렀음을 깨달았다. 그때 나의 마음속엔 무엇인지 모를 미진한 것이 남아 있었다.

좀 더 거닐 수 있는 거리가 있었으면……. 내가 이런 생각을 한 것은 그녀에게 아직 밝히지 않고 있는 순복의 죽음을 설명함으로써 나의 가슴에 쌓여 있는 고통을 덜고 싶은 생각이었는지도 모른다.

"아이 무거우신걸……."

그녀의 집 앞마당에 이르렀을 때 등에 업혀 있는 길남이를 받으려 하며 나직한 목소리로 속닥거렸다.

나는 무슨 이유에서인지 길남이를 그녀에게 내려주고 싶지가 않았다. 등과 허리에 따스하게 스며드는 체온…… 나는 그 체온 속에서 무엇인지 모를 것을 느끼며 한참 동안 황홀한 기분에 사로잡혀야만 했다.

마을은 어둠뿐이 아니라 안개까지 덮이기 시작했다. 그녀가 길남이를 받고 나서도 나는 한참 동안 서 있어야만 했다.

그것은 마치 그 옛날 우리들이 예술제에 출연했을 때의 한 장면을 연상케 할 뿐 아니라 나의 기분도 그 순간의 야릇한 심정으로 돌아가고 있음을 느낄 수 있었다.

교실(敎室)

겨울만 되면 마을은 온통 뒤바뀌지곤 했다. 언덕을 휩쓸고 지나가는 바람이 그러했고 파도를 실어 오는 바닷빛이 그러했다. 그러나 그것만이 아니다. 하늘은 맑게 개여 높았지만 마을은 반대로 어둡고 컴

컴하기만 했다. 그것은 해마다 겨울이 그러했지만 유난히 그해는 더한 것 같았다.

침침하고 어두운 그늘 속엔 언제나 우울만이 솟구쳐 흘렀다. 짧은 해와 긴 밤이 일층 더 그런 것만 느끼게 했는지도 모른다. 또한 이 컴컴한 우울은 언제나 우리들에게 참담하고도 살벌한 분위기를 가져다주었다.

신비와 낭만을 자랑하는 바다도 이 계절엔 그런 분위기를 면친 못했다. 풍만하던 물빛도 심술궂게 꼬리치는 모습은 마치 사나운 여인의 눈꼬리를 연상시키는 데 알맞았다. 그래서인지 마을 사람들은 이 계절엔 별로 바다로 나가는 것을 즐기지 않았다. 설혹 바다로 나간다 해도 그들은 거의 빈 배로 돌아오다시피 했다. 이러한 겨울의 흉어는 마을의 언덕에 뿌려둔 채 제대로 가꾸지도 못한 보리나 콩 같은 것으로 우리들을 연명케 할 뿐 아니라 우리들로 하여금 곤궁의 때를 벗어나지 못하게 했다.

어려서부터 이런 환경에서 자란 마을 사람들에겐 색다른 불평이 있을 리 없었다. 그들에겐 짙은 체념만이 깃들여 있었다. 겨울이 시작될 무렵부터 양식이 떨어지기 시작하면 그들은 언제나 명년 봄과 여름을 기약하고 선주(船主)의 집을 찾아가는 것이 예사로 되어 있었다.

이렇듯 침울하고 살벌한 분위기였지만 마을은 언제나 한가함 속에 흥성거렸고 왁자지끈 했다.

겨울의 하늘이란 대개 맑고 푸르게 개여 있는 것이 예사였지만 장막같이 몰려들었던 안갯발이 찬 바람에 얼어 그것이 엉기엉기 뭉쳐 날이 새어도 확 퍼져 나가지 못한 채 흐릿하게 가라앉으면 마을 전체는 더욱 우울하다.

대개 이런 날이란 아침 한때엔 으레 좁쌀 같은 싸락눈이 내리곤 한다. 이런 날씨면 한가하고 조용하기만 하던 마을은 별안간 어수선해지기 마련이다.

주인보다 일찍 일어난 마을의 개들이 무슨 수나 난 것처럼 떼를 지어 다니며 온 마을이 떠나갈 듯이 짖어대는 것이다. 이러한 아침이면 나는 불길한 예감에 사로잡히며 잠을 깬다.

떼 지어 짖어대는 개소리에 이상하게 가슴이 울멍거렸다. 나는 이런 마음을 진정시키려 밖으로 나간다. 텁텁하게 흐린 날씨가 까닭 없이 우울하다.

나는 뜰 한가운데 서서 우리 개를 부른다. 내 발소리만 듣고도 꼬리치며 덤벼들던 그것도 제 장난에 미치면 내가 아무리 불러도 알은체도 하질 않는다.

침울한 가슴이 탁 트일 때까지 두 번 세 번 되풀이해 불러도 그림자조차 얼씬하지 않을 땐 나는 공연히 슬퍼지곤 했다.

그러나 탓 없는 울음을 터뜨릴 순 없었다. 나는 그냥 마당 복판에 주저앉아 버린 채 흐릿한 주위를 응시하여 보는 것이다.

매캐해진 콧물과 차가운 눈시울엔 어느 사이엔지 보리알 같은 눈물이 맺혀 있곤 했다. 나는 그것을 누가 볼까 봐 두려워 손끝으로 문지르고 나선 얼어 갈라 터진 땅에 그어진 줄을 따라 이상한 도표를 그리며 혼자서 무엇인지 열중하곤 했다.

그것은 내가 지금 부르던 우리 집 개 생각이거나 또는 여름철 학교 운동장 버드나무 그늘 밑에 앉아 내기하던 고누판의 승패의 아쉬움도 아니었다.

우리가 배를 타고 나갔던 신비로운 해역을 찾는 해도(海圖)를 나도 모르게 그려보는 것이었다.

정말 우리가 처음 보고 느낀 그 신비한 꿈…….

우리들이 용총을 다시 한번 당겨 나가기만 하면 나는 그곳을 꼭 찾아낼 것만 같은 모험에 열중하는 것이다. 추위에 얼어 터져 있는 금은 대개 그것이 집 울타리 밖을 넘지 못했다. 그때 나는 또 새로운 것을 발견하는 것이다. 갈라 터져 나간 금이 울타리를 넘지 못했듯이 우리가 찾던 그 해역은 뭉게구름이 돌던 수평선 바로 그곳이 아니었던가…….

그럴 때마다 나는 깊은 후회를 해야만 했다. 결국 우리가 모든 실패를 거듭하고 돌아오게 된 것은 우리들이 견디고 나갈 인내성이 없었다는 것이다.

나는 땅바닥에 주저앉아 있을 수가 없었다. 허리를 펴고 일어선 나는 바다를 내다본다. 살랑살랑 내리던 싸락눈은 좁은 뜰도 다 덮지 못한 채 어느 사이에 멎어 버렸다. 흐린 날씨에 바다가 내다보일 까닭이 없었다. 씻어 오르내리는 파도 소리만이 아침의 고요를 깨뜨릴 뿐이다.

만일 이런 때 해안선을 끼고 도는 바다가 내다보였달 것 같으면 나는 전후 생각 없이 뛰쳐내려가 닻을 올리고 바다로 나갔을 것이다. 그러나 흐릿한 그 기후가 언제든지 나의 모험을 억제하여 줄 뿐이 아니라 자신을 갖지 못하게 했다.

바다에 대한 모험마저도 잊어버린 채 허탈하게 서 있을 무렵이면 어디를 쏘다니다 돌아왔는지 쫀이란 놈이 뛰쳐와 달라붙었다.

나는 그제서야 조금 전까지 불안할 정도로 가슴을 울렁거리게 하고 나를 애태우던 것을 생각하여, 달라붙는 개에게 발길질을 했다.

아무리 내가 싫어하고 미워해도 그는 무가내다. 억센 발에 콧등이 터질 지경으로 얻어맞아 비명을 지르며 도망치듯 돌아섰다가도 그는 무엇을 생각했는지 다시금 나에게 달려드는 것이다.

그도 결국 약이 오르면 내 바짓가랑이를 물고 늘어진 채 놓질 않는다. 나는 이러한 그의 목덜미를 쓸어안고 결국 그와 나는 힘내기를 하는 수밖에 없었다.

처음엔 서로 반가움과 그리움이 부르고 달라붙었지만 나중엔 언제나 증오로 헤어져야만 했다.

짓궂게 달라붙는 그에게 지치면 나는 그 목을 쓸어안은 채 뒹굴다 울음보를 터뜨려 놓아야만 했다. 생각하면 나의 울음이란 반드시 지쳐버린 패배의식에서 오는 설움이 아니다.

대개 이런 경우엔 부엌에서 일하고 있던 어머니가 뛰쳐 나와 나의 편을 들어 주었다. 부지깽이로 휘둘러 맞은 쪽은 나보다 더 슬픈 비명을 지르며 도망을 쳐버려야 했고 나는 나대로 바보라는 어머니의 볼부은 꾸중을 들으며 책보를 짊어진 채 꽁꽁 얼어붙은 길로 학교에 가야 했다.

학교에서 돌아오면 대개 나는 아침 일찍 내가 일어났을 때 느낀 불길한 예감이 무엇이었던가를 알아차릴 수 있었다.

우리들이 집으로 돌아오는 때는 언제나 늦었다. 학교를 그렇게 늦게 파하기 때문이 아니다.

집과 우리들과는 항상 거리가 멀었기 때문이다. 학교는 오정이 넘으면 곧 파하곤 했지만 우리들은 좀처럼 일찍 집으로 돌아오려 하질 않았다.

이른 봄부터 늦가을까지는 아무리 일찍 학교를 파한다 해도 견딜

만하였지만 겨울이란 곤란하지 않을 수 없었다. 교실에 피우는 난로란 아침 한 시간 몸을 녹일 정도의 연료밖에 학교서 주질 않는 까닭에 우리들은 학교 가는 도중 여기저기서 나뭇가지나 장작개비 같은 것을 얻어다 교단 밑과 의자 뒤에 감추어 두었다 오정 때까지 그것을 때야만 했다. 그러나 이렇게 주워 모은 것들을 갖곤 학교를 파하고 나서까지도 난로를 달굴 순 없을 뿐 아니라 화기(火氣) 단속을 엄중히 하는 학교 당국에서 그것을 허하질 않는다. 따라서 학교가 파하면 언제나 우리들은 곧바로 교문 밖으로 나서야만 했다.

교문을 나선 하급생들은 특히 일학년생들은 장갑 대신 엄마의 버선을 손에 끼었지만 꽁꽁 얼어드는 추위에 못 견디어 징징 울며 돌아가는 것이 보통이다.

이렇게 추운 날씨에도 불구하고 상운과 나와 순복은 일찍 집으로 돌아가는 것을 싫어했다. 이럴 즈음 우리들이 발견한 것은 찢어진 그물조각들이다. 그런 것들을 주워 모으기란 가장 수월한 일이다. 조각 그물들을 주워모은 우리들은 그것을 꿰매어 일찍 학교에 등교할 때마다 그것을 멧새들이 가장 많이 날아드는 덤불에다 쳐놓곤 했다.

우리들은 공부 시간에도 몇 번씩 그물에 걸렸을 멧새 생각에 사로잡히는 때가 많았다.

학교가 파한 후 딴 애들이 눈치채지 않게 우리들은 그 덤불을 찾아가는 것이다. 그러나 우리들이 공부 시간에 상상하고 있듯이 멧새는 그렇게 많이 잡히질 않았다.

적을 때는 한두 마리였고 많아야 다섯 마리나 여섯 마리 정도다. 그것은 마치 마을 사람이 배를 갖고 나갔다 허탕을 치고 돌아오는 것이나 다름없었다.

이것이 학교서 파하고 나서 해가 질 때까지의 우리들의 유일한 소일거리기도 했다. 이렇게 그물에 걸려든 멧새를 우리들은 먼저 말짱하게 털을 뜯어 버리고 나선 아버지들이 배에서 쓰던 칼로 배를 갈라 내장을 끄집어내어 버리면 바람을 막을 수 있는 언덕이나 바위 밑에 둘러앉아 불을 피워 갖고 그것을 구워들 먹었다.

이른 봄 새알을 구워 먹는 즐거움도 여간한 일이 아니지만 손끝이 꽁꽁 얼어붙는 겨울철에 멧새를 잡아 구워 먹는 맛도 대단한 것이다.

형용할 수 없는 미각에 얼어붙은 입술을 빨고 나서 다시 내일 아침 새가 걸려들도록 그물을 치고 나면 언제나 날이 어두운 때였다.

대개 우리는 하루에 두 번 그물을 치는 것이었지만 저녁때보다는 아침 수확이 많아 우리들을 더 즐겁게 해주곤 했다.

이것이 겨울철에 있어서 우리들의 유일한 일과였다. 이렇게 하여 늦게 집으로 돌아오면 앞서 말한 바와 같이 대개는 내가 예감했던 바와 같은 불길한 일들이 가뭇거리는 불빛 밑에서 나를 기다리고 있었다.

찌뿌듯이 날이 흐린 데다 이른 새벽부터 싸락눈이라도 내릴 것 같으면 그들은 으레 모여앉아 술타령을 하는 것이 예사다.

마을 전체가 곤궁하여 선주네 집에서 양식을 꾸어다 먹는 형편이고 보면 누구든지 성어(盛魚) 때모양 인심 좋게 한턱내는 법은 없고 그들은 둘러앉아 내기 술을 추렴질하는 것이다.

내기 술추렴이라 그것은 무슨 일이 있어도 받아오지 않을 수 없었다. 아무리 집 사정이 난처해도 그들은 체면을 지켜야 했던 까닭이다.

마음으로 한턱 쓰는 술이 아니라 체면으로 내지 않을 수 없는 술인 까닭에 술좌석은 흥성거림에 앞서 눈에 보이지 않는 가시가 들어 있었다.

그러게 겨울철의 술이란 여름과 달라 주정과 싸움판이 마련되기가 일쑤다.

그날도 나는 늦어서야 집으로 돌아갔다. 내가 집으로 돌아갈 무렵이면 으레 불이 켜져 있었지만 방안은 캄캄했다.

나는 문을 열고 들어서는 순간 나를 부르는 어머니의 목소리를 부엌 쪽에서 들었다. 왜 불을 켜지 않았느냐고 묻자 어머니는 조용하라고 나에게 타이르며 부엌으로 나오라는 것이다. 그때 나는 방 웃목에서 들리는 이상한 신음소리를 들었다. 그것은 아버지의 잠꼬대다. 분간할 수 없는 소리였지만 아버지는 몹시 흥분하여 있는 것 같았다. 순간 나는 내 후각을 자극하는 지독한 술냄새를 의식할 수 있었다. 곤드레가 되어 누워 있는 아버지의 모습을 나는 어둠 속에서 넉넉히 상상할 수 있었다. 또 어머니가 조용히 나를 부르는 이유도 나는 짐작할 수 있었다.

술이 덜 깼을 때 아버지가 잠을 깨면 온 식구가 밤새도록 주정을 받아야 했던 까닭이다. 나는 어머니가 부르는 대로 부엌으로 나갔다.

어머니는 부엌에서 군불을 때고 있었다. 불빛에 반사된 어머니의 얼굴은 나에게 이상한 슬픔을 느끼게 했다.

눈시울이 부성한 얼굴을 차마 쳐다볼 수가 없어 나는 아궁이 앞에 쭈그리고 앉은 채 목메인 소리로 물었다.

"무슨 일이 있었수?"

"네가 어서 커라."

어머니는 질화로에 올려놓았던 찌개와 밥을 나에게 주며 혼잣말같이 중얼거리는 것이었다.

그것은 내 예감이 언제나 들어맞곤 했다. 일찍부터 내기 술이 있었고 내기 술에 진 아버지는 체면을 위하여 술을 샀다는 것이다.

체면을 위하여 술을 사기는 하지만 여유 있는 살림이 못 되고 보면 항상 마음에 거리낄 수밖에 없었을 것이다. 그런데 그날은 어쩌다 상운이 아버지와 말다툼이 붙었다는 것이다.

술과 싸움이란 항상 우리 마을에서 떠나지 않는 것이었지만 나는 어머니로부터 상운이 아버지와 말다툼이 있었다는 소리를 듣고는 깜짝 놀라지 않을 수 없었다.

상운이와 나와 순복이가 동갑으로 단짝이듯이 상운이 아버지와 아버지는 마을에선 둘도 없는 친구였다.

나는 아무리 생각해도 이해할 수가 없었다. 어떻게 상운이 아버지가 아버지와 싸울 수 있었을까…… 술의 탓이라 해도 나는 긍정이 가지질 않았다.

지칠 정도의 시장기에 밥에다 찌개를 비벼 한 그릇 먹고 나면 전신은 노곤해지기 마련이다. 훈훈한 불빛을 쪼이며 졸림을 참을 즈음 어머니는 조금 전의 말을 다시 되풀이하곤 했다.

"네가 어서 커라."

졸고 있던 내겐 어머니의 이런 말은 어렸을 때 듣던 옛날얘기같이 까마득하게 들려왔을 뿐이다.

그때는 졸면서 들은 어머니의 말이었지만 요즈음 와서 나는 가끔 어서 크라던 어머니의 말을 생각해 보는 것이다.

현실에 대한 쌓이고 쌓였던 불만, 그 불만마저도 체념해 버리지 않을 수 없었던 어머니의 유일한 희망이란 무엇이었을까…….

"네가 어서 커라?"

불안과 체념이란 결국 자라나는 내 장래에다 온갖 희망과 기대를 두었던 것이다.

그리고 나는 어머니의 죽음을 생각해 본다. 물론 어머니는 나의 완전한 성장을 보지 못하고 세상을 떠났다. 그렇다면 그녀의 진정한 행복은 어디 있었을까…….

언제나 나의 행복한 꿈은 신비한 바다를 찾아 나갔던 그 모험에 있었듯이 어머니의 그것도 결국은 나에게 젖을 물리던 그날에 있었던 것이 아니었을까…….

이런 생각 끝엔 나는 길남이와 그의 어머니인 순복의 아내를 생각해 보는 것이다.

물론 나는 그녀의 입에서 그런 소리를 한 번도 듣진 못하였지만 결국 그녀도 길남의 장래를 바라보고 살 것이 아닌가…….

이런 생각에 뒤엉킬 때마다 까닭 없이 가슴만이 답답해지기가 일쑤다. 나는 이런 답답증을 잊어버리기 위해서도 무시로 바다에 나갔다.

이런 환경에서 자란 우리들이라 학교가 일찍 파해도 우리들은 늦게 집으로 돌아올 뿐 아니라 아침에도 눈만 뜨면 이른 새벽부터 학교로 달려갔다. 학교로 달려가는 것이 아니라 우리들은 그물을 쳐놓은 덤불 속으로 먼저 찾아가는 것이다.

우리들이 덤불로 찾아갈 무렵이면 겨우 햇살이 퍼지기 시작할 때다. 그것은 우리가 멧새를 잡기에 가장 알맞은 시간이기도 했다.

아침에 잡은 멧새는 그 자리에 앉아 털을 뽑아 호주머니에 넣고 학교로 간다.

꽁꽁 얼었던 손끝도 말짱하게 털을 벗긴 멧새의 체온에 학교 갈 때까지는 다 녹곤 했다.

네거리 애들은 대개 집이 가까워 여름에도 점심을 갖고 오는 법은 없었다. 그러나 디딤바위골에서 다니는 애들은 대개 늦은 봄부터 늦가을까지는 누구나 점심밥을 싸 들고 다니지만 날씨가 차질 무렵부터는 그것을 갖고 다니질 못했다.

날씨가 찬 데다 찬밥을 먹으면 속이 얹힌다는 이유였지만 사실 그것은 네거리 애들에 대한 체면 유지에 불과한 말들이다.

양식이 떨어져 선주네 집에서 꿔다 먹는 형편으로선 우리들에게 점심밥까지 싸줄 만한 여유가 없었다.

우리가 아침 일찍 덤불에서 잡아 갖고 가는 멧새는 우리들의 점심의 대용이기도 했다.

대개 네거리에 사는 애들은 우리들같이 억세지 못하고 온순한 편이다. 우리가 갖고 간 멧새는 이것을 아침 일찍부터 난롯불에 구워 먹을 순 없었다. 첫겨울에 들어서 우리가 처음 잡아 갖고 갔던 그것을 첫 시간 전에 구운 일이 있었다. 교실에 번진 노린내에 우리들은 선생님으로부터 야단맞은 일이 있었던 까닭이다. 그러나 점심시간 때면 으레 점심을 데워먹는 냄새거니 하고 선생님은 자주 콧살을 찌푸리면서도 별다른 소리가 없었다.

우리들이 갖고 가는 멧새는 우리 반에서 가장 인기가 있었다. 그래서 네거리 애들이 갖고 오는 옥수수나 콩 같은 것으로 바꿀 수 있었을 뿐 아니라 어떤 애는 집에서 만든 떡을 갖고 와서 우리들과 바꿔먹기를 조르기까지 했다. 그것은 대개 사내들의 경우다.

네거리 애들보다 조숙하고 용기가 있어 보이는 상운과 나와 순복이는 같은 반 여자애들한테는 별로 인기가 없었다.

그녀들은 이러한 우리들을 야만인 취급을 하며 킬킬거렸지만 우리들은 그런 것에 무관심한 듯 버려두었다. 사실 여자애들이 까불거나 하면 누구나 윽박지르는 것이 보통이다. 그러나 우리가 일부러 이런 것을 본 척하지도 않는 것은 우리가 네거리에 살고 있지 않다는 그런 이유에서다.

대개 네거리에 사는 애들끼리 싸우면 별일이 없었지만 만일 우리들이 여자애들을 윽박지르기만 하면 법석이 났다.

그들은 곧장 울고 불며 직원실로 달려갈 뿐 아니라 그렇게 되면 우리들은 또 직원실로 불려가야 했던 까닭에 그런 일에 무관심한 편이 오히려 영리했던 까닭이다.

우리가 이렇게 관대해질 수 있었다는 것은 그 언젠가 변소 뒷창으로 들여다보다 경을 친 일이 있은 후부터다.

어떻든 우리 반 애들은 대개가 우리들과 친해 보려는 경향이 있었지만 우리는 딴 애들과는 친해질 수가 없었다.

그들이 우리들과 친해 보려는 경향이 뚜렷해지기 시작한 것은 우리들이 배를 타고 모험을 나갔던 뒤부터 더 그러했다.

사실, 네거리 애들은 우리들에 비하여 바다에 대한 상식이 없었던 것이 원인이기도 했었지만 우리들이 뜻하지 않은 일을 저지른 뒤부터 그들은 우리에게 이상한 매력을 느끼고 있었던 것만은 틀림없었다. 그러게 난롯가에 둘러앉으면 그들은 곧잘 우리들에게 바다에 관한 일을 물었고 특히 그날 사건에 대하여 알고 싶어 했지만 우리들은 한 번도 그 일에 대하여 시원한 대답을 해준 적은 없었다.

앞서도 말했지만 우리 학교는 오륙 학년 합반에다 남녀공학이다.

육학년에 여자란 단 네 명밖에 없었다. 네거리에서 담배가게를 보고 있는 길곱순이를 비롯하여 장길자 그리고 김명숙이와 이혜숙이다. 오학년에도 여학생이 근 열 명이나 있었지만 나는 그들에게 관심조차 없었던 관계로 이름을 하나도 기억하고 있질 못한다.

그들 네 명 중 알미울 정도로 우리들에게 관심을 갖는 것은 담배가겟집 딸 길곱순이다. 그녀의 행동과 표정은 항상 노골적이요, 적극적인 데 비하여 장길자는 많은 관심을 갖고 있으면서도 그것을 스스로 감추는 그러한 재주를 갖고 있었다.

그것이 오륙 학년 합반에다 남녀공학인 탓인진 몰라도 우리들 사이엔 언제나 경쟁과 견제가 따랐다.

거리로 보면 네거리 애들보다 우리가 학교에 늦게 도착할 것이지만 언제나 우리 일행이 먼저 도착하곤 했다. 학교에 빨리 도착한다는 것이 별로 큰 문제는 아니었지만 요즈음 우리들에게 있어선 그것도 하나의 경쟁의식으로 바뀌지고 말았다. 그것은 먼저 도착한 편이 난로를 독점한다는 것이 관습화해 버렸던 까닭이다.

난로를 점령한다는 문제는 특히 여학생과 우리들 사이에 심했다. 어느 쪽이든 먼저 점령해 버리면 한쪽이 그것을 양보해야만 한다. 우리가 간간이 그것을 빼앗기는 것은 담배가겟집 길곱순이 때문이다.

어느 날이라고는 기억이 분명치 않지만 찬바람 속에 얼은 우리들이 제일 선착이라는 자부심을 갖고 교실문을 열고 들어서자 거기엔 곱순이와 장길자가 피어오르는 난로를 쪼이고 있었다. 순간 우리들의 모든 기대는 좌절되고 말았다. 의기양양하여 교실문을 열고 들어서던 우리들은 서로 얼굴을 쳐다보며 침묵할 수밖에 없었다.

당황과 주저에 머뭇거리는 우리들을 보자 곱순의 얼굴엔 이상한 웃음이 떠도는 것을 나는 보았다. 그것은 점령해 볼 테면 보란 듯싶은 오만한 웃음이다. 이런 경우를 당한 것은 한두 번이 아니었다. 나는 심히 불쾌하였다. 그녀가 만일 우리들에게 무어라고 했던들 가만있지 않았을 것이다. 그런 기분은 나뿐이 아니라 순복이나 상운이도 같이 느꼈을 것이다. 우리들은 책보를 책상 속에 넣고 돌아서려 했다. 그때 장길자가 난롯가에서 일어서 자기 책상으로 가는 것이다.

"길자야 앉아 있어……."

곱순의 명령적인 말투였지만 길자는 그 말을 들으려 하질 않았다. 순간 나는 장길자의 태도가 무엇임을 짐작할 수 있었다. 그것은 찬바람을 맞으며 걸어온 우리들에게 자리를 양보한다는 관용임에 틀림없었다. 그때 순복이와 장길자의 시선이 부딪치는 것을 나는 보았고 순복의 얼굴이 이유 없이 붉어짐을 느낄 수 있었다.

나는 그들의 얼굴을 번갈아 쳐다볼 새도 없이 그냥 돌아서고야 말았다. 사실 나는 그 순간 이상한 충격을 받았다.

곱순이와 시선이 부딪쳐도 아무렇지도 않던 순복이가 장길자와 눈길이 부딪치자 얼굴을 붉혔다는 것은 그들 사이가 가깝다는 것을 눈치챌 수 있었던 것이 기쁘기도 하였지만 반면 그런 사실을 우리들에게 감추어둔 듯싶은 순복의 태도에 이상한 시기심을 품어야 했던 까닭이다.

"체……."

누구의 입에서 이런 소리가 나왔는지 나는 기억하질 못한다. 물론 상운이가 아니면 순복이가 틀림없었지만 우리는 조용한 교실 안에 심술궂은 소리를 남긴 채 밖으로 뛰쳐나갔다.

그날따라 거센 바람이 운동장을 휘몰아치고 있었다. 밖으로 나온 나는 무심중 교실 쪽을 뒤돌아보았다.

자기 자리로 가 앉은 줄만 알았던 장길자가 어느 사이엔지 창가로 와서 이쪽을 내다보고 있지 않는가. 나는 추위에 자라목같이 옴츠리고 있던 것을 쭉 뽑아 소리를 쳤다.

"자 우리 말타기를 하자."

막상 밖으로 나오기는 했지만 우리들에겐 특별한 계획이 있었던 것은 아니다. 목적 없이 나왔던 차라 그들은 활기를 피우고 내 의견을 좇았다. 순간 나는 나의 의견을 따른 그들이 고마웠다.

밖으로 나오긴 했지만 허리를 펴지 못하고 목을 옴츠리고 있는 우리들의 모습을 보았달 것 같으면 그녀는 얼마나 가엾이 생각하였을 것일까……. 그런 동정을 받는다는 것은 자존심이 허락질 않았다.

우리 셋은 기운을 내어 편을 짰다. 가위 바위 보, 가위 바위 보, 순서를 다투던 끝에 결국 상운이가 말이 되고 내가 마부가 되어 말을 끌 때 순복이가 기수가 되었다.

우리들 사이에 각기 긴장이 흐르고 있었다. 그중 나는 창문으로 내다보고 있는 장길자의 시선을 느끼며 더욱 긴장하지 않을 수 없었다. 나는 그렇게 긴장되었던 마음을 지금도 설명할 순 없다.

코끝이 맵도록 찬 바람이 불어도 기수가 된 순복의 눈동자는 이상하게 빛났다. 그것은 기수라는 자긍에서 오는 황홀한 눈빛만도 아니었다. 마부가 되어 말을 다루면서도 혼자 생각을 되풀이하는 것이다. 내가 어떤 생각에 골몰하고 있는 동안 순복은 어느 사이엔지 그런 기미를 채고 후덕덕 뛰어오른다. 뛰어오른 기수는 양팔을 높이 쳐들고 기세를 돋구는 것이다.

기수를 한 번도 떨어뜨리지 못하는 것은 말의 잘못이 아니라 마부의 둔한 소치지만 그러나 나는 번번이 그런 기회를 순복에게 주고 말았던 것이다.

이번에도 실수 없이 뛰어오른 순복은 또 고함을 쳤다.

"탔으면 탔지 소린 왜 질러……."

"떨어뜨려 보란 말이야."

순복은 의기양양하여 궁둥방아를 찧었지만 기실 나는 기분이 그리 좋지 않아서 한 말이다. 언제까지나 마부만을 하고 있다는 불평만이 아니다. 창문 밖을 내다보고 있는 장길자를 향하여 마음껏 뽐내보는 순복에게 대한 야릇한 질투였다.

이러는 동안 우리는 추위를 말짱하게 잊을 수 있었다. 그때야 출근하는 교장 겸 우리 담임 선생님이 우리들 옆을 지나갔다. 일동은 놀음을 치우고 선생님에게 공손히 인사를 드렸다.

"추운데 교실에서 몸을 녹이고 있지……."

그러나 선생님의 이런 말에 대답할 아무런 흥도 느끼지 않고 다시 놀음을 계속했다.

헝겊으로 목과 귀를 둘러싸 맨 하급생들도 교실로 곧장 들어갈 생각을 잊은 채 우리들의 놀음을 쭉 둘러서 구경하였다.

종이 울렸다. 하급생들은 서로 앞을 다투어 교실로 뛰어 들어간다. 우리는 춥기는커녕 구슬땀에 전신이 젖었다.

교실로 들어서자 얼굴과 몸은 더욱 후끈거린다.

우리들은 선생님이 교실에 들어오기 전에 책보를 풀어 땀을 닦았지만 민망할 정도로 흘러내리는 것을 주체하지 못하여 쩔쩔매야만 했다.

상운이와 순복은 나보다 한 줄 앞인 건너쪽으로 앉아 있다. 무심코 그들의 뒷모습을 보니 뿌연 기운이 떠오르고 있었다. 나도 그럴 것이라고 생각하고 손으로 머리를 닦으면 찬 이슬과 같은 땀방울이 제쳐 놓은 책 위에 떨어지곤 했다.

지루할 정도로 후끈거리기만 하던 몸도 한참 지나면 전신이 으쓱 해지곤 했다.

이럴 때 즈음 선생님이 한번 읽고 나면 우리들에게 읽기를 시키는 것이다. 사실 나는 책을 들고 앉아 있기는 하지만 상운이와 순복의 머리에 떠오르는 뿌연 증기모양 머릿속이 흐리멍덩하여 무엇이 무엇인지를 통 분간할 수 없게 될 뿐 아니라 곧잘 건뜩건뜩 졸아야만 했다.

나를 부르는 듯싶은 선생님의 목소리를 의식하고 고개를 들 때는 이미 늦은 때다. 교실이 울릴 정도로 폭소가 터진다.

내 옆에 앉았던 친구가 나를 쿡 찌르며 내가 읽어야 할 곳을 가르쳐 주면 나는 다짜고짜로 일어서 읽었다. 그러나 지나치게 덤빈 탓으로 나는 줄을 바꿔 읽어야 했다. 그러면 교실은 다시 한번 떠나갈 듯이 웃음판이 벌어진다.

항상 근엄한 선생님의 얼굴이었지만 이때만은 일층 더 무서워 보여 나는 그만 고개를 숙인다.

내 얼굴은 땀을 흘리던 때보다도 더 달았고 내 눈시울은 찬바람을 맞은 때모양 눈물이 쏟아질 것만 같은 것을 참아야만 했다.

"첫 시간부터 졸면 어떡하지? 아직 잠이 덜 깼구만. 책을 들고 잠이 깰 때까지 나가 서 있어!"

이런 말이 떨어지기가 무섭게 나는 책을 냉큼 들고 밖으로 나간다. 그것은 나에겐 다행한 일이다. 만일 교단 앞에 불리어 나가 꾸중을 듣는다거나 여러 애들이 보는 앞에서 벌을 서는 것보다는 나을 뿐 아니라 나는 순복이가 걸리지 않고 내가 걸린 것을 스스로 흡족하게 생각했다.

말타기 내기를 할 때까지는 순복에게 야릇한 시기심을 품었던 나였지만 벌을 서게 될 경우는 그렇지 않았다.

복도는 밖이나 다름없이 추웠다. 양쪽 문을 그냥 열어둔 채였으므로 바람이 그곳으로만 쏠려 들었다.

손과 발이 저려들 지경으로 주위를 참고 섰노라면 그제서야 겨우 종이 울린다.

이런 때일수록 같은 한 시간이면서도 나에겐 유난히 길게 느껴지곤 했다. 종이 울리고 시간이 파하면 선생님은 그냥 사무실로 가버리는 것이다. 선생님이 나가는 것만을 노리고 있던 순복이가 제일 먼저 뛰쳐나와 나를 껴안듯이 하고 교실로 데려 들어간다.

"추웠지."

상냥하고도 부드러운 그 목소리는 나의 얼었던 몸을 확 풀어주었다. 나는 아무렇지도 않다는 듯 고개를 설레설레 흔들면, 상운이가 또 나에게 권하는 것이다.

"난롯불에 녹여……."

이럴 때 순복은 상운을 바라보며 반대의견을 내곤 했다.

"안돼 안돼, 언 손을 불에 쬐면 아리다 아려……."

불을 쪼이라는 친구와 불을 쪼이지 말라는 친구의 우정에 황홀하여 앉아 있으면 언제든지 우리들의 따스한 우정을 부러운 듯이 쳐다보고 있는 것은 장길자였다.

그해 겨울에 있어선 그날이 제일 추웠다. 우리들이 교문을 들어설 땐 속눈썹까지도 얼어붙어 있었다. 이렇게 날씨가 추운 것 같으면 그물에 멧새들도 많이 걸렸을 줄 알면서도 우리들은 추위에 쫓겨 그날은 덤불에도 가보지 못한 채 곧장 학교로 직행했던 것이다.

물론 이날은 우리들이 난로를 점령한 것은 물론이다. 교사 전체가 텅 빈 것같이 조용했고 소사가 불을 갓 피우고 간 탓인지 불도 활짝 피어오르지 못한 때라 각기 책보를 아무렇게나 책상에 동댕이쳐 버리다시피 한 우리들은 난로 둘레로 가 불을 피우기에 열중했다.

교실 안엔 엷은 연기가 자욱이 떠돌았다. 그제서야 겨우 난로가 달기 시작한다. 우리는 흐트러진 주위를 정돈하고 난로 옆으로 둘러앉았다.

유리창에 피어올랐던 얼음꽃들이 확 번지기 시작하는 온기에 그제서야 녹아 흐르기 시작한다. 그런 유리창으론 밖이 잘 내다뵈질 않는다.

우리 셋은 녹아 흐르는 유리창을 말짱하게 닦아 놓았다.

나뭇가지를 흔들고 지나가는 바람까지도 보이는 것 같았지만 아직 교문을 들어서는 그림자는 하나도 보이질 않는다.

교실 안엔 우리들의 가냘픈 숨소리와 타오르는 난로 소리가 아늑한 고요를 그려주고 있을 뿐이다.

무겁게 열리는 교실 문소리에 우리들은 일제히 그쪽을 쳐다보았다. 나는 그 순간 왜 그렇게도 당황했는지 모른다.

장길자가 들어오고 있었다.

웬일일까?

나는 조금 전까지 교문만을 바라보고 있었지만 그녀가 들어서는 것은 보지 못하고 있었다.

순간 나는 미안한 감을 느끼지 않을 수 없었다. 그녀가 이렇게 일찍 올 줄 알았더라면 우리들은 그녀에게 우리들의 지금 자리를 양보해

주었더라면 하는 생각이 스쳤던 까닭이다. 나는 곧 순복을 쳐다보았다. 목줄까지 붉어진 것을 보면 순복이도 나와 같은 생각을 하고 있었던 것 같기도 했다.

새침꾸러기 장길자가 이날 아침은 웬일인지 우리들을 보고 생긋이 웃으며 자기 자리에 가는 것이다.

상운과 순복이가 먼저 난로 쪽으로 돌아앉는다. 나도 아무렇지도 않은 듯 앉은 채 고개를 돌렸지만 신경은 역시 그쪽으로 쏠렸다.

"추운데 이리 와 불을 쬐어."

이런 소리가 목구멍까지 치밀어 오르는 것이지만 나는 그 말을 하기가 무엇인지 모르게 거북했다.

우리들 사이엔 다시 가벼운 침묵만이 흘렀다.

책을 차근차근 정돈하고 난 장길자가 우리들 옆으로 왔다. 나는 그녀에게 자리를 비켜주기라도 하려는 듯 한쪽으로 의자를 당겨 놓았다. 그러나 나의 이런 마음씨엔 아랑곳도 않고 그녀는 순복이와 상운이 옆으로 가더니만 연통에다 손을 가까이하며 나직이 속삭이는 것이다.

"춥지? 아마 금년 들어 제일 추운 것 같애. 난 벌써 와 있을 줄 알았지."

우리들은 그녀의 말에 한참 동안 아무런 대답도 못하고 있었다.

"응. 오늘이 제일 추워. 그래 우리들은 멧새 잡으러 덤불에도 들르지 못하고 곧장 학교로 온걸……."

상운의 대답이다. 나는 상운이가 무슨 까닭에 우리가 덤불에 들리지 못하고 온 것까지를 설명하는지 은근히 불평스러웠을 뿐 아니라 그녀가 우리들이 와 있었을 줄 알았다는 말이 무엇을 뜻하는 것인지 좀처럼 이해할 수가 없었다.

"그럼 오늘은 살겠네! 그 노린내를 맡지 않게 됐으니까."

얼굴이 붉어진 그녀는 우리들을 놀려대듯 이런 소리를 하는 것이다.

"그 냄새가 그렇게 싫어?"

"응 딴 애들은 몰라도 난 싫던걸……."

장길자가 아닌 딴 애가 그런 말을 했더라면 우리는 어거지를 써서라도 무슨 대꾸를 했을 것이지만 나도 그렇게 반문했을 뿐 어쩐지 공박할 수가 없었다.

"오늘은 멧새 대신 이걸 볶아 먹어 봐."

그녀는 치마 속에서 그리 적지 않은 종이주머니를 꺼내어 순복에게 주었다.

"뭐지?"

종이주머니를 받으며 묻는 순복의 눈동자는 어제 기수가 되었을 때보다 더 빛나는 것 같았다.

"콩이야."

그녀는 수줍음에 찬 색시 목소리같이 작은 소리로 대답했다. 상운은 순복이가 든 종이주머니를 곁눈으로 바라다보며 싱글거린다. 그러나 나에겐 은근한 불만이 있었다.

"난 안 줘?"

나의 은근한 불만은 드디어 터지고야 말았다.

"나눠 가지면 되지 않아?"

그녀는 붉어진 얼굴을 일층 더 붉히고 눈을 흘기듯 시선을 밑으로 떨어뜨렸다.

종이 주머니를 받아 든 순복은 좀처럼 우리들에게 나눠 주려 하질 않았다.

그때 즈음엔 벌써 교문을 들어서는 그림자들이 보이기 시작했다.

순복에게 종이주머니를 주고 난 장길자는 아무 일도 없었던 것같이 자리로 가 앉아 있었다.

나는 그제서야 그녀가 무슨 이유로 전에 없이 학교에 일찍 왔는지를 깨달았다.

교문을 들어서는 학생들의 그림자는 누구나 헝겊 목도리로 귀까지 싸맨 채 잰 걸음걸이로 들어오고 있었다.

점점 주위가 어수선하기 시작한다. 나는 유리창 너머로 바깥 풍경을 바라보며 디딤바윗골서 오는 저학년 학생들의 모습을 그려본다.

가로질러 오르는 고개를 넘어 지름길을 걷느라고 얼어붙은 보리밭을 건너다가 그들은 고르지 못한 고랑에 빠져 몇 번씩이나 굴렀을 것이다.

햇살이 퍼지기 시작하면 항상 학교가 시작된 것 같아 불안한 법이다. 거기다 바람이 걸음을 막을 뿐 아니라 목도리마저 풀어질 땐 저학년생들이란 울기가 일쑤다. 그러나 그들은 울면서도 학교까지는 오곤 했다.

지금 교문을 들어서는 저학년생들은 모두가 그렇게 울며 왔을 것이지만 교문을 들어서면서부터는 그런 티를 조금도 보이지 않는 것 같아 우스웠다.

교실 문을 여닫는 소리가 소란스러워지자 방안도 온기가 식어 들었다.

눈시울에 얼어붙었던 입김이 녹아 그들의 얼굴은 마치 이슬을 흠

뻑 먹은 나팔꽃모양 황홀하다.

그들의 입에서 모두가 허연 기운이 숨길을 돌릴 때마다 뿌옇게 서려 올랐다. 전신이 녹진해지도록 몸이 녹은 우리들은 그들에게 자리를 양보해야만 한다.

늦게 도착한 애들이 미처 몸을 녹일 새도 없이 상학종이 울리기 시작했다. 우리들은 선생님이 오시기 전까지 각기 자리에 가 앉았다.

복도를 걸어오는 발자국 소리가 울리더니만 우리 교실 문 앞에 멎는다. 교실 안은 파도가 잦듯 더 조용해진다.

문이 열리며 선생님이 들어선다. 그러나 방안의 동요는 컸다. 여기저기서 속닥거리는 소리가 들리기 시작했다.

확실히 우리 담임 선생님이 오늘 출근했는데 웬일일까…… 교실 안의 동요는 이런 의문에 틀림없다.

지금 들어선 선생님은 일이학년 담임인 여선생님이었던 것이다. 천천히 교단에 올라서자 그제서야 동요는 가라앉았다.

"교장 선생님께선 예술제 준비가 계셔서 이 시간은 임시로 내가 맡아보게 됐다."

예술제라는 말에 갑자기 교실 안은 웅성거렸다.

선생님은 떠들썩한 분위기를 가라앉히기 위하여 국어 독본을 읽기 시작한다. 그러나 익숙치 않은 음성에 애들은 여기저기서 더 웅성거리기만 한다.

어수선했던 한 시간이 끝날 무렵 교장 선생님이 나타났다. 여선생님은 그와 동시에 나가버렸다.

교단에 올라선 선생님은 언제나 하는 것과 같이 학생들을 쭉 살펴보고 나더니만 목을 당기며 엄숙한 말투로 입을 열었다.

"금년도 우리 학교에서는 예년과 같이 예술제를 하게 되었다. 나는 그 준비를 하느라고 한 시간 들어오지 못했던 것이다."

여기서 말을 끊은 선생님은 지금 갖고 온 등사물에 시선을 떨어뜨리며 다시 말을 이었다.

나뿐이 아니라 여러 학생들은 그것이 직각적으로 이번에 상연할 연극용 각본임을 알 수 있었다.

"금년에 상연할 연극은 특별히 우리나라 역사에서 취재한 왕자호동과 낙랑공주라는 극이다."

이렇게 허두를 꺼낸 선생님은 그 연대와 연극의 줄거리를 우리들에게 사회 생활 과목의 역사를 가르치는 때모양 딱딱하게 설명하는 것이 아니라 마치 옛날 얘기를 들려주는 것 같았다.

선생님의 연극의 줄거리에 대한 설명이 일단 끝나자 교실 안은 뒤집힐 듯이 떠들썩해졌다.

어떤 애는 생떼를 쓰듯 함성을 지르는가 하면 발을 구르기도 하고 손바닥으로 책을 치는 애도 있었다.

교실 안은 완전히 수라장이 된 것 같았지만 선생님은 그냥 기쁜 듯이 웃고만 있었다.

뒤엉켰던 떠들썩한 분위기가 잠시 가라앉자 선생님은 다시 말을 이었다.

"자 그런데 너희들 중 누구를 주역(主役)으로 뽑느냐는 문제다."

떠들썩하던 교실 안이 이 소리 한마디로 조용해진 채 가쁜 숨소리뿐이 들렸다.

서로 고개를 휘둘러 쳐다보는 품이 적당한 주역을 제멋대로들 생각해 보는 눈치들이다.

선생님이 말을 다시 시작하자 시선은 일제히 그쪽으로 쏠렸다.

"그래서 나는 다른 선생님들과 의논해 본 결과 연극에 나갈 사람들을 이렇게 추려 보았다."

선생님은 배역을 하나하나 호명하는 것이다. 그것은 육학년 남녀학생 전부와 일부 오학년생이 끼였다. 그러나 우리들의 호기심은 그것으로 만족하질 않았다. 그중에서 누가 주역을 하게 되느냐는 것이다.

그때 선생님을 부르며 일어선 것은 담배가겟집 딸 곱순이었다.

"선생님 낙랑공주역은 제가 맡아 했으면 좋겠습니다."

그녀의 얼굴은 흥분에 상기한 듯 지나치게 붉어 보였다.

선생님은 아무런 대답도 없이 히죽이 웃으며 고개를 끄덕거릴 따름이다. 그것은 마치 낙랑공주의 배역은 너를 시키겠다는 은연중의 약속 같기도 했다.

이때 곱순이에 못지않은 당돌한 소리를 나는 들었다. 그것이 순복이 목소리임을 분간하여 들을 수 있었다. 순복이는 노골적으로 비웃음을 터뜨렸던 것이다. 여기저기서 같은 소리가 나왔다.

붉어졌던 곱순의 얼굴은 더욱 붉어지며 자기 자리에 주저앉고야 말았다.

"자 그럼 이제부터 내가 주역을 정하지…… 모든 것을 공평하게 하기 위하여 주역은 두 사람씩 정했다. 대사(臺詞)를 잘 외우고 발음이 정확한 사람으로 뽑기로 하겠다."

나는 곱순이와 장길자를 번갈아 쳐다보았다. 내 생각에도 낙랑공주역엔 이 두 명을 빼놓을 수 있을 것 같지가 않아서다.

곱순은 어디까지나 자신만만한 듯이 고개를 들고 선생님을 쳐다보고 있었지만 장길자는 처음부터 고개를 수그린 채 앉아 있었다.

주역 중 낙랑공주는 내 생각대로 곱순이와 장길자가 뽑혔고 왕자 호동에 순복이와 네거리에서 솜틀을 놓고 있는 영수가 뽑혔다. 주역이 발표되자 나는 무엇인지 모르게 서운하면서도 순복이가 뽑힌 것이 한편 다행했다.

다음날 정해진 배역대로 연습을 하기 위하여 그날은 등사된 각본을 받아 가지고 우리는 집으로 돌아가야 했다.

마침 그날 우리 셋이 당번이었던 까닭에 우리들은 마음 놓고 교실에 남아 있을 수 있었다.

아침 일찍 장길자가 갖다준 종이 봉지 속의 콩을 볶아 먹으며 우리들은 청소할 생각은 하지 않고 대사를 외우기에 열중했다.

행인지 불행인지 나는 호동왕자의 시종이었던 관계로 외워야 할 대사는 한 줄도 없었다. 순복이와 상운이가 대사를 열심히 외우고 있는 동안 교단에 올라서 시종으로서 부끄럽지 않은 몸가짐과 걸음걸이를 몇 번이나 되풀이하며 흉내내어 보았다.

추억(追憶)

우리들은 그날 집으로 돌아갈 때도 멧새를 잡으러 덤불에 들리지 않았지만 다음날 아침도 그냥 학교로 직행하고 말았다.

우리 세 동갑 중 누구도 덤불에 들려보자는 말은 끄집어내질 않았다. 그리고 보면 우리들의 멧새잡이는 장길자의 말을 계기로 끝장을 맺고 만 셈이다.

다음날은 수업을 두 시간만 하고 파해 버렸다.

연극에 출연할 애들을 제외하고는 죄다 돌려보내고 출연자끼리 모인 가운데 주역 다툼의 경연을 해야 했다.

우리들은 난로를 중심하여 둘러앉았고 교장 선생님인 우리 담임 선생님이 사회를 보았다.

세 분 선생님 중 삼사학년 담임 선생만 참석치 않고 일이학년 담임인 여선생도 참석하고 있었다.

호동의 역과 공주의 역을 둘러싸고 다툴 그들을 우리들은 번갈아 쳐다보며 앉아 있었다. 그들도 우리들의 흥분에 못지않은 듯 얼굴이 약간씩 붉어져 있었다.

나는 나의 단짝 순복이보다도 장길자 때문에 시종 마음이 놓이질 않았다. 어느 모로 보나 공주의 역은 장길자보다도 곱순에게로 떨어질 것 같은 예감에 내 마음은 걷잡을 수 없이 불안해지기만 했다.

교단 앞에 두 선생님이 앉을 수 있는 자리가 마련됨으로써 모든 준비는 다 갖추어진 셈이다.

교장 선생님의 호명에 따라 이제 한 사람씩 교단에 올라가서 대사를 외울 판이다. 제일 먼저 호명된 것이 곱순이다.

여러 애들이 열심히 쳐다보는 중에 교단으로 올라선 곱순은 천장을 쳐다보며 대사를 암송하기 시작했다.

고구려의 사신이 갖고 온 호동왕자의 서신을 읽고 난 공주가 혼자 고민하는 장면이다.

> 사랑하는 나의 공주여. 돌아가고 싶은 마음은 하늘과 땅 같으니…… 그러나 나를 괴롭히는 것은 부왕(父王)께서 아끼시는 고각(鼓角)일레라…….
>
> 어찌 돌아갈 수 있으리요, 내 일거일동을 감시하는 그것이 있는 옆

으로…… 내 마음의 주인인 공주여, 원컨대 부왕께서 아끼시고 사랑하시는 고각을 불사르라, 그러면 그대를 예로써 맞을 수 있으리…….

만일 뜻이 이루어지지 않는다면 공주를 잃은 왕자는 이곳에 머물러 있을레라…….

편지를 읽는 대사를 끝내고 난 곱순이는 천장만 보고 있던 시선을 돌려 우리 쪽을 잠깐 쳐다보는 것이었다.

그녀는 가쁜 숨길을 돌리고 나더니만 다시 대사를 이어 외우기 시작한다.

어이하리! 고각은 부왕께서 공주보다도 더 소중히 여기시는 것…… 그것을 불살라 부왕과 나를 잊을 것인가…… 그렇지 않으면 지아비를 또한 저버릴 것인가…….

헤아릴 수 없는 슬픔에 잠긴 공주가 혼자 중얼거리며 이제 고각이 있는 누각으로 사람의 눈을 피하며 들어갈 판이다.

난롯가에 앉아 있는 우리들은 정신을 잃은 듯 멍청히 앉아 있었다.

교장 선생님은 시종 가벼운 웃음을 띤 채 듣고 있었다. 암송이 끝난 곱순은 두 분 선생님께 공손히 절을 하고 우리 곁으로 오고 있었다.

교장 선생님의 엷은 미소는 무엇을 의미하는 것일까.

정신을 잃고 앉아 있던 여러 애들도 그러했지만 나는 교장 선생님의 미소가 이미 곱순이를 공주의 역으로 결정해 버린 것 같아 일층 더 불안스러웠다.

약삭빠른 그녀는 교장 선생의 미소와 모든 분위기가 벌써 자기 자신을 공주역으로 결정해 버린 것 같은 안도감에 사로잡혀 있음을 나는 넉넉히 엿볼 수 있었다.

다음은 순서대로 장길자의 차례다. 나는 누구보다도 그녀의 성공을 마음속으로 빌었다.

장길자가 교단으로 올라서자 교장 선생님과 여선생님은 불안한 표정으로 그녀를 쳐다보고 있었다.

드디어 같은 대사를 외우기 시작했다. 그녀는 곱순이모양 천장만을 쳐다보며 대사를 외우는 것이 아니었다.

때에 따라 시선의 위치가 달라지고, 그녀의 눈빛도 그때마다 변하고 있는 것을 나는 발견할 수 있었다.

더할 수 없는 공주의 비탄…… 그것은 그녀가 외우고 있는 대사에서 흘러나오는 것이 아니라 감격에 넘친 그녀의 전신에서 흐르는 것 같은 느낌이다.

암송이 끝나자 구경하고 있던 여러 애들의 입에서도 막혔다 터져 나오는 숨소리가 들렸다.

둘러앉아 있던 애들은 암송을 끝내고 들어오는 장길자와 곱순이를 번갈아 쳐다볼 뿐이다.

온순하고 내성적인 장길자가 이렇게까지 대단한 재주를 갖고 있을 줄은 생각조차 못 했던 일이다.

담임 선생님도 크게 놀란 표정이 분명했다. 이때 담임 선생과 여선생이 무슨 말을 짧게 주고받고 있었다. 그 말이 들리지는 않았지만 나는 그 표정으로 보아 장길자의 대단한 재능을 칭찬하는 것으로 생각했다.

그러나 선생님들은 여기서 심사의 결과를 발표하지 않고 계속 왕자의 역을 시켰다.

다음 순복이가 교단으로 올라섰다. 왕자가 외워야 할 대사는 공주의 그것보다도 퍽 길었다.

나는 순복이가 어느 틈에 그렇게 긴 대사를 하나도 막히지 않고 술술 외울 수 있게 되었는지 놀라지 않을 수 없었다.

막히지 않고 암송하는 것은 좋았지만 내게 걱정된 것은 너무 빨랐던 것이다. 공주역인 장길자에 비하면 아무런 감격도 표정도 없이 그냥 국어 독본을 읽어가는 듯싶은 인상이다.

다음은 영수 차례. 교단에 올라선 영수의 태도는 순복이보다도 더 침착했다. 그러나 영수는 첫 번 몇 줄만 멋지게 줄줄 암송했을 뿐 곧 걸려 더듬기 시작했다. 그럴 때마다 교장 선생님이 걸린 곳을 퉁겨주었지만, 자신도 무엇을 암송하는지조차도 모르게 어리벙벙해 버린 채 엉망이 되고 말았다.

난롯가에 앉아 있던 친구들은 뒤숭거리며 코웃음치는 소리가 들리기 시작했다.

울상이 된 영수는 얼굴을 붉힌 채 교단을 내려서더니만 선생님 앞에 변명하는 것이다.

"선생님! 외우기는 다 외웠습니다만 애들이 떠들어서……."

선생님은 고개를 끄덕거리며 웃기만 하고 있었다.

이런 변명을 하자 애들은 소리를 내어 웃기까지 하며 지껄이는 것이다.

"조용히, 영수 막힌다!"

누가 이런 소릴 하자 교실 안은 일층 더 떠들썩했다.

선생님의 조용히 하라는 호령에 교실 안은 다시 진정됐다. 선생님은 영수더러 자리로 들어가라고 턱으로 가리키며 일어서 교단으로 올라섰다. 그리고 언제나 그렇듯이 엄숙한 표정으로 입을 열었다.

"너희들이 할 연극을 위하여 너희들 앞에서 주연 배역을 결정하겠다."

교실 안은 갑자기 조용했다. 고개를 숙이고 앉아 있는 장길자를 쳐다보는 곱순의 눈엔 무서운 적개심이 넘쳐흘렀다.

"왕자역엔 순복이……."

일단 여기서 말을 끊고 우리들을 살피고 난 다음, 다시 말을 이었다.

"공주역엔 장길자로 하기로 결정했다."

선생님의 선언이 있자 쇳소리가 울렸다.

"선생님……."

우리들의 시선은 그쪽으로 모두 쏠렸다. 선생님을 노려보듯 쳐다보며 곱순이가 일어섰다.

"선생님! 전 영수모양 대사를 빼먹거나 잊어버리지도 않았는데요."

당돌한 곱순이었지만 그래도 속으론 부끄러움이 있었는지 얼굴이 홍당무가 되었다.

엄연한 얼굴을 하고 있던 선생님은 인자한 표정으로 웃기만 한다. 그 웃음 속엔 난처한 표정도 없지 않았다.

순간 애들이 가만있질 않았다. 모두 책상을 두들기거나 발을 구르며 소리쳤다. 그중 나도 누구에게 못지않게 크게 소리치며 법석을 떨었다.

"앉아, 꺼져!"

"집어치워."

당돌했던 곱순이도 주위가 생각 밖에 떠들자 울상이 되어 마지못하여 앉아 버렸다.

"물론 곱순이가 외운 대사는 하나도 빼먹었거나 잊은 데도 없었고 또 발음도 명확했다. 그렇지만 장길자도 곱순에 못지않을 뿐 아니라 감정이 살아 있었던 관계로 길자 편으로 정한 것이다."

선생님이 사실대로를 다시 설명했어도 곱순은 납득하질 않았다.

공주역에 뽑혔어도 장길자는 조금도 자랑스러운 빛을 보이려 하지 않고 그냥 고개만을 숙이고 있었다.

주역에서 떨어진 영수와 곱순이는 딴 배역으로 대치됨으로써 모든 결정은 끝을 맺었다.

나는 누가 시킨 것도 아니지만, 제일 먼저 박수를 쳤다. 애들도 나를 따라 박수를 쳤을 뿐 아니라 앞에 앉아 있던 여선생님까지도 모든 결과를 만족히 생각하는 것처럼 박수를 치고 있었다.

일단 배역이 결정되었지만 우리들의 연습은 며칠 동안 완전하지 못한 채 지장을 받지 않을 수 없었다.

공주역을 맡지 못한 곱순이는 고구려의 왕후란 화려한 배역을 맡게 되었던 것이다. 그러나 공주역을 장길자에게 빼앗기고 난 곱순이는 자존심을 상했던지 며칠 동안 통 학교에 나오질 않았다.

곱순이가 학교를 더 쉬면 왕후의 배역마저도 딴 애와 바꾸게 되리라는 소문이 돌기 시작해서부터 그녀는 다시 나와 우리들과 같이 무대 연습을 하게 되었다.

곱순과 장길자의 사이는 배역 문제로 완전히 틀어지고 말았다. 말끝마다 장길자를 미워하는 태도가 노골화됐다. 만일 그 위치가 서로 바뀌진 사이랄 것 같으면 몇 번이고 충돌이 생겼을 것이지만 결국 장길자의 꾸준한 인내성과 전체의 분위기가 그런 일을 언제나 미연에 방지할 수 있게 했다.

사실 이번 무대 연습을 통해 볼 것 같으면 곱순이와 장길자가 똑같이 순복에게 은근한 정을 품고 있었음을 나는 여러모로 관찰할 수 있었다.

곱순이가 언제나 표면적이요 노골적이라면 장길자는 자기 성격 그대로 간접적이면서도 끈기 있었다.

이러한 관계는 우리들의 연극을 언제나 성공적으로 이끌어 가게 하고 있었다.

고각을 불살라야 하는 공주의 고민, 그리고 그것을 불사르지 않을 수 없는 연연한 연정…… 그 하나하나의 정열적인 표현은 호의 이상의 감정이 아니고는 좀처럼 우리들에게 감동을 줄 순 없었다.

공주로서의 장길자의 연기가 그러하고 보면 왕자인 순복의 연기도 이에 못지않게 따르다 보니 곱순의 눈길이 사나워지는 것도 무리는 아니다.

곱순의 이런 시기…… 가냘픈 질투…….

그것은 언제나 왕자로서의 순복의 연기를 완전에 가깝도록 이끌어 올리는 데 도움이 되었다.

예술제가 있던 날 학부형들은 서로 앞자리에 앉으려고 다투었다. 무대엔 졸업생들이 졸업기념으로 남겨 둔 검은 막이 걸려 있었다.

여선생님이 타는 풍금 소리에 맞추어 합창이 시작되면서 막은 서서히 올라갔다.

호동왕자의 시종인 나는 왕자의 뒤를 따라 무대로 올라갔다. 고대 의상으로 차린 왕자의 모습은 뒤따르는 내가 보기에도 지나칠 정도로 화려해 보였다. 나는 뒤따르면서도 몇 번이나 머뭇거렸다. 그럴 때마다 무대 뒤에서 우리들의 일거일동을 총지휘하는 선생님의 속닥거리는 목소리가 나에게 주의를 주곤 했다.

"시종은 한 걸음 더 왕자의 뒤를 따르도록 해라."

그럴 때마다 나의 산만해지는 정신을 수습해야만 했다. 이렇게 산만해지는 것은 다른 이유가 아니다. 왕자의 모습에 비하여 혹시나 내 자신이 초라해 보이지나 않는지…… 그리고 아버지와 어머니는 어디쯤 앉아 나를 보고 있는지…… 그런 것들이 궁금하게 여겨지는 데서 오는 결과다.

이때 저편에서 오는 낙랑왕을 만나게 되고 낙랑왕의 첫눈에 든 왕자는 낙랑궁(樂浪宮)으로 가게 된다.

질박한 고구려에 비하면 화사하고 화려함이 이루 비할 데 없는 낙랑궁이다.

여기서 낙랑공주와 호동왕자의 꿈같은 사랑이 불같이 일어나고 또 애끓는 이별이 있었다.

공주와 왕자의 달콤한 사랑의 속삭임을 황홀한 눈빛으로 바라보고 있던 관객들은 뜻하지 않은 그들의 이별에 눈물짓는 사람도 있었다.

나는 이렇게 그림자모양 왕자의 뒤를 따라다니면서도 관심을 둔 것은 무대보다도 관객에 이끌리고 있었다.

연습 때는 우리들의 연기에 불만해 하던 선생님들도 이날만은 만면에 웃음을 띠고 있었다. 그러나 막 뒤에서 끝장면이 되기만을 기다리는 왕후 곱순이만은 이날도 처음부터 웃는 일이 없을 뿐 아니라 그녀는 무엇을 생각하고 있는지 그 눈엔 싸늘한 비웃음만이 떠돌고 있었음을 나는 아직도 똑똑히 기억할 수 있다.

본국인 고구려 땅으로 돌아온 호동왕자에게 낙랑공주에 대한 사랑보다도 더 큰 야망이 있었다. 그는 그 야망을 실현시키기 위하여 사신에게 편지를 써주어 낙랑궁으로 보낸다.

호동왕자의 서한을 받고 난 경악(驚愕), 그리고 그 뒤에 따르는 비통한 고민…….

관객은 공주의 연기에 동화되어 동정 어린 시선으로 숨 쉬는 것마저 잊고 있는 것 같았다.

사랑을 따라 남편을 좇을 것인가…… 부왕을 속이고 나라를 저버릴 것인가…….

공주의 이런 고민은 그녀의 절박한 표정과 연기로 관객으로 하여금 어떤 판단을 할 여유도 주지 않은 채 그냥 끌고 나갔다.

그때 나는 왕자인 순복의 옆자리에 앉아 있었다.

순복이는 비록 연극일망정 그녀에게 지나친 고통을 준 것이 괴로웠는지 고개를 숙일 뿐이다.

뜻을 결정한 공주는 누각으로 올라갔고 효과를 내는 불길이 오름으로써 무대가 어두워졌다. 그때서야 관객들의 웅성거리는 소리를 나는 겨우 들을 수 있었다. 그러나 무대는 쉬 밝아졌다.

고구려군이 쳐들어 온다는 전갈이 낙랑왕한테로 몇 번이나 전해진다. 울려야 할 누각의 고각은 적군이 침입해 와도 울리질 않는다. 왕의 얼굴엔 분노의 불길이 빗발치듯 한다. 공주의 소행임을 안 왕은 국법을 어기지 못하여 혈육인 딸을 처형케 하고 조용히 군신을 거느리고 성문을 열어 투항했다.

낙랑궁을 점령함으로써 넓은 영토와 수많은 인민을 얻었지만 단한 가지 소중한 것을 잃고 난 호동왕자는 딴 사람같이 변해져 갔다.

그에게는 기쁨 대신 새로운 고민이 먹구름 쌓이듯 가슴을 휘덮고 있었다.

그는 시종을 거느리고 궐 안에 외로이 서서 비탄에 끓는 목소리로 말하는 것이다.

"나는 왕권보다 더 소중한 것을 잃었어도 공주는 현명한 사람, 현명한 사람…… 기름진 영토와 왕권에만 눈이 어두운 나는 사랑을 잃었도다."

이렇게 중얼거리는 호동왕자의 모습은 누가 보든지 꼭 실신한 사람이나 다름없었다.

무대가 바뀌니 고구려 왕과 왕후가 앉아 있는 장면이다.

대왕은 왕자의 공을 높이 평가하여 그를 두텁게 신임한다. 그러나 호동왕자는 왕후의 아들이 아니기 때문에 왕후는 왕자의 공을 시기한다.

처음에 대왕은 왕후의 참언을 들으려 하질 않는다. 그러나 몇 번 찍어 넘어가지 않는 나무가 없다는 격으로 왕은 참언을 믿어 버린다.

공주를 잃음으로써 더할 수 없는 슬픔과 고통에 싸였던 왕자는 이런 일일랑 알고도 모르는 척하고 있었지만 기울어진 대세가 장차 자기에게 무엇을 가져오리라는 것을 예감하고 난 그는 자결을 결심한다.

"내 이제 무엇을 밝히려고 구구한 변명을 하랴. 왕후는 국모(國母)임이라…… 국모의 허물을 밝혀 부왕을 괴롭힘보다는 차라리 내 스스로 누명을 씀이 자식 된 도리일레라……."

왕자는 스스로 옆에 찼던 칼을 뽑아 자기 목을 찔렀다. 시종인 나는 그 옆에 허수아비같이 서 있는 채 막은 슬픈 합창에 따라 서서히 내렸다.

공주를 배신한 왕자는 자신마저 배신하지 않을 수 없는 비참한 운명이었던 것인가…….

길남이 모자를 집에까지 데려다준 나는 얼마 동안 우리들이 출연했던 그 옛날의 예술제의 가지가지를 뿌연 안개 속에서 되풀이해 보았다.

안개 속의 시야가 흐릿해지듯이 세월과 더불어 점점 기억에서 사라져가는 추억을 되풀이해 본다는 것은 아늑히 느껴지는 행복이면서도 또한 슬픈 일에 틀림없었다.

그들 모자가 집으로 들어간 다음, 나는 곧장 집으로 돌아갈 수 없어 그 옛날 우리들이 오르내리던 보리밭 뒤 언덕으로 올라갔다. 산새의 울음소리마저 들리지 않는 어둠 속에 인적이 들릴 까닭이 없었다. 누가 부르는 곳으로나 달려가듯 열심히 걸어갔다. 나는 멈칫 서버린 채 다시 옛 생각에 잠겨 버리곤 했다.

호동왕자의 시종…….

모두가 대사를 외우며 무대를 오고 갔지만 처음부터 끝까지 무언극을 하듯이 말없이 왕자의 뒤만 따라다녀야 했던 시종……. 왕자가 자결을 해도 바보같이 옆에 서 있어야만 했던 시종…….

물론 연출은 그것을 말리라는 지시가 없었지만 그래도 왕자의 심복인 시종으로서 그 죽음을 그냥 보고만 있을 수 있었을 것인가…….

허수아비모양 서 있어야 했던 시종인 나……….

그런 나를 관객들은 얼마나 조소에 찬 눈길로 바라보았을 것인가…….

기억에조차 희미해져 가게끔 세월이 흘렀건만 아직도 나는 무대

위에 서 있는 것 같은 느낌과 부끄러움이 일시에 솟구쳐올랐다.

그러나 나는 언제까지나 그런 부끄러움에만 사로잡혀 있을 수 없었다. 그 뒤를 이어 나의 머릿속을 엄습하는 엄숙한 생각은 나로 하여금 새로운 불안을 느끼게 했다.

왕자의 죽음을 시종으로 하여금 방관하게 하였던 것은 결국 연극의 맹점이나 연출의 실수가 아니라 나에게 오늘을 암시하여 주려는 어떤 예지(叡智)가 아니었을까…….

심한 우레 소리가 먹구름 속에서 요동하듯 이런 생각이 교차되는 순간 나는 겹쳐지는 불안과 공포에 그대로 서 있을 수가 없었다.

순복의 죽음을 누구에게도 말 못 하는 나는 그 옛날 시종 때모양 또다시 무언극의 슬픈 주인공이 된 것만 같았다. 허수아비모양 왕자의 뒤를 따라다니기만 해야 했던 시종…….

그 시종은 이제 길남이와 그의 어머니에게 무엇을 해야 할 것인가, 무언극의 주인공은 그들에게 어떤 도움을 주어야 할 것인가…….

결국 나는 그들에게 대해서까지 방관적일 수밖에 없는 존재가 아닐까…….

모든 것을 잃은 그들과 나……. 언덕길을 내려오는 내 등어리엔 축축히 땀이 젖어 있었다.

그때 나는 그녀의 집에 불이 켜져 있는 것을 보았다. 몇 번이고 나의 마음은 불빛에 이끌렸지만 나는 발길을 돌려야 했다.

파도 소리만 요란할 뿐 디딤바위의 그림자도 보이질 않는다. 얼마나 더 크나큰 비극을 이 마을은 갖고 있기에 어둠 속에 바다마저 이렇게 설렐 것인가…….

"하느님!"

하늘에 별빛 하나 보이질 않았다. 그러나 그 순간의 나의 심정은 하늘을 향하여 호소할 수밖에 없었다.

"마을의 온갖 불행은 나의 것으로……."

별 없는 하늘을 쳐다보고 있는 나 자신을 발견한 것은 한참 후였다.

죽음과 삶이 나는 이때처럼 절실히 느껴진 적은 없었다.

내가 수병으로 있던 시절…… 배가 뒤집혀져 표류하던 때 순응하여 한쪽을 피하였다면 나는 아직 남아 이토록 괴롭지는 않았을 것이다. 그러나 나는 그때 얼마나 살기를 원했으며 밀려드는 죽음을 박찼던 것인가…… 내가 지금 바라고 원하는 것은 무엇일까…….

나는 그날 처음 비바람 속에 해를 거듭하며 서 있는 디딤바위의 고독을 뼈저리게 느낄 수 있었다.

내가 하늘을 향하여 나도 모르게 소리쳤듯이 온갖 불행을 내가 대신할 수 있다면 모르되 나는 나를 버릴 순 없었다.

예술제에 관한 기억은 나에겐 모두가 다 즐거웠던 추억이지만 그것은 우리들의 어떤 운명을 암시해 주는 슬픔으로 바뀌지고 말았다.

호동왕자와 낙랑공주의 사랑은 그것이 연극으로 그친 것이 아니라, 디딤바위를 중심으로 온갖 풍설을 남기며, 순복이와 장길자의 사랑으로 연장되었던 것이다.

예술제가 있은 지 삼 년…….

삼 년이란 세월은 나에게 있어선 언제나 고향을 버리고 싶던 우울이 파도처럼 넘치던 고민의 세월이다. 그러나 순복에게 있어선 가장 복되고 아리따웠던 때였으리라. 그러기에 그는 언제나 들뜬 나의 마음을 붙잡아 주던 유일한 친구이기도 했다.

겨울 동안의 살벌했던 분위기도 싹트는 불빛 속에 말짱스레 가시기 시작하던 날이다.

말[馬]이 없는 우리 마을이라 방아를 찧거나 수레를 끄는 선주집 나귀를 빌려 타고 네거리로 장가를 들러 갔고, 장길자는 가마를 타고 우리 마을로 시집을 오던 약 일주일 동안은 마을 전체가 명절 기분에 휩쓸렸던 기억을 나는 아직도 잊지 않고 있다.

이렇듯 마을 전체가 흥성거렸지만 우리 세 동갑의 단짝 중 상운이와 나만은 이러한 마을에서 버림을 받은 것만 같았고 쓸쓸한 패배감을 느껴야 했던 것은 무슨 이유였을까…….

즐겁다느니보다는 사실 상운과 나는 이런 기분을 잊으려고 어른들 모양 눈시울이 붉어질 정도로 술을 마셔 봤지만 정신은 안타까울 지경으로 또렷해지기만 했다.

순복이와 길자는 이 마을에선 가장 행복된 부부였다. 우리들이 배를 타고 바다로 나갔다 늦게 돌아오면, 길자는 언제나 선창가에 나와 그를 기다렸다. 이럴 즈음 상운과 나는 알 수 없는 허전함을 느끼며 밤늦게까지 언덕길을 걸어 다니었다. 그럴 때마다 순복의 집에 켜져 있던 불빛은 유난히도 우리들을 자극시켰던 것이다.

그 불빛은…….

그들의 행복된 사랑의 상징이기도 했다. 우리는 그 밑에 나란히 앉아 사랑과 행복을 주고받는 젊은 부부를 상상해 보았던 것이다. 이런 밤일 것 같으면 나는 으레 불면증에 걸려 뜬눈으로 밤을 새워야 했던 것이다.

오늘도 길남이네 집에 불빛이 흐르고 있었다. 나는 그 옛날모양 밤길을 혼자 걷고 있는 것이다. 나는 오늘 밤도 그 옛날모양 잠을 이루지 못하고 밤을 새울 것이다.

같은 마을, 같은 밤…… 같은 세월의 흐름 속에 서 있는 나였지만 우리는 흘러간 세월 속에 사는 것은 아니다.

세월이 우리들에게 남겨준 것은 무엇일까. 세월이 우리들에게서 앗아간 것은 무엇일까…….

유품(遺品)

"순복이 인전 재혼(再婚)을 하게."

순복이가 죽기 며칠 전 나는 우연히 이런 소릴 했다.

"결혼을 한 번 했으니까 이번은 재혼이지 재혼이야. 재혼일랑 바다와 하기로 했네."

어조가 느렸던 기억과 그가 되풀이하며 대답하던 것으로 보아 그때는 미처 깨닫지 못했지만 그는 무엇을 곰곰이 생각던 끝에 대답했던 것 같다.

그런 말을 하던 그에게 나도 다시 무어라 권하지 못하고 그와 마주 쳐다보며 웃기만 했다.

어떻든 지금 내 생각엔 그가 자기의 죽음을 예지하고 있던 것만 같은 생각이 나를 괴롭힐 뿐이다.

우리 세 단짝의 우정도 환희를 가져다주던 꿈도 이제는 모두가 끝난 셈이다. 그러나 내 기억에서 사라지지 않는 추억과 내 앞에 벌어져 있는 현실은 아직 미정리 상태로 남아 있을 뿐이다.

순복의 시체를 묻고 난 나는 그가 버리고 간 물건들을 정리해야만 했다.

물건이라야 별것이 있을 까닭이 없었다. 배에는 그가 쓰던 풍로와 그릇 나부랭이가 있었고 그가 버리다시피 하고 나간 집엔 그가 돌아올 때 입고 온 수병의 여름옷 한 벌이 있었다.

우리 마을의 풍속대로 죽은 사람이 황천길을 갈 때 입고 가게 하기 위하여 그것마저도 불살라 버렸지만 나는 그때 옷 주머니 속에서 조그만 수첩을 발견하였던 것이다. 무슨 이유에서 그것마저 불살라 버리지 않았는지 지금 생각해 보아도 이상한 일이다.

나는 그것을 간직해 두었다가 며칠 후에야 펼쳐 보았다. 군대에 관한 기록은 별로 없고 제대하고 나온 후의 일들이 씌어져 있었다.

깨알 같은 글씨에 문맥이 통하지 않는가 하면 군데군데 이해가 가지 않는 부분도 있었다. 나는 무엇보다도 그것부터 정리해야 할 것이다.

정리가 끝나면 이 수첩을 나는 어떻게 해야 할 것인가……. 순복이 아내에게? 아니 길남이가 장성한 다음에 줄 것인가…….

내 마음은 아직 그것마저 결정할 수가 없었다. 순복의 아내에게 그것을 보여줌으로써 도움이 될 것이 무엇일까. 이 유일한 유산이 장성한 길남에게 무슨 필요가 있을까…….

순복에게 관한 비밀을 나 혼자 간직하고 있어야 할 이유는 또 무엇일까…….

195×년.

고향길을 접어들 때부터 느껴지던 마음의 불안이 무엇이었다는 것을 나는 몸소 당함으로써 알 수 있었다.

고향으로 돌아오기 전까지 나는 수많은 파괴된 도시를 구경했다. 그때마다 나는 무계획한 파괴가 얼마나 무섭고 비참하다는 것을 절실히 느꼈는지 모른다. 이런 도시에 비하면 내 고향 디딤바위가 서 있는 마을은 옛 모습을 그대로 지키고 있는 셈이다.

파도와 바람과 마을도 변한 것은 하나도 없지만 내 마음을 스치고 지나가는 황폐한 슬픔과 고독은 무계획하게 파괴된 도시에서도 일찍 느껴보지 못했던 느낌이다.

지금 내 주변에 남아 있다는 것은 잃은 것과 낡은 것밖에는 아무것도 남아 있질 않았다. 물론 세월이란 연륜을 낡게 만들게 마련이지만 젊음을 잃은 마음은 폐허나 다름없이 쓸쓸하기만 하다.

내가 군에 입대하러 떠날 때의 벅찬 감격은 마을의 어느 구석에서도 찾아볼 수가 없었다.

우리 세 단짝 중 상운은 동해안에서 전사했다. 하지만 영근이는 아직 돌아오지 않았다는 것이다. 나는 나보다 앞서 돌아온 두세 친구들을 만났다. 내가 그들을 만나 더 절실하게 생각한 것은 수년 동안 군대생활을 했다는 것이 결과적으로 무의미하지 않았던가 회의를 느끼지 않을 수 없었던 일이다.

조국의 간성…….

조국의 방패…….

귀에 못이 박히도록 들어온 말이다. 그러게 조국의 아들로서 떳떳하기 위하여 나는 숨돌릴 새도 없이 전진 속에 바빴던 것이다.

이러한 마을을 앞에 바라보며 내가 한 일을 생각할 때, 나는 잠시나마 허무 속에 새로운 의심을 품지 않을 수 없었다.

간성으로서 조국을 수호하고 마을의 방패로서 싸운 나 자신이 한 일이 무엇일까?

파괴된 도시와 쓰러져 가는 향리뿐…….

이런 마을을 대할 때 나는 조국을 수호하기보다는 나 자신을 지키기에 허덕였던 것이 아니었던지…….

살아서 돌아온 보람보다도 나는 어느 계곡에 묻혀 차라리 이름 모를 무덤이 되지 못한 후회가 이토록 짙은 괴로움이 될 줄은 일찍 느껴보지 못한 감정이다.

젊음을 잃은 마음이여!

그것은 특히 나에겐 꿈도 희망도 없는 무덤이나 다름없었다. 그러나 나는 그것이 내 고향이기에 불행하게 보고 싶진 않았다.

무엇이 우리 마을의 젊음을 앗아갔을까?

무엇이 우리 마을을 변하게 만들었을까?

나와 함께 고향길에 오른 전우였던 수병들이 각기 자기 고향을 찾았을 때 그들은 무엇을 보고 무엇을 느끼며 무엇을 받았을 것인가…….

전쟁이란 마물이 우리들로부터 송두리째 앗아간 것을 나는 어디서 다시 찾아야 할 것인가…….

전쟁은 바람과 같이 이미 온갖 것을 앗은 채 사라져 휴전이란 대의 앞에 꼬리를 감춘 오늘날, 우리는 무엇을 상대로 잃은 것을 찾기 위한 보복을 꾀해야 할 것인가…….

나는 이런 나의 심경을 가라앉히고 주변을 정리하기 위하여 열병을 앓고 난 사람모양 며칠을 머물러 있어야만 했던 것이다.

우리 세 단짝이 품고 있던 온갖 꿈은 씻기어 나간 파도모양 이젠 영원히 돌아올 수 없는 추억들이다. 이런 추억마저 잃지 않았다는 것은 역시 다행한 일이 아닐 수 없었다. 그러나 추억만 가지고 살아가기엔 내 주위가 너무나 허전함을 나는 어찌할 수 없었다.

마을은 나에게 무엇을 감추고 있는 것 같았다. 나는 며칠 머무는 동안 그런 것을 탐지하려 했지만 그것은 막연한 억측일 뿐이다.

어머니는 세상을 떠났다 하지만 무덤을 찾을 수가 없었다.

네거리의 나의 처갓집은 낯도 모르는 피란민이 살고 있었다.

인천으로 갔다는 처갓집…….

아내도 친정을 따라 그곳으로 갔으리라는 소문이다.

영근이 아버지 말에 의하면 마을에 외국 부대가 주둔하자 젊은 여자들은 자취를 감췄다는 것이다.

곱순이가 주둔했던 외국 부대를 따라 떠났다는 소리는 아직도 전설같이 떠돌고 있지만 아내에 대한 소식은 묘연할 뿐이다.

처음 군에 입대했을 땐 소식을 주고받을 마음의 여유도 없었을 뿐 아니라 우리는 그것을 기대조차 못했던 일이다.

생사조차 모르고 살아야 했던 결과는 무엇에 원인했던 것일까…….

넘쳐흐르던 벅차던 감격도 이제는 마디가 풀려나가듯 나에겐 허전을 더해 줄 뿐이다.

우리가 멧새를 잡던 덤불과 나의 아내가 되기 전 아직 소녀였던 길자와 벅찬 희망을 품고 도란도란 주고받던 디딤바위의 낭떠러지를 나는 걸어 보았다.

소년과 소녀였던 우리는 그 후 삼 년 있다 결혼했던 것이다. 우리들의 사랑과 우리들의 맹세와 우리들의 결혼은 디딤바위가 서 있는 절벽을 갈기는 파도모양 억센 것이었지만, 오늘에 이르러선 산산이 부서지는 포말(泡沫)모양 허무한 것은 아니었다. 그 밑바닥을 언제나 진득이 눌러 주고 있었던 것은 우리들의 믿음이다. 믿음이란 인간이 인간에게 가지는 신뢰와 약속 같은 것이 아니라 나는 언제나 그것을 우리의 영혼과 영혼의 맹세라고 생각한다. 내가 오늘날까지 어떤 곤경에 빠졌어도 그것이 있음으로써 나는 행복할 수 있었던 것이다.

불안…….

내가 지금 고향에 돌아와 느끼는 불안을 나는 어떻게 설명했으면 좋을지 알 수 없는 일이다.

남겨진 고독이 가져다주는 불안은 분명 아니다. 그것은 잃어버린 데서 오는 불안이다.

내가 상실한 것이 무엇일까…….

나는 진정 그것마저도 상실하였던가…… 나는 잃지 않았다 해도 앗아갔다면 방법은 어떻든 간에 잃은 것엔 틀림없는 사실이다.

인천서 어린애를 업고 지나가는 것을 보았다는 마을의 풍문이…… 그러나 나는 그 풍문 이상의 것을 알아낼 순 없었다. 그것이 비록 뜬소리라 해도 그 순간의 기쁨은 형용하기 어려울 지경으로 컸던 것만은 틀림없었다.

모든 것을 앗아가면서도 나에게만 그런 것을 주었다는 것은 어떤 큰 뜻이 있을 것만 같았다. 비록 그것이 바람결에 들려온 소문이라 해도 나에게 무한한 용기를 더해 주었다.

상실한 것이 아니라 기회를 만나지 못했던 것이다. 나는 그 기회를 얻기 위하여 바삐 서둘러야만 했던 것이다. 이렇게 서두는 바쁜 마음 속에서도 한 가지 부끄러운 것은 아무런 마음의 준비도 하고 있지 못했던 것이다.

기회를 찾아 떠나려는 나의 마음은 그 옛날 우리 세 단짝이 처음 닻을 올리고 바다로 나가던 그때 모양 까닭 없이 부풀며 황홀해지기만 했다.

내 가슴속에 서리던 이름 모를 불안은 마치 우리들이 꿈꾸며 바라보던 그 희미한 수평선모양 황홀한 꿈이 엉겨 구름모양 떠오를 뿐이다.

나는 그날 밤 나의 기억 속에 간직했던 가지가지의 추억을 하나하나 되풀이해 보았다.

마치 골동품을 아끼는 늙은이가 크고 작은 물건을 조심조심 다루며 살아온 과거를 회상해 보는 일이나 다름없었다. 노인이 유형의 물건 속에서 무엇을 찾는다면 나는 보이지 않는 꿈속에서 우리들을 되살려 보는 것이다.

다시는 소중하지 않은 고각을 불사르게 하여 자기를 곤경에 빠지게 하지 말 뿐 아니라 그런 가책으로 스스로 해치는 일이 있어서는 안 되겠다던 아내의 말……. 그것은 아내가 아니라 소녀인 장길자의 말이었다.

예술제를 계기로 급속도로 가까워진 우리들은 언제나 디딤바위가 서 있는 언덕에 앉아 수많은 별들을 바라보며 곧잘 이런 말을 주고받았다.

나에게 새로운 감격을 가져다준 것은 예술제의 뒷일에 관한 말보다도 우리 세 단짝이 바다로 처음 모험을 나갔다 돌아오던 때의 기억들이다.

사실 우리들이 바다로 나간 것은 어떤 목적이 있었던 것은 아니다. 우연히 저지른 일이었지만 주위가 어떤 목적을 만들기 위하여 무의식적으로 애를 썼을 따름이다. 그러나 나는 목적 없는 모험이라고 대답하기엔 어쩐지 멋쩍은 것 같아 생각지도 않고 불쑥 지껄인 데 불과했을 따름이다.

"이여도를 찾아 보려고……."

터무니없는 대답에 그녀도 어안이 벙벙해졌던 것만은 틀림없었다.

순간 나도 바보 같은 대답이라고 생각하며 영근과 상운에 대하여 은근한 미안도 없지 않았다.

그녀는 나와 같은 반의 동갑이었지만 거리에 산 탓인지 나보다 조숙하게 느껴지곤 했다.

"이여도가 바다에 있다고 전 생각하고 싶진 않아요."

그녀의 눈동자는 별빛보다도 빛나 있었고 말소리는 열기를 띠고 있었다.

"그러면?"

이렇게 묻고 나는 그녀의 시선에서 오래도록 눈길을 돌리지 않았다.

"바로 여기가 이여도가 아닐까요. 우리가 지금 앉아 있는 디딤바위가 서 있는 언덕 말이에요."

나는 그녀의 말에 무어라고 대답할 수가 없어 그녀를 나의 품속에 껴안았던 것이다.

우리들의 조상들로부터 오늘에 이르기까지 마을 사람들이 꿈속에 마저 잊지 않고 찾는 이여도는 바다에 위치하고 있는 섬이 아니라 디딤바위가 서 있는 마을과 우리들의 마음속에 있는 섬이라는 것을 절실히 깨달을 수 있었던 것이다.

내가 그날 밤을 이런 생각에 뜬눈으로 새우다시피 한 것은 무리가 아니다.

세월과 전쟁이 내 고향에서 무엇을 앗아간 것이 아니라 나는 내 마음속에 있던 우리들의 낙원, 이여도를 자신이 잊고 있었다는 것을 비로소 깨달았다는 것이다.

우리들의 조상들이 배를 타고 바다로 나가 이여도를 찾아갔듯이 나는 다시 마음의 이여도인 아내, 옛날의 소녀 장길자를 찾아 떠나야 할 것이다.

아내가 살고 내가 있고 추억이 있다면, 아무리 황폐한 슬픔만이 깃들여 있는 우리들의 고향 디딤바위가 서 있는 마을은 복숭아나 살구꽃이 피는 춘삼월모양 다시 화려한 마을로 꾸며갈 수 있지 않을까…….

나는 이 기록을 읽음으로써 순복이 고향으로 돌아온 일과 그가 돌아와 무엇을 느꼈는지를 대략 짐작할 수 있었다. 그러나 그는 내가 돌아왔을 때는 이미 육지를 떠난 사람이었고 무슨 일에든지 별로 자상한 말을 하려 들지 않았다.

만일 그가 아내를 찾아 떠났던 일을 그로부터 일언반구나마 듣기라도 했던들 나는 그렇게 어마어마한 일을 저지르지는 않았을 것이다. 사실 우리들이 그 일을 하지 않고서는 배길 수 없었던 것만큼 우리들의 생활이 긴박했다거나 돈이 필요했던 것은 아니다.

우리들에게서 모든 것을 앗아간 전쟁을 통해서 물질이 무엇이라는 것은 어렴풋하나마 느낄 수 있었던 우리들이다.

순복이도 자기 수첩에 마을의 황폐한 슬픔을 말했지만 그것은 세월 속에 낡아가는 마을의 모습을 말한 것은 아니다.

나라 전체가 그렇듯이 우리 마을도 한 세대를 잃고 있었던 것이다. 늙은 탐욕과 자라나는 불안이 마을 전체를 더 황폐 속으로 이끌어 들였고 사람들로 하여금 어쩔 수 없는 고독 속에 절망의 불안을 느끼게 했던 것이다.

마음의 이여도인 아내를 찾아 떠나야 하겠다고 서두른 순복의 고백은 이러한 상태에서 벗어나야겠다는 모색일 뿐 아니라 이런 상태를 구원하려는 직접적인 행동이었을 것이다.

잃어버린 세대는 또한 우리 마을의 질서와 안녕을 유지해야 할 정신적인 중추이기도 했다.

나는 이 수첩의 첫 장을 읽고 오랜 반성과 자책으로 겨우 잃었던 자신을 발견할 수 있었지만 그 자신이란 것이 얼마나 고독하다는 것을 다시 한번 느껴야만 했다.

거칠어진 인정, 사나워진 마음, 부서진 윤리, 낡아버린 종교, 타락한 영혼, 이런 주변에서 고독을 느껴야 하는 나는 무슨 방법으로 새로운 이여도를 건설해 내야 할 것인가…….

순복이가 마음의 이여도를 찾으러 떠나려던 날 밤 설레는 마음에 잠을 이루지 못했듯이 나도 이날 밤만은 한잠도 이루지 못한 채 높아가는 파도 소리를 들으며 보이지 않는 어둠 속을 응시한 채 가쁜 숨을 돌이켜야 했던 것이다.

195×년 월 일

이번 나의 여행은 처음부터 모험성을 띤 것이었지만, 그것은 우리가 처음 바다로 가던 때모양 황홀한 꿈을 좇던 그런 여행일 순 없었다.

보이지 않는 환희와 희망을 가지면서도 나는 언제나 침착한 조심성을 가져야만 했다. 마치 등산가가 높은 주봉(主峰)을 향하여 억제할 수 없는 기쁨을 품으면서도 옮겨 디디는 발자국마다 깊은 주의를 집중시켜야 하는 일과 같았다.

나는 이번 여행에 있어서 사회적인 혜택을 많이 받은 셈이다. 그러나 그 혜택이란 언제나 나의 자존심을 상하게 했다. 좀 과장한다면 내가 고향으로 돌아가던 때보다도 인정은 세상을 달리한 것같이 변해 있었다. 전쟁 뒤에 따르는 하나의 기현상이라 해도 이렇게까지 달라질 수 있을까…….

전쟁이 수행되는 동안 우리들은 우리들에게 부여된 의무와 권리가 있었다. 그러나 전쟁은 이미 휴전으로 끝을 맺은 것이다. 이제 우리들에게 부여된 것과 남은 것은 무엇일까.

우리들의 의무와 권리도 이제는 예전 상태로 돌아가야 했다. 말하자면 시민으로서의 의무와 권리가 있을 뿐이다. 지금 내 눈에 벌어지는 모든 현상…… 그것은 환원되지 않은 상태와 환원될 수 없는 상태와 또는 옛 권위에 대한 어떤 반발에서 오는 현상인 것 같은 느낌도 없지 않았다.

그러기에 나는 혜택이라는 것이 나에겐 굴종을 의미하는 것 같아 자존심을 상하게 했던 것이다.

나는 차 속에서 나 아닌 나와 같은 전우들의 모습을 주의 깊게 바라보곤 했다. 그들의 얼굴엔 한결같이 차가운 불안이 깃들여 있었다. 무엇에서 오는 무표정이며 무엇에서부터 시작한 냉정이며 무엇이 원인한 불안일까…….

내가 고향에 돌아가서 집어먹어야 했던 불안…… 내가 이번 여행에서 느끼는 굴종. 그런 것이 그들로 하여금 그렇게 굳어 버리게 했을 것인가.

눈에 보이기 시작하는 냉대와 반발이 생긴다는 것은 결국 우리들의 지나간 행동에 불신할 수 있는 불미(不美)가 있었던 탓일 것이다.

무엇이 불신을 주게 했으며 무엇이 또한 불미한 행동을 지지르게 했단 것일까…….

대결로써 일을 삼는 일선 지구에서도 우리들은 그것을 들어 모르는 것은 아니지만 그것이 전체가 아니라 일부라는 것으로 우리들은 안심할 수 있었던 것이다.

지금까지 우리들의 눈은 색맹(色盲)이나 다름없었다. 그것도 한 빛밖에 볼 줄 모르는 치우친 색맹이었다. 그러나 우리들의 눈도 시력을 회복하기 시작했던 것이다.

처음 눈이 트일 때 흑백을 가릴 수 있었듯이 시력이 회복됨으로써 의식할 수 있었던 것은 비판이다. 이러한 나의 눈에 자극과 슬픔을 언제나 동시에 가져다주곤 했다.

대구(大邱)역을 떠나려던 무렵이다. 나는 처음 안내하는 여객 전무의 목소리로선 너무나 딱딱하다고 들으며 점점 내 귀를 의심했던 것이다. 그러나 그 의심은 잠시 후 나를 격분시키고야 말았던 것이다. 나는 그쪽으로 시선을 돌렸지만 모든 시선은 나를 향하여 조소를 퍼붓는 것 같았다. 나는 이러한 격분을 참기 위하여 스스로 진 듯이 눈을 감아버렸다. 격분을 참기 위해서라기보다도 조소의 시선을 피하기 위한 의식지 못한 행동이었는지도 모른다.

그러나 내가 고개를 돌렸을 때 언뜻 눈에 띄었던 흉장(胸章)이 좀처럼 내 머릿속에서 사라지질 않았다. 눈 속에서 불김이 터져 나오는 것만 같던 노여움은 사라지고 다음 순간 나는 까닭 없이 코허리가 시큰거려 어쩔 줄 몰라하는 나 자신을 발견했던 것이다.

지난날의 나의 전우. 지금은 상이용사…… 그것은 그가 달고 있는 흉장과 같이 영예롭고 찬란한 이름이다.

나는 팔꿈치를 무릎에 올려놓고 양손으로 얼굴을 가리고 말았다.

얼마나 강하였던 우리들의 자존심이었던가…… 적에 붙잡혀 가도 목숨을 내놓을지언정 굴종을 싫어하던 우리들의 자존심을 앗아간 것은 무엇이었을까…….

그가 지금 외치고 있는 것은 조국이나 동족에 대한 호소는 아니었다. 값싼 감상…… 그것으로 동정을 구걸하고 있을 뿐이다.

일찍이 우리들이 제대하고 나올 때 기대했던 것은 이러한 동정이 아니다. 우리들이 다할 수 있는 의무를 감당함으로써 이루어지는 권리로서의 생활을 바랐을 뿐이다. 그러나 우리들은 생활을 잃었던 것이다. 우리들이 마음껏 자랄 수 있고 숙달할 수 있던 청춘기의 가장 중요한 시기를 우리는 전쟁에 종사함으로써 숙달치 못한 채 폐마(廢馬)가 되었지만 아무리 폐마라 해도 기수(騎手)를 업고 마음껏 달음질치던 꿈은 살아 있는 것이다.

언제까지나 자존심을 팔아 동정을 구걸할 것인가…… 그 자존심도 이제 팔 것이 없고 동정마저도 사라진다면 그다음에 올 것은 무엇일까……

얼굴을 가리고 있던 내 손엔 식은땀이 진득거렸다.

역사 속에 그대를 바치고 이름 모를 계곡에 잠들어 있는 나의 전우인 영혼들이여…….

빛나는 훈장을 가슴에 달고 자존심을 팔고 있는 벗들이여…….

우리들은 조국의 역사 앞에 무엇을 하여야 할 것이 아니겠는가…….

나는 이러한 슬픔과 고통 속에서도 항상 자신을 잃지 않았다. 그것은 이런 슬픔 속에서도 언제나 내 마음속엔 새로운 희망이 가득 차 넘쳐흐르고 있었던 까닭이다. 그것은 추억이 있고 이여도가 있고 내가 찾아야 할 아내가 있음으로써다.

인천 거리는 지형마저 바뀌진 것 같았다. 아니 오고 가는 사람들의 얼굴마저도 달라진 것 같았다. 한참 밀려 내려가던 때모양 얼굴에 불안의 빛은 가셨다 해도 안도의 자세는 아직껏 들어 있질 않았다.

팔고 사는 것이 공급과 수요의 원칙에서라기보다도 그냥 탐욕을 승강하는 아우성이다. 나는 이러한 낯설은 얼굴들 속에서 단 하나의 얼굴을 찾아내기 위하여 연 사흘을 헤매었다. 그것은 모래 속에 떨어진 금싸라기를 찾아내는 일이나 다름없이 힘들었다.

지쳐버린 나는 이제는 우연한 기회를 바라는 도리밖에 없었다. 그런 우연을 생각하며 걸어가던 때다.

직감적인 인상이 곱순임에 틀림없었다. 내가 그녀라는 것을 알아차리면서도 쉬 말을 걸지 못한 것은 그녀의 황홀한 옷차림의 탓이었을지도 모른다. 한두 걸음 걸어가다 뒤돌아보는 것을 보면 그녀도 나를 알아보았던 모양 같기도 했다.

누가 먼저 말을 걸었는진 몰라도 한길가에 우리는 서로 마주 서 있었다. 나는 한눈으로 보아 그녀의 생활 전부를 알 수 있었다. 그 옛날 그녀의 눈빛 속엔 언제나 시기와 원망의 빛이 가득 차 있었지만 오늘 나를 쳐다보는 그 눈길엔 무엇인지 모를 경멸이 흐르고 있었다. 그러한 그녀가 그래도 나를 모른 척하지 않고 돌아선 이유를 나는 이상하게 생각지 않을 수 없었다.

이미 디딤바위가 서 있는 마을의 추억은 죄다 가신 듯싶은 그녀는 거기에 대해서 한마디도 비치려 하질 않았다. 우연한 기회를 바라던 나에겐 그녀를 만났다는 것이 얼마나 다행한 일이었는지 모른다.

나는 그녀로부터 들은 아내의 막연한 소식에 잠시 동안 딴생각을 할 마음의 여유조차도 가지질 못했다. 그녀가 돌아간 다음 혼자 걸어가는 도중 나는 점점 어두워지는 내 마음속에서 야릇한 것을 발견해야 했다.

그냥 가고 싶었던 걸음을 잠시나마 머무르고 서 있었던 이유와 그녀의 눈에 넘쳐흐르던 경멸의 빛이 무엇을 뜻하는 것인지를 한참 후에야 느낀 나는 자신을 어떻게 처리해야 할지 알 수 없었다.

그녀가 나에게 귀띔하여 들려준 말은 자신을 변명하고 자신의 행복을 설명하여 주는 말이었을 뿐 아니라, 아내인 길자를 비웃는 말이기도 했다.

큰 애가 있더라는 말. 인천선 어린애가 있어 벌이가 되지 않아 서울로 갔다는 말…….

그녀의 벌이란 무엇이었을까…….

이렇게 반문하기 전에 나는 곱순의 말투로 모든 것을 짐작할 수 있었지만 나로선 그렇게까지 생각할 순 없었다. 지난날 우리들 사이에 조그만 다툼이 있었다 해도 그것으로 이렇게까지도 사람의 마음을 괴롭혀 줄 수 있을 것인가…….

나는 그녀가 걸어간 한길을 뒤돌아보았지만 그녀의 그림자는 보이질 않았다. 나는 그 자리에 돌이 된 듯 서버리고 말았다. 한 걸음도 옮겨 디딜 수가 없었지만 주저앉을 수도 없었다.

벌이란 무엇일까…….

큰 어린애란…….

나는 고향에서 풍문으로 어린애가 있더라는 말을 듣고 이미 자기의 생명에 대하여 얼마나 큰 희망과 기쁨을 가졌던 것일까…….

그러나 지금 내 머릿속을 누르고 있는 그 존재는 왜 이렇게 슬프고 무섭고 저주스러운 존재로 바뀌져야 했던 것일까…….

아직도 내가 아내에 대하여 어떤 희망을 품으면서도 자신이 자신을 주체할 수 없을 지경에 빠져 미지의 생명에 대하여 저주까지 해야 할 이유는 무엇일까.

질투는 사랑이 지나친 것, 그러고 보면 질투는 아름답지 못한 사랑일지도 모른다.

서울로 올라온 나는 막연히 밤거리를 헤매야만 했다. 역시 서울의 밤거리는 전상을 입은 도시로선 지나칠 정도로 화려한 셈이다.

파괴된 자리에 다시 건물들이 들어서고 있었다. 이 고층건물이 있는 골목을 끼고 들어가면 역대의 제왕들이 고이 잠들어 있는 종묘(宗廟)의 성역이 바로 거기라 누구도 범할 수 없게끔 엄청난 돌담장으로 가려 막은 이곳은 세칭 종삼이라고 부르는 거리다.

낮엔 낡은 단청(丹靑)이 멸하여 간 역사의 명맥을 잇고 있는 조용한 골목이지만 밤만 되면 윤락한 악의 꽃이 부각(浮刻)되어지는 화려한 장소다.

정염(情炎)의 불길이 피었다 지는 밤거리…… 나는 몇 날 몇 밤을 같은 골목을 휘청거릴 대로 헤매었는지 모른다.

거미줄같이 뻗어 있는 헝클어진 좁은 골목이요, 게딱지같이 다닥다닥 붙은 집들이지만, 그 골목과 집들을 낱낱이 기억할 수 있다. 그토록 익숙하게 그 거리를 헤매었지만, 나는 어느 골목 어느 추녀 밑에서도 낯익은 얼굴을 발견할 순 없었다.

여관으로 가자는 젊은 여인들의 끈기 있는 유혹, 그 유혹을 옷소매로 뿌리치며 어둠이 짙은 골목을 빠져나올 때면 으레 나의 마음속은 가을 날씨와 같은 스산함과 허전한 마음으로 별빛이 보이지 않는 하늘을 쳐다봐야 했다. 무엇에서 오는 허전한 느낌인지 자신에 물어보는 소리였지만 자신을 긍정시킬 수 있는 아무런 말도 생각해 내지 못한 채 엄습해 오는 불안에 스스로 눈을 감아야 했던 것이다.

전쟁이라는 파도는 우리들의 평화롭던 가정의 방주(方舟)를 난파시킨 것이다. 내가 지금 이 골목에서 갈 길을 잃은 사람모양 서 있는 것은 방주 속에 앉아 있던 아내를 구출하러 와있는 것이다.

나는 이 골목을 돌고 있는 윤락의 눠누리 속에서 그러한 여인들의 그림자를 수없이 만났던 것이다. 그러나 지금 배를 구출하기 위하여 나는 바다에 있는 것이 아니라 당치도 않게 산을 찾아 헤매며 어리석은 기적을 바라고 있는 것이 아닌가…….

아무리 뜻하지 않은 난파라 한들 그것이 제아무리 거센 풍랑이라 했던들 결코 아내는 자신을 잃고 윤락의 조류에 표류하고 있는 것 같지는 않았다. 그러면 나는 무슨 이유로 이곳에서 아내를 찾으려 했으며 무엇이 나로 하여금 아내를 믿지 않게 하였던 것인지 알 수 없는 일이다.

고향에서의 풍문과 곱순의 증언을 나는 그대로 믿었던 것일까. 내가 적어도 종묘가 있는 성역을 이렇게까지 헤매었다는 것은 자신도 의식 못 했던 아내에 대한 불신이 틀림없었다. 오늘날까지 급격적으로 변하여진 내 주위를 보고 놀라고 개탄해 오던 자신이었다. 그것은 나만이 변하지 않았다는 생각에서였을는지도 모른다. 그러나 변한 것은 주위가 아니라 나 자신이라는 것을 나는 비로소 깨달았다.

전쟁이란 나도 모르게 내 마음속에 간직되었던 소중한 것을 앗아간 것이 분명하다. 그렇지 않달 것 같으며 아내에 대한 불신이란 있을 수 없는 사실이다.

나는 그날 밤 역전에 있는 무허가 하숙집에서 한잠도 이루질 못했다. 방세 오십 환만 내면 누구도 잘 수 있는 이 판자로 얽은 무허가 하숙집, 그것은 모든 보헤미안들의 즐거운 낙원이기도 했다.

어디로 갈 것인가…….

단 하나밖에 남지 않았던 유일한 희망을 잃은 나의 절망을 나는 무어라 형언할 수조차 없었다. 어두워지기 시작하는 마음을 종잡을 수가 없어 군에서 제대하고 고향으로 돌아가던 때모양 쉽게 결정할 순 없었다. 낮엔 시장이나 역전에서 짐을 졌고 황혼이 깃들이기 시작하면 설레는 마음을 억제하지 못한 채 윤락의 거리로 달려가야 했던 것이다.

이러한 생활은 무엇을 의미했으며 나에게 무엇을 가져다주었다고 할 수 있을까……. 이런 번민을 되풀이하면서도 나는 고향으로 돌아가야 한다는 마음의 결정을 짓지 못했다.

그러게 나의 반복되는 생활이란 이 무허가 하숙집에 숙소를 얻는 것과 세 때의 굶주림을 메우기 위하여 지난날모양 역전과 장터를 찾아다녀야 했던 것이다. 하루 세 때 중 아침저녁 두 때는 언제나 내 하숙집 근처, 물론 그것도 무허가 음식점에서 식사를 하곤 했다. 제법 이 집에서 낯익은 손님의 한 사람이 되었던 것이다.

이런 장소에 출입하는 친구들이란 품팔이꾼이 대부분이다. 억센 사투리라든지 또는 검은 불안과 영양실조로 검버섯이 앉은 얼굴이라든지 어수선한 분위기는 언제나 가시지 않은 전쟁의 여독인 화약 냄새를 풍겨주는 것 같았다.

그러게 그들은 밥에 앞서 누구나 한 잔의 막걸리를 먼저 드는 것을 잊지 않고 즐기었다.

술을 별로 좋아하지 않는 나는 이런 분위기 속에선 혼자 우두커니 앉아 있기가 일쑤였다.

모든 것이 현금으로 환산되는 이곳에서 곧잘 싸움판이 마련되곤 했다. 막걸리에 흐려진 음성으로 주고받는 말들을 나는 언제나 맑은 정신으로 듣고 앉아 있었다.

찾아갈 곳이 없어진 나에겐 그것마저도 하나의 위안거리가 되었다.

아침은 지나칠 정도로 일렀고, 저녁은 늦은 편인 내가 이 여인을 만난 것은 늦은 저녁 무렵이다. 그러니까 우리들은 대개 하루 한 번은 만나는 셈이 되었다. 사실 나는 이 젊은 여자를 처음엔 이 집에서 일보는 여자로만 알고 있었다. 그러게 서슴지 않고 그런 말을 걸었던 것이다.

"더운 국물 좀 더 줄 수 없을까요?"

내가 이런 말을 그녀에게 걸었을 때 대답에 앞서 그녀의 얼굴엔 약간의 당황의 빛이 깃들여 있음을 보았다. 그러나 그녀는 익숙하게 주인 아주머니를 불렀다.

"할머니 이 손님에게 더운 국물 좀 더 드리세요."

미안에 앞서 나는 얼굴이 붉어질 정도였지만 이러한 나의 실수가 말하자면 그녀와 어떤 인연을 맺게 된 동기가 되었다.

이런 실수를 하고 나서부터 이상하게도 나는 점차 그녀에게 어떤 관심을 느꼈던 것이다.

어떻게 된 셈인지 그날은 꽤나 재수가 좋았던 날이다. 나는 일찌감치 우리들의 저녁 집합소인 식당으로 왔다. 이르고 보니 역시 손님은 뜸한 편이다.

주인 할머니는 물론 옆에 부리고 있는 식모애까지도 판자 걸상에 편히 앉아 있을 정도로 한가했다.

"술 한 잔 팔아 봤으면 좋겠다."

단골로 이 집에 오래 출입하고 있었지만은 술 한 잔 마시지 않는다는 주인의 농에 웬일인지 사실 나는 그날만은 얼근히 취해 보고 싶기도 했다.

"그럼 오늘은 내가 마수를 해드리지요."

이런 소리가 내 입에서 떨어지자, 할멈과 식모애는 웬일이냐는 듯싶은 표정이 오히려 우습기도 했지만 한편 까닭 없이 부끄럽기도 했다.

농을 받아넘기는 줄만 알고 있는 그들에게 나는 독촉하다시피 술을 청했다.

자작 술을 한두 잔 마신 나는 주인 할멈에게도 권해 보았다. 물 쓰듯이 술을 다루는 늙은이였지만 사실 그가 입에 술을 대는 것을 보지 못했던 관계로 술을 마시리라고는 믿지 않으면서도 나는 잔을 비웠다.

"주신다니……."

그녀는 조금도 사양하지 않고 내 옆으로 와 앉으며 잔을 받았다.

"할머니도, 초저녁부터 어떻게 하실려구."

"걱정 마라. 언제 술대접 받아 보겠니. 주신달 때 마셔 둬야지."

주고받는 말을 다 듣지 않고서도 나는 이 늙은이가 무척 술을 즐긴다는 것을 직각적으로 느낄 수 있었다.

기분 그대로 나는 얼근히 취했던 것이다. 얼근히 취한 기분에 그런 생각이 떠올랐는진 몰라도 저녁마다 같은 시각에 만날 수 있었던 그녀의 생각이 떠올랐던 것이다.

"웬일일까?"

그것은 분명 내 혼잣말이었지만 그녀에 대한 나의 관심을 할머니에게 물어보는 말이기도 했다.

"뭘 말이유……."

할멈은 술잔을 쭉 비우고 나서 나에게 반문하는 것이었다.

"오늘은 그 여자의 그림자가 보이지 않으니 말이오."

"아따!"

나는 할멈의 얼굴을 멍청 쳐다볼 수밖에 없었다.

"언제부터 그렇게 반했수, 얌전한 척하면서 제 볼장은 다 보고 다니누면, 공연히 그러다 신셀 망치지 말구 옳게 장갈 들어요."

술탓이 아니라 나는 할머니의 말에 얼굴이 화끈했다.

식모 계집애가 이상한 눈웃음을 치며 돌아서 버린다. 바로 그때 삐그덕거리는 문이 열리더니만 주인공이 들어섰다.

"잘 왔수, 잘 왔어!"

보통 때도 남달리 수다스러웠지만 할멈은 익살에 가깝도록 그녀의 팔을 잡아당기며 자기 옆으로 앉히는 것이었다.

"보고 싶어 기다리던 사람이 왔으니 우선 저녁이나 한턱 톡톡히 내우."

나는 겉으로 빙긋이 웃었지만 할멈의 태도는 호의라기보다 모욕인 것 같아 그리 기분이 좋질 않았다. 그러니 묵묵히 앉아 있을 수밖에…….

"손님이 내는 술이니 색시두 우선 한 잔 드우."

"제가 술을 마실 줄 알아야죠."

할멈은 그녀에게 권하던 술을 자기가 부어 마시는 것이었다.

유리 대신 발라 놓은 헝겁 문짝이 검어지기 시작하면서부터 세 개의 나무탁자가 들어 있는 판자 식당 안은 소란하기 시작했다. 물론 나는 오늘 밤 그녀의 식사대까지 치르었다. 그녀도 내 뒤를 따라 밖으로 나왔다.

"과용시켜 드려서 죄송해요."

조용한 그녀의 목소리는 유난히도 상냥하게 들렸다. 나는 무어라 대답할지 몰라 그대로 앞서 걸었다. 지질구레한 골목이었지만 어둠이 깔리자 어딘지 모르게 안정감을 주는 것 같았다. 나는 조금 전의 할멈의 말을 되풀이하며 그녀의 모습을 그려보았다.

갸름한 턱 언저리와 도톰한 콧날이 퍽 인상적이다. 그때 처음 나는 그녀가 무엇을 하는 여자인가를 생각해 보았다.

"댁이 이 근처이신가요?"

그러고 보니 나는 내가 잠자고 있던 무허가 하숙집과는 영 딴 방향으로 걷고 있었고 동시에 그녀에 대한 지금까지의 온갖 꿈같은 생각들을 버려야 했던 것이다.

"저의 집은 저긴걸요. 무엇하면 들렀다 가셔요."

이 등성이는 어느 곳이나 그러했지만 그녀가 있다는 집도 움막을 면한 게딱지 같은 판잣집이다.

그날 저녁을 계기로 해서 나와 그녀와의 상종은 퍽 잦았다. 나의 생활은 이렇게 상종이 잦아지면서부터 무허가 하숙집으로부터 그녀가 거처하는 곳으로 옮겨졌을 뿐 아니라 무허가 음식집에서 사 먹던 끼니까지도 여기서 끓여 먹게 되었다.

이러한 우리들의 생활이 무엇을 의미한다는 것은 설명조차 할 필요도 없었지만, 나는 진정 그녀와 더불어 며칠 지나는 동안 모든 상처를 망각 속에 쫓아버릴 수 있었던 것이다. 그것은 나에게 있어선 행복했던 며칠이기도 했지만 평생 두고 지워버릴 수 없는 회한의 자국을 가슴 깊이 남겨 놓은 나날이기도 했다.

행복할 수 있었던 며칠 동안 나는 내 그렇게 그리던 아내의 환각을 그녀의 얼굴에서 지워버릴 수도 있었고 또한 풍문에 들었던 나의 혈육의 꿈을 그녀가 데리고 있던 어린 자식의 모습에 찾을 수 있기도 했던 것이다.

그녀도 나모양 모든 것을 전쟁 속에 잃고 난 여인이다. 그녀가 얻었다는 것은 삶을 잇기 위하여 신문지 조각으로 더덕더덕 붙여진 이 판잣집 속에서 이룩하는 창녀 생활이다.

누가 그녀를 돌아갈 수 없는 이런 거리에서 헤매게 했던 것일까…… 그러나 나에겐 새로운 희망이 있었다. 무허가 음식점에서 먹고, 무허가 하숙집에서 자기 위한 노동이 아니라 비록 판잣집 속에서 자고 깬다 해도 우리들의 희망은 지극히 소중한 것이다. 그러게 나는 게으름을 잊은 채 몇 갑절이나 더 뛰어다녀야 했다.

그것은 그녀가 빌리고 있는 집세와 또 그녀가 이미 이 집 주인에게 지고 있는 빚을 갚을 수 있다면 우리는 언제까지나, 행복하게 될 수 있었던 까닭이다. 또한 그녀의 구원은 내가 찾지 못하는 아내에 대한 보상이라고 생각하여 나는 자신에게까지도 떳떳할 수 있었던 것이다.

그날도 퍽 운이 좋은 날이었다. 대개 품팔이란 아침 일찍이거나 파장 무렵에 수입을 올릴 수 있는 것이 보통이다. 그러나 그날은 어떻게 된 영문인지 오정 때가 채 못미처 보통 날 수입의 세 곱이나 벌 수 있었다. 이런 일이란 우리들에게 흔히 있을 수 없는 노릇이다. 나는 이런 날이나 일찌감치 들어가 점심 한때일망정 단란한 분위기를 갖고 싶어 이것저것 사든 채 숙소로 걸음을 빨리했던 것이다.

내가 가까이 가도 나를 본 척도 않고 돌아서 있는 그녀의 아들을 보자 나는 혹시 엄마한테 꾸중을 들은 것이 아닌가 하여 그를 불렀지만 역시 그는 시무룩 한 채 아무런 대답이 없었다.

나는 그의 머리를 쓰다듬으며 문을 열었다. 그 순간의 일을 여기 자세히 기록할 순 없다. 사들었던 물건을 떨어뜨렸던 일과 시무룩했던 어린 애의 울음소리와 그리고 허둥지둥 골목길을 빠져나와야 했던 기억뿐이다.

나의 모든 꿈은 사라지고 말았다. 나를 극도로 흥분시키던 증오마저도 인젠 나를 떠난 지 오래다. 아름답지 못한 사랑의 표현이 질투라면, 증오도 또한 그것의 일종일 것이다.

내가 그녀를 증오한 것은 그녀의 행동이 아니라 배신당한 사랑에 대한 노여움이다. 그러나 이 모든 것도 지금엔 나에게서 사라진 지 오래다.

짙은 안갯발이 서리는 디딤바위가 서 있는 우리 마을에 소복히 쌓이는 어둠 속에 무서리가 내리듯이 지금 내 가슴에 소리 없이 내리는 것은 돌아갈 수 없는 회한뿐이다.

그녀는 무슨 까닭에 한낮에 매춘행위를 해야 했던 것일까…….

풀 수 없는 의문으로 내 가슴속에 남아 있는 것은 그것이다. 길거리에 나선 그녀가 다시 돌아갈 수 없어 두 번 다시 그런 행위를 범했듯이 나도 결국은 돌아갈 곳을 잃어버리고 말았다.

그의 수첩은 여기서 끝나 있었다. 나는 이것을 읽고 나서 몇 가지의 의문을 풀 수 있었다. 우리가 그 옛날 배를 갖고 처음 바다로 나가던 때모양, 군에서 제대하고 돌아온 순복은 새로운 희망을 품고 고향을 떠나 서울 거리를 헤맸던 것이다. 그 방향은 마음의 보금자리를 찾는다는 희망과 언제나 꿈꾸던 이여도를 다시 실현시키려는 벅찬 의욕이 앞섰던 까닭에 그는 언제나 고달픈 줄을 몰랐을 것이다. 그러나 종적과 향방도 모르게 사라진 행복의 자취란 좀처럼 찾아내기 어려웠다.

그는 바뀌진 역사의 수레바퀴를 따라, 또는 난파한 뱃조각을 붙잡고 거센 풍랑 위를 표류해야 했듯이, 어두운 절망 속에 자신을 모색해야 했을 것이다.

찾을 수 없었던 잃어버린 행복의 꿈이라고나 할까…….

운명은 보다 큰 시련을 그에게 시도했다고나 할까…….

어떻든 그녀와의 우연한 해우(邂遇)는 표류하던 끝에 절해의 고도 일망정 그에게 있어선 온갖 희망이요 어린 왕국과 같은 낙원이기도 했다.

생각하면 순복이가 도달한 그 섬은 이미 실락원이요, 폐허화한 '에덴'이었던 것이지만 그가 표류한 풍랑이 너무나 거세었던 까닭에 그는 여기서 안도의 숨을 돌리며 폐허화해 버린 에덴동산에 무화과(無花果)의 꽃을 기다리는 꿈을 꾸고 있었던 것 같다.

유혹을 받은 이브는 아담의 용서를 받을 수 있었지만 뱀을 유혹한 이브는 누구의 구원을 얻을 수 있을 것인가…….

이마에 땀을 흘리는 고역의 멍에를 짊어지고 아담은 설움에 겨운 목소리로 에덴을 쫓겨 나왔듯이 병든 실락원마저 잃어버리고 나온 순복은 그가 말했듯이 극도의 증오로 새로운 방랑을 시작했던 것 같다.

그의 수기에 씌어져 있지 않지만 그는 이러한 방황 끝에 다시 고향으로 돌아왔을 것이다.

그럼 그는 무슨 까닭에 고향으로 돌아온 후 배 위에서만 살게 되었을까? 나는 이 의문을 풀기 위하여 유일한 유품인 그의 수기를 되풀이해 읽어 보았다.

그의 모든 행복된 꿈은 전쟁이 그로부터 앗아 갔지만 그는 자기만은 잃지 않고 살아온 것이 틀림없었다. 그러나 그는 이번 여행에선 자신마저 상실하고 돌아왔던 것이다.

자신을 잃어버린 상심은 무엇으로도 그를 보상하거나 구원받을 순 없었던 것 같다. 자기를 잃어버린 그에게 남은 것은 짙은 뉘우침뿐이었을 것이다. 이러한 뉘우침이 그로 하여금 육지에 발을 디디지 않게 한 유일한 원인이 된 것이 아닌가 한다.

나는 그의 수기를 읽으며 옛날을 다시 회상해 보았다.

호동왕자였던 순복이와 공주였던 장길자……. 생각하면 우리는 이미 우리들의 운명을 그때부터 암시받으며 살아온 것이 아닐까……. 공주를 배신한 호동왕자가 자결의 길을 택하지 않을 수 없었듯이 자기를 잃은 순복은 양심의 가책에 영원히 아내를 찾을 수 없었을 뿐 아니라 두 번 다시 그녀한테 돌아갈 수 없다는 순박한 정열이 그로 하여금 바다에 살게 한 것만 같다. 그리하여 그는 잃어버린 이여도를 우리들이 소년 시절에 가졌던 수평선에서 재현해 보려 한 것이 아닐까 한다. 그러게 육지를 보는 눈빛과 바다를 바라보는 그의 도장은 언제나 다를 수 있었던 것 같다.

노를 잡거나 용총을 쥘 때의 그의 눈빛은 빛나고 있었지만 귀로에 오를 때는 어두운 실망만이 흐르고 있었다.

그럼 순복은 무슨 이유로 그날 밤바다에 빠져 버렸던 것일까……. 결국 내가 계획한 모험이 그로 하여금 그 길을 택하게끔 하였던 것이 아니었을까…….

모든 방황 끝에 자신마저도 잃어버린 돌이킬 수 없는 추억과 찾을 길 없는 이여도는 그에게 영원한 절망만을 가져왔을 것이다. 그러나 아내에게 대한 지극한 사랑이 파괴된 순정 속에 남아 있었기에 그 절망은 헤아릴 수 없는 바다 속보다도 깊었을 것이다.

정리할 여지조차 없이 내 주위는 말끔히 가셔지고 말았다. 우리들의 청춘은 꽃도 피지 못한 채 이 짧은 생애 속에 묻혀 버렸던 것이다.

아직도 남아 있는 것은 꿈 많은 소년 시절의 기억뿐이다.

정리(整理)

순복이를 묻고 며칠 지난 어느 날이다. 나는 그날도 아침부터 바다에 나갈 생각을 하지 않았다. 바다에 나가기는커녕 파도가 뒤끓는 바다를 이젠 바라보기조차 싫었다.

이러한 나의 기분을 가라앉히기엔 술밖에 없었다. 연사흘 나는 몽롱한 취안(醉眼)으로 바다를 내려다보곤 했다. 언제나 나서면 가슴 설레게 하던 파도 소리마저도 이제는 내 주위에서 모든 것을 앗아간 악마의 저주된 울음소리 같았다.

모든 희망과 꿈의 요람지가 어쩌면 하룻밤 사이에 이렇게도 불안과 공포의 지옥으로 바뀌질 수 있을 것인가…….

결국 나는 바다마저도 잃어버리게 되었던 것이다. 바다를 잃은 어부, 그것은 농토를 잃어버린 농부나 다름없었다.

왜정 때 농토를 잃어버린 농민은 신개척지를 찾기 위하여 북간도와 만주로 이주하여 갔다는 소리를 들은 적이 있었다. 바다를 잃어버린 나는 어디로 가야 할 것인가.

우리들이 뛈박질 치던 보리밭 언덕길과 또 괭이 걸음으로 달려가던 덤불을 찾아 나는 온종일 헤매었다.

파란 하늘과 우리들이 뒹굴던 잔디밭은 쓰러져 가는 고가모양 또는 버려둔 장난감같이 그대로 남아 있었지만 주위는 너무나 허전하기만 했다.

나는 그날도 늦게야 집으로 돌아왔다. 아버지는 내 발소리로 내가 돌아왔음을 알았던 모양이다.

"순복이 처가 돌아왔다 순복이, 처가……."

나는 집에 누가 와 있음을 알았지만 아버지의 말을 반신반의하면서 다 저물어가는 추녀 밑에서 순복의 아내인 장길자의 얼굴과 마주쳤다.

술이 덜 깬 내 눈이었지만 그녀의 모습에 변한 것이 있다면 얼굴이 좀 여위었다는 그것뿐이다.

그녀는 벌써 아버지로부터 순복에 대한 자초지종(自初至終)을 듣고 난 때였다. 나를 보자 새로 북받치는 설움에 얼굴을 돌리고 오열에 잠기고 있었다.

"이게 순복이 아들이라는구나!"

아버지의 설명에 나는 옆에 서 있는 어린애를 그제서야 보았다. 골격부터 닮은 그는 순복의 어린 시절을 그냥 뒤집어쓴 것같이 보였다. 내가 머리를 쓰다듬어 주자 그는 고개를 숙이며 돌아섰다.

나는 한참 동안 꿈속에서 깨어난 사람모양 어리둥절하지 않을 수 없었다. 정리할 것조차 없이 모든 것을 앗아가 버린 내 주위에 순복의 아내와 그의 아들의 출현은 새로운 파문을 가져왔다. 잃어버린 슬픔보다도 더 큰 비극이 아닐 수 없었다.

어떻게 해야 할 것인가…… 막연한 생각과 더불어 나는 깊은 회한 속에 머리를 들 수 없었다. 수습할 수 없는 비극을 저지른 나의 뉘우침이다. 이러한 뉘우침 속에 그녀가 살아온 과거를 듣고 있어야만 했다.

남편의 입대…….

미군의 주둔…….

친정을 따라 피란 도중 포격으로 친정을 죄다 잃어버려야 했던 횡액…….

순복의 아내는 돌아갈 수 없는 고향을 등지고 남편인 순복을 찾아 오랜 세월을 보냈다는 것이다.

진해, 인천…….

풍문에 들리는 대로 떠돌아다니는 사이에 등에 업고 다니던 것이 제 발로 걷게 되었고 전사한 줄만 알았던 남편이 제대하고 귀향했다는 소리를 듣고 부랴부랴 달려왔다는 것이다.

이제 그녀의 앞에 바라던 유일한 등불은 꺼져버린 때다. 우리들의 주위는 낭떠러진 절망과 어둠뿐이 서려 있었다.

"남편의 잠들어 버린 영혼을 지키며 그 사람의 유일한 선물인 이것을 키워야지요."

잠들어버린 어린 것을 무릎 위에 눕히고 그날 밤 낮고 조심성 있게 속삭인 그녀의 말이다. 등불이 꺼진 절망된 어둠 속에서나마 그녀의 이러한 강한 의욕은 나에게 이상한 충격을 주었다.

며칠 동안 두었던 그물을 다시 추리고 있었다.

"아저씨 무얼 하세요?"

"응."

나는 일손을 멈추며 고개를 돌렸다. 순복의 아들이다.

"일찍 일어났구나."

"벌써 일어난걸요."

전쟁 속에 태어나 전쟁 속에 자랐지만 길남의 눈동자는 슬픔이 깃들여 있지 않은 눈이다.

"바다에 나가요?"

"응."

그가 내 앞에 서 있는 동안 나는 그물을 말끔히 추렸다.

"아저씨, 저도 가요."

"아침 먹었니?"

"바다에 따라 나가려고 일찍 먹은걸요."

나는 나의 지나간 시절을 돌이켜보며 그가 원하는 대로 배를 타게 했다.

내가 노를 저을 때 길남은 뱃머리에 앉아 굼실거리는 바다 위를 바라보고 있었다. 물새 한 마리가 찌룩거리며 머리 위를 돌고 있다. 그 옛날 우리 세 동갑이 처음 배를 타고 나가던 아침이나 다름없었다. 아름다우면서도 슬픈 추억을 잊으려고 나는 지그시 눈을 감았다.

"아저씨 이여도가 어디 있지요?"

나는 노에 힘을 주며 길남을 쳐다보았다. 그것은 길남이가 아니라 모험의 호기심에 불타던 순복의 소년 시절의 모습에 틀림없었다.

"엄마가 아버지는 이여도에 가 있다던데요."

나는 언제까지나 침묵만을 지키고 있을 수가 없었다.

"이여도는 저 수평선 끝에서 더 멀리 있단다."

나의 목소리는 가늘게 떨고 있었다. 내가 가리킨 수평선 끝을 바라보고 있는 길남의 얼굴은 흥분과 긴장에 얽혀 있었다.

“아저씨, 오늘 이여도란 섬에 가봐요.”

“못 간다 오늘은…… 길남이가 어서 자라지 않으면 못 가.”

얼마나 매정한 대답이었을까……. 길남의 유일한 희망과 포부를 이렇게 단순하게 접어놓아야 할 난처한 입장만이 원망스러울 뿐이다.

길남은 뱃머리에 돌아앉은 채 뭉게구름이 떠오르는 수평선만을 직시하며 혼자서 무슨 모험을 꿈꾸고 있는 것 같았다.

나는 팔뚝에 힘을 주며 다시 노를 당겼다. 대대로 살아온 디딤바윗골 사람들이 우리들에게 남긴 유일한 기쁨이란, 멀고 아득한 이여도에 모든 희망과 행복마저도 맡기고 살아가야 하는 일이었던가…….

나는 이여도를 지키는 외로운 등대수(燈臺手)…….

길남이란 등불을 지키며 살아가야 할 나의 얄궂은 운명은 무언극의 주인공이었던 시종과 같은 방관자가 아닐까.

닭장 관리(管理)

1

첫닭이 울어도 날은 새지 않았다. 두 번 세 번 연달아 울어도 어둠은 가시질 않았다. 이렇듯 갤 줄 모르는 어둠 속엔 총총한 별빛만이 천년을 두고 내리듯이, 많은 전설들이 내려깔렸다.

날이 샌 적이란 단 한 번도 없었다. 그러나 언젠가는 그 새지 않는 날이 확 풀려 오를 것을 믿고 있었다. 그런 기대가 빚어낸 전설인지도 모른다.

> 나날이 불어만 가는 많은 닭 속에서 한 쌍의 학이 날아올라 그 학이 푸른 하늘빛을 받아 닭 모양을 한 한 쌍의 봉황새가 되어 다시 날아내려 어둠이 깔리는 오동나무 가지에 앉아 울면 날은 새어 마을에 새 아침이 온다고…….

터무니없는 소리 같지만 누구나 그것이 자기 소망이었던 까닭에 이 전설을 믿었다.

2

퍽 말썽이 많던 닭장이다. 말썽이 많았다는 것은 그 관리권을 두고다.

싸우던 끝에 한 사람이 그 관리권을 강점했다.

작달막한 키에 참을성 없는 포악한 성격의 소유자다. 게다가 인색하기 짝이 없었다. 팩하는 성미고 보니 그것이 터지면 하나만 알지 둘을 미처 생각지 못한다.

그가 이 닭장을 관리한다는 것은 고양이한테 장삼(長衫)을 입혀놓은 격이나 다름없었다. 남이 보기엔 그러했지만 당사자로선 그렇지가 않았다. 경륜이 있고 포부가 있었다.

그 경륜과 포부란 물론 닭장에 대한 관리법이다.

어떤 관리법이건 궁극의 주목적은 한가지다. 보다 많은 알을 낳게 하는 것과 그것이 여의치 않을 땐 닭 자체를 식육용(食肉用)으로 전환시키는 일이다.

푸른 산과 맑은 물의 탓인지 이 닭장 속에 들어 있는 닭들이란 그 빛깔도 아름다웠지만 고기 맛도 유난히 좋았다. 흠을 들어 따진다면 산란율이 좋지 못하다는 것뿐이었다.

이 관리인에겐 그것이 마땅칠 않았다. 닭이란 생김새나 고기 맛이야 어떻든 간에 산란율이 높아야 한다는 것이 그에겐 원칙이었다.

종자 개량…….

이 문제가 그에게 있어선 첫 과제일 수밖에 없었다.

그는 많은 재래종을 개량시키기 위하여 외래종을 들여왔다. 그러나 종(種)의 개량이나 동화란 그실 한두 대(代)로 이루어질 순 없는 일이다. 성급한 그가 꾀한 종의 개량이니 종의 동화니 하고 생각한 것은 기실 따지고 보면 재래종과 외래종을 어떤 우생학(優生學)상의 이론으로 따져 그 장점을 살려 보려는 그런 시도가 아니고 많은 재래종을 그대로 외래종화시켜 보려는 단순한 그런 목적에 불과했다.

만일 그가 종의 개량이나 어떤 동화를 꾀하려 하는 것이 그의 목적이었달 것 같으면 그런 사육법으로 닭장을 관리하지는 않았을 것이다.

재래종은 본래가 체질이 강하다 하여 항상 모래나 쪼고 벌레나 잡아먹게 하는 것으로 고작이었지만 외래종의 경우는 그렇지가 않았다.

쌀겨에다 조개껍질이나 계란껍질은 물론 생선가루 같은 것을 섞어 주는가 하면 목이 쉬면 '망간'이란 약까지 풀어먹여 그 목청을 우렁차게 돋우어 주려고 무척 애를 쓰곤 했으니 말이다.

같은 닭장 속에 있으면서도 이런 사정이고 보니 재래종은 외래종들의 사료함을 뒤지거나, 그들이 먹다 남은 쌀겨 부스러기를 찾아 줍기가 일쑤였다.

이런 차별대우를 받았지만 재래종은 물똥 한 번 싸는 법이 없었다. 그렇게 강한 체질이라 망간물 같은 것은 먹어 보지 못해도 그 목소리는 항상 우렁차서 간간 닭장 분위기를 소란스럽게 하는 때가 있었다.

이런 체질이라 외래종은 관리인의 특별 보호를 받아도 가끔 물똥을 싸다간 픽픽 쓰러지기가 일쑤였다. 그것은 일본사람들이 체질적으로 이질에 약하여 그것에 걸리기만 하면 곱똥을 누다 죽어가는 현상이나 다름없었다.

이렇듯 독특한 체질과 생김새를 한 재래종들이었지만 오랫동안 같은 닭장 속에 두고 사육하고 보니 그 빛깔에서 생김새에 이르기까지 외래종화하는 경향도 없지 않았다.

성격은 포악한 데다 인색까지 하고 보니, 그는 이 닭장을 강점 관리하며 허다한 이득을 보았다.

그는 자신의 관리 목적을 달성하기 위하여 외래종에 잘 동화되지 않는 것은 이것을 잡아 식육용으로 시장에 내놓았다.

앞서도 말했지만 종의 개량이란 한두 대에 이루어지는 것이 아니고 보면 그 외모는 어느 정도 쉽게 닮아진다 해도 그 목소리만큼은 쉬 달라지기가 어려웠다. 물론 개중에 그것마저도 외래종과 비슷해지는 것도 있긴 하였지만 영 바뀌어지지 않는 축은 그런 환경의 탓으로 더 그 성격이나 울음소리 같은 것이 뚜렷해지는 것 같기도 하였다.

이른 새벽부터 닭이란 제소리로 울어대기가 일쑤다. 이 성급한 친구는 그런 때를 골라 모조리 처치해 버리는 것이었다.

솜씨가 능숙해진 그는 그 자리에서 잡아 시퍼런 칼로 멱을 딴다.

많은 수탉들이 이렇게 죽어 나가게 되고 보니 그 수도 줄어들었지만 전에는 목이 끊기면서도 관리인의 손등을 쪼다 죽거나 죽어서도 눈을 감지 못하는 수탉들이 대부분이었지만 요즈음에 와선 그것도 풍조의 탓인지 별로 그런 수탉도 눈에 띄질 않았다. 대부분의 수탉도 이즈음은 암탉이나 다름없이 죽지도 못 펴고 꾸드득대는 것이 그 태반이었다.

피가 스며든 땅엔 그날만 피비린내가 풍길 뿐 비에 씻기고 눈에 덮였다. 햇빛에 바래지면 그런 일이 언제 있었더냐는 듯 닭장 속에 어두운 밤이 흘러내리곤 했다.

이런 형편이고 보면 재래종의 천대란 말할 수 없었다. 관리인의 발에 걷어채이는 일은 흔히 있는 일이고 어쩌다 외래종과 싸움이 붙어 겨루다 한쪽 눈이 찌그러질 지경으로 쫓기어도 관리인은 버려두기가 일쑤였다. 그러나 이쪽이 그렇게 하는 것을 보면 그는 그냥 두질 않았다. 벼슬에서 진한 피가 흘러내리도록 그 포악한 성미를 부리곤 했다.

본래야 붉고 빳빳했던 벼슬도 오랜 세월 이런 생활 속에서 시달림을 받게 되자 축 늘어지지 않았으면 병신스럽게 한쪽 귀퉁이가 떨어져 나가 있게 마련이다.

마치 강한 사내가 그 자존심마저 짓밟히었거나 그것을 빼앗기고도 살아가야만 하는 그런 어릿한 모습으로 자신들도 모르게 되어가고 말았다.

나날이 기승이 세가던 관리인도 그 관리권을 내놓고 물러가야 할 날이 있었다.

이곳 닭장 관리에 맛을 붙인 그는 만주를 비롯하여 중국의 일부 그리고 남방 일대에까지도 그 손을 뻗쳤던 것이다.

수단과 방법을 가리지 않는 포악한 그의 성격이지만 세상사는 그의 성격대로만 되어갈 리가 없었다.

그는 패가망신은 물론 막대한 빚까지 짊어지지 않을 수 없었다. 그가 이 닭장 관리권을 내놓아야만 했던 것도 말하자면 그 빚 청산 때문이었다.

이런 소문이란 이 닭장 주변에 떠돌고 있던 그 어느 전설과도 흡사했다. 소원을 이룩하기 위하여 자신들이 만든 전설이고 보면 예로부터 그들이 믿어 왔던 것도 당연한 일이다.

그날 닭장 안팎엔 흥분과 긴장이 흘렀다. 그 관리인의 포악한 성미를 알기 때문이다. 교활한 그가 닭장을 내놓는 날이면 그냥 있을 것 같지가 않았다.

3

닭장 주변은 온통 흥분에 싸였다. 깃을 편 닭들의 모습은 머리를 풀어헤친 여인의 모습 같기도 했다. 격한 흥분에 닭들은 밤과 낮을 가리지 않고 소리 높여 울었다.

질서를 잃은 혼란이다. 그러나 그것은 새로운 질서를 이루기 위한 현상이기도 했다.

어둠에 뒤이어 새 아침이 올 때마다 흥분은 가시고 질서는 바로잡혀져 갔다. 그러한 어느 날 두 관리인이 나타났던 것이다.

닭들은 어리둥절했다. 그 어리둥절한 속에 새로운 관리인의 표정을 살펴야만들 했다.

두 닭장 관리인은 성격부터가 판이했다. 한쪽이 문이라고 말하면 한쪽은 벽이라고 우겨대기가 일쑤다. 이렇게 어거지를 쓰는 것을 보면 성격의 탓이 아니라 어떤 이해관계인 듯싶었다. 이해관계가 서로 상반된 사람들이 어떻게 남북으로 닭장을 끊어 맡아 관리하게 되었는지 기묘한 일이다. 물론 첫 번 관리인아 저지른 실패의 대가를 물려받은 것이겠지만 닭들의 생각으론 어처구니없는 일이 아닐 수 없었다.

첫 관리인의 포악에 견디지 못하여 오랜 세월 닭장 밖으로 빠져나가 살던 닭들도 울타리 안으로 모여들었다. 원래 닭들은 양지진 곳을 즐겨한다. 북쪽 닭장 속의 닭들은 양지를 찾아 남쪽 울타리로 옮겨왔다.

놀란 것은 남쪽 닭장 관리인보다 북쪽 관리인이다. 그대로 있단 빈 털터리가 될 판이다. 그는 서둘러 검은 벽으로 돌려막아야 했고 그것도 안심되지 않아 가시 울타리를 쳤다.

원래는 같은 닭장이었던 것이 관리인의 상반된 이해관계로 인위적인 장벽이 서게 되자 이제는 그 왕래조차 끊어지게 되고 말았다. 한 사람이 관리하던 때보다 더 큰 비극이 생기지 않을까 닭들은 두려워했다. 이때부터 닭들에겐 또 어두운 밤만이 시작되었다.

두 관리인의 관리법은 서로가 판이했다. 그들은 첫 번 관리인모양 품종개량이니 또는 종의 동화니 하는 따위의 일은 서둘지 않았다.

재래종 자체의 체력이 향상할 수 있는 그런 포부들이었지만 그 역시 매우 힘든 일인 것 같았다. 그 힘들다는 이유는 닭을 위하여 닭장이 있는 것이 아니고 관리인들을 위한 닭장이고 보니 그럴 수밖에 없었다.

선수를 쓰기 시작한 것은 북쪽 관리인이다. 그는 먼저 첫 번 관리인이 했던 시설을 마구 뜯어내었다. 시설만 뜯어내는 것이 아니라 그때 받아 두었던 계란이며 심지어는 사료까지도 마구 퍼내어 갔다.

공들여 낳은 알보다도 닭으로선 그 먹이가 더 아쉬웠다. 첫 번 관리인이 물러서는 날부터 눈치도 가릴 필요 없이 마구 포식하던 밥통이라 닭들은 다시 모래를 파헤쳐야 했고 울타리 안으로 돋아난 노리끼한 잡초나 뜯어 먹어야만들 했다.

암탉보다도 수탉들이 더 느른했다. 털이 빠지기 시작했고 살이 내렸다. 아무리 발톱이 닳도록 파헤쳐도 이젠 주워 삼킬 만한 모래도 없었다.

수탉의 꽁무니만을 쫓아다니던 암탉들도 제멋대로다. 때로는 암탉이 수탉 구실을 하려 드는 때가 있었다.

새로운 관리법을 주장하는 관리인은 그런 상황을 만족해했다.

입버릇같이 말하는 진보적이요 현대적인 관리법을 시행한다던 관리인은 그때부터 그런 일에 착수했다.

보통은 먹이통으로 닭들을 부르는 것이었지만, 그는 먼저 신호로 닭들을 불러 모으는 훈련을 시켰다.

굶주린 닭들이란 기운은 못 써도 예민했다.

되풀이되는 신호에 귀가 익었고, 그 신호에 기대를 걸었다. 이렇게 닭들은 훈련되어 갔다.

하루는 이곳 관리인은 꼭 같은 많은 상자를 이 닭장 속으로 가져왔다. 그 상자는 어느 것이나 같은 형태였다. 관리인은 닭이란 닭은 모조리 그 속에 집어넣었다.

어미 품속에 안겨진 병아리들도 상자 속에 들어가 있어야 할 어미의 품을 떠나 공동 사육장엘 가야만 했다.

암탉은 암탉대로 병아리는 병아리대로 들어가 있어야 할 장소와 집이 마련되고 보니 딱한 것은 수탉의 경우다.

빨간 벼슬을 하고 긴 깃을 활개치며 마치 사치한 어느 영주(領主) 차림으로 많은 암탉을 몰고 다니던 그는 영지를 쫓겨난 영주의 심정이나 다름없었다.

우렁차게 울어대던 수탉은 울 흥미를 잃고야 말았다.

아무리 금수라 해도 이런 식의 훈련에 익숙해지기란 좀체로 쉬운 일이 아니었다.

용케 참아내는 놈도 있었지만 곧잘 빠져나오게 마련이다.

관리인이 그 상자 속에서 빠져나온 놈들을 그냥 둘 리가 없었다. 그는 이런 놈은 배가 불러 그렇다 하여 먹이를 덜 주었다. 기실 상자 속을 빠져나온 놈들이란 대개가 허기를 참지 못하여 그런 일을 저질렀던 것인데 오히려 그런 벌을 받아야 할 판이니 죽을 지경이었다. 그러나 굶주림에 한도가 있는 법이다.

그것을 참다, 참아내지 못하여 때로는 온통 상자 속에서 빠져나오는 수도 있었다. 말끔히 쓸어 놓은 그 속에 먹이가 있을 리가 없었다.

관리인이 달려온다. 더러는 죽을힘을 다하여 상자 속으로 들어가 버리는 놈도 있었지만 대부분은 굶주림에 허덕일 뿐이다.

첫 번째 관리인은 외래종으로 동화되지 못한다 하여 포악하고 성급한 그는 그 자리에서 멱을 따 죽여 식육용으로 써버리곤 하였지만 두 번째 관리인은 그리 성급한 것 같지 않았다.

그는 자주 빠져나오는 놈들은 그래도 표시를 해두었단 어두운 밤 쥐도 새도 모르게 닭장 밖으로 잡아내다 이것을 처치해 버리는 것이었다. 그는 또한 사육장에서 자란 병아리 중 큰놈을 골라 일찍부터 이 상자 생활에 익숙하도록 훈련시켰다.

공동 사육장에서 자란 병아리들은 어떤 훈련을 받았는지 그들은 용케 그 상자 속 생활을 견디어 내었고 또 그 생활을 만족해하는 것 같기도 했다. 얼마 전까지만 해도 그들은 엄마의 품속에서 깃들여 잠들던 일과 그리고 엄마를 따라다니며 먹이와 먹이 아닌 것을 가르쳐 받던 일 같은 것은 까마득히 잊고 있었다.

어느 날 관리인은 붉은 물감통을 갖고 와서 상자 속에 잘 들어가 있는 닭들의 머리에다 일일이 붓으로 붉은 칠을 해주었다.

머리에 붉은 물감칠을 한 암탉의 대부분은 그 전부터 있던 늙은 암탉보다는 공동 사육장에서 자란 병아리 암탉이 그 차지를 더 많이 한 것이 눈에 띄었다. 물론 이 붉은 칠을 한 암탉들에겐 특별히 먹이를 더 많이 주는 것을 관리인은 잊지 않았다.

이쯤 되고 보면 관리인도 만족할 수 있었다. 그러나 관리인의 보람과 기대는 그것에 국한된 것이 아니다. 어느 날 이 관리인은 남쪽 관리인이 들으라는 듯이 큰 목소리로 이웃사람들에게 떠들어대었다.

그가 떠들어댄 자랑이란 다른 것이 아니라 진보적이요 현대적인 시설을 확장하기 위하여 이곳에 전등불을 가설한다는 것이다. 닭장에 전등불을 가설한다는 것은 현대적인 시설임에 틀림없었다. 그러나 이 현대적인 시설이 얼마나 괴롭다는 것은 이 속에 살아 본 닭들만이 알 수 있는 일이다.

말하자면 닭 자신으로 볼 때 새로운 환경에 순응하기 위한 새로운 시련을 겪어야만 했다.

아무리 머리에 붉은 잉크칠을 한 닭이라 해도 그것을 견디어 내기란 여간 힘들지 않았다.

황혼 무렵이 되면 으레 전등불이 켜진다. 닭들은 왜 이렇게 한낮이 길어졌는지 알 까닭이 없었다.

밤이면 횃대에 올라앉아 한밤을 편히 쉬어야 했던 것이 조그만 상자 속에 틀어박혀 이제는 낮과 밤의 구별도 없이 알을 낳기 위하여 먹이를 받아 먹어야만들 했다.

눈을 뜨고 있지만 보이질 않는다. 횃대에 오를 필요가 없으니 날개는 축 늘어지기만 했다.

알을 낳아야 한다 알을…… 예정 수량의 알을 낳지 못하면 이 상자 속에서 나가야 한다. 상자 속을 벗어 나간다고 그것이 곧 자유는 아니다. 알을 낳지 못하는 대신 목숨을 내놓아야 하는 것이다. 털은 뽑히어 관리인의 요나 이불속이 되었고 살과 뼈는 관리인의 식탁에 오르게 된다.

노예 시대에도 반항은 있었다. 그 노예들의 후손은 오늘 새로운 대륙의 주인으로 군림하고 있는 것이다. 그러나 노예 이상의 이 사회엔 나날이 죽음과 노예가 늘어갈 뿐이다.

천 년을 두고 어둠만이 흘러내렸듯이 닭장 주변엔 어둠이 가실 수가 없었다.

이렇게 하므로 닭들의 산란율은 높아 갔다. 아무리 산란율이 좋은 닭이라 해도 한 달이면 스무닷새 정도가 고작인 것을 이 관리인은 전등불로 낮과 밤을 조절시켜 한 달이면 설흔다섯까지 알을 낳게 하자는 계획이었다.

이런 식의 연차 계획이 달성되어 생산 초과를 이룩하면 닭은 자기가 낳은 알의 껍질을 마음대로 먹을 수 있게 된다는 것이다.

이렇듯 원대한 관리인의 경륜을 닭들이야 알 까닭이 없었다. 그러나 그런 연차 계획이 성공될 때까지엔 닭의 자연 수명은 너무나 짧았다.

대개의 닭은 홰를 치는 것과 아침을 잊은 지가 오래다. 그래서인지 이 닭장에서 낮닭 울음소리가 가끔 들리기가 일쑤다.

4

북쪽 관리인에 비하면 이 남쪽 관리인은 무질서의 질서를 즐기는 것 같았다. 그 질서 없는 질서를 지켜나간다는 것은 자유를 누린다는 일만큼이나 어려운 일이다.

어떤 사회이건 먹을 것과 잠자리가 편하면 문란해지는 법이다. 무질서와 자유란 거리가 먼 것이지만 그 한계는 극히 묘하다.

사람에겐 각기 특색이 있다. 북쪽 관리인을 우직하고 음흉하달 것 같으면 남쪽 관리인은 능글맞은 편이다.

본래 태생이 부유한 집 자손이라 얼핏 보면 아끼는 것이 없이 헤픈 것같이도 보였지만 그렇지만도 않았다. 그렇지 않다는 것은 셈이 빠르다는 것이다.

그는 항상 큰돈을 아끼지 않으면서도 잔돈에 대해선 지극히 인색할 정도다. 말하자면 얼굴을 빛낼 수 있는 임시비(臨時費)는 아끼지 않으면서도 경상비(經常費)는 한 푼이라도 절약한다는 말이다.

큰 농장을 경영하고 있는 그는 그러게 사료 같은 것은 조금도 아끼질 않았다. 남들은 잉여 농산물이라 하여 대수롭지 않게 말하지만 기실 그런 것도 아니었다. 왜냐하면 잉여 농산물이라 하여 무상으로 공급하는 것이 아니라 사료비조로 일일이 셈을 따지고 있었으니 말이다. 그렇게 셈을 따질지언정 사료는 헤프게 쓰면서도 생돈을 처넣은 일에 여간 인색지 않았다.

닭장 주변의 그 많은 공지를 이용하여 귀일 따위를 심어 사료도 손쉽게 생산할 수 있었지만 그는 그런 것에 아랑곳하지도 않았다.

말하자면 소비물자는 아끼지 않으면서도 생산물자엔 인색하기가 그지없었다.

닭들은 별난 소리에 놀랐다. 그 별난 소리란 울타리 밖 그늘 밑에 자리 잡고 앉아 있는 관리인이 트랜지스터의 스위치를 틀어 놓았던 까닭이다.

관리인이 볼륨을 조절하자 근사한 재즈곡이 흘러나왔다. 그는 가는 눈웃음을 지으며 깊숙이 의자에 기대앉아 있었다. 닭들이 재즈의 의미를 알 까닭이 없었다.

낮닭 울음소리가 길게 울린다. 남쪽 닭장에서도…… 그리고 북쪽 닭장에서도……

같은 낮닭 울음소리지만 한쪽은 절박한 데 비하여 한쪽은 게으르기 짝이 없었다.

관리인은 재즈곡에 귀를 기울이고 있을 뿐 낮닭 울음소리에 지극히 무관심한 표정이다.

뙤약볕이 내려쪼이는 오후 게으른 울음소리 끝에 닭싸움이 벌어졌다. 흰 수탉과 누런 수탉이 맞붙었다. 번번이 있는 일이다. 번번이 벌어지는 싸움인 탓인지 당사자 외엔 별로 흥분하는 기색도 아니다.

암탉들은 그늘 밑으로 몰려 어떤 놈은 앞발로 흙을 파헤치고, 어떤 놈은 파헤친 땅에다 앞가슴을 가져다 대고 낮잠을 즐기고 있다간 싸움의 결판이 어떻게 되었는지 궁금해서인지 목을 길게 뽑고 주위를 살펴보곤 한다.

싸움은 계속되고 있었다. 흰 수탉에 비하면 누런 놈은 퍽 앳되 보였지만 겨루는 품이 만만치가 않다. 양 다리를 꽉 디디고 날개를 반쯤 걷어 올린 누런 놈이 제 성미에 견디지 못하여 이리 뛰고 저리 뛴다. 흰 수탉은 누런 놈에 비하여 동작은 둔하지만 싸움이 붙으면 노련한 편이다.

고개를 뽑고 주위를 두루 살피던 암탉은 아직도 계속되고 있는 싸움에 염증을 느꼈던지 그냥 앞가슴을 땅바닥에 박은 채 졸기를 계속

한다.

닭싸움이란 당사자들에겐 몰라도 옆에 있는 관리인 보기엔 재즈곡만큼도 흥이 없었다.

성급히 서둘러대던 누런 놈이 한쪽 눈알이 터짐으로써 싸움은 끝났다. 눈알이 터진 놈은 어디로 자취를 감추었는지 보이질 않는다.

뙤약볕이 내려쪼이는 채, 닭장 안은 모두가 시들하다.

흰 수탉은 벼슬이 유난히 붉었지만 늙은 탓인지 한쪽으로 기울어진 것이 큰 고기덩어리가 달린 것같이 맥없이 흔들거린다. 이렇게 늙어빠진 놈이 무슨 기운이 그렇게 센지 알 수 없는 노릇이다.

누런 놈의 눈알을 쪼아 버린 그놈의 주둥이에 피 한 방울 묻질 않았다. 그러고 보면 그 흰 수탉은 평소에 매모양 감추고 있던 발톱으로 상대방의 눈알을 후벼 버렸는지도 모르는 일이다.

암탉이란 수탉을 따르게 마련이다. 그러나 많은 암탉은 그 흰 수탉을 그리 따르는 것 같지가 않았다. 그러면서도 그놈의 수탉이 깃을 펴고 금이 간 쉰 목소리로 울어대면 길을 피하며 그 뒤를 따르는 것을 보면 그놈의 그 익숙한 싸움에 질려 어쩔 수 없어 그러는 것 같기도 했다. 그러나 이 흰 수탉 옆엔 언제나 한 마리의 암탉이 그 옆을 떠나지 않고 있었다. 털이 노리끼하고 눈알이 파란 암탉이다.

얼핏 보면 이곳 재래종 같으면서도 어딘지 모르게 재래종 같지가 않을 뿐 아니라 제대로 암탉 구실을 하는 것 같지가 않았다.

그런데 이상한 것은 이 암탉이 늙은 흰 수탉에 못지않은 목소리로 울어대는 일이다.

암탉이 울면 집안이 망한다고 마을 사람들은 몹시 꺼려하지만 관리인은 그런 일에 별로 신경을 쓰는 것 같지가 않았다.

이 암탉이 암탉 구실은 신통히 못 하면서도 수탉 구실을 하려 드는 것같이 보이는 것은 기실 따지고 보면 그 흰 수탉이 수탉 구실을 제대로 하지 못하는 까닭에 그렇게 보일는지도 모르는 일이다. 빛이 유난히 희다는 것과 붉은 벼슬이 한쪽으로 축 늘어져 처져 있을망정 그런대로 위엄은 있어 보이지만 그 울음소리는 영 신통치가 않았다.

탁한 음성이 진동이 심할 뿐 아니라 너무 늙은 탓인지 칠면조모양 주둥이 밑으로 달려 있는 살이 가끔 경련을 일으키는 것같이 보이기도 하였다. 그런데도 불구하고 이 늙은 수탉과 싸움이 붙으면 어느 수탉도 그놈을 당해 내지 못하니 이상한 노릇이 아닐 수 없었다. 그러게 얼핏 보면 이 늙은 수탉의 존재는 어느 독재 왕국의 군주 같은 존재이기도 했다. 그런데 이상한 것은 이 늙은 수탉의 횡포를 알면서도 관리인이 그냥 버려두는 일이다.

관리인의 처지로 보면 그런 늙은 투계(鬪鷄)를 갖고 있다는 것이 북쪽 관리인에 대한 시위요 자랑이 될는지 몰라도 여타의 닭의 처지로 볼 땐 여간한 존재가 아니었다.

5

양지바른 곳에다 사료가 풍부한 탓인지 이곳 남쪽 닭장 안에선 항상 퀴퀴한 썩은 냄새가 가실 날이 없었다.

닭은 그 썩은 냄새에 취하여 나날이 눈이 멀어져 가는 것 같기도 하였다.

관리인은 오늘도 그늘 밑 자리에 앉아 트랜지스터를 돌려 놓고 앉아 있었다.

항상 영양이 좋아 보이는 관리인은 부인이 가져다 놓은 점심밥에도 그리 식욕이 당기지 않는 모양이다.

그는 느린 동작으로 샌드위치의 속만을 뽑아 먹고는 그 빵 껍질을 닭장을 향하여 던졌다.

철사에 걸려 한두 번 흔들거리던 빵조각이 닭장 속으로 굴러떨어졌다.

닭이란 그렇게 청각이 발달해서인지 또는 청각보다도 유난히 후각이 발달한 탓인지 그것이 굴러떨어지자 알을 낳으러 올라갔던 놈까지도 뛰쳐 내려와 야단법석이다. 그러나, 아무리 소란을 피우러 몰려들어도 소용이 없는 노릇이다. 어디 있다 나타났는지 그 사나운 흰 수탉이 그 앞에 떡 버티고 서 있지 않는가!

여러 닭들은 당기는 구미에 알을 겨르는 소리를 낼 뿐 감히 덤벼들 생각도 못 하고 있을 때 눈알이 파랗고 털이 노란 암탉이 혼자 빵조각에 달라붙어 두서너 번 쪼아 보더니만 맛이 신통치 않았다는 표정으로 물러서자 그제야 망을 보듯 버티고 서 있던 흰 수탉은 암탉의 뒤를 따라 돌아서고야 말았다.

그러자 그 옆에 서 있던 어떤 수탉이 그것을 물고 나서더니만 여러 닭들이 몰려들 것을 경계하며 이리 뛰고 저리 뛰고 하였다. 엉거주춤 서 있는 닭들은 혹시나 그놈이 떨어뜨리는 부스러기라도 노리고 기다리고들 있었지만 떨어뜨릴 까닭이 없었다.

하루에 한 번은 언제나 벌어지는 일이었다. 그러나 그 순서는 꼭 같았다.

사실 그 모양으로 보아 몇 마리의 닭이 그것을 다 먹어낼 도리는 없었다. 그러게 그들은 욕심 사납게 그것을 물고 이리 뛰고 저리 뛰고 할 뿐이지 나중에 그것을 먹이통 밑이나 닭장 한구석에다 처박아두기가 일쑤였다. 닭장 속에서 가시지 않은 썩은 냄새란 이런 것들이 발효하는 냄새였다. 이렇게 가다가는 여름 날씨에 닭장 전체가 썩어날 판이지만 관리인은 아랑곳하는 것 같지가 않았다.

관리인도 관리인이지만 닭 자신들도 그렇게 썩어나는 판인데도 불과하고 그런 버릇을 고치려 하질 않았다.

꽤나 날씬하게 생긴 수탉이다. 모두가 축축 늘어진 모습들이지만 그놈만은 유난히 싱싱해 보였다.

지난해 깐 병아리가 벌써 그렇게 자랐는지도 모를 일이다. 그놈은 생김새만 날씬할 뿐 아니라 그 목소리까지도 특별나게 아름다웠다.

지쳐 빠진 암탉도 그 날씬한 몸매와 아름다운 목소리에 반했는지 곧잘 그 뒤를 따라다니며 먹이를 줍기 위하여 땅을 헤치고 다녔다.

이른 아침 그놈은 힘차게 홰를 치며 울었다. 지친 몸에 자는 둥 마는 둥 눈을 감고 있던 암탉들은 그 소리에 눈을 뜨고 그놈의 옆으로 몰려들곤 하였다. 흰 수탉은 멀리서 그놈의 거동을 노려보곤 했다.

어떻게 보면 그놈의 존재는 인간 사회에 있어서 시인의 존재 같아 보이기도 하였다.

민중의 슬픔과 기쁨을 자기 것으로, 때로는 터지는 분통과 노여움을 부르짖듯이 그도 그렇게 우렁차게 울어대는 것 같았다.

어느 날이나 생김새가 날씬한 그놈이 여러 암탉들과 더불어 닭장을 돌며 먹이통 밑을 마구 파헤쳤다. 거름이 되다시피 한 빵조각들이 나왔다. 세상에 이런 법이 있느냐는 듯싶은 노기 띤 울음소리를 쳤다.

여러 암탉들도 그놈의 울음소리에 호응이라도 하는 듯 꾸두둑거린다.

이런 꼴을 못마땅하게 노려보고 있는 것은 늙은 흰 수탉이다.

옆에 따르는 눈알이 파란 암탉이 무어라 속닥거리듯 골골한다.

한쪽으로 기울어진 붉은 벼슬이 더 붉어지는 것 같았다. 흰 수탉의 탁한 울음소리가 닭장 안에 울렸다. 이 울음소리를 신호로 한쪽에 몰려섰던 여러 닭들이 날씬한 몸매를 한 수탉 쪽으로 덤벼들었다.

불의의 습격을 받은 암탉들은 갈팡질팡할 뿐이다. 그놈도 한동안은 어쩔 줄 몰라 하는 것 같더니만 맞섰댔자 소용없을 것을 알아차렸던지 꽁무니를 빼고 말았다.

먹이통이 뒤집혀지는 등 닭장 안은 일대 수라장이 벌어지고 말았다.

이리 쫓기고 저리 쫓기던 그놈도 이제는 기운이 진했던 모양이다. 기운이 진했다기보다는 생명에 어떤 위험을 느꼈던 모양 같았다.

관리인은 철망 밖에서 남의 집 닭싸움을 구경하듯 넘겨다보며 웃고 있기만 했다.

쫓기던 그놈이 휙 돌아서며 뒤쫓던 놈들을 노려보자 그놈들도 뒤쫓던 기세로 기운차게 달려들지는 못하고 주춤해버린 순간이다.

뒤돌아서 딱 버티고 서 있던 젊은 수탉은 기회를 놓치지 않으려는 듯 푸드덕 날아올랐다.

놀란 것은 뒤쫓던 무리뿐이 아니라, 썩은 냄새에 눈이 어두워졌던 놈은 물론 여러 암탉까지도 길게 목을 뽑고 그놈을 우러러보았다.

닭이 날아올라 학이 되고 그 학이 다시 한 쌍의 봉황으로 변하여 오동나무 그늘에 와 앉아 울면 어둠이 개고 동이 트리라…….

닭들이 놀라 목을 길게 뽑고 그의 뒤를 바라본 것은 닭장 주변에 떠돌고 있는 이런 전설을 생각해서였을까…….

아무리 기운찬 수탉이라 해도 그 이상 날아오를 수도 없었지만 날아오르려고 해야 그 위엔 철사로 덮여 있었다.

생명의 위험을 느껴, 있는 힘을 다하여 날아오른 수탉은 올라앉을 만한 자리가 없었다. 그렇다고 다시 날아내릴 순 없는 일이다. 그놈은 철사를 쥐고 늘어졌던 발목의 힘이 빠질 때마다 푸드덕거렸다.

철사에 긁히었는지 또는 지나치게 기운을 쓴 탓에 그렇게 털이 뽑혀져 떨어지는지 그 고운 털들이 떨어져 내렸다.

그쪽에 구멍이 뚫어져 있었는지 그놈은 그쪽 철사 밖으로 나가 남북의 경계선이 되어 있는 닭장 위에 올라앉아 홰를 치며 목을 뽑고 굽어보는 것이었다.

닭이 아니라 그 순간은 흡사 봉황 같기도 했다. 그러나 역시 그것은 한 놈의 수탉에 불과했다. 목을 뽑고 청승맞게 울고 난 그놈은 꼬리를 돌려 북쪽 닭장을 향하여 내려앉고야 말았다.

6

그것이 퍽 오래된 일이다. 두 관리인과 그때의 상처가 죽지와 뼈들에 남아 있는 닭들이나 기억하고 있을 뿐, 많은 풋병아리들은 기억조차 하지 못하고 있다.

한여름이 시작된 어느 날 새벽이다. 닭장 안에 큰 소란이 일어났다. 그것은 이 닭장을 가로막아 놓았던 벽과 철조망을 뚫고 이쪽 닭장으로 침범해 온 일이다. 먹이에 굶주린 닭은 닭이 아니라 살쾡이 떼나 다름없었다.

그들은 먹이통을 부수는가 하면 정말 살쾡이 아니면 솔개모양 살

찐 암탉과 병아리를 마구 앗아 갔다. 모든 수탉들은 암탉에 대한 명예를 걸고 맞서 싸웠지만 불의의 습격이고 보니 당해 낼 도리가 없었다.

벼슬이 떨어지고 눈알이 터지고 죽지와 다리까지도 부러져 나가도록 그들은 싸워 냈다.

그런데, 이상한 것은 이 닭장 속에서 가장 위엄을 부리던 그 흰 수탉의 존재다.

그 떨리는 울음소리도 들리지 않았지만 그 붉은 벼슬도 볼 수가 없었다.

닭장이 떠나갈 듯싶은 울음소리를 듣고 관리인이 달려온 것은 이런 소동이 한창 벌어진 후다.

남쪽 관리인은 기가 막혔다. 멀리 소동을 보고도 모른 척하고서 있는 북쪽 관리인의 태도가 더 미웠다.

이대로 두었다간 닭장이 온통 녹아날 판이다.

머리에 붉은 칠을 한 놈은 이름이 닭이지 솔개가 틀림없었다.

다시 집으로 달려간 관리인은 마누라에게 일러 벽에 걸어 두었던 연막탄을 갖고 나왔다.

그는 그것을 닭장 속을 향하여 터뜨려 놓았다.

놀란 것은 저쪽 관리인이다. 사람 좋은 그가 이렇게까지 화를 낼 줄은 생각 못 했던 일이다.

그는 눈을 비비며 닭장 속을 들여다보았다. 잘못하단 북쪽 닭장 관리권까지도 다 빼앗길 것만 같았다.

그는 성급히 남쪽 관리인에게 청을 하였다.

연막이 점점 퍼져 오르자 그제서야 닭장 속의 소동도 좀 뜸해졌다.

남쪽 관리인의 머릿속을 스친 것은 진주만 사건이다. 그는 그때 그것을 직접 당하고 사이판섬의 공격에까지 참석했던 경력이 있었다.

그는 무슨 이유로 한낱 닭싸움을 그것에까지 연결시켜 생각하게 되었는지 자신도 모를 일이었다.

북쪽 관리인의 청을 받아들여 그는 전번과 비슷하게 선을 그어 표지를 하기로 서로 약속을 했다.

닭과 닭의 싸움이지만 그 흔적은 너무나 비참했다.

재래종을 없애 버리기 위하여 간 칼로 마구 멱을 따던 전번 관리인 때보다도 시체가 많이 굴렀고 피는 낭자하게 흘렀다.

닭장이란 얼핏 생각해 보면 닭을 위하여 있는 것 같지만 기실은 관리인들을 위하여 있는 것이고 보면 닭을 위한 이(利), 불리(不利)는 문제가 될 까닭이 없었다.

닭들은 그날도 목을 길게 뽑고 울어댔다. 하늘은 맑게 개어 있었다.

이런 소동으로 남북쪽 닭장은 모두가 엉망이 되었다. 솔개 같은 놈한테 잡혀간 닭들도 많았지만 굶주림과 억압을 벗어나 이쪽으로 넘어온 닭들도 많았다. 그 닭들은 한결같이 그 늙은 흰 수탉을 우러러보았다. 그러나 날이 갈수록 벼슬이 유난히 붉은 늙은 수탉은 고집과 심술만이 늘어 갔다.

그런 봉변을 당하고 난 남쪽 관리인은 그 느린 성미에도 용의주도한 경계를 했다. 그는 벽과 철조망 사이에 쥐틀을 놓았다.

살쾡이나 솔개는 닭을 통째로 앗아 가지만 쥐란 놈은 닭의 밑구멍을 쑤셔 파먹길 잘한다. 닭은 그 개운한 기분에 창자가 빼앗기는 줄도 모르고 있다간 그냥 죽어 버린다.

그러나 이 덫틀에 걸리는 것은 쥐가 아니라 닭이었다. 머리에 붉은 칠을 한 암탉이 걸려 다리나 죽지가 부러지는 수가 있다.

관리인들은 그런 일로 서로 빈정대며 곧잘 말다툼을 하였다. 이번 소동에 눈을 밝히고 덤벼 내려왔던 것은 흰 수탉에게 쫓겨 철조망을 넘어갔던 그 젊은 수탉이었다. 그놈은 그 흰 수탉을 찾아 헤매다 별안간 던지는 연막탄에 놀라 제일 먼저 북쪽으로 퇴각을 해버리고 말았다. 세월의 흐름은 북쪽과 남쪽이 다름없었다. 그러나 이 강마른 젊은 수탉은 세월이 흐를수록 어리둥절했다. 그것은 자기가 살던 곳과 너무나 엄청나게 차이졌던 까닭이다.

무질서한 자유를 싫어하던 그였지만 질서 있는 부자유란 너무나 가혹했다. 그러나 자기가 찾아온 곳이다.

비위에 거슬리고 마땅치 않은 것이 눈에 보이기만 해도 횃대에 올라 목을 길게 뽑고 울어대던 존재였지만 이젠 그 울 수 있었던 자유마저 빼앗기고 만 셈이었다.

사사건건이 비위에 거슬려 들지 않는 것이 없고 보니 매양 울어댈 수도 없었지만 울기만 하라고 버려두지도 않았다. 더욱이 알을 못 낳는 수탉의 존재란 아무것도 아니다. 그러니 우렁찬 목소리도 소용이 없었다.

강마른 몸은 더욱 기름이 내려 털갈이 때가 아닌데도 불구하고 털이 떨어져 나갔다.

그 수탉도 역시 지정된 자기 상자 속에 들어가 있어야만 했다.

먹는 것도 없으니 기운이 있을 리가 없었다. 목을 길게 뽑고 닭장 밖을 내다보았다.

파란 하늘이 가로막은 벽과 철사 위를 덮고 있다. 그 하늘 밑으로 한 떼의 기러기가 울고 간다.

수탉은 자기도 모르게 상자 속에서 뛰어내렸다. 그도 날아가는 기러기모양 한껏 목을 뽑아 보았다. 벽과 가시 철망이 너무나 높았다.

수탉은 길게 뽑은 목으로 기운껏 울었다.

아니꼽고 못마땅한 그런 불평불만이 아니라 아침이 밝아 올 때 홰를 치며 울던 닭의 본연의 울음소리다. 그러나 수탉은 무사칠 못했다. 그는 여러 수탉의 습격을 받았다.

모두가 머리에 붉은 칠을 한 눈매가 사납게 생긴 놈들이다.

싸움이란 남쪽 닭장에서도 해본 적이 없는 심약한 존재다. 대번에 눈알을 쪼인 채 비틀거렸다. 그러지 않아도 제한된 상자 속 생활에 지친 그는 그들을 당해 낼 도리가 없었다.

눈자위와 벼슬에 피를 흘리며 쓰러진 수탉은 길게 다리를 뻗으며 떨었다.

파란 하늘 밑으로 온 가족이 줄을 지어 남으로 남으로 자유롭게 날아가는 기러기 떼모양 날아오르고 싶었지만 여윈 다리가 떨리기만 했다.

이것을 발견한 것은 이곳 관리인이다. 그는 양미간을 찌푸리고 있었다.

수탉은 그가 울대를 거머쥐는 것도 모르고 있었다.

닭장 관리인은 그놈의 머리털부터 보았다. 틀림없이 남쪽에서 넘어온 놈이다. 게다가 알도 까지 못하는 수탉이다.

그는 닭장 안에서 목을 땄다. 그리곤 그것을 갖고 나가 곧 튀겨 버렸다.

앙상한 가슴뼈가 드러나 있을 뿐 살이란 별로 붙은 데가 없었다.

닭장 밖 양지쪽에 앉아 있던 남쪽 관리인은 큰 소리에 고개를 돌렸다. 자기를 부르는 것 같기도 하였지만 분간할 수 없는 목소리다.

그는 눈을 크게 하고 북쪽 관리인을 바라다보았다.

북쪽 관리인은 튀겨온 수탉을 높이 쳐들어 보였다.

손잔등에 털이 숭굴숭굴한 그의 손에 아직도 피가 번들거렸다.

남쪽 관리인은 닭과 그의 얼굴을 번갈아 쳐다보았다. 억지로 웃어 보이는 탓인지 북쪽 관리인의 표정은 이상하게 잔인하게 보여 그는 고개를 돌리고 말았다. 고개를 돌리며 그는 시선을 닭장 속으로 던졌다.

닭싸움이 벌어져 있었다. 하도 사납게 구는 것 같아 흰 수탉과 그 암탉은 따로 격리시켰지만 요즈음은 남은 수탉들이 군웅할거하는 판이다.

그는 테이블 위에 놓여 있는 트랜지스터의 스위치를 돌렸다. 불쾌한 기분을 발산시키기 위해서인 것 같았다.

195×년, 체코의 어느 시인이 불란서로 탈출해 나와 전하는 것이라는 아나운서의 말이다. 한 독재자를 피해 독재의 품으로 갔던 어느 시인이 결국 독재자의 손에 처형되었다는 내용이다. 파리한 얼굴 표정과 묵직한 음성을 탈출해 온 이 순간에도 잊을 수 없다는 것이었다.

관리인은 눈을 감았다. 그리고 트랜지스터의 스위치를 껐다.

앙가슴이 드러난 닭의 모습이 어쩌면 그 시인의 모습인 것 같은 생각이 들었다. 한낮에도 잘 울던 닭의 울음소리가 들리지 않은 채 한순간 주위는 조용했다.

관리인은 그 어느 해엔가 흰 수탉에게 쫓겨 가서 울타리를 죽을 힘을 다하여 넘어가 버린 그 파리한 수탉의 모습이 떠올랐다. 어쩌면 지금 북쪽 관리인이 치켜든 그 닭은 그 수탉인 것 같은 생각도 없지 않았다.

관리인에겐 환한 낮인진 몰라도 닭들에겐 언제까지나 가시지 않는 어둠만이 이 한낮에도 내리고 있는 것 같았다.

양쪽 관리인은 닭장 주변에 떠도는 전설을 부인한다 해도 닭들은 믿어야만 편하고 보람을 가질 수 있었다.

날아오른 닭이 학이 되었다 그 학이 다시 한 쌍의 봉황으로 변하여 오동나무에 앉아 울면 날이 새고 동이 트리라…….

쌍화점
雙花店

관용이 없는 고집은 벙어리와 장님의 주장과 같다. 장님은 눈을 자랑하고 벙어리는 입을 자랑한다.

1

무더운 여름 어질고 착한 주인을 찾아 대낮에 초롱불을 켜 들고 한길을 걸어가는 사나이가 있었다.

"저 친구가 돌지 않고서야 저럴 수가 있담, 돌아도 완전히 돌았지!"

사람들은 그를 향하여 입을 모아 조롱을 아끼지 않았다.

그러나 초롱불을 켜 들고 걸어가는 본인은 오히려 그 사람들이 제정신이 아닌 돈 사람들 같기만 했다.

그는 얼마쯤 가단 걸음을 멈추었다. 그리곤 초롱불을 높여 사방을 휘둘러보았다. 눈에 뜨이는 것이 없었다. 그는 고개를 흔들었다. 그의 표정엔 절실한 것이 들어 있었다.

"눈은 떴지만 장님인 모양이군……."

조롱하는 군중 속에서 튕겨져 나온 말이다.

초롱불을 든 사나이는 속으로 대꾸했다.

"그렇다, 난 눈뜬장님이다. 장님이야. 그러게 너희들이 보다시피 이렇게 초롱불을 켜 들지 않았느냐?"

뜨거운 날씨다. 그는 이마에 흐르는 땀을 닦기보다 초를 갈아 매기에 바빴다.

"글쎄 어쩌자구 저 짓이야……."

"돌았으니까 그렇지……."

사나이는 그들의 말은 들은 척도 하질 않았다.

땀을 한쪽 소매 끝으로 닦으며 그는 고개를 설레설레 흔들었다. 이마에 내려쬐는 햇빛보다도 갈증을 참아내기가 힘들었다. 그러나 그 갈증을 해갈하는 일보다 그에겐 더 긴요한 일이 있었다.

어디로 간담……

피로하였다. 그가 이런 생각을 한 것은 솜 같은 피곤이 온몸을 엄습해 왔기 때문이 아니다.

갈 곳이 없었다. 길이 막힌 것이 아니라 얼마든지 갈 수 있는 길이 뻗쳐 있었다. 그러나 그 길이란 길은 모두가 돌고 돌아온 길 같기만 하였다.

고층 거각이 즐비해 있는 도시의 중심지다. 안전한 교통 지대를 찾다 초롱불을 든 채 주저앉았다.

그의 마음은 심산유곡에 들어앉아 있는 기분이었다. 심산유곡이라기엔 너무나 무더웠다.

사막, 그렇다…… 허허벌판인 사막 한가운데를 방황하는 기분이다.

"이 사람아, 구경할 것도 끔찍이 없는가베, 그 돈 친구를 구경해 뭣하나."

"돌긴 돌았어도 좀 이상하지 않어?"

"돌았는데 이상한 게 뭐가 있어. 돈 사람을 이상하다고 생각하는 자네가 이상한걸……."

"에끼 이 사람, 입이 있다고 할 말 다 하라고 했나?"

초롱불을 들고 앉아 있던 사나이는 그들의 농에 고개를 끄덕거렸다. 그리곤 혼자 중얼거렸다.

"그렇다, 너희들이 날더러 눈뜬장님이라고 하면 너희 놈들은 말하는 벙어리다, 벙어리야, 정신이 말짱한 어르신네가 알아들을 수 없는 말을 지껄이는 너희들이 벙어리가 아니면 그래 뭐란 말이냐."

그는 혼자 이렇게 중얼거리고 앉아 있는 동안 마음이 슬퍼졌던지 손등으로 눈시울을 닦았다. 손등이 젖어 있었다.

"폐허와 같은, 아니 정말 사막과 같은 세상이야."

이렇게 혼자 말끝을 맺으며 일어서려 했다.

어서 빨리 어둡기 전에 찾아 나섰던 것을 찾아가야 했기 때문이다.

그가 찾는 것은 사막에서 오아시스를 얻듯이 사람을 찾아 나선 것이다.

팔월도 중순이 넘은 늦더위가 가시지 않은 어느 날 그는 그렇게 오랜 세월을 두고두고 헤매어 찾던 사람을 만났다. 갖은 풍상을 겪은 어진 늙은이를 주인으로 모시기 위하여 그는 초롱불을 끄고 스스로 한길에 엎드려 그를 우러러보았다.

기갈을 푼 것같이 시원하고 기쁘기 한량없었다.

사나이는 그를 믿음직한 주인이라 생각했다. 슬기롭고 강직한 주인은 모실수록 정이 갔다. 어느 날 이 늙은 주인은 스스로를 아버지라 부르라고 했다. 사나이는 서슴치 않고 그렇게 불렀다. 정말 집안의 아버지 같은 분이었다. 두고두고 모시는 동안 강직한 아버지의 성격은 고집화되기가 쉽다. 고집엔 용서가 없는 법이다. 그러게 그 고집 앞엔 슬기로운 자신의 지혜까지도 눈멀어지기가 일쑤다. 이런 주인 아버지는 엄하기 마련이다. 엄한 아버지 앞엔 맹종만이 미덕으로 남게 된다.

어느 날 사나이는 맹종의 미덕을 깨뜨리고야 말았다. 주인은 대발 노발했다.

"네 장님 같은 눈으로 무엇을 안다고 그 소리냐!"

"제가 왜 장님입니까, 어엿한 두 눈을 갖고 있지 않습니까?"

"가죽에 구멍이 뚫어져 있다고 다 눈이냐!"

사나이는 하도 어이가 없어 잠자코 있었다.

"눈에도 볼 줄 아는 눈과 볼 줄 모르는 눈이 있다."

"그러시다면 제 눈은 볼 줄 모르는 눈이란 말씀이십니까?"

"네 자신이 알 게 아니냐!"

늙은 주인은 얼굴에 경련을 일으키고 한참 사나이를 노려보고 있다 말을 이었다. 그는 분기가 가시지 않아 말소리가 심히 떨렸다.

"네가 장님이 아니라면 어째서 대낮에 등불을 켜 들고 다녔다 말이다."

사나이는 할 말이 없었다.

"사람이란 가려볼 줄 알고 가려들을 줄 알고 가려 말할 줄 알아야 하는 법이다."

"가려보다니요?"

"내 말만을 들으란 말이다."

"가려 말하라는 말씀은요."

"네, 물정을 알면서도 그렇게 꼬치꼬치 캐어묻는 것부터 틀린 것이야. 네가 그래 몰라서 묻는 말이냐. 사람이란 입이 있다고 함부로 말하는 법이 아니다. 함부로 말하는 놈은 벙어리보다도 못된 놈이란 걸 알아야 하네. 입은 밥 먹으라는 입이지 말하라는 입이 아니다."

이날부터 사나이는 늙은 주인 앞에서 장님 아닌 장님이 되어야 했고 벙어리 아닌 벙어리가 되어야만 했다.

초롱불을 켜 들고 자기가 찾은 주인이고 보면 어쩔 수 없는 일이다. 그는 체념할 수밖에 없었다.

할 말을 못 하고, 보고도 못 본 체한다는 것은 쉬운 일이 아니다. 아무리 순한 사나이라 해도 언제까지나 그것을 참아낼 수는 없는 노릇이다.

그는 자신의 이런 생활을 감옥 아닌 감옥 생활이라고까지 생각하는 일이 있었다.

늙은 주인은 자신의 계명을 어겼다 해서 자기 집 골방에다 가둔 사람까지 있었다.

그 계명이란 딴것이 아니라 이 사나이가 말한 바 있는 가려들을 것과 가려볼 것과 가려 말하라는 세 조문이었다.

사나이는 어느 날 그런 것도 어기고 골방에 갇혀 감옥 생활을 하고 있는 친구와 자신을 철창문을 사이에 하고 앉아 있는 죄수와 간수의 입장으로 견주어 생각해 보았다.

사실 이런 환경이고 보면 어느 쪽이 감옥 생활을 하고 있는지 분간할 수조차 없었다.

"저놈이 왜 저러구 있누. 벽이라도 뚫고 도망을 치려나. 탈옥 사건이 나면 큰일이야."

간수는 죄수 쪽을 노려보았다. 죄수는 간수를 바라보며 빙긋이 웃는다.

“불쌍한 친구야, 나야 할 말이나 떳떳이 하고 이렇게 쭈구리고 앉아 있지만 저 친구는 하고 싶은 말도 못하고 저런 꼴을 하고 앉아 있으니 딱하기도 하지…….”

죄수는 혼자 뇌까리며 시선을 돌렸다. 이런 모습을 머리 속에 그리고 앉아 있던 사나이는 고개를 끄덕이며 혼자 중얼거렸다.

“하기야 옷 색깔이 다르다 뿐이지 누가 죄순지 모를 일이야, 암, 모를 일이구 말구……. 감옥 속에서 역을 지고 사는 죄수들이란 옥문이 열리는 날에 희망을 걸고 살 수 있지만 옥 없는 감옥 생활을 해야 하는 나 같은 것은 죽는 날에나 희망을 걸어야 하나…… 그러나 미물이 아니고야 그날을 기다릴 순 없지 없어…….”

그는 주먹을 불끈 쥐고 일어서고야 말았다. 사나이는 늙은 주인집을 찾아갔다.

“저는 오늘로 주인댁을 하직하렵니다.”

“하직? 안 된다!”

결심을 하고 여기까지 나선 길이라 사나이도 만만치가 않았다.

“안 된다는 게 웬 말입니까?”

사나이는 따지고 들었다.

“그래 하직이란 말이 무슨 뜻이냐?”

사나이는 멍청 주인 늙은이를 쳐다보았다. 그가 정말 그것이 무엇인지를 몰라서 묻는가 싶어서다. 그러나 그가 그것을 알건 모르건 상관할 바가 아니었다.

“오늘부터 주인댁에서 나가겠다는 말씀이죠.”

사나이는 잔기침 끝에 이렇게 잘라 대답했다.

늙은 주인의 얼굴은 붉으락불그락했다.

"네 이놈!"

사나이는 그만 성난 호령에 고개를 떨어뜨리고야 말았다. 밑도리가 부르르 떨렸다. 불같은 호령을 듣고 보니 사나이는 자신이 무슨 죄라도 범한 것 같았다.

"들고 나는 것이야 내 뜻이지 어떻게 네 마음이냐, 이 집이 내 집이요 내가 주인인데 너는 내가 부리던 사람이 아니냐?"

늙은 주인의 말도 그럴법했다. 그러나 한번 다짐하고 나선 차엔 아무리 늙은 주인의 호령이 엄하다 해도 되돌아설 순 없었다.

돌바위에 짓눌렸어도 싹은 움터 오르고 여물 대로 여문 봉숭아의 씨앗은 터져 떨어지기 마련이다. 그것은 누구의 힘으로도 막을 수 없는 것이다. 늙은 주인도 별의별 수단을 썼지만 돌아선 사나이의 마음을 돌이킬 순 없었다.

늙은 주인집을 뛰쳐나온 사나이는 희망을 잃지 않았다. 그는 새 초롱에 다시 촛불을 켜 들고 한길로 나섰다. 새 주인을 찾기 위해서다.

한 사람의 올바른 주인을 찾아 모신다는 것이 얼마나 힘든다는 것을 그는 뼈저리게 느꼈다. 그러게 그는 눈뜬장님이 되지 않으려고 했다. 그러는 사이에 사나이는 자신도 모르게 의심이 생겼다. 의심 앞엔 모든 것이 분명치가 않았다.

사나이의 옷은 헐벗어졌고 그의 몸은 굶주림에 여위었다. 그럴수록 그의 눈빛만은 나날이 빛났다.

어제 걸은 길을 오늘도, 오늘 걸은 길을 그는 내일도 걸어야 했다.

길에서 쉬고 길에서 자고 길에서 깨는 그는 고달프기만 했다. 그러나 누구도 그의 고달픈 사정을 위로해 주는 사람은 없었고 또 위로받고자 생각조차도 할 수 없었다.

붉은 저녁노을이 곱게 물들기 시작한 어느 마을 어구다. 그는 초롱불을 옆에 놓고 앉았다.

어제가 오늘 같은 세월 속에 지냈건만 해가 가고 바뀌어 계절도 달라지고 있지만 그에겐 역시 오늘이 어제 같고 어제가 오늘 같기만 했다.

떨어져 있는 마을 쪽에서 조무라기들이 저녁밥을 삭이기 위해서인지 고무줄 뛰어넘기를 하고 있는 모양이다.

그들이 부르는 노래소리가 바람결에 들려온다. 사나이는 그쪽으로 귀를 기울였다.

그런데 누가 어깨를 툭 치지 않는가……. 사나이는 그를 쳐다보았다. 신수가 멀쑥한 사나이다. 그는 그를 힐끔 쳐다보았다.

손짓을 하는 모습이 벙어리인 모양이다. 그는 그의 손짓을 유심히 쳐다보았다. 그 시늉으로 보아 길을 묻는 것이 분명했다.

마을 어구는 갈림길로 되어 있었다. 오른쪽으로 가면 동쪽이요 왼쪽으로 가면 서쪽이다. 그도 지금 어느 쪽으로 갈 것인가를 생각하며 쉬고 있던 참이었다. 그는 한참 후에야 그 벙어리의 뜻을 알아차렸다. 서슴치 않고 바른쪽 길을 가리켜 주었다.

신수가 훤한 벙어리는 고맙다는 듯 몇 번이고 허리를 굽히며 총총히 걸음을 옮겼다.

사나이는 벙어리의 뒷그림자가 보이지 않을 때까지 그의 뒤를 쫓고 있었다.

붉은 노을이 벌판 끝으로 번지며 점점 희미해져 갔다.

그는 아직도 일어날 생각을 하지 않았다.

“여보시오.”

사나이는 누가 부르는 소리에 깜짝 놀라 그쪽으로 고개를 돌렸다.

검은 색안경은 썼지만 지팡이를 짚고 있는 것이 장님인 모양이다.

“왜 불렀소…….”

“길을 좀 물읍시다, 재마을로 갈라면 왼쪽 길로 가오, 오른쪽 길로 가오?”

“오른쪽 길로 가시오.”

“고맙소…….”

장님은 지팡이를 옮기며 오른쪽 길로 돌아서려 했다.

잠시 후 사나이는 걸음을 옮기려는 장님을 불러 세웠다.

“여보시오.”

“왜 그러시오.”

“보아하니 앞을 못 보시는 것 같은데 어떻게 내가 여기 앉아 있는 것을 알았소.”

지팡이를 짚고 섰던 장님은 껄껄 웃었다.

“눈만 보이지 않아 장님이라우.”

사나이는 더 캐어묻질 못했다. 장님도 갈 길을 서둘러 더 긴말 않고 그냥 가버리고 말았다.

사나이는 늙은 옛 주인과 조금 전 길을 서둘러 가버린 장님과 벙어리를 생각하며 혼자 쓴웃음을 웃었다.

사나이는 그대로 한길가 잔디 위에 누워버렸다.

마을 조무라기들이 줄을 뛰어넘으며 기를 써 부르는 노래소리가 바람 탓인지 한층 가까이 들려온다.

승냉이가 구름 타고
남쪽으로 날랐네
보선을 갈아 신고
짜장면을 먹고 나니
다리가 허정허정
줄넘기가 힘든다
초녕집*엔 주렁주렁
박꽃이 피었네

멀고 가깝게 들려오는 노래소리를 들으며 사나이는 멀리 하늘 끝을 바라보았다.

붉은빛이 엷어지며 보라빛으로 변한다. 그런데 저것이 무엇일까. 사나이는 눈을 가늘게 하고 그쪽을 응시했다. 사나이는 벌떡 일어나 앉았다. 한 떼의 기러기다.

처음엔 그냥 까만 점 같아 보이던 것이 점점 커지며 줄을 지었단 흩어지고 흩어졌단 다시 줄을 지으며 날아온다.

앞선 놈이 뒤지고 뒤떨어졌던 놈이 앞장을 선다. 어느 것이 어미며 어느 것이 새끼인지 분간이 안 된다.

노을이 빗겨가는 하늘 밑에 그것들의 그림자는 더 뚜렷해 보인다.

한 놈이 대열에서 떨어져 나가자 뒤떨어졌던 놈이 따라 나가 그놈을 몰아다 대열에 넣는다.

끼룩끼룩…….

---

* 초녕집: 초가집. '녕'은 '이엉'이나 '지붕'을 뜻한다.

사나이는 벌떡 일어서 고개를 쳐들었다. 아름다운 대열이다. 무엇 때문에 날아가는 한 떼의 기러기의 모습이 그렇게까지 황홀해 보이는지 알 수 없는 일이다. 그의 눈엔 눈물이 핑 고여 들었다. 여윈 뺨에 고여 들었던 눈물이 굴러떨어져도 그는 그것조차 느끼지 못하고 하염없이 날아가는 그것들의 모습을 바라보기만 했다.

끼룩끼룩…….

누가 꼬래비요 누가 선두가 아니라 서로가 선두요 서로가 꼬래비다. 날고 날다 기운이 진하면 뒤지고 다시 기운이 회복이 되면 앞장을 선다.

선두가 목적이 아니라 살 수 있는 가나안 복지를 찾아가는 것만이 그들의 소원이다.

후손들의 번영을 위하여선 앞장을 다툴 수가 없었다.

앞장을 다투다 복지(福地)를 찾지 못하면 스스로가 저지른 재앙 속에 멸종이 있을 뿐이다.

스며 흐르는 눈물에 흐려졌는지 황혼의 뒤를 몰고 오는 엷은 어둠의 탓인지 기러기 떼의 모습도 이제는 보이질 않는다. 그러나 사나이는 기러기 떼가 날아간 쪽에서 고개를 돌릴 줄을 모르고 서 있었다.

누가 날으면서 올개미를 보고도 본 척 말고 장님이 되라 할 것인가!

올개미에 친구가 끼어드는 것을 보고 누가 끼룩끼룩 울지 말고 벙어리가 되라 할 것인가…….

팔뚝의 힘을 믿고 날다 뒤지면 그만이지 그들에겐 용기 이상의 만용이 필요칠 않아 보였다.

피곤에 지쳤던 날개에 힘이 회복되면 그냥 앞장을 서면 그만이지 그들은 남을 뒤지게 하기 위하여 슬기로운 지혜가 간지(奸智)에 빠져들 필요가 있을 것 같지가 않았다.

철이 되면 기러기가 날아오고 날아갔건만 사나이는 오늘과 같이 그것이 장엄하고 황홀하게 느껴진 적은 없었다. 날이 어두웠다. 사나이는 한때도 잊지 않고 들고 다니던 초롱불을 불살라 버렸다. 그리곤 벙어리와 장님이 걸어간 그길로 자기도 서둘러 걸었다. 어둠을 가로지르고 날아간 기러기 떼모양…….

2

장님은 낮길을 걷는 것보다 밤길이 더 불안했다. 그러게 그는 한길로 나서면 한 손엔 지팡이를 들고 한 손엔 초롱불을 켜 들었다.

"병신 같은 놈이지, 그래 두 눈을 멀쩡스레 뜨고도 교통사고를 일으킨담, 병신 같은 놈."

매일같이 일어나는 교통사고에 대하여 그는 눈뜬 병신들이라고 이렇게 마구 나무랬다.

천연스럽게 이런 소리를 하고 앉아 있는 것을 보면 옆에 있던 사람은 의아한 생각이 들기 마련이다. 의아한 나머지 누구도 성큼 대답질 못한다.

그는 옆 사람을 노려보기라도 하려는 듯 쓰고 있던 색안경을 벗어 든다. 골아든 눈알이 보기에도 징그러울 정도다.

의젓이 색안경을 쓰고 있을 때까진 그가 장님인지도 모르고 있던 사람까지 그의 이런 꼴을 보곤 새삼 놀란다.

"장님 주제에……."

그가 장님이란 것을 처음 안 사람은 누구나 이런 말이 목구멍까지 빠져나오려는 것을 억지로 참는다.

“병신 마음 고운 데 없다더니 그 주제에 생사람을 병신이라고 원 참 아니꼬운 꼴 다 보겠네…….”

개중엔 이런 욕을 퍼붓는 사람도 없지 않았다.

장님의 입에서 무슨 대꾸라도 나오면 마구 두들겨 팰 것 같은 그런 기세를 하고 있어도 그는 조금도 불안해하질 않는다.

남이 부쩍 화가 났을 땐 의외로 장님은 부드러웠다.

“여보세요, 병신 마음 고운 데 없다더니 생사람을 병신이라고 한다구요. 허 그 양반 보아하니 죄다 유식해 보이는 분이 분수없이 무식한 소리를 하지 않나, 그래 병신이 병신 짓을 했다면야 그게 무슨 흉이오, 당연한 일이지. 병신 아닌 사람이 병신 짓을 하니 그것이 병신 아닌 병신이지 뭐요.”

그는 벗어들었던 색안경을 다시 쓰며 군입을 다신다.

눈알이 잦아들어 징그러울 지경으로 흉해 보이던 그도 안경만 쓰면 의젓은 고사하고 위엄성까지 있어 보였다.

그의 말을 듣고 보면 그럴 성싶기도 했다.

옆에 앉아 있던 사람들은 서로 마주 쳐다보며 빙그레 웃을 뿐이다. 화를 내며 덤비던 친구도 수그러진 채 어이없다는 듯 슬그머니 돌아서 버린다.

“전국에 장님의 수효가 ○○명인데 눈뜬 사람 못지않게 자활력을 가지고 살아가지요. 눈뜬 생사람도 살기 힘든다는 세상에 참 모두들 장하답니다. 제가 장님협회 회장이라서 이런 자랑을 늘어놓는 것이 아닙니다. 눈뜬장님은 교통사고에 목숨을 잃어도 우리 같은 장님이 교통사고로 죽었다는 소리는 여러분도 듣질 못했을 것입니다.”

주위 사람들은 혹시나 그런 기억이 있지나 않나 해서 머리를 기웃거려 보지만 장님의 말대로 장님이 교통사고로 희생되었다는 소리를 들은 것 같지가 않았다.

이렇게 장담을 하는 장님도 밤길을 나설 때만은 불안하여 초롱불을 켜 드는 것을 잊지 않았다.

그는 초롱불을 높이며 한쪽 손의 지팡이로 길을 더듬으며 걸어갔다.

좀 불편은 했지만 불안을 느끼는 것보다는 한결 나았다.

"날씨가 휘지근한 것이 잔뜩 흐린 모양인걸……."

그는 혼자 이렇게 뇌까리며 밤길을 걸었다.

오고 가는 사람들이 자기를 피해 가는 것이 분명했다. 그는 혼자서 싱긋이 웃으며 또 걸었다. 그 순간 그는 바로 눈앞에 인기척을 느끼며 주춤했다. 주춤하는 순간 누군가가 확 부딪쳤다.

장님이 들고 있던 지팡이와 초롱불이 부르르 떨렸다. 그는 약이 올랐다. 어떤 짓궂은 놈의 장난인 것 같아 지팡이로 단단히 후려칠 생각이었지만 겨냥을 할 수가 없었다. 그렇다고 그냥 있을 수도 없었다.

"눈알들 어데 빼두고 다니는 놈이기에 사람도 가려보지 못하느냐. 고약한 놈 같으니……."

그는 벼락 소리를 지르며 한 걸음 앞으로 나섰다.

"누가 할 소리를 이놈이 하는 거야?"

상대편도 만만치가 않았다.

"그래 눈알을 뽑아두고 다니는 사람이 아니면 이 초롱불도 안 보인단 말이냐!"

그는 초롱불을 그의 앞에 내대며 흔들어 보였다.

상대편은 화도 났었지만 어이도 없었다.

"아니 여보쇼 그래 당신은 눈알을 얻다 빼어두고 다니기에 초롱불이 꺼진 줄도 모르고 남보고 그 야단이란 말이오."

장님은 그제서야 곡절을 알아차릴 수 있었다.

"허어…… 형장…… 초롱불을 켜 들고 나섰을 때야 곡절이 있었을 게 아니우."

"그래 그 곡절이란 게 도대체 뭐란 거요?"

"그 곡절이야 단 하나지 딴 이유가 있겠소."

상대방도 그제서야 그 사유를 눈치채는 모양 같았다.

"형장은 앞을 못 보는 모양이구려……."

"그 말 다시 물어 무엇하오."

"그래서 초롱불이 꺼진 것도 모르셨군……. 무슨 놈의 안개가 이렇게 짙게 끼었는지……."

상대방이 장님이란 것을 알자 그도 부딪치게 된 것을 안개 탓으로 돌리며 말소리를 누그렸다.

"초롱에 불을 켜드릴 테니 이리 내시우……."

장님은 서슴치 않고 그에게 초롱을 내주었다.

"자 조심이 들고 가야지 또 불이 꺼지리다."

"고맙소……."

장님은 그 사나이가 안개 속으로 사라진 다음에야 걸음을 옮겼다.

"에이 무슨 놈의 안개가 그렇게 짙게 끼어 말썽이지……."

그는 혼잣말같이 중얼거리며 지팡이를 내짚었다.

휘지근하게 느껴지는 것을 보면 안갯발이 개이지 않는 것이 분명했다.

한참 걸어오던 장님은 갑자기 불안했다. 혹시나 초롱불이 꺼져 있지나 않은가 하는 생각이 들어서다. 불안한 생각이 들자 그는 한 발자욱도 내디딜 용기가 나질 못했다.

그는 한쪽 손의 지팡이를 옆구리에 끼고 촛불에다 손을 갖다 대어 보았다. 불이 꺼지지 않은 것이 분명했다.

눈앞이 훤해지는 것같이 그의 불안은 순식간에 가시고 말았다. 그는 다시 걷기 시작했다. 거기서 얼마 더 걷지 않아서다.

어찌나 세게 부딪쳤던지 그는 초롱불을 떨어뜨리고야 말았다. 그는 그 순간에도 지팡이를 떨어뜨리지 않은 것만을 다행으로 여겼다.

틀림없이 이번만은 어떤 놈이 장난을 친 것이 분명했다.

"에이 죽일 놈 같으니. 그래 앞 못 보는 장님이라고 네놈이 날 업수이여기고 이 지랄이냐. 어디 두고 보자. 네 이놈! 앞 못 보는 장님 맛 좀 보아라……."

마구 욕을 퍼부어도 상대방은 아무런 대꾸도 않고 씨근거리고만 있었다.

장님의 생각으론 이놈이 자기를 약이 바싹 오르도록 골리려고 하는 것이라고 생각했다. 그런 생각을 하니 더 분하기만 했다.

"이놈 두고 보아라, 장님 맛 좀 보아라 어떤가……."

그는 혼자 중얼거리며 인기척이 들리는 쪽으로 한걸음 옮겨가다 호흡을 가다듬었다.

"네 이놈……."

그는 들고 있던 지팡이로 있는 힘을 다하여 내려갈겼다.

이상한 비명을 올리는 것이 호되게 얻어맞은 모양이다. 그제서야 장님은 다시 한번 지팡이를 휘두르며 호통을 쳤다.

"네 이놈……. 앞 못 보는 장님이라고 네놈이 업수이여겼지, 장님 주먹맛 좀 봐라."

그는 다시 한번 지팡이를 휘둘러 쳤지만 이번엔 허탕을 치고 말았다.

잇달아 땅을 힘껏 내려갈기자니 어깨박죽이 뻐근하다.

장님은 다시 덤벼들 태세로 지팡이에 단단히 힘을 주었다. 그런데 이놈이 어느 쪽으로 가 있는지 종잡을 수가 없었다.

장님은 불안했다. 불안하고 보니 호통이라도 쳐야만 했다.

"네 이놈 어서 덤벼보아라, 그냥 두질 않을 테니……."

장님은 벌렁 뒤로 나가넘어지고 말았다. 그의 입에서 이런 소리가 떨어지기를 기다리고 있었다는 듯이 상대편은 주먹으로 그의 면상을 갈겼다.

뒤로 나가넘어졌던 장님은 다시 일어서려 하였다. 그런데 이상한 것은 말 한마디 안 할 뿐 아니라 도대체 방향을 어느 쪽으로 잡고 있는지 종잡을 수가 없는 일이다.

아무리 자기 잘못이 없다 해도 이런 사태에선 자기주장과 자기 화풀이만을 내세울 수가 없었다.

기가 꺾인 장님의 말소리는 울음소리나 다름없었다.

"세상에 그래 병신이라고 이렇게 업신여기는 법이 어디 있단 말이냐, 우리 피차에 손질은 그만두고 경우를 따져보자, 세상에 병신이라고 이렇게 업신여기는 법이 어디 있단 말이냐."

그는 떨어뜨린 지팡이를 찾아 들고 비틀 일어섰다.

그러나 상대편은 그가 일어서는 것을 허락칠 않았다.

장님은 상대편이 지팡이를 힘껏 잡아채는 통에 앞으로 쓰러지려다 그의 오른쪽 다리와 부딪치고 말았다.

장님도 악이 올랐다. 그는 상대편의 다리를 힘껏 쥐고 늘어졌다. 늘어지기만도 다행인데 그는 그의 허벅다리를 있는 힘을 다하여 물어뜯었다.

다급한 상대편의 비명은 그것이 사람의 소리 같지가 않았다.

"이놈!"

이렇게 소리를 지른 장님은 상대편의 다른 것을 잡아 나꾸치려 했다. 상대편도 그런 장님을 그냥 두질 않았다. 그도 있는 힘을 다하여 그의 머리통을 사정없이 두들겨 패었다.

내려 패고 물어뜯는 동안 그들은 서로 부둥켜안은 채 이리 뒹굴고 저리 뒹굴었다.

사생을 결단하고 나선 싸움이고 보니 누가 이기고 지는 판결을 내리기는 어려웠다.

사람은 사람인 것 같으면서도 장님 생각엔 사람 같지가 않은 것 같기도 했다. 겁이 났다. 사람이라면 그동안 무슨 말이든 한마디쯤 할 법하건만 종종거릴 뿐 아무런 소리도 내지 않는 것이 그로 하여금 그러한 생각을 품게 하였다.

장님은 악착같이 달려들었다. 몸집도 그러했지만 힘도 도저히 당해낼 수가 없었다.

이번엔 영락없이 장님이 깔리고야 말았다.

가슴과 배를 짓누르는 상대편의 궁둥이가 바위돌같이 무거웠다. 내려눌리는 것은 그놈의 바위돌 같은 궁둥이뿐이 아니었다.

그놈은 쇠스랑 같은 굵은 손으로 목을 졸라 누르는 것이었다.

아무리 버둥거려도 팔과 다리가 제가끔 놀아날 뿐 힘을 낼 수가 없었다. 이러다간 귀신 몰래 죽어버릴 것이 뻔했다. 그는 목을 틀어 그의 손아귀를 벗어나려 했다.

"도둑이야!"

그는 간신히 소리를 쳤다. 그는 이런 소리는 알아듣는 둥 마는 둥 그냥 내려누르기만 했다.

장님은 다시 한번 목줄을 틀어 돌리며 고함을 질렀다.

"살인야 살인!"

자기를 타고 내려눌러대는 상대방의 씨근벌떡거리는 소리만 들릴 뿐 누구도 달려오는 기색이 없었다.

"살인이야……."

그는 목진이 타도록* 소리를 지르지만 그 소리는 자기 귀에도 들리질 않았다. 장님은 조금만 더 지체되었던들 숨이 넘어가 버렸을 것이라고 생각했다. 다행한 일이다. 온몸이 뻐근했다.

장님은 저놈이 도둑질을 하려고 살인을 저지르려던 놈이란 말이 나오는 것을 꾹 참았다. 무슨 봉변을 또 당해야 할지 모를 일이었던 까닭이다.

"세상에 이런 일이 어디 있우. 아무리 말세라 한들……."

장님은 싸움을 뜯어말려 준 사람한테 달려들어 이렇게 넋두리를 끄집어냈다.

"그래 이놈의 세상엔 몸 성한 놈만 살지 병신은 죽으라는 세상이요. 아무리 말세란들 그런 법이 어디 있겠우, 난 법이 있는 한 저놈을 그대로 버려둘 수 없단 말이오."

---

* 목진이 타도록: 목이 터지도록.

그래도 상대편은 잠자코 있었다. 싸움을 뜯어말려 준 친구가 장님에게 물었다.

"형장은 병신이라고 하셨는데 어디가 불편하우?"

장님은 화가 났다. 이 친구까지도 자기를 골리려 드는 것같이 여겨졌던 까닭이다.

"아니 왜 이러시오! 그래 내가 장님이란 것을 모르고 물어보는 것이우?"

그제서야 그는 그가 장님이라는 것을 알아차릴 수 있었다. 장님으로부터 이런 말을 들은 그는 아직도 손목을 붙잡고 있던 옆 사람을 흔들어대며 말을 걸었다.

"형씨도 지나치지 않았소. 그래 상대편이 무슨 잘못을 저질른진 몰라도 앞을 못 보는 사람을 그렇게 두들겨 패는 법이 어디 있단 말이오."

장님은 상대편이 말할 겨를을 주지 않고 들고 나섰다.

"여보 손님, 그런 말씀이란 아예 하지도 마소. 제가 무슨 잘못을 저질렀겠나 생각해 보시우. 어두운 밤이라 제가 초롱불을 켜 들고 나섰던 거라우. 혹시라도 부딪치는 일이 있을까 해서지요. 그런데 저 사람이 무슨 마음을 먹었는지 나한테 다짜고짜 덤벼들며 나를 자빠뜨리는 게 아니겠소. 그래 낸들 아무리 앞을 못 본다고 해도 그런 수모를 당하고 그냥 있을 수가 있어야지요. 그래 저도 대들었습죠. 저 친구를 그냥 두면 안 됩니다. 만사는 법으로 다스려야죠. 형장이 오셨으니 천만다행이지 날 죽이고 몸에 지닌 건 별반 없었지만 살인강도를 하려는 것이 틀림없습니다."

그제서야 상대편 사나이는 이상한 소리를 내었다.

"여보쇼."

그래도 그는 무가내였다. 그는 물론, 장님도 상대편이 벙어리라는 것을 알았다. 이 사나이는 언젠가 같은 날 재고을로 가는 길을 가르쳐 준 벙어리와 장님을 생각하며 혼자 쓴웃음을 웃었다.

"형장도 듣다시피 저 사람이 벙어린가 보우……."

그는 장님을 타이르듯 말해주었다.

"병신 마음 고운 데 없다더니 저놈이 틀림없이 살인강도를 저지르려고 하던 놈이오……."

"글쎄 형장의 말만 말이라고 내세우지 말고 그쪽 말도 좀 들어봅시다."

싸움을 말린 사나이는 벙어리를 행하여 왜 초롱불까지 켜 들고 가는 것을 뻔히 보았을 텐데 일부러 부딪쳐 싸움을 걸었느냐고 물었다.

벙어리는 무슨 그런 말을 하느냐는 시늉으로 대들었다.

이 사나이는 옆에 굴러떨어져 있는 초롱을 들어 벙어리에게 증거품으로 내놓듯 보였다.

벙어리는 그 속에 불이 켜있지 않았다고 시늉을 하였다.

사나이는 그제서야 만사를 알아차릴 수 있었다.

"형장은 분명히 초롱불을 켜 들었던 모양이지만 그분이 꺼진 것을 몰랐던 모양이죠."

"손님, 그런 말씀 마시우. 내가 그걸 확인하고 나서 얼마 있지 않아 그런 일이 생겼는데 그럴 리가 있소. 저놈이 고의적으로 그런 일이지……."

벙어리도 장님이 자기 고집만을 우기고 있는 눈치를 알아차렸던지 그도 장님에게 못지않게 중얼거리며 시늉을 해대었다.

시비를 가를 만한 일이 못 되었다. 그들에게 잘못을 깨우쳐주려면 시간이 필요할 것만 같아 이 사나이는 그들 앞에서 어느 켠도 들어 따지려 하질 않았다.

3

대중식사 겸 대포집이다. 택호는 주모의 이름을 따서 경춘옥(京春屋)이라고 불렀다. 주모라면 중늙은이를 예상케 하지만 아직 삼십 전후 과부다. 얼굴이 꽤나 반반한 편이다.

연달아 이런 집이 있었지만 장님이 한사코 이 집으로 우겼다.

점심이라고 하기엔 늦었고 저녁이라기엔 너무나 일렀다. 그렇게 대청엔 시중을 드는 계집애와 경춘이가 있을 뿐 손님이라곤 없었다.

"오래간만이네요."

경춘이가 분때가 오른 얼굴을 붉히며 그들을 번갈아 맞아들였다.

"허 그 목소리 귀에 익다."

"벌써 그렇게 됐나요?"

"이 사람아 손님이 들어서면 자리를 권해야지."

주모가 장님의 손을 잡아끌어 자리를 권했다. 장님은 경춘의 손을 꽉 쥐며 씽긋 웃는다. 그러자 옆에서 이것을 본 벙어리가 낯빛을 달리하며 혀를 훌구덕거린다.

벙어리와 장님의 표정을 번갈아 보며 함께 들어온 사나이가 얼굴에 씁쓰레한 미소를 그린다.

벙어리와 사나이가 같은 쪽으로 앉고 장님이 그들과 마주 앉았다.

검은 안경을 쓴 장님은 경춘이 쪽만을 바라볼 뿐이다.

벙어리는 그런 장님의 꼴이 못마땅한 눈치였다.

"뭘 그렇게 뚫어지게 쳐다보세요."

"내가 좀 쳐다본다고 얼굴에 축이 가나?"

경춘이도 장님의 그런 말이 싫지 않은 눈치였다.

벙어리는 그들이 주고받는 수작이 궁금하였던지 옆에 앉아 있는 사나이의 옆구리를 찌르며 눈짓을 했다.

사나이는 빙그레 웃을 뿐 아무런 시늉을 않는다. 다시 벙어리가 눈짓을 했다. 온전한 사나이도 벙어리와 장님을 사귀는 사이에 반벙어리에 반 장님이 다 되나 다름없었다.

그는 장님의 시늉으로 눈을 껌벅거려 가며 주모 경춘이와 장님이 주고받는 대화를 시늉으로 해 보였다.

벙어리가 어이없다는 뜻인지 낄낄거린다. 그리곤 일어서더니만 찬장에 올려 있는 조기 눈알을 가리키며 이번엔 경춘이를 향하여 뭐라 손짓을 해 보였다. 그래 이 죽은 생선 눈알 같은 저 장님의 눈에 무엇이 보이기에 그런 소리를 하느냐고 따지는 눈치였다.

경춘이가 낯빛을 붉히며 벙어리를 쳐다보자 벙어리는 눈을 부릅뜨고 경춘을 노려보고 나더니만 또 한차례 시늉을 했다.

적어도 이 정도의 눈정기를 가져야 계집의 얼굴도 축이 갈 것이 아니겠느냐고 하는 꼴이다.

경춘이도 어이없었던지 픽 웃어버린다. 벙어리는 싱글거리며 장님을 향하여 지그시 눈짓을 했다.

"저놈의 친구가 왜 또 저렇게 꼴사납게 낄낄거리나. 허파에 바람이라도 들은 모양인가. 생선 망신은 꼴뚜기가 시킨다고 의젓이 앉아 있으면 병신구실을 면할 텐데 참……."

장님은 입을 다셨다. 사나이는 벙어리가 알아듣지 못하는 것도 다행이라 생각했다.

"뭘 드릴까요?"

"주문받기가 바쁜가 이 사람아. 오래간만이라면서 내 옆에 우선 좀 앉지 그래……."

"아직도 해가 먼데 뭘 그리 서두르세요."

"그렇지, 뭘로 들까……."

장님은 사나이한테 의논조인 말을 건넸다.

"뭐 술이나 한 순배씩 하고 천천히 식사를 하도록 하지……."

장님도 사나이의 의견에 딴 의견이 없는 모양이었다.

"그럼 잠깐만 기다리세요."

주문을 맡고 난 경춘은 술상을 차리려 안으로 들어갔다.

장님은 그제서야 굵은 테 색안경이 코끝에 무거웠던지 그것을 벗어 쥐었다.

벙어리는 장님의 골아 들어간 눈알을 보자 옆 사나이의 옆구리를 쥐어박으며 찬장에 들어 있는 조기를 다시 가리켰다. 장님은 벙어리가 무슨 짓을 해도 아랑곳하지 않는 표정이다. 그는 연방 눈을 껌벅거리고 있더니만 혼자 빙긋이 웃었다.

"김 형……."

마주 앉아 있는 사나이를 부르는 장님의 음성은 낮았다. 사나이는 장님의 얼굴을 물끄러미 쳐다보았다.

"저 경춘이 인물은 아마 장안에서도 빠지지 않을 거요. 참 미인이지……."

그는 다시 입맛을 다시며 무엇을 생각하는 듯 천장을 향하여 고개를 쳐들고 있었다.

사나이는 하도 어이가 없어 장님의 표정만을 살피고 있었다.

"나도 이 나이에 그만하면 꽤나 계집들을 봐왔지만 저만한 인물은 처음 봤거든. 그래 내 김 형더러 이리 오자고 하지요. 김 형 눈엔 어떻소, 과연 내 눈이 틀림없지 않소……."

장님 말대로 그만하면 빠질 데가 없는 얼굴에 틀림없었다.

"응 상지상(上之上)이 틀림없는걸……."

안에서 인기척이 들리자 장님은 벗어들었던 색안경을 다시 썼다.

벙어리는 장님이 무슨 말을 하고 있느냐고 물었다.

사나이는 장님이 하던 말을 그대로 그에게 전해주었다.

벙어리는 어이없다는 표정이다. 그리고 시늉을 하는 것이 장님의 그런 말을 곧이듣느냐고 반문하는 투였다.

사나이는 장님이 경춘이를 제일가는 미인이라고 보고 말하는 것을 어떻게 거짓말이라고 할 수 있겠느냐고 따졌다.

벙어리는 금시 사나운 표정을 하더니만 그래 저 눈에 무엇이 보이겠느냐는 것이었다.

그래도 장님의 말이 경춘이가 장안에 제일가는 미인이라고 하는 것을 어떻게 하겠느냐고 사나이는 대꾸했다.

장님이란 앞 못 보는 병신이라 혼자서 별의별 생각을 다 하고 있을 것이라는 것이었다. 그러니까 장님은 틀림없이 경춘의 음성을 듣고 그 얼굴도 미인일 것이라고 상상하고 있을 것이 분명하다고 벙어리는 단안을 내리는 것이었다.

사나이는 마음은 앞서고 시늉이 모자라 말을 섞어가며 벙어리와 말을 주고받았다.

옆에 앉아 있던 장님은 혼잣말같이 중얼거렸다.

"병신이 육갑을 떨고 앉아 있는 모양이군……."

한참 침묵을 지키고 앉아 있던 장님은 다시 이렇게 말을 이었다.

"우리 맹당(盲黨)이야 저런 아당(啞黨)들에 비하면 정말 행복하지……. 암, 행복하구말구……. 다정한 사람보고, 다정한 말 한마디 해보지 못하고 오죽 답답할라구……. 김 형 저 친구보고 우리 장님은 눈 대신 손끝으로 만물을 본다고 말 좀 해주우……."

"그럼 경춘이를……."

사나이가 이렇게 묻자 장님은 씩 웃으며 대꾸했다.

"김 형, 작년 겨울이었우……. 통행금지 시간이 가까운 무렵이었지. 바로 이 앞을 피리를 불고 지나가지 않았겠우. ……하마트면 그냥 지나갈 뻔했지, 내 참……."

장님은 작년 겨울 경춘이가 안마를 해달라고 불러 이 집에 처음 발을 들여놓았다는 것이었다. 그것이 계기가 되어 경춘이와 인연을 맺게 되었다는 것을 장님은 침을 삼켜가며 사나이에게 설명해 주었다.

사나이는 있을 법한 일이라고 생각했다.

"가는 날이 장날이라고 그렇게 우연히 맞아떨어진 것이 장안 일등 미색을 만나게 된 연분이었지 뭐유. 경춘이도 말을 들어보면 그 팔자가 기박합디다……."

사나이는 벙어리의 성화에 못 견디어 장님과 경춘이와의 관계를 설명해 주었다.

벙어리는 대번에 얼굴을 붉히며 투덜거렸다.

장님을 가리켜 천하에 죽일 놈이라는 것이었다.

자기들 벙어리 협회 산하에 벙어리가 많아도 저렇게 고약한 짓을 하고 다니는 놈은 하나도 없다는 것이었다. 그리고 저런 놈이 세상에 있는 한 어떻게 세상 사내들이 마음 놓고 아내를 집에 두고 출입을 할 수 있겠느냐는 것이었다.

벙어리는 흥분 정도가 아니라 격분하고 있었다. 사나이는 공연한 말을 해주었다고 후회까지 하였다.

벙어리는 이어 그런 짓을 했으면 입이나 다물고 있을 것이지 그 잘난 입도 입이라고 그런 소리를 함부로 할 수 있느냐는 것이었다.

앞도 못 보는 주제에 주둥아리만 저렇게 하고 사회악만 저지르고 다니는 저런 놈은 사회와 나라를 위해서라도 없애버려야 한다는 무언의 연설을 장황하게 늘어놓는 것을 사나이는 지루한 대로 듣고 있지 않을 수가 없었다. 그리고 나서 주먹을 들어 가슴을 쳐 보이는 것이 역시 자기들과 같은 천하의 아당들은 정의에 살고 정의에 죽는 인물들이라는 것을 강조하고 있는 것같이 보이기도 했다.

경춘이가 술상을 차려갖고 나온 것은 이 무렵이다.

장님은 술보다도 경춘이가 몹시 기다려졌던 모양이다.

"어서 여기 좀 앉아."

장님은 경춘이가 자기 옆으로 앉을 수 있게 한쪽으로 비켜 앉았다.

벙어리는 술상을 차리는 경춘이를 향하여 시종 눈을 흘겼다. 그래도 경춘은 벙어리의 그런 표정을 알은척하질 않았다.

술상을 차리고 난 경춘은 장님 옆으로 앉으며 주전자를 들어 차례로 술을 권했다.

사나이 다음으로 벙어리 차례였지만 벙어리는 술잔을 든 채 술을 따라 받으려 하질 않았다.

"저 양반이 왜 저러실까……."

벙어리가 경춘의 이런 말을 알아들을 까닭이 없었다.

사나이는 벙어리더러 첫 잔만은 그대로 받으라고 했다. 그래도 벙어리는 무가내다. 하는 수 없이 경춘은 장님한테 술을 따르고 일어섰다.

"왜 그래 거기 좀 앉으라니까……."

"앉게 해야 앉질 않아요. 술잔도 받질 않는걸……."

경춘의 음성은 카랑카랑 약이 올라 있었다.

"왜 저 친구가 또 말썽인가……."

장님이 벙어리 쪽을 쳐다보았다. 벙어리는 심술궂게 혀를 훌렁 내밀어 보였다. 마땅치 않은 일이 있을 때마다 하는 버릇이다.

경춘이는 어이없는 표정으로 안으로 들어가 버리고 말았다.

그때서야 벙어리는 사나이의 잔에 따른 술까지 주전자에다 쏟더니만 그의 잔과 자기 잔에다 술을 따랐다.

소리 없이 크게 웃어대는 품이 기분이 통쾌한 눈치였다.

장님은 양미간을 찌푸리고 앉아 있는 품이 벙어리의 그런 처사가 못마땅한 모양이었다.

"자 한 잔씩 드세……."

사나이의 권에 장님과 벙어리도 잔을 들었다.

잔을 먼저 벌떡벌떡 내고 난 벙어리는 사나이한테 잔을 돌리며 다시 연설을 시작했다.

그의 시늉은 진주를 돼지한테 던져주는 그렇게 미련하고 더러운 계집의 술잔을 어떻게 받아 드느냐는 것이었다.

사나이는 술꾼이 무슨 그런 것을 가리겠느냐고 했다.

아무리 술꾼이라 해도 사람은 자리를 가려 앉을 줄 알아야 하고 술잔은 골라 받아야 한다는 것이었다.

그들은 잔을 주거니 받거니 하는 사이에 술이 얼근히 취했다.

술이 취하자 벙어리의 행동은 좀 거칠어지는 것 같았다. 장님은 술이 들어갈수록 더 조용해지기만 하는 것 같았다. 벙어리는 무슨 생각을 했는지 자기 잔을 장님 앞에다 가져다 놓았다. 사나이는 그가 장님에게 술을 권하는 것이라 생각했다.

사나이는 벙어리의 그런 행동을 무관하게 보았다. 벙어리는 말을 알아듣지 못하는 대신 유난히 눈치가 빨랐다. 그는 어느 사이엔지 사나이도 모르게 그 잔에다 맹물을 따라놓았다.

벙어리가 사나이를 불렀다. 그가 부를 때는 언제나 옆구리를 쿡 찌르는 일이 아니면 어깨를 툭 치는 버릇이다.

술잔을 들다 만 벙어리는 또 장님의 흉을 보았다.

벙어리의 말은 저것이 모양만 사람 꼴을 했지 돼지나 다를 것이 무엇이 있는 것이냐였다.

음식을 가려 먹을 줄 모르는 것은 돼지뿐이고 보면 장님도 돼지가 아니고 무엇이겠느냐는 것이다.

초를 칠 때 장을 치고 고춧가루를 칠 때 후추를 치고…….

그리고 나서도 입이 있다고 음식 맛이 있느니 없느니 타박하는 꼴이야 정말 우스워 못 견디겠다는 것이다.

벙어리는 전부터 말하기를 자기는 말은 못 한다 해도 음식을 제 눈으로 골라 먹을 수 있는 일이 불행 중 다행한 일이라는 것이었다.

그러고 보면 벙어리의 지론에도 일리가 있었다.

장님이 별안간 짜증을 부리며 투덜거렸다.

"그래 김 형까지도 날 멸시하는 거요?"

사나이는 장님의 이런 항의를 이해할 수가 없었다.

"아니 뭘 말이오."

"뭘 말이오라니요, 김 형은 모르고 있었다는 거요?"

장님의 화는 이만저만이 아니었다.

"글쎄 그렇게 화부터 낼 것이 아니라 설명을 하구려……."

벙어리는 능글능글 웃고 있기만 했다. 사나이는 벙어리더러 그 사유를 물었다. 그래도 벙어리는 웃고 있기만 했다.

"김 형이 모른다면 저 자식의 장난이 틀림없군……."

장님은 술잔을 들어 던질 기세였다. 벙어리가 슬쩍 자리를 비켜 앉았다.

잔을 들고 있는 장님의 가는 손길이 부르르 떨었다. 그는 용케 그 분을 참아내며 술잔을 집어 던지기까진 하질 않았다.

"김 형 이걸 좀 마셔보시우……."

장님은 사나이 앞으로 잔을 내밀었다. 사나이는 그 잔을 받아 혀끝을 대어보았다. 맹물이 틀림없었다.

"아니 이게 물이 아니오."

사나이의 말에 장님은 잠자코 있었다. 벙어리의 짓궂은 장난에 틀림없다고 생각하며 그는 벙어리 쪽으로 시선을 돌렸다. 사나이는 왜 그런 장난을 쳤느냐고 따졌다.

벙어리는 그 말엔 아무런 대꾸도 않고 술과 물도 가려 마시지 못하는 것이 돼지가 아니고 뭐냐는 것이었다. 그리고 난 벙어리는 다시 다음과 같은 말을 이었다.

저런 돼지 앞에 진주 같은 몸을 던져 내놓은 경춘이야말로 똥보다도 천한 계집이라는 것이다. 아무리 사내 기갈이 들렸다 해도 자기를 못 알아보는 그의 앞에 어떻게 순순히 귀한 몸을 선뜻 내놓을 수 있겠느냐는 것이었다.

경춘이를 옆에 얼씬하지도 못하게 할 때부터 기분이 좋지 않았던 장님은 그 일로 해서 완전히 기분을 잡치고 말았다.

“김 형 그만 일어섭시다. 이러구 앉아 있단 공연히 생사람까지 병신 취급당할 테니 어떻게 앉아 있을 수 있겠소.”

장님이 지팡이를 들며 일어섰다.

“얘, 아줌마한테 우리 간다고 알려라.”

장님의 말을 받아 계집애가 안을 향하여 소리친다.

“손님 가신대요!”

경춘이가 안에서 나왔다.

“왜 벌써 가려는 거요, 식사도 하지 않으시고. 식사 준비가 되었는데 어떡허나…….”

“데데한 놈하구 식사를 할 기분이 나야지…….”

장님의 말에 경춘이는 벙어리를 향해 얼굴을 찌프렸다.

벙어리가 술값이 얼마냐고 물었다. 경춘은 상을 한번 둘러보고 나더니 얼마라고 말했다.

사나이가 벙어리에게 경춘이가 말한 액수를 시늉해 보이자 벙어리는 고개를 설레설레 흔들었다.

그는 말이 안 되는 터무니없는 값이라는 것이었다.

사나이 생각에도 술값이 약간 비싼 듯싶기도 했다.

장님은 아무런 참견도 하려 하질 않았다.

벙어리는 함부로 바가지를 씌우지 말라고 따지기 위하여 술청에 있는 바가지를 들어 머리 위에 써 보였다.

경춘이도 녹록지가 않았다. 무엇이 바가지냐고 말하며 그녀는 일일이 따졌지만 벽창호 같은 벙어리는 알은 척도 않고 자기 고집만을 내세웠다.

사나이는 술값이 비싼 대로 계산을 하고 갈 생각으로 벙어리를 밀며 앞으로 나섰다.

벙어리는 안 된다고 우겼다. 터무니없는 바가지를 어떻게 쓸 수 있겠느냐고 하며 그는 이 문제는 자기가 따질 테니 밖에 나가 기다리고 있으라고 장님과 사나이를 억지로 밖으로 밀어대었다.

"세상두 이쯤 되면 말세야. 엄연히 입을 가진 사람은 내어쫓고 그래 벙어리가 따지다니, 이놈의 세상도 볼 장 다 본 셈이야. 김 형, 그렇지 않우."

사나이와 장님은 벙어리에게 밀려 밖으로 나왔다.

벙어리는 경춘이와 술값 흥정으로 아웅다웅하고 있었다.

4

날이 어두웠다. 그들은 외나무다리나 다름없는 좁은 다리 앞에 앉아서 서로 의론이 분분했다.

"김 형, 왜 나를 의심하는 거요. 낮이라면 내가 김 형한테 길잡이를 양보하겠지만 지금이 밤이 아니오. 밤이니까 내가 길잡이로 나서겠다는 게 아니오."

장님이 입을 열었다. 사나이는 무어라 말하기가 곤란했다.

이때 벙어리는 사나이더러 어서 앞장을 서라고 서둘렀다. 그렇지 않으면 자기가 앞장을 설 테니 따라오기만 하라는 것이었다.

사나이는 이럴 수도 저럴 수도 없었다. 그는 멍청 다리 건너 쪽을 바라다보았다.

다리를 건넌다고 해서 순탄한 길이 곧 열려 있을 성싶지 않았다.

다리 건너 쪽엔 군데군데 농가가 있는 모양으로 여기저기서 불빛이 새어 흐르고 있었다.

사내는 언젠가 들판에 앉아 공중을 날아가고 있던 기러기 떼를 생각해 보았다.

끼룩끼룩…….

그들에겐 지금 자기들모양 자기를 주장하는 아당 맹당 하는 다툼이 있었던 것 같지가 않았다.

어둡기 시작하면서 밤하늘의 대기는 금시 식어지는 모양으로 퍽 싸늘했다.

생각이란 꼬리를 물고 일어나는 법이었다.

줄을 그어 날아가는 떼기러기 생각에 잠겨 있던 사나이는 경춘옥에서 있었던 일이 다시금 떠올랐다.

그는 혼자 어둠 속에서 씩 웃고야 말았다. 웃지 않고서는 배겨날 수 없는 일이기도 했다.

술값을 따지는데 멀쩡한 사람은 두고 벙어리가 나서겠다고 서둘렀고 캄캄한 밤길의 길잡이는 눈알이 초롱불 같은 친구들을 두고 자기 아니면 앞장설 사람이 없다고 생각하는 그들 자신들의 그런 용기가 부럽기도 하면서도 어이없었다.

"왜 김 형은 침묵만 지키고 있소. 보나마나 벙어리가 또 말썽인 모양이구려. 자, 어서 늦기 전에 길을 서두릅시다."

장님이 일어서자 벙어리도 따라 일어섰다.

벙어리는 장님을 가로막았다. 어이없다는 표정이다.

"왜 이 꼴이야……."

장님이 벼락 화를 내며 벙어리를 밀었다.

벙어리는 사나이를 보고 시늉을 했다. 이렇게 멀쩡한 눈을 가지고도 어둠을 분별하기가 힘든데 장님을 길잡이로 내세우고 따라간다는 것은 섶단을 짊어지고 불 속으로 들어가는 일보다 더 위험한 일이라는 것이었다.

"야, 이 병신아, 네놈이 말도 못 하면서 술값을 따지겠다고 나서던 생각을 해봐라, 내가 장님이라도 네 뜨고 있는 눈의 열 갑절 몫은 더 하지 않나 보면 되지 않니……. 교통사고로 죽었다는 놈 중에 눈뜬 놈은 있어도 장님이 차에 치어 죽었다는 소린 못 들었다."

기어코 장님은 우겨 길잡이로 앞을 서고야 말았다.

"왼쪽은 나무가 좀 썩은 것 같은데 김 형 조심하우!"

그는 지팡이로 짚어보곤 뒤에 서 있는 사나이에게 일러주며 앞으로 걸어갔다.

"아니 이쪽이 왜 이럴까……. 위험한데 김 형 바른쪽으로 오쇼."

거의 다리를 다 건너갈 무렵이었다. 이렇게 앞장을 서서 걸어가던 장님이 뒤퉁하며 한쪽으로 기울어졌다.

뒤에 따르던 사나이가 그를 부축하였다. 버려두었달 것 같으면 영락없이 장님은 그대로 다리 밑으로 떨어져 버렸을 것이라고 사나이는 생각했다. 그런데 화를 내는 것은 장님 쪽이었다.

"김 형 왜 이러는 거요. 썩은 곳이 있어 옮겨 디디려고 했는데……. 결국 김 형은 날 덜 믿어 그러는 게 아니었우. 날 장님이라고 그렇게 업수이여기니 섭섭하우 섭섭해……."

장님은 꽤나 화가 나 있었다.

다리를 건너면 방축을 끼고 걸어가야 했다.

구름에 가리웠다 초엿새 달이 얼굴을 드러내 놓았다.

사나이는 건너온 다리를 돌아다보았다. 장님을 앞장세우고 용케 건너왔다고 생각키웠다. 그는 다리를 건너온 것이 아니라 곡예(曲藝)를 끝낸 그런 심정이었다.

방축으로 올라선 장님은 가만있질 않았다.

"김 형 어떻수. 내가 앞장을 섰으니 마련이지 그 다리가 만만치 않은 다리요. 조금만 실수하면 그냥 점벙 빠져들었지 별수 있었우……. 이젠 평탄한 길이니 누가 앞장을 서도 괜치않을 게요. 가만있자, 오늘이 초엿새겠다. 구름에 가리워지지 않았으면 달그림자가 있을 게 아니우."

그의 색안경은 달빛에 드러나 더 검어 보였다. 장님 말대로 달빛이 한결 도움이 될 수 있었다.

그들은 나란히 서서 걸었다. 이번엔 벙어리가 앞장서기 마련이고 장님이 사나이보다도 뒤떨어지기가 일쑤였다. 마을이 가까워지자 그림자를 보고 짖어대는 개소리가 요란하다.

가을이 완연해진 것은 낮보다도 밤이 더 분명했다.

"풀섶 사이에 제법 찬 이슬이 내리는 모양이군……."

장님은 고개를 기웃거리며 이런 말을 했다. 그것은 사나이도 느낄 수 없는 일이었다. 사나이 생각으론 혹시나 장님이 점을 치는 것이 아닌가 했다. 그러나 그런 것 같지도 않았다. 역시 장님에겐 누구도 느끼지 못하는 것을 혼자 느낄 수 있는 어떤 감각이 부여되어 있는 성싶었다.

앞장을 서서 걸어가던 벙어리가 기성을 올렸다. 장님과 사나이가 주춤했다.

어스름 달빛 아래 부각되어 있는 초가집 지붕 위에 피어 있는 박꽃이 벙어리의 눈에도 퍽 신비스러웠거나 아름다웠던 모양이다.

벙어리가 가리키는 박꽃을 사나이도 바라다보았다.

바람에 한들거리는 박꽃은 무엇인가 긴긴 사연을 주절대는 것 같았다.

"뭘 그러우……."

궁금증을 참다못하여 장님이 물었다.

"응, 박꽃이 핀 걸 보구 그러는군……."

사나이의 대꾸였다.

"지금사 핀 박꽃은 늦었지……."

장님은 사나이의 대꾸에 혼잣말같이 중얼거렸다.

하긴 사나이의 생각에도 그런 것 같았다. 지금 핀 꽃은 역시 제대로 구실을 할 것 같지가 않았다.

박이 제구실을 한다면 찬 서리가 내리기 전에 여물어야 한다는 어렸을 때의 기억을 더듬으며, 그릇 중 가장 된 구실을 하는 것이 박일뿐더러 우리네 생활에 있어서 가장 긴요한 것이 또한 박이기도 했다.

크면 큰 대로 작으면 작은 대로 쭈그러진 것은 쭈그러진 대로 바늘끝이 들어가지 않을 정도로 굳어지기만 하면 무엇에든지 쓸 수 있다.

사나이는 바가지짝모양 온갖 사람으로부터 사랑을 받는 주인을 한번 모셔봤으면 하는 생각을 하며 걸었다.

그들 일행이 이 삼거리에 도착한 것은 퍽 늦어서다.

세 사람이 다 허기증을 느꼈지만 먼저 발설한 것은 장님이다.

"이대로야 잠자리가 있다 한들 잘 수가 있나."

대개의 집들은 불이 꺼져 있었지만 한 집만 불이 켜져 있었다. 언뜻 보아 주막집에 틀림없었다. 손님의 그림자란 얼씬도 하지 않는데 불빛만이 새어 흘렀다.

벙어리가 손짓을 하며 기뻐하는 꼴이 사나이는 우스웠다.

문 앞으로 가까이 가도 아무런 인기척이 없었다.

"술 한 잔 할 수 있을까요?"

사나이가 문밖에서 이렇게 말하며 문을 열었다.

걸상에 앉아 잠이 들어 있었던지 주인이 일어섰다.

흔해 빠진 나이롱으로 칭칭 감은 꼴이 주인 아낙네 같지는 않았다.

술 냄새보다도 그녀에게서 풍기는 분 냄새가 자극적이다.

그들은 여인이 앉아 졸던 걸상에 둘러앉았다.

피곤의 빛이 보이지 않는 것은 색안경을 쓴 장님뿐이다. 기골이 센 벙어리도 지친 모양이었다.

"술은 무슨 술을 드릴깝쇼……."

시골 주막집이지만 색씨 말투는 시골 말씨가 아니었다.

"막걸리나 주시지……."

"좋습지요……."

말이 떨어지기가 무섭게 술상을 마련해 왔다.

그들은 서로 잔을 주거니 받거니 하였다.

"원 참 이렇게 앉아 술을 따르는데 술 한 잔 권해주지 않는 경우가 어디 있우……."

"허, 우리가 너무 허기져 그만 주도를 탈선했구려……."

장님이 먼저 잔을 비워 색씨에게 권했다.

색씨는 전작이 있어 보이기는 했지만 워낙 술이 고래인 듯싶었다. 그녀도 장님으로부터 받은 잔을 단숨에 내어 돌렸다.

한 잔만 마셔도 핑 돌아버릴 것만 같던 사나이도 웬일인지 술을 마실수록 정신이 말똥말똥해지기만 했다.

장님과 벙어리는 짐작 취기가 돈 모양이었다.

가끔 벙어리가 기성을 올리는가 하면 장님은 연방 몸을 이리 틀고 저리 틀었다.

"술을 권하지 않는다는 경우는 따질 줄 아는 색씨가 그래 술대접을 받았으면 으레 무엇이 있어야 한다는 것도 알 게 아니오. 그래 그 경우는 있고 이 경우는 없단 말이오. 꿀 받아먹는 벙어리모양 그렇게 앉아 있는 것이 경우란 말이오?"

"이 양반이 계모 밑에서 자랐나 왜 이렇게 비비 틀어지기만 했을까. 그냥 노래를 한마디 하라고 하면 될 것을 왜 처음부터 시비조일까……."

색씨는 생김새보다 성미가 괄괄한 편인 것 같았다.

얼굴이 붉어 보이는 것은 불빛 탓만이 아니었다.

"내 술 팔아먹구 사는 사람이지 노래 팔아먹구 사는 사람 아니니까 그만치 짐작하고 들으시오."

색씨는 이런 말끝에 목청을 몇 번 돋구더니만 청을 뽑았다.

> 쌍화점(雙花店)에 쌍화 사러 갔더니
> 회회(回回) 아비 내 손목을 쥐더이다.
> 이 소문이 가게 밖에 나면 어찌리

쌍화점에 쌍화 사러 갔더니
회회 아비 무슨 참견이 그리 많을까.
남의 집 처녀 시집이야 가든 말든.

색씨는 눈을 진듯이 감은 채 자기가 장단을 맞추며 노래를 계속 불렀다.

장님은 신이 나서 어깨춤을 추건만 벙어리는 심란한 표정을 하고 있었다. 사나이는 벙어리에게 잔을 권하여 주었다. 다시 벙어리로부터 잔을 돌려받고 술을 따라 받은 사나이는 잔을 놓고 멍청 벽을 바라보았다.

들어설 땐 눈에 뜨이지 않았던 서투른 먹글씨로 흙벽에다 누가 크게 쌍화점이라 써 있었다.

지나가는 길손이 이 색씨의 노래를 듣고 즉석에서 쓴 것인지 또는 주인이 쓴 것인지는 알 수 없어도 서투를망정 이 집에는 어울리는 글씨요 이름이기도 했다.

이번엔 색씨가 목을 축이기 위하여 술잔을 비웠다.

벙어리가 곱배기로 한 잔 더 따라주었다. 술을 따라주고 난 벙어리는 색씨더러 춤을 추라고 권했다.

"이 양반이 무슨 홍에 춤을 추라는 거요, 장단도 없이……."

색씨의 말에 장님은 눈치를 알아차린 모양이었다.

"춤은 이 좁은 데서. 어서 노래나 계속해……."

이번엔 장님이 색씨에게다 술을 따라주었다.

색씨는 다시 쌍화점의 노래를 불러대었다.

멍청이 벽면을 쳐다보고 있던 사나이는 입시울에 떠오르는 미소를 누르기 위하여 술잔을 가져다 대었다.

벙어리의 입과 장님의 눈이 이 순간에도 한 차례 붙었다 떨어진 것이 우스워서다.

술좌석은 그런 분위기로 깊어갔다. 사나이도 어지간히 술이 취했던지 앉은 자리에서 건득 졸았다.

쌍화점에 회회 아비가 나오는 것을 보며…….

그러나 그들은 다시 길을 서둘러야만들 했다.

아직도 날이 밝기엔 멀었다. 불빛 하나 보이지 않는 한길엔 안갯발이 서렸다.

장님이 또 앞장을 선다고 우겨대었다. 벙어리는 어처구니없는 짓 말라는 듯 빽 소리를 지른다.

벙어리와 장님을 따라나서긴 했지만 사내는 불안했다.

날이 새긴 아직 멀었다. 어둠과 짙은 안개가 발밑으로 감겨들고 있었다.

만나가 나리는 땅

1

태양은 뜨거웠다. 스치는 바람마저도 더운물을 끼얹어 주는 것 같았다. 길은 사막이다. 조개껍질보다도 두터운 발꿈치마저도 녹은 쇳물 속에 담근 것같이 뜨거웠다.

더울수록 옷을 껴입지 않으면 타 죽을 판이다.

헐떡거리며 걷는 사람들의 눈에선 살기가 흘렀다.

"물, 물……."

옆에서 걸어가던 사람이 쓰러졌다.

"물이 어디 있느냐, 이 바보야, 여긴 사막이다."

쓰러진 사람은 팔다리를 까부린 채 기동을 못 한다. 걸어가던 행렬이 흩어지며 그래도 기운깨나 쓰는 축들이 밀고 밀며 몰려들었다.

쓰러진 사람의 몸에 걸쳐 있던 옷은 이리 찢기고 저리 찢기며 끝내는 발가숭이가 된 채 죽어 갔다.

모래 위엔 지금까지 이런 무덤들이 얼마나 남겨졌는지 모른다. 행렬은 더 걷지 못하고 차례로 모래 위에 주저 엎드려졌다.

그들은 운신할 기력조차 잃고 말았다. 땀도 흐르질 않았다. 온몸이 그냥 불덩어리같이 뜨겁기만 했다.

죽음을 눈앞에 둔 그들의 입에선 온갖 불평이 터져 나왔다.

"이것이 뭐람!"

"공연히 집을 등지고 떠나왔지!"

"이렇게 온 식구가 모래 무덤 속에 묻혀 버릴 줄이야."

"모세란 놈은 사기꾼이다!"

"지금이라도 늦지 않으니 우리는 되돌아가야 한다."

앞으로 걸어 나가기에도 더할 수 없이 지쳤지만, 떠나온 곳으로 되돌아가기에도 그들은 너무나 늦은 때였다.

끈덕지게 뜨거운 태양은 좀처럼 기울어지질 않았다. 입술이 터지고 혀가 갈라진 그들의 입에서 흘러나오는 것은 신음 소리뿐이다.

기댈 곳이 없는 지경으로 너무나 뜨거워서 그는 옆에 엎드린 사람을 죽여 눕히고 그 옷을 벗겨 입었다.

어떤 여인은 굶주리다 못해 앓고 있던 자식의 빰을 물어뜯었다. 죄가 있다면 너무나 뜨겁다는 이유와 굶주림뿐이다.

그렇게 뜨거운 태양이 사막 저쪽으로 기울어지기 시작했다. 사막은 온통 황금빛이다. 그러나 그들에겐 그 전체가 정말 황금이라 해도 소용없었다.

그들에게 필요한 것은 그런 황금보다도 한 모금의 물과 씹어야 할 한 알의 보리가 더 간절했다.

날이 어두웠다. 사나운 바람이 모래를 날렸다. 그대로 깜박 잠이 들어 버리면 모래 속에 묻혀 버린다. 그들은 바람에 쫓겨 사막을 방황했다.

뜨거운 물을 끼얹어 주는 것 같던 그 바람이 아니다. 모래는 싸늘하게 식었고 바람은 냉기를 느끼게 할 정도로 찼다.

그들은 방황하면서도 길을 잃지 않기 위해 별을 쳐다보았다. 모래산이 무너져 나가고 새로운 모래 산이 생기는 소동이 땅 위에 일어나고 있어도 머리 위를 스치는 지나가는 별나라엔 아무런 변동이 있는 것 같지가 않았다.

그들은 하늘의 영원을 마음속에 되새기며 각기 자기들의 하느님을 밤새 부르는 것을 잊지 않았다.

모세와 모세의 각료들은 그들의 입에서 새어 나오는 불평과 또 그들이 각기 자기 하나님을 부르며 섬기는 소리를 고스란히 들었다.

그들이 예정했던 가나안의 복지(福地)는 방황하는 민중들이 생각하는 것같이 그렇게 멀고 아득한 곳은 아니었다.

그들은 사막에서의 시련만 이기고 나가면 배불리 먹고 살 수 있는 평화스러운 가나안 왕국의 실현은 그리 어려운 일은 아니었다.

굶주려 쓰러져 죽는 동족의 죽음도 긴히 생각되어야 할 일이었지만 가나안 왕국의 창업(創業)은 그것보다 더 중요한 일이 아닐 수 없었다.

모세는 그날 밤 수하의 각료들과 함께 가까운 시내산으로 올라갔다. 그들은 각기 창을 뽑아 하늘을 향해 세우고, 인화(人和)의 맹세와 창업의 뜻이 이루어지게 해주기를 밤을 새워 하늘에 빌며 기도드렸다.

시내산 산상에서 만들어진 모세의 율법(律法)은 엄했다. 그들은 열

가지 조목으로 이루어진 그 십계명(十戒命)을 양피(羊皮)에다 기록하여 갖고 먼동이 트는 이른 아침, 민중들이 지쳐 엎더져 있는 곳으로 내려왔다.

모세의 군졸들은 모두가 다 창을 뽑아 들고 있었다. 아침 햇빛에 반사된 예리한 창끝은 피곤과 굶주림에 지친 백성들을 이끌어 세웠다.

아사(餓死)보다도 그들에겐 창끝이 더 무섭고 두려운 순간이었다. 모래 산 위에 올라선 모세와 모세의 각료들은 허덕이는 백성들의 눈엔 이방인 같기만 했다.

계명이 씌어진 양피를 높이 펼쳐 든 모세는 목청을 가다듬어 그것을 장엄하게 조문조문 내리읽었다.

양어깨가 축 처진 그들은 고개를 숙이고 있었다. 계명을 읽어 가는 모세의 음성은 천둥소리와도 같았다.

사막의 아침은 조용했다. 햇살도 뜨겁지 않았고 바람도 잦아 있었다.

나팔수는 행진의 나팔을 힘껏 불어대었다. 그것을 신호로 창을 든 군졸들이 양쪽으로 갈라서며 모세와 모세의 각료들을 옹위하였다.

이스라엘 왕국의 터전 가나안 복지를 향한 행렬은 다시 시작하였다. 태양은 점점 열도를 높여 모래와 바람을 달구어 놓았다. 타오르는 불가마 속에 들어앉아 있는 것 같았다.

목이 말라도 옆에 따르고 있는 창과 엄한 율법이 무서워 사람들은 입을 벌리질 못했다.

가도 가도 뜨거운 사막은 멀고 아득하기만 하고, 죽음의 행진은 질서 정연했다. 모세는 엄한 율법에 복종하는 탓이라 생각하며 낙타 위에 앉아 만족해했다.

"물, 물……."

"모세는 사기꾼이다."

터진 입시울에선 다시 이런 소리가 흘러나왔다. 모세의 군졸들은 그런 백성들을 위협하기 위해 창을 흔들어 소리를 내었다. 백성들은 다시 율법과 창끝에 눌려 눈을 흘긴 채 입을 다물었다.

하루가 지나고 사흘이 가고 일주일이 넘었다.

지쳐 쓰러지는 죽음보다도 창에 찔려 죽는 시체가 더 많았다. 백성들의 눈에선 창끝에 맞서는 살기가 흘렀다.

"모세는 뭐게 낙타에 혼자 앉아 우리의 고생을 모른 척하느냐!"

"지쳐 죽지 않으면 창에 맞아 죽는 길밖에 없지 않느냐!"

"너희 놈들은 모세만을 지킬 줄 알고 어찌하여 백성들은 보호할 줄 모르느냐!"

창을 뽑아 든 모세의 군졸들은 할 말이 없었다.

"물, 물……."

어린것을 안은 여인이 목이 갈라지는 소리로 물을 찾으며 쓰러졌다. 백성들은 걸음을 멈춘 채 여인의 둘레에 둘러섰다.

"모세의 한목숨도 중하지만 지금 쓰러져 가는 두 모자의 목숨도 중하다. 지금 이 사막엔 물이란 모세가 타고 있는 낙타의 등 속 밖에선 구할 길이 없다."

머리에 수건을 두른 어느 젊은이가 외쳤다.

그의 가슴에 창을 들이대어야 할 모세의 군졸도 고개를 떨어뜨린 채 말이 없었다.

머리에 수건을 두른 젊은이가 모세 앞으로 달려갔다. 창을 든 군졸과 백성들도 그의 뒤를 따랐다.

머리에 수건을 두른 젊은이의 얼굴에 두려운 빛이란 조금도 보이질 않았다.

"장군은 기갈에 쓰러진 약한 여인과 여인의 자식인 어린이를 위하여 그 낙타를 내려줘야 하겠소."

모세의 각료들은 이 무엄한 젊은이에 대하여 분노했다. 그러나 젊은이는 모세 앞에서 한 발도 물러서질 않았다.

낙타에서 내린 모세는 스스로 낙타를 끌어다 그 고삐를 이 젊은이에게 쥐어 주었다.

모세는 하늘을 향해 눈을 감고 있었다. 양피에다 새긴 그 엄청나게 엄한 율법도 이 순간부턴 아무런 소용이 없었다.

바람과 모래와, 타는 태양은 여전히 뜨거웠다. 모세 자신도 이제는 한 발도 더 내디딜 수가 없었다.

낙타의 등을 갈라 물주머니를 끄집어내어 쓰러진 모자에게 해갈을 시켜 일으킨 그들은 낙타의 살을 뜯어 씹어 요기를 했다.

"자, 이 사막 속에 이러구 있단 그냥 모래 속에 묻혀 죽을 뿐이다. 우리는 어서 예정했던 가나안을 향해 걸어가야 한다."

그것은 모세의 입에서 나온 소리가 아니라 해갈을 하고 난 여인의 입에서 나온 말이었다.

여인의 말은 모세의 호령이나 율법보다도 더 힘이 있었다.

모세의 걸음은 느렸다. 그와 그의 각료들은 앞서 걷는 백성들의 대열을 뒤따라 가야 했다. 모세의 군졸들도 이제는 그 짐스럽기만 하던 창을 집어 던져야만들 했다.

뜨겁기만 하던 바람이 식어지는 것 같았다. 붉기만 하던 태양이 검어져 보이기 시작했다.

모세는 급작스러운 하늘의 변괴가 생기는 것이 아닌가 하여 겁이 났다. 난데없는 떼구름이 모여들었다.

백성들의 대열은 빨랐다. 그럴수록 모세의 일행은 뒤떨어지게 마련이다.

모세는 모래 위에 꿇어앉아 하늘을 향해 합장을 올렸다.

> 나에게 있어 유일한 신인 하나님이시어, 당신의 길을 지켜 이 나라 이 민족을 이끌어 가나안 복지로 들어가려면 엄한 율법만으로 다스려 갈 수는 없을 것 같나이다.
>
> 헐벗고 지치고 굶주린 그들에겐 당신으로부터 받은 계명이 필요한 것이 아니라 한 모금의 물과 모래알보다 작을지라도 한 알의 낟알이 필요하나이다. 율법만으로 남을 다스리고자 하는 자는 남을 다스리기 전에 그 율법으로 인해 먼저 자기 자신이 율법에 묶이고 그것을 지키지 않아 율법을 망하게 하지 않을까 두렵소이다…….

모세의 기도는 간곡했다. 그들의 각료들도 모세의 심정에 뜻을 같이하여 모래 위에 무릎을 꿇고 다같이 합장을 하고 있었다.

태양은 구름 속에 가리어지고 말았다. 뜨겁던 바람은 몸에 감겨 선선했다.

비바람이 불면 해갈들은 할 수 있어도 그 다음으로 들어닥칠 홍수를 염려하지 않을 수 없었다.

어두운 하늘에선 가뭇가뭇 이상한 것이 떨어지기 시작했다. 그것이 머리 위에 떨어지고 어깨 위에 떨어지며 모래 위에 내려 쌓이기 시작했다.

하늘 위에선 가뭇가뭇해 보이기만 하던 것이 땅에 쌓이면 온통 흰 빛으로 변했다.

굶주린 쥐는 고양이의 밥통이라도 무는 법이다. 굶주린 백성들은 그것이 무엇인지도 모르고 모래 위에 쌓이고 쌓인 것을 한 줌씩 쥐어 입에 넣었다. 입안이 시원했다. 아니 시원할 뿐 아니라 달았다.

"만나가 내렸다. 만나가……."

누군지가 맛이 있다고 하여 하늘에서 쉴새 없이 떨어져 쌓이는 그것을 이렇게 이름 지어 불렀다.

그것을 배불리 먹고 난 그들의 눈에선 먼저 살기가 가셨다. 무겁게 달리던 사지엔, 새로운 피가 도는지 기운이 흘렀다. 주저앉지 않았으면 쓰러져 있던 그들은 일어서기 시작했다.

일어선 그들은 하늘을 향해 기쁨의 함성을 질렀다.

거친 사막은 별안간 옥토가 된 것 같았다. 가도 가도 하늘에서 내린 만나는 깔려 있었다.

"우리는 우리들의 왕국을 세우기 위해 질서를 지켜 가나안 땅을 향해 행진해야 한다."

모세의 눈에선 뜨거운 눈물이 철철 흘러내렸다. 우렁찬 나팔소리가 다시 번지기 시작했다.

2

"남들은 어떻게 사는지……."

말끝마다 꼬리 붙여 놓는 아내의 말이었다.

"남들이라고 별수 있겠수? 요즈음 세상에 남의 손에 들린 떡

이 더 커 보인다고 남은 우리보다는 낫겠지 하고 우리모양 살아가겠지……."

"흥, 그래두 있는 집은 마련할 것 다 마련해 놓고 사는 모양입디다."

"그야 그럴 테지. 그러나 있다는 집이 몇 집이나 되겠수. 가진 집보다는 없는 집이 더 많을 텐데……."

봉식은 언제나 이렇게 얼렁뚱땅 넘겨 아내의 말에 대꾸해 버리는 것이지만, 요즈음 살아가는 것을 보면 있는 집이나 없는 집이나 모두가 다 요지경 속 같기만 했다.

"아니 엊그제 면도를 하셨는데 무슨 또 이발이우?"

"글쎄 이발까지 못 하구 나다녀 보구려. 사람이란 없을수록 외양은 단정해야 하우."

"이발 값인들 좀 올랐어야지……."

"온갖 물가가 다 올랐는데 무슨 재주에 그것만 묶어놓을 수 있겠수?"

"어떻든 쌈짓돈을 다 긁어모아두 이발 값이 되지 않을 것 같아 하는 말이외다."

봉식은 이런 아내로부터 이발 값을 졸라 내어 갖고 집을 나섰다.

봉식도 이제는 오십을 바라보는 나이다. 젊어 한때는 한두 달 이발을 안 하고 다니는 것을 오히려 멋으로 삼던 때도 있었다. 나이 탓인지 요즈음은 그것이 조금만 자라도 몹시 신경이 쓰였다.

요즈음 봉식은, 그것도 생활에 자신을 잃으면서부터 생기는 심리작용인 것 같아 스스로 서글픔을 느껴야 하는 때도 없지 않았다.

유별나게 잘살아보겠다는 생각은 별로 해본 적이 없는 그였다. 그저 자기 분수에 알맞게 충실히 살아 보려고 애써왔던 것이 봉식의 생활신조였다 해도 과언이 아니다.

아내는 그런 남편을 주변이 없다고 따지고 들었다. 정말 요즈음 같아선 아내의 말대로 자기 자신이 주변이 없는 것 같기만 했다.

요즈음 상태로선 어떤 수라도 터져야 살지 그렇지 않고는 살아갈 것 같지가 않았다. 유별나게 잘살아보겠다는 그런 욕심에서가 아니라 그냥 오그라드는 쪼들림에서 벗어나고 싶었을 뿐이다.

골목길을 빠져나온 봉식은 언덕진 한길을 걸어 내려갔다. 길은 오른쪽으로 구부러지며, 세탁소가 있고 세탁소에 이어 복덕방이고, 거기서 한 집 지나서가 이발관이다.

우수(雨水)가 엊그제였을 텐데, 날씨는 풀리지 않아 제법 쌀쌀했다.

"이 사람 웬일인가?"

봉식은 걸음을 멈추고 말을 걸어온 사람의 아래위를 훑었다.

"식전부터 뭘 그리 많이 사들었나?"

봉식은 그가 들고 있는 물건에 시선을 멈춘 채 이런 말로 아침 인사를 대신했다.

"이거 물가가 이렇게 올라서야 어떻게 살겠나?"

"그래도 임잔 그렇게 살 수 있으니 다행일세."

"허, 말두 말게. 쥐꼬리만 한 월급일망정 엊그제 탄 것 같은데 벌써 오늘 아침부터 돈타령이 아니겠나. 그래 무어라고 했더니 살림을 맡아 하라고 떼를 쓰기에 나온 것이 이 모양이 된 걸세."

한길에서 부딪친 두 중노(中老)의 친구는 어이없다는 듯 크게 웃었다.

"그래 민정 시찰을 하셨다 그 말씀이시군."

"큰일 났네, 큰일 났어. 어떤 시급한 대책이 있어야지 이거 살아 내겠나."

"대책이야 임자 같은 사람이 벌써 세웠어야 할 게 아닌가? 나라의 녹을 먹는 사람이…… 하긴 사후약방문(死後藥方文)격이지만 그래도 마련해 둬야 다음 기회에 참고라도 되지 않겠나……."

봉식은 자신도 모르게 악의 없이 빈정댔다.

"언제나 대책이란 사후약방문격이지…… 지금까지야 어디 사후약방문인들 적어 둔 적이 있나? 관사(官事)란 지나가면 그뿐이라고, 시간이 흐르기를 기다리는 것이 정치요 행정이었으니…… 그러니 똑똑한 통계 하나가 있었겠나 생각해 보게. 국회가 그렇구 행정부가 그렇구. 언제나 주먹구구식으로 떠들다 이 털 뽑아 저 구멍 막고, 저 털 뽑아 이 구멍 막다간 흐지부지해 버리면 그만이 아니었겠나."

도대체 누가 해야 할 말을 하는지 봉식은 어이가 없어 그의 얼굴을 쳐다보기만 했다.

그러고 보면 무기력한 것이 공무원의 특징이라면 정치가들이란 무책임한 것이 그 본질인 것같이 생각되었다.

"그럼, 임자 말대로 하면 어떻게 해야 한다는 말인가?"

"어떻게 하다니. 그걸 알고 있는 사람이 이 하늘 밑에 누가 있단 말인가? 관상쟁이나 점쟁이의 점이 맞는 적 있던가, 이 사람. 그냥 믿고 바라는 걸세. 그러나 요행 터져 맞으면 그 점이 명점이 되는 걸세."

"그럼, 그 요행이란 기적을 말하는 건가……."

"옳네, 옳아. 기적이 있어야지. 암 기적이 있어야 하구 말구……. 그럼, 임자도 나모양 민정 시찰을 내려가던 길인가?"

"여보게, 민정 시찰이야 당상관(堂上官)들이나 하는 게지 난 지금 제가(齊家)를 해보려구 수신(修身)을 하러 가는 길일세."

"수신제가후(修身齊家後) 치국평천하(治國平天下)라 옳은 말씀이군……. 그럼, 목욕을 가는 모양이군……."

"아닐세, 이발을 가는 걸세."

두 친구는 서로 엇갈리며 헤어져, 내려가고 올라갔다.

공휴일인 탓인지 손님들이 있어 봉식은 순번을 기다려야 했다.

증기 탓으로 숨은 컥컥 막혀도 우선 후끈한 것이 좋았다. 집에서 대충 보고 내려온 조간신문을 봉식은 다시 들었다.

"아니, 그래 그것이 정말이우?"

젖혀 놓은 의자에 누워 있는 손님이 묻는 말이었다.

봉식은 힐끔 그쪽으로 시선을 돌렸지만 손님의 얼굴을 알아볼 수가 없었다. 귀에 익은 음성 같으면서도 누군지 얼핏 떠오르지 않았다.

"제 말이 믿어지지 않으면 어제저녁 신문을 보시면 알 겝니다."

손님과 이발사가 주고받는 말이지만 지금 같아선 봉식으로선 그 말귀를 알아들을 수가 없었다.

"어제 저녁두 그 영감님이 자동차를 타고 돌아가지 않아요. 전 같았으면 어딜요……."

저쪽에서 손님의 머리를 감겨 주고 있던 사환 아이의 말참견이었다.

오고 가는 말 윤곽으로 해선 이 동네 사람 말 같은데, 봉식으로선 통 종잡을 수가 없었다.

"맞을라면야 그렇게 크게 맞아떨어져야지. 이발 값이 배루 올랐다고 별수 있나요?"

"그래도 못 올랐을 때보다야 나을 텐데……."

"그게 며칠 가나요? 화폐 개혁을 했을 땐 돈값이 있어 보였지만 그때 천 환이나 요즈음 천 원이나 별 차이가 있어요? 이발 값이 올랐는데 딴 물가는 가만있나요?”

손님은 잠자코 있었다. 이발사는 칼을 쥔 손을 계속 놀리며 다시 말을 이었다.

“뭐니 뭐니 해도 동전(銅錢)값이 제값을 지녔을 때가 제일 좋은 세상이었던 것 같습디다.”

봉식이 생각해도 이발사의 말이 옳은 것 같았다.

“돈이란 거야 굴러떨어져야 벌지, 아저씨모양 벌려구 애써 봤댔자 팔다리나 쑤셨지 무슨 소용이 있어요?”

손님의 머리를 감겨 주고 난 사환 아이의 말이었다.

“네 말이 옳다만, 이놈아 넌 벌써부터 그렇게 속이 들떠선 못쓴다.”

사환 아이는 목을 자라목모양 옴츠리며 이발사 뒤에다 혀끝을 뾰금이 뽑아 보이곤 돌아서 버린다.

“도대체 그게 얼마짜리나 되게 그렇게 크게 맞아떨어졌다고 야단들이오?”

누워 있던 손님이 물었다.

“이곳에 드나드는 손님들의 말에 의하면 정부 사정 가격으로만도 구화(舊貨) 일억 환은 된다니 그것에 프리미엄*이 붙으면 그것을 훨씬 넘을 게 아닙니까?”

“그거참 밥이야 죽이야 하던 영감에게 횡재수가 터졌군…….”

“횡재라니요, 그거야말로 기적이지요. 그 탄광이 돈 될 줄 꼭 믿고 산 건 아닐 테니까요. 그리구 그 산속에 그 탄광만 있었겠어요? 우연

---

* 원문에는 ‘푸레미암’으로 표기되어 있다.

히도 그것이 맞아떨어졌으니 기적이지요."

손님이나 이발사는 물론 사환 아이까지도 그 일로 기분일망정 들떠있는 것 같았다.

봉식은 그제서야 화제의 내용을 알아차릴 수 있었다. 같은 이웃에 사는 강(康)씨 영감 말에 틀림없었다.

태백산 지대의 국토 기반 사업의 일환으로 버려두다시피 했던 광구가 이번에 정부 융자로 새로 개발되게 되었다는 말은 봉식이도 알고 있었던 일이다. 이발사 말대로 기적에 가까운 일이라 해도 과언이 아니다.

"오 선생이 아니오?"

봉식은 신문을 놓고 쳐다보았다. 이웃에 사는 수만이 아버지다.

"참 오래 격조했습니다."

봉식이도 그가 내미는 손을 쥐고 흔들었다.

"어떻게 일은 잘 진척되고 있습니까?"

"같은 동네에서 이사하는 일도 쉽지 않은데 그 일이 어디 떡 먹듯 됩니까?"

그들은 뜻있는 웃음을 나누었다.

"그럼, 먼저 실례하겠습니다."

수만이 아버지가 나간 다음 봉식은 거울 앞 의자에 올라앉았다.

"아저씨 그분 잘 아세요?"

사환 아이가 봉식에게 수건을 가져다 목에 걸어 주며 물었다.

"응, 이웃에 살고 있지……."

"그분네가 이번 브라질로 이민을 간다죠?"

"응, 그런가 보더라……."

이 사환 아이는 동네일을 반장이나 통장보다도 더 말짱하게 알고 있는 모양이었다.

"가난해도 제 땅에서 알맞게 사는 게 날 텐데……."

사환 아이가 봉식이 머리에 물수건질을 해주며 혼잣말같이 중얼거리고 있었다. 봉식은 눈을 감은 채 아무런 대꾸도 하질 않았다.

"이놈아, 그분네가 가난해? 쓰고 있는 집만 해도 구화 삼천만 환짜리는 될 게다. 아마 그분도 재산을 송두리째 정리하고 나면 구화 일억 환은 착실할걸."

"그렇게 많은 돈이 있는데 뭣하러 이민을 가요?"

"흥, 이민이란 게 가난한 사람이 가는 것인 줄 아냐? 우리 같은 건 갈래도 갈 수 없는 거야."

"그렇게 넉넉한 사람들이 뭣하러들 가요?"

"그러나 허황된 기적을 바라서 그러지. 만주나 북지를 떠돌며 일확천금을 꿈꾸었듯이 그런 버릇이 몸에 배어 있지 않다면 이민이란 허울 좋은 도피다, 도피야……."

이발사는 제김에 약간 흥분한 것 같았다.

"뭘 남의 일을 갖고 그러는 거요?"

봉식은 듣다못해 이발사에게 이렇게 던졌다.

"따지고 보면 그게 다 어디 남의 일입니까?"

하긴 이발사의 말에도 일리는 없지 않았다.

여기선들 체면 버리고 그 돈을 갖고 땅을 사서 발 벗고 나서서 갈아부치면 밥 못 먹을라구……. 그것이 허황된 기적을 바라는 부질없는 모험과 현실에 대한 자기 도피일뿐더러 나아가서는 조국에 대한 불신 같은 것이니 딱하지 않을 수 없었다. 그러게 이민을 간다고 서두는 사람들을 보면 모두가 다 중류 이상의 사람들이었다.

봉식은 굶어 죽는 한이 있어도 아직 그런 생각은 하고 싶지가 않았다.

"아저씨, 국회의원이 되세요."

사환 아이의 말이었다. 조롱이 아니라 진정이 깃들여 있었다.

"이놈아, 지도자란 게 누구나 되는 건 줄 아냐? 사람에겐 각기 천직이 있는 법이다. 남의 머리를 깎아 주는 이 이발인들 누구나 다 하는 줄 아냐?"

봉식은 머리를 내맡긴 채 눈을 감고 혼자 생각에 골몰했다.

이발장이 노릇은 하고 있을망정 사리는 밝은 사람 같았다.

어중이떠중이가 모두 다 자기라고 고갯짓을 하는 세상에 그래도 이만큼이라도 자신을 알고 사는 사람도 별로 있을 것 같지가 않았다.

"우리 이발소 앞에서 떠들어대던 입후보들도 별것 아니던데요."

"네 눈에도 그렇더냐?"

사환 아이는 그냥 씩 웃기만 했다.

"별것 아닌 것들이니 지도자란 것도 별것 아닌 것같이 생각하고 지도자네 하고 떠들어대니 나라 꼴이 별것 아닌 것같이 되어버리지 않냐……."

"아저씨, 공연히 큰일 나실려구……."

"이놈아, 지금이 이승만이 땐 줄 아냐?"

아침 뉴스를 알리겠다는 아나운서의 목소리가 들리자 이발사는 잠시 일손을 멈추고 다이얼을 돌려 버렸다. 다시 잔잔한 경음악 소리가 흘러나왔다.

"요즈음 세상에 듣지 않고 보지 않고 사는 것이 제일이다."

"아저씨, 먹지도 않고 살 수 있으면 더욱 좋게……."

"누가 아니라더냐……."

이발사는 봉식을 뒤로 길게 눕혀 놓고 턱 아래 면도를 하였다.

칼끝이 닿을 때마다 개운해지듯이, 사환과 이발사가 주고받는 말을 듣고 있는 사이에 무엇인지 모르게 속이 개운해진 것 같았다.

문소리가 났다. 누운 채 눈을 감고 있는 봉식은 손님이 들어오는가 보다 생각했다.

"이건 무슨 놈의 법이 백성들 편하게 살기 위해 만들어진 법이 아니고 백성들이 걸려들어 꼭 골탕을 먹게끔 만들어 놓은 법이거든……."

"아무리 악법이라도 법이면야 지키고 살아야지…… 아 그걸 치워 놓으라면 치워 놓으면 되지 않어?"

이발사의 대꾸하는 품으로 보아 목멘 소리로 투덜대는 사람은 손님이 아님이 분명했다.

"그걸 치워 놓으면 글쎄 장사가 돼야지……."

"안돼도 할 수 없지……."

"내 그저 방위군(防衛軍)에 끌려나갔을 때 얼어 죽기라도 했으면 이런 꼴 저런 꼴 안 보고 좋았을걸."

무서운 말이다. 죽지 못해 산다는 뜻이다. 봉식은 등에 소름이 끼쳐졌다.

이런 말을 중얼거리던 그는 난로에 몸을 녹이려 들어왔다 나가는 모양이었다.

방위군…….

봉식은 눈을 번쩍 떴다 감으며 몸서리를 쳤다.

이미 십여 년 전 일이건만 봉식에겐 엊그제 일같이 되살아 올랐다.

천리 길을 걸어 죽다 남아 부산 거리로 들어와 이리저리 헤매다 가족들을 만났을 때, 가족을 만났다는 기쁨에 앞서 주변머리 없는 자신이 부끄러워 울어야 했던 봉식이다.

민족의 대열을 이끌고 가나안 복지를 향해 걸어가던 모세의 이야기를 들은 것은 방위군의 대열에 끼여 남하하면서 어느 예수꾼으로부터 들은 말이다.

법으로만 다스리려는 자는 스스로 법에 물리어 망한다는 소리도 그때 들은 말이었다.

하늘에서 떨어지는 만나로 요기를 했듯이 굶고 굶던 끝에 미군의 레이션 박스로 연명을 했던 것도 그때였다.

그제나 지금이나 주변머리가 없다고 앙앙거리면서도 가정을 지켜 주는 아내가 옆에 있어 주는 셋방이 그에겐 유일한 가나안의 복지일 따름이다.

"콧수염을……."

이발사의 말에 봉식은 눈을 떴다. 봉식의 놀란 표정에 이발사는 어색한 웃음을 지었다.

콧수염을 기르기 시작한 것은 봉식이 교편을 잡기 시작하면서부터다.

타고난 동안(童顔)은 십 년 하나는 늘 젊어 보였다. 젊게 보아 주는 것은 좋았지만 동안으로선 어떻게 위엄이 서질 않는 것 같아 기르기 시작한 것이 콧수염이다.

그런데 그 콧수염이 별안간 어떻단 말인가…….

콧수염을…… 하고 이발사가 물은 것은 그것을 잘라버리면 어떠냐고 묻는 말에 틀림없었다.

"왜, 콧수염이 보기 흉하우?"

"보기 흉할 것까진 없지만……."

"그럼……."

"손님, 화는 내지 마십시오."

"화는……."

"그것이 있는 것이 어쩐지 궁기가 있어 보이는 것 같습니다."

"그렇다면 깎지……."

"잘 결단성을 내리셨습니다."

봉식은 눈을 감았다. 자기보다도 이발사가 더 기뻐하는 눈치다.

몇 해 전부터 아내가 깎아버리라고 할 때마다 봉식은 망설이고만 있었다.

망설이었던 이유는 어쩐지 그것을 밀어 치우려면 서운한 생각이 먼저 들곤 해서 그냥 남겨 두었던 것이다.

그러나 지금 이 순간 그런 서운한 생각이나 미련 같은 것은 조금도 느껴지지 않고 오히려 시원한 생각마저 드는 것 같았다.

칼끝이 지나갈 때마다 야릇한 쾌감을 느끼며 봉식은 조금 전 이발사가 지도자란 누구나 될 수 있는 것이 아니라는 말을 생각하고 있었다.

자기희생을 모르는 지도자란 오만한 사기꾼이 아니면 법을 모르는 폭군에 불과할 뿐이다.

봉식은 5·16 후에 해직당한 교사였다.

콧수염으로 위엄을 세우려던 자기 자신을 그제나 지금이나 봉식은 잘 알고 있었다.

전공은 상업이다. 그러나 그 전공도 졸업장이 없는, 말하자면 중퇴자다.

어떻게 어떻게 하다 상업 선생이 되었고 한때는 영어 선생 노릇도 하고, 그러다가 시간이 남거나 또는 자기 시간이 모자라면 공민 선생도 겸하곤 하던 처지였다.

자신의 분수를 잘 알고 있던 봉식은 권고사직을 당하고 났을 때도 별로 원망스럽게 생각하기보다는 콧수염 덕으로 그동안이나마 교사의 직을 가질 수 있었던 것이 오히려 고마울 따름이었다.

진작 깎아 버렸더라면……. 봉식이가 이런 생각을 한 것은 다름이 아니었다. 지금 와서 생각하면 5·16 후 면직당하게 된 것은 어떻게 생각하면 그 콧수염의 탓인 것 같기도 했던 까닭이다.

그것은 위엄이라기보다 동료나 학생들에 대한 허세이기도 했다.

졸업장이 없다고 다 면직된 것은 아니었다.

한약에 감초모양 영어니 상업이니 공민이니 하여 만사 도감 노릇을 한 게, 아니 어느 한 과목에 대해 교사 자격증인들 벌어 두었던들 오늘의 처지에 이르지는 않았을 것이다.

그 나이에 그 시시한 야간대학에 다녀서 무엇하나…… 이런 생각을 하던 봉식이고 보면 그런 후회가 더 절실했다.

봉식은 눈을 뜨고 거울 속에 비쳐진 자기 얼굴을 쳐다보았다. 온몸이 개운하게 느껴진 것은 그 궁상맞은 콧수염을 잘라버린 탓만이 아니었다.

사환 아이놈이 이상하게 방글방글 웃고 있었다.

3

봉식이가 실직하고 나서도 생활에 크게 타격을 받지 않는 것은 식구가 단 세 식구뿐이라는 것이다.

봉식이네 내외에다 육학년 짜리 딸 영희밖에 없었다.

"그건 뭘 하려고 해마다 해오라는 거야?"

"아, 학교에서 필요하니까 그러는 게 아니우."

봉식은 마지못해 영희 가정환경 조사표를 써 주었다.

"아버진 교사가 아니면서 왜 교사라고 해……."

"지금은 아니라도 전에 교원 노릇을 하지 않았느냐?"

"누가 뭐 그렇게 써 오랬나? 지금 걸 써 오랬지……."

"이제 곧 아버지도 복직이 된다."

"정말?"

"암, 정말이구 말구……."

"아버지가 학교를 그만둔 걸 우리 반 애들은 다 알고 있는데……."

영희는 아버지의 말이 미덥지가 않아 이런 말을 남겨 놓은 채 가정환경 조사표를 들고 학교로 갔다. 봉식이도 딸의 뒤를 이어 서둘러 나서려고 했다.

"여보."

"응."

"오늘은 집에 좀 있어 주구려."

"뭣 때문에……."

"위험하다구 물건을 직접 가져다준다고 하니 집을 비울 수가 없잖아요?"

"누가 그렇게 그 위험한 장사를 하래?"

아내는 말이 없었다. 하래서 하는 장사도 아니요, 하고 싶어 하는 장사도 아니다. 하지 않으면 앉아서 굶을 판이니 하는 수 없이 하는 노릇이다.

처음엔 창피도 하고 불안도 했지만 피할 수 없는 매고 보면 나서지 않을 수가 없었다. 그러던 것이 이럭저럭 자리가 잡혔다.

자리가 잡히고 보니 장사치곤 양반 장사였다.

없는 사람을 상대로 하는 것이 아니라 있는 집들과의 거래고 보니 깎는 법도 없이 부르는 것이 금이다.

단속이 심하면 심할수록 파는 사람도 조심이 가지만 사는 사람도 더 조심을 했다.

사는 사람이나 파는 사람이 모두 다 그럴 법한 이유들이 있었다.

"꼭 이런 것을 안 사 쓰구 살면 좋지 않겠수……."

벼슬아치의 부인일수록 물건을 사면서도 떳떳치 못한 표정으로 이런 말을 덧붙이기가 일쑤였다.

"암, 그렇구 말구요. 그러나 댁 같은 데서 어떻게 안 쓰실 수가 있어요. 외국 손님이 드나드니……."

"그렇게 사정을 알아주니 다행이지. 이건 멋도 모르고 양키 물건 쓴다고 쑤근대는 사람두 있지 않겠수. 남의 딱한 사정을 모르고……."

"암, 그렇구 말구요. 그러게 꼭 부탁하는 물건만 저도 구해다 드리지요."

"주인이야 입버릇모양 내핍 내핍하고 국산품 애용을 하자지만 어디 커피 같은 거야 국산품이 있어야지요."

"주인어른께서야 체면상 그러시겠지요. 아 내핍할 사람이야 따로 있지 댁 같은 데서야 뭐 그러실 게 있습니까? 없는 사람이 흥청거리니까 내핍이 필요하지 댁 같은 데서야 뭐 그럴 필요가 없어요."

"글쎄 그래도……."

"속담에 구데기 무서워 장 못 담겠다는 말이 있듯이 남의 눈과 입이 무섭다고 그럴 필요는 없을 겁니다. 내핍에 내핍을 해도 가난하게 살기 마련인 우리네 백성들이나 내핍을 해야죠."

봉식이 아내도 장사를 하는 동안 이렇게 구변이 늘었을 뿐 아니라 배짱도 생겼다. 사는 사람이 있으니 팔러 다니는 사람들이 있게 되고, 법을 어기는 것은 피차가 일반이라는 생각까지 하게 되었다.

봉식은 아내가 이렇게 번 돈 중에서 하루 백 원이란 일당(日當)을 타가지고 밖으로 나가는 것이었다.

구실은 언제나 입버릇모양 취직을 위해서다.

비가 오나 눈이 내리거나 봉식은 하루도 쉬지 않고 삼 년을 나다녔건만 오늘에 이르기까지 실직 상태였다.

기실 그는 이력서를 내 본 일도 없었다. 사실 취직을 부탁할 만한 곳도 그에겐 없었다.

실직하고도 오늘에 이르기까지 굶지 않고 살았으니 앞으로도 어떻게 되겠지…… 이렇듯 막연한 기대와 희망 속에 하고한 날을 보내왔던 것이다.

학교에 출근할 때모양 그렇게 일찍 집을 나가는 것은 아니지만 요즈음도 봉식은 반드시 아홉 시 전엔 집을 나가곤 했다.

그가 부랴부랴 달려가는 곳은 증권 시장이었다. 오르고 내리는 손끝에 집중된 눈에선 살기가 흘렀다. 그도 어느 사이엔지 그 오르내리는 손끝에 벌고 잃은 사람모양 흥분을 하게 되었다.

봉식이가 손을 대고 있는 것은 주력주(主力株)인 한증주와 증금주였다.

사고파는 것을 그는 매일같이 남몰래 수첩에 기록해 두곤 했다. 그러나 그가 사고파는 것은 혼자 자기 수첩 상의 계산으로 사고팔 뿐이었다. 물론 일당 백 원을 아내로부터 타들고 나오는 형편에 실제 증권에 손을 댈 만한 재력이 있을 까닭이 없었다.

하도 오랫동안 시장 주변을 돌고 있는 사이에 이젠 꽤나 이곳에 출입하는 사람들과 안면이 생기기까지 했다.

"아즈바니, 어떻게 그동안 좀 벌으셨나요?"

함경도 사투리가 아직 가시지 않은 어떤 젊은 부인으로부터 이런 질문을 처음 받았을 때 봉식은 퍽으나 난처했던 기억을 아직도 잊지 않고 있었다. 그러나 요즈음에 와선 그런 질문을 예사로 받아넘길 수가 있었다.

"큰 밑천 못 가지고 하는 형편이니 그저 일당이나 겨우 뜯어 쓰는 형편이죠."

수첩 상으로 기백만 원 버는 날도 있었지만 반면 기백만 원을 잃어버리는 수도 있었다.

'돈이 돈을 벌 수 있지…….'

숫자상으로 기백만 원 번 날이면 혼자서 이렇게 뇌까리며 수중에 자본을 들고나오지 못한 자신이 한스러울 때가 많았다.

"아즈바니, 다음 장은 어떨까요……."

혼자 뇌까리는 봉식이 옆에 서 있던 여인이 그에게 묻는 말이었다.

"첫 장에 주춤하는 시세가 뛸 기세 같습니다."

봉식은 자신도 모를 일을 이렇게 자신 있게 대답해 버리는 적도 있었다. 그리곤 다음 장이 어떻게 될지 불안스러워 슬그머니 내빼기가 일쑤였다.

어떻게 하다 자신이 이렇게 되었는지 알 수 없었다.

남보다 더 잘살아보겠다는 그런 생각이나 재물에 탐을 내본 적이 별로 없었던 자기 자신이 어쩌다 이렇게 헤어나올 수 없는 진구렁 속에 빠져들어가게 되었는지 생각하면 서글픈 때도 없지 않았다.

일당 백 원…… 교통비와 진달래 한 갑을 사고 남은 돈 중에서 요량해서 점심을 먹어야만 했다.

혼자 외따로 떨어진 판잣집으로 가서 밀국수 한 그릇으로 요기를 하고 나면 시장 골목을 빠져나와 종로 파고다 공원을 향해 걸어가는 자기 자신을 발견하게 된다.

"야, 이 사람! 이거 얼마 만인가. 그래 소식은 들었지. 증권에 벌었다면서……. 잘 그만두었지. 운수가 트일라고 그런 일이 생겼던가 봐……."

아직도 교사직에 머물러 있는 옛 동료와 어떻게 하다 만나면 그들은 어디서 들었는지 입 가장자리에 게거품을 물어 가며 이렇게 늘어놓는 것이었다.

그런 소리를 들을 때마다 봉식은 뜻 모를 미소를 짓곤 했다.

옛 동료를 만났으니 으레 술을 한잔 하자고 못할망정 차 한 잔쯤은 내겠다고 해야 하겠지만 호주머니 속의 셈이 말을 들어 주지 않으니 딱했다.

"나 좀 바빠서……."

"사람이 돈을 벌게 되면 그렇게 바빠진다구들 하더군. 자 그럼 또 만나세……."

무거운 뒤통수를 끌고 봉식은 파고다 공원의 들끓는 인파 속으로 기어들어가 버리곤 했다.

오늘 봉식은 어제와는 달리 첫 장에서 기천만 원을 잃었다. 여태까지는 이렇게 많은 액수를 잃어 본 적이 없었다.

지금까지 번 것을 통틀어 막는다 해도 도저히 그 액수를 막아낼 수가 없었다. 너무 요행을 크게 바랐지, 이 꼴 이 주제에 기적이 다시 일어나지 않는 한 결정적인 파산임에 틀림없다.

그는 팔각정 층계에 앉고 나서야 겨우 길게 숨길을 돌렸다. 실제로 손을 안 댔으니 망정이지…… 봉식은 이런 생각을 하며 시선을 돌렸다.

관상쟁이, 사진쟁이, 자칭 정치가, 쓰리, 떡장수, 광산 브로커, 뚜쟁이…….

봉식은 자기까지 합쳐 이 주변에 웅성거리는 군상을 삼등 인간이라고 불렀다. 그 주변머리 없게 생긴 주제에 누구의 관상을 봐주겠다고…….

그 궁상맞은 얼굴로 무슨 정치를 한답시고…….

시선을 돌렸던 봉식은 일어서 몇 걸음 뒤따라가 봤지만 통 보이질 않았다.

틀림없이 방위군으로 끌려갈 때 같이 눈발에 묻혀 가며 모세의 얘기를 들려주던 그 예수꾼의 얼굴이었다. 그러나 봉식은 종시 그 얼굴을 찾아내지 못하고 다시 그 돌층계로 와서 앉았다.

그렇게 사리에 밝던 그 예수꾼도 이젠 별수 없이 삼등 인간으로 전락하여 이 공원 주변을 헤매게 된 것일까.

그와 자기는 어쩌면 그때나 지금이나 주변머리가 없어 꼭 같이 방위군으로 끌려나갔고, 또 십여 년이 지난 오늘에 이르러서도 똑같이 이 공원 주변을 헤매야 하게 되었는지 서글픈 일이 아닐 수 없었다.

자기뿐이 아니라 이곳에 웅성거리고 있는 군상은 한결같이 오랜 세월 속에 몸에 밴 타성으로 요행과 기적을 꿈꾸고 있는 눈초리를 하고 있었다.

무기력한 눈동자와 분수를 모르는 오만과 궤변을 일삼는 입들과, 사치를 훔쳐다 바르고 사는 손들이 허우적거리고 있는 이 군상들을 이끌어다 놓을 복지는 어디일까.

가뭇가뭇 하늘에서 만나라도 내리기를 기다리고 있는 저 눈초리들…….

봉식은 그러한 자신이 슬퍼 통곡이라도 하고 싶었다.

가나안을 향한 행진은 모세의 율법이나 모세의 위력으로 이루어졌던 것이 아니라는 그 예수꾼의 말을 되생각해 보았다.

쓰러졌던 여인과 용기를 가진 그 젊은이의 슬기…….

이곳은 사막이 아니다. 알곡식을 거둬들일 수 있는 땅이 있는 곳이다.

무기력한 눈에 정기가 돌고 분수를 알아 자기를 깨달을 때, 궤변을 일삼던 입이 진정을 토로하고 사치를 훔쳐다 바르던 손이 곡괭이를 들고 나설 때, 맑은 물과 단물을 거둬들일 수 있는 산과 들엔 만나와 같은 흰 목화송이가 맺고, 만나보다도 달고 기름진 알곡식이 땅 위에 열매 맺을 것이 아닌가…….

봉식은 궁둥이를 털고 일어섰다. 터져 나오는 통곡을 억제하며, 자기 스스로부터 이곳을 떠나야겠다고 다짐하며 군중을 헤치고 걸어 나가고 있는 그의 귀엔 웅성대는 아우성으로 귀가 먹먹해질 지경이다. 그 아우성이란 불안에 엉킨, 모두가 요행과 기적을 바라는 소리들뿐이었다.

해는 뿌연 먼지 속에 물들어가고 있었다.

누항곡
陋巷曲

1

세상은 요지경,* 요지경은 세상사의 만화경(萬華鏡).**

인생은 요지경, 요지경은 인생의 파노라마……

작은 북소리가 울려 퍼지면 방안에 앉아 있던 어린애들의 마음은 고무풍선모양 부풀어 오르기 마련이었다.

덩글거리는 작은 북소리가 가까워졌다 멀어졌다 하는 것은 꽃샘을 하는 바람 탓인 모양이다.

---

* 요지경: 확대경을 장치하여 놓고 그 속의 여러 가지 재미있는 그림을 돌리면서 구경하는 장치나 장난감.

** 만화경: 장난감. 원통 속에 여러 가지로 물들인 유리 조각을 장치하고, 장방형의 유리판을 세모지게 짜 넣은 것으로 그 속을 들여다보면 온갖 형상이 대칭적으로 나타나게 된다.

겨울이면 방안에 갇히어 있기 마련이던 꼬마들은 북소리에 이끌려 하나둘 밖으로 빠져나와 몰려들었다. 꼬마들이 몰려와 쭉 둘러 서 있어도 신바람이 난 북소리는 계속 울려 퍼졌다.

코풀래기 찬이
언챙이 경득이
눈첩첩이 오째
방구쟁이 삼네
오줌싸개 실단이
사팔뜨기 길녀
살짝곰보 확실이……

코풀래기 동생도 코풀래기, 눈첩첩이 동생도 눈첩첩인데, 언챙이 동생은 언챙이가 아니다. 방구쟁이 오빠도 방구쟁이, 오줌싸개 동생도 오줌싸개, 사팔뜨기 언니도 사팔뜨기…….

살짝곰보 확실이만 혼자 저만치 떨어져서 있고 보니, 이 동네 꼬마들은 대개 몰려나온 셈이었다.

세상은 요지경, 요지경은 세상사의 만화경……
인생은 요지경, 요지경은 인생의 파노라마……

북을 두드리며 고함을 지르는 요지경 아저씨의 목소리는 베이스다.

작년 늦가을에 이곳을 지나갔을 때보다는 그 걸치고 있는 감색 외투가 해어지고 퇴색했을 뿐, 외관은 별로 변한 데가 있는 것 같지 않았다.

일 년 사시절 마을과 마을을 누비고 다니는 탓인지 그의 얼굴빛은 어느 때나 거무죽죽했다.

반백의 긴 머리가 덩글덩글 북을 칠 때마다 출렁거렸다. 몰려온 동네 꼬마들은 누구도 이 요지경 아저씨의 목에 걸려 있는 망원경모양으로 생긴 요지경에 손을 대려 하질 못하고 움츠리고 서 있기만 했다.

북소리에 신바람이 나서 뛰쳐나오기들은 했었지만, 그들은 움켜쥐고 있는 주먹 속에 동전 한 닢씩을 들고 있질 못했다.

목에 걸려 있는 망원경같이 생긴 요지경을 잡아당겨 보려면 우선 움켜쥐고 있는 주먹 속에 들어 있는 동전 한 닢을 이 요지경 아저씨에게 내주어야만 했다.

그들은 서로의 눈치를 살펴보고 있기만 했다. 누구 손이 먼저 불쑥 내밀어지나 서로가 꼭 같은 마음으로 기다리고 있었지만 누구의 손도 먼저 내밀어지지 못했다.

"넌, 왜 아까부터 날 그렇게 보는 거야."

"내가 널 어떻게 보았다는 거냐."

코풀래기 찬이가 사팔뜨기 길녀에게 시비를 걸었다.

"이렇게 이렇게 노려보고 있었지 않아……."

찬이는 길녀의 사팔뜨기를 흉내내었다.

"그럼, 넌 왜 날 보고 아까부터 코를 풀럭거렸지?"

길녀도 만만치가 않았다.

"내가 언제 너보고 코를 풀럭거렸어. 코가 메어서 나 혼자 그런 거지."

"참, 별꼴이야."

"별꼴은 누가 별꼴이야."

애들이 보기엔 누가 옳고 그른지 알 수가 없는 노릇이었다.

찬이는 언제나 길녀가 자기를 못살게 구는 것 같았고, 길녀는 길녀대로 찬이가 자기를 향해 으르렁대는 것 같기만 했다.

그들이 이렇게 말다툼을 하고 있는 사이에도 실단이는 저쪽으로 돌아앉아 세 번이나 찔끔찔끔 오줌을 쌌고, 이쪽으로 와서도 개운치가 않은지 연방 사타구니를 후벼대었다. 그러나 누구도 실단의 이런 실정은 눈치채지 못하고들 있었다.

"저리 가! 보기 흉하게……."

"응, 누가 무어라고 했다고……."

삼네가 밀어대는 통에 오쨰가 연방 눈을 겁석거리며 대꾸했다.

"왜 자꾸 그러는 거야. 보기 흉하게……."

"글쎄, 누가 뭐라고 했기에 그러니."

오쨰는 시치미를 떼고 삼네를 똑바로 쳐다보아 주었다. 아무리 눈을 겁석거리지 않으려고 해도 무가내였다.

오쨰는 삼네가 무엇 때문에 그러는지 짐작하고 있었다. 삼네가 방구쟁인 줄만 오쨰가 미리 알았다면 그대로 물러설 오쨰가 아니었다. 섣불리 삼네에게 더 달려들다가는 배안의 병신이라는 소리를 들을까 두려워서 그대로 참았다.

사팔뜨기가 사팔뜨기 눈으로 보는 것도 흠이요, 눈첩첩이가 눈을 겁석거리는 것도 물론 흠이다. 그 흠이라는 것과 흉도 본인들에 관한 일일 텐데, 코풀래기가 코를 훌쩍거리는 것이 오해를 사게 되듯이 세상만사는 이런 것이 오해의 근원이 되어 남을 나무라기 마련이다.

세상은 요지경, 요지경 속은 세상사의 만화경……

“아저씨 오늘은 무어야요.”

경득이가 코를 찡찡거리며 물었다. 만화경 아저씨가 북을 치다 말고 경득이 쪽으로 몸을 돌렸다.

“궁금도 하겠지. 백번 남의 말을 듣느니보다는 자기 눈으로 속 시원히 한번 보는 것이 좋을 거다. 누구부터 먼저 볼까. 옳지, 그렇지. 네가 먼저 물었으니 너부터 먼저 보는 것이 좋을 게다.”

웃을 땐 입이 갑절이나 커지는 경득이가 만화경을 들여다보면서도 연방 코는 찡찡거렸다.

“나귀를 탄 솔로몬 대왕이 거리를 지나갈 때 사제들과 백성들은 한길가에 갈라서서 대왕의 만세를 소리높여 불러대었다…… 자, 맛보기란 적은 것. 눈요기는 잠깐…… 다음은 네 차례다.”

경득이 다음엔 오째가 받아 들었고, 오째 다음엔 삼네가 될 차례였다.

먼저 오째와 경득이가 무어라 수군거리고 있는 동안 다른 애들은 자기 차례를 조심조심 기다리고 서 있었다. 구경을 하는 애에겐 번개와 같은 순간이었고 늘어서 기다리는 애들에겐 그 잠깐이 지루했다.

“부왕(父王) 다윗으로부터 왕위를 물려받은 솔로몬은 아버지의 유언을 지켜 슬기로운 대왕이 되어 만백성의 축복을 받게 되었으니, 솔로몬 왕의 부귀와 영광은 태양보다 빛났다. 그럴 것이 솔로몬의 지혜는 바다를 두르고 있는 모래밭보다도 넓어, 그 지혜로 리방의 숲속에 십삼 년이나 걸려 화강석을 다듬어 궁전을 짓고 많은 궁녀를 거느리고, 온 이스라엘 사람 앞에 임하였던 것이다. 이리하여 예루살렘에서 사십 년간 통치하던 솔로몬 왕도 선조들이 누워있는 다윗성에 잠들었을 때는 한 줌의 흙으로 돌아간 다음, 그의 무덤 옆엔 그의 시종이 묻혔고, 또 그 후엔 그 집에 걸식하던 사람이 묻혔으며 살아생전의 영화는 간데없고 남은 것은 흙과 무덤뿐……."

살짝곰보 확실이가 끝으로 구경하고 나자 만화경 아저씨의 설명은 그것으로 끝이 나고 말았다.

떠들어대는 긴긴 설명만 들었을 뿐 누구나 볼 수 있었던 것은 한 토막 한 토막에 불과한 장면이었다.

그들의 얼굴엔 한결같이 미흡의 정이 남아 있었다. 요지경 아저씨는 소년 소녀들의 그런 표정은 알은 척하지도 않았다.

"아저씨, 얘는 못 봤어요."

오쨰가 만화경 아저씨 앞으로 등을 밀어낸 것은 실단이었다. 실단이는 얼굴부터 발개진 채 조그만 눈엔 눈물이 글썽했다.

"누가 보지 말라더냐?"

"앤 그럴 사정이 있어요."

실단이는 자기 차례를 넘기지 않으려고 참았지만 참을 수가 없었다. 밑배가 무질해지며 그냥 서 있으면 그대로 술술 오줌이 쏟아질 것 같은 느낌이었다. 그 자리에 주저앉을 수가 없어서 몇 걸음 뛰쳐 갔다 온 것이 그만 차례를 넘기고 말게 되었다.

"그러니까 넌 지각생이구나."

"그렇지요."

이번에도 요지경 아저씨의 물음에 오쨰가 대꾸해 주었다.

"지각생이란 낙오자란 말이다. 낙오자에겐 언제나 차례가 돌아오지 않는 법이다."

요지경 아저씨의 이런 말투로 미루어볼 때 실단에겐 좀처럼 보여 줄 것 같지가 않았다.

"아저씨, 그것 말고 딴 것 없어요?"

"딴 거라니……."

"아, 요새 유행되고 있는 007 말이에요."

"그런 것 봐선 못 쓴다."

"왜요?"

"책이나 이런 구경은 옛날 것을 봐야 하는 법이다."

"아저씬 법을 좋아하네……."

"좋건 나쁘건 지켜야지……."

"그건 작년 가을에도 본 거 아니에요. 새것을 봐야지요."

"그놈 새것 무척 좋아하네. 이놈아 내 말 들어라. 솜은 묵은 솜이 더 따스한 법이다. 007 같은 그 새것들이란 요즈음 유행하고 있는 감기 같은 것이다. 유행성 감기 알지, 그건 만병의 근원이란 걸 알아야 한다."

세상은 요지경, 요지경은 세상사의 만화경……

"아저씨, 난 007보다도 그것이 더 좋아요."

"암, 그렇구 말구…… 두고 보아라. 사람이란 새것새것 하지만 새것보다는 옛것에 더 따스한 정이 가는 법이다."

"그런데 아저씨……."

실단이는 얼굴을 더 붉히며 주저주저할 뿐 말을 계속하진 못했다.

"왜 그러냐?"

요지경 아저씨가 다시 묻자 실단이는 외면을 하고 말았다.

"입이란 밥만 먹으라고 낸 것이 아니라 자기 뜻을 말하라고 낸 입이니 그 입은 두었다가 무엇에 쓰려고 그러는고……."

"아저씨, 그 애가 구경은 하고 싶은데 돈이 없다는 거야요."

"돈, 돈…… 허허…… 돈, 돈…… 허허…… 그래 그 애 아버지는 무엇하는 사람이냐?"

"공무원이요."

"너의 아버지는?"

"품팔이요."

"너는……."

"걔넨 아버지가 없어요."

"아버지가 없으면……."

"군경 유가족 아니에요."

"그래?"

"그래서 그 앤 중학꼴 그저 넣어준대요. 그렇지만 그저 넣어주면 무엇해요."

"무엇하다니……."

"돈이 있어야 계속하지 않아요."

"하긴 그렇군…… 그럼 얘네는?"

"그 애 아버지 멋있어요."

"멋이 있다니…… 나처럼 이렇게 수염이 나서 멋이 있다는 거냐."

"아이참……."

"그럼……."

"걔네 아버진 젊었는 걸요……."

"젊었다구…… 그것참 좋겠구나……."

"아저씨, 걔네 아버진 정치가란 말이에요."

"정치가, 정치가, 그중에서도 젊은 정치가…… 그것참 멋있구나. 그런데……."

"그런데 뭐예요."

"그런데 도매상이냐, 소매상이냐, 아니면 브로커냐 말이다."

"아저씨, 걔네 아버지가 정치가라고 했지 누가 장사치라구 했어요."

"암, 장사치가 아니라 정치가지, 정치가야. 나두 그건 알고 있지…… 그런데 말이다……."

소년과 요지경 아저씨는 한동안 서로 마주 쳐다보기만 했다.

요지경 아저씨는 북을 두드리며 다시 목청을 돋우었다.

세상은 요지경, 요지경은 세상사의 만화경……

배짱이 두툼하기는 소매상보다는 도매상, 도매상보다는 브로커…… 밑천 한푼 들이지 않고 구름을 잡는다 소리에 언제나 귀에는 풍년이요 뱃속은 흉년이라네. 이통에 골탕을 먹는 것은 어진 백성들뿐…….

속아서 이십 년이면 그것으로 족하지 누가 다시 속아서 말려들겠는가.

잇속을 따지기는 장사치나 정치가나 매한가지지…… 벌리면 가게라고 구멍가게도 많지만, 너도나도 나서서 입만 벌리면 모두가 정치가다.

맞돈 주고 팔고 사는 것이 구멍가게의 장사 원리라면 눈앞의 이득만을 내세우는 것이 구멍가게 정치라…….

한푼 돈에 바들바들 아웅다웅하니 인심은 날로 각박하고 내일 일을 생각지 않는 오늘에 사는 정치라니 눈가리움뿐이지…….

장사란 긴 목을 내다봐야지…… 하물며 정치가 구멍가게모양 맞돈 흥정을 하듯이 눈앞의 현실을 놓고 아웅다웅 따져서야 되겠는가…….

가까이 보지 않고 멀리 내다봐야 하는 것이 상도(商道)이거늘 정치에 어찌 현금정치를 노리는고…… 브로커 정치는 물론이거니와 구멍가게 정치에서 벗어나 대무역상 정치는 못할망정 도매상 정치야 되어야 하지 않겠는가……

백성들에게 아무런 바람도 기대도 두지 않고 외상을 깔아 놓을 수 있는 도매상 정치 말이다.

바라지도 않던 그 외상이 상환되는 날, 도매상은 큰 무역상으로 바뀌어질 것이고 백성들의 생활은 따질 것도 없이 부유해질 것이다. 어어, 내가 왜 내 밥 먹고 남의 소리를 하는 실없는 사람이 되었는고…….

요지경 아저씨는 북을 멈추고 둘러 서 있는 소년 소녀들을 바라보았다.

"자, 어서들 보아라."

코풀래기는 요지경 아저씨가 내어주는 그 망원경같이 생긴 요지경 통을 받으려 하지도 않고 물러섰다. 코풀래기가 물러서자 언챙이도 눈첩첩이도 방구쟁이도 차례차례로 물러났다.

"왜들 안 본다는 거냐, 왜들……."

요지경 아저씨는 뒷걸음질치는 그들에게 물었다.

"아저씨, 돈이 있어야 보지요 돈……."

"하긴 그렇군……."

요지경 아저씨는 꼭 신이 내린 무당모양 다시 북을 두드리며 신이 나서 소리를 치는 것이었다.

세상은 요지경, 요지경은 세상사의 만화경……

꽃 같은 너희들 앞에 외상 깔지 않으면 누구한테 외상 깔아 놓겠느냐. 받고 못 받는 것은 너희들의 마음.

나라가 백성 앞에 외상을 깔아 놓지 못한다면 백성이라도 자기 평생을 외상으로 팔고 가세…….

문익점(文益漸)이 목화씨를 대통에 숨겨 갖고 와서 이것을 뿌릴 때, 거두어서 자기만이 입을 것을 생각하고 뿌리고 가꾸었으랴…… 수지를 맞추는 인생보다 수지를 못 맞추는 인생이 더 필요하지 않겠는가. 장부의 한평생을 외상을 놓고 간들 어떠리…….

"자 어서 마음 놓고들 보아라. 외상 구경도 못하겠느냐……."

꼬마들은 요지경 아저씨가 내준 요지경을 열심히 들여다보고 있었다. 주위는 별안간 조용해진 것 같았다. 요지경 아저씨는 한 커트씩 넘기며 목청을 낮추고 설명했다.

역사는 다람쥐가 돌리는 쳇바퀴…… 오늘이 그렇고 삼백 년 전이 그렇고, 백 년 전이 그렇고, 오늘이 그렇다. 인생은 짧아도 쳇바퀴 같은 역사는 길고 긴 법…… 인생은 가면 다시 못 오는 법, 그래도 역사는 다시 되풀이되는 법…….

우는구나 우는구나 한 나라의 임금님이 슬피도 우는구나. 어가(御駕)의 모습이 왜 저렇듯 남루하고 기막힌 형편일세…… 곤룡포(袞龍袍) 젖은 소매로 눈물을 닦고 난 대왕의 입에선 절로 쏟아지는 것이 한숨이로다.

國事蒼黃月(국사창황월) 誰能郭李忠(수능곽이충)
去邠存大計(거빈존대계) 恢復仗諸公(회복장제공)
痛哭關山月(통곡관산월) 傷心鴨水風(상심압수풍)
朝臣今日後(조신금일후) 寧復更西東(녕복경서동)

나랏일이 이렇듯 말못하게 어지러울 즈음 누가 곽자의(郭子儀)와 이광필(李光弼)의 충성을 다 할꼬……

서울을 떠났음은 뜻을 다시 펼 계략이거늘, 넘치는 일 다시 회복시킴은 그대들을 믿을 뿐이오.

관산의 달을 바라보며 통곡하고 압록강 바람 앞에 한숨하노니

조신들이여, 이 꼴이 된 오늘에도 다시 동인입네 서인입네 하고 싸움을 되풀이할 것인가……*

대대로 용만관(龍灣關) 앞을 지나는 길손들은 바람이 불면 걸음을 멈추고, 관산의 달을 보고 탄식하던 선조 대왕의 숨길이 아닌가 하여

---

* 선조(宣祖)의 한시 〈용만서사(龍灣書事)〉이다. 임진왜란 시기 평안도 의주로 피난을 간 선조가 국정을 살피던 용만관에서 지은 시로, 당쟁을 꾸짖는 내용을 담고 있다.

슬퍼한다네.

천지의 물은 양단으로 줄달음쳐 흐르고 백두산의 산줄기는 남으로 내리닥쳐 태백산을 이루었고 그것이 다시 갈라내려 아득히 남해를 굽어보네. 펑퍼진 이곳이 김해 벌판…….

잔디가 푸르다고 한길가에 무심히 앉지 마소. 이른 봄 되었다고 보섭을 든 농부들이여, 두드러진 둑이라 그대로 밀고 나가지 마소. 그곳에 잠든 넋이 행여 화를 낼까 두려우이…….

낮이면 햇빛에 눈을 가리우고 밤이면 별을 보고 하소연하는 젊은 넋들이 잠든 곳이 바로 그곳이라네…….

어느 날 나라의 부름을 받고 한결같이 달려 나왔던 장정들…… 한겨울에 얼음길을 걷게 하여 헐벗음과 굶주림에 목숨을 잃게 하여 그 무리죽음이 묻힌 곳이 김햇벌이라오…….

관산에 달을 보며 조신을 달래다가 통곡한 대왕은 그래도 그 도량과 기백에 왕도(王道)는 오늘에 남아 있어도 뒤쫓아 나서는 백성들을 뿌리치고 부산 부둣가로 내리닥친 민주주의 발자취는 무엇을 남겼던고…….

내 당이 아니면 당이 아니고, 내가 아니면 사람이 아니라던 민주주의 세도는 오늘 어디로 갔는고…….

바다는 예나 지금이나 푸르고, 파도는 예나 오늘이나 그날을 주절대건만, 귀를 가진 자 없는지 누구도 그 소리를 분간하여 듣지 못하니 한스럽구려…….

"아저씨 그게 뭐요."

"뭐겠느냐."

"아저씬 엉터리야, 그림에도 없는 것을 설명하고……."

"허허, 내 이 정신 봐라. 내가 무엇을 얘기했더라……."

"몰라요……."

"허허, 내 이 정신 봐라……."

"아저씨, 007 좀 보게 해주세요."

"길은 옛날 책에 적혀 있지 유행가 속에 있는 것이 아니다……."

"네가 언제부터 그렇게 되었느냐."

"언제부터 그렇게 되었는지 알 필요가 무어가 있단 말이냐."

"장님이 대낮에 눈을 감고 다니는 것도 죄라고……."

"세상에 죄가 따로 있는 줄 아느냐? 내가 죄라면 죄가 되는 거지……."

"두고 보자 두고 봐……."

"두고 보긴 뭣을 두고 본다는 거냐. 두고 볼 때까지 누가 내버려 둘 것 같기나 싶으냐. 공연히 긁어 부스럼 만들지 않는 것이 좋을걸……"

주고받는 말투가 싸움이 벌어질 모양이었다. 서로 악이 받쳐 소리를 고래고래 질러대었다.

애들에겐 요지경도 이젠 소용없었다. 그것보다 싸움 구경이 한결 더 흥미를 끄는 모양이었다.

약속이나 한 듯이 그들은 그쪽으로 줄달음쳐 가 버리고 말았다. 요지경 아저씨도 북을 든 채 그쪽으로 몸을 돌리고 귀를 기울여 보았다. 무엇 때문에 싸우는 것인지 영문을 알 수 없었다. 그는 입버릇모양 중얼거리던 소리를 혼잣말로 중얼거렸다.

"세상은 요지경 속이야……."

그는 자기가 중얼거린 말에 자기가 고개를 끄덕거렸다.

맞붙어 아귀다툼을 해대는 싸움은 점점 더 커져가는 모양이었다.

"자기 집 추녀 끝에 빨랫줄을 맨 것이 죄라고……."

"죄구 말구……."

"덕수궁 대들보 팔아먹는 것은……."

"헐었으니까, 갈아맨 거지……."

"목마(木馬) 짐값을 받는 것은……."

"짐을 실은 사람이 잘못이지……."

"남의 검은 머리를 잘라서 가발(假髮)로 판 것은……."

"누이 좋고 매부 좋으라고……."

"눈 감으면 남의 코를 잘라다 수저꽂이로 만든 것은……."

"조국의 근대화작업이지 뭐야……."

둘러서서 구경하던 소년과 소녀들의 모습도 보이질 않았다.

요지경 아저씨도 고개를 설레설레 내흔들었다. 그는 입맛을 쩍 다시었다. 세상이 살맛이 없다고 느껴질 때 하는 버릇이다.

이곳에 머물러 있어 봤댔자 장사꾼은 다 글러 먹은 것이 뻔했다. 그는 다시 북을 치며 걷기 시작했다.

세상은 요지경, 요지경은 세상사의 만화경……

길이 있으니 갈 곳이 없겠느냐. 가노라면 마을이 있겠지. 마을이 있으면 장이 서고 장이 서면 인정이 몰려들겠지. 인정이 있는 곳에 머물러 다시 하루해를 보내면 설마한들 산 사람 입에 거미줄 쓸랴…….

길은 멀어도 가노라면 마을이 있고, 마을이 있으면 해가 저문단들 무슨 걱정 있으랴. 팔등신 자리하고 누울 곳 없겠느냐. 장부의 한평생 이만하면 족하지. 마음과 잠자리가 더럽다 탓할소냐…….

백자도공 최술
白磁陶工 崔述

1

곽성식(郭成植)은 이조 도자기(李朝陶瓷器)에 관한 논문을 쓰기 위해 틈이 있는 대로 배낭을 걸머지고 서울 근교 일대를 답사하고 다니던 중 1967년 11월 29일 우연히도 여주 어느 주막 할머니로부터 자기 친정 십팔대 조가 광주 땅에 옮겨오게 된 내력과, 그 후손이 그곳에서 대대로 사기장이 노릇을 하며 지내던 중 자기 아버지 대에 이르러 대가 끊겼다는 등의 흥미 있는 이야기를 들으며 밤새움을 했다. 곽성식은 그것이 이조 자기 연구에 무슨 도움이 될까 싶어, 그해 겨울 그때 들은 이야기를 다음과 같이 대충 정리했다.

2

남한산(南漢山) 동쪽 기슭으로 경안천(慶安川)이 흐르고 있다. 경안천을 중심으로 높고 낮은 구릉이 기복을 이루며 펼쳐나간 들은 남북 오십여 리에 동서로 이십 리나 된다. 울창한 수림과 수림 사이를 누벼 경안천의 물줄기를 따라 그 마을 사람들은 들과 언덕을 골라 쌀, 조, 콩, 팥, 목화 등을 뿌려 의식주를 이루는 한편, 약초를 캐어 생업을 삼았다. 그들에 의해 산출되는 약초의 종류는 삼십여 종이 넘었다. 그 중에서 천궁(天芎), 지황(地黃), 향부자(香附子), 형개(荊芥), 소목향(小苜香), 산수유(山茱萸), 우슬(牛膝) 등이 손에 꼽혔다.

최술(崔述)이 황해도 송홧(松禾)골서 이곳으로 옮겨온 것은 그 나이 스물다섯 살 때였다. 송홧골은 구월산(九月山) 중턱에 있었다. 송홧골 언덕배기에 서 있으면 구월산 여맥(餘脈)이 서해를 향해 사행(蛇行)하다 넓은 벌판에 주저앉아, 벌판 끝은 바다인지 육지인지 구별할 수 없을 정도로 아득했다. 같은 자기 마을이면서도 지세가 그만큼 달랐다.

최술은 이곳으로 옮겨오자 가족과 더불어 각령(閣令)에서 침식을 하였다. 산언덕을 향해 허리를 굽히고 주저앉은 듯한 가마 둘레로 세워진 각령엔 최술네만 살고 있는 것이 아니었다.

각령과 가마가 있는 이곳엔 일반 주민들의 왕래를 금하기 위해 중문(中門)이 세워져 있었다. 이 중문 안으론 느티나무, 밤나무, 아름드리 소나무와 참나무, 은행나무, 잣나무 등이 울창했다. 말하자면 이 일대가 사기장이들의 마을인 셈이었다.

마을엔 조기(造器), 마조(磨造), 화청(畵靑), 착수(着手) 등 여러 장인들이 살았다.

물레, 방망이, 예새, 가리새, 백토(白土), 소금, 토청(土靑), 회회청(回回靑), 주토(朱土), 석녹(石綠) 등으로 질그릇 또는 사기그릇 등을 구워내었다. 이렇게 제조된 그릇은 사옹원(司饔院)의 지시에 따라 진상(進

上)하기 위해 우마차에 실려 서울로 옮겨, 장흥고(長興庫)로 납품되었다. 사기장이라고 해서 다 같은 도공이요 화청은 아니었다. 그들 중엔 평생을 가마통에 불을 때다 죽는 이가 있는가 하면, 물레질이나 물을 길어다 흙을 이기는 일로 평생을 끝맺는 이도 있었다. 그러게 그들은 도공이 되거나 화청장이 노릇을 해보았으면 하는 것이 소원이기도 했다.

3

고려청자의 아름다움이란 그 빛과 선에 있다. 그러게 옛사람들은 그 빛의 아름다움을 한마디로 표현하고자 우과청천(雨過晴天)이라고 했다. 가을 소나기가 지나간 뒤의 맑은 하늘빛을 쳐다보라. 헤아릴 수 없는 푸른빛이다. 이 아름다운 빛을 사람들은 비색(秘色) 또는 비색(翡色)이라고 부른다. 그러나 그 푸른빛은 그냥 푸른빛이 아니라 푸른빛 속에 그늘이 있고 그늘 속에 무늬가 있어 더욱 조촐하고 담담(淡淡)하다. 청아(淸雅) 속에 한적(閑寂)이 깃들이고 한적 속에 유장(悠長)한 꿈과 희구(希求)가 깃들여 있다.

향로, 연적, 물병, 술병, 꽃병, 향합, 찬합, 필통, 장고, 베개, 바리, 사발, 종지, 찻종, 보시기 대접, 접시, 잔, 주전자, 동이, 귀동이, 단지, 항아리 독, 소래기, 버치 등…… 그것들은 각기 균형된 조형을 지니고 있다. 큰 것은 큰 것대로, 작은 것은 작은 것대로 짜임새가 있는 아취(雅趣)로 격조 높은 공예조각의 아름다움을 보여준다.

푸른 하늘엔 흰 구름이 한 점 흐르고 그 구름 위로 한 쌍의 학이 떠오르고 있다. 구름과 학 사이가 가까우면서도 아득하게 멀다. 이 모든 것이 흙을 빚어 구웠건만 비취 구슬보다도 아름답다. 음양각(陰陽刻)과 상감(象嵌)과 퇴선수(堆腺手)의 기법엔 신운(神韻)이 어렸다고나 할까……. 기법은 문양(文樣)으로 옮겨져 보화(寶花), 연화(蓮花), 화용(花容), 모란(牡丹), 운학(雲鶴), 교룡(蛟龍), 원앙(鴛鴦), 봉문(鳳文)을 아로새겨 고려 도공들의 창의를 엿보여주고 있다. 그것들은 흙으로 그려진 그림이요 흙으로 빚어진 조각들이다. 그러게 그들의 솜씨는 도공이면서도 화공이요, 조각가이기도 했다.

최술은 태어나면서부터 도공이었지만 최술의 아버지는 그렇지가 않았다. 그 아버지는 도수리 구멍과 가마 아궁이에 불을 지피는 화부에 불과했다. 그러다 안질개에 앉아 물레를 돌리기 시작한 것은 그의 나이 삼십이 넘어서였다. 물레를 돌릴 수 있다 하여 도공은 아니다. 물레를 돌리면서 가리새 지질박 솜씨도 어지간해져야 한몫의 도공 구실을 하게 된다. 술이가 태어난 것은 아버지가 물레를 돌리며 가리새질에 어지간히 익숙해졌을 무렵이다.

송화요(松禾窯)는 고려 왕실이나 주요 사찰에서 사용하는 기물을 구워내던 조정의 제요직(諸窯直) 관하에 있던 관요(官窯)다.

대개 사기가 잘 구워졌는진 굴뚝 구멍에서 오르는 연기 빛을 보아도 그들은 알 수 있었다. 그릇이 구워지면 가마 문을 열고 그릇을 꺼낸다. 이때는 반드시 관헌의 입회하에 물건을 추려내었다. 물기가 지나쳐 오그라들었든지, 주둥이가 깨졌든지 하는 따위의 물건은 관헌 앞에서 모조리 깨어버리고 온전한 것만 골라내어 이를 꾸려 군졸들의 경호를 받으며 운반되었다. 왕실 기물로 만들었던 것이 민가에게 유출되는 것을 막기 위해 불량품을 깨어버리는 것이었다. 그러기 때문에 고려의 자기는 왕실을 비롯한 귀족과 사찰이 아니고는 그 사용이 금지되었다.

최술은 철이 들면서부터 태토(胎土)를 주무르면서 자랐다. 어른들이 물레나 윤대(輪臺)를 돌리며 떨어뜨리는 흙을 주워선 제멋대로 빚어보았다.

원숭이, 오리, 거북이, 그리곤 자기 나름대로 나무칼을 만들어 눈도 그려보고 입도 파보았다. 누가 시켜서 하는 노릇도 아니며 누구한테 배워서 하는 것도 아니요, 또한 하루종일 물지게만 지어 나르는 사람들이 평생 소원인 도공이 되기 위해 틈틈이 익혀보는 어떤 욕망이 있어 하는 일도 아니었다.

구월산의 겨울은 길고 춥기만 했다. 한번 내리기 시작한 눈이 쌓이기 시작하면 이웃과 이웃이 길이 막힐 정도였다. 어른들은 점점 바닥이 나기 시작하는 쌀독을 들여다보며 길고 추운 겨울을 불안과 공포로 지내지만 최술은 어둠침침한 방에 들어박혀 자기가 만들어 놓은 원숭이와 거북이와 오리와 사자와 물병과 꽃병들과 서로 이야기를 주고받는 것으로 즐거웠다. 어른들에겐 그토록 지루한 겨울이지만 최술에겐 조금도 지루하질 않았다.

구월산에도 봄볕이 들기 시작하면 어수선해진다. 눈사태가 밀린다. 맹수들의 울음 대신 산새들의 울음소리가 들리기 시작하면 산속이 어수선해지듯, 사람들의 마음속도 까닭 없이 복잡해지며 답답증을 느끼게 된다. 그러게 이곳 사람들은 굳게 닫고 있던 싸리문을 열고 밖으로 나와 언덕에 구부려 엎드려 있는 가마를 돌보고 손질하기에 바빴다.

가마 둘레에는 여기저기 장작더미가 쌓여 있었다. 그들은 이른 봄에 베어다 한 해 여름을 말리며 비와 서리와 눈 속에 버려두었다가 다음 해 초여름에 가마에 불을 지피는 것이다. 그들이 해를 묵혀 말려서 쓰는 것은 진이 빠지고 벗겨진 것이 신탄재(薪炭材)로서 좋았기 때문이다. 무슨 이론적인 근거라기보다도 그들은 이 송횟골 일대를 두더지모양 가마를 만들며 옮겨 살던 그들의 조상으로부터 물려받았을 뿐이다.

신탄재로서 그들이 수상목(水上木)을 가장 으뜸으로 삼는 것도 그랬듯이, 언덕을 향해 구부듯이 가마를 걸어놓은 것도 그러했고, 굴뚝이라 해서 연통을 다는 일 없이 가마 뒤끝에다 몇 개의 구멍을 뚫어놓은 것도 그러했다.

향로나 연적이나 물병이나 항아리나 어떤 표본이 있는 것이 아니라 모두가 손짐작이나 물레를 돌려 그릇을 짓는 것도 손대중으로 하듯이 그 속에 그려진 그림이나 조각도 그들의 그때그때마다 자기 흥에 겨워 멋으로 만진 것이요, 그려진 것들이다. 그러게 그들은 처음부터 어떤 명작을 만들기 위한 야심 같은 것은 갖지도 않았다. 왕실에서 쓰여질 기물이기에 정성을 다해야 했고, 부처님을 공양하는 데 사용될 것이기에 정밀을 기해야 했을 뿐이다. 생각하면 그들의 기법과 기량은 도공이란 체념 속에 수련의 반복으로 이루어졌지만 그 결과는 기교를 넘는 경지에 이르렀다.

4

최술이 열두 살 나던 해였다. 구월산의 중턱은 봄이 늦은 대신 가을과 겨울이 빨랐다. 우거진 녹음 속에 선들바람이 들면 온 산은 단풍으로 빨갛게 물이 들었고 그 단풍이 서리 바람에 굴러떨어지기 시작하면 곧 겨울이었다.

구운 그릇을 가마에서 꺼내어 서울로 보내고 나면 일손은 한가해진다. 일손이 한가해지면서부터 마을 사람들은 산등성이에 잘라놓은 나무들을 눈이 내리기 전에 가마 근처로 날라다 놓는 일이 바빴지만 마을 애들은 이때쯤이면 서리를 맞은 다래나 머루를 따 먹거나 개암을 주우려고 정신이 없다.

어렸을 때부터 태토나 주워 주무르기를 좋아하던 최술은 오늘도 그런 친구들과 떨어져 잎이 다 떨어진 자작나무 밑에 앉아 먼 황해 바다를 바라다보고 있었다.

바다는 언제 보나 잔잔했다. 산골에서 자란 최술은 바다란 언제나 저렇듯 의젓하고 조용한 것만으로 생각해 왔다.

하늘과 바다, 땅은 언제나 서로가 잇닿아 있었다. 땅이 끝난 곳이 바다의 시작이요, 바다가 끝나는 데서부터 하늘은 시작하여 지금 자기 머리 위를 뒤덮고 있는 것이다.

그럼 그 하늘이 끝나는 곳은 어딜까…… 그곳은 땅이다. 그러게 구름은 바다에서 떠올라 하늘을 날다 비바람으로 화하여 땅으로 흘러내리는 것이었다.

하늘과 바다를 온종일 쳐다보고 있으면 싫증이 난다. 최술은 그 자리에서 일어서 내려다보다가 이상한 것을 발견했다. 지난여름 장마에 씻겨나간 자리인 듯싶었다.

관헌이 가마에서 나오는 그릇들을 검사하고 불량품을 모조리 깨어버린 듯싶은 그런 사기 조각이 흩어져 있었다. 무엇 때문에 이런 것을 먼 곳까지 날라다 버렸을까…… 땅을 굽어보고 있는 최술의 머릿속에 이런 생각이 스치는 순간 그의 눈빛은 이상하게 빛났다. 최술은 흩어진 사기 조각 중에서 큼직한 것을 하나 골라 들었다. 그 조각난 사기는 아버지가 일하고 있는 가마에서 구워내는 사기 종류와는 딴판의 것이었다. 최술은 조그만 손으로 조각난 사기 표면에 붙은 흙을 닦았다. 그의 손은 더 빛났고, 가는 손끝은 떨렸다. 그는 주위를 살펴보았다.

최술은 철들면서부터 물레나 가마 옆을 별로 떠나 살아본 적이 없었다. 지금까지 자기가 보아온 사기그릇들 중에선 이렇듯 청아한 푸른빛을 지닌 것을 보지 못했다. 그렇다면 자기 아버지가 일하고 있는 곳이 아니라 다른 가마에서 구워낸 것인가…… 이렇듯 아름다운 그릇을 구워내는 곳은 어느 쪽에 있을까…….

최술은 그 일대를 손끝에서 피가 날 때까지 사기 조각들을 들추어 골라내었다.

그는 그 조각난 사기를 늘어놓아 맞추어보았다. 지금 머리 위를 덮고 있는 푸른 하늘을 보드라운 비로 쓸어놓았듯이 흐르는 구름과 꼭 같은 구름이 그곳에 있었다. 다리를 쭉 뻗은 학, 조각난 사자의 머리…… 최술은 머루나 다래 대신 그런 것을 한아름 옷자락에 거두어 들고 집으로 돌아왔다.

어린 최술은 그날 밤 좀처럼 잠을 이룰 수가 없었다. 눈을 감으면 그 조각조각들이 이어져 학과 사자의 구름과 푸른 하늘이 생생하게 눈앞에 떠올랐기 때문이다.

최술이 도공이 된 것은 열일곱 살 나던 봄부터였다. 말하자면 아버지의 대를 잇게 된 것이다. 그의 아버지는 그 전해 가을 가마에서 꺼낸 기물들 중 불량품을 처리하다가 어쩌다 그 조각에 발을 베어 그 상처로 균이 들어갔던지 붓기 시작한 상처로 하여 시름시름 앓다 그해 늦가을에 세상을 떠나고 말았다.

최술은 나이는 비록 어렸어도 송횟골 사기장이 중에선 그 솜씨가 뛰어나 누구도 그를 만만히 대할 수는 없었다.

잡부들이 도토(陶土)나 도석(陶石)을 져 날라오면 이것을 큰 돌절구로 부수어서 체로 쳐낸 가루를 큰 그릇에다 넣고 물을 붓는다. 이렇게 해서 하루쯤 침전시켰다가 물을 쏟아버리고 나서 그것을 다시 눌러서 물기를 빼어낸다. 이것을 대개 태토(胎土)라고 한다. 이 태토를 다시 술을 빚을 때 누룩을 두고 밟듯이 발로 밟아야 한다. 이렇게 해야만 태토의 점착성(粘着性)의 균형화가 될 뿐 아니라 그릇의 밀도를 정밀히 할 수 있었기 때문이다. 태토를 만드는 일이란 잡부들에게 맡겨진 일이었다. 그러나 최술은 이 일에서부터 직접 발을 벗고 이겼다.

도공의 대개는 이런 일은 거들떠보려 하지 않았지만 최술의 생각엔 좋은 기물을 빚으려면 이런 일부터 스스로 해야 한다고 생각했다. 이렇게 만들어진 태토를 다시 반죽을 잘해야 한다. 태토란 반죽을 하면 할수록 끈기가 생겨 정밀한 기물을 빚어도 잘 떨어지질 않았다. 반죽이 끝나면 안질개에 앉아 흙을 윤대에 올려놓고, 윤대를 돌려가며 만들고자 하는 기물의 크기를 가늠하여 방망이로 두들기기도 하고 지질박이나 가리새로 세공을 가하는 것이다.

기물의 품질에 따라 개비(蓋皮)나 갑(匣)을 씌워 이것을 도침(陶沈) 위에 올려놓고 굽게 되는 것이다.

5

대개의 경우 관요는 이런 산속이 아니면 멀리 떨어진 곳으로 자리를 잡는 데는 여러 가지 이유가 있다. 땔감을 손쉽게 구한다든지 또는 태토를 얻을 수 있다든지 하는 이유도 있었지만 그것보다도 상감 기법(象嵌技法)이라든지 또는 청자에 대한 유약(釉藥)의 비밀이 외부에 새어나가지 못하게 하기 위한 수단으로서가 더 큰 이유라고도 할 수 있었다.

도공은 윤대를 돌려 태토로 그릇을 빚어 일단 잔판(棧板) 위에 올려놓고 말린다. 여기다 각종 무늬를 그리고 유액을 바르는 것은 화청장(畵靑匠)들이 하는 일이다. 도공들 중에서도 타고난 솜씨가 있어 제멋대로 운학(雲鶴)무늬 같은 것을 그려보기도 한다. 그러나 화청장이들은 비록 그 솜씨가 뛰어났다 해도 그 재주를 인정하려 들질 않았다.

도공장은 도공장이로, 화청장은 화청장이로, 그 직업은 세습되어 대를 이어왔다. 세습제도에 대해서 고려왕조의 사회구조 문제와도 관련성이 있다 하겠지만 특히 관요에 있어서의 세습제도는 문헌상에 나타나 있는 것은 아니지만 그들이 어디까지나 유약과 기법을 외부로 새어나가지 못하게 하는 방법의 하나로 취해졌던 것 같다.

최술이가 순네에게 장가든 것은 스물한 살 때였다. 최술로서는 장가가 늦어진 이유는 최술이 도공이 되고 나서 곧 같은 해에 부모를 다 잃었기 때문이었다. 밑으로 하나밖에 없던 여동생이 괴질로, 부모가 세상을 떠나기 앞서 삼 년 전에 먼저 가버렸기 때문에 최술은 혈혈단신이 되었다. 그런 가정환경의 탓인지 최술은 별로 말이 없는 데다 성미도 직선적인 외고집쟁이가 되고 말았다. 이런 최술의 성격은 환경으로 빚어진 후천적인 것인지 또는 타고난 선천적인 것인진 자신도 알 수 없었다.

말없이 태토만 주무르고 있는 모습이거나 또는 자기가 빚어 말린 그릇에 상감을 입히기 위해 홈을 내려 파고 있는 옆모습을 보고 있으면 최술이야말로 세상에 자기를 구워내기 위해 태어난 사람같이 느껴지기도 했다.

순네는 이 송화요에 붙어 있는 화청장이 중 가장 나이가 많은 박고남(朴高男)의 딸이었다. 그는 도공들이 빚어놓은 그릇에다 각종 무늬를 그리기도 하고 유약을 발라 이것을 다시 굽게 했다.

다 같이 사기장이라고 불리었지만 그들 사이엔 엄청난 신분의 차이가 있었다. 물론 화청장이는 모든 사기장이 중에서도 가장 으뜸이었고, 그다음이 직접 그릇을 굽는 도공의 순으로 되어 있었다. 또한 화청장이라고 하지만 누구나가 다 유약을 칠할 수 있었던 것도 아니다. 유약을 다루려면 같은 화청장이면서도 이곳에선 박고남의 신임을 받아야만 했다. 유약을 다루는 일에도 그토록 엄격하거늘 그 유약의 제법은 박고남 외에는 아는 사람이 없었다.

최술과 순네가 알게 된 것은 물론 어렸을 때부터였다. 송홧골이라는 곳이 모두가 사기장들만이 살고 있었기 때문에 서로 집 안팎 사정을 훤히 들여다보고 있었다. 그러나 최술과 순네가 알기 시작했다는 것은 그런 뜻에서가 아니었다. 그가 순네를 눈여겨보기 시작했고, 또한 순네가 최술에게 뜻 모를 정이 가기 시작했다면 그것은 최술이가 부모를 잃고 난 후였다.

이 송홧골 주변엔 식수로 사용하는 샘이 단 두 곳밖에 없었다. 다른 곳에도 우물과 개울은 있었지만 그것은 모두 다 허드레로 쓰일 뿐이었다. 다른 우물엔 잡부들이 들끓었지만 이 두 샘터엔 부녀자들 외엔 사내들 그림자라곤 얼씬하질 않았다. 그러나 부모를 잃고 난 최술은 최소한 아침 한때나 저녁 한때만큼은 이 샘터로 내려가지 않을 수가 없었다. 그러게 최술은 이른 새벽에 샘터를 찾아가곤 했다.

그는 샘터에 앉아 쌀을 씻고 있었다. 쌀을 인다는 것은 그로선 생각지도 못했다. 쌀을 씻으며 눈에 뜨이는 검부러기나 돌을 골라내고 몇 번 물로 씻어내는 것으로 족했다. 그렇게 자신이 지은 밥을 씹다간 돌을 깨물어야만 했다.

"쌀을 그렇게 일으시면 어떻게 하셔요?"

물통과 쌀이 들어 있는 바가지를 들고 일어서려던 최술은 그 자리에 멍청 서버렸다. 순네가 가까이 옆으로 오며 최술을 쳐다보았다. 그녀의 검은 눈동자 속엔 샘물보다 맑은 어떤 인정이 넘치고 있었다. 최술은 까닭 없이 몸과 마음이 뜨거웠다.

순네는 그 후로 언제나 최술이가 샘터로 나올 쯤하여 자신도 물통과 쌀이 든 함박을 이고 나왔다. 순네가 쌀을 일어주면 최술은 그녀의 물통에 물을 길어주었다.

그들의 소문은 같은 또래의 처녀들 입에서 먼저 오르내렸다. 그런 소문이 순네의 귀에 되돌아와 들릴수록 그녀의 마음은 최술에게로 쏠렸다. 처음에는 다만 사내가 쌀을 일고 앉아 있는 것이 하도 딱하여 쌀을 일어주겠다고 나섰을 따름이었다. 소문이 더 퍼지게 되자 최술과 순네의 그림자는 샘터에서 멀어져 버리고 말았다. 그러나 그들 사이에 오고 가던 정이 멀어진 것은 아니었다. 그들이 샘터에 나타나지 않고부터는 순네가 부모의 눈을 속여 밥그릇을 최술에게 날라다 주었다. 그런 일로 순네는 부모로부터 호된 꾸지람을 들어야만 했다. 그런 꾸지람이란 도리어 불길 속에 기름을 퍼부어 주는 것 같은 효과를 나타내는 데 불과했다. 순네는 부모로부터 꾸지람을 들으면 제물에 토라져 자리에 누운 채 이틀이고 사흘이고 자리에서 일어나려 하질 않았다. 이렇게 해를 거듭하게 되고 보니 순네의 부모도 그녀에게 굴하지 않을 수가 없었다. 최술이가 천애고아라는 점도 있었지만 그 재주가 내다보이는 사기장이라 순네네 부모도 마음 한쪽으론 족한 편이기도 했다.

별로 말이 없다는 것이 흠이지만, 최술은 순네에게 다정했다. 순네는 그것으로도 행복했다.

"최 서방은 돌부처모양 그리도 무뚝뚝하냐."

순네는 가끔 어머니로부터 이런 소리를 들었다. 자신이 우겨서 한 결혼이라고 해서라기보다 순네는 진정으로 행복했기 때문에 어머니가 그 이상의 말을 한다 해도 그에게 대해서 탓할 것이 없었다.

각령 밖은 따스했다. 손바닥만 한 봉창으로 따스한 빛이 새어 흘러들었다. 그러나 봉창으로 새어드는 빛으론 넓은 각령 안은 어둡기만 했다. 어두울 뿐 아니라 습기가 지고 무더웠다.

한쪽에선 잡부들이 열심히 흙을 이기고 있었다. 그곳에서 떨어진 곳에선 도공들이 앉을대에 앉아 열심히 물레를 돌려가며 방망이질을 하거나 가리새로 흙을 깎아내기도 했다. 도공들이 하는 저쪽 구석진 곳에선 화청들이 빚어놓은 병이나 주발에 무늬를 그리기도 하고 칼질로 어떤 무늬를 양각하기에 바빴다. 이렇듯 조용하고 바쁜 분위기 속에서 최술이만이 일손을 쉬고 있었다. 들떠 오르는 마음의 동요 때문에서라기보다도, 그는 어떤 집념에 사로잡혀 일손을 잡지 못하고 있는 것 같았다.

최술은 밖으로 나왔다. 뿌연 안개로 황해는 물론 들판도 가려져 멀리 내려다보이지 않건만 맑게 개인 하늘은 푸르기만 했다. 봄볕에 솟아오르는 새순 내음이 느긋한 바람 속에 향기롭기만 하다. 산새들의 울음소리가 가깝게 들린다.

밖에선 역시 잡부들이 실어 날라 온 도석을 갈아 체로 치기에 바빴다. 최술은 먼 하늘을 쳐다보았다. 푸른 하늘은 그 속이 들여다보일 것 같으면서도 헤아릴 수 없는 깊이를 지니고 있었다. 그 푸른 하늘 위를 실구름이 흐르고 있었다. 어쩌면 그 하늘과 구름 빛은 최술 자기가 어렸을 때 산 중턱에서 파내었던 그 조각난 사기그릇의 빛과 꼭 같이 보였다. 저런 빛의 사기그릇…… 최술은 가슴이 두근거려 크게 숨길을 돌이켜보았다. 그래도 가슴은 가라앉질 않았다. 그는 입술이 타는 듯 혓바닥으로 입술을 축이곤 입을 다셨다. 머릿속에 수없이 떠오르는 그 사기 조각들이 지니고 있는 그 푸른빛의 영상으로 최술의 입술은 타고 가슴은 더 두근거리기만 했다.

6

부모가 세상을 떠났을 때도 그랬고 동생이 죽었을 때도 최술은 눈물을 흘리며 울기는 하였지만 슬픔이란 별로 느끼질 못했다. 그러나 최술은 이즈음 까닭 없이 침울해지기 일쑤였고 침울해진 뒤끝엔 까닭 없이 마음이 슬퍼지곤 했다. 이토록 침울해지고 슬퍼지는 마음을 최술은 스스로 달랠 길이 없었다. 산속을 메아리치고 돌아다니는 바람이 선선해질수록 구월산은 붉게 단풍이 물들었다. 산과 들에 단풍이 붉게 물들수록 푸른 하늘은 더 높아지고 흰 실구름은 가볍게 떠 흘렀다. 그 하늘 밑을 솔개가 날기도 하고, 한 쌍의 학이 춤을 추며 떠돌기도 했다.

옛사람들은 저렇듯 아름다운 빛과 모습을 그대로 화병과 술병에 옮겨놓을 수 있었는데 왜 지금의 화청장이들은 그런 솜씨를 부리지 못하는 것일까…… 최술은 안타까움에 초조하기만 했다. 최술은 그 안타까움을 달래려 각령 안으로 들어갔다. 어두컴컴한 그 속엔 빚어 놓은 도기가 잔판 위에 아무렇게나 놓여 있었다.

그 하나를 골라 들고 붓을 들었다. 지금까지 남의 눈을 피해 가며 구름과 꽃과 당초와 봉황 등을 그려보기도 하고, 이것을 칼로 다시 새겨보기도 한 것이 몇 번인지 모른다. 그러나 그 어느 하나도 자기 마음에 드는 것이 없었다. 그럴 때마다 최술은 그 도기를 자기 손으로 부쉈다. 그릇을 마구 부숴버렸을 땐 잠시 마음이 홀가분했지만, 그 홀가분해졌던 마음엔 밤이 어두워 이 마을에 차곡차곡 내려깔리듯이 새로운 침울만이 더해졌다.

지금 붓을 들고 도기 위에 구름과 한 쌍의 학을 그려보고 있는 최술의 이마엔 땀방울이 솟아 있었다. 태토를 개는 잡부들의 역사만치나 그에게도 힘에 겨운 일인 모양이었다.

가는 붓끝이 치켜올린 학의 날개를 그어나갔다. 그리곤 다시 쭉 뻗은 다리를 그리려고 붓을 가다듬었다. 그는 조밀하게 학 다리의 비늘무늬도 하나하나 빠짐없이 그리고 학의 날개도 털 하나가 그릇 그려질 게 두려워 한 줄 한 줄 금그어 보았다. 길게 뽑은 목과 긴 부리의 균형이 어울리지 않는 것 같아 다시 붓을 가다듬어 보았다. 목과 균형이 잡혀진 것같이 느꼈지만 이번엔 날개와 다리의 조화가 소홀한 것 같아 다시 그쪽으로 붓을 옮겼다. 한쪽 학에 만족이 가면 다른 한쪽의 결함이 크게 눈에 뜨인다. 어르며 날아오르는 한 쌍의 학이고 보면, 한 바리에 실은 짐 모양 균형이 잡혀져야 할 것이다. 한 쌍의 학 무늬의 조화가 동적인 데 반하여 이번엔 흐르는 구름이 너무나 정적인 것 같아 마음에 들지 않는다. 최술은 다시 붓끝을 가다듬어 구름무늬에 손을 보았다.

밖이 어둡기 시작하면 각령 안은 더욱 어두웠다. 그는 그 어둠 속에 앉아 자기가 그려놓은 구름과 한 쌍의 학 무늬를 정신없이 바라다보았다. 별로 손 갈 곳이 있어 보이지 않지만 흡족질 않았다.

최술은 붓을 던지고 자리에서 일어섰다. 갑자기 주위가 어두워진 것 같았다. 그전 같았으면 각령에서 일이 끝나면 곧바로 집으로 돌아가던 최술이었다. 까닭 없이 마음이 허전해진 그는 좀처럼 집으로 발길이 옮겨지지 않았다. 그러한 최술은 친구들과 어울려 술을 마시기 시작했다. 순네는 최술의 그런 연유를 알 길이 없었다. 말은 없어도 부드러운 웃음으로 정을 표하던 그의 얼굴에선 웃음이란 찾아볼 수가 없었다.

순네는 날이 갈수록 이렇게 달라져 가는 남편에 대해 혼자 마음으로 걱정을 할 뿐 누구에게도 말할 수가 없었다. 매파가 오고 가며 맺어준 인연도 아니요, 부모의 청에 이기지 못해 간 시집도 아니었다. 자신이 끌려 정혼해버린 사이고 보니, 친정어머니에게도 털어놓고 걱정할 수가 없었다.

단풍이 굴러떨어지기 시작하면 산속의 겨울이란 문턱으로 다가서는 법이다. 순네는 오래간만에 친정으로 왔다.

"네 얼굴이 왜 그렇게 수척했니. 아무래도 네 몸이 좀 달라지는가 보구나."

친정어머니는 순네의 수척해진 얼굴 모습을 입덧으로 인한 것으로 생각했던 모양이다. 순네는 공연히 눈물이 핑 돌았다.

"뭐가 부끄러우냐. 어서 그래야지, 최 서방도 기다리고 있을 게 아니냐."

어머니는 순네로 하여금 설명할 여유를 주지 않았다. 어머니는 그녀가 입덧이 나서 찾아온 것이라 생각하고 별미를 차렸다.

"최 서방은 안 오냐?"

순네는 더 참을 수가 없어 밥상을 물리고 밖으로 나왔다.

"네 요즈음 최 서방과 말다툼이 잦은가 보구나."

아버지의 눈길은 어머니와는 각도가 달랐다.

"아니요."

"최 서방이 요즈음 통 일손을 진득이 눌러 잡지 못하는 것이 수상하더라."

순네는 고개를 떨어뜨린 채 아무런 대꾸도 하질 못했다.

그녀는 갑자기 최 서방 일이 궁금했다. 오늘은 친정에서 하룻밤쯤 지내고 돌아가려고 생각하고 왔던 터였지만 그럴 수가 없었다. 아버지는 입을 다문 채 더 말을 잇지 않았다. 그러나 순네를 쳐다보는 아버지의 시선은 최 서방에 대해 줄곧 무슨 일을 물어보고 있음이 분명하다.

"애야, 너 최 서방과 무슨 일이 있었느냐."

"아니요."

멀리까지 따라 나오며 묻는 어머니의 말에 순네는 아무렇지도 않게 대답했다. 그러면서도 그녀는 어서 집으로 돌아가야겠다고 서둘렀다. 남편에게 대해 갑자기 미안한 생각이 들었기 때문이다.

그날 밤도 최술은 순네가 돌아오고 나서 한참 후에야 술이 곤드레가 되어 돌아왔다.

"여보, 왜 이렇게 취하셨지요?"

"너는 모른다. 네가 내 속을 알 까닭이 뭐냐."

술이 취하여 제대로 대답할 것 같지도 않던 최술이가 벼락 화를 내며 이렇게 내뱉었다. 순네는 꾹 참았다. 그리고 돌아서 옷고름으로 솟아오르는 눈물을 닦으며 북받치는 슬픔을 눌렀다.

순네는 친정에 들렀을 때 아버지가 하던 말을 되새겨 보았다. 최 서방 마음속에 심상치 않은 파문이 일어나고 있음은 분명했지만 그 파문의 원인이 무엇에 기인한 것인지 알아낼 길이 없었다.

대개의 경우 밖에서 취해 돌아오면 그대로 쓰러져 자리에 들던 최술은 요즈음은 취해 돌아와서까지 술상을 차리라고 했다. 순네는 남편이 시키는 대로 술상을 차려 바쳤다.

"제게 무슨 잘못이라도 있어 그러시나요, 아니면……."

최술은 술잔을 받아든 채 아무런 대꾸도 하질 않았다.

"아버지께서도 당신의 행동이 수상하다고 걱정하시던걸요."

최술은 들었던 술잔을 놓으며 순네의 얼굴을 흘끔 쳐다보았다.

"당신은 몰라도 장인어른께서는 이해할 수 있겠지……."

최술은 말끝을 맺지 못한 채 눈시울이 젖어 들었다. 그는 어렴풋이나마 자기를 이해해 주고 있는 장인의 마음씨가 고마웠고 기뻤다. 기쁨에 마음이 격해진 최술은 놓았던 술잔을 다시 들지 못하고 그냥 울음보를 터뜨리고야 말았다. 순네도 사나이가 이렇게 크게 입을 벌리고 우는 것을 보지 못했던 터라 어떻게 해야 할지 몰라 그냥 남편을 따라 흐느껴 울기만 했다.

7

최술은 장인인 박고남 앞에, 어렸을 때 우연히 얻었던 사기 조각들을 늘어놓았다. 박고남은 그 하나하나를 소홀치 않게 다루며 바라보고 있기만 했다.

"어떻습니까. 그 상감의 기법과 유색의 빛깔이 완연히 살아 있지 않습니까."

최술의 묻는 말에 박고남은 입을 봉하고 사기 조각들을 세밀히 들여다보고 있기만 했다. 묵묵히 사기 조각을 들여다보고 있던 박고남은 길게 한숨을 내뿜었다.

"이 사기가 어느 시대 것으로 추측되십니까."

"글쎄 백 년은 훨씬 넘는 것이 아닌가 싶네."

"백 년이요?"

최술은 박고남의 말을 받아 되씹으며 그를 쳐다보았다.

"어쩌면 백 년 동안에 기물(器物)의 형태며 색깔이 이렇게 변했을까요."

"십 년이면 강산도 변한다는데 십 년의 열 배나 긴 세월 속에 그것인들 변하지 않았겠느냐?"

최술은 장인의 말에 수긍이 가지 않았다. 세월이 흘렀다고 아름답던 그 색소와 형태가 변해야 할 이유가 그로선 쉬 납득이 가지 않았다.

"이런 색깔을 다시 내게 할 도리는 없을까요."

최술의 묻는 말에 박고남은 조용히 고개를 좌우로 흔들며 입을 열었다.

"옛날에 있었던 빛이니 다시 찾을 순 있겠지. 기물의 형태도 다시 옛 모습으로 고칠 수도 있을 게고……."

"그러시면 일부러 그런 빛이나 형태를 취하지 않는다는 말씀이신

가요.”

“응, 그렇지야 않지…….”

“그럼 무슨 말씀이신가요.”

최술은 박고남의 얼굴을 쳐다보며 그의 뒷말을 기다렸다. 그러나 박고남은 그냥 가만 앉아 있기만 했다. 이때 최술의 머릿속을 스치고 지나가는 유약의 비법이 있었다. 대개 화청장이들은 그것이 세습적인 직업이었기 때문에 유약을 만드는 비법을 누구에게도 가르쳐주지 않고 자기 손(孫)들에게만 물려주는 것으로 되어 있었다. 최술은 혹시나 그런 폐단으로 청자의 색이 변조하게 되었고 또 청자가 지니는 본래의 비색을 잃어버리게 된 동기가 아닌가 싶기도 했다.

“여보게, 이 사람…….”

장인이 부르는 말에 최술은 꿈속에서 깨어난 것 같은 느낌이었다.

“사기그릇이란 사기장이 취미로 만들어지는 것이 아닐세…….”

“그럼…….”

“허허, 이 사람, 자네는 국록을 먹는 요에서 일하는 사기장이로 아직도 그것을 깨닫지 못하고 있나.”

최술은 아무런 반응도 없이 앉아 있기만 했다. 도기를 만든다는 것은 하나에서 열에 이르기까지 도공들의 마음대로 만들어낼 수는 없었다. 제요직(諸窯直)의 지시에 따라 구워내는 것이 사실이었다. 제요직에선 조정에서 필요로 하는 여러 기물의 종류나 또는 그 형태와 무늬까지도 지시해 내려오는 것이었다. 그러나 최술은 언제든지 제요직에서 내려오는 지시에 따른다기보다도 자기 스스로 독창적인 것을 고안하고 만들어 내보려고 애를 쓰기도 했다. 물론 그런 것은 불량품으로 낙인이 찍혀 산산조각이 나는 수도 있었고 규격에 맞지 않는다고 누구의 소행이냐고 추궁을 당하면서도 그 버릇만은 버리질 못했다. 말하자면 최술은 그런 것을 만들고 빚을 때가 도공으로서 가장 보람을 느낄 수 있었기 때문이다.

"기물의 색조나 형태란 언제나 시류를 따르는 법일세. 사기장이나 화청장이는 그것을 명심해야 하네……."

최술은 뜨거운 것이 가슴속에서 꿈틀거렸지만 숨결을 가다듬으며 꾹 참아냈다. 장인 박고남의 모습이 이 순간에 있어선 그지없이 초라해 보였고 불쌍한 느낌마저 들었다. 도대체 장인도 자기모양 이 송홧골 사기장에서 낳아 사기장에서 평생을 보내고 있는 몸인데 무슨 보람을 느끼며 살아왔다는 것인가…….

"이 사람아, 기물이 형태가 변하고 색조가 달라진 것은 조정에 매여 있는 사람들의 마음이 그렇게 달라졌기 때문일세. 이 나라 하늘빛이 천년을 두고 변하지 않듯이, 사기장이나 화청장이의 뜻이야 변할 리 있었겠나……."

이렇게 말하는 박고남의 표정은 더 쓸쓸하기만 했다. 최술도 할 말이 없어 덤덤히 앉아 있기만 했다.

송나라의 뒤를 이어 원나라가 지금 대륙을 휩쓸고 있었고 고려의 조정이란 원나라의 뜻대로 움직이는 것이지 고려 충신들의 마음으로 움직여지는 것이 아니라는 뜻이었다. 말하자면 상감청자가 송나라에 의한 고려조의 산물이었으니 원나라에 의한 고려조고 보면 그것이 아무리 좋은 형태요 색깔이라 한들 원의 관원들의 트집이 되었을 것이 뻔했다.

"장인어른께서는 이 비색(秘色)을 낼 수 있는 유약의 비법은 알고 계실 게 아닙니까……."

"조정이 싫어하는 것을 고집하면 역적으로 몰린다네…… 아마 그래서 내 선친이 나에게 안 가르쳐주었듯이 조부도 선친에게 그 비법을 안 가르쳐주었을 걸세……."

박고남은 말끝을 맺으며 가벼운 기침을 했다. 주위가 너무 조용하기만 했다.

"주안상이 마련되었으면 어서 올리구려……."

"너무 재촉 말게. 받아 온 술이 어디 가겠나."

최술은 장인을 빙자하여 어서 술이나 들고 푹 취해버려야만 마음이 편해질 것 같았다.

8

1396년은 이태조(李太祖) 즉위 사 년째 되던 해였다. 송도(松都)로부터 서울로 천도한 지도 일 년이 지나 인심도 어느 정도 가라앉자 조정엔 새로운 기풍을 사회 일반에 불러일으키기 위해 눈코 뜰 새 없이 바빴다.

최술이가 송횟골 관요를 떠나 경기도 광주 땅으로 옮겨온 것은 바로 태조 즉위 사 년째 되던 해였다. 그 나이 스물다섯, 슬하엔 형제를 두고 있었다. 그들의 생활은 송횟골에 있을 때에 비하면 말할 수 없을 지경으로 궁핍했다. 그때나 지금이나 세상은 바뀌었어도 같은 사기장이었지만 생활은 그전 같지 않았다. 송횟골에서 일할 때는 도공으로 우두머리 격인 대우를 받았지만 이 광주 땅으로 옮겨와서는 그렇지가 못했다. 비록 생활은 송횟골에 있을 때에 비해 말할 수 없을 정도로 빈궁하였지만, 오히려 사기장이로서의 어떤 보람을 크게 느낄 수 있었다.

정권이 교체됨에 따라 모든 관요는 제요직에서 관리되어오던 것이 사옹원에서 이를 관장하게 되었을 뿐 아니라 사기장도 경공장(京工匠)과 경외장(京外匠)으로 나누어지게 되었다. 그러나 이것은 제도상의 명칭만 달라졌을 뿐이지 기물 자체엔 아무런 변동도 이룩하질 못했다. 다만 고려 문화의 현란하던 상감청자의 기법도 제대로 잇지 못한 채 퇴폐의 길을 걸어오던 뒤끝에 분청자(粉青磁)를 시도해 보는 데 불과했다.

최술이 광주 땅으로 옮겨 오면서부터의 꿈은 옛날 송홧골 중턱에서 파내었던 청자 조각에 대한 것이 아니었다. 그는 새로운 꿈을 동경하는 의욕 속에 바쁜 하루를 보내었다.

푸른 하늘이 더욱 아름다운 것은 그 위에 흰 구름이 떠 흐르기 때문이다. 고려 사람들은 푸른 하늘의 아름다움은 느꼈어도 흰 구름의 빛남은 알질 못했다. 인간은 하늘의 섭리에 그 목숨을 걸고 살아가는 것이다. 하늘의 섭리를 지배하는 것은 푸른 하늘이 아니라 흰 구름이다. 구름이 개이면 해가 비쳤고 구름이 몰려들면 비를 뿌린다. 풍운(風雲)의 조화야말로 신의 조화요 조물옹의 의지인 것이다. 이 속에 나서 이 속에 살아 이 속에 죽는 것이 인생이다. 그렇듯 조화무쌍한 흰 구름, 그렇듯 아름다운 흰 구름…… 최술은 그런 빛의 자기를 구워내고 싶었던 것이다. 태조가 역성혁명을 이룩했듯이 최술은 자기의 혁명을 꾀해보고 싶었다.

"꼭대기에 피도 마르지 않은 사기장이 놈이 무얼 안다고 그 지랄이야."

이곳 늙은 도공들은 최술의 의견에 대해 한결같이 이런 욕지거리를 늘어놓으며 누구도 그를 상대하려 들질 않았다. 그럴 때마다 최술은 뜨거운 열기에 눈알이 붉어졌지만 모든 화를 꾹 참아냈다. 어떤 욕설이 퍼부어져도 최술은 자신의 의지를 굽히려 들질 않았다. 이곳 사기장이들은 그러한 최술을 건방지다고 했다.

그는 여러 사기장이들에게 뭇매를 얻어맞기도 했다. 순네의 생각엔 그것이 남편의 외고집의 탓이라고 생각하며 송횟골을 떠나온 것을 슬퍼했다.

"당신의 외고집만 세우려면 어떻게 해요. 고향도 아닌 타향에 와서……."

"부질없는 소리 말어……."

아내에게 무뚝뚝하게 말대꾸하지만 상처를 입고 누워있는 최술의 마음은 매 맞아 입은 상처보다도 더 아팠다. 이런 최술의 외고집도 통하는 날이 있었다. 사옹원에서 내려온 한 관원이 그런 말을 전해 듣고 최술의 전용으로 각령과 가마를 쓰게 하여 그의 소원인 기물을 만들어 구워내도록 명했다. 관원의 말에 최술의 마음은 설레었다.

체로 친 도토(陶土)를 경안천에 흐르는 냇물을 길어다 이것을 몇 번이고 침전시켰다. 물기를 뽑아 태토를 만드는 일에서부터 최술은 남의 손을 빌리지 않았다.

물레질을 하는 최술은 그릇 하나하나에 세심한 마음을 기울였다. 사발, 입기(立器), 탕기(湯器), 대접, 주전자 관, 자라병, 사우병(四隅甁), 단지 항아리, 가지각색의 기물을 빚었다. 그때마다 최술은 몸체와 굽의 조화는 물론 모가지와 어깨의 선…… 그리고 주둥이와 귀와 배와 촉자리 귀때 등에 이르기까지 송횟골에서 빚는다는 것과는 달리 두툼히 살을 입혀 둔하지도 않고 가벼워 보이지도 않게 물레를 돌리며 방망이로 다지고 가리새로 깎아내었다. 이렇게 심혈을 기울여 빚기 시작한 기물을 가마 문을 열고 끄집어낸 것은 그가 일을 시작하여 꼭 백날이 되던 늦가을이었다.

여러 가지 기물 중에서도 가장 출중한 것은 투조백자 필통(透彫白磁筆筒)이었다.

그를 희롱하던 사기장이들은 물론 사옹원에서 내려왔던 관원의 일행도 가마에서 꺼낸 기물들을 보곤 놀랐다. 소박하고 묵직하면서도 그것은 태가 있었고 격이 흘렀다. 잡부들에 의해 하나하나 꺼내는 기물들을 바라보고 있는 최술의 표정은 무엇인지 모르게 흡족 못했다. 그러나 그의 가슴속엔 지금까지 느껴보지 못했던 희열이 스쳐 흘렀다. 같은 흰빛이면서 청백(靑白)과 황백(黃白)과 담백(淡白)의 그릇이 구름이 흘러가는 가마 속에서 나왔다.

9

언덕길엔 싸락눈이 퍼부었다. 올 들어 첫눈이다. 경안천은 옛 모습 그대로는 아닐는지 몰라도 지금도 차분히 내려앉은 하늘 밑에 흐르고 있다. 광주(廣州), 초월(草月), 퇴촌(退村), 실촌(實村), 남종(南終) 등…… 울창한 산림은 이조의 관요의 덕분과 일제의 남벌과 해방 후의 도벌로 옛 자취는 찾아볼 수 없게 황폐하였다. 이 황폐해 버린 들판에서 관요터를 발견한 일과, 우연히 기숙하던 집 노파로부터 들은 이야기에 성식은 싸락눈을 퍼붓는 바람에 휩싸여 걸었지만 조금도 춥질 않았다.

거문고 산조(散調)

1

기울어져 가는 낡은 기와집 안방이다. 화문석 위엔 흰 모시 치마저고리를 입은 중노의 여인이 무릎 위에 거문고를 올려놓고 앉아 있다.

거문고 소리가 울려 퍼지기 시작하였다. 여인은 바른손에 숫대*를 잡고 숫대질을 해가며 왼손으로 거문고의 여섯 줄을 짚어 내렸다. 담아한 음조와 현묘한 운율이 방 안에 오롯한 선율을 그렸다.

거문고 소리에 뒤이어 여인의 입에서 가곡이 흘러나왔다.

> ……벽사창이 어른커늘 임만 여겨 펄쩍 뛰어나가 보니 임은 아니 오고 밝은 달만 온 뜰에 가득한데 벽오동 젖은 입에 봉황이 와서 긴 목을 휘어다가 깃 다듬은 그림자로다……

---

* 숫대: 술대. 거문고나 향비파를 타는 데 쓰는, 단단한 대나무로 만든 채.

거문고 줄에 맞추어 뽑는 여인의 가락은 우렁찬가 하면 때로는 부드럽고 애절하기 그지없었다. 여인의 눈짓에 따라 대청에 앉아 있던 다섯 명의 처녀들이 가락을 뽑아대었다. 여인의 옷차림새와는 거리가 멀었다. 그들은 정강이가 보이는 미니스커트에 머리는 단발도 아닌 머슴애들 머리모양 깎아 올렸는가 하면 기를 대로 길러 풀어헤친 머리다. 여인은 바른손에 쥐고 있던 숫대로 거문고 통을 두들겼다. 방과 대청은 물을 끼얹은 듯 조용했다.

가곡은 일청이조(一淸二調)를 타고나야만 했다. 첫째는, 목소리가 맑아야 하고, 둘째는, 가락을 알아야 한다. 다시 말해서 가곡을 부르려면 타고난 자질을 갖추고 있어야만 했다. 지금 이 대청에 둘러앉아 있는 처녀들은 그것을 어느 정도 갖추고 있었다. 그러나 스승의 입장에서 볼 땐 노력이 부족한데다가 겉멋이 들어 있었다.

그녀들은 거문고의 음이 빗나가거나 가곡의 장단이 틀리면 다시 처음부터 되풀이해야 했다. 그것이 고되고 힘들어 스물에서 열다섯으로 줄었고 열다섯에서 열로 준 것이 올 들어선 다시 절반으로 줄어들었다.

> 강월(江月) 여사가 은퇴 공연을 끝낸 지도 어언 삼 년…… 그 후부터 그녀는 집에서 자기 뒤를 잇게 하기 위해 문하생을 가르치기 시작했다. 삼 년이라면 그녀들에겐 길고도 고된 세월일진 몰라도 강월 여사의 생각엔 그저 아득한 느낌이었다.

가곡을 부르려면 먼저 후(喉) 치(齒) 아(牙) 설(舌) 순(脣) 다섯 가지를 옳게 갖추고 목소리는 밑배에서 울려 나와야 했다. 목에서 나는 소리는 바라진 소리라 하여 금물이다. 처음엔 웃소리[上聲]를 내기가 어려우나 가곡에 익숙해지면 웃소리보다도 밑엣소리[下聲] 내기가 힘듦을 깨닫게 된다. 낮은 소리가 멀리까지 들릴 수 있게 되기란 한두 달에 이루어지는 것이 아니다. 가곡이란 꼬리를 길게 빼거나 그것을 현묘하게 돌려댈 수 있는 숨길의 수련이 필요하니 긴 세월의 수업이 필요했다.

가곡엔 우조(羽調)와 계면조(界面調)의 두 음계가 있다. 우조를 설명하기를 청장소창(淸壯疎暢)*이라 하고 계면조를 오열처창(嗚咽悽愴)** 한 소리라 했으니 가곡은 부르자면 저음에서 고음까지를 내야만 했다. 또한 가곡엔 남성(男聲)을 위한 남창(男唱)과 여성(女聲)을 위한 여창(女唱)으로 나누어져 남창은 24곡조로 24엽(葉)인데 여창은 15곡에 15엽으로 한 바탕을 이루고 있다.

남창을 전곡(全曲)으로 부르자면 족히 세 시간은 잡아야 했다. 이로 미루어 가곡을 제대로 부르자면 그 수련을 여간 쌓지 않고서는 엄두도 못 낼 일이다.

세상 사람들은 강월의 가곡을 손꼽아야 한다는 축이 있는가 하면 그녀의 거문고 솜씨를 으뜸으로 잡아야 한다고 우겨대는 사람도 있다. 가곡이냐 거문고냐 어느 것을 먼저 내세워야 할 것인지 강월 자신도 망설일 정도였다. 가곡과 거문고는 그녀에게 있어선 막상막하의

* 청장소창: 맑고 웅장하며 거칠면서도 통쾌함.

** 오열처창: 울음소리처럼 구슬프고 애달픔.

쌍벽이었다. 거문고 없이 가곡이 나올 수 없었고 가곡을 부르지 않고서는 홍이 나지 않아 거문고 줄을 짚을 수 없으니 그녀의 입장으론 가곡과 거문고는 떼어놓고 생각할 일이 못 되었다.

강월은 가곡과 거문고를 같이 배우기 시작했다. 그녀의 나이 열다섯 살 때부터였다. 강경 사람으로 홍(洪) 씨라는 것만 알 뿐 그 이름은 누구도 기억하질 못하고 있다.

강월은 가곡이나 부르면 될 입장이었다. 그러나 이 홍 씨가 기왕이면 율(律) 공부를 해가며 가곡을 부르라는 권유를 받아들여 그로부터 족히 십 년을 홍 씨에게 사사하였다.

가곡보다도 율 공부가 실제 있어서 힘들었다. 힘이 들었지만 율 공부가 더 재미나기도 했다. 홍 씨 자신도 강월에게 가곡보다도 율을 가르칠 때 더 엄했다.

대개 공부는 아침부터 시작되었다. 때로는 목이 잠겨 애를 먹이는 때도 허다했지만 거문고 줄을 짚는 손끝이 터질 듯이 아프기도 했고 숫대질을 하는 어깻죽지가 떨어져 나갈 것같이 뿌듯한 아픔이 뼛속으로 스며들기 마련이었다. 이런 때일수록 음이 틀리기가 일쑤였다. 발음이 틀려 나가도 홍 씨는 머리를 흔들고 들고 있던 목침으로 강월의 몸에 매질을 하듯, 구들바닥을 두들겨댔다.

술 취한 한량들의 귀에 그런 소리가 구분되나…….

노기(老妓)들은 홍 씨의 지나친 처사에 입을 비죽거리며 빈정대기가 일쑤였다. 강월은 얼굴값으로도 한몫을 볼 텐데 가곡이니 거문고는 그 고생을 해가며 몸에 익혀 무엇에 써먹으려고 그러느냐고들 했었지만 강월은 오히려 그런 말엔 마음속으로 반발하곤 했다.

홍 씨는 가곡보다도 율의 솜씨가 뛰어난 편이었다. 그는 율객(律客)

으로 평생을 전전하며 살았다. 율객 노릇을 하며 익힌 가곡이었지만 가곡을 공부한 사람에게 못지않았다.

예로부터 율객과 명창은 천직(賤職)으로 부잣집 잔치 자리를 떠나선 냉대를 받아왔다. 때로는 푸짐한 대접을 받는 때도 있었지만 대개의 경우 예를 결하는 때가 많았다. 그럴 때마다 율객과 명창은 슬픔을 씹으며 자존심을 달래야만 했다.

홍 씨에게 사사하던 어느 날 아침이었다. 홍 씨는 해장술이 지나쳤던지 얼굴이 붉어 있었다.

강월은 숫대질을 하며 거문고 줄을 짚었다. 아침마다 되풀이하는 일이었다. 홍 씨는 고개를 설레설레 내저었다. 벼락같은 호령이 아니면 잔소리가 쏟아질 판이었다. 그러나 홍 씨의 입은 굳게 다물어진 채였다.

강월은 제김에 얼굴이 달아 올라옴을 느꼈다.

홍 씨는 아침 햇볕에 물들어 있는 완자무늬의 미닫이문을 열었다.

담장 앞에 서 있는 오동잎이 오늘 아침따라 더 윤이 나 보였다.

"허허, 나는 강월의 거문고 소리에 검은 학이 날아와 앉았는가 해서 미닫이를 열었더니 학 대신 참새 떼가 와서 지저귀는군……."

강월은 무안한 눈길을 주체할 수가 없어 고개를 푹 숙였다. 그녀의 긴 속눈썹 속엔 푸른 오동잎에 구르는 아침이슬 같은 눈물이 촉촉히 젖어 들었다. 그동안 손끝이 몇 번 곪아 터졌는지 모른다. 터진 것은 손끝뿐이 아니었다. 가곡이나 창을 익히려면 무엇보다도 중요한 것은 목을 익히는 일이다. 목이 잡혔다 틔었다 하려면 눈알이 쏟아지는 듯싶은 아픔과 가슴속이 부어오르는 통증 끝엔 목이 터져 피를 토하기를 몇 번이고 되풀이해야만 했다. 이런 수련을 쌓으면서도 강월은 단 한 번도 잘했다는 칭찬을 받아본 일이 없었다. 소리란 아침과 저녁, 겨울과 여름이 달라서는 안 된다. 날이 차지면 소리는 자연 칼칼해지고 더우면 소리도 눅해진 채 늘어나기 마련이다. 계절과 장소를 가리지 않고 같은 목소리를 지니려면 만만치 않은 수련이 필요했다.

"명률(名律)은 거문고 줄을 튕겨 온 백성의 마음을 사로잡기도 하고 임금의 실정을 그 소리로써 꾸짖을 줄 알아야 하는 법…… 그러게 명률은 거문고를 타서 나라 정치의 잘잘못을 알 수 있었지……."

홍 씨의 말이었다. 이런 소리를 귀담아들을수록 강월은 그 길이 모질고 힘듦을 더 절실하게 느낄 수 있었다.

터졌던 손끝의 딱지가 아직 떨어지지 않았던 어느 날이었다. 홍 씨는 그날 아침도 강월더러 거문고를 타라고 했다. 강월은 마음속으로 야속하기만 했다. 그러나 강월은 뼛속까지 스며드는 아픔을 느끼며 거문고를 내려 짚었다. 소리가 제대로 맑을 리가 없었다.

"거문고를 손끝으로 타서야 제소리가 날 리가 있나. 거문고 줄은 마음으로 타야 해……."

강월은 홍 씨의 말을 오랜 세월이 흐른 뒤에야 비로소 터득할 수 있었다. 거문고 소리도 날씨가 흐리면 매우 탁해진다. 그러게 명률은 거문고 줄을 튕겨 내일의 일기를 예보할 수 있었다. 또한 거문고 소리도 계절에 민감하였다. 그 소리가 가장 맑기란 이른 봄과 가을이다. 그러나 거문고란 봄과 가을을 골라 타는 것이 아니다. 그러니 거문고를 타는 사람이 그걸 조절하기란 여간한 일이 아니었다.

대청에 앉아 있던 처녀들은 거문고를 무릎 위에서 내려놓고 방안 화문석 위에 앉아 숫대질을 하고 있는 강월 여사의 거문고 소리에 귀를 기울이고 있었다. 어느 줄을 짚고 어느 줄을 튕기는지 분간할 수 없을 정도로 빨랐다. 마치 거문고 속에서 격랑이 일어나 있었고 그 짚어 내리는 손끝은 물줄기를 타고 뛰어오르는 잉어 같았다. 마침내 격해진 소리는 파도소리가 아니라 하늘을 가르는 우뢰 소린가…….

귀를 기울이고 있는 처녀들도 숨길이 막힌 듯 얼굴들이 붉어 있었다.

산조(散調)*의 진양조는 언제나 잔잔한 중모리를 거쳐 물결치는 중중모리로 접어들면 그 소리는 우렁찼다. 그러다 다시 자진모리로 옮겨진다.

거문고를 타는 사람이나 귀를 기울이고 듣는 사람이나 혼연일체가 되어버리는 순간 거문고 소리는 갑자기 멎었다.

방안과 대청에는 내뿜는 숨소리와 여운이 조화되어 더 조용하기만 했다.

2

미니스커트 밑으로 밋밋한 무다리를 쭉 뻗고 그 위에 거문고를 올려놓고 앉아 있는 처녀들은 지루하기만 했다. 지금 그녀들이 숨길을 길게 내뿜는 것은 강월 여사의 거문고 소리에 막혔던 숨길을 돌린 것이 아니라 지루한 권태로부터 벗어나려는 동작이었다.

웬일일까, 급작스러운 소음에 대청마루의 들보가 흔들렸다. 팬텀

---

* 산조: 민속 음악에 속하는 기악 독주곡 형태의 하나. 삼남 지방에서 발달하였으며 가야금, 거문고, 대금, 해금, 아쟁 산조의 순으로 발생하였다. 느린 장단에서 빠른 장단으로 배열된 3-6개 장단 구성의 악장으로 구분되며 반드시 장구 반주가 따른다.

제트기가 하늘을 나는 소리였다. 난다기보담도 유리를 쪼개는 듯싶은 금속성 소음에 전신에 소름이 끼쳤다.

제트기들은 지금 하늘을 나는 것이 아니라 넓은 공간 위를 유리를 쪼개듯 마구 선을 긋고 있는 것 같았다.

팬텀 제트기가 하늘을 날건 그 심한 굉음이 대들보를 흔들어놓건 강월 여사의 표정엔 아무런 변동이 없었다.

깊은 호수 속에 가라앉아 있는 바위가, 모진 비바람에 파도가 일건 말건 그대로의 모습을 지키고 있듯이 강월 여사의 표정은 조용하기만 했다.

미니스커트의 아가씨들은 거문고를 마루 위에 내려놓은 채 일어서거나 궁둥이를 들썩거리며 그녀들은 흔적도 없이 날아가 버린 제트기의 뒤꽁무니를 찾기에 바빴다.

손바닥만 한 하늘이 있고 높은 건물과 건물의 슬라브가 보일 뿐 제트기의 그림자는 어데도 보이질 않았다.

굉음은 아직도 그 건물들의 벽과 벽에 메아리를 그리고 있었다.

미니스커트의 아가씨들의 가슴속엔 메아리가 이상한 파문을 그려주고 있는 모양이다. 또 요란한 굉음이 울렸다. 대청마루가 흔들리는 것 같은 진동이다.

잠자리 떼 같은 제트기들의 모습이 잠깐 그 손바닥만 한 하늘 밑에 보였을 뿐이다.

버스는 보이지 않고 그놈의 뒤꽁무니에서 쏟아져 나온 매연이 엉기엉기 퍼져 번지듯이 금속성 소리만이 그녀들의 귀 언저리에 감돌고 있었다.

강월 여사도 잠시 눈길을 방으로 돌렸다. 세상이 극성스러워져서인지 요즈음은 비행기도 유난히 극성을 떨었다. 그러니까 그것이 벌써 이십여 년 전, 일인(日人)들이 소위 대동아전쟁이라고 떠들어대던 이차대전 말이었다.

신경질적인 사이렌 소리가 울려 퍼졌다. 공습경보에 달리던 차량은 물론 길 가던 사람까지도 걸음을 멈추어야 했다. B29 폭격기였다. 팬텀 제트기에 비하면 너무나도 유연한 모습이었다. 오히려 신경질적인 사이렌 소리가 공포와 불안을 가져다줄 뿐 비행 구름을 일으키며 날아가는 B29는 한 폭의 그림과 흡사했다.

비행 구름의 꼬리를 끌고 나는 비행기의 모습을 일본인들은 정확한 일본군의 고사포(高射砲)에 적중되어 어느 곳에선가 추락할 것이라고 기뻐하였다. 그러나 그 모습이 보이지 않을 때까지 비행기는 추락할 것 같은 기미는 보이질 않았다.

강월 여사는 다시금 거문고를 무릎 위에 올려놓았다.

하늘에선 여전히 팬텀 제트기의 소리가 요란하였고 미니스커트의 아가씨들은 다시 거문고를 잡아다니려 하질 않았다.

3

강월 여사가 태어난 곳은 수구문(水口門) 안이었다. 지금은 그런 흔적조차 찾아볼 수 없는 형편이지만 1910년대의 이곳은 가내수공업의 중심지였다. 댕기, 분합, 허리띠, 주머니끈, 대님, 염낭끈 등을 짜내어 전국 시장에 산매하였다.

강월의 아버지도 이런 수공업자 중의 한 사람이었다. 경술국치 후 그는 정치적인 암흑 속에서 살아야 할 민족이, 새로운 중흥을 도모하기 위해선 경제적인 힘을 키워야 한다고 생각한 나머지 그는 수구문안 일대에 있는 수공업자들을 한데 묶어 이를 올바른 기초 위에 세우기 위해 처음으로 이의 동력화(動力化)를 꾀했다. 그러나 강월 아버지의 꿈은 정반대의 현실을 가져오게 하였다. 그는 시대 변천 과정을 계산에 넣지 않았다. 댕기나 대님이나 주머니끈은 그러지 않아도 사양의 길목에 접어든 때였다. 그럴 즈음 동력화로 대량생산을 하게 되니 수요는 줄어드는 마당에 생산이 늘자 스스로 묘혈을 파놓는 결과가 되어 하는 수 없이 조업을 중단시켰지만 재고는 좀처럼 줄어들진 않았다. 이런 상태에서의 재기의 길이란 오직 하나밖에 없었다. 그것은 대님이나 댕기를 짜내는 직조업에서 옷감을 짜내는 직물 공장으로 전환하는 길밖에 없었다. 강월의 아버지의 사업은 문자 그대로 물거품으로 돌아간 채 공장은 남의 손으로 넘어가야만 했다. 그러나 강월의 아버지는 사업가로서는 손을 털다시피 했었지만 그는 손에 익힌 기술로 당시 영등포에 신설된 방직 공장에 취직할 수 있었다. 말하자면 자기 공장을 넘겨주고 자신은 공장의 일개 기술자로 취직했었다.

본래 강월의 아버지는 근면한 사람이었다. 그는 새로 공장에 기술자로 취직하고 나자 거의 침식을 잃다시피 하고 일에 열중하였다.

영등포에 신설된 방직 공장은 동양방직이나 조선방직과는 달리 순 민족적인 자본으로 이루어졌다. 그렇기 때문에 그들에겐 기업 면에 있어서 애로 또한 컸었다. 딴것은 고사하고 판로에 있어서만도 동양방직이나 조선방직을 따르지 못했다. 판로에 부심하던 끝에 동양방직과 조선방직이 아직 개척하지 못했던 관서 관북지방으로 눈을 돌리기 시작하면서 비로소 방직 공장으로서의 기초를 가다듬기 시작하여 1925년 5월 새로 역직기(力織機) 이십 대를 신설할 수 있었다.

기업이 이렇듯 날로 번창하게 된 것은 기업가와 종업원이 일치단결할 수 있었기 때문이다.

새 기계를 이십 대나 신설하고 이제 막 조업에 박차를 가하려는 7월 서울을 중심한 중부지방은 장마기에 접어들었다. 육일부터는 한강 수위가 늘기 시작하여 십삼일엔 삼십칠 척에까지 이르렀다. 그렇게 불어 오르기만 하던 수위도 잠시 소강상태를 유지하자 홍수는 이대로 후퇴하는 것이 아닌가 생각하고 있던 즈음 서울지방엔 비도 내리지 않았는데 수위는 십오일 저녁부터 부쩍 늘기 시작하였다. 한강 상류에 폭우가 내렸기 때문이다. 십육일부터는 영등포 일대가 침수하기 시작하였다. 침수를 염려하여 공장 주변엔 가마니에 모래를 넣어 바리케이트를 쌓아두었지만 물줄기는 아랑곳도 없이 공장 안으로 밀려들었다. 공장에선 만일을 생각하여 마련하여 두었던 목선(木船)으로 종업원들을 피난시키기 시작하였다. 그러나 대부분의 종업원들이 그냥 남아있는데 영등포 경찰서는 이 목선을 징발하여 갔다. 그들은 유치장에 있는 죄수를 실어 피난시키기 위해서였다.

1920년대의 일제 경찰이라면 생명의 여탈권까지 갖고 있던 때라 누구도 그들 앞에 그런 비행을 항의할 수 없었다. 일이 그렇게 되고 보니 기숙사에 있던 종업원과 기술 책임자들을 비롯한 간부들은 완전히 물속에 발이 묶여버리고 말았다.

영등포 일대는 물바다로 화해버리고 말았다. 제방이 무너지고 양동수리조합 저수에 만수가 되니 물이 나갈 구멍이 없었다.

종업원들은 공장 지붕 위로 올라갈 수밖에 없었다. 그들에게 있어서 구원의 손길이란 절로 물이 줄어드는 길밖에 없었다. 여직공들은 서로 부둥켜안고 울어대었다. 굽이치는 물길 속에 죽음을 바라보며 아우성치는 모습은 처참하기만 했다. 검은 구름으로 뒤덮인 하늘은 비정하기만 했다. 지붕 위에서 모든 종업원을 지휘하고 있는 강월의 아버지는 지칠 대로 지쳐버렸다.

하룻밤을 지붕 위에서 새웠다. 다행히도 물은 더 불어나지는 않았지만 좀처럼 줄어들지도 않았다. 아무리 여름이라 해도 비바람에 온몸이 젖어 들고 있어 추위가 대단하였다.

동이 훤히 트였다. 그들은 햇살이 퍼지지 않은 채 밝아오는 아침에 모든 희망을 걸었다. 강월 아버지는 훤히 트이는 아침 동녘 하늘을 멀거니 바라보며 아무렇게나 지붕 위에 누워버렸다. 그는 자꾸만 시야가 흐려질 뿐 추위도 굶주림도 의식 못 한 채 쓰러지다시피 누워 있었다. 불안에 떨고 있던 종업원들의 시선이 강월 아버지한테로 모여들었다. 물길이 줄기 시작하였다. 물길이 줄어든다는 아우성 소리도 그의 귀엔 들리지 않았다. 강월 아버지는 모든 시선이 지켜보는 가운데 피곤과 굶주림과 추위를 이겨내지 못하여 공장 지붕 위에서 심장마비로 숨을 거뒀다. 이때 강월의 나이 열다섯 살, 여학교 이학년 때였다.

공장은 이런 순직자가 있었음으로 해서 물이 빠지자 곧 복구할 수 있었지만 가장을 잃어버린 강월네 집은 날로 기울어지고 말았다. 졸지에 이런 변을 당하게 되자 어머니는 실신 끝에 시름시름 앓다 남편의 사십구일제 날 저녁 세상을 떠났다.

집은 이미 아버지의 사업 실패로 남의 손에 넘어갔었고 공장으로부터 받았던 위자료는 어머니의 치료비와 장례비로 충당되어 강월에게 남은 것은 고아가 되어버린 홀몸뿐이었다. 의지할 곳이 없었던 강월은 생각 끝에 한성권번(漢城券番)으로 들어가기로 결심하였다.

4

명창이요 명률이라 하여 강월은 화류계에서 그 이름이 날로 높았다.

아녀자의 목소리가 뜻밖에 우렁차서 주기에 멍청했던 주객들을 놀라게도 하였고 때로는 꼬리를 길게 빼는 나긋한 목소리로 사람들의 마음을 황홀경으로 이끌기도 하였다. 그것보다도 즉석의 마음을 휘어잡는 것은 가는 손끝으로 육현(六絃) 거문고 줄을 내려 짚을 때의 가락이다. 주흥에 들떠 오르던 마음도 그 가락엔 넋을 잃었다.

창과 가락이 끝나면 담소 속에 술이 또 한 순배 돌았다. 주객들의 시선이 강월에게로 쏠렸다. 딴 기생들은 자기 앞으로 쏠리는 눈길이 있으면 넌지시 추파로 응하였지만 강월은 눈길을 돌리며 고개를 돌리는 것만으로 예절을 삼았다.

손님이 술을 권하면 안 받는 것도 아니었다. 그렇다고 강월이 술을 받았다고 하여 취하는 모습도 아니었다. 혹시나 받은 잔은 눈을 속여 쏟아버리는가 하여 살펴보면 그런 흔적도 아니었다. 딴 기생들은 술이 이쯤 되면 자기 몸을 가누지 못하여 옆 손님의 품에 안기기가 일쑤지만 강월은 이슬을 담뿍 머금은 백합모양 더 꼿꼿하기만 했다. 강월은 창과 거문고로썬 손님들로부터 사랑을 받았지만 기생으로선 매운 계집이니 또는 독종이니 하여 욕을 먹기가 일쑤였다.

대개 요정에 출입하는 축들로선 강월에게 은근한 정을 주어보지만 좀처럼 먹혀들질 않았다. 총독부 고급 관리들은 권력으로 협박을 하는가 하면 시정 장사치나 사업가들은 돈으로 환심을 사려 들었다. 그런 축에 몸과 마음을 허하지 않으니 강월은 이름난 기생치고는 그 살림이 넉넉한 편이 못 되었다.

강월이 처음 무대에 선 것은 그 나이 스물다섯 살 때였다. 국악에 뛰어난 연예인들이 수재민을 돕기 위한 공연을 부민관에서 가졌을 때였다. 남달리 뛰어난 자질을 가진 그녀로서도 의자에 앉아 차례를 기다리는 동안은 손발뿐이 아니라 전신이 떨렸다. 거문고 줄을 어떻게 짚어 내렸는지 기억조차 없었다. 또한 창을 어떻게 뽑았는지 통 생각키우지가 않았다. 무대에서 물러서려는 순간 청중은 그녀에게 박수와 고함을 지르며 모자와 방석들이 무대 위로 날아들었다. 주위 사람들이 크게 성공했다고 떠들어대는 말소리도 강월에겐 남의 일같이 여겨질 뿐 상기했던 얼굴이 좀처럼 가라앉질 않았다. 이제는 강월도 무대 옆에 앉아 관중의 한 사람으로 다음 출연을 기다리고 있었다.

흰 옥양목 두루마기를 입은 젊은 청년이 단소를 들고 나와 화문석 위에 정좌를 하고 앉아 있다. 얼굴이며 몸매가 늘씬한 깨끗한 청년이었다. 그 옆으로 고수가 장고를 앞에 놓고 앉아 있었다. 청중의 잡음이 끊기며 잠시 긴장된 분위기가 흘렀다. 그는 단소를 잡고 입술로 끝을 축이었다. 고수가 먼저 장단을 잡자 장단을 타고 가락이 흘렀다. 강월은 눈을 감고 단소 소리에 귀를 기울였다. 절절히 구슬픈 소리가 사람의 마음을 울먹이게 하는가 하면 때로는 청량(淸亮)한 가락이 푸른 하늘에 흰 구름이 떠 흐르듯 사람의 마음을 맑고 가볍게 해주었다. 그러나 금세 자지러지듯 흐느끼는 소리는 강월의 마음을 도연(陶然)케 하였다.

이것이 단소의 정악(正樂)이었다. 강월은 그 청년의 모습을 뚫어지게 눈여겨보았다. 본 적은 물론 이름조차 들어보지 못한 위인이다. 특별 추천으로 시골서 처음 올라왔다는 쑥덕공론이 들렸다.

정악을 끝내자 이번엔 단소 산조를 불었다. 단좌(端坐)를 하고 정악을 불던 때와는 그 모습과 표정이 달라졌다. 눈을 지그시 내리감고 있는 것이 아니라 그의 눈은 허공을 응시하고 있었다.

입김을 불어대는 목이며 입술이며 지공(指孔)을 짚는 손끝이 가늘게 떠는 모습이 조금 전과는 완연히 달랐다. 그 사람이면서도 그 사람이 아니었다. 어쩌면 그것은 악기 소리가 아니었다. 또한 남자의 입김으로 불어대는 소리가 아니었다. 이승의 소리가 아니라 저승의 소리였다. 어느 한 많은 여인의 영혼이 어둠 속을 헤치며 애원과 읍소와 체읍(涕泣)과 통곡으로 사람의 간장을 어루만져 주는 소리였다.

단소 산조가 끝났다. 넋을 잃고 앉아 있었던 것은 강월뿐이 아니라 온 청중도 그러했다.

강월은 그날 밤 연예인으로 그를 자기 집에 초대했다. 그리고 다음날 무대를 위하여 침모에게 밤을 새워 비단옷 한 벌을 마련케 하였다. 이것이 강월의 첫사랑이요 마지막 사랑이었다.

강월은 그 사람을 위하여 몸을 지키며 그를 잡아두려 했었지만 그는 단소를 벗 삼아 표표히 떠돌아다녔다. 개성에서 보았다는 사람이 있는가 하면 평양에 머문다는 소문에 이어 신의주로 갔다는 풍문이 꼬리를 이었다.

그는 단소와 가락에 몸을 의지하고 떠돌았다. 그런 외로움을 술과 여자로 바꾸려 들지도 않았다. 이렇게 구름처럼 떠돌아다니다가도 소식도 없이 강월이 옆으로 돌아오곤 했다. 그는 분전(分錢)이나마 몸에 지니는 법이 없었다.

강월이가 크게 운 것은 그를 사귀고 나서 오 년 후 대구에서 그를 잃고 나서였다. 그로부터 강월은 얼굴에 분도 바르지 않고 권번에도 발을 끊고 말았다. 표표히 떠돌아다니는 그였지만 그는 강월에게 너무나도 많은 것을 가르쳐주었다.

환거(鰥居) 삼십여 년이 되어도 외로움을 모르고 살 수 있었던 것도 그로부터 배워 거문고와 더불어 살 수 있었기 때문이었다.

5

강월은 가끔 병상에 눕는 때가 많았다. 약이 떨어지거나 양도(糧道)를 잇기가 곤란한 처지도 아니다. 남들은 슬하에 자녀가 없으니 외로울 것이라고 하지만 그녀에겐 외로움도 없었다. 진정한 외로움이 있다면 세태가 바뀌어져 가매 국악을 외면하는 세상이 되었다는 것뿐이다. 그동안 강월은 많은 제자를 가르쳤다. 그러나 아직도 자신의 음(音)을 물려줄 만한 제자는 골라내지를 못했다.

자질이 있다고 생각하고 눈독을 들이면 이해타산이 어찌나 빠른지 얕은 재주를 들고 돈과 바꾸려고 했다. 그러게 강월은 선불리 제자들을 무대에 세우려 하질 않았다. 세상은 그것을 또 비난했다. 세상뿐이 아니다. 제자들 속에서도 그러했다. 젊은 사람들의 길을 열어주려 하지 않고 오히려 막으려 든다는 것이었다. 강월의 외로움은 이런 때에 한해서였다.

줄도 제대로 갈라 짚지 못하면서도 그들은 무대에 나가 서기를 꺼려하지 않았다. 강월이 생각엔 그저 무모하게만 보였다. 이렇게 되면 고생스러운 수련을 하려 들지 않았다. 이름이 거문고지 강월의 귀엔 거문고 소리로 들리지 않았다. 거문고뿐이 아니라 창도 그러했다. 무대에 나서는 사람도 사람이지만 절구 찧는 소리 같은 것을 거문고 소리로 알고 찢어진 목청을 창이려니 하고 들어주는 청중이 강월에겐 안타깝기만 했다. 하기사 대장간에서 나온 쇠붙이 같은 소리에도 요즈음 젊은이들은 곧잘 귀를 기울이고 흥분하니 알 수 없는 노릇이기도 했다.

부기부기.

차차차…….

그것은 춤이 아님이 분명했다. 그러나 휘둘러대는 선율과 흥분은 춤 같기도 했다.

세태와 세상이 바뀌어진 탓일까. 차분히 가라앉지 못한 것은 사람뿐이 아니다. 모든 세태가 그러했다.

창과 거문고는 양반 예술의 유산이라 한다. 그렇다면 판소리는 어떤가…… 그리고 산조는…… 그럴 때마다 강월은 지금은 고인이 된 단소의 주인공의 가락을 생각하였다.

정악과 산조의 가락을 구분하여 불던 그의 표정이 뇌리에 다시금 새로웠다.

열 명에 가깝던 제자들이 단 세 명으로 줄어든 어느 날이었다. 강월은 아침부터 영산회상(靈山會相)을 짚게 하였다. 그것을 옳게 짚어 내리려면 한 시간이 족히 걸렸다. 중간중간 음이 틀려 몇 번 되풀이시켰다. 되풀이하는 그들은 지쳤고 스승은 짜증이 났다.

"오늘은 그만하자……."

강월의 입에서 이런 말이 떨어진 것은 처음이다.

거문고 줄을 풀어 벽에다 걸어놓았다. 오늘따라 미니스커트 밑으로 드러나 있는 종아리들이 더 길어 보였다.

"얘, 너희들 그 요새 유행하는 춤이나 한 번씩 추어보렴……."

"뭐요……."

"맘보라든가 차차차라든가……."

그녀들은 서로 쳐다보며 눈웃음을 지었다. 그리곤 라디오를 틀었다. 볼륨을 더 크게 돌렸다.

거문고 줄을 짚어 내리던 때의 모습이 아니었다. 그녀들의 표정은 맑고 가벼웠다.

발은 발대로 팔은 팔대로 놀아나고 허리와 궁둥이도 그대로 따로 놀아났다. 한쪽이 올라가면 한쪽이 내려가고 마구 흔들어대고 마구 내휘둘러 대는 것 같았지만 그런 것만 같지도 않았다. 혼란한 리듬과 난잡한 선율이면서도 그 리듬과 선율은 어떤 조화를 이루고 있었다.

라디오를 껐다. 그녀들의 얼굴엔 생기가 돌았다. 강월은 그녀들의 얼굴을 번갈아 쳐다보았다. 고조되었던 흥분이 가라앉자 그녀들은 계면쩍은 생각이 들었던지 강월의 시선과 부딪치자 피식 웃었다.

"너희들은 유행가나 그런 현대무용을 배우지 무엇 때문에 힘든 창이나 거문고 따위의 낡은 것을 공부하려고 하냐?"

그녀들은 한동안 대답이 없었다. 강월은 그녀들의 심정이 궁금하였다.

"거문고나 창은 하는 사람이 적지 않아요……."

한 처녀의 대답에 이어 또 한 처녀가 입을 열었다.

"그러니까 출세가 쉽지요……"

이번엔 셋째 번 처녀가 맞장구를 쳤다.

"그러니까 돈벌이도 빠르고요……."

강월은 전신의 힘이 푹 빠져나가는 느낌이었다. 무어라 대꾸할 말이 없었다.

세 처녀가 돌아가고 나서도 강월은 대청에 앉아 있었다.

세태가 달라지고 세대가 바뀌어진 것이 분명했다.

강월은 가볍게 고개를 흔들었다. 그들을 이해할 수 없다는 자기의 심정의 조용한 표현이다.

한 세대가 따로 형성되어 가는 새로운 세대를 이해한다는 것은 용이한 일이 아니다. 용이하다기보다는 서로 이해가 가지지 않을 땐 세대와 세대의 단절이 있을 뿐이다

강월은 정말 외로웠다. 슬하에 일점혈육이 없다는 세속적인 외로움이 아니었다. 어디가 터져나간 것 같은, 아니면 속이 텅 비어진 것 같은 허전감에 그냥 앉아 있을 수가 없었다.

강월은 벽에 걸어놓았던 거문고를 내려 무릎 위에 올려놓았다.

잔주름이 잡힌 손끝이 가늘게 떨렸다. 산조의 첫머리인 진양조는 언제나 녹음을 스쳐 가는 바람 소리인 양 잔잔하였다. 강월은 부드럽고 잔잔한 이 진양조 속에서 추억을 불러일으켰다.

강월의 귓전엔 맑고 구슬픈 단소 소리가 들렸다. 강월은 그 단소의 가락에 맞추어 숫대질을 하며 줄을 내려 짚었다. 가락은 중모리를 거쳐 중중모리로 접어들었다.

거문고 소리는 유현(幽玄)하다. 그러나 강월의 귀에 들리고 있는 단소 소리는 거문고 소리에 싸여 더 고고하게 들렸다.

인제는 그 단소 소리도 자기가 하고 있는 거문고 소리도 의식하지 못하고 그 바른손으로 숫대질을 하고 왼손으론 거문고의 육현만을 짚었다.

무아의 경지랄까…….

물결치듯 우람한 소리다. 아니 격랑이 바위를 때려 부수는 소리다.

그것은 거문고의 소리가 아니라 세상이 자기를 외면하는 데 대한 참을 수 없는 노여움의 격정이 저렇듯 뇌성벽력 같은 소리를 내게 하는지도 모른다.

강월은 지금 자신의 손가락이 육현의 어느 쪽을 짚어내고 있는지조차도 의식하질 못했다. 그냥 숫대질을 해야만 했고 그렇게 손끝은 줄을 골라 내려 짚어야만 속이 가라앉을 뿐이다. 산조가 끝날 무렵이다.

'엇모리'에서 사박자(四拍子) 하나가 한 장단을 이루는 '자진모리'로 다시 접어들었다.

용트림 같은 소리가 다시 요란하게 울리다가 거문고 소리는 그대로 멎고 말았다.

대청마루에 그려지는 여운으로 주위는 더 조용하기만 했다.

강월은 무릎 위에 올렸던 거문고를 내려놓았다.

울적할 때마다 한바탕 거문고 줄을 짚고 나면 속이 후련하곤 했다. 그러나 오늘은 그렇지가 못했다.

금어
金魚

1

합장하고 서 있는 스님은 수덕사 아심(芽心) 스님이다.

처음 머리를 깎았을 땐 파랗던 것이 이십여 년의 세월 속에 어느덧 입고 있는 잿빛 법의 색깔로 닮아졌다.

아심 스님이 공주 박물관에 나타나기 시작한 것은 삼 년 전부터이다. 이젠 이곳 직원들과도 친면(親面)이 있어 스님은 그들과 부딪치면 가벼운 미소의 눈길을 주고받았다. 조용하다. 스님 손끝에 걸려 있는 염주가 굴러도 소리가 없다. 몸매와 얼굴 표정이 어쩌면 관음보살상을 대하는 느낌이다.

이십 년 전 수덕사 일엽(一葉) 스님을 찾아 몸을 산문에 두고 싶다고 말했을 때 스님은 안경 너머로 아심의 동정을 살폈을 뿐 아무런 말이 없었다. 그로부터 아심이 스님 옆에서 부엌 일과 잔심부름을 도우며 만 일 년이 지났을 때 일엽 스님은 아심을 불러 앉히곤 일 년 전과 꼭 같은 표정으로 입을 열었다.

"아심이란 법명이 어떠냐?"

얼굴을 붉히며 합장을 했을 뿐 말문이 막혀 대답할 수가 없었다.

"여자란 중이 되어도 여자의 바탕을 잃지 않아야 한다. 부처와 보살은 그런 점에서 다르다. 옛글에 이르기를 여자는 덕성(德性)과 용의(容儀)와 말씨와 재지(才智)를 갖추어야 한다고 했다. 덕성이란 맑고 절개가 곧아야 하고 마음을 정연히 가다듬어 행동에 법도가 있어야 하는 것이다. 또한 용의란 얼굴 단장을 뜻하는 것이 아니라 몸의 불결함이 없게 하는 것이요, 말씨란 그른 말을 하지 않아야 하고 꼭 해야 할 말을 하되 남의 귀에 거슬리게 해서는 안 된다. 솜씨란 길쌈의 뜻만이 아니라 가족과 친지와 남을 즐겁게 할 줄 알아야 한다는 뜻이다."

일엽 스님은 말을 끝내고 아심의 검은 머리를 잘라 주었다. 아심은 불도를 닦으면서도 일엽 스님이 들려준 이 말을 잊지 않았다.

합장을 끝내고 아심 스님은 회흑색 비신(碑身)*에 조각된 불상을 들여다보았다. 본존여래상(本尊如來像)을 중심으로 양쪽으로 부처가 시립하고 있다. 비신을 더듬는 아심 스님의 눈길이 다사롭듯이, 부각되어 있는 불상에서도 황홀한 기운이 아심 스님의 마음속으로 흡수되는 느낌이다. 아심 스님은 불상을 지켜 보고 있으면서도 바른손에는 염주알을 쉬지 않고 돌렸다.

처음 박물관을 찾아와 삼존천불상(三尊千佛像)을 대했을 때 아심 스님은 그 황홀함에 어찌할 바를 몰랐다. 그때도 그러했지만 지금도 마찬가지였다.

---

* 비신: 비문을 새긴 비석의 몸체.

부자 소리가 길게 울렸다. 문을 닫는다는 신호다. 아심 스님의 귀에 전연 그 소리가 들리지 않았다. 비신에 새겨져 있는 불상들이 살아 움직이는 듯 보였다.

"스님……."

박물관 사환 아이가 와서 불렀다. 아심 스님은 아랑곳하질 않았다.

"스님……."

아심은 소년을 돌아다보았다. 미안스러운 표정이다.

"스님, 곧 문을 닫아야 합니다."

아심은 소년이 찾아와 부른 이유를 알았다. 가벼이 합장을 하고 난 아심 스님은 표정과 같이 조용히 박물관 현관문을 나섰다. 언덕길을 걸어 내려오는 아심 스님의 얼굴은 그 비신 밑에 새겨져 있는 연꽃모양 웃고 있었다.

가을바람이 꽤나 쌀쌀하였다. 낙엽진 늙은 나뭇잎이 스님의 머리 위에 떨어졌다. 스님은 엷은 미소를 지은 채 언덕길을 걸어 내려가고 있었다.

2

여름이었다.

한 여대생이 방학을 이용하여 수덕사를 찾아왔다. 그 여대생은 아심 스님더러 승방(僧房)에 머물게 해 달라는 것이었다. 승방은 손님에게 불편하니 마을에 내려가 민가를 이용하는 것이 편할 것이라고 권했지만 여대생은 굳이 승방을 쓸 수 있게 해 달라고 간청했기 때문에 아심 스님은 얼마 동안 같이 있을 것을 허락했다.

아심 스님의 생활이란 판에 박은 듯 규칙적이었다. 아침저녁으로 참선과 불사에 종사하는 일로 대개의 시간을 보냈다. 스님은 처음 이 여대생이 방학을 이용하여 조용한 곳을 찾아 휴양을 내려온 것이라 짐작했다. 그러나 며칠을 두고 사귀는 동안 이 여대생은 휴양차 절을 찾아온 것이 아님을 알았다. 불국사·해인사·통도사를 비롯하여 송광사·장수사 등 남한 일대의 크고 작은 절을 돌아보지 않은 곳이 없었다. 이 여대생은 사학과(史學科)를 졸업하고 대학원에서 불화(佛畵)와 불상(佛像)을 연구하는 학생이었다.

불화를 불가(佛家)에서는 탱화(幀畵) 또는 만다라(曼荼羅)라고 하며 이를 그리는 승려를 금어(金魚)라고 불렀다. 이 여대생의 만다라에 대한 조예는 물론 불상의 종류와 그 탱화에 관한 박학도 법명이 높은 승려들이 당할 바가 못 되었다.

아심 스님은 불전을 읽다가 잠시 뒤쪽 툇마루로 나와 앉았다. 대서와 중복이 지나서도 무더위는 한참이었다. 우거진 녹음의 푸르름이 눈을 시원케 했다. 아심 스님의 뒤를 이어 여대생도 따라 나왔다.

"스님, 공주에 가보신 일이 있으신가요?"

아심 스님은 여대생을 쳐다보며 머리를 흔들었다.

"기회가 있으시면 공주 박물관에 들러 보십시오."

"박물관엔 왜? 봐야 할 것이라도 있나?"

"네, 딴 분은 몰라도 스님께선 꼭 봐둬야 할 것이 있구 말구요."

"그게 무언데?"

"삼존천불상입니다."

"삼존천불상……."

"백제시대 유물이죠. 비신이 깨어지긴 했어도 정교한 불상입니다."

"그래……."

뻐꾸기의 울음소리가 한가와 고요를 더해 주었다. 그런 한가와 고요를 깨기라도 하려는 듯 가까운 숲속에서 심술궂게 여치가 울어댔다.

장마가 갠 탓인지 하늘이 더 푸르러 보였다. 여대생은 눈을 가늘게 하고 그 푸르기만 한 하늘을 쳐다보고 있었다. 아심 스님도 살프시 눈을 내려 감고 들고 있는 염주알을 세어 넘겼다.

"저는 지금까지 많은 불상과 만다라를 보아왔습니다만 공주 박물관에 있는 삼존천불상모양 마음에 깊은 감명을 받은 작품은 보지 못했습니다……."

여대생은 혼잣말로 하고선 일어서 방으로 들어갔다. 아심 스님은 여전히 눈을 감은 채 염주알을 세고 있었다. 바람마저도 한나절의 더위의 기승에 몰려 풀잎 하나 움직이질 않았다. 여치만이 찢어지는 목소리로 울어댔다. 방으로 들어갔던 여대생이 나와 다시 스님 옆으로 앉으며 들고나온 사진을 스님 앞에 내놓았다.

"스님 보세요. 이 사진이 공주 박물관에 안치되어있는 삼존천불상입니다."

아심 스님은 여대생이 내놓은 사진을 받아보았다. 흑백사진이다. 정면에서 찍고 뒷면과 각 측면에서 찍은 사진이었다. 사진 뒤쪽에는 삼존상 좌우에 있는 명문(銘文)이 기록되었고, 또 다른 사진의 뒷장에는 비상의 크기가 기록되어 있었다.

上幅(상폭) 47.5센티미터

下幅(하폭) 50센티미터

側面(측면) 두께 15센티미터

蓋石縱長(개석종장) 41센티미터

橫長(횡장) 31센티미터

두께 21센티미터

總高(총고) 94센티미터

"탱화나 조상(造像)에 있어서의 원칙은 삼비오안(三鼻五眼)이라 합니다. 보시다시피 삼존여래상(三尊如來像)은 물론 작은 여래좌상(如來坐像)까지도 정교하게 그 원칙이 지켜져 있는 것은 저로선 처음이었습니다."

삼비오안이란 부처님의 얼굴을 그리는 원칙으로, 얼굴의 길이는 코의 세 갑절이 되어야 하고 넓이는 눈의 길이의 다섯 배가 되어야 하며, 신장(身長)은 얼굴의 여섯 갑절 반이어야 한다는 것이다. 그러고 보면 불가에서는 키의 표준을 팔등신(八等身)에 두지 않고 육등신반(六等身半)이라고 하는 것이다.

아심 스님은 그 사진을 발 무릎 위에 놓고 합장한 채 여대생의 설명을 들으며 바라다보았다. 아심 스님이 불가에서 몸을 담고 있었지만 그 방면엔 전문가가 아니어서 여대생의 설명에 열심히 귀를 기울이고 있을 수밖에 없었다. 아심 스님의 마음을 뒤흔들어 놓은 것은 탱화나 일상의 정교한 기교가 아니라 여대생이 추리하는, 삼존천불상 이루어져 오늘에 전하게 된 다음과 같은 사유였다.

3

나당(羅唐) 연합군과의 삼일간 전투에서 백제의 계백(階伯) 장군은 장렬한 전사를 하였고 그의 아장 충상(忠常)·달솔(達率)·상영(常永) 등은 적군의 포로가 되었다.

이 소식을 전해 들은 의자왕(義慈王)은 태자 효(孝)를 데리고 도망치기 위해 궁성 뒷문으로 빠져나갔다. 왕비와 많은 궁녀들도 야음(夜陰)을 이용하여 허둥지둥 뒤쫓았다. 그러나 충성된 군졸들은 적군에게 궁성만은 넘겨주지 않으려고 성문 밖에서 죽음을 무릅쓰고 싸웠다.

성문 밖은 비명과 아우성이 뒤섞여 불바다였다. 적군에게 양곡을 빼앗길까 두려워 왕명으로 창고마다 불을 지르게 했다.

왕은 이런 틈새를 타서 백마강에서 배를 타고 웅진성으로 도망을 쳤다. 그래도 싸움은 계속되었다. 이런 풍전등화 같은 전란 속에서도 궁궐 안에서는 권좌를 다투는 색다른 암투가 있었다. 이런 암투가 궁성의 함락을 재촉했다. 궁성의 함락 소식을 들은 의자왕은 하는 수없이 나당 연합군 앞에 항복하고 말았다. 그러나 백제의 백성들은 항복하질 않았다. 그들은 각지로 분산하여 반항했다.

임실(任實)이라는 소년은 그때 나이 열여섯 살이었다. 병석에 누워있는 늙은 어머니를 모시고 임실은 석공(石工) 일과 행상으로 구차한 살림을 꾸려가던 미천한 신분이었다. 그가 병들어 누워있는 어머니를 남겨 두고 자진 군문으로 뛰어든 것은 남보다 활쏘기를 잘하거나 칼을 잘 놀렸기 때문이 아니다. 계백 장군을 죽이려 말을 몰고 달려왔던 신라 소년 관창(官昌)의 용맹스러운 무용담을 듣고 나서였다. 관창이 비록 나이는 어려도 장렬히 죽음으로써 충효의 길을 다했다는 소문이 그에게 큰 감명을 주었다.

나라의 위기란 왕위를 다투는 왕자들이나 출세를 꿈꾸는 장군들에 의해서 구해지는 것이 아니라 자기희생을 결심하는 백성들의 힘에 의해서만 이루어질 수 있다고 생각했기 때문이다. 백제 궁성이 함락되자 임실은 복신(福信) 장군을 뒤따라 주류성에 의거하여 백제의 재기를 도모했다. 백제의 서북부에 있던 군소 성주들은 모두 다 복신을 도와 나당군과 싸웠다. 도성을 빼앗기고 난 백제의 군졸들은 어떻게 해서든지 국운을 바로 세우기 위한 결심이 대단했다. 이런 결의가 나당 연합군을 궁지로 몰아넣기가 일쑤였다. 수차의 격전 끝에 복신이 지휘하는 백제군은 다시 신라 도성을 포위하기에 이르렀다. 도성 속에 갇힌 연합군은 독 속에 들어 있는 쥐나 다름없었다. 이에 당황한 나당 연합군은 다시 원병을 보내어 도성의 포위를 풀려고 싸웠지만 크게 패하고 말았다. 해를 거듭할수록 나당 연합군은 연패의 고배로 지리멸렬의 상태에 이르렀다. 나당군을 몰아내어 백제의 국권을 회복할 수 있는 기회를 눈앞에 바라보며 주류성을 근거로 했던 백제군 안에서는 무서운 내분이 생겼다.

복신 장군은 주류성에 들면서부터 민심을 사로잡기 위해 멀리 일본에 가 있던 왕자 풍(豊)을 모셔다 왕위에 오르게 했었다. 국운을 회복하기 직전에 이르러 풍왕과 복신 장군 사이에 군사통솔권 문제로 사소한 의견의 차이가 생기게 되었고 그런 의견 차이로 풍왕은 복신을 죽여버렸다. 풍왕이 복신을 베어 버림으로 인하여 백제 최후의 아성은 나당 연합군에 의해 붕괴된 것이 아니라 내분으로 인하여 기울어지기 시작했다. 때마침 당나라 장수 손인사(孫仁師)는 칠천의 대병력을 거느리고 주류성을 포위했다. 풍왕은 사태가 위급해지자 고구려로 원병을 청하는 한편 주류성에서 최후의 결전을 도모했다.

나당 연합군은 웅진강을 내려가 백마강 어귀를 가로막는 한편 험악한 산길도 막아 성을 포위하였다. 나당 연합군의 포위를 뚫기 위해

백 척의 수군을 동원하여 이에 대항하였지만 수로에 익숙한 수군을 당해 내질 못했다. 백제 수군은 그 대부분이 적군에게 접근하지도 못한 채 불에 타버렸다. 화염이 강변을 뒤덮었다.

임실은 적진 속에서 삼 년이라는 세월을 보냈다. 이젠 활을 쏘는 데도 익숙하였고 칼을 놀리는 데도 어느 누구에게도 못지않았다. 임실은 삼 년이란 세월 속에서 많은 것을 듣고 보고 느꼈다. 백성들은 한결같이 나라를 위해 싸웠건만 권좌에 앉은 사람들은 그 권력을 남에게 넘겨주지 않으려고 싸운다는 것도 이번 기회에 배웠다.

수루(戍樓)*에 앉아 망을 보고 있던 임실은 몹시 몸이 지쳤다. 적장과 부딪쳐 싸우다 쓰러진 흑치상지(黑齒常之) 장군과 사타상여(沙咤相如) 장군…… 피를 흘리며 숨을 거두면서도 어서 몸을 피하라 하던 그 음성이 다시금 귓전에 울렸다. 적군 앞에선 머리털을 곤두세울 지경으로 무서운 장군들이면서도 수하 군졸에겐 따스한 인품들이었다.

임실은 두 장군을 잃고 나서 산속에서 전전하던 끝에 임존성을 찾아 성주인 지수신(遲受信)의 수하로 들게 되었다. 임존성은 백제 마지막 성이었다. 성안에선 적군을 속이기 위해 이곳저곳에다 불을 피워 놓고 밤을 새워 가며 함성을 질렀다. 밤은 피어오르는 불빛으로 더 어둡기만 했다. 성을 둘러싸고 있는 적군도 구호를 외치며 불을 피우고 있었다. 이쪽은 적은 군졸을 갖고 많이 보이려는 속임수였지만 적군이 불을 피워대는 것은 대병력의 위력을 과시하는 것 같았다. 가끔 허공을 나는 화살 소리가 들렸다. 말하자면 위협 사격이었다.

삼 년이란 세월을 적진 속에서 살고 난 임실은 울리는 화살 소리로

---

* 수루: 적군의 동정을 살피려고 성 위에 만든 누각.

그 거리를 짐작할 수 있었다. 수루에 앉아 있는 임실은 불빛이 타오르는 넓은 들판을 살피고 있었다. 임존성에서 도성이 보일 까닭이 없었다. 그러나 임실은 그 도성의 방향을 지켜보았다. 어둠 속에 붉게 타오르는 불빛모양 임실의 눈앞에 여윈 어머니의 얼굴이 크게 떠올랐다. 어머니의 옆을 떠나고 나선 도성을 지키고 있을 때도 단 한 번도 어머니를 찾아뵙질 못했다. 임실은 어머니의 모습을 쳐다보며 입술을 베어 물었을 뿐 목이 메어 부를 수가 없었다. 그 순간 어머니의 모습은 어둠 속에 사라진 채 다시 떠오르지 않았다. 가슴속이 답답하기만 했다. 임실의 눈에선 뜨거운 눈물이 흘러내렸다.

"어머니……."

임실은 단 한 번 이렇게 중얼거렸을 뿐 격해진 채 흐느끼고야 말았다.

교대를 알리는 파수병이 와서야 임실은 정신을 차렸다.

"몹시 졸린가 보군."

"아닐세, 수고하게."

임실은 교대해 주러 나온 동료의 말에 대꾸하며 수루를 내려왔다. 바람이 불 때마다 하늘을 스치고 지나간 별들이 깜박거렸다. 구월달에 접어들면서부터 아침저녁으로 바람이 몹시 차가웠다.

들에 익은 곡식은 거둘 사람이 없어 그대로 넘어져 썩었다. 곡창은 모조리 불타 버렸고, 누렇게 익은 곡식은 거둘 사람이 없어 들에서 썩고 있으니 겨울을 날 일이 한심했다.

임실은 무거운 걸음걸이로 자기 장막으로 돌아갔다.

4

왕자 충승(忠勝)과 충지(忠志) 형제가 임존성 성주 지수신을 배반하고 적군에 항복하였으니 임존성의 운명이야말로 시간문제였다. 왕자들이 항복했다는 소식이 퍼지자 대부분의 군졸들은 적에게 투항하거나 아니면 도망쳐 버리는 형편이었다. 이제 임존성 안에 남아 있는 군졸들이란 늙고 병든 사람이 아니면 쓸모있는 젊은 축이란 얼마 있질 않았다. 임존성 성주 지수신도 아무리 지덕과 용맹을 겸한 장수라 해도 이 지경에 이르러선 도리가 없었다. 충승·충지 왕자모양 굴욕을 무릅쓰고 적 앞에 항복하지 않으려면 최후의 일각까지 싸우기엔 너무나 적은 병력이었다. 적군에게 항복할 수도 없었다. 그렇다고 성안에 그대로 머물러 있자면 자멸할 수밖에 없었다. 어떻게 하든 지수신으로선 재기의 꿈을 버릴 수 없었다. 그렇게 하자면 임존성을 빠져나가 일시나마 고구려 땅에 머물렀다가 고구려로부터 원병을 얻어 재침의 기회를 노릴 수밖에 없었다.

성주 지수신은 자신의 결의와 심정을 피력하기 위해 모든 군졸들을 집합시켰다. 군졸들의 표정은 패색이 짙어 기운이 없었다. 그러한 군졸들을 바라보니 지수신은 마음이 아팠다.

"수년 동안의 싸움으로 잿더미로 화해버린 우리 조국 백제 땅은 이제 다시 일어나기 어려운 곤경에 빠졌다. 생각건대 온조왕이 한강 기슭에 나라를 일으켜 오늘에 이르기까지 680년, 역대 31명의 임금들은 나라의 번영과 융성을 꾀하여 왔지만 시운이 불리하여 오늘에 이르렀으니 누구를 원망할 것인가. 오직 한 가지 남은 길이 있다면 우리가 적 앞에 나아가 항복하거나 성안에 머물러 자멸하느니보다는 잠시 고구려 땅에 퇴하였다가 기회를 보아 재침을 도모하는 길밖에 없으니 이곳에 머물러 있을 자는 있으되 나와 더불어 고구려 땅으로 몸을 피할 자들은 서슴지 말고 나서라."

지쳐 있는 군졸들은 별 반응이 없었다. 성문을 빠져나온 지수신 장군 일행은 밤길을 이용하여 북으로 향했다. 밤을 이용하는 까닭에 길은 더디기만 했다. 성문을 빠져나올 때는 그래도 이백을 헤아리던 군졸들이 하루 이틀 지나는 사이에 자취를 감추고 사흘째 접어드는 날에 불과 수십 명밖에 남질 않았다. 물론 임실도 그 속에 끼어있었다.

들은 전화(戰火)로 황폐하였지만 산속의 숲은 깊었다. 초생달이 지자 산속은 어둡기만 했다. 능선을 걸으며 임실은 걸어온 길을 뒤돌아보았다. 풀벌레의 울음소리만 요란한 어둠 속에 무엇이 보일 리가 없었다. 이제 이대로 고구려 땅으로 들어가면 언제 다시 조국 땅을 찾을지 모르는 기약 없는 길이었다. 삼 년이란 세월이 흐르는 사이에 단 한 번도 어머니 곁을 찾아가 뵙지 못했지만 그러나 패전을 거듭하여 이 성에서 저 성으로 쫓기면서도 그 어느 땐가는 꼭 어머니의 곁을 찾아갈 것을 믿으며 살아온 임실이건만 오늘 밤만은 그렇지가 않았다. 생사는 알 수 없어도 오늘 밤만큼은 어머니의 곁이 더 그리웠다. 그렇다고 임실은 지금 이 대열에서 떨어져 어머니의 곁으로 달음질칠 생각은 추호도 없었다. 동이 틀 무렵 그들은 산속 수목이 우거진 곳에 머물러 짐을 풀고 쉬기로 했다. 사람은 물론 말도 지쳤다.

임실이가 잠을 깨어 장막 밖으로 뛰쳐나왔을 땐 주위가 온통 불바다로 화하여 있었다. 날은 아직 새질 않은 듯 짙은 안개가 몰려들었다. 여기저기서 비명이 울렸다. 임실은 칼을 뽑아 휘둘러 댔다. 화살소리가 울렸다. 주인 잃은 말들이 목을 뽑고 울었다. 그 울음소리가 메아리를 그렸다.

임실은 경황없는 속에서도 성주인 지수신 장군을 찾았다. 장군의 모습이 보이질 않았다. 말을 탄 사람이 산밑으로 달리자 적병들이 일제히 그쪽으로 쏠렸다. 임실은 그분이 지수신 장군이라 생각하고 뒤쫓았다.

화살이 머리 위로 스치고 날았다. 임실은 그대로 칼을 뽑아 든 채 달렸다. 누가 적이며 눈가 동료인지 구별할 수가 없어 칼을 휘두르며 덤벼드는 자와는 마구 대항했다.

5

이 암자로 옮겨져 사흘째 되는 날 임실은 겨우 정신을 차렸다. 바른쪽 어깨에 통증을 느끼며 그는 눈을 떴다. 어딘지 분간할 수가 없었다. 이상한 약초 내음이 풍겼다.

적군에게 사로잡혀 온 몸이라면 이런 자리에 눕혀져 있을 리가 없었다. 우선 그런 점에서 안심이 된 임실은 주위를 살폈다. 목탁 두들기는 소리가 은은히 들려왔다. 주위가 너무나 조용했다. 그렇듯 조용한 탓으로 임실의 눈에선 뜨거운 눈물이 흘렀다. 통증을 느끼면서도 임실의 생각은 목탁이 울리는 쪽으로 정신이 쏠렸다. 목탁 소리를 들으며 그는 희미한 기억을 더듬어 보았다.

적군에게 기습당하던 날 새벽 일이 낱낱이 떠올랐다. 장막 속에서 풋잠이 들었던 임실은 칼을 뽑아 든 채 장막 밖으로 뛰쳐나왔다. 무서운 불기둥이 군졸들이 들어 있는 장막을 엄습했다. 임실은 불기둥에 휘감겨 드는 장막을 빠져나와 앞을 가로막는 적병을 향해 칼을 휘둘렸다. 베고 베어도 앞을 가로막는 적의 공세를 뚫고 임실은 지수신 장군의 모습을 겨우 찾았다. 말을 타고 적과 맞서는 장군 앞을 가로막으며 적과 맞섰다. 말을 타고 있는 장군을 향해 사면에서 화살이 날아들었다. 장군은 화살과 적군의 칼을 막으며 싸우다 말 고삐를 당기며 계곡으로 내려갔다. 임실도 장군의 뒤를 쫓았다.

기억 속에 남아 있는 것은 그 이상 아무것도 떠오르지 않았다.

은은히 들려 오던 목탁 소리도 있었다. 목탁 소리가 끊겼듯이 임실은 다시 혼수상태에 빠져들고 말았다.

"스님의 은혜는 평생 잊지 못할 줄 아옵니다……."

스님은 말이 없었다. 임실은 스님의 대답을 기다렸지만 아무런 대꾸도 없었다.

밖엔 푸듯푸듯 첫눈이 내리기 시작했다. 눈이 내리기 시작하면 아침저녁으로 날아오는 산새들도 뜸해진 채 길이 막혀 버린다. 임실은 길이 막힐 것이 두려워 스님 앞에 고향으로 돌아가겠다고 말한 것은 아니었다. 어깨의 상처도 스님이 써 준 약초 덕택으로 완쾌하고 보니 젊은 몸으로 한적한 암자에 틀어박혀 있을 수가 없었다.

첫째는 지수신 장군의 행방이 알고 싶었고 그 지수신 장군을 모시고 다시 한번 국운을 회복시키기 위해 나당 연합군과 싸우고 싶었다. 그래서 임실은 어깨의 부상이 낫기 시작하면서부터는 매일같이 일찍 일어나 칼 쓰는 법을 익혔다. 그리고 또 한 가지 그의 마음을 사로잡고 있는 것은 생사불명의 어머니의 소식이었다. 어머니의 환상이 떠오를 때마다 임실은 마구 달려가고 싶은 충동에 마음의 갈피를 잡을 수가 없었다.

"세상은 아직 인심이 수습되지 않은 난세 그대로인데 고향으로 돌아가도 무사하지 않을 테니 세상인심을 보고 돌아가도록 하게."

침묵을 깨뜨린 스님의 말이었다. 임실은 비로소 고갤 들고 스님의 얼굴을 바라다보았다.

"스님, 나라가 망한 군대의 군졸이요, 백성인데 고향으로 돌아왔다고 무슨 큰일이 있겠습니까."

스님은 조용히 고갤 흔들었다. 그렇다고 임실은 일방적으로 작별인사를 하고 일어설 순 없었다.

"자네가 그렇게 고향으로 돌아가고 싶다면 나하고 약속을 하게."

"스님, 무슨 약속인들 하고 지키겠사옵니다."

"그렇다면 자네가 매일 검법을 익히기 위해 들고 휘두르는 그 몽둥이를 들고 나와 같이 무예를 겨루어 이긴다면 고향으로 가되, 그렇지 못할 때는 내가 허락할 때까지 이 암자에 머물며 내 시중을 들도록 하게나."

"스님 분부대로 하겠습니다."

노승이 법장(法杖)을 들고 법의를 입은 맨발로 뜰에 나서자 임실도 몽둥이를 들고 뒤좇아 나왔다.

싸락눈은 어느새 함박눈으로 변해 펑펑 내리고 있었다.

법장을 든 스님은 임실더러 공세를 취할 것을 명령했다. 난리 터에서 익힌 검법이라 해도 임실은 기운이 세고 칼 쓰는 편이 제법인 편이었다. 틈을 타서 힘껏 몽둥이를 휘둘러댔지만 번번이 스님의 법장에 걸려 빗나가기만 했다. 면상을 향해 내려치고 금세 어깨와 허리를 향해 휘둘러 봤지만 소용이 없었다.

스님은 처음부터 부동의 자세로 좀처럼 움직이질 않았다. 임실은 팔과 다리에 힘이 빠지는 것을 느꼈다. 눈발은 여전히 내리퍼부어 두 사람이 오고 간 발자국을 자취도 없이 덮어 버렸다. 임실의 숨길은 헝클어지기가 일쑤였다. 그런 낌새를 보이지 않으려고 숨길을 크게 돌렸지만 어쩔 수가 없었다. 이번엔 스님이 법장으로 임실을 공격하기 시작했다. 면상으로 오는 법장을 막으려는 어느 사이에 법장은 그의 허리를 치려 하였다. 허리를 피하려 하면 움직이는 발을 막았다.

임실로서는 마지막 공격이었다. 있는 힘을 다하여 스님의 가슴을 향해 찔렀다. 스님은 가볍게 몸을 돌려 피해 버렸다. 그 통에 임실은 몇 발자국 앞으로 나아가 쓰러지며 무릎을 꿇었다. 흰눈이 내려 쌓이고 쌓이는 데도 임실은 춥지 않았다. 온몸이 돌모양 굳어진 듯 운신을 할 수가 없었다.

전신에선 구슬땀이 흘러내렸다. 그런 임실을 지켜보고 있는 스님의 얼굴은 홍조의 빛을 띄우며 미소를 머금고 있었다.

6

도성의 모든 청년들은 당나라의 볼모로 잡혀갔거나 신라로 끌려갔다는 소문이 이 암자에까지 들려왔다. 임실은 그런 소문을 들을 때마다 스님의 은혜가 고마웠다. 본래 임실은 도성에서 홀어머니를 모시고 살 땐 석공(石工) 일을 배우며 연명을 했다. 싸움터로 나오고 나선 그 일과는 인연이 멀어지고 말았다. 스님의 법장을 이겨내지 못하고 나선 겨우내 혼자 검법을 익히기 여념이 없었다. 검법을 익히다가도 문득 생각키우는 것은 이제는 스님의 법장을 당해낼 것 같은 자신이 생기다가도 통 자신이 없었다. 그러던 임실의 태도가 일변했다.

그날도 스님이 불공을 드리는 동안 임실은 암자 뒤꼍에 있는 늙은 소나무 밑에서 혼자 검법을 익히고 있었다. 산속의 계절은 명확했다. 슬며시 눈이 녹자 새싹이 움트고 움터 오르는 새싹이 푸른 순으로 바뀌어지며 바람은 누그러졌다. 임실은 소나무 밑에 앉아 한숨을 쉬었다. 어디서 나타났는지 다람쥐 한 마리가 몇 발자국 앞에서 어른거렸다. 그는 들고 있던 몽둥이를 내던졌다. 그것은 마치 적병의 가슴을 찌르는 그런 기분에서이다. 몽둥이 끝에 얻어맞은 다람쥐는 그 자리에 쓰러지고 말았다. 임실은 통쾌했다. 다음 순간 스님의 말이 떠올랐다.

"살생을 해선 안 된다."

적병의 목을 내려치고도 눈 하나 깜짝하지 않던 임실이었다. 그런데 하찮은 다람쥐 한 마리를 때려눕히고 왜 이렇게 손이 떨리는지 알 수 없었다. 들리는 목탁 소리가 꼭 스님이 자기를 부르는 것 같은 느낌이었다. 죽은 다람쥐를 땅을 파고 묻어 주고 임실은 합장을 하고 고갤 숙였다.

임실의 생활은 그로부터 달라지기 시작했다. 그는 새벽마다 일어나기가 바쁘게 익히던 검법 연습도 중단해 버리고 말았다. 그렇다고 스님 옆에서 불사에 관한 것을 배우려는 눈치도 아니었다. 암자 주변의 땅을 일구어 밭을 가꾸는가 하면 산으로 나아가 약초를 캐는 일로 소일하였다. 스님은 임실에 대하여 아무런 간섭도 하질 않았다.

약초를 캐 가지고 내려오던 임실은 끈끈한 몸을 씻기 위해 계곡에 흐르는 물가로 갔다. 몸을 닦고 난 그는 햇빛에 몸을 말리며 개울 옆에 있는 바위에 앉아 있었다. 햇빛에 반사되어 무엇인가 번쩍했다. 임실은 눈이 부신 쪽으로 시선을 돌렸다. 돌이었다. 다음 순간 그의 눈엔 그것이 돌이 아니었다. 자기가 모시던 흑치상지 장군과 사타상여 장군과 그리고 마지막으로 모셨던 지수신 장군의 얼굴로 변해 보였다. 그러나 햇빛에 반사되어 번득거린 것은 검회색빛 돌이었다.

임실은 조심조심 돌 앞으로 갔다. 그리 크지도 않은 돌이 산사태로 흘러 내려와 오랜 세월 속에 물에 씻긴 흔적이었다.

임실은 그 돌 앞에 합장을 하고 고갤 숙였다. 자신도 모르게 취해진 행동이었다. 합장을 하고 서 있는 임실의 손끝은 떨렸고 가슴은 까닭 없이 설레였다. 임실은 약초를 팔아 몇 개의 정과 망치를 마련해갖곤 매일같이 이 개울가로 나왔다. 그는 매일같이 맑은 냇물에 몸을 닦고 나서 그 돌을 갈기 시작했다. 돌을 닦고 있을 때마다 그의 눈앞에 떠오르는 것은 자기가 끝까지 모셨던 장군은 물론 많은 동료들의 모습이었다. 사람이란 죽으면 다 부처가 된다는 생각은 스님으로부터 배운 것이 아니라 암자에 기거하며 스스로 터득한 생각이었다.

돌의 생김새를 이용하여 임실은 대좌(臺坐)* 와 비신(碑身)을 같은 돌로 하기로 하고 먼저 부처님으로 모셔 앉히기 위해 앙련(仰蓮)** 자리를 마련했다. 이 자리 위에 보존여래상을 중심으로 양옆으로 두 여래상을 새겼다. 물론 그 세 분은 흑치상지 장군과 사타상여, 지수신 장군이었다.

삼존불을 새기고 나서 임실은 앞면과 측면과 그리고 뒷면에다 작은 여래좌상을 새겼다. 작은 여래좌상은 짚신팔이를 하던 문덕이를 비롯한 모든 동료들의 얼굴이었다.

임실의 손끝에는 굳은 못이 박혔다. 그러나 마음속에 쌓였던 울분

---

* 대좌: 불상을 올려놓는 대를 이르는 말로 상현좌, 생령좌, 연화좌 등이 있다.

** 앙련: 연꽃이 위로 향한 것처럼 그린 모양. 또는 그런 무늬.

과 고민은 여래상을 새기는 동안 하나하나 풀려나갔다. 언뜻 보면 그 여래상의 모습은 한결같이 다 같아 보였다. 그러나 그 하나하나가 달랐다. 임실이 비신에 여래상을 부각하며 고생한 점은 바로 그것이었다. 사람이 속세에 살 땐 다른 얼굴 모습과 함께 그 신분이 각기 다르지만 속세를 떠나 열반의 세계에 들어와 부처가 되면 그 모습이 다를 수 없었다. 임실은 삼존천불상을 지어다가 암자 앞마당에 세웠다. 비신 위에 놓는 천개석(天蓋石)*은 딴 돌로 했다.

스님은 이 비상을 암자 안에다 모시자고 했지만 임실은 암자 앞마당에다 세울 것을 생각하여 천개석을 올려 놓았던 것이다.

돌을 발견하고 비상을 암자 앞에다 세우기까지 꼭 일 년이 걸렸다. 임실은 자기가 만든 불상 앞에 합장을 하고 꿇어앉았다.

적군의 말발굽에 눌려 폐허가 되어 버린 조국의 산하를 굽어보며 땅에 묻혀 버린 동료들과 잠들지 못하는 망령들을 위로하며 살아갈 길을 생각하는 임실의 눈에선 뜨거운 눈물이 쏟아져 흘렀다. 스님도 임실이 꿇어앉아 있는 뒤에 서서 목탁을 두들기며 배례(拜禮)를 하였다. 천불상 앞에 꿇어앉았던 임실은 일어서서 스님 앞에 합장배례를 했다.

"스님, 임실이도 이제부터 속세를 벗어나 부처님을 모시고 산문(山門)**에 살고 싶사오니 머리를 깎아 주십시오."

스님은 천불상 앞에서 임실의 머리를 깎아 주었다.

---

* 천개석: 천장을 덮는 돌.

** 산문: 절 또는 절의 바깥문을 의미하는 말로, 절의 상징으로 쓰여 절을 뜻하기도 한다.

7

여대생의 말을 듣고 나자 아심 스님은 매암의 울음소리가 귀에 따가운 것같이 마음이 짜릿했다.

아심 스님은 푸르기만 한 하늘을 멍청히 바라보았다. 매암의 울음소리도 들리질 않았다. 모든 것이 정지해 버린 듯싶은 고요 속에 자기를 응시하였다. 생각은 옛날로 줄달음쳐 거슬러 올라가기만 했다. 삼팔선을 처음 넘었을 땐 지금 옆에 앉아 있는 여대생보다도 더 젊었었다. 아심 스님의 눈은 더 가늘어져 보이고 안면 근육이 경련을 일으킨 듯 떨었다.

바람 한 점 없이 내려쪼이는 무더위 속에 매암은 줄기차게 울어댔다. 그러나 아심 스님의 귀엔 그 요란스러운 매암의 울음소리가 들리지 않았다. 쉴새없이 돌리고 있던 염주의 손길도 멎었다. 해방 다음해 삼팔선을 넘어 올 때의 아심 스님의 본명은 정희(靜姬)였다. 소련군이 북한에 처음 진주했을 땐 공포 분위기였다. 여자들을 마구 겁탈한다는 소문이 떠돌았다. 그래서 정희네 집에서도 정희를 서둘러 월남케 했다. 그때 정희는 열아홉, 같이 월남한 약혼자 김동성(金東成)은 스물두 살이었다. 그들의 양쪽 가족들도 곧 뒤이어 월남한다고 했었지만 어떻게 된 영문이었던지 소식이 없었다. 피난민들이 매일같이 떼를 지어 월남해 오는 판이라 일자리를 구한다는 것도 그리 쉬운 일이 아니었다. 갖고 온 용돈은 그들이 자리도 잡지 못한 사이에 떨어지고 말았다. 하는 수 없어 약혼자 김동성은 군에 입대하였고 정희는 부모님들이 월남해 오기를 기다리며 친척 집에 몸을 의탁하였다.

국방경비대에 입대했던 김동성은 일본군에 복무한 경험이 있어 소위로 임관되었다. 임관이 되자 휴가를 얻어 찾아왔던 김동성을 만났을 때 정희는 비로소 자기도 어른이 된 것만 같은 기분에 마냥 기뻤고 즐거웠다. 휴가를 끝내고 부대로 돌아간 김동성은 개성 송악산 고지에 배치되었다. 배속되어 얼마 있지 않아 송악산 전투가 벌어졌다. 김동성 소위는 이 전투에서 전사했다. 백방으로 그 유해라도 얻으려고 했었지만 허사였다. 정희는 유해를 얻으려던 노력이 허사로 돌아가자 짐보따리를 싸들고 수덕사를 찾아오기에 이르렀다.

이십여 년의 세월 속에 잊어버리다시피 했던 약혼자 김동성의 초상이 지금 눈앞에 선했다.

아심 스님은 들고 있던 염주를 떨어뜨렸다. 이십여 년의 세월이 흘렀건만 김동성 소위의 모습은 스물두 살 때 그대로였다.

"스님……."

여대생이 부르며 떨어뜨렸던 염주를 주워 주었다. 아심 스님은 깜짝 놀라 합장을 하며 고갤 숙였다. 머리를 깎고 나서도 가끔 떠오르는 환상으로 아심은 마음의 번민을 되씹곤 했다. 불도에 들어선 지도 이십여 년, 나이도 오십을 바라보는 지금엔 세속 일로 마음의 번민이란 생각조차도 할 수 없었다. 그런데 우연한 일로 이렇듯 마음의 동요를 느끼게 되니 아심 스님은 두렵고 불안했다.

"학생……."

합장을 하고 있던 아심 스님은 나직이 여대생을 불렀다.

"네."

"이번 서울로 가는 길에 나와 함께 공주로 같이 가줄 수 없을까?"

"삼존천불상을 구경하시려고요?"

아심 스님은 조용히 고개를 끄덕거려 보였다.

"스님께서 의향이 있으시다면 동행해 드리죠."

아심 스님은 여대생의 뜻이 고맙다는 뜻에서 그녀의 흰 손을 꼭 쥐었다.

매암의 울음소리보다도 여치의 울음소리가 더 찢어지는 소리였다.

아심 스님이 들어가고 나서도 여대생은 툇마루에 앉아 울어대는 매암이와 여치의 소리를 들으며 혼자 뜻 모를 미소를 짓고 있었다.

8

공주 박물관에서 삼존천불상을 구경하고 돌아온 아심 스님의 일과는 달라졌다. 참선(參禪)이나 예불(禮佛)로 지내던 아심 스님은 초화(草畵)*의 붓을 들고 하루를 보내는 적이 많았다. 대자대비한 부처님의 모습을 그렸다. 임실이가 자기가 모시던 장군과 동료들의 넋을 위로하고 그들의 극락행을 축복하기 위해 삼존천불상을 새겼듯이 아심 스님은 탱화로써 추억 속에 잠들었다 깬 김동성 소위의 넋을 위로해 주고 싶은 충격을 받고 시작했었다. 그러니 참선이나 예불보다도 더 열심일 수밖에 없었다.

시왕초(十王草)·보살초(菩薩草)·여래초(如來草)·천왕초(天王草) 등 아심 스님은 누구에게 배우는 일도 없이 혼자 익혔다. 초화만 틀에 잡히

---

* 초화: 시험적으로 대충 그린 그림. 큰 작품을 제작할 때의 준비 단계로서 작은 종이나 천에 간단히 구도를 그려 보는 것이다. 불교 미술에서 초(草)는 일종의 밑그림 연습을 의미하는 말로, 단청과 불화를 그리는 금어(金魚)는 시왕초(十王草)와 천왕초(天王草), 여래초(如來草)를 약 3천 장씩 그린 후에야 비로소 불화를 그릴 수 있는 자격을 부여받는다고 한다.

면 채색(彩色)이란 그리 힘든 일이 아니다. 그러나 가는 붓으로 그 초화를 그리기란 그리 쉬운 일이 아니었다. 붓으로 긋는 선이 고르롭게 그어지지 않았기 때문이다. 아심 스님은 그 초화에 틈나는 대로 채색도 해보았다.

색깔에 원색(元色)과 조색(調色)이 있었다. 광물성(鑛物性) 또는 식물성(植物性) 색깔 등을 아교풀에 칠하면 되었다.

혼자서 익히는 탱화 작업이었지만 절에 드나드는 사람들의 입에 의해 아심 스님이 금어가 되려 수업을 한다는 소문이 퍼졌다.

절에 드나드는 신자들은 물론 스님들도 탱화를 구하려 했다. 그러나 아심 스님은 한 장도 그것을 내놓으려 하질 않았다. 스스로 생각해 볼 때 한 장도 만족할 만한 것이 없었기 때문이다. 그 만족할 만한 것이 없다는 것은 아심 스님의 마음속에 살아 있는 부처님의 모습이 뜻대로 구현되어 있지 않다는 걸 뜻했다.

아심 스님은 붓이 뜻대로 움직여지질 않을 때마다 홀연히 공주 박물관을 찾아가 삼존천불상 앞에 합장을 하였다. 부각되어 있는 여래상들은 크고 작든 간에 모두가 살아서 움직이는 것같이 느껴졌다. 그것은 임실의 정교한 기교라기보다도 그의 모든 정혼이 그 속에 깃들여 있기 때문이라고 생각하는 아심 스님은 절로 돌아와선 다시 붓을 들곤 했다.

여대생이 다녀가고 세 번째 맞는 여름이었다. 아심 스님은 어제에 이어 오늘 아침도 목욕재계(沐浴齋戒)를 하고 새 법의로 갈아입고 붓을 들었다.

지금 아심 스님이 그리고 있는 여래상은 보통 탱화와는 누가 보든 달라 보였다. 어제에 이어 오늘은 채색에 여념이 없었다.

아심 스님의 손길이 움직일 때마다 여래상의 모습은 돋보였다. 장단(章丹)·초청(初靑)·이청(二靑)·삼청(三靑)이 칠해졌고, 다시 황(黃)·양록(羊錄)과 주홍(朱紅)·석간주(石間朱)·분묵(粉墨)이 칠해지는가 하면, 육색(肉色)·다자(茶紫)·옥색(玉色)·지황(地黃)과 같은 조색으로 법도에 따라 공간이 메워져 있다.

그림을 한참 들여다 보고 있는 스님의 얼굴은 물론 손잔등에까지 구슬땀이 맺혀 있었다. 스님은 그런 더위까지도 잊고 있었다. 그대로 그림이 다 완성된 것이 아니다. 지금 스님이 잠시 붓을 놓고 있는 것은 그림의 가장 어려운 마지막 고비가 남아 있었기 때문이다.

스님은 수건으로 콧등과 손잔등에 내솟아 있는 땀방울을 닦고 나서 다시 붓을 들었다. 아심 스님이 든 붓은 부처님의 눈매를 그리고 있었다. 그 가는 붓이 오고 갈 때마다 부처님의 표정은 달라져 갔다.

개안미소(開眼微笑)…….

대자대비의 부처님이 비로소 눈을 뜨고 중생을 향해 가는 미소를 띠었다.

아심 스님은 붓을 놓았다. 그리곤 자기가 그린 여래상 앞에 합장배례하였다. 여래상은 지금까지 있어 온 부처님의 모습이 아니라 새로운 부처님의 얼굴이었다.

성북구 성북동

1

내가 태어날 무렵엔 고양군(高陽郡)에 속해 있었다. 그것이 서울시로 편입되어 성북구로 개편되었다. 성북구 성북동은 언제나 울창한 수목과 맑은 물이 흐르는 계곡과 성벽 밑으로 펼쳐진 언덕 뒤엔 항상 흰 뭉게구름이 떠 있었다.

산속에 네 계절은 항상 명확했다. 봄이면 양지바른 햇볕을 받아 새순이 돋아나고 싸리꽃이 피는 넝쿨 옆으로 포식한 산토끼들이 뛰어올랐고 햇볕이 따가워질수록 연약했던 새싹은 억센 잎으로 변했다. 매미의 울음소리는 옆 그늘에서 낮잠을 재촉하면 벌써 한여름이다.

문안에 사는 아낙네들이 함지박과 풍로를 갖고 와 계곡물에 발을 담그고 밀전병을 부쳐 점심 요기를 대신하며 하루를 즐기는 모습이 푸른 숲속에 백로가 내려앉은 것같이 한가롭고 아름다웠다.

머리 위에 이글거리던 태양이 그 궤도를 바꾸어 건너 쪽 언덕 삼선동 쪽으로 기울어지기 시작하면 산속에 부는 바람은 물기가 빠져 칼칼해진다. 풀잎이 마르고 나뭇잎이 물들기 시작하면 바람이 불 때마다 상수리나무 열매가 우박같이 떨어졌다. 다람쥐와 마을 어린이들은 도토리 줍기 내기라도 하듯 언덕을 뛰어내렸다. 계곡의 물은 하루하루 차가워지며 물줄기가 줄어들었다. 상현달이 올라앉은 산봉우리 위로 철새인 기러기 떼가 울며 북으로 날면 가을은 깊어 갔다. 그러던 어느 날 밤 낙엽 구르는 소리를 내며 싸락눈이 뿌리면 겨울이 시작되었다. 산속을 헤매는 것은 바람 소리뿐이다.

술에 취해 밤늦게까지 돌아오지 않는 주인을 기다리다 지쳐버린, 허리가 긴 누렁이라 불리는 수캐가 이런 밤엔 유달리 슬피 짖었다.

가루눈이 싸락눈으로 변하고 싸락눈이 함박눈으로 번져 휘날리기 시작하면 천지는 온통 뒤바뀌어지고 말았다. 이틀 사흘 끊이지 않고 내린 눈은 마을 사람들의 발을 묶어 놓았다. 지척인 문안도 멀고 먼 딴 세상이 되어 버리는 것이다.

동소문이 헐린 것이 어느 해인지 아득한 일이다. 무너진 성벽 사이로 신작로가 뚫리며 미아리 고개를 향했다.

성 밑으로 완만한 구름을 이룬 삼선동 일대는 자두와 복숭아나무로 가득 찬 과수원과 목장이 있었다. 이 목장이 폐쇄되면서 별장과 주택이 들어섰다. 이 무렵 성북동 골짜구니에도 큰 별장이 들어서기 시작했다. 문안이 지척이면서도 차단되었던 개화의 물결이 흘러들었다.

거리는 새로 닦은 신작로 주변을 따라 개발되어 갔다. 이 무렵부터 기계 문명이 시작되었다. 신작로 위에 쇠길이 생겼으니 전차 선로다. 돈암동 종점에서 종로 4가로 나가는 전차 소리에 알을 품던 산꿩과

뻐꾸기의 울음소리는 점점 멀어졌다.

거리가 급작스레 변하기 시작한 것은 전차 선로가 열리면서부터다. 공사장이 여기저기 생겼다. 공사장 주변에 선술집이 따라다녔다.

수목이 울창한 산속에서 태어나 획일적인 기와집이 마구 늘어나는 이 거리에서 나는 자랐다. 조용하던 성북구 일대도 바빠지기 시작했다. 화물을 나르는 트럭이 쉴새 없이 드나들었다. 자전거 수리점포가 생겨날 정도로 자전거를 타고 다니는 사람이 늘어났다. 자전거 수리점포 앞에 세워 놓은 남의 자전거를 대낮에 타고 줄행랑을 놓는 자전거 도둑이 생기기 시작했다.

우리들의 놀이터는 성북동 계곡에서 전차 선로가 있는 거리로 옮겨진 것이다. 공사장에서 버려진 쇠붙이와 나무토막 그런 것이 우리들의 유일한 장난감이었다.

인부들은 때를 가리지 않고 선술집에서 술을 마셨다. 싸움도 때를 가리지 않고 일어났다. 우리들은 그들의 싸움을 보며 철이 들었다.

아버지는 공사판을 전전하던 잡역부였다. 우리들이 공사판 주변에서 방황했던 것도 이런 관계가 컸다. 공사판 주변을 방황하는 꼬마들에게 유혹의 손이 뻗쳤다. 큰 가위 소리가 바로 유혹의 손길이었다. 밀짚모자를 쓴 건장한 고물장수는 우리들에겐 다시없이 마음씨 좋은 아저씨였다. 그는 우리들이 갖고 노는 쇠붙이와 엿을 마구 바꾸어 주었다. 우리들이 노리는 것은 공사판에 버려진 쇠붙이가 아니라 엿과 바꿀 수 있는 것을 훔치는 일이었다.

술집이 생기고 가게가 들어서고 시장이 번창해지며 지형은 바뀌고 사람의 마음도 변했다. 성북동 계곡에서 시작된 성북천이 오염되기 시작했다.

문안에서 천렵하러 나오던 여인들의 발걸음이 뜸해지자 개천을 뒤져 가재와 미꾸라지를 잡으러 다니던 애들의 모습도 개천가에서 보이지 않았다. 그래도 고추잠자리가 날았고 여치가 울었고 반딧불이 어둠 속에 환상의 세계를 수놓았다.

장터에선 싸움판이 항상 벌어졌어도 사람들은 타고난 영혼의 평화를 간직하며 체념 속에 분수에 맞는 생활을 만족해했다.

쳇바퀴모양 빨리 변하는 세상 속에서도 성북동 토박이들만은 변하지 않는 따스한 인정 속에 살았다.

조용한 일요일 아침이면 성북동 골짜구니에 서 있는 붉은 벽돌집 수도원을 향해 단정한 옷차림의 모습이 한가롭게 눈에 띄는가 하면 성북동 개천가에 서 있는 신교 예배당엔 장터 채소 가게 아주머니와 자전거포 젊은 부부 등이 애들을 앞세우고 모여드는 모습도 보였다. 그러는가 하면 초하루 보름이 되면 사주관상을 생업으로 하는 팔삭동 내외나 거리 할머니들은 돈암동 신흥사나 정릉 암자로 찾아갔다. 모두 복을 빌기 위해서다. 그러나 그들은 복이 어떤 것인지 명확한 개념도 없이 기도를 올리고 찬송가를 부르고 부처 앞에 합장을 하고 있어야만 마음의 평안을 찾을 수 있었다. 거리 속 저자에서 동분서주하는 것으로 호구의 수단을 삼는 그들에겐 일요일에나 초하루 보름이라고 늘 한가할 수는 없었다. 한두 주일은 물론 한 달 두 달도 건너뛰어야만 할 정도로 틈이 나지 않는 때가 많았다. 그럴 때마다 그들은 막연한 죄의식 속의 강박 관념에 사로잡혀 자신을 괴롭혔다. 그렇기 때문에 부처님 앞엔 한탄이 많았고 십자가가 있는 제단 앞엔 울음이 끊이질 않았다.

나의 소년 시절은 기쁨도 슬픔도 모르고 백중날엔 절간을 찾아가 배를 불리었고 크리스마스이브엔 예배당으로 가서 선물을 받았다.

장의사 간판이 나붙었고 약국이 생겼고 빅타사의 레코드를 파는 음반 가게가 생겼다. 우리들은 그 가게 앞에 진을 치고 지금은 흘러간 노래를 귀에 익혔다.

보통학교가 지어졌고 중학교가 생겼다. 쉴새 없이 공사가 계속되고 보니 아버지의 경기는 항상 좋았다. 저녁 늦게 집으로 돌아오는 아버지의 입에선 항상 술 냄새가 풍겼다.

불이 나면 문안에서 소방차가 달려왔다. 그러나 성북동 사람들은 문안으로 들어갈 일이 없었다. 간혹 호기심이 많은 늙은이들이 벼르고 벼르던 끝에 종로 야시장 구경을 하고 와서 진기한 얘기를 들려주면 며칠 동안은 그것이 화제의 중심이 되었다. 어느 해인가 돈암동 쪽 성북동 개천가에 서커스단이 온 일이 있었다. 이때만큼은 성북동 사람들이 온통 흥분하였다.

손님을 부르는 북과 나팔소리가 그런 것을 더 부채질했다. 서커스 구경은 낮보다도 밤이 더 볼 만했다. 카바이트 불빛 속에 전개되는 각종 묘기는 우리들에게 긴장감을 느끼게 했다. 서커스단이 떠난 개천가는 파장이 된 시장터보다 더 어수선했고 허전했다. 우리들은 그런 허전감을 풀기 위해 눈으로 익혀 두었던 그들의 재주를 그 공터에서 흉내 내며 뒹굴었다. 이때부터 나는 막연한 꿈을 갖기 시작했다. 나는 변성기에 들어섰다. 몰려다니던 친구들로부터 떨어져 혼자 풀밭에 앉아 멍청히 하늘을 바라보게 되었다.

제복이란 사람들의 눈길을 끌기 마련이다. 성북구 안에서 중학교 학생들을 빼놓으면 제복을 입고 다니는 것은 주재소 순사와 전차 차장과 우체부 아저씨들뿐이다. 우리 집 형편으로나 내 능력으로선 중학교 제복은 바랄 수 없는 환상의 세계였다. 공사 터에서 쇠붙이 한 개 훔쳐다 바꾸어 먹는 일이 없는 나였지만 순사는 겁을 주는 무서운 존재였다. 인간적인 친근감을 주는 것은 우체부와 전차 기관수와 차장뿐이었다. 큰 가죽 가방을 둘러멘 우체부는 아무리 어려운 한문이라도 척척 읽어내는 지식이 우러러 보였다. 돈암동 종점에서 전차가 서면 손님들은 모두 다 내렸다. 그 뒤로 따라 내리는 팔에 붉은 완장을 단 젊은 차장은 거리 음반 가게에서 유행하는 어떤 유행가를 휘파람으로 잘 불렀다. 제복과 챙이 빳빳한 제모와 휘파람에 끌려 나는 항상 차장의 꿈을 잃지 않았다.

우리들이 아는 것이란 성북동 관내에서 일어나는 일들뿐이었다. 세상은 전쟁이 터져 야단법석이었다. 그러나 그것은 내 어렸을 때 기억이 아니라 성년기에 들어서서 안 일들이다. 사실상 우리들은 종로 네거리에서 일어난 일도 모르고 지나는 형편에 먼 곳에서 일어난 전쟁을 알 까닭이 없었다. 그런 일들이란 성북동에 갇혀서 사는 우리들로선 알 까닭도 없었고 알 필요도 없었다. 그 무렵 내 자신이 가장 필요로 하던 것은 일자리를 얻는 일이었다.

유행가를 휘파람으로 마구 불러댈 수 있는 차장이 되려면 한전에서 치르는 시험을 쳐야 했다. 그러나 그것은 내 힘으로 감당해 낼 수 없으니 엄두도 내지 못했다. 집에선 어머님과 아버님의 눈치가 보였다. 손쉬운 일은 아버지를 따라 다니면서 바닥 일을 하는 것이지만 그것은 죽기보다 싫었다.

어느 날 나는 우연한 기회에 친구 소개로 돈암동 근처에 있는 조그만 주물공장에 화부(火夫)로 일자리를 얻었다.

공장 전체가 꺼스름투성이었다. 굴뚝도 그러했고 벽도 그러했다.

그런 곳에 장식품이란 녹슬은 쇠붙이뿐이었다. 나는 아궁이 앞에 서서 붉게 타오르는 불길을 향해 힘겹게 무거운 삽으로 석탄을 퍼서 집어넣었다. 그럴 때마다 검은 연기가 솟았고 불꽃이 튕겨 나왔다. 그때마다 나를 괴롭힌 것은 매연과 뜨거운 열기보다 검어지는 얼굴과 손이었다. 석탄가루는 피부에 그냥 묻어 있는 것이 아니라 피부로 스며들었다. 비누로 닦고 모래를 가져다 문질러도 스며든 검은 빛은 지워지질 않았다. 곧장 일을 마치고 다른 직공들은 비누로 얼굴을 씻으면 제 살결로 돌아가지만 나만은 그렇지 않았다. 씻어도 씻어도 지워지지 않는 문자…… 그대로의 오점이었다. 첫 직업 선택의 잘못을 후회했다. 마음은 항상 무거웠고 우울했다. 집으로 돌아가는 길은 큰길로 나서지 못하고 뒷골목 좁은 길을 택해야만 했다.

전쟁은 보이지 않았어도 전쟁의 분위기는 성북동 거리에도 날로 성숙해지기 시작했다.

무거운 짐을 진 사람은 나한테로 오라는 말의 뜻을 나는 알고 있었다. 우울하고 무거운 마음이란 무거운 짐이나 다를 바가 없었다. 이런 마음을 풀기 위해 보통학교 동창생인 김근호(金近湖)를 찾아갔다. 그는 성북천가에 있는 신교 목사의 아들이었기 때문이다. 나와 그는 너무 대조적이었다. 옷차림새부터가 그러했다. 동창생의 우정에 호소하여 고통스럽고 무거웠던 내 마음을 그에게 토로했다.

그는 호탕하게 껄걸 웃었다. 그러고 나서 하는 말이 괴롭고 무거운 마음을 고치기 위해 일요일마다 교회에 연보를 내고 자기 아버지한테 가기보다는 자기를 사귀면 일전 한푼 들지 않고 단시일 내에 거뜬히 고칠 수 있다는 것이었다.

그는 집에서도 어쩔 수 없는 인간이었다. 그에겐 일요일도 없었다. 머리는 상고머리로 깎았고 옷은 언제나 깔끔히 풀기가 가시지 않게 다려 입었다. 나는 공장만 파하면 저녁마다 약속한 뒷골목에서 그를 만났다. 그는 별로 말이 없었다. 입이 심심해서인지 '가이다'라는 담배를 붙여 물었다. 내가 담배를 피워 본 것은 이때가 처음이다. 우리들은 뒷골목 선술집으로 갔다. 그때 술맛과 계집이 무엇인지를 알았다.

그는 아버지의 핏줄을 이어받고 있었지만 아버지모양 하나님의 사도는 아니었다. 술에 취하면 아무 곳에서나 바지가랑이를 벌리고 소변을 갈겼다. 그리곤 주유천하(周遊天下)를 하려는 듯 게처럼 비틀거렸다. 교회에선 물론 집에서도 버림을 받은 자식이었다. 술이 취하지 않았을 땐 무신론자다. 무신론자라기보다도 하나님을 모독하는 언사를 서슴지 않았다. 그러나 술이 취하면 나를 껴안고 걸으며 무엇인가를 항상 중얼거렸다. 혀 꼬부라진 소리였지만 가끔은 정확히 들리는 수도 있었다. 내가 타고난 내 운명을 원망하고 한탄하는 대신 그는 세상을 원망하고 미래를 한탄하는 것이었다.

집과 사회에선 아무런 쓸모없는 인간 존재라 해도 과언이 아니었다. 게으르고 무능하고 부도덕한 인간이었다. 그런 인간이 왜 사귀면 사귈수록 인간적으로 느껴지는지 모를 일이었다.

전쟁 분위기는 더 짙어졌다. 전쟁에 나가는 것은 일본 사람만인 줄 알았는데 조선 사람도 가담해야 한다는 청천벽락이 떨어졌다. 이즈음 기독교 안에는 분열이 생겼다. 종교적인 교파의 분열이란 어느 시대 어떤 세상에도 있는 일이지만 이 문제는 달랐다. 딴 우상을 섬기지 말라는 하나님 앞에 신사참배(神社參拜)를 하느냐 안 하느냐는 문제다. 김근호의 아버지는 교목들 중 제일 선봉에 나서서 신사참배를 주장한 목사 중의 한 사람이었다.

집과 교회에서 버림받고 사회에선 쓸모없는 쓰레기 취급을 당하던 김근호가 하루아침에 성북구의 영웅이 되었다. 성북구 사람이라면 삼척동자까지도 그 이름을 알 정도로 그는 크게 부각되었다. 조선 땅의 영광이 성북구의 영예요, 김목사댁 자랑이라고 했다. 그가 제1기 조선 지원병으로 지원했기 때문이다.

나는 그의 모습을 근 사십 년의 세월이 흘렀어도 아직도 잊지 않고 생생하게 기억하고 있다. 그가 장도에 오르는 날 나는 그를 전송하기 위해 용산 병영 군문 앞까지 따라갔었다.

그의 눈은 크고 광채가 있었다. 그는 상대방과 얘기할 때는 물론 십자가 앞에서 하나님을 모독하는 언사를 희롱할 때도 시선을 떨어뜨리거나 눈을 감는 일이 없었다. 항상 상대방을 노려보는 눈길이었다. 그런 그가 군문으로 들어가는 날은 전송 나온 부모와 친지들 앞에서는 물론 군문을 걸어 들어갈 때까지도 눈을 감고 고개를 숙이고 우리들 옆을 걸어왔다.

해방 후 그의 아버지는 교목자의 명단에서 제외되었고 친일파에 몰리면서도 팔십 평생의 수를 다했지만 아들인 김근호는 지원병으로 나가 일 년이 못 되어 장렬히 전사했다는 신문 보도였다. 지금도 눈을 감고 고개를 쳐든 채 총탄에 맞아 쓰러지는 그의 모습이 환상으로 가끔 떠오른다.

나는 주물공장의 화부로서 현지 징용이 되었다. 내 평생은 매연에 가득 찬 이 주물공장에 발목이 묶여진 셈이었다.

전쟁이 계속되자 물자 부족으로 생활은 궁핍 상태로 빠져들었다. 물자 부족인데도 성북구는 발전되고 개발되었다. 성냥곽 같은 집장사 기와집이 수없이 늘어났다. 그 이유인즉 시골 부자들이 농토를 팔아 갖고 도시로 몰려들었기 때문이다.

양곡의 수탈, 노동력의 수탈, 세금 수탈 등으로 그들은 시골서 더 견디어 낼 수가 없었기 때문이다. 말하자면 시골 부자가 도시의 영세민으로 전락하여 자취를 감추는 수밖에는 없었기 때문이다. 그러기 때문에 성북구 안에선 일제 시대에도 왜색(倭色)이란 조금도 찾아볼 수 없었다. 그러나 일본인들이 동조동근(同祖同根)을 내세워 조선 사람을 일본 민족으로 동화시키려고 안간힘을 쓰던 때 그냥 버려둘 리가 없었다. 아사히오카(旭岳) 중학을 삼선동 끝머리 언덕에 자리 잡게 했던 것이 그 대표적인 공작의 하나였지만 좀처럼 일본 세력이 이곳은 침범하질 못했다. 아사히오카 중학의 후신이 오늘의 경동(京東) 중·고등학교다.

인간이란 환경에 따라 또는 나이에 따라 생활 양식이 조금씩 바뀌어지며 하루하루를 맞게 된다. 그러나 그것은 평화스러운 시대의 일들이다. 전쟁이 시작되거나 전쟁이 끝날 때는 역사란 격랑(激浪)의 조류 속에 급변하기가 마련이다. 우리 시대에 같이 산 사람들은 누구나 직접적으로 경험한 일들이다. 그것이 바로 세계 대전의 종전이요 우리나라가 맞은 해방이다.

세월이 흐르면 모든 일을 잊어버리기가 마련이다. 그러면서도 지워지지 않는 기억이 있다. 그런 기억들이란 평소엔 잠재되어 있다가도 어떤 기회에 되살아나기 시작하면 연쇄적인 폭발을 일으킨다.

우리들이 살았던 암흑의 계절 속에 해방을 맞게 되었던 시대의 환희 같은 것이 마치 바람이 잘 통하는 나뭇가지나 골목에 거미가 사람의 두뇌로서는 풀 수 없는 불가사의한 줄을 그어 둥우리를 치듯 술을 마실 때나 또는 오래간만에 만난 친구와 얘기를 주고받을 때 우연히 떠올라…… 반복되는 수가 많다.

해방은 조용하던 성북구에도 큰 변화를 가져다주었다. 그 변화의 파문은 나에게도 미쳤던 것이다. 주물공장의 폐쇄로 나는 직장을 잃게 되었다. 그때에 있어선 그런 것은 별로 문젯거리가 아니었다. 일신상의 조그만 걱정보다는 민족적인 큰 기쁨이 있었기 때문이었다.

누구나 흥분하였고 누구나 기뻐하였고 누구나 감격하였다. 서로가 위로하였고 서로가 격려하였고 서로가 합심하였다. 그러나 인간의 관념이나 행동은 같은 주파수로 지속될 수는 없었다. 세월이 흐르면 흥분은 가라앉고 기쁨은 변하고 감격은 사라지기 마련이다. 열이 오르면 물이 뜨거워지고 열이 식으면 물이 차가워지듯이 뜨거운 감정이 식으면 차가운 지성을 발단으로 판단이 고개를 드는 법이다. 판단 앞엔 무분별이 있을 수 없다. 명분을 내세워 분별을 찾으니 모함이라 하고 모함이 있으니 분열이 생겼다. 환희의 수렁이 혼돈과 혼란의 도가니로 변했다. 이때 큰 별이 성북구에 나타났다. 혜성이 보였다. 자취를 감추는 별이지만 이 별은 북극성과 같은 존재였다.

전라도 큰 부자가 일제의 지방 학정에 견디지 못하여 가산을 정리하여 돈암동 신흥사 앞쪽 언덕에 크고 아담한 건물을 지어 돈암장이라 하였다. 해방 후 이승만 박사가 미국으로부터 환국하자 그는 그곳을 그의 거처로 제공했다. 이로 인하여 성북구는 한때 서대문의 경교장과 함께 정치인들의 중심지가 되었다. 성문 밖 버려졌던 변방이 하루 사이에 중심가로 바뀌어진 것이나 다름없었다. 그러나 성북구 성북동 뒷골목에 사는 사람들의 생활에 변동이 있을 수 없었다.

품팔이꾼은 징용으로 일본에 끌려갔다 돌아왔어도 품팔이꾼이요 선술집 해장국 아주머니는 그대로 선술집에 남아 있었다. 성북구 토박이들은 하나도 변한 것이 없었다. 그러나 성북구는 변했고 변해가고 있었다.

성북천에 펌프를 박고 염색을 시작한 아저씨와 아주머니가 새로운 얼굴들이었고 껌을 팔러 다니는 소년 소녀 보지 않던 얼굴들이었고 상자를 둘러메고 구두를 닦으러 다니는 슈샤인 보이라는 새로운 직업이 생겼고 선술집에서 젓가락으로 술상을 두드리며 낙화유수를 노래하던 아가씨가 머리를 지지고 루즈를 바르고 뒷굽이 높은 구두를 신은 양장미인으로 변하여 지나가는 미군 지아이(G.I.)에게 헬로라고 소리치는 새로운 풍경이 생겼다.

주물공장에서 무거운 삽으로 석탄가루를 퍼서 아궁이에 던져 넣던 나는 그동안 팔뚝도 굵어지고 키도 훤칠하게 자라 겉으로 보기엔 나무랄 데 없는 이십대 중반의 청년으로 성장하였다. 일본군이 패망하고 일인들이 물러가서 사회 각 방면에 많은 인력이 필요했지만 주물공장에서 실직을 한 나 자신은 떨어져 나간 녹이 슨 쇠붙이모양 쓸모가 없었다. 아무리 녹이 슨 쇠붙이라 해도 불에 달구어 녹여 쇳물로 만들면 어떤 형태의 물건으로든지 재생(再生)될 수 있다. 그러나 나는 그러질 못했다. 영혼의 재생은 가능해도 인간의 재생이란 불가능하다는 것을 나는 처음 느꼈다. 탕자로 방황하던 아들이 돌아와 교목이 되었다는 것은 영혼의 재생을 뜻하는 것이지 인간의 재생은 아니다. 제복에 대한 동경은 이때 산산이 부서지고 말았다. 한전에 들어가 전차를 몰기에는 손가락이 너무 굵어졌고 민중의 지팡이인 순경이나 배달부가 되기엔 머리가 너무 굳어진 때였다. 강제로 일본군에게 끌려갔다 돌아왔다면 국방 경비대에 지원하여 해방된 방패로 일하는 초년병으로 뻗어 나갈 수 있었지만 그것조차도 나에겐 몫이 돌아오질 않았다. 절망의 나날을 보내야 했을 그런 곤경이었지만 그렇다고 절망에 빠졌던 기억은 떠오르지 않는다. 주위 환경이 나로 하여금 절망의 수렁 속을 헤매는 느낌을 주지 않았기 때문일 것이다. 혼란과 혼돈의 소용돌이 속에 말려들어 하루하루를 살아가는 사람들이었지만 절망하는 사람은 없었다. 모든 것이 벅찬 희망 속에 들떠있었다. 오히려 지나치게 들뜬 희망이 혼란과 혼란을 불러일으킨 요인이 되었는지도 모른다.

성북구에도 자위대가 조직되었고 그것이 흩어지고 나자 청년회지부가 생겨났다. 비록 제복을 입지 않았어도 팔에 완장을 두르고 나는 청년회의 일원이 되었다.

제복은 못 입었을망정 완장을 두르고 군화를 얻어 신고 구령에 움직이는 조직 속의 한 사람으로 인정되었을 때의 내 가슴은 터질 것같이 뻐근해지는 기쁨을 만끽할 수 있었다. 나는 가끔 이승만 박사가 투숙하고 있는 돈암장의 경비를 보았다. 그러나 우리들은 담장 밖에 서서 지켰을 뿐 담장 안으로의 출입은 할 수 없었다. 나는 그때 권력과 영광의 무지개가 얼마나 눈부시게 아름다운 것이라는 것을 알았다.

내게 일생을 통하여 무위도식으로 허송세월을 한 것은 완장을 두르고 군화를 신고 일없이 동분서주했던 그 시절이다. 무엇이 나를 그렇게 만들었는진 몰라도 나는 공손치 못하고 거친 성격이 되어 누구에게나 대들었고 마구 주먹을 휘둘렀다. 그 후 얼마 있지 않아 청년단은 해체되었다. 해체되었다기보다도 딴 이름으로 개편되며 나는 탈락되고 말았다.

혼란과 혼돈 속에 세상은 기준을 잃어버리고 말았다. 저마다 애국

자요 저마다 정의를 내세우지만 척도가 없이 정해진 애국이요 정의였다. 모두가 정상적인 사람이지만 모든 사람이 비정상적인 사람인 것 같았다. 모든 사람이 몽유병 환자모양 제정신이 아니었다. 거리 질서도 완전히 파괴되고 말았다. 조그만 공터에 하룻밤 사이에 판잣집이 들어섰다. 성북동 양쪽으론 새로운 판자촌이 생겼다. 막을 법도 없었고 제지할 힘도 없었다. 모두가 다 해방된 자유민의 규범이 없는 행동이었다.

새로운 별이 보여 새로운 세상이 전개될 것을 지상의 많은 지도자들은 예언하였지만 역사의 수레는 예언대로의 궤도 위를 굴러가지 않았다. 굴러가지 않는 역사 위에 정체가 있을 뿐이었다. 정체는 부패를 낳고 온갖 잡균이 번식하였다.

매춘의 웃음, 관능의 광란, 외설의 성병…… 아메리카는 젊은 지아이들을 보호하기 위해 페니실린의 홍수를 가져왔다. 새로운 재난의 시대가 시작되었다.

홍수 시대에 방주를 타고 살아남은 노아의 가족이 있었듯이 운명적으로 결벽과 정직한 사람은 새 시대에서 소외된 이방인이 되었다. 그런 성북구 토박이들은 사회적으로나 역사적으로는 별로 중요한 존재들이 되지 못했다. 그들은 사회로부터 받은 상처와 시대로부터 입는 역사적인 고통 속에 신음해야 했다. 이런 일이란 비단 성북구에 사는 토박이들뿐이 아니라 어느 시대 어느 세상에 산 사람들이건 기록된 역사의 영광된 빛에 가려져 영원히 보여지지 않은 채 사라져 버린 것이다.

단장의 미아리 고개라는 흘러간 노래를 들을 때마다 새로운 환상 속에 사로잡히게 된다. 적군의 남침을 받았을 때 그들의 군화에 제일 먼저 짓밟힌 곳이 성북구다.

목이 메도록 군가를 부르며 적을 맞아 응전했던 우리 국군은 돌아오지 않은 채, 따발총을 거꾸로 멘 그들이 성북구로 진격해 왔다. 하룻밤 사이에 바뀌어진 세상이다. 적군이 진격해 오는데도 라디오는 서울을 사수할 터이니 시민은 동요하지 말라고 방송되었다.

밤마다 어둠 속에 울려 퍼지는 따발총성은 가슴마다 불안을 안겨다 주었다. 그래도 날은 다시 밝았고 해는 다시 떠올라 새로운 질서가 생기기 시작했다. 새로운 질서를 서두는 사람들은 붉은 완장을 단 젊은 측들이었다. 그들 중엔 내 옛 친구들도 있었다. 나는 이 민청대대원들에게 체포되었다.

처음에 나는 자신이 체포된 이유를 알지 못했다. 보안대로 넘겨지면서 밝혀진 것은 내가 청년회의 회원이었다는 이유였다. 나는 내 행동에 조금도 후회하지 않았다. 그것은 내가 스스로 선택했던 행동이었기 때문이다.

단장의 미아리 고개라는 흘러간 노래가 왜 오늘날까지 우리들의 심금을 울려주고 있는지 그 이유를 나는 잘 알고 있다.

우리들은 같은 오랏줄에 묶여 걸어서 그 고개를 넘었다. 노소를 가리지 않고 사회적인 명분과 지위도, 구별 없이 우리는 같은 이름의 반동이라는 죄목으로 죽음의 행진을 해야 했다. 늙은이도 있었고 병약자도 있었고 제대로 몸을 가누지 못하는 사람도 있었다. 총대를 겨누고 있는 그들은 우리를 마소모양 끌고 갔다.

죽음의 행진 속에서도 나는 항상 꿈을 잃지 않았다. 이런 불행 속에서도 내가 꿈을 잃지 않을 수 있었던 것은 성북구 성북동 산속에서 태어나 성북구 거리에서 자랐기 때문이라고 나는 생각한다. 그러기 때문에 나는 오늘날까지도 성북에 대해 감사하는 마음을 가지고 있다.

희망을 가진다는 것은 인생을 살아가는 데 있어서 퍽 중요한 일이다. 희망은 어떤 기회에 엉뚱한 모험을 생각케 하기 때문이다. 죽음의 행진 속에서의 모험이란 탈출이다. 나는 나를 묶어 총대로 위협하고 감시하며 이끌고 가는 전사에 못지않는 강인한 체력을 가지고 있다는 자신감을 갖고 있었다.

38선을 훨씬 넘어선 그들의 감시도 점점 소홀해졌다. 뿐만 아니라 밤과 낮을 가리지 않고 추격해 오는 아군 비행대의 폭격은 그들을 위협하였다. 그들은 우리들을 감시해야 한다는 책무에 앞서 자신의 생명을 보존하려는 본능에 급급했다.

말하자면 죽음의 행진을 계속하는 동안은 내 인생에 있어서 하나의 형기(刑期)와 다름없었다. 그 시절 나는 미래라고는 아무것도 없는 그 시간 그 자리에 목숨이 붙어 있음으로써 존재할 따름이었다. 그들이 나를 어떻게 취급하건 나는 누구도 증오하고 싶지가 않았다. 그러면서도 유일한 희망은 항상 잃지 않았다. 우리는 과거 오랜 세월을 전쟁 속에 지냈다. 그러면서도 전쟁의 고통이나 아픔 같은 것이 어떤 것인지를 경험하지 못했던 재난을 체험하게 되었다.

존재하는 순간순간을 이어갈 수 있었던 것은 앞에서 말했듯이 희망이 있었기 때문이다. 그러나 그 희망이란 거미줄모양 가늘었고 질기질 못했다. 거미줄에 곤충이 걸리면 상하지 않았지만 참새라도 걸려들면 끊어져 버리고 파괴되고 마는 것이다. 그러기 때문에 내 희망은 거미줄 같았다. 어떤 사람은 고통스러울 때마다 나무아미타불을 외웠고 어떤 사람은 예수 그리스도나 마리아를 중얼거리며 고통을 참고 있었다. 내가 거미줄 같은 희망에 몸과 마음을 기탁하듯이 그들은 만사를 거기다 맡기고 마음에 안정을 찾고 있었다. 그러한 우리들은 바깥 세계와 마음속의 내부의 세계를 달리하고 있었다. 물론 이런 겉과 속이 다른 몸과 마음가짐새를 한다는 것은 이중인격자들의 소행이라고 할진 몰라도 우리 같은 경험을 가져보지 못한 사람들로선 이해가 가지 않을 것이다. 나는 이 재난 속에서 새로운 인간상을 볼 수 있었고 그런 인간에게서 많은 것을 배웠다. 그런 배움 속에서 나는 항상 고독해야만 했다.

사람의 마음속에 신과 악마가 같이 존재한다는 말의 뜻을 이때 깨달았다. 말하자면 선과 악은 종이 한 장 차이에 불과했다.

선의 탈을 썼을 땐 신과 같이 돋보였고 악의 가면을 썼을 땐 인간보다 못하게 보이는 이름 그대로 악마로 변하는 것이었다.

사람이란 누구나 어느 순간이든 죽어 버리는 것이다. 지금이건 내일이건 혹은 백 년 후이건 죽기로 약속되어있는 것이다. 우리의 생에 영생이란 있을 수 없는 것이다. 그러나 인간이란 오늘보다도 내일, 내일보다도 백 년 후로 죽음을 피해 보려고 한다. 그것이 본능적이건 의식적이건 간에 그것을 바라고들 있다. 그렇다고 그것이 뜻대로 피해지는 것은 아니다.

전능한 하나님의 힘이 우리들을 재난 속에서 구해 주는 이적이 일어난 것을 믿었던 목사가 있었다. 그는 정열이 있었고 신념이 있었고 용기가 있었다. 우리들은 죽음의 행렬 속에서 그를 존경하였다. 그런데 그가 행진을 계속하는 사이에 완전히 변했다. 변했다기보다도 딴 사람이 되어 버렸던 것이다. 그의 신앙이 바뀌어지고 행동이 달라지고 말았다. 그가 말하는 내용은 감시원들이 휴식 시간마다 우리들에게 퍼붓던 설교보다도 더 색깔이 짙었다. 사람들은 수군거리기를 신은 죽었고 목사는 유다가 되었다고 했다. 그의 변절은 누구도 알 수 없는 일이었다. 그것이 또 하나의 신의 섭리라면 그 일은 신만이 아시는 일일 것이다.

어떤 관념을 바꾸지 못하여 백치모양 죽어 간 사람도 많았다. 도망칠 길이 없을 땐 백치모양 뜻 모를 웃음을 얼굴에 그리며 숨을 거두는 모습이 오히려 엄숙하고 경건해 보였다.

우리들의 탈출은 구사일생의 기회였다. 그러나 그것은 우리들의 힘에 의한 것이 아니라 연합군과 국군의 진격에 의한 것이었다.

생각하면 한 사나이의 일생을 통하여 생기는 일과 체험할 수 있는 일들이란 전연 예기치 못한 불가사의한 일들의 연속이라 해도 과언이 아니었다. 그것은 비단 나 자신만이 아니라 18세기 무인도에서 구출된 로빈슨 크루소를 비롯하여 나와 같은 세대를 산 많은 사람들이 겪은 시련이었다. 무인도에 표착하여 28년이라는 세월을 산 로빈슨 크루소가 결코 불행하지 않았듯이 죽음의 행진으로 끌려갔던 우리들도 지금 와서 생각하면 행복했던 것은 아니지만 그렇다고 불행했던 것만도 아니다.

내가 성북구 성북동으로 돌아왔을 땐 많은 것이 변해 있었다. 물론 중심가에 비하면 덜 파괴되어 있었지만 옛 모습은 아니었다.

아버지는 기아로 굶어 죽었고 어머니는 정신 분열증으로 가출한 채 돌아오지 않았다. 보상받을 길 없는 엄청난 피해의 그늘 속에서도 살아남기 위해 악착같이 노력을 했다.

파괴된 폐허 속에서도 제일 먼저 복귀된 곳은 교회의 예배당이었다. 그들은 성경책을 무료로 돌려주고 교회로 나오기를 권했다.

우리들은 전쟁에서 많은 것을 잃었다. 생명을 잃었고 재산을 잃었고 형제를 잃었고, 믿음을 잃었다. 남은 것은 알몸뿐이었다. 그 알몸을 구원받으려고 교회로 나가기엔 교회 자체가 사치스러웠다.

승리가 없는 정전이 되자 피난을 나갔던 사람들이 각처에서 모여들었다. 파괴되지 않고 남아 있는 건물로서는 그들을 수용할 능력이 없었다.

환도란 정부 기관만이 서울로 돌아오는 것이 아니다. 거기에 따르는 모든 부대 기관과 인원이 인파를 이루었다.

학교 같은 공공건물엔 주둔군이 점령하고 있었다. 마비된 행정 기능으로 그런 것을 복귀시키기란 지나칠 정도로 힘겨웠다.

공터마다 판잣집이요 판자촌이 늘어갔다. 공터에도 인연이 있는 사람이나 가건물을 지을 수 있으니 나머지 사람들은 공공 부지나 국유림을 파헤치기 시작했다. 성북구라고 예외일 수는 없었다. 주둔군이 학교 건물을 쓰고 있으니 개교를 서두는 학교들은 시청의 양해를 얻어 공유지에다가 교실을 지었다. 서울 일원은 넝마를 기워 놓은 것이나 다름없었다. 사람들은 다시 원시 시대로 돌아간 느낌이었다. 살인, 강간, 근친상간, 임질, 매독, 각종 전염병이 도는 가운데 허탈과 불안과 과대망상증으로 인한 정신 분열과 그런 속에서도 요행을 바라는 사행심과 부모형제의 생사를 모르는 절망이 원시적인 신비의 예언을 믿게 되니 부적과 주문이 범람하여 성북동 산골짜기와 돈암동 일대엔 유사종교와 복술가가 성시를 이루게 되었다.

거리엔 의족(義足) 부대 또는 의지(義肢) 부대가 늘어나기 시작했고 그들은 동정을 구하는 것이 아니라 참전했던 영광의 부활을 요구하고 나섰다.

성북구 한복판에 서서 사면을 둘러보면 산이다. 그러나 그 산에 판자촌으로 넘쳤다. 판자촌에 상하수도가 있을 리 없었다. 전쟁의 직접적인 피해보다 붐비는 피난민으로 무질서가 더했다. 그래도 성북구 한가운덴 조그마한 섬 모양의 녹지대가 있었다. 그중 양지바른 언덕엔 이승만 대통령의 동상을 제작하는 아틀리에를 짓는다는 명목으로 마구 파헤쳐지고 그곳에 육중한 건물이 들어섰다. 그 뒤를 이어 교회가 생겼고 권력층의 저택이 들어섰다.

서울시로부터 국유지를 불하 맡아 건물을 지었으니 그들에겐 법적인 하자가 있을 리 없었다.

경제는 혼란에 빠졌고 정치는 부패로 독재가 강화되어 전후 복구비로 받아 들여오는 원조는 권력과 기업이 결탁하여 분배하는 꼴이 되어 버렸다.

성북구는 어두운 밤이 계속되었다. 어떤 종말이 올 것 같은 예감이 들었다. 예감이라기보다는 성북 안에 사는 사람들은 그것을 바라고 기대하였다.

또 하나의 새로운 별이 나타났다. 사람들은 환호하였다. 그러나 그 별도 신시(申時)에 보였던 별과 함께 쉽게 사라지고 말았다. 한 사람은 유세 도중 쓰러졌고 그분은 미국 육군병원에서 위 수술을 하고 불귀의 객이 되었다.

나라에도 운이 있듯이 정치에도 운이 따라야 한다고 수군거렸다. 그러나 그가 뿌려놓은 씨앗은 헛되지 않았다. 그 증거로서는 야도여촌(野都與村)이라는 새로운 말을 만들어 냈기 때문이다.

선거는 여러 번 되풀이되었다. 성북구 산동네에 사는 우리들에게는 제일 먼저 그 바람이 불어오곤 했다. 생활필수품은 각종 특권이 그때마다 상품모양 할당되었다. 판자촌을 헐지 않는다는 공약도 있었고 상수도를 끌어 올려 준다는 다짐도 있었다.

성북구 주민들은 지혜로운 사람들이었다. 받을 것을 다 받고도 표만은 여당에게 넘겨주지 않았다. 그러기 때문에 성북구는 아무런 발전도 없이 옛 모습 그대로를 지키며 옹기종기 한 골목에서 살아야 했다.

성북구는 정치의 중심가도 아니요 상가 지역 아닌 일제 말기 집장수들이 규격에도 맞지 않게 다닥다닥 붙여 지은 한옥이 태반인 주거 지역이다.

돈암시장이 있고 삼선시장이 있다. 이십여 년 전이나 지금이나 성북천 개천가에 정리되지 않은 채 소매상이 아니면 노점상으로 통로를 메우고 있었다.

선거를 몇 번 치르고 혁명이 몇 번 일어나는 동안 성북구의 지형은 바뀌어지고 말았다.

판자촌이 양성화되었다간 다시 묶이고 묶였다간 다시 풀리는가 하면 개발이란 명목으로 성북동 산허리까지 깎아내려 성낙원이란 신흥주택 지대가 생겼고 삼청동 쪽으로 통하는 언덕엔 깎아 놓은 주택지가 붉은 등을 내놓고 아직도 건물주의 손이 오기를 기다리고 있다. 이런 일이 되풀이되는 동안 그쪽에 있던 판잣집과 가건물들은 헐려져 특권층의 주거지로 화해 버렸다.

삼선시장과 돈암시장이 영세성을 면치 못하고 기울어 가는 이유도 성북구 성북동에 사는 자가용족이 발길을 끊었기 때문이다. 그리고 보니 돈암동과 삼선동 일대의 상권은 신흥지구로 발전하는 미아리와 길음동으로 어느 사이엔가 옮겨지고 말았다.

성북구민들의 휴식처로 개발되어야 할 반반한 녹지대는 모조리 부유층의 주택지대로 화하여 담은 형무소 담보다도 높아 시야를 차단하고 있다. 이런 현상이 북악산 턱밑까지 몰고 올라가 있다.

성북동에서 삼선교 쪽으로 흐르는 개천가에 서 있던 공동변소마저도 없어졌으니 성북동 안엔 공동변소란 눈을 비비고 찾아볼래야 볼 수 없는 형편이다.

공원이 없으니 여름이면 행길가에 돗자리를 깔고 더위를 식히는 모습을 여기저기서 볼 수 있다.

성북구 골짜구니에 풍기던 모기향 냄새 대신 오염된 하천의 악취가 가슴을 답답하게 한다.

밤이면 무수히 하늘을 스치고 지나가던 은하의 별들도 이젠 더러워진 대기에 가려져 보이지 않는다. 별이 없는 하늘이 되고 보니 요즈음 어린이들은 땅을 바라보고 달음질치고 있다.

민첩한 고추잠자리의 곡예도 이제는 찾아볼 수 없게 되었으니 요즈음 어린이들은 요란한 비행편대를 바라보며 놀라고 있다.

환상의 세계로 이끌어 주던 반딧불도 소멸되어 요즈음 애들은 교통신호의 푸른 빛을 보고 방황하고 있다.

산비둘기 울음소리에 아침잠에서 깨어 눈을 비비고 일어나건만 요즈음 애들은 스피커의 목쉰 소리에 놀라 신경질적으로 울고 있다.

가재와 개구리와 미꾸라지가 자취를 감춘 성북천엔 하루살이와 모기와 불나방들의 성충이 우글거린다.

산접동과 부엉이의 울음소리를 듣지 못한 소년 소녀들은 카세트 녹음을 들으며 창가에 앉아 발을 버둥거린다.

산꿩이 날아와 알을 품지 않으니 어린애들은 수탉을 산꿩으로 알고 있다.

성북구 성북동은 원시적이요 전원적인 것을 다 잃어버리고 낙후된 현대 문화의 뒷전에 앉아 병들기 시작한 지 이미 오래다. 그래도 성북동 어느 숲속에선 여름이면 목이 메어 울어대는 매미의 울음소리가 있어 추억을 되씹게 하고 있다.

제비가 날아오지 않으니 참새 떼뿐이 제 세상을 맞고 있다.

인스턴트 식품의 발달로 보리 냉차를 팔던 아주머니와 아이스케키 통을 짊어지고 골목을 누비던 소년들과 큰 가위 소리를 흔들어 어린이들의 마음을 설레게 하던 엿장수 할아버지의 모습과 겨울밤이면 메밀묵과 찹쌀떡을 사라는 고학생의 고함소리도 사라진 성북동 골목 안은 밤마다 통금에 쫓겨 허둥대는 서민들의 강박감만이 긴장감을 더해 줄 뿐이다.

오염된 성북천이 더럽다고 부분적으로 복개되었고 복개된 그 위엔 허술한 상가아파트가 세워졌다. 나는 지금 이 상가에서 가게의 일부를 얻어 지금까지 복덕방을 경영하며 연명하고 있다.

친지들도 이젠 대부분 저승길에 올라 있다. 60고개를 넘어선 지도 오래인 나는 하루에도 몇 번씩 오늘의 시점이나 내일을 생각하기보다는 지나온 과거를 생각해 보는 일이 더 많다.

권력이 남용된 흔적이 여기저기 남아 있어 눈에 거슬린다. 같은 번지 속에 수백 세대가 살고 있는 무질서의 혼란이 정돈되기엔 장구한 세월과 조직적인 계획이 없이는 이루어지기 어려울 것이다.

단장의 미아리 고개 밑으로 지하철이 시공되어 교통이 날로 혼잡을 되풀이하고 있다.

나뭇가지나 골목 구석진 곳에 걸려 있는 거미줄이 언뜻 보기엔 무질서한 것같이 보여도 그것이 규격화된 모양으로 정연하게 꾸며져 있듯이 규격화된 도시 계획이 있어야 할 것이다.

화무십일홍(花無十日紅)인 줄 알면서도 쥐꼬리 같은 권력을 쥐기만 하면 휘두르는 지혜롭지 못한 행정의 독선이 백 년 앞날을 그르칠 수는 없는 노릇이다.

옛날엔 고양군에 속해 있던 돌봐지지 않던 변두리 땅이었지만 지금은 어엿한 수도 서울의 행정 구역에 속하는 성북구다. 그렇다. 성북구는 수도 서울이다. 비록 탈락된 문화의 뒷전에서 서성거리고 있다 해도 수도 서울임에는 틀림없다.

외국 손님을 맞아들이는 서울의 관문은 아니라 해도 제대로 된 도서관이나 문화극장이 없다 해도 성북구는 수도 서울의 행정 구역에 속하고 있다. 보잘것없는 품팔이꾼의 아들로 대를 이어 성북구 성북동에 태어나 서울 시민이듯이 성북구는 수도 서울에 속한다. 제대로의 교육도 못 받고 항상 인생의 그늘진 뒷길에서 걸으며 살아 오늘에 이르렀어도 나는 성북구 주민이 틀림없다. 많은 사람이 죽어갔고 많은 사람이 태어났고 많은 사람이 이사를 했고 많은 사람이 전입을 해왔어도 성북구는 성북구로 변함이 없다.

어두운 뒷거리에 노점이 있고 선술집이 있고 아직도 펄럭이는 카바이트 불빛이 지나간 옛날을 되살려 주고 있다.

아무런 변화가 없는 것같이 보여지는 속에 성북구가 파괴되고 오염되었듯이 날로 변해가고 있는 것이 성북구다. 맑은 개천이 마르고 푸른 녹지대가 사라져 가고 있다.

나는 가끔 번잡한 교통을 피하여 성북동 뒷골목을 걷는다. 시간과 공간을 초월한 18세기 로빈슨 크루소가 표류했던 무인도에 표박한 것 같은 불안을 안고 별이 보이지 않는 하늘을 바라다본다.

별 하나 나 하나 별 둘 나 둘…….

나와 어린 내 어린 친구들이 하늘의 별을 세어 보며 성북동 골짜구니를 걸었듯이 소리 내어 별을 세어 보지만 어느 하늘에도 별은 보이지 않는다.

별 하나 나 하나 별 둘 나 둘…….

별도 없어지고 나도 사라져 가는 성북구 성북동 뒷길에 서서…….

안개거리

1

H방송국 〈한밤의 여심〉에선 그동안 전화로 신청곡을 받아 가벼운 해설과 함께 방송하였다. 그런데 이달부터는 방송 내용이 약간 바뀌어져 고독한 여인, 또는 고민하는 여심을 위해 편지로 상담을 받아, 방송할 수 있는 것은 방송으로 알리고 방송으로 어려운 것은 편지로 답장을 주기로 했다.

첫날인데도 불구하고 테이블 위엔 아침에 받은 편지가 근 오십 통 가깝게 쌓여 있었다.

〈한밤의 여심〉 담당자인 오하인은 테이블 위에 놓여 있는 순서대로 편지를 읽곤 옆에 있는 쓰레기통에 던졌다.

대부분의 편지가 별 가치도 없는 농담이 많았기 때문이다.

예를 들어 〈한밤의 여심〉 담당자의 나이는 몇 살이며, 결혼은 언제 했는지, 또는 매력 있는 음성의 소유자라는 둥, 시간을 내어 커피나 한잔 같이하자는 등 우편 요금이 아까울 정도의 내용들이었다.

오하인은 기지개를 켜며 군입을 다시곤 테이블 위에 있는 담뱃갑을 집어 담배 한 대를 뽑아 피워 물고 다음 봉투를 뜯어 읽었다.

〈한밤의 여심〉 선생님께,

세상에 저와 같은 불행한 소녀는 없을 것입니다. 저는 고등학교 2학년 16세의 소녀입니다. 가끔 저는 부처님 앞에 제 고민을 하소연해 보았습니다만 아무런 응답도 받지 못했습니다. 저의 부모님은 제 고민을 알고 계십니다. 그러나 부모님의 힘으로는 해결될 수 없는 저만의 고민입니다.

지금까지 저는 제 자신의 일로 별로 고민해 본 적이 없습니다. 중학교 3학년 때까지는 저도 명랑한 소녀였습니다. 그런데 고등학생이 되고 나서부터 고민이 점점 더해져 요즈음은 밤을 꼬박 새우는 때가 많습니다. 밤을 새우고 난 다음 날은 더 우울해질 따름입니다.

유치원 시절은 물론 국민학교 때만 해도 저에겐 짝이 있었습니다. 퍽 다정한 사이였습니다. 그들과는 그 후에도 퍽 오래 사귀었습니다. 중학교 3학년 때 저희 집은 강북에서 강남으로 이살 하였습니다. 이사를 하고 나서부터는 그런 짝들과는 거리가 멀어졌습니다. 물론 강남으로 이사 와서 고등학교에 진학하고 나서 새 친구도 생겼습니다만 마음을 털어놓고 사귄 친구는 없습니다. 생소해진 분위기 탓도 있었습니다만 고등학교에 진학하고 나서부터는 쫓기는 기분 속에서 세월을 보내야 했습니다.

나날이 늘어나는 학과목과 예습과 복습을 감당하기만도 저에겐 힘겨워졌습니다.

〈한밤의 여심〉 담당자 선생님은 충분히 저희들 또래의 모든 것을 이해해 주실 거라고 믿습니다. 그래서 편지를 쓰는 것입니다.

제 친구들은 대부분 남자 친구가 있습니다. 저도 그런 남자 친구를 사귀고 싶습니다. 유치원 때나 국민학교 때 가졌던 그런 짝과 같은 것 말입니다.

제 친구들은 고고클럽에 출입하는 친구도 있습니다. 그러나 저는 그런 것은 원치 않습니다. 학교 선생님이나 부모님이 걱정하실 일을 눈을 속여 가며 하고 싶지는 않습니다. 그러나 텔레비에 공개 방송되는 젊은이의 대행진 같은 프로에는 참석하고 싶어요. 그동안 저는 집에서 거울을 바라보며 '디스코'나 '허슬' 같은 춤을 많이 연습했습니다. 아버지가 저를 위해 사다 주신 새 의복을 입고 거울 앞에 서면 제 몸매는 제가 보기에도 잘 어울리고 때로는 황홀하게 느껴지는 때도 있습니다. 그러나 저를 데리고 그런 곳으로 갈 짝이 없습니다.

저는 거울 앞에서 춤을 추다 가끔 물끄러미 거울 속을 들여다보고 있습니다. 그러다간 거울 앞에 주저앉아 흐느껴 울었습니다.

저는 세 번씩이나 수술을 하였습니다. 제 오른쪽 뺨에는 붉은 반점이 있었습니다. 제가 국민학교에 다닐 때는 동전 크기만 했던 것이 자라면서 그 반점도 점점 커졌습니다. 국민학교 시절엔 그 반점이 귀엽다고 말씀하신 선생님도 계셨습니다만 고등학생이 된 지금은 누구도 그것을 귀엽다거나 매력적으로 보지는 않습니다.

부모님에겐 걱정거리요 제겐 고민거리가 되고 버스에서 만나는 남학생들의 눈엔 웃음거리가 되고 있습니다. 그래서 세 번을 수술을 하였습니다만 수술은 세 번 다 실패하였습니다.

거울을 의식하려 하지 않지만 거울을 들여다보게 되고 거울을 들여다보면 제 시선은 그 수술 자국 쪽으로 쏠립니다.

제가 보기에도 흉터는 징그러울 정도입니다. 그러니 남학생들이 저와 짝이 되고 싶어 하지 않을 것은 뻔한 일입니다.

이런 일은 저나 남학생에게 잘못이 있는 것은 아닙니다. 누구의 잘못이 있는 것은 아닙니다. 누구의 잘못이 아니라 저는 그것을 타고난 운명이라고 스스로 체념도 해 봅니다. 그러나 체념만으로 해결이 되어지지 않습니다. 아버지는 저의 이런 입장을 생각해서 각별한 신경을 씁니다. 아버지가 신경을 써 줄수록 저는 슬퍼지고 우울해집니다.

지난해 겨울방학 때 저는 어떤 비구니(比丘尼) 한 분을 찾아 산사에 가서 일주일쯤 절에서 머물다 돌아온 일이 있습니다. 저는 저의 처지를 타고난 운명이라 생각해 왔습니다만 스님의 해석은 달랐습니다. 스님의 말씀인즉 세상에 태어나기 전 전세에서 제가 어떤 잘못을 저질러서 이런 결과를 갖고 태어나게 되었다는 것입니다. 그러니까 전세에 지은 죄를 씻기 위해 이 세상에서 공덕을 쌓고 남에게 베풀어야 다음 세상에 태어날 때 완전해질 수 있다는 것입니다.

스님의 말씀도 옳은 것같이 생각되었습니다. 그러나 저는 아버지나 어머니모양 남은 세상을 오래오래 살아가며 스님의 말씀대로 공덕을 쌓고 남에게 베풀기보다는, 제가 어른들모양 더 많은 죄를 저지를 것만 같은 불안이 앞섭니다.

공덕을 쌓고 남에게 많은 것을 베풀려고 하다 오히려 죄를 저지르기보다 지금 순진하고 깨끗한 이 나이에 스스로 목숨을 끊는 것이 옳지 않을까 생각합니다.

〈한밤의 여심〉 담당자 선생님, 고민을 잊고 죄를 더 짓기 전에 자살을 해버리는 것이 어떻겠습니까?

—불제자인 소녀

오하인은 물고 있던 담배를 빨곤 깊게 연기를 뿜어대었다. 연기가 곡선을 그리며 번져 흩렀다. 담배를 재떨이에 부벼 꺼버렸다. 테이블 위에 놓였던 편지를 다시 들었다. 되풀이해 읽어보고 싶지가 않았다.

볼펜으로 방송국 원고지에 답장 초고를 잡아 보려 했다.

불제자인 소녀에게,

흉터가 얼굴이 아닌 볼기짝에 생겼으면 만사는 해결됐을 텐데…….

그랬다면 소녀는 상담 편지를 내지도 않았을 것이다. 고민이란 처음부터 쉽게 해결될 일엔 생기지도 않는다. 논리의 조절 등 무슨 일이든 벽에 부딪혀 방향과 전진이 불가능할 때 생기는 사고이다.

내가 남자 친구가 되어준다고 할까…… 소녀의 친구가 되어주기엔 너무나 늙었다.

고민하는 소녀여,

너의 슬픔,

나는 그 슬픔을 위로해 줄 힘이 없구나.

조물주가 찍은 붉은 반점을 의사가 지워 버리려다 남긴 그 흔적을 내가 무슨 능력으로 없애 버릴 수가 있겠느냐.

고민 속에 우울해진 소녀여, 너와 같이 운명의 눈물을 흘려야 할 소녀가 어찌 너 한 명뿐이랴…….

불행한 눈물의 물줄기를 바꿔 줄 능력이 나에겐 없구나…….

오하인은 몇 번이고 엉덩방아를 찧듯 볼펜 끝으로 원고용지 위를 찔렀다. 붓이 걸려 써지지가 않았다. 머릿속이 온통 정지 상태로 빠져드는 듯 제대로 움직이질 않았다.

그는 무심코 자신의 표정을 눈앞에 그려 보았다. 그것은 입으론 흥분한 어조로 떠들어대면서도 표정이 없는 코미디언의 얼굴이나 다름없었다. 코미디언은 지껄일 수 있는 대본을 갖고 있다. 그러나 오하인은 한밤의 여심들을 위로해 줄 아무런 철학을 갖고 있질 못했다.

원고용지와 편지를 갈기갈기 찢어 쓰레기통에 던졌다. 담배를 다시 피워 물었다. 입술과 혀끝이 말라 들었다. 습관적으로 다음 봉투를 뜯었다.

〈한밤의 여심〉 담당자에게,

저는 42세의 중년 여인입니다. 24세에 결혼하여 친척과 이웃이 부러워할 정도로 금슬이 좋은 한 쌍의 부부입니다. 그러나 저는 정신적인 고통보다도 육체적인 아픔으로 인하여 이제는 저 자신을 지탱해 낼 것 같지가 않습니다. 지금 이 편지를 쓰고 있는 순간에도 아픔을 견디려는 신음소리를 저도 모르게 되풀이하고 있습니다.

남편과 저는 카톨릭 교도입니다. 두 사람 다 전통적인 카톨릭 가정에서 성장하여 천주님 앞에서 결혼식을 올렸습니다.

지극히 정다웠고 사랑스러웠고 황홀한 나날이었습니다. 그동안 어린애를 여섯이나 낳았습니다. 물론 출산할 때마다 다 설명할 수 없는 산고를 겪었습니다. 황홀하고 짜릿한 결혼생활의 연속 속에 겪은 출산의 고통이란 지극히 순간적이었습니다. 그러기에 여섯 번씩이나 출산의 고통을 되풀이할 수 있었습니다.

여섯 번째 딸아기를 낳고서는 급격히 체력이 쇠약해지기 시작했습니다. 산후조리를 잘못한 것이 아닌가 하여 병원에 가서 진찰도 받고 치료도 하였습니다. 그러나 고통은 점점 더 심해지고 몸은 나날이 쇠약해졌습니다.

여름날 무성했던 나뭇잎이 가을이 되기 시작하면서 단풍이 들어 하나둘 떨어져 앙상한 나뭇가지만 남아버리듯 제 몸도 흡사 그렇게 변해가고 있었습니다.

풍만했던 몸은 점점 시들어 피골이 상접해지고 말았습니다. 병원에 입원하였습니다. 수술을 받았습니다. 회복이 늦었습니다.

입원실에 들이비치는 밝은 햇살을 바라보며 퇴원하게 될 날을 기다렸습니다. 그러나 저는 혼자 불안하였습니다.

의사는 수술을 받을 때 복강수술까지 함께 해 버리자는 것이었습니다만 남편이 허락하지 않았습니다.

남편은 불임수술이란 교리에 어긋난다는 이유였습니다. 그때 남편은 저에게 이렇게 타일렀습니다.

“여보 퇴원하면 임신하지 않게 해줄 테니 걱정 말아요…….”

남편의 음성은 점잖고 믿음직했습니다. 저는 남편의 약속을 믿고 퇴원을 했습니다.

퇴원을 한 날부터 남편은 약속을 지키지 않았습니다. 남편의 행위를 완강히 거부할 수도 없었습니다. 접근해 오는 남편의 행위가 불안하면서도 거부해야 한다는 의지보다는 남편의 행위에 정이 끌렸습니다.

남편의 그런 행위의 되풀이 속에 불안도 계속되었습니다. 계속되는 불안 속에 기다려지는 것은 달마다 있는 생리 현상이었습니다. 생리 현상이 나타나면 남편과 저는 함성을 지르며 기뻐했습니다.

어느 날 밤 남편은 나에게 이렇게 속삭였습니다.

"여보, 천주님이 우리에게 자식을 더 주시지 않을 모양이지……."

"그렇게 해 주시면 얼마나 고마우신 천주님이실까요……."

저는 수줍음에 남편의 뜨거운 가슴 위에 얼굴을 묻었습니다.

"우리들의 사정을 속속들이 잘 아시는 분은 천주님이시니까."

남편은 내 허리를 힘껏 껴안아 주었습니다.

황홀한 꿈…… 피곤한 정적…….

다음 달 있어야 할 생리 현상은 보이지 않았고 체내에선 중대한 변화가 일기 시작했습니다.

임신이란 엄연한 사실을 느끼면서도 저는 어리석게 생리 현상을 기다렸습니다. 몸은 무거워지고 배는 불러 올랐습니다. 얼굴도 수족도 붓기 시작했습니다.

병원으로 담당 의사를 찾아갔습니다. 놀란 의사 선생님은 어이없는 눈초리로 저를 바라보고 있었습니다.

신장이 극도로 나빠졌다는 것입니다. 출산을 하게 되면 생명이 위험하다는 것입니다.

의사의 말은 낙태 수술을 하는 길밖에는 산모의 생명을 보존하는 방법이 없다는 의견이었습니다.

전통적인 카톨릭 가정에서 태어나 카톨릭 신앙 속에서 교육을 받으며 성장한 우리들은 결혼 후에도 밝은 카톨릭 신앙 속에서 빛을 찾아 살아가고 있는 독실한 신도들입니다.

낙태는 교리에 어긋나는 행위임을 저도 잘 알고 있습니다. 그러나 견디기 어려운 육신의 고통과 포기할 수 없는 생의 애착으로 저는 남편에게 낙태 수술을 받는 것이 어떠냐고 넌지시 암시를 던져 보았습니다. 예상했던 대로 남편은 아무런 대답을 하지 않았습니다.

지금도 전신은 부어오르고 뱃속의 통증은 계속되고 있습니다.

저는 어떤 길을 택해야 하겠습니까, 〈한밤의 여심〉 담당자 선생님…….

—절망의 중년여인으로부터

오하인은 자신도 모르게 뜨거운 것이 가슴속에 치밀어 올라 담배와 편지를 송두리째 쓰레기통에 집어 던졌다.

"제기랄, 나더러 어떻게 하라는 거야……."

그는 혼자 투덜거리며 시선을 창밖으로 돌렸다. 밝은 햇빛이 내리쬐고 있었지만 봄빛은 풀리지 않았다. 앙상했던 한겨울의 색깔이 그대로 대지를 뒤덮고 있었다.

"바보 같은 녀석, 사내놈들은 모두가 무책임하거든……."

그는 입을 다시며 혼자 또 중얼거렸다. 입맛도 그러했지만 머릿속도 개운치가 않았다.

어디서 매캐한 종이 타는 냄새가 풍겼다. 담배를 피워 물 필요가 없었다.

"오형, 무얼 하는 거요……."

오하인은 반사적으로 고갤 돌렸다.

"무얼 하는 거요. 쓰레기통과 재떨이를 혼동하는 것을 보니 제정신이 아니군……."

오하인은 제정신이 아니었다. 이런 땐 맥주라도 한 조끼 마시고 나야 속도 시원해지고 정신도 맑아질 것 같았다. 지하실 식당으로 내려가면 맥주를 마실 수 있었지만 너무 이른 시간이었다.

병든 여인, 상심하는 소녀, 절망에 우는 여심에게 대답해 줄 말이 없었다. 그는 갑자기 피곤을 느껴야만 했다.

스님을 찾아 외로움과 슬픔을 하소연하면 스님은 큰 염주를 돌리며 눈을 진득이 내려 감고 공덕을 쌓고 베풀면 극락에서 또는 내세가 어디인진 몰라도 모든 번뇌를 잊을 수 있다고 한다.

밥을 달라고 요구하는 사람들에게 돌을 던져 주는 격이나 다름없는 대답이다. 스님뿐이 아니라 신부도 목사도 마찬가지다. 조용하고 은밀한 곳에서 아침마다 기도를 드린다고 해서 굶주린 배가 불러지는 것은 아니다.

옛날부터 우리나라 여인들은 새벽 일찍 정한수를 떠놓고 천지신명에게 빌었다. 전쟁터에 나간 남편과 아들이 무사히 돌아오기를, 또는 대(代)를 이을 수 있는 옥동자를 베풀어 달라고, 어떤 여인은 오랜 병석에 누워 신음하는 남편의 쾌유를 기원했다.

돌아온 남편과 아들도 있었고, 옥동자를 얻기도 했고, 남편의 병이 나아 일어나기도 했다. 그러나 그것은 극히 일부에 있었던 우연에 불과한 일들이었다.

엷은 구름 속에 햇빛이 가려지자 창밖은 더럽혀진 곳을 지우개로 지운 것같이 흐릿하였다. 잔디밭에 내려앉았던 비둘기 떼가 날아올랐다. 매연에 그을은 비둘기 떼 위에 천사의 모습은 보이지 않고 낡은 신문지가 살이 부러진 연모양 너풀거렸다.

오하인은 다시 테이블 위로 시선을 옮겼다. 테이블 위에 있는 편지는 절반 정도밖에 읽지 못했다. 엽서는 첫머리 한두 줄만 읽어보고 그대로 쓰레기통에 던졌다. 다음은 분홍 봉투였다. 손끝에 느껴지는 감촉이 두툼했다. 철없는 소녀의 러브레터 같은 느낌에 호기심이 끌려 봉투를 뜯었다.

〈한밤의 여심〉 담당자에게,

저는 중학교를 나온 후 줄곧 이 집에서 일하고 있는 17세의 소녀입니다. 저와는 아무런 관련이 없는 일입니다. 그러나 저로선 어떻게 해야 할지 엄두가 나질 않아 편지를 드리는 것이오니 친절하게 가르쳐 주시기를 바랍니다.

제가 살고 있는 곳은 서민 아파트입니다. 제가 살고 있는 집 옆집에는 74세 나는 할아버지와 36세 나는 젊은 아줌마가 살고 있습니다.

저는 이 아줌마와 가깝게 사귀게 되었습니다. 우리들은 무슨 얘기든 서로 털어놓고 할 수 있는 사이였습니다.

아줌마가 자금 할아버지와 같이 살게 된 것은 3년 전부터입니다. 아줌마는 지금 할아버지와 같이 살기 일 년 전에 본남편과 사별했습니다. 본남편은 청소부였는데 어느 날 이른 새벽에 일을 나가다 교통사고로 사망했습니다.

사고를 낸 운전기사가 뺑소니를 친 채 잡히지 않아 아주머니는 아무런 보상도 받지 못했습니다.

본남편과의 사이에 자식이 없었습니다. 그때부터 아주머니는 파출부 일을 시작했습니다. 그것이 인연이 되어 할아버지 집에 일을 다니다 결국 할아버지와 함께 살게 되었습니다.

할아버지에겐 아들이 없고 세 딸이 있는데 생활비는 세 딸이 넉넉히 대 주어 유복하게 살고 있습니다.

저는 주인집 일을 일찍 치운 날은 가끔 아주머니네 집에 놀러 갑니다. 그때 할아버지는 저를 외손녀같이 귀여워 해 주고 아주머니는 친동생같이 대해 주고 있었습니다. 자상하고 친절한 할아버지입니다.

할아버지는 가끔 출입을 하셨습니다. 아주머니에게 어디 나가셨느냐고 물으면 아파트 근처에 있는 복덕방에 놀러 가셨다고 했습니다. 그날도 할아버지는 복덕방에 놀러 나가고 계시지 않았습니다.

저는 그날 무슨 말을 하던 중 아주머니에게 저도 할아버지 같은 분에게 시집을 가게 되면 좋겠다는 말을 했습니다. 그랬더니 아주머니는 정색을 하고 화를 내며 저에게 이런 말을 했습니다.

"밥이나 먹고 편하게 살면 되는 줄 알어. 돼지도 먹기만 하군 못 살어……."

"아줌마 그게 무슨 말이유………."

"넌 처녀니까 아직 몰라. 모르구 말구……. 그런 생각은 꿈에도 하지 말어. 할아버진 송장이나 다름없어……. 옆에 누워 있어도 아무 소용이 없어."

저는 아주머니의 말뜻을 알아들을 수가 없었습니다.

며칠 후 저는 아줌마한테 놀러 갔습니다. 할아버지는 복덕방에 놀러 가시고 계시지 않았습니다. 그날따라 아주머니의 행동이 좀 이상했습니다.

아주머니는 옷을 걷어 올리고 저더러 자기 배에다 귀를 대고 들어보라는 것이었습니다. 저는 아주머니가 하라는 대로 했습니다. 깊은 산속 좁은 도랑에 맑은 물이 흐르는 것 같은 소리가 가끔 들렸습니다.

"갓난애 소리가 내 뱃속에서 들리지 그렇지……."

아줌마는 상기된 얼굴로 저에게 물었습니다. 저는 고갤 설레설레 흔들었습니다. 아주머니는 자세히 들어보라는 것이었습니다. 아무리 자세히 들어봐도 마찬가지였습니다.

아주머니는 밤에 할아버지 옆에 누우면 가슴이 답답해져 견딜 수가 없다는 것이었습니다. 그래서 할아버지가 잠이 든 다음 답답해진 가슴을 풀려고 아파트 옥상으로 올라가곤 했다는 것입니다. 그런데 어느 날 옥상에 올라가자 별안간 검은 그림자가 자기를 부둥켜안았다는 것입니다.

사내는 힘이 억세고 자기 몸은 자신도 모르게 긴장이 풀려 흐느적거렸다는 것입니다. 처음엔 무서웠고 불안하였지만 다음날부터는 조금도 무섭질 않았다는 것입니다.

할아버지에게도 그 사내 같은 억센 힘이 있으면 얼마나 좋겠느냐고 말하며 아줌마는 쓸쓸한 표정을 지었습니다.

아줌마에게 그 남자의 얼굴을 아느냐고 물었더니 밤에만 만나서 얼굴은 보지 못했다고 합니다. 그런데 아줌마가 할아버지한테서 도망쳐 나올 테니 같이 어디 가서 살자고 했더니 그건 안 된다고 완강히 거부했다는 것입니다. 그런 일이 있은 후 그 사내는 밤이 되어도 옥상에 다시 나타나지 않았다는 것입니다. 며칠째 아주머니는 밤마다 옥상에 올라가 그 남자를 기다려도 그림자는 보이지 않았다고 했습니다.

오늘도 아주머니는 저더러 배에다 귀를 대고 들어보라고 했습니다. 갓난애 소리는 들리지 않아도 아주머니 배는 불러 오른 것이 분명합니다.

할아버지는 아무것도 모르고 있다고 했습니다. 할아버지가 이 일을 알게 되면 아주머니는 틀림없이 이 집에서 쫓겨 나가게 될 것이라고 했습니다. 만일에 아주머니가 이 집에서 쫓겨 나가게 되면 아주머니는 불쌍한 신세가 될 것입니다. 아니 아줌마보다도 할아버지가 더 가련한 신세가 될 것 같습니다. 이런 일을 쉽게 해결하여 아주머니와 할아버지가 다 같이 불행하게 되지 않는 방법이 있으면 가르쳐 주시기를 바랍니다.

— 아주머니의 딱한 사정을 알고 있는 소녀로부터

오하인은 벌떡 일어나 밖으로 나가고 싶었지만 전신이 굳어져 움직여지질 않았다. 입맛을 다시려 해도 혀마저 굳어져 있었다.

편성부에선 무엇 때문에 프로를 개편했는지 이해가 가지질 않았다. 상담으로 세상 모든 여성들의 문제를 해결해 줄 수 있을 것이라고 생각한 편성부 간부들 사고방식이 매우 의심스러웠다.

상담엔 한계가 있다. 만병통치약으로 자부하는 종교도 요즈음 와선 지극히 추상적인 용어로 신앙을 강요할 뿐 구체적인 해결 방안은 제시하지 못하고 있다. 신교는 물론 구교도, 불교는 말할 것도 없이 무당들까지도 요즈음은 추상적인 정중한 제스처를 보여 주고 있을 뿐이다. 모두가 다 박제(剝製)로 된 표본에 불과한 것들이다.

오하인은 대학에 진학하면서부터 문학을 믿었다. 대학을 졸업한 지금에도 문학을 신봉하고 있다. 그러기 때문에 권력이나 금력을 무가치한 것이라고 생각하고 그 주변을 감돌고 있는 군상을 속인이라고 타기했다. 그런 그가 방송국에 취직하여 〈한밤의 여심〉을 담당하고 나서 일 년 정도는 열심히 일을 했다. 일 년이 지나면서 그는 흔들리기 시작했다. 더 구체적으로 말해서 자신이 코미디언의 존재보다 날 것이 없다고 생각하면서부터였다.

희극 배우는 예술가이지만 코미디언은 예술가가 아니라고 그는 생각하고 있었다. 찰리 채플린이 코미디언으로 불리지 않고 예술가로 존경을 받을 수 있는 것은 개성적인 자기표현의 연기를 가지고 있기 때문이다.

가슴속 깊이 간직한 비밀을 털어놓고 상담을 해 온 여인들에게 거짓 없는 대답을 해 줄 수 있는 방법은 오하인으로선 입맛을 다시는 행위밖에 없었다. 그런데 그 간단한 진정의 표현마저도 지금 이 순간엔 혀가 굳어져 할 수가 없었다.

아궁이에 불을 지피면 굴뚝으로 연기가 떠오른다. 담배를 피워 물자 연기는 코로 흘러나왔다. 이런 때 피워 문 담배는 휴식도, 생각을 가다듬게 하는 효과도 없는 버릇에 불과한 관습이었다. 그는 다시 담뱃불을 꺼 버리고 자리에서 일어섰다.

거리로 나왔다.

흐린 날씨인데도 고층 건물의 그늘진 그늘은 음산했다. 그 음산한 골목에 비둘기가 날아 오르내렸다.

도시의 매연에 때가 묻고 찌든 비둘기들은 사랑과 평화의 상징이 아니라, 떼를 지어 날아다니는 참새나 다름없었다.

걸음걸이는 무거웠고 마음은 울적했다. 오하인은 스스로 비웃었다. 굳어졌던 혀끝이 풀려 혼자 중얼거렸다.

"사회 경험도 없는 나이로 아직 삼십 전인 장가도 들지 못한 주제에…… 자기 일도 스스로 해결하지 못하는 무능한 자가……."

결국 오하인은 달팽이나 우물 속의 개구리모양 좁은 세계밖에 모르고 있었다. 앞으로 상담을 청해 올 사람은 더 다양하고 더 광범해질 것이 틀림없었다. 그 넓고 다양한 세계의 온갖 일을 무슨 재주로 그런 일은 이렇게 하는 것이 좋고 저렇게 해결하는 것이 옳을 것이라고 목적과 확신도 없이 상담에 응해 줄 수 있을 것인가? 결국은 자기 스스로 마음에도 없는 과오를 범해버리는 결과가 될 것이 뻔했다.

예수같이 비범한 사람이라면 사마리아 여인에게 돌 던질 자가 누구냐고…… 일갈하여 질서를 잡을 수 있는 일이지만 자기 같은 옹졸한 존재로선 흉내조차 낼 수 없는 일이었다. 마음은 우울해지고 개운치 않은 기분에 걸음은 느렸다.

리어카를 끌며 소리치고 지나가는 행상인들의 고함 소리가 풀린 날씨 탓인지 분명치가 않았다. 야채를 사라는 것인시 생선을 사라는 것인지 자세치가 않았다. 오하인은 행길 가로등 밑에 있는 벤치에 걸터앉았다.

행상인들이 지나간 다음 거리는 다시 조용해졌다. 비둘기 떼가 발 앞에까지 날아와 먹이를 찾고 있었다.

젓빛 주둥이가 온통 진창에 더럽혀져 말이 아니었다.

벤치에 깊숙이 기대어 팔짱을 낀 채 눈을 감았다. 아무것도 보이지 않듯이 아무 소리도 들리지 않았다. 기분이 가라앉으며 우울증이 풀리는 느낌이었다. 습기진 누기가 전신에 스며들었다. 비둘기도 어디로인지 날아가 버리고 보이질 않았다.

거칠고 메마른 거리의 보도 위에서 검은 기운이 안개모양 피어올랐다.

방송국의 출퇴근은 무상했다. 퇴근을 서두르는 사람이 있는가 하면 총총걸음으로 들어가는 모습도 보였다.

오하인은 적어도 이 순간만이라도 방송국과는 무관한 입장이 되고 싶었다. 그는 벤치에서 일어서 그들의 모습이 보이지 않는 골목을 향해 걸음을 옮겼다.

아직 거리가 어두워지기엔 이른 시간이다. 그런데 시야는 점점 흐려져 눈앞이 분간되지 않을 정도다. 저녁 안개가 일찍 끼기 시작하였다.

줄지어 늘어선 고층 건물 사이로 쉴 새 없이 안개가 흘렀다. 질주하는 자동차들은 모두 다 불을 켜고 달렸다. 쉴 새 없이 경적이 울렸다. 그럴 때마다 그는 걸음을 멈추었다 다시 걸었다. 어디로 간다는 목적이 있어 걸어가는 것이 아니었다. 방향도 목적도 없이 걸어갈 뿐이다.

희미한 불빛이 비치는 집 앞에 서 있었다. 출입문이 고풍(古風)스럽게 장식된 집이다. 그 문을 들어서면 지하로 내려가는 통로가 있다. 대개 큰 건물의 지하실이란 다방이 아니면 술집이다.

오하인은 층계를 내려가 문을 열고 안으로 들어섰다. '싸롱 제비'라는 집이다.

붉은 불빛과 습기진 훈훈한 기운이 얼굴에 닿는 순간 목욕탕 문을 열고 들어섰을 때와 같은 기분이었다. 불안한 시선으로 주위를 살폈다. 테이블과 의자와 흐린 불빛만이 있을 뿐 누구의 그림자도 보이질 않았다. 그는 테이블 앞 의자에 앉았다.

"어서 오셔요……."

목소리만 먼저 들리고 주인은 한참 후에 나타났다. 미끈하게 곡선을 그리며 빠진 허리와 엉덩이와 다리, 당당한 체구의 여인이다. 몸 전체가 크고 굵은 데 비해 목은 길고 가는데다 동안은 불빛 탓인지 유난히 적어 보였다.

오하인은 양주로 청했다. 그녀 자신도 꼭 같이 술을 따랐다. 그들은 말없이 석 잔을 연거푸 마셨다. 여인이 말을 걸려고 할 때마다 그는 저지했다.

"부탁이야, 조용히 해 줘. 오늘 밤은 말없이 마시고 싶어……."

오하인은 같은 말을 세 번이나 되풀이했다. 세 번 되풀이하는 동안 여인은 눈빛이 변했다. 처음엔 원망의 눈빛이었던 것이 나중엔 분명 증오의 빛으로 변했다. 눈빛이 어떻게 변하건 그에겐 문제가 아니었다. 말을 걸어 주지만 않으면 되었다.

서서히 취기가 돈 탓인지 방 안의 분위기는 차분히 가라앉았고 불빛도 밝아진 느낌이었다.

방 안의 분위기가 가라앉은 것이 아니라 여인이 딴 테이블로 자리를 옮겼기 때문에 마음속의 불안이 가셨기 때문이다.

"마담, 왜 그 테이블로 갔어, 자기 마음대로. 이리로 앉지 못할까……."

오하인은 저쪽 테이블에 가 앉아 있는 여인을 향해 일어서 손가락질하며 소릴 쳤다. 그들은 오하인을 쳐다보며 빙글빙글 웃고 있기만 했다.

오하인은 자리에 털썩 주저앉았다. 그리곤 의자에 깊숙이 기대며 고개를 젖히고 눈을 감았다.

"제멋대로 창녀 짓을 하고 제멋대로 사생아를 낳아 놓고 총각인 나더러 어떻게 처리하라는 거야. 내가 고아의 아버진 줄 아는가 보지……."

혼자 중얼거리며 눈을 뜨고 천장을 보았다. 아무것도 보이는 것이 없었다.

"오 선생님, 취하셨구먼요. 일어나시지요……."

그는 바텐더의 부축을 받으며 자리에서 일어나 혀 꼬부라진 소리로 중얼거렸다.

"그만두고 말구. 자기들도 해결 못 할 일을 나더러 어떻게 해결하라는 거야…… 그런 무책임한…….”

그는 당장 사표를 내던져 버릴 결심을 굳혔다. 바텐더의 부축을 받으며 그는 층층계를 올라왔다.

“차를 잡아 드릴깝쇼…….”

“아니야…….”

그는 골목길을 걸었다. 대학 일학년 때 어느 노교수의 문학 입문 시간에 들은 말이 떠올랐다. 정치, 경제, 종교까지도 부딪히면 좌절이 있을 뿐이다. 그러나 예술의 길은 좌절에서부터 시작하는 것이죠…… 문학도 마찬가지입니다…… 창조적 재능이 없으면 감상의 즐거움이라도 느낄 수 있는 것이니까…… 문학의 길은 밑져도 본전입니다…… 자욱이 안개 낀 골목길은 지척이 구별되지 않았다. 그래도 그의 취한 눈에 훤히 저쪽이 내다보이는 것 같아 비틀거리며 걸었다.

산에 올라 구름 타고

1

포인트를 노리라는 말은 조사(釣士)들 사이에 흔히 쓰는 말이다. 자리를 잘 잡아야 큰 고기도 낚을 수 있고 고기를 낚는 데 재미를 볼 수 있다는 말이다. 그러고 보면 물고기들도 일정한 길을 따라 자기네들끼리 모여 다니는 것이 분명하다. 송사리는 송사리들끼리 어울리고 붕어는 붕어들끼리 밀려다니는 것이 분명하다. 이와 비슷한 말에 목을 지킨다는 말이 있다. 엽사(獵士)들이 사냥을 할 때 쓰는 말이다. 말하자면 짐승들이 다니는 길목을 지킨다는 말이다. 그러니까 산짐승들도 각기 다니는 길이 정해져 있는 것이 분명하다.

초여름…… 밤망창(望窓)을 닫았는데도 불빛을 보고 하루살이가 방안으로 날아 들어와 불을 껐다. 둥근달이 중천에 떠 있었다. 망창 밖에 움직이는 하루살이 떼가 보일 정도로 밖은 훤했다.

자정이 넘은 것은 조금 전 괘종소리로 알았다. 가끔 잠이 오지 않을 때가 있다. 불면증이라기보다 나이 탓이다. 이른 저녁에 잠이 들었다 하면 더욱 그러니 말이다.

잠을 재촉하는 데는 수면제보다는 술이 묘약이다. 그것은 수십 년 동안의 경험을 통해 얻은 처방이다.

양주병과 냉수를 장만해 갖고 다시 망창 앞 흔들의자에 앉았다.

처음 이사를 왔을 때는 무척이나 한가한 곳이었다. 군데군데 고총(古塚)이 있었고 여름이면 무성해지는 잡초로 그 고총이 가리어지기도 했다. 비 내리는 밤이면 여우가 와서 운다고 불안해했지만 그것은 여우의 울음소리가 아니라 개 울음소리가 분명했다. 주인 없는 고총은 날로 그 형태가 가라앉아져 갔다.

옛 성을 끼고 비탈진 이 언덕은 아침저녁으로 어른들의 산책길이 되었고 한낮엔 어린애들의 놀이터로 변했다. 어른들이 오르내리는 산책길은 일정하였다. 능구렁이 잔등 같은 좁은 길을 돌아 오르내리는 것이었다. 그러나 이곳을 놀이터로 삼고 있는 어린애들은 달랐다. 어른들이 오르내리는 오솔길이 아니었다. 무성한 숲길을 마구 헤치고 다녔다. 어른들이 보기엔 그곳은 길이 아니었다. 길이 아닌 곳이 어린이들에겐 놀잇길로 정해져 있었다.

지금은 그 고총도 없어지고 언덕은 깎여 계곡을 묻어 이 일대가 주택가로 변했다.

망창 밖을 내다보고 있는 시야에 떠오르는 것은 비좁은 골목길과 획일적인 주택이 아니라, 아침저녁으로 산책을 다니던 사람들과 그 주인을 따라다니던 개들과 어린이들의 모습이다.

마구 뛰고 뒹구는 어린이는 물론 개들까지도 잡초가 우거진 고총을 밟고 지나가거나 뛰어넘는 것을 본 기억이 없다. 별로 오랜 세월이 흐른 것은 아니다. 삼십 년쯤 전이다. 이곳엔 한낮에도 알을 품는 산꿩 울음소리가 들렸고 밤이면 뻐꾸기 울음소리가 끊기지 않았지만 지금 망창 밖엔 뿌연 달이 하늘에 걸려 있을 뿐 자동차의 경적소리가 귀를 따갑게 해줄 뿐이다.

술 한 모금을 마시고 흔들의자에 기댄 채 눈을 감았다.

경사 15도의 진흙 언덕길이 아스팔트 길로 변하면서 세태와 풍속은 많이 바뀌었다. 아스팔트로 포장되기 전엔 같은 길이면서도 남자와 여자는 오르내리는 부분이 확연히 달랐다. 남자들이 길 한복판으로 오르내리는 데 반해 대부분의 여자들은 길 양쪽 가장자리로 조심스럽게 걸었다. 그런데 포장된 후부터는 남녀가 다니는 길의 구별이 없어졌다. 길은 날로 변해가고 있다. 골목길이 넓어지고 샛길이 넓게 뚫려 사통팔달(四通八達)로 발달하지만 사람들이 편하게 걸어 다닐 수 있는 길은 적어져 가는 아쉬움이다.

어느 골목도 어린애들이 마음 놓고 걸어 다닐 길이 없다. 그러나 아침 등교길은 으레 엄마가 손을 잡고 나서고 학교가 끝날쯤 해서는 다시 학교 앞으로 데리러 가야만 하게끔 되었다. 어린애들의 등교길뿐이 아니라 아베크 길도 없어졌다. 창경원 돌담길도 호젓했던 덕수궁 골목길도 이제는 아베크족이 걸을 만한 길이 못 된다. 거리뿐이 아니라 등산길도 마찬가지다. 백운대와 도봉산은 물론 설악산 대청봉까지도 이제는 저잣길이나 다름없어지고 말았다.

작고한 소설가 이봉구(李奉九)가 명동백작으로 자처하던 무렵 모든 예술인이 다니던 길은 일정했다. 포인트를 고르는 낚시꾼이나 목을 지키는 포수모양 그들을 추적하기란 그리 어려운 일이 아니었다. 오후 2~3시쯤…… 미도파 건너 쪽 명동 입구에 서 있으면 만나고 싶은 예술인들은 거의 다 만날 수 있었다.

명동 입구로 들어서면 자기 취향에 따라 골목이 바뀌어졌다. 다방 갈채로 가는 사람, 아니면 휘가로로 들어가는 사람, 또는 그곳을 지나 동방살롱으로 직행하기도 했다. 그러나 20대의 소녀들은 청동다방으로 몰려들었다. 이른 아침부터 공초(空超) 오상순(吳相淳) 시인이 이 다방 구석진 곳에 고불(古佛)모양 앉아 있었기 때문이다. 테이블 위에 놓인 재떨이엔 항상 꽁초가 수북이 쌓여 있었고 니코틴에 찌들은 상아 파이프엔 언제나 궐련이 타오른다. 불상에 향불이 끊이지 않듯이 그 입에선 항상 푸른 연기가 피어오르며 입가엔 미소가 흘렀다.

공초가 청동다방으로 오는 길은 미도파 건너 쪽 명동 입구가 아니었다. 조계사를 나온 그는 종로를 거쳐 을지로를 건너 옛 시공관 앞을 지나 청동다방을 향했다.

상아 파이프에 담배를 피어들고 다른 한 손엔 검은 양산을 들고 어깨를 구부린 채 앞만 보고 걸었다.

아침 첫 손님이요, 다방 문이 닫혀야 나가는 마지막 손님으로 그는 아침에 왔던 길로 조계사로 돌아가는 것이었다. 그중 어떤 친구는 대낮부터 명천옥(明川屋)에서 코가 삐뚤어지게 취하는 축도 있었다.

전쟁에 살아남은 30대 신인과 40대 중견과 50대의 대가들이 같은 길 같은 집 지붕 밑에 앉아 다들 마셨고 술에 취하던 시절이다.

무엇 때문에 미친 듯이 술에 취해 명동 골목길을 방황했던 것인지 설명할 수 없는 일이다.

혼란을 틈타 밀수를 해서 치부를 했고 혼란을 틈타 권력의 줄을 잡아 출세를 하여 세도를 부리던 시절, 그들은 명동 뒷골목 길을 걸으며 가시지 않는 전쟁의 상흔을 만지며 좌절의 늪에서 벗어나지 못했다.

캔버스를 살 돈이 없어 베이냐판이 아니면 레이션 박스나 심지어는 은박지에 그림을 그려야 했다. 이중섭(李仲燮)의 은박지 유품은 이 시절의 작품들이다. 방이 없어 다방에서 소설을 써서 잡지사로 들고 가던 시절이다.

모여앉을 자리가 없어 동방살롱 이층을 빌려 장고 치고 북을 두드리며 창을 부르던 K여사의 30대 얼굴은 무척이나 고왔고 찢어진 북을 깁다 바늘 끝에 손이 찔려 피가 밴 흰 가제가 애처롭게 보이던 시절이다.

명동길을 방황하며 같은 다방 같은 술집을 출입하였지만 이렇게 또 다른 길을 걸어야 했던 그들은 고달프기만 했던 시절이다.

술만 취하면 조개껍질을 잘라 만든 게를 주머니 속에서 꺼내 놓던 강창원의 솜씨는 섬세하여 꼭 산 게가 움직이는 것 같아 손끝의 마술사 같았다.

생활에 지쳐 술에 취해 살던 그는 방 한 칸 없이 헤매다 명동 골목길을 떠나 불귀의 객이 되었다.

모든 길은 로마로 통한다는 말이 있었듯 한국의 예술인들은 명동으로 통했고, 명동에서 사라지고 말았다. 생각해 보면 인간이란 세상에 태어나면서부터 각기 별난 길을 걸으며 사는 것 같다. 일제 때 일이다. 종로의 명물 깍두기라는 별명으로 불리던 신사가 있었다. 그가 누군지 자세히 아는 사람은 없었다. 다만 그가 비가 내리거나 눈발이 휘날리거나 곤색 신사복에 빨간 넥타이를 매고 종로 거리를 걸었다는 사실만을 알고 있을 뿐이다. 해방 후 그의 행적은 묘연해지고 말았다.

머리에 한결같이 기름을 바르고 구두는 광이 나게 닦아 신고서 그는 무슨 까닭에 일정한 시간 일정한 코스로 종로 거리를 걸었는지 누구도 모르고 있다.

빠르지도 않고 느리지도 않은 보행으로 시계추가 일정한 간격을 두고 오고 가듯이 그는 그렇게 걸으며 살았을 뿐이다. 같은 시간에 어제와 꼭 같은 차림새로 같은 장소를 걸어가는 그의 모습을 본 사람들은 조소와 냉소의 차가운 눈길을 던져도 그는 아무런 동요도 없이 오랜 세월 속을 싫증도 느끼지 않고 그저 담담히 자기의 길을 걸었을 뿐이다.

종로의 명물 깍두기의 모습이 종로 거리에서 언제 어떻게 사라졌는지는 아는 사람도 없고 또 궁금해하는 사람도 없듯이 명동에 살던 예술인들이 자취를 감추어도 별로 애석해하는 사람이 없었다.

1950년대의 명동의 골목길은 화려한 길이었다. 정치가 있었고 경제가 있었고 주름잡는 깡패가 있었어도 갈채 다방과 휘가로와 동방 살롱과 명천옥은 범하지 못했다.

치외법권 지대라고 할까…… 그것은 지나치게 사치한 말이고 사실은 도외시된 관심 밖의 문화인들이었다.

일제 말기 군국주의 일본은 한국사람들로 하여금 성을 갈게 하고 카키색의 국민복을 입게 하고 머리를 삭발시켰다. 그런데 깍두기만은 머리도 깎지 않았고 넥타이와 세비로*를 벗지 않은 채 화신 주변과 백화점 안으로 들어가 고객과 종업원들을 향해 야릇한 미소를 지으며 지나다녔다.

악독했던 일본법이 그것을 묵인한 건 무슨 관용이었을까, 아니면

---

* 세비로[背広]: 신사복을 뜻하는 일본어.

관심 밖의 대상이었을 것이다. 깍두기가 우리에게 남겨준 자취란 아무것도 없지만 일제 말기의 환상이 악몽같이 떠오른다.

망창 밖으로 인기척이 있어 고갤 들었다. 담장 위의 고양이었다. 그러나 다음 순간 그것은 고양이가 아니었다. 마루 끝에 졸고 있던 그 고양이가 아니었다. 숨을 죽이며 그놈의 동작을 지켜보았다. 취기가 사라지는 순간이다. 담장 위에 허리를 구부리고 뒤뜰 쪽을 노리고 있는 그 모습은 영락없는 표범이었다.

달빛 탓일까…… 점점 흐려지는 시력의 닷일까…… 고양이가 아니라 눈빛은 물론 크기까지도 표범에 틀림없었다.

솜털투성인 것을 가져다 기른 것이 근 이 년째다. 새끼 때는 따스한 방구석에 박혀 있었지만 일 년이 지나고 나서부터는 완전히 달라졌다.

갓 데려온 새끼 때는 우유를 주면 혀를 날름거리며 누가 지켜보건 말건 마셨다. 모습이 귀여워 흔히 부르는 이름으로 나비라고 했다. 보이지 않을 때 큰 소리로 나비야라고 부르면 곧잘 나타나곤 했다. 솜털이 떨어지고 윤기가 흐르기 시작하면서 변화가 생기기 시작했다. 나비라고 불러도 뒤돌아보지도 않았다. 우유는 물론 생선을 주어도 먹이 그릇을 거들떠보지 않고 외면하는 버릇이 생겼다.

품을 놓고 고양이 거동만을 지켜볼 수는 없었다. 사람의 눈길이 지켜보지만 않으면 먹이를 물고 자취를 감추어 버리는 것이다. 이런 버릇이 생기면서부터 고양이는 낮에만 마루 끝에서 졸고 있을 뿐 어둠이 내리기 시작하면 어디로인지 자취를 감추어 버리는 것이었다. 가끔 줄을 타는 곡예사모양 담장 위를 겁도 없이 걸어 다니곤 했다.

고양이는 흙을 밟고 다니지는 않았다. 담장 위가 아니면 지붕 위를 타고 다녔다. 길목이 잡혔는지 고양이를 기르면서부터는 쥐 소동이 없어졌다. 그렇게 들끓던 쥐를 다 잡아먹었을 리는 없다. 먹었다면 정원 어느 구석에 흔적이 있음직한데 단 한 번도 그 흔적을 찾아보질 못했다.

한밤 동안 밖에 나가 있던 고양이는 날이 밝으면 으레 마루 끝에 올라와 누워있다. 가끔 그놈 입언저리와 수염을 더듬어 보아도 쥐를 잡아먹은 흔적은 보이지 않았다. 그러고 보면 고양이는 완전범죄를 저지르는 지능범에 틀림없었다.

글라스에 술을 진하게 부어 한 잔 더 마셨다. 고양이 소동에 취기가 가셨기 때문이다.

며칠 전 문예진흥원 소극장에서 있었던 명무전(名舞展) 팸플릿이 눈에 띄었다.

평생 병신춤만 추며 살아온 R여사의 원숙한 춤은 눈물과 웃음을 한없이 자아내게 했다.

분장을 닦고 마주 앉으면 60고개를 넘은 의젓한 여인이 무대 위에서 뛰는 동작의 일거일동은 30대의 젊은 신들린 사람이었다.

춤이란 아름답기도 하고 전아(典雅)하고 그지없이 호화로우면서도 흥겹지만 병신춤만은 다른 한 면을 지고 있다.

어떤 춤이건 처음엔 발 딛는 법으로부터 시작한다. 사지가 멀쩡한 여인이 어떻게 병신 이상으로 병신 시늉을 할 수 있단 말인가. 기초연습만으로도 4년 내지 5년이란 세월을 흘려보내야 제대로 설 수 있는 것이 춤이다. 그러나 춤이란 연습만으로 닦아지는 기량으로 이루어지는 것이 아니다. 소위 말하는 '춤집'이 있어야 한다.

궁중에서 추던 정재무(呈才舞)나 향토무(鄕土舞)인 탈춤이나 민속

무(民俗舞)인 승무(僧舞)나 한량무(閑良舞)와는 달리 병신춤이란 현란한 의상을 입거나 일정한 형태의 아악(雅樂)의 유장한 장단(長短)이 아니다.

멋대로의 굿거리장단이요 멋대로의 춤인 것 같으면서도 장단이 있고 형식이 있는 춤이다.

왕권을 쥔 사람이나 그 주변에 도사리고 사는 양반네 춤이 아니라 서민들의 춤이요 서민 중에서도 더 서러움을 느껴야 하는 배안의 병신들의 춤이다. 말하자면 문둥 북춤모양 천형(天刑)의 죄인들이 추는 진실된 호소가 병신춤이다.

병신으로 태어난 것은 부모의 죄도 아니요 자기 죄는 물론 아니다. 그렇다고 이웃의 죄는 더욱 아니다. 하늘이 아무런 생각 없이 저지른 행위의 결과가 병신이다. 그러기에 그들은 누구보다 슬프고 간곡한 소원이 있고 하소연이 있을 수 있다. 바로 진실된 소원의 하소연이 병신춤이요 문둥이 북춤이다. 그렇기 때문에 춤집이 있다 하여 누구나 이 춤을 출 수 있는 것은 아니다. 대개 춤이란 춤집이 있고 흥(興)이 있으면 출 수 있다. 그러나 병신춤은 춤집이 있고 흥이 있고 천형의 죄인만이 느낄 수 있는 간곡한 기구를 진실되게 표현할 수 있는 마음의 바탕이 있어야 명무(名舞)를 출 수 있다.

병신춤을 보고 있으면 울게 되고 또 웃게 된다. 병신짓이 우스워 웃는 것이 아니라 동정과 연민을 통한 눈물이 진실된 소원의 하소연에 숙연해진다. 끝끝내는 불구를 딛고 서는 승화된 아름다움에 감동하여 터뜨리고 환희의 웃음을 웃게 되는 것이다.

연두빛 저고리에 색동포장을 단 옷을 입고 머리 위에 칠보화관(七寶花冠)을 쓰고 강화 꽃돗자리 위에서 꽃신을 신고 짝 잃은 봄 꾀꼬리처럼 홀로 추는 춘영전(春榮轉)도 아름다웠고 단아한 학춤도 볼만하였지만 R여사의 병신춤은 관중을 완전히 매혹시켰다.

30년 전 명동 길목에서 사귄 인연을 잊지 않고 초대권을 보내준 것이 너무나 고마웠다.

막이 내린 뒤, 분장실로 찾아갔다. 많은 하객들이 있어 뒤에 서서 기다릴 수밖에 없었다. 옷을 갈아입었어도 이 사람 저 사람 손을 잡으며 반기는 통에 분장을 지우질 못하고 있었다.

"이게 누구여 이게 누구야…… 와 주었구먼…… 고마워라. 반가워라……."

앞에 서 있는 사람들을 가르며 뛰어와 덥석 껴안았다.

"참 볼만한 춤입디다……."

"인전 나이 들었다구 칭찬할 줄도 아는군……."

잡은 손을 흔들며, 놓질 않았다. 오래간만에 만난 것이다. 명동을 철수한 지도 20여 년 전일 것이다. 그동안 한두 번 만난 일이 있으니까 이럭저럭 10년 만의 해후일 것이다.

"외국 나들이도 여러 번 나갔습디다."

"그려 그려…… 별난 세상이 되서 그런 거 아니요……."

"어머니, 어머니 얼굴 닦으셔야지요."

"앗다 내가 이 얼굴을 하구……."

R여사는 엄마라고 부르는 여인으로부터 가제 수건을 받아 얼굴 분장을 닦았다.

"오매 내가 잊었구만, 인사해라……."

30대의 R여사의 얼굴과 비슷했다.

"얘가 내 딸…… 시집가서 어린 것이 둘 아니요…… 어미를 닮아서

애두 잘 낳거든, 아들 하나 딸 하나…….”

R여사는 두리번거리던 끝에 구석에 서 있는 젊은이를 또 불렀다.

“인사 올려야지, 선생님한테, 내 아들이요.”

청년이 허리를 굽혀 절을 하며 자기 이름을 알려 주었다.

“배우지 못한 것이 한스러워 이놈은 지금 대학을 공부시키고 있지 않소…… 딸은 고등학교만 졸업시켰구 …….”

R여사는 학교 교육은 별로 받지 못한 사람이다. 보통학교에서 한글을 깨쳤을 정도다.

아버지를 일찍 잃은 R여사는 모녀가 품삯 일을 하여 살았다. 그래서 정식으로 춤 수업을 한 일도 없었다. 남의 집에서 삯일을 하다가도 풍류 소리가 들리면 몸이 떨려 일손을 놓고 달려가야만 했다.

R여사는 마을 성황당에 제사가 있었을 때 그곳에서 굿거리 춤을 익혔다. 굿거리는 성황당 앞에서만 있었던 것은 아니다. 성주대를 앞세운 광대들이 풍악을 놀며 마을로 들어와 굿을 보이는 때도 있었다. R여사는 그런 구경거리를 한 번도 놓치지 않고 따라 다녔다. 굿거리춤에 미친 R여사는 광대패에 끼이게 되었고 그중 젊은 광대와 눈이 맞아 아들과 딸을 얻은 것이다. 남편을 잃은 R여사는 방물장수를 시작했다. 그러면서도 풍류 소리를 잊지 못해 굿거리장단에 춤을 추다 익힌 것이 병신춤이었다. 남의 눈칫밥을 얻어먹으며 부잣집 잔치마당에서 추던 병신춤을 무대 위에서 추게 된 것은 수복 후였다.

명동거리를 처음 구경했고 동방살롱에서 마신 커피가 쓰고 속이 메시꺼워 지금도 커피라면 고개를 흔드는 R여사다.

스승이 있어 사사하여 명맥을 이은 춤이 아니라 스스로 보고 생각하여 고안한 춤이다.

"큰일 났수다……."

R여사 쪽으로 얼굴을 가까이했다. 분장을 말끔히 닦고 난 R여사는 다시 말을 이었다.

"대학공부를 시켰더니 저 애가 글쎄 어미모양 춤을 추겠다구 하지 않아요…… 대학에서 공부해서 그런지 어미보다는 나아 그래서 버려두지……."

R여사는 싱긋 웃었다. 고개를 끄떡이며 따라 웃었다.

"이게 누구야……."

손을 잡으며 반기는 것은 판소리의 명창 K여사였다.

"정병욱(鄭炳昱) 교수가 너무 빨리 갔어. 그 사람 그렇게 갈 줄 몰랐는듸…… 그 사람이 우릴 세상에 알린 사람이여, 오늘날 판소리가 대접받는 것도 그 사람 공이 컸어, 아까워, 너무 아까워……."

K여사는 작고한 정병욱을 말하며 눈물을 글썽였다.

정병욱은 시가 문학의 본질을 연구하기 위해 창을 불렀고 창을 공부하기 위해 스스로 북채를 잡고 고수가 되기도 했던 것이다. 가락을 배운 그는 판소리 이론을 체계화하는 데 노력하다, 세상을 뜬 것이다.

K여사의 눈에 얼룩진 눈물은 육친을 잃은 듯싶은 뼈아픈 눈물이었다. 춤과 가락이 어울리면서도 각기 길이 다르듯이 K여사와 정병욱은 방향이 다른 길인데도 한통수로 통하는 또 하나의 길이 있음을 실감케 했다.

K여사를 만나면 미안감과 송구스러운 생각이 들곤 했다. 해묵은 오래된 일이지만 어찌할 수가 없었다.

기업가요 정치가인 우곡(牛谷)이 어느 날 집으로 전화를 주었다.

"시끌시끌 골치 아프다. 오늘 저녁 술 한잔 어떤가, 목 좀 추켜야지

몬살겠다."

텁털한 막걸리끼가 묻은 대구 사투리의 탁한 음성이다.

"웬일이오. 저하고 술을 하자니, 들리는 소문에 문전성시라고 하던데, 조용히 술 한잔 마실 사람 없이 다 떠나 버렸소……."

"다 아는 일 왜 묻노. 이합집산(離合集散)이 심한 게 정치 아니가……."

우곡의 전화를 받으며 떠오르는 얼굴이 K여사였다. 창보다도 컬컬한 목소리로 하는 '아니리'가 더 좋다. 귓전에 들리는 듯싶은 '아니리' 소리에 우곡의 말에 미처 대답을 못 하고 있을 때다.

"전화 듣고 있나…… 신경 쓸 것 없다. 잘 아는 사람들이니까."

우곡과의 우정은 30년에 가깝다. 우직한 성격이 저돌적인 산돼지 같아 보이지만 겉보기만 그렇고 내성은 섬세하였다. 정치는 물론 날로 번창하는 그의 기업을 보아도 그의 줄을 다루는 솜씨는 재주를 잘 넘는 곰이라고 표현해야 옳을 것이다.

이쪽 사정은 들어보지도 않고 그는 일방적으로 시간과 장소를 통고한 채 전화를 끊어 버렸다.

우곡은 정치도 사업도 아무런 관계가 없는 사람들과 가끔 어울려 술 마시기를 즐겨 했다.

약속을 한 것은 아니지만 통고를 받았으니 약속을 한 것이나 다름없었다. 자가용을 갖고 있지 못한 처지라 집을 빨리 나갈 수밖에 없었다. 저녁 이 시간대에 차 잡기가 힘이 들었는데 그날따라 차를 쉽게 잡을 수 있었다. 약속한 장소 근처에서 차를 내려 주변을 살펴보았지만 시간을 보낼 수 있는 다방이 발견되지 않아 다시 골목을 벗어나왔다.

약속 시간까지는 40분은 더 기다려야 했다. 인삼찻집이라는 간판이 보여 우선 그리로 들어갔다.

손님이 없던 차에 들어서자 무척 반가웠던지 젊은 마담이 환히 웃으며 맞아 주었다. 삐걱거리는 의자에 앉으며 인삼차 두 잔을 청했더니 마담이 "곱배기로 하시죠" 하며 얼굴을 쳐다보았다.

"두 잔이라니까……."

잠시 후 마담이 주방에서 인삼차 두 잔을 들고 나왔다.

"마담도 거기 앉아 같이 듭시다……."

마담은 별로 표정 없이 마주 앉으며 찻잔을 옮겨 놓았다. 차 한잔을 마담과 함께 마실 수 있어 지루하지 않게 시간을 보낼 수 있었다. 10분을 남겨 놓고 약속 장소로 찾아갔다.

웨이터가 마중 나와 45도로 허리를 굽히며 맞아 주었다.

"6시로 약속을 했는데……."

"네네 우곡 선생님으로부터 전화 연락이 있었습니다."

"그래……."

팔목시계를 보았다. 6시 10분이 지나고 있었다.

"마담 말씀이 6시 반쯤 오신다구 하셨답니다…… 올라가 기다리시죠……."

웨이터가 안내하는 방으로 따라 들어갔다. 언젠가도 우곡과 이 방에서 술을 마신 적이 있었다.

"심심하시죠……."

"아니다. 혼자 기다릴 테니 그리 알게……."

대개 요정에선 요리상을 차릴 동안이나 사람을 기다려야 할 땐 화투놀이를 시키는 것이 습관이다. 그러나 고스톱 같은 것도 익히지 못한 터라 미리 일러두었다.

우곡이 나타난 것은 정각 6시 30분이었다. 처음 약속과는 다르지만 시간을 지킨 셈이다.

"미안하이 싫어하는 줄 알지만 어쩔 수 없어서 내 마담한테 전화로 다시 연락을 했었지……."

"응, 웨이터가 연락을 해주더군. 급한 일이었으면 우리 회합을 연기했으면 좋았을걸……."

"세상에 급한 일이 어데 있는가, 끝이 없는 어수선한 일들 뿐인데…… 그래 남촌(南村)은 아직 안 나타났는가……."

"남촌이 오기로 되어 있나……."

"암, 6시 정각에 온다고 했는데, 남촌두 석운(石雲)한테 걸려 혼이 나야 그 버릇이 고쳐질걸세……."

그냥 웃기만 했다. 우곡의 말은 다른 것이 아니었다. 우곡은 항시 약속 시간 전에 와서 기다리기는커녕 약속 시간보다도 삼사십 분을 지체하는 것은 보통이고 심할 때는 한 시간 정도의 농간을 부리는 것이 예사다. 한두 번이 아니어서 40분쯤 기다리다 자리를 떠 버린 적이 있었다. 그 뒤로는 곧잘 약속을 지킬 뿐 아니라, 늦을 때는 비서를 보내거나 전화를 걸었다.

"요즈음은 어떤가……."

"우곡이 정치를 잘해 태평성댄데 무슨 문안을 하는가……."

우곡은 그 너털웃음을 늘어놓고 나서 입을 열었다.

"그래 요순시절은 못되지만 살 만할 때지……."

바로 그때 남촌이 나타났다.

"미안합니다. 미안합니다. 시간에 대 온다는 것이 그만……."

우곡이 어서 상을 차려 오라고 하자 대령하고 있던 웨이터가 물러

갔다.

"남촌 신수가 좋은걸……."

"또또……."

남촌은 우곡의 실없는 농을 미리 막으려고 손을 흔들었다.

"아니야, 아니야. 남촌 용모를 자세히 보쇼. 등과 머리 위로 서기(瑞氣)가 떠있지 않어……."

"우곡, 기왕이면 서기라고 하지 말고 속 시원히 왕기(王氣)라고 하시지……."

우곡은 손끝을 입에 대며 조용히 하라는 시늉을 했다.

"천기가 누설되면 어쩔려구 함부로 소릴 높이쇼……."

우곡은 자못 엄숙한 표정이었다. 그러나 남촌은 시종 미소를 잃지 않았다. 상이 마련되어 왔지만 마담은 물론 술 시중할 애들도 통 나타나지 않았다.

우곡이 주로 술을 따랐다.

"오늘은 우리끼리 마시려고 누구도 부르지 않았어…… 번거롭지 않구 좋아요."

세속적인 농담을 주고받는 동안 어느덧 술은 서로가 건하게 취하였다.

"손님이십니다."

웨이터의 목소리와 함께 미닫이문이 열리며 옥색 치마꼬리가 펄럭였다.

"오래간마내입니다."

옥색 치마 옥색 저고리를 입고 오른손에 합죽선을 든 여인이 꿇어앉으며 살포시 인사 했다. K여사였다. 마담은 물론 술 따르는 아이까지 부르지 않은 우곡의 마음 씀새를 그제서야 알 수 있었다. 잠시 후 K 여사는 목을 뽑았다.

쑥대머리 구신형용
적막옥방 찬자리에
생각난게 님뿐이로다
보고지고 보고지고……

춘향전 중 옥중가의 한 대목이다. 탁해도 시원스러운 목소리다. K 여사의 목소리가 이 경지에 이르기까지는 각고의 노력이 필요했다. 13살부터 시작하였으니 한평생을 판소리 속에서 살아왔다.

가곡(歌曲)이 양반들의 그늘 밑에서 성장했다면 판소리는 재인(才人)과 무당 출신인 광대(廣大)들에 의해 서민들의 따스한 공감 속에 명맥을 이어왔다 해도 과언이 아니다. 그래서인지 판소리는 우조(羽調)와 계면조(界面調)의 두 가지 바탕을 가지고 있지만 그 장단(長短)의 법칙이 분명하지는 않다. 대개 우조의 소리가 뱃속에서 나오는 소리로 부드럽고 웅건(雄建)하고 청원(淸遠)*한 데 반해 계면조는 목과 혀와 이 사이에서 나오는 소리로서 애원(哀怨)하고 아름다워 화사한 소리로 마음을 들뜨게 한다. 그러나 광대에 따라 부르는 소리가 다르다.

판소리 열두 마당 중 옥중가를 K여사는 으뜸으로 잘 부른다. 판소리가 잡초와 같은 생명력을 지니지 못했다면 오늘날에 남아있질 못했을 것이다. 그런 생명력을 지니기 위해선 책으로 사설(辭說)을 익히

* 원문에는 '請遠'이라고 표기되어 있다.

고 나서 '목'을 배워야 했다. 궁상각치우(宮商角徵羽)의 법칙에 따라 목을 공부하며 훈련을 해야 했다. 고저청탁을 다듬기 위해선 아침저녁으로 고함을 질러 목을 트여야 했다. 이런 훈련이 한두 해로 되는 것이 아니다. 가슴이 붓고 목에서 피가 쏟아지는 고통과 고비를 넘김으로써 제대로의 목을 얻게 된다. 그러나 그것으로 끝나는 것이 아니다. 추울 때나 더울 때 계절에 따라 소리는 변하기 쉽다. 추울 땐 강해지고 더울 땐 눅어진다. 한 조각의 강철이 되기까지는 뜨거운 용광로의 과정을 거쳐 나와야 하는데 변치 않는 정밀한 목을 얻기 위해서는 십수 년의 공을 쌓아야만 했다.

옆에 장단을 잡아주는 고수(鼓手)는 없어도 K여사의 옥중가는 우리들의 마음을 후련히 풀어주는 데 족했다.

우곡은 K여사를 남촌 옆으로 옮겨 앉기를 권했다. 접은 합죽선을 오른손에 쥔 채 고개를 다소곳이 숙이며 자리를 옮겨 앉는 K여사의 얼굴은 망칠(望七)의 표정이 아니었다. 탄력이 있었고 윤기가 흘러 40 중반으로밖에 보이지 않았다.

"수고하셨습니다……."

"이게 얼마만이냅니까. 정말 오래되셨습니다……."

우곡은 사양하는 K여사에게까지 술을 권했다. K여사는 받은 잔을 입에 대는 시늉을 하고 상머리에 내려놓았다. 여러 차례 술잔이 오고 갔다.

처음엔 눈을 의심했다. 과음으로 인한 착각인 줄 싶어 잔을 놓고 다시 보았다. 분명히 남촌의 주걱 같은 손이 합죽선을 쥐고 있는 K여사의 손을 잡고 있었다. 급작스레 취기가 깨는 탓인지 얼굴이 더 달아올랐다.

"선대(先代)께서도 불러 노래를 시켰습니다만 이러지는 않았습니다……."

낭랑한 K여사의 음성이다. 합죽선을 쥔 손이 남촌 손에서 벗어나 있었다.

"즐거운 시간 마련하여 주셔서 감사합니다."

K여사는 자리에서 일어나 밖으로 나갔다.

그날 밤 끝머리가 어떻게 되었는지 과음 탓으로 분명치가 않았지만 우곡과 차 속에서 주고받은 말은 가끔 되살아 오르는 때가 있다.

"남촌은 그릇은 큰데 청탁을 가릴 줄 모른단 말이야……."

"큰 박은 속이 비는 법 아니요……."

"허…… 정말 그렇게 모질 줄 몰랐는걸……."

"모진 것이 아니라 야무진 것 같던걸……."

"야무지든 모질든 간에 그렇게 나오는 것이 당연하지. 막말로 너의 아비와 친교가 있는데 네가 감히 이럴 수가 있느냐. 이놈 하는 것이 아니야……."

우곡은 통쾌한 듯 껄껄 웃어댔지만 끝내 입안이 쓰기만 했다.

명동거리를 떠난 후 서로 다른 길을 걷다 보니 당연히 소원해지고 서울이 해마다 확장되고 다양화되었으니 거리상으로 멀어진 것이 사실이다. 그러나 잊어버린 것은 아니었다. 행사가 있을 때마다 꼬박꼬박 초청장을 보내주었고 초청장을 받으면 만사를 제쳐 놓고 달려갔던 것이다. 결국 남촌과의 그 사건이 있었던 후에도 K여사는 아무렇지 않게 대해 주었지만 무슨 큰 잘못이나 저지른 것같이 미안하게 생각되는 것은 어쩔 수 없었다.

달빛이 기울고 날이 새기 시작하자 밤은 오히려 캄캄하여 아무것도 보이지 않았다. 술은 마실수록 머릿속은 흐려지기는커녕 더 맑아진다.

창문에 달라붙어 떠날 줄 모르는 캄캄한 어둠 속에 떠오르는 것은 어린 시절 환상들이다.

50년 전 일이다. 비행기나 기차는 물론 자동차가 어떻게 생겼는지도 모르고 평생을 마치는 그런 두메산골이다. 면서기가 자전거를 타고 마을에 나타나기만 해도 큰 구경거리로 여겨 마을 애들이 모여들던 때였다. 이런 시골에 살면서도 자식을 보통학교를 졸업시켜 고등보통학교에 진학케 한다는 것은 대단한 일이었다. 그 대단한 일을 이룩한 어머니의 교육방침은 두 가지였다. 누님에게는 부도(婦道)를 닦아야 한다는 것이고 종손에게는 아버지와 같은 길을 걸어서는 안 된다는 것이다.

아버지가 걸은 길은 서당에서 구학문을 배우다 잠시 신학문을 익혀 일본말을 겨우 듣고 말할 수 있을 정도였다. 그 정도라면 조상으로부터 받은 땅을 지키며 충분히 살아갈 수 있을 정도였다. 그런데 그 아버지는 고향에 머물러 있지 않고 소식도 없이 십여 년을 어디 가서 무엇을 했는지 행적도 묘연하게 살다 고향으로 돌아왔을 땐 이미 병든 몸이었다. 읍내 공의(公醫)한테 다니며 치료를 받았지만 아무런 효과도 없이 38세를 일기로 세상을 떠나고 말았다.

아내인 어머니도 아들인 종손도 아버지에 대해 알고 있는 것은 그것뿐이다. 분명 종손은 지금 그 아버지가 걷던 그 길이 아니라 딴 길을 걸어가고 있음이 분명하다. 그러나 아버지가 걸은 길이 어머니의 말대로 걸어선 안 될 길이요 아들인 종손이 걷고 있는 이 길이 반드시 옳은 길이라고 단정할 수는 없을 것이다.

사제동도(師弟同道)라는 말이 있다. 스승과 제자가 같은 길을 걸어간다는 말이다. 같은 길을 걷는 스승과 제자라 해도 스승은 정상에 오르지 못하고 제자가 정상의 인물이 되는 수도 있고 스승이 정상의 사람이 되고 제자는 그곳에 이르지 못한 채 끝내는 일도 있다. 사람이란 각기 다른 길을 걸으며 살아가기 마련이다. 그 각기 다른 길을 최선을 다하며 살아가는 사람들이 있다. 결국 이 최선을 다하며 살아가는 사람들만이 정상에 오를 것이다.

술이 취했나, 알피니스트 고상근의 환상이 보였다. 여러 대원이 같이 등반길을 떠났지만 정상에 태극기를 꽂은 사람은 고상근뿐이다. 정상에 오른다는 것은 최선의 노력으로만도 되는 것이 아니다. 역시 운이라는 것도 감안해 주어야 하는 것이다.

혼미해진 상태로 흔들의자에 주저앉았다. 온몸이 점점 노곤해졌다. 백운대로 오르는 코스는 여러 갈래가 있다. 정능에서 자하문밖에 어찌 그 길뿐이랴…… 백운대 꼭대기와 같은 정상에 오르고 나서 그다음으로 올라갈 길은…… 흔들의자에 기대앉은 채 혼미상태에서 자기 자신에게 소리쳤다. 어덴 어데야. 구름 타고 흔적도 없이 사라지는 그 길이지…… 라고.

정한숙 작품 연보

소설

제목	발표지	발표일	비고
흉가	예술조선	1948. 4	단편
광녀	주간국제	1952. 11	단편
ADAM의 행로	신생공론	1952. 12	단편
내일에의 번민	문화세계	1953. 11	단편
배신	조선일보	1954. 2. 8	중편
준령(峻嶺)	신천지	1954. 9	단편
전황당인보기(田黃堂印譜記)	한국일보	1955	단편
애정지대	평화신문	1955. 3. 11-1955. 9. 19	장편
닭	사상계	1955. 4	단편
금당벽화	사상계	1955. 7	단편
묘안묘심(猫眼猫心)	문학예술	1955. 8	단편
황진이	한국일보	1955. 1. 19-1955. 8. 28	장편(8월 28일까지 연재 확인. 최종 연재 날짜는 미확인)
허허허(噓噓噓)	현대문학	1955. 9	단편
도정(道程)		1955	단편(《내 사랑의 편력》에 수록)
충신과 역신	신태양	1956. 1	단편
바위	문학예술	1956. 2	단편
눈 내리는 날	현대문학	1956. 2	단편
집착	문학예술	1956. 4	단편
여인의 생태	조선일보	1956. 4. 1-1956. 11. 27	장편
공포	자유문학	1956. 6	단편
고가(古家)	문학예술	1956. 7	단편

눈매	신태양	1956. 7	단편
예성강곡	현대문학	1956. 9	단편
계월향	대구일보	1956	장편
암흑의 계절	문학예술	1957. 3 - 1957. 8	장편
해랑사(海螂祠)의 경사	사상계	1957. 3	단편
절영도	부산일보	1957. 3. 1-1957. 7. 27	장편
청상시대	자유문학	1957. 6	단편
고원(古苑)의 비련	평화신문	1957. 6. 17-1958. 1. 9	장편
화전민	신태양	1957. 10	단편
그늘진 계곡	문학예술	1957. 11	단편
애원(愛怨)의 언덕	현대	1957. 11 - 1958. 4	장편(1958년 4월호까지 연재 확인. 최종 연재 호는 미확인)
수인공화국	자유문학	1957. 12	단편
올드·미쓰	자유문학	1957	단편
과부	한국평론	1958. 4	단편
처용랑	경향신문	1958. 4. 15 - 1959. 4	장편(최종 연재 날짜 미확인)
시몬의 회상	신문예	1958. 6 - 1958. 11	장편
낙산방춘사(駱山房椿事)	사상계	1958. 7	단편
미아리 근처	신태양	1958. 10	단편
탈	사조	1958. 12	단편
묵주	부산일보	1958	단편
어머니		1958	단편(《묘안묘심》에 수록)
풍화하는 바위	신태양	1959. 1	단편
꼬추잠자리	사상계	1959. 6	단편
나루	문예	1959. 11	단편
석비(石碑)	현대문학	1959. 11	단편
그날	평화신문	1959. 12. 24-1959. 12. 31	단편
라일라(羅一囉)		1959	단편(《내 사랑의 편력》에 수록)

굴레	세계	1960. 4	단편
바다의 왕자	경향신문	1960. 4. 29-1961. 6. 13	장편
신과 인간의 상처	문예	1960. 5	단편
목우(木偶)	현대문학	1960. 6	단편
두메	사상계	1960. 12	단편
IYEU도	자유문학	1960. 12	중편
모발	현대문학	1961. 12	단편
여항야화	서울신문	1962. 6. 20 - 1962. 9. 28	장편
검은 렛텔	현대문학	1962. 8	단편
우린 서로 닮았다	동아일보	1963. 1. 1 - 1963. 7. 27	장편
어느 동네에서 울린 총소리	현대문학	1963. 2	단편
괴짜 창식이	신세계	1963. 3 - 1964. 3	중편
닭장 관리	현대문학	1963. 5	단편
쌍화점	현대문학	1963. 9	단편
삐에로	세대	1964. 1	단편
산정(山精)	신사조	1964. 2	단편
해녀	문학춘추	1964. 5	단편
만나가 나리는 땅	현대문학	1964. 5	단편
돌쇠	문학춘추	1964. 10	단편
웅녀의 후예	현대문학	1964. 11	단편
이성계	동아일보	1965. 2. 18 - 1966. 7. 20	장편
청개구리와 게와의 대화	신동아	1965. 12	단편
누항곡	현대문학	1966. 4	단편
히모도 손징(日本村人) 화백	문학	1966. 6	단편
좌돈(挫頓)	신동아	1967. 2	단편
격랑	서울신문	1967. 3. 11 - 1967. 8. 30	장편
설화	현대문학	1967. 11	단편
잃어버린 기억	신동아	1968. 8	단편
유순이	현대문학	1968. 10	단편

왕거미	월간문학	1969. 3	단편
옹달샘이 흐르는 마을	월간중앙	1969. 7	단편
선글라스의 목욕탕 주인	현대문학	1969. 7	단편
백자도공 최술	현대문학	1969. 12	단편
거문고 산조	현대문학	1970. 10	단편
밀렵기	현대문학	1971. 4	단편
새벽 소묘	현대문학	1971. 10	단편
금어(金魚)	지성	1971. 11	단편
설화와 전설의 섬	월간중앙	1971. 12	단편
논개	한국일보	1972. 2. 1 - 1973. 8. 14	장편
어떤 부자(父子)	현대문학	1973. 11	단편
산동반점	문학사상	1974. 5	단편
울릉도 답사	현대문학	1974. 6	단편
맥주홀 OB키	월간문학	1974. 7	단편
육교 근처	한국문학	1974. 9	단편
어두일미	신동아	1974. 12	단편
해후	현대문학	1975. 1	단편
황혼	월간문학	1975. 3	단편
관계	문학사상	1975. 6	단편
한계령	월간문학	1976. 1	단편
어느 소년의 추억	현대문학	1976. 12	단편
제천댁	문학사상	1977. 1	단편
산골 아이들	한국문학	1977. 12	단편
흰콩 검은콩	현대문학	1977. 12	단편
입석기	소설문예	1978. 1	단편
양박사(楊博士)	현대문학	1978. 6	단편
불로장생	한국문학	1978. 8	단편
청개구리	새마음	1978. 9	단편
설산행	한국문학	1979. 2	단편
거리	현대문학	1979. 7	단편

원(願)	한국문학	1979. 12	단편
바잘 김	문학사상	1980. 2	단편
말미	현대문학	1980. 4	단편
수탉	소설문학	1980. 6	단편
소화원(蘇畵員)	한국문학	1980. 6	단편
태항(胎缸)	문학사상	1981. 5	단편
한밤의 환상	현대문학	1981. 7	단편
눈 뜨는 계절	현대문학	1982. 1	단편
성북구 성북동	한국문학	1982. 2	단편
첫사랑	소설문학	1982. 5	단편
평창군수	문학사상	1982. 6	단편
안개거리	문학사상	1983. 2	단편
소설가 석운선생	월간문학	1983. 3	단편
송아지	현대문학	1983. 5	단편
새끼 고무나무	문학사상	1983. 6	단편
우뢰	소설문학	1983. 10	단편
가오리연	현대문학	1983. 11	단편
늙는다는 것	소설문학	1983. 12	단편
산에 올라 구름 타고	월간문학	1984. 2	단편
E. T.	현대문학	1984. 5	단편
어떤 임종	소설문학	1984. 6	단편
횡관공로 횡단기 (橫貫公路 橫斷記)	한국문학	1984. 8	단편
뻬이토우	계간예술계	1984. 가을	단편
차임벨	문학사상	1985. 1	단편
꽃피는 동백섬	월간문학	1985. 1	단편
편지	현대문학	1985. 4	단편
홍부의 기질	소설문학	1985. 6	단편
증곡대사	동서문학	1985. 11	단편
사마귀	현대문학	1986. 1	단편
들장미 뿌리	문학사상	1986. 1	단편

때밀이	월간문학	1986. 3	단편
그러고 30년	현대문학	1986. 5	중편
대학로 축제	한국문학	1986. 6	단편
머리카락	소설문학	1986. 10	단편
창녀와 복권	동서문학	1986. 12	단편
인과(因果)	월간문학	1987. 1	단편
전화	문학정신	1987. 2	단편
석등기(石燈記)	한국문학	1987. 3	단편
산비둘기 우는 새벽	문학사상	1987. 4	중편
냉면	현대문학	1987. 9	단편
이타원(異他院)에서	동서문학	1988. 1	중편
출발이 다른 사람들	현대문학	1988. 1	단편
숫고양이	문학정신	1988. 1	단편
쓰레기터	소설문학	1988. 1	단편
유혹	월간문학	1988. 3	단편
습작기	문학사상	1988. 4	단편
지팡이	시대문학	1988. 봄	단편
권투시합	한국문학	1988. 6	단편
회심곡	현대문학	1988. 10	단편
북한산진경	문학사상	1989. 2	단편
산딸기	동서문학	1989. 3	단편
속옷	월간문학	1989. 5	단편
멍든 허벅지	한국문학	1989. 5	단편
자화상	문학정신	1989. 6	단편
불	현대문학	1989. 6	단편
무애(無碍) 탈	동서문학	1989. 9	단편
귀울림	한국문학	1989. 10	단편
비만증	문학사상	1990. 2	단편
보리피리 닐니리	동서문학	1990. 4	단편
시어머니와 며느리	문학사상	1991. 1	단편
마지막 불꽃	동서문학	1991. 3	단편

칠보브로치	현대문학	1992. 8	단편
부항		1992	단편

시·수필·논문 등

제목	발표지	발표일	비고
낙엽부(落葉賦)	동아일보	1954. 11. 4	수필
백설부(白雪賦)	동아일보	1954. 12. 23	수필
혼항(昏巷)	한국일보	1955	희곡
녹앵전(綠鶯囀)	조선일보	1955. 5. 21	수필
소월별견 - 정본 소월시집을 중심으로	동아일보	1955. 6. 28	수필
계절의 단상-여운(餘韻)	조선일보	1955. 9. 21	수필
성가(聖歌)	조선일보	1955. 12. 24	콩트
산	고려대 어문논집 1	1956. 1	희곡
영혼의 순화 - 〈하얀 길〉을 읽고	조선일보	1956. 2. 22	수필
애인소묘	동아일보	1956. 3. 17	수필
창작평에 대한 관견	동아일보	1956. 11. 16	수필
신간 서평-오영수 창작집《갯마을》	조선일보	1957. 1. 3	수필
작가의 발언 - 학구제	조선일보	1957. 2. 5	수필
작가와 성실성	동아일보	1957. 2. 10	수필
기수(旗手)의 잡언-서구의 생리와 우리의 체온	동아일보	1957. 4. 10	수필
이 해에 써보고 싶은 작품7-한국적 격조의 내용을	동아일보	1958. 1. 10	수필
새 윤리의 모색-창작집《환상곡》에 대하여	조선일보	1958. 1. 20	수필
추은희 저《시심의 계절》	동아일보	1958. 2. 1	수필
나의 문학수업-내성문학상을 받기까지	현대	1958. 4	수필
강한영 저《계축일기》	동아일보	1958. 6. 12	수필

다작과 과작 – 작가의 자리에서	동아일보	1958. 8. 24	수필
박성의 저《한국고대소설사》	조선일보	1958. 11. 27	수필
자작(自作)에 대한 판정 – 작가의 태도를 생각해 본다	동아일보	1958. 12. 27	수필
나의 창작 과정의 베일을 벗다 – 하루 평균 서른 장	동아일보	1959. 1. 13	수필
역사소설에 대한 관견–당면한 위기를 극복하는 길	조선일보	1959. 4. 14	수필
로타리 부근	동아일보	1959. 5. 31	콩트
이항녕 저《교육가족》	동아일보	1959. 11. 6	수필
황소처럼 걸으리라	동아일보	1960. 2. 11	수필
내가 구상하는 작중인물–한국의 마리아를	조선일보	1960. 5. 23	수필
작품과 성의 문제점	고려대 문리논집 문학부편 7	1963. 11	논문
한국적 인간상의 창조	현대한국문학전집 5(신구문화사)	1965	수필
한국문장변천에 대한 소고	고려대 60년 기념논문집	1965. 5	논문
북의 지상기행	조선일보	1966. 11. 27	수필
성격의 유형 – 방자를 중심하여	고려대 인문논집 8	1967. 7	논문
현미경과 돋보기 – 김동리의 단편소설에 대한 고찰	고려대 논문집: 인문·사회과학편 16	1970. 12	논문
성의 유형과 그 매체 – 성문학의 입장에서 본 효석의 장편소설	고려대 아세아연구 42	1971. 6	논문
해학의 변이 – 김유정 문학의 본질	고려대 인문논집 17	1972. 5	논문
붕괴와 생성의 미학 –《태평천하》와《탁류》의 효과에 관하여	고려대 민족문화연구 6	1972. 11	논문
농민소설의 변용과정–춘원·심훈·포석·무영·영준의 작품을 중심으로	고려대 아세아연구 48	1972. 12	논문
반성과 해명 – 나도향론	문학사상	1973. 6	논문
상황·예술의 일체성	문학사상	1973. 12	논문

도향문학의 반성과 해명	고려대 어문논집 14·15	1973. 7	논문
삼국시대에 나타난 평화사상	아카데미논총 2(세계평화교수아카데미)	1974	논문
상섭문학의 사회성과 세태풍정	고려대 아세아연구 53	1975. 1	논문
소년과 무지개-김동인론	현대문학	1975. 5	논문
양면의식의 허약성-빙허 현진건론	고려대 인문논집 20	1975. 6	논문
외래사조가 한국문학에 미친 영향	월간문학	1975. 8	논문
대중소설론	고려대 인문논집 21	1976. 6	논문
여름 막바지에	조선일보	1976. 8. 21	수필
여백이 있어야 채운다	조선일보	1976. 10. 30	수필
다시 읽어보는 나의 대표작 -〈고가〉	조선일보	1981. 3. 29	수필
한국지식인과 선비정신	현대사회	1981. 7	논문
환경과 지식인의 체험 - 현민론	고려대 인문논집 26	1981. 12	논문
비약적인 발전을 이룩한 소설문학 40년	문화예술 통권100호(한국문화예술진흥원)	1985. 7·8	수필
도향문학의 전개와 그 의의	고려대 인문논집 30	1985. 12	논문
또 다른 시각으로 추출한 이데올로기의 환상과 현실-구혜영의 〈광상곡〉을 읽고	동서문학	1987. 2	수필
늴리리아 부르세 외 65편	동서문학	1987. 5	시
식민지시대 소설 속에 나타난 지식인상	예술논문집 30(대한민국예술원)	1991. 12	논문

단행본

책명	출판사	출판연도	비고
황진이	정음사	1955	장편
애정지대	정음사	1957	장편
묘안묘심	정음사	1958	단편
시몬의 회상	신지성사	1959	장편
내 사랑의 편력	현문사	1959	단편
암흑의 계절	현문사	1960	장편
처용랑·황진이 (한국역사소설문학전집12)	을유문화사	1960	장편
끊어진 다리	을유문화사	1962	장편
우린 서로 닮았다	동민문화사	1966	장편
소설기술론	고려대학교출판부	1973	연구서
소설문장론	고려대학교출판부	1973	연구서
한국문학의 주변	고려대학교출판부	1975	연구서
현대한국작가론	고려대학교출판부	1976	연구서
조용한 아침	청림사	1976	장편
현대한국소설론	고려대학교출판부	1977	연구서
해방문단사	고려대학교출판부	1980	연구서
거문고 산조	예성사	1981	단편
현대한국문학사	고려대학교출판부	1982	연구서
안개거리	정음사	1983	단편
대학로 축제	문학사상사	1987	단편
창녀와 복권	청한	1988	단편
꿈으로 오는 고향내음	해문출판사	1988	수필
나무와 그늘 사이에서	열음사	1988	시집
잠든 숲속 걸으면	문학사상사	1989	시집
유혹	거목출판사	1989	단편
고가	둥지	1991	소설선집
강강수월래	둥지	1991	시집 (고희기념)

공자는 남자인가 여자인가	혜진서관	1992	수필
황진이	한벗	1993	장편
현대소설작법	장락	1994	연구서

정한숙 생애 연보

1922년(1세) 11월 3일 평안북도 영변군 영변면 동부리 533번지에서 부 정이석과 모 박병렬의 오남매 중 차남으로 출생. 영변에는 4대조부터 정착하여 살았으나 부친이 파산하면서 연주문 앞의 초가로 이사. 불교에서 기독교로 개종한 모친의 영향으로 보통학교 입학 전 2년 동안 기독교 계통의 유치원에 다님.

1929년(8세) 영변 공립 보통학교 입학. 재학 시절, 훗날 아내가 될 김순실을 만남.

1937년(16세) 중학교 입학시험에 떨어져 보통학교를 8년 동안 다님. 17세 때까지 기독교에 심취하여 교회에서 성극을 지도하며 찬양대 대원으로 활동하기도 함. 누나와 누나 친구의 영향으로 소설을 탐독하며 이광수의 소설과 이태준의 문장에 매료되며 막연하게 나마 소설가의 꿈을 꾸게 됨.

1943년(22세) 영변공립농업학교 졸업. 생계를 위해 방직회사 사원, 도(道) 고원, 일인(日人) 소학교 촉탁교원 겸 서기, 총독부 기수, 곡물검사소 소장 대리 등 여러 직업을 전전함. 일제 말 징용을 피해 국경

지대인 만포와 강계에 머물다가 해방을 맞음.

1946년(25세) 단신 월남 후 평양으로 시집간 누나를 제외한 어머니와 두 남동생도 뒤이어 월남. 학업 정진을 위해 고려대학교 국어국문학과에 편입. 고명중학교 교사. 이미 월남하여 초등학교 교사를 하고 있던 김순실과 재회.

1947년(26세) 전광용, 정한모, 남상규, 전영경 등과 함께 '주막(酒幕)' 동인 결성.

1948년(27세) 소설 〈흉가(凶家)〉가 《예술조선》(3호, 4월) 신인상 가작에 당선되면서 문단에 데뷔.

1950년(29세) 고려대학교 국어국문학과 1회 졸업생으로 졸업(5월). 대학 졸업 직후 대동상업학교에서 국어교사를 하던 중 한국전쟁이 발발하자 적 치하 90일을 숨어 삶.

1951년(30세) 휘문고등학교 강사(~52년). 부산으로 피난. 피난지에서 황순원, 김동리, 허윤석, 박연희, 박목월 등을 만나 교유함.

1952년(31세) 휘문고등학교에 국어교사(~58년). 단편 〈ADAM의 행로〉와 〈광녀〉 발표.

1954년(33세) 고려대학교 문리과대학 강사(~57년). 소설 〈배신〉이 《조선일보》(2월 8일) 신춘현상단편소설모집에서 선외가작으로 당선.

1955년(34세) 문단의 혼란기에 본격적인 재등단이 필요하다고 생각할 무렵 마침 현상모집에 작품 투고를 하여 소설 〈전황당인보기(田黃堂

印譜記)〉와 희곡 〈혼항(昏巷)〉이 《한국일보》 신춘문예에 가작으로 당선됨. 이후 양적으로 주목할 만한 활동을 함. '주막' 동인은 동인 초창기 친목 도모적 성격을 탈피하여 월례 작품합평회를 가졌고, 이 모임은 1970년대 중반까지 20여 년 동안 계속됨. 동인 시절 '일오(一悟)'라는 호를 얻음.

1956년(35세) 국제 펜클럽 회원. 《조선일보》에 〈여인의 생태〉를 연재하면서 〈바위〉, 〈고가〉, 〈예성강곡〉 등을 발표.

1957년(36세) 고려대학교 문리과대학 조교수(~61년). 〈암흑의 계절〉(《문학예술》), 〈고원의 비련〉(《평화신문》), 〈애원〉(《현대》 연재). 엄청난 분량의 연재 원고를 써내면서도 〈해랑사〉, 〈청상시대〉, 〈화전민〉, 〈그늘진 계곡〉 등 여러 단편 발표.

1958년(37세) 〈암흑의 계절〉로 제1회 내성문학상 수상. 〈처용랑〉을 《경향신문》에 연재. 〈시몬의 회상〉을 비롯한 〈낙산방춘사〉, 〈미아리 근처〉 등을 발표하였으며, 첫 소설집 《묘안묘심》을 정음사에서 간행.

1959년(38세) 소설 〈바다의 왕자〉를 《경향신문》에 연재.

1960년(39세) 중편 〈IYEU도〉를 비롯하여 〈신과 인간의 상처〉, 〈목우〉 등 발표.

1961년(40세) 고려대학교 문과대학 부교수(~64년).

1962년(41세) 전작 장편 《끊어진 다리》를 을유문화사에서 간행.

1963년(42세) 〈우리 서로 닮았다〉를 《동아일보》에 연재하면서, 다시 왕성하게 소설 작업에 몰두. 이후 〈닭장 관리〉, 〈쌍화점〉, 〈만나가 내리는 땅〉, 〈누항곡〉 등 발표.

1964년(43세) 고려대학교 문과대학 교수(~88년).

1965년(44세) 〈이성계〉를 《동아일보》에 연재.

1966년(45세) 장편 《우린 서로 닮았다》를 동민문화사에서 간행.

1969년(48세) 〈논개〉를 《한국일보》에서 연재하고 단편 〈백자도공 최술〉 발표.

1970년(49세) 이 무렵부터 창작과 함께 더욱 연구와 후배 양성에 진력함. 1970년대에 집중적으로 《소설기술론》(1975), 《소설문장론》(1973), 《한국문학의 주변》(1975) 《현대한국작가론》(1976) 《현대한국소설론》(1977)과 같은 여러 편의 논문과 연구서들을 펴냄. 이러한 연구 작업은 《해방문단사》(1980)와 《현대한국문학사》(1982)와 같이 80년대에도 이어져 후학 양성에 기여함.

1975년(54세) 전국소설가협회 부회장, 펜클럽 중앙위원.

1976년(55세) 고려대학교 사범대학장(~80년). 장편 《조용한 아침》을 청림사에서 간행.

1977년(56세) 장편 《조용한 아침》으로 제1회 흙의 문학상 수상.

1981년(60세) 단편집 《거문고 산조》를 예성사에서 간행.

1983년(62세) 고려대학교 명예문학박사학위 수여. 대한민국 예술원 정회원. 제15회 대한민국 문화예술상 수상. 단편집 《안개거리》를 정음사에서 간행.

1986년(65세) 대한민국 예술원상 수상.

1987년(66세) 고려대학교 학술상 수상. 국제 펜클럽 한국본부 이사. 한국소설가협회 대표위원. 단편집《대학로 축제》를 문학사상사에서 간행.

1988년(67세) 고려대학교 문과대학 교수로 정년퇴임. 대한민국예술원 부회장. 한국소설가협회 대표위원. 국제 펜클럽 한국본부 이사. 3.1 문화상 수상. 국민훈장 모란장 수훈. 단편집《창녀와 복권》을 청한에서, 첫 시집《나무와 그늘 사이에서》를 열음사에서, 첫 수필집《꿈으로 오는 고향내음》을 해문출판사에서 간행.

1989년(68세) 단편집《유혹》을 거목출판사에서, 두 번째 시집《잠든 숲속 걸으면》을 문학사상사에서 간행.

1991년(70세) 대한민국예술원 회장(~93년). 한국문화예술진흥원장(~93년). 소설선집《고가》, 고희기념시집《강강수월래》를 둥지에서 간행.

1992년(71세) 수필집《공자는 남자인가 여자인가》를 혜진서관에서 간행.

1997년(76세) 9월 17일 숙환으로 별세. 문예진흥원 앞마당에서 문인장으로 장례를 치른 후 남서울공원묘지에 안장. 2004년에는 경기도 파주 헤이리 예술인 마을에 '정한숙기념홀'이 건립됨.

금당벽화

정한숙 소설 선집

초판 발행 1쇄 2022년 11월 3일

지은이 정한숙
엮은이 일오 정한숙 선생 탄생 백주년 기념사업회
펴낸곳 고려대학교출판문화원
www.kupress.com
kupress@korea.ac.kr
(02841) 서울특별시 성북구 안암로 145
Tel 02-3290-4230, 4232
Fax 02-923-6311
찍은곳 (주)동화인쇄

ISBN 979-11-6956-001-6 04810
ISBN 979-11-6956-000-9 (세트)

값 24,000원
※ 잘못 만들어진 책은 바꿔 드립니다.